CONTOS DA CANTUÁRIA

GEOFFREY CHAUCER nasceu em Londres por volta de 1342. Ficou conhecido por ter sido pajem da condessa de Ulster em 1357, e o rei Eduardo III o tinha em conta suficiente para pagar o seu resgate em 1360, quando o futuro autor foi capturado na batalha contra a França.

E é muito provável que tenha sido na França que o interesse de Chaucer por poesia aflorou, pois logo começou a traduzir o longo e alegórico poema de amor cortesão *Roman de la Rose*. Sua experiência literária foi incrementada por temporadas, para cuidar de negócios reais, na Itália de Bocaccio. Além disso, aprendeu outros quatro idiomas e tornou-se um considerável especialista em ciências como astronomia, medicina, física e alquimia.

Chaucer ascendeu trabalhando para a realeza; tornou-se cavaleiro do condado de Kent (1385-6) e juiz de paz. Um período menos favorável durante a ausência de seu protetor, John de Gaunt (com quem possuía ligações graças ao seu matrimônio), deu-lhe tempo suficiente para iniciar a composição dos *Contos da Cantuária*, que permaneceram inacabados, com a volta do seu protetor. Morto em 1400, foi sepultado na Abadia de Westminster.

A sequência de seus trabalhos literários é incerta, mas inclui *The Book of Duchess*, *The House of Fame*, *The Parliament of Fowls*, *Troilus and Criseyde* e uma tradução de *A consolação da filosofia*, de Boécio.

NEVILL COGHILL nasceu em 1899 e foi educado em Haileybury e Exeter (Universidade de Oxford), além de ter servido na Primeira Guerra. Ocupou a cadeira Merton de professor de literatura inglesa na Universidade de Oxford entre 1957 e 1966, tornando-se mais tarde professor emérito da mesma universidade. Escreveu diversos livros sobre literatura inglesa, tendo como um de seus principais interesses o drama shakespeariano. Durante muitos anos foi um dos grandes apoiadores da Oxford University Dramatic Society, produzindo encenações em Londres e Oxford. Escreveu, em colaboração com Martin Starkie, o libreto da versão musical dos *Contos da Cantuária*. Faleceu em 1980, sendo lembrado principalmente pela versão em inglês moderno dos *Contos* de Chaucer.

JOSÉ FRANCISCO BOTELHO nasceu em Bagé (RS), em 1980. É jornalista e escritor. Colabora com periódicos como *Superinteressante, Aventuras na História* e *Bravo!*. É mestre em letras pela UFRGS e autor do livro *A árvore que falava aramaico*, obra finalista do Prêmio Açorianos de Literatura/Conto de 2012.

HAROLD BLOOM é professor na Universidade de Yale e um dos mais fecundos e destacados críticos americanos. Nascido em 1930, em Nova York, obteve destaque logo após a publicação de seu primeiro livro, um erudito e inovador ensaio sobre o poeta romântico Percy Bysshe Shelley, publicado em 1959. Na década de 1970, renovou (não sem polêmica) o campo da teoria literária ao publicar *A angústia da influência*, até hoje o seu ensaio mais explosivo e de maior repercussão. De origem judaica, retomou a tradição religiosa em livros como *Cabala e crítica* e *O livro e J.*, abordagens a um só tempo criativas e polêmicas de alguns temas centrais do judaísmo. Seu livro *O Cânone Ocidental*, uma apresentação crítica do melhor da tradição literária, prega o valor único de William Shakespeare na história da literatura universal.

GEOFFREY CHAUCER
Contos da Cantuária

Tradução do inglês médio
para o inglês moderno, introdução e notas de
NEVILL COGHILL

Tradução do inglês moderno e notas de
JOSÉ FRANCISCO BOTELHO

Ensaio de
HAROLD BLOOM

2ª reimpressão

Copyright da introdução e das notas
da edição original © 1951 by Nevill Coghill
Copyright do ensaio © 1996 by Harold Bloom

Grafia atualizada segundo o Acordo Ortográfico da Língua Portuguesa de 1990, que entrou em vigor no Brasil em 2009.

Penguin and the associated logo and trade dress are registered and/or unregistered trademarks of Penguin Books Limited and/or Penguin Group (USA) Inc. Used with permission.

Published by Companhia das Letras in association with Penguin Group (USA) Inc.

TÍTULO ORIGINAL
The Canterbury Tales

TRADUÇÃO DO ENSAIO
Marcos Santarrita

PREPARAÇÃO
Cacilda Guerra

REVISÃO
Huendel Viana
Marise Leal

Dados Internacionais de Catalogação na Publicação (CIP)
(Câmara Brasileira do Livro, SP, Brasil)

Chaucer, Geoffrey, 1342-1400.
  Contos da Cantuária / Geoffrey Chaucer; tradução do inglês moderno e notas de José Francisco Botelho; tradução do inglês médio para o inglês moderno, introdução e notas de Nevill Coghill; ensaio de Harold Bloom. — 1ª ed. — São Paulo: Penguin Classics Companhia das Letras, 2013.

  Título original: The Canterbury Tales.
  ISBN 978-85-63560-80-3

  1. Contos ingleses I. Coghill, Nevill II. Bloom, Harold III. Título.

13-09448   CDD-823.91

Índice para catálogo sistemático:
1. Contos: Literatura inglesa 823.91

Todos os direitos desta edição reservados à
EDITORA SCHWARCZ S.A.
Rua Bandeira Paulista, 702, cj. 32
04532-002 — São Paulo — SP
Telefone: (11) 3707 3500
www.penguincompanhia.com.br
www.companhiadasletras.com.br
www.blogdacompanhia.com.br

Sumário

Introdução — Nevill Coghill ... 7
Nota sobre a tradução — José Francisco Botelho ... 17

CONTOS DA CANTUÁRIA

GRUPO A
Prólogo geral ... 23
Conto do Cavaleiro ... 50
Conto do Moleiro ... 117
Conto do Feitor ... 140
Conto do Cozinheiro ... 155

GRUPO B
Conto do Magistrado ... 161
Conto do Navegador ... 200
Conto da Prioresa ... 214
Conto sobre Sir Topázio ... 223
Conto de Chaucer sobre Melibeu (sinopse) ... 233
Conto do Monge ... 236
Conto do Padre da Freira ... 267

GRUPO C
Conto do Médico ... 289
Conto do Vendedor de Indulgências ... 300

GRUPO D
Conto da Mulher de Bath ... 323

Conto do Frade 363
Conto do Beleguim 377

GRUPO E
Conto do Erudito 399
Conto do Mercador 439

GRUPO F
Conto do Escudeiro 479
Conto do Fazendeiro 502

GRUPO G
Conto da Outra Freira 533
Conto do Criado do Cônego 552

GRUPO H
Conto do Provedor 583

GRUPO I
Conto do Pároco (sinopse) 597
Retratação de Chaucer 603

Ensaio — Harold Bloom 605

Notas 633

Introdução

NEVILL COGHILL

VIDA DE CHAUCER

Geoffrey Chaucer nasceu por volta do ano de 1342; a data exata não é conhecida. Seu pai, John, e seu avô, Robert, foram mercadores de vinho; além de se dedicar ao comércio, também estiveram envolvidos — de forma bem mais tênue — com a realeza. John serviu como mordomo assistente na corte real em Southampton, em 1348. Acredita-se que a mãe de Chaucer tenha sido Agnes de Copton, sobrinha de um oficial da Casa da Moeda. O casal morou em Londres, na paróquia de St. Martin's-in-the-Vintry, levando uma vida relativamente confortável, mas bem mais modesta do que aquela que aguardava seu brilhante filho.

Acredita-se que Chaucer tenha sido enviado, para seus primeiros estudos, à Esmolaria da catedral de São Paulo. Depois disso, serviu como pajem na moradia da condessa de Ulster, mais tarde duquesa de Clarence, que era casada com o príncipe Lionel, terceiro filho de Eduardo III. O primeiro registro conhecido sobre a existência de Geoffrey Chaucer é uma anotação sobre as contas domésticas da duquesa, em 1357. A nota informa que ela havia comprado, para uso dele, um pequeno manto, sapatos e um par de calções com listras negras e vermelhas.

A posição de pajem, na casa de uma família tão eminente, era algo muito cobiçado. Os deveres de Chaucer incluíam arrumar os leitos, carregar velas, levar recados e fazer outros pequenos serviços. Nessa época, ele deve ter adquirido a mais refinada das educações, aprendendo os modos corteses — fato de imensa importância não apenas para sua carreira de cortesão, mas também para sua carreira de poeta. Nenhum outro poeta inglês tem uma maneira tão polida e gentil de dirigir-se ao seu leitor.

Em seu cargo de pajem, Chaucer prestou serviços às pessoas mais importantes do reino. Uma delas era John de Gaunt, o duque de Lancaster; a partir de então, o duque foi sempre o mais leal patrono e protetor do poeta.

Em 1359, Chaucer embarcou rumo ao exterior, para aprender as artes da guerra, em uma expedição militar comandada por Eduardo III — uma dessas intermitentes excursões de saque e pilhagem que constituíram grande parte da chamada Guerra dos Cem Anos. Foi feito prisioneiro nas vizinhanças de Reims, e solto no ano seguinte — o próprio rei contribuiu para o pagamento de seu resgate. Afinal de contas, pajens inteligentes e bem treinados não eram fáceis de se encontrar.

Não se sabe ao certo quando Chaucer começou a escrever poesia, mas é razoável supor que tenha sido logo após seu retorno da França. A elegância da poesia francesa e sua vibrante doutrina do *amour courtois*[*] parecem ter exercido grande efeito sobre seu coração impressionável, afeito aos voos da emoção. Chaucer pôs-se então a traduzir o evangelho daquele gênero de amor e poesia: o *Roman de la Rose*, um poema francês do século XIII, iniciado por Guillaume de Lorris e terminado mais tarde por Jean de Meun.

Nesse meio-tempo, foi elevado ao posto de cortesão. Em 1367, estava a serviço do próprio rei, que a ele se referia como *dilectus valletus noster* — "nosso mui amado

---

[*] Para um rico estudo a respeito desse estranho e fascinante culto, recomendo ao leitor a obra *The Allegory of Love*, de C. S. Lewis, publicada pela Oxford University Press.

valete". Foi por volta desse ano que Chaucer se casou. Sua noiva chamava-se Philippa de Roet, uma dama a serviço da rainha e irmã de Catherine Swinford, terceira esposa de John de Gaunt.

Pelo que se sabe, Chaucer não escreveu poemas sobre ela. Compor versos a respeito da própria esposa não era coisa costumeira naquela época. De fato, a simples possibilidade do amor no casamento era algo passível de discussão; a típica condição de um "amante cortês" era a paixão secreta, ilícita ou mesmo adúltera por alguma dama idealizada, colocada por ele num pedestal. Perante a mulher amada, um amante cortês deveria jazer prostrado — ferido de morte por sua beleza, massacrado por seu desdém, obrigado a uma constância ilimitada, assinalado como seu servidor em perigosas empreitadas. Um simples sorriso era considerado um pagamento justo por vinte anos de dolorosa veneração. Todos os heróis de Chaucer encaram o súbito advento do amor como o mais belo e absoluto dos desastres, uma agonia infinitamente desejada e igualmente lamentada, objetivo de uma busca eterna, que jamais pode ser traído.

Na teoria, essa não era a atitude esperada de um marido em relação a sua mulher. Cabia ao marido dar ordens e a ela, obedecer. As alternâncias e as gradações entre essas duas antíteses podem ser observadas ao longo de todos os *Contos da Cantuária*. A julgar pelo "Conto do Cavaleiro" e pelo "Conto do Fazendeiro", Chaucer acreditava que amor e casamento eram, no final das contas, compatíveis — desde que o amante continuasse sendo, ao menos privadamente, o "servo" de sua esposa. Lendo-se o "Prólogo da Mulher de Bath", é fácil notar que a narradora tem grande desprezo pelas mulheres que não são capazes de domar e subjugar os maridos. Chaucer jamais revelou de que forma essas questões foram solucionadas em seu relacionamento com Philippa. O poeta faz apenas uma única alusão à esposa: em *The House of Fame* [Casa da fama], ele compara o timbre da voz de Philippa, ao despertá-lo pelas manhãs, com os gritos de uma águia. Seus escritos, na fase madura, vão se tornando cada vez mais irônicos em relação às mulheres no papel de esposas: é o que encontramos nas opiniões da Mulher de Bath e do Mercador. O "Prólogo da Mulher de Bath" e o "Conto do Mercador" talvez sejam as duas realizações mais impressionantes de Chaucer. Na época em que o autor escreveu esses dois textos, Philippa já morrera havia muito. De qualquer forma, não se pode ter certeza de que Chaucer, pessoalmente, compartilhasse as opiniões expressas pela Mulher de Bath e pelo Mercador: eles falam por si mesmos. O que se pode dizer é apenas o seguinte: Chaucer era um escritor grandioso o bastante para conferir a seus personagens linguagem e pensamentos irrespondíveis, deixando que falassem e pensassem por sua própria conta e risco.

Em breve, o rei passou a empregar seu mui amado valete em importantes missões a terras estrangeiras. Os detalhes são desconhecidos, mas tudo indica que essas missões eram de cunho civil e comercial, envolvendo relações mercantis. Disso pode-se deduzir que Chaucer era uma pessoa eficiente e digna de confiança.

Nesse meio-tempo, Chaucer cultivava e expandia sua paixão por livros. Era um leitor prodigioso e tinha o talento de gravar o que lia, com uma memória quase impecável. Ao longo da vida, aprendeu a ler em francês, latim, anglo-normando e italiano. Tornou-se um considerável especialista em ciências contemporâneas, sobretudo astronomia, medicina, psicologia, física e alquimia. Em *The House of Fame*, por exemplo, há uma longa e divertida passagem sobre a natureza das ondas sonoras. Seu "Conto do Criado do Cônego" (um dos melhores) mostra um conhecimento íntimo, porém furiosamente desdenhoso, das práticas alquímicas. No campo da literatura e da história, ao que tudo indica, seus favoritos foram, entre os antigos, Virgílio, Ovídio, Estácio, Sêneca e Cícero; e entre os modernos, o *Roman de la Rose* e seus congêneres, além dos trabalhos de Dante, Boccaccio e Petrarca. Ele conhecia bem os Pais da Igreja e citava de forma frequente e abundante todos os livros da Bíblia e os Apócrifos.

A serviço do rei, Chaucer foi duas vezes à Itália: a primeira delas em 1372, quando viajou a Gênova; e a segunda, em 1378, quando esteve em Milão. Sempre se supôs que, nessas ocasiões, Chaucer tenha entrado em contato com a aurora do Renascimento, experiência que iluminou profundamente seus escritos maduros. Embora jamais tenha perdido ou renegado as coisas que aprendera com a cultura francesa, ele acrescentou ao seu repertório algo da profundidade de Dante e muito do esplendor de Boccaccio; foi dessa fonte que ele retirou, entre outras coisas, as histórias de *Troilus and Criseyde* [Troilo e Criseida] e do "Conto do Cavaleiro". O poder de Chaucer como contador de histórias parece ter emergido nessa época — e parece ter vindo da Itália.

Enquanto isso, ele continuava galgando postos por meio de regulares promoções, no que hoje chamaríamos de serviço público — ou seja, em sua carreira de cortesão. Em 1374, tornou-se inspetor alfandegário junto aos mercadores de lã, peles e couros no porto de Londres; em 1385, juiz de paz no condado de Kent; em 1386, cavaleiro representante do condado no Parlamento. Nessa época, gozou de certa prosperidade.

Porém, em dezembro de 1386, foi subitamente afastado de todos os seus postos. John de Gaunt havia deixado a Inglaterra, partindo em uma expedição militar à Espanha, e fora substituído pelo duque de Gloucester como conselheiro do jovem rei Ricardo II. Chaucer jamais estivera entre os favoritos de Gloucester, que colocou seus próprios seguidores nos cargos antes ocupados pelo poeta. E devemos agradecer ao duque por isso: exonerando-o de suas funções, ele deixou Chaucer com bastante tempo livre para escrever. É quase certo que, nesse período, o poeta passou a compor e organizar os *Contos da Cantuária*.

Em 1389, John de Gaunt retornou à Inglaterra, e Chaucer voltou a ser favorecido com altos cargos. Foi nomeado inspetor de obras, supervisionando os reparos de muros, diques, esgotos e pontes entre Greenwich e Woolwich, além de fiscalizar a construção do prédio da capela de São Jorge no castelo de Windsor. Também foi nomeado couteiro auxiliar da floresta de Petherton (o cargo, provavelmente, era uma sinecura). O jarro diário de vinho, que Eduardo III lhe concedera em 1374, foi elevado a um tonel anual, por ordens de Ricardo II. Henry Bolingbroke presenteou-o com um rico manto escarlate guarnecido de peles. Mais uma vez, ele se encontrava naquele estado de bem-aventurada alegria que se reflete de forma tão lúcida e feliz em seus escritos.

Contudo, ele sentia que estava envelhecendo; passou a reclamar de que o dom de fazer rimas o havia abandonado. Ninguém sabe quando Chaucer deu o último retoque nos *Contos da Cantuária*. O que se sabe é que ele jamais concluiu a obra.

Morreu no dia 25 de outubro de 1400 e foi enterrado na abadia de Westminster. Um belo jazigo — erguido por um admirador no século XV — marca o local onde está sepultado; foi o primeiro de muitos escritores postumamente reunidos no local hoje conhecido como o Canto dos Poetas. O Pai da Poesia Inglesa jaz em sua própria cripta.*

---

* Para um estudo mais aprofundado da vida e da obra de Chaucer, uma possível recomendação é minha obra *The Poet Chaucer*, um dos volumes da série The Home University Library.

OBRAS DE CHAUCER

Não se sabe com exatidão ou certeza em que ordem as obras de Chaucer foram escritas. Algumas se perderam, a julgar pelas listas que o poeta fornece de seus próprios escritos, em *The Prologue to the Legend of Good Women* [Prólogo à Legenda das mulheres exemplares] e nas "retratações" que ele anexou ao "Conto do Pároco". Entre as obras que chegaram até nós, as principais estão citadas a seguir.

Antes de 1372, Chaucer traduziu ao menos uma parte do *Roman de la Rose*; escreveu *The Book of the Duchess* [O livro da duquesa] (1369/70?) e *ABC of the Virgin* [ABC da Virgem]. Entre 1372 e 1382, escreveu *The House of Fame*, *The Parliament of Fowls* [O parlamento das aves] e, muito provavelmente, algumas histórias — ou esboços preliminares de histórias — que mais tarde seriam incluídas nos *Contos da Cantuária*, cuja estrutura e ideia geral parecem não lhe ter ocorrido antes de 1386. Entre as histórias compostas nessa época, tendo a incluir o "Conto da Outra Freira", o "Conto do Erudito de Oxford", o "Conto do Magistrado", o "Conto de Chaucer sobre Melibeu" e o "Conto do Cavaleiro". Isso parece indicar que Chaucer passou por uma fase de devoção religiosa em sua poesia ("Conto da Outra Freira", "Conto do Erudito de Oxford", "Conto do Magistrado", "Conto de Chaucer sobre Melibeu"), suavizada por uma crescente abrangência de temas e por toques de ironia cada vez mais intensos, e avivada por aquele tipo de diálogo naturalista, em versos rimados, cuja invenção foi uma das peculiares realizações de seu gênio.

Entre 1380 e 1385, surgiram o incomparável *Troilus and Criseyde* e a tradução do *De Consolatione Philosophiae*, de Boécio. Essa obra forneceu a base para a maioria das especulações filosóficas de Chaucer, especialmente aquelas sobre a tragédia e a predestinação, que subjazem à obra gêmea *Troilus and Criseyde*.

Esse poema é a mais pungente história de amor na poesia narrativa inglesa, e também uma das mais divertidas. Foi a primeira obra-prima de Chaucer — e, apesar de todo o seu humor, não perde na comparação com nenhuma das grandes tragédias amorosas do mundo. A obra apresenta uma compreensão psicológica tão profunda e um plano narrativo tão habilmente elaborado que já foi considerada, por alguns, o primeiro romance em língua inglesa. Aparentemente, o poema causou certo desagrado à rainha Ana da Boêmia (esposa de Ricardo), pois parecia sugerir que as mulheres são mais infiéis que os homens em matéria de amor. Chaucer recebeu ordens de escrever uma retratação — e assim, no ano seguinte (1386), ele produziu uma grande parte de *The Legend of the Saints of Cupid* [Legenda das Santas do Cupido], que também é conhecida como *The Legend of Good Women* [Legenda das mulheres exemplares]. Contudo, jamais completaria a obra. Seu discípulo Lydgate afirmaria mais tarde que a obrigação de pensar em tantas mulheres virtuosas acabou estorvando sua inteligência e imaginação.

Chaucer trabalhou nos *Contos da Cantuária* a partir de 1386 ou 1387. Existem 84 manuscritos e edições originais, impressas por Caxton, Pynson, Wynkyn de Worde e Thynne.

Os manuscritos mostram que Chaucer deixou dez fragmentos — com tamanhos variados — de seu grande poema. Editores modernos organizaram esses fragmentos no que parece ser a sequência planejada pelo autor, e que foi deduzida a partir das datas e lugares mencionados nos "elos finais" — como são chamados os colóquios dos peregrinos, inseridos entre um conto e outro. Por conveniência, os fragmentos dos manuscritos foram organizados em grupos, de A a I; o grupo B pode ser subdividido em dois, levando a um total de dez grupos.

A acreditar no que diz o "Prólogo geral", Chaucer pretendia que cada um de seus peregrinos (cerca de trinta) contasse dois contos na estrada rumo à Cantuária, e mais dois no caminho de volta. Ele jamais completou esse imenso projeto, e nem sequer terminou de revisar completamente as partes que conseguiu escrever. Também há uma ou duas pequenas inconsistências que uma pequena revisão poderia ter retificado.

Nesta tradução, seguiu-se a ordem elaborada primeiramente por Frederick J. Furnivall (em 1868) e depois confirmada por Walter W. Skeat (em 1894). Tal sequência proporciona uma narrativa relativamente contínua e consistente, apresentando uma peregrinação que parece ter durado cinco dias (de 16 a 20 de abril) até os arrabaldes de Cantuária. Nesse ponto, Chaucer abandonou o trabalho, com uma escusa por qualquer ressaibo de pecado que pudesse haver em sua obra.

A ideia de uma coletânea de contos em diversos estilos — adequados aos vários narradores — e unificados formalmente — por meio de um objetivo comum partilhado por todos os narradores — é invenção do próprio Chaucer. Coletâneas de histórias eram comuns à época, mas apenas ele concebeu esse simples mecanismo para assegurar a verossimilhança, a variedade psicológica e a vasta abrangência de temas.

Em toda a literatura, não há nada que se assemelhe ao "Prólogo geral" dos *Contos da Cantuária*. É o retrato conciso de toda uma nação: ricos e pobres, nobres e humildes, velhos e jovens, homens e mulheres, religiosos e leigos, eruditos e iletrados, honestos e embusteiros; a terra e o mar, a cidade e o campo; tudo está lá, mas sem excessos nem exageros. Além da assombrosa e nuançada clareza com que são apresentados, o traço mais notável nesses personagens é sua normalidade. Eles são a perpétua progênie de homens e mulheres; agudamente individuais, eles formam, estando juntos, uma companhia.

Os contos desses peregrinos vêm de todos os lados da Europa, e alguns têm sua origem nas obras de autores contemporâneos a Chaucer, ou de um período um pouco anterior. Outros contos vêm de mais longe — dos antigos, do Oriente. Eles ilustram todo o escopo da imaginação europeia na época de Chaucer — uma imaginação aficionada de histórias, especialmente histórias com algum ponto engenhoso, das quais pudesse se deduzir uma máxima, uma moral ou uma ideia. Quase todos os contos terminam com linhas proverbiais, com algum tipo de admoestação ou sabedoria extraída do relato, ou com uma bênção para a companhia.

O "Conto do Criado do Cônego" é um dos poucos relatos cuja invenção é atribuída ao próprio Chaucer; alguns comentadores o interpretaram como uma vingança pessoal do autor contra algum alquimista que o teria ludibriado; seja como for, é um dos melhores relatos da coletânea. A função de um contador de histórias do século XIV não era inventar as histórias que contava, mas embelezá-las com todas as artes da retórica, proporcionando entretenimento e instrução. Os contos escolhidos por Chaucer vão desde relatos que ele pode ter escutado — histórias desbocadas que circulavam oralmente, como o "Conto do Moleiro", que eram conhecidas como *fabliaux* — até aquilo que o autor havia lido em Boccaccio, em outros mestres clássicos ou nas vidas dos santos. Conforme escreveu John Dryden: "Basta dizer que, conforme o provérbio, aqui se encontra *a abundância da Criação*".[1]

Nota sobre a tradução

JOSÉ FRANCISCO BOTELHO

Um texto — especialmente uma obra complexa e multifacetada como os *Contos da Cantuária* — é sempre muitos e talvez infinitos textos. No âmbito da literatura inglesa, a obra de Geoffrey Chaucer ressoa em várias formas — além do texto original, existem diversas versões em inglês moderno, sem falar em adaptações como o *Palamon and Arcite* de Dryden. A presente tradução foi feita com base no cotejo entre a versão em inglês moderno de Nevill Coghill e o texto original, conforme as edições fixadas por W. W. Skeat em sete volumes (Oxford, 1894-7) e F. N. Robinson em um volume (Cambridge, Mass., 1933; também Oxford). Existem, naturalmente, diferenças significativas entre o texto em inglês moderno e o texto medieval — como, por exemplo, a grafia de alguns nomes, o tom de certos trocadilhos, determinadas nuanças e jogos de palavras etc. Quando as soluções de Coghill me pareceram sonoras e engenhosas, adotei-as e adaptei-as. Em outros casos — buscando redespertar traços de um certo estranhamento cultural, que às vezes são amenizados na versão moderna — voltei à letra do original.

De forma geral, tentei elaborar minhas próprias soluções para as fascinantes complexidades dos *Contos*. Talvez a decisão mais importante tenha sido optar pela forma poética do decassílabo, que adotei na maior parte do texto, exceto no "Conto do Monge". Essa decisão não se explica apenas como uma tentativa de aproximação à métrica original de Chaucer, mas como uma estratégia para recriar o fluxo poético-narrativo da obra. O decassílabo tem uma merecida tradição na poesia narrativa — seu ritmo favorece a ação, oferecendo ao leitor, linha a linha, uma combinação precisa de informação e melodia. Minha opção, contudo, levou-me a sacrificar um outro aspecto do texto: o número de versos. É evidente que um decassílabo em inglês comporta mais informações que um decassílabo em português. Sacrificar o volume de informações do texto seria diminuir seu interesse (digamos) arqueológico. E buscar um ápice de concisão poderia levar a um hermetismo que eu não desejava — uma de minhas primeiras preocupações foi tornar a leitura o mais nítida possível. Assim, para não renunciar às dez sílabas poéticas nem à lucidez da leitura, conformei-me ao pecadilho de produzir uma tradução com mais quebras de linhas que o original.

Como na versão de Coghill, as partes em prosa — o "Conto de Chaucer sobre Melibeu" e o "Conto do Pároco" — resumem-se aqui a breves sinopses, exceto pela "Retratação". Quanto às notas explicativas, o leitor encontrará neste volume tanto aquelas elaboradas por Nevill Coghill quanto as minhas próprias. Em ambos os casos, a principal fonte de informações foram as copiosas notas disponíveis na edição de Skeat, além de outras autoridades. Por fim, vale mencionar que o uso dos pronomes pessoais nesta tradução varia de acordo com o tom narrativo e as necessidades do ritmo e da métrica. As escolhas de vocabulário seguiram a minha decisão inicial: criar a familiaridade na estranheza, e o estranhamento na fruição; aproximar o texto do leitor brasileiro moderno, mas sem rasurar sua distância e sua peculiaridade.

Contos da Cantuária

GRUPO A

Prólogo geral

Quando o chuvoso abril em doce aragem
Desfez março e a secura da estiagem,
Banhando toda a terra no licor
Que encorpa o caule e redesperta a flor,
E Zéfiro, num sopro adocicado,
Reverdeceu os montes, bosques, prados,
E o jovem sol, em seu trajeto antigo,
Já passou do Carneiro do Zodíaco,
E melodiam pássaros despertos,
Que à noite dormem de olhos bem abertos,
Conforme a Natureza determina
— É que o tempo chegou das romarias.
E lá se vão expertos palmeirins
Rumo a terras e altares e confins;
Da vária terra inglesa, gente vária
Põe-se a peregrinar à Cantuária
Onde jaz a sagrada sepultura
Do mártir que lhes deu auxílio e cura.[2]

Naquele tempo, estando eu hospedado
Em Southwark, na Estalagem do Tabardo,
Pronto a seguir, em devoção, sozinho,
Na próxima manhã, no meu caminho,
Eis que de noite, unidos em viagem,
Chegam uns vinte e nove a essa estalagem;

Gente variada, todos peregrinos,
Ajuntados no acaso dos caminhos,
Rumando à sepultura milagreira.
Eram amplos os quartos e as cocheiras,
E descansamos em total conforto.
E para resumir, com o sol posto,
A todos eles eu já conhecia,
E conversando, uni-me à companhia.
E combinamos levantar co'os galos
E partir ao lugar de que vos falo.

Pra aproveitar o tempo da conversa,
Antes de dar ao conto início e pressa,
É justo que eu lhes faça a descrição
Dos viajantes todos, e a impressão
Que tive de seus ares e trejeitos
E a posição que ocupam por direito
E tudo o mais, do traje ao adereço.
E por um Cavaleiro, então, começo.

Um CAVALEIRO havia, de alma pura;
E desde suas primeiras aventuras,
Nas leis do heroico código[3] vivia
— Liberdade, verdade e cortesia.
Mil guerras, bem servindo ao seu senhor,
Lutou, inigualado no valor.
Por toda a cristandade e entre pagãos,
De honor cobriu-se, em suma distinção.
No cerco pelejou de Alexandria;[4]
Em conselhos não raro presidia
Nações em armas nos fortins da Prússia;
Andou na Lituânia, andou na Rússia
Mais do que outro cristão jamais ousara.
Lutou no reino mouro de Granada
No cerco de Algecira;[5] e a Belmaria
Tomou, depois Aigai,[6] logo Atalia.[7]

O Grande Mar cruzou seguidamente
Em céleres armadas combatentes.
Viu mais de dez batalhas mui cruentas;
Da fé foi paladino em Tramissena[8]
Em três duelos — sempre vitorioso.
E o mesmo Cavaleiro valoroso
Cavalgou junto ao bei de Palatia[9]
Contra outro muçulmano na Turquia.
Louvores recebeu por todo lado
Pois apesar de bravo era sensato.
Tinha modesta e límpida atitude:
Dele jamais se ouviu palavra rude
Nem sequer a pagão ou estrangeiro.
Era um pleno, um perfeito cavaleiro.

Das roupas falarei com brevidade:
Melhor era o cavalo que o seu traje.
A veste de fustão era manchada
Pelos elos da cota enferrujada.
Pois, cumprida sua última proeza,
Tornou-se peregrino com presteza.

Com ele vinha o filho, um ESCUDEIRO,
Fogoso, apaixonado e aventureiro.
Em seus cabelos balançavam cachos,
Não mais que uns vinte anos tinha, eu acho.
Era galante, médio na estatura,
Mas forte e de veloz desenvoltura.
A cavalo em batalhas já servira
Em Flandres, em Artois e na Picardia.
Façanhas teve algumas, esmeradas,
Para agradar sua dama bem-amada.
Em rubras e alvas flores, como um prado,
Seu traje suntuoso era bordado.
Cantava o dia inteiro, como um gaio,
Alegre como o alegre mês de maio.

Seu saio era de mangas bem bufantes
E cavalgava em ares triunfantes.
Melodias bonitas burilava,
Escrevia, cantava e desenhava.
Ardendo em seu amor, de sol a sol,
Vivia insone como um rouxinol.
De resto, era de suma cortesia;
À mesa, prestimoso, ao pai servia.[10]

O Cavaleiro tinha um só CRIADO,[11]
(Pois assim sempre havia viajado)
Que usava um capuz verde, e um bom gibão;
Tinha flechas com plumas de pavão
Brilhando enfileiradas sob a cinta,
Retíssimas, agudas e bem limpas.[12]
Eram firmes as plumas dos seus dardos
E potente em sua mão levava um arco.
Cabelo curto e o rosto escurecido,
Nas artes de caçar era um perito.
No pulso, braçadeira[13] colorida;
Espada e um bom broquel também trazia.
D'outro lado, portava bela adaga
De cabo firme e lâmina aguçada.
De são Cristóvão, em prata rebrilhando,
Uma medalha ao peito está levando;
E corneta de chifre curvo vê-se
Sob o seu belo talabarte verde.
Era um couteiro-mor,[14] tenho certeza.

Também havia certa PRIORESA
E seu cordial encanto era um prodígio.
Gostava de jurar por santo Elígio;
E era grande madame, essa Eglantina.
Fazia o ar vibrar pelas narinas
Ao entoar as santas cantilenas;
Falava bem francês, e com fluência,

Mas o francês falado em nossa ilha[15]
— O francês de Paris desconhecia.
Ao comer, modos tinha de princesa,
Sem derrubar jamais comida à mesa.
No molho nunca mergulhava os dedos
E mastigava com cuidado e esmero,
Jamais na roupa um pingo lhe caía.
Adorava a elegância e a cortesia:
Metódica, enxugava o lábio fino:
No vidro de uma taça, ao beber vinho,
Jamais deixava nódoa de gordura.
Agia sempre co'a maior brandura,
Na mesa e fora dela. Era uma flor
De gentileza, trato e pundonor.
Emulava o trejeito cortesão
Para obter nas maneiras perfeição
E merecer de todos reverência.
E tinha tão sensível consciência
Que lhe doía toda a dor do mundo:
Chorava mesmo ao ver um rato imundo
Sangrando preso em bruta ratoeira.
Com leite, pães e carnes de primeira
Alimentava os cães de estimação.
Chorava com profunda comoção
Se alguém com dura vara os golpeasse.
Era só coração e piedade.
Seu bem dobrado véu desce ao pescoço
Porém deixa entrever o belo rosto.
Cinzentos olhos, boca bem rosada,
E um palmo tinha a testa delicada;
Enfim: era mulher alta e vistosa,
E a roupa que vestia, primorosa.
Trazia, para afugentar o Mal,
Um rosário de contas de coral
— As contas mais graúdas eram verdes[16]
Marcando o *Pater Noster* belamente —

E um broche em fina prata burilado
Com régio "A", em ouro coroado.
Uma joia brilhante, como a dona,
Com os dizeres: *Amor vincit omnia.*

Por secretária, tinha ela uma FREIRA,
E três PADRES seguiam-lhe na esteira.

Um MONGE havia, tipo modelar,
Era inspetor; seu gozo era caçar;[17]
Homem viril, talhado para abade.
Montava seu cavalo com alarde,
E tinha outros cavalos, nas cocheiras,
Esplêndidos, velozes nas carreiras.
Seus arreios têm guizos pequeninos
Que retinem e ecoam como os sinos
Da capela onde o Monge era prior.
Da regra de São Bento já cansou
E também de são Mauro: são tão velhas!
Tinha fé nas novíssimas ideias
E assim vivia — coisas do passado
Não imperavam lá no priorado.
Desprezava esses textos rabugentos
Que com judiciosos escarmentos
Taxavam quem à caça se entregava,
Dizendo ser um peixe fora d'água
O monge em tal mundana ocupação.
"Isso tudo não vale um só tostão",
Ele exclamava — e eu assentia a tudo.
Devia acaso enlouquecer no estudo
No claustro, ou recurvado sobre o ancinho
Penar, conforme as regras de Agostinho?
Passar a vida toda na porfia?
Que Agostinho fizesse o que dizia!

A afoita cavalgada é o seu encanto;

Velozes como pássaros voando
Eram seus cães de caça na floresta
E a lebre era sua presa predileta.
Gastava, e na gastança era feliz:
Nas mangas tinha só peliça,
O capuz lhe prendia uma fivela
Em ouro trabalhada, e muito bela,
Com um signo talhada, o Nó do Amor.
Tinha polida calva esse senhor
E até mesmo sua face era lustrosa.
Robusto, de barriga ponderosa,
Tinha os olhos vivazes como a chama
Quando um sopro de vento o fogo inflama.
Era um lorde robusto, em bons calçados;
Era um perfeito e próspero prelado!
Não tem a palidez de alma punida
E triste nunca está se houver comida;
E o seu cavalo escuro é um alazão.

Havia um FREI, grandioso folgazão,
Bonito, especialista mendicante[18]
Que no polido linguajar galante
Não tinha, em qualquer Ordem,[19] um rival.
Se fez a virgens moças algum mal,
Remiu-se, e lhes pagou bom casamento:
Da temperança, um belo monumento!
Era benquisto em toda a região
Por fazendeiros finos de extração,
E pelas ricas damas da cidade;
Dizia ter legal capacidade[20]
De ouvir, remir e de expurgar pecados.
Exímio confessor, era cordato
Ao ouvir as contritas confidências
Receitando só leves penitências.
Dava pronta e total absolvição
A quem pagava em prata a confissão.

Pois se alguém boa esmola entrega aos frades
É porque foi remido de verdade.
Aos homens que não sabem prantear
Nem as culpas em lágrimas lavar
Recomenda-se, em vez da contrição,
Fazer aos frades gorda doação.

Usava palatinas recheadas
De prendas para moças delicadas
E tinha voz bonita, clamorosa;
Manhosamente dedilhava a rota.[21]
E baladas cantava em tom feliz;
Sua pele tinha a cor da flor-de-lis.
Forçudo como um touro bramidor,
E das tavernas bom conhecedor,
De taverneiras era mui gregário.
Mas quanto ao povo lá dos leprosários,
Preferia mantê-los à distância.
Pois para alguém tão fino e de importância
Não fica bem andar com lazarentos;
Pois ofendia os nobres sentimentos
Andar metido nessa vil escória.
Estar com gente rica é que era glória!
Ao lucro, sim, fazia a liturgia,
Ao lucro, era de suma cortesia.

Virtude assim não conhecia igual:
Dos mendicantes era o cardeal.
(Pois pagava uma taxa, e o seu distrito
Por outros freis jamais era invadido).
"*In principio*", entoava em tom dolente[22]
E até viúvas pobres e sem dentes
Botavam-lhe nas mãos algumas rendas.
Ganhava mais assim que com prebendas,
Vivendo lindamente repimpado.
Pelo povo era em tal grau admirado

Que era chamado a resolver disputas,
Pois viam nesse frade uma figura
De pontífice ou mestre citadino.
Em fio duplo, abaulada como um sino,
Caía-lhe sua veste religiosa.
Sua língua ciciava, melindrosa,
Para palavras belas adoçar.
Ao som da lira punha-se a cantar
E seu olhar sestroso refulgia
Tal qual estrelas numa noite fria.
— E creio que ele Humberto se chamava.

Em altaneira sela viajava
Um falante e barbudo MERCADOR,
Usava, em fina pele de castor,
Chapéu flamengo, e roupa variegada.
Tinha uma bela barba bifurcada,
E botas de fivela cintilante.
Falava em tom solene e triunfante
Sobre seus mil sucessos monetários.
Exigia o extermínio dos corsários
Que no mar lhe faziam tanto mal.[23]
Lucrava na permuta cambial,
E ninguém suas dívidas notava.
Confesso que seu nome já me escapa;
Talvez não fosse totalmente honesto,
Mas era bom sujeito, isso eu atesto.

Também conosco havia um ERUDITO[24]
Absorto, magro, sério, introvertido,
Que em Oxford, almejando o sacerdócio,
Há muito praticava o estudo lógico.
Vestido em guarda-pó todo puído,
Montava num rocim no mesmo estilo.
Inda não recebia suas prebendas
De padre, e lhe faltavam outras rendas:

Genioso, não podia tolerar
Mero emprego no mundo secular.
No silogismo tinha muita gana
E preferia ter junto à sua cama
Seu querido *Organon* aristotélico
Do que as estolas do mais fino clérigo.
Ganhava algum dinheiro dos amigos
Mas esbanjava tudo com seus livros.
Gratíssimo, pagava em oração
Aos que ajudavam sua formação.
É que esse filosófico senhor
Pedras filosofais nunca encontrou.[25]
No ardor da erudição se consumia:
Jamais falava mais do que devia;
Se falava, era breve e transcendente.
Aprendia e ensinava alegremente.

Um sábio e judicioso MAGISTRADO
(Dos que atendem no pórtico sagrado
Da catedral de Londres)[26] lá estava:
Um homem de sabedoria rara
— Ou assim sugeriam seus discursos.
Aquele magistral jurisconsulto
Viajava com régia comissão,[27]
Ganhando universal reputação
E juntando presentes, rendimentos.
Usava seu legal discernimento
Comprando terras ao menor tributo.
Era um negociador bem vivo e arguto,
E era o mais ocupado da Inglaterra.
(Mas *parecia* ser mais do que ele *era*).
Sabia todo caso memorando
Desde William, primeiro rei normando.
Cada processo seu era obra-prima
E nem o mais astuto casuísta
Podia abrir-lhe brechas no argumento.

Um casaco com mínimo ornamento,
Cinta em seda listrada — eis o que usava,
E de seus trajes não direi mais nada.

Com ele viajava um FAZENDEIRO[28]
De brancas barbas e de humor fagueiro.
De rosto avermelhado, bem sanguíneo,
Gostava de comer bolos ao vinho.[29]
Seu lema era: "O prazer é o que procuro!".
Era autêntico filho de Epicuro.
Toda felicidade — ele dizia —
Era buscar deleites todo dia.
Hospitaleiro como são Julião,
Era famoso em toda a região.
Cerveja e pão servia a toda gente;
Sua adega não tinha concorrente.
Na farta mesa, tortas abundavam;
Aves, pescados, carnes pululavam:
Nevascas de acepipes deliciosos,
Dilúvios de bebida, licorosos.
E acompanhando a época do ano,
Os itens do cardápio iam mudando.
Gaiolas tinha com perdizes gordas
E cardumes de carpas na lagoa.
Ai de seu cozinheiro se fizesse
Um prato sem sabor ou sem finesse;
E no salão da casa, a tarde inteira,
Ficavam postas mesas e cadeiras.
Presidia sessões e julgamentos,
E assistia sessões no Parlamento.
Tinha um punhal e bolsa de tecido
Tão alva como leite matutino.
Fora auditor, xerife do condado;
Era um bom, honorável vavassalo.

Havia um magistral grupo artesão:

Um deles, TAPECEIRO; um TECELÃO;
Um era ARMARINHEIRO; um TINTUREIRO,
Também havia um hábil CARPINTEIRO.
Librés todos vestiam luzidias,
Sinal de sua grandiosa confraria.
De prata eram os cabos de suas facas;
Tinham cintas e bolsas refinadas;
Pareciam burgueses de respeito;
A perspicácia dava-lhes direito
A ter um alto assento nos salões
Das guildas, e ganhar mesmo as funções
De membros do conselho da cidade;
Pra isso, tinham renda e propriedade,
Conforme atestariam suas esposas
— A menos que elas fossem muito tolas;
Pois não conheço moça que reclame
Por ser tratada sempre por *madame*;
E sei também que toda mulher gosta
De desfilar com régio manto às costas.

Servindo os cinco, um COZINHEIRO vinha.
Famoso era seu molho de galinha,
Fervido com tutano, e temperado.
Da cerveja londrina aficionado,
Sabia assar, cozer, fritar, grelhar,
Das tortas era um mestre modelar.
É pena que o perfeito Cozinheiro
Sofresse duma úlcera no joelho.
(Porém seu molho branco era um primor.)

Também estava lá um NAVEGADOR,
Que vinha de Darthmouth — assim eu creio.
Cavalgando, era exímio marinheiro...
Com certeza, no oeste ele vivia;
Usava um saio longo, em grossa frisa.
Trazia pendurada no pescoço

A adaga, num cordão de couro grosso
Que pendia por trás do forte braço.[30]
No intenso sol do mar fora bronzeado;
E sei que era excelente cavalheiro:
Vinhos roubara a muito vinhateiro
Em suas muitas viagens a Bordéus.
Não é um homem lá mui temente aos Céus;
Na guerra era gentil, cordial, humano:
Soltava os prisioneiros — no oceano.
Insuperável era em seu ofício,
Nos portos, nos perigos, no bulício
Do mar era o piloto mais astuto,
O mais prudente, o mais sagaz marujo
Desde o porto de Hull até Cartago.
As barbas ele havia já encharcado
Em ventos, chuvas, tempestades feras
Dos portos da Gotlândia à Finisterra,
Desde a costa bretã a Cartagena.
Seu barco era chamado *Madalena*.

Um bom DOUTOR havia, em medicina,
Conhecedor da física doutrina.
Era versado em temas anatômicos,
Assim como em assuntos astronômicos.
Examinava a conjunção astral,
E seguindo a magia natural,
As efígies[31] forjava ao paciente,
Co'a força dos planetas ascendentes.
Os segredos sabia dos humores
Que causam males, morbidez e dores:
Fossem úmidos, secos, frios ou quentes.[32]
Garanto que era um médico excelente:
Nem bem a origem da doença achava,
A cura apropriada receitava,
E não tardavam mil apotecários
Em lhe dar os remédios necessários:

Pois é velha e rendosa essa amizade
Entre as duas vitais atividades.
Conhecia bem a arte de Esculápio,
Hipócrates, Galeno, e dos arábicos
Razes, Al-Hazen, Serapião;
De Bernardo, Dioscórides, João
De Gaddesden; do célebre Avicena
E de Averróis sabia os teoremas,
De João Damasceno e Constantino,
De Rufus e do grande Gilbertino.³³
Sua dieta era justa e comedida,
Jamais exagerava na comida,
E sua digestão era um primor
— Mas da Bíblia não era bom leitor.
De tafetá, vermelho cor de sangue
E azul, eram seus trajes elegantes;
Mas não eram suas mãos lá muito largas
Com lucros que ganhou durante a Praga.³⁴
Pois se ouro em pó faz bem ao coração,
Então, é bom ter do ouro a devoção.³⁵

Havia uma MULHER vinda de BATH
Um pouco surda, e mesmo assim loquaz,
Ela era tão exímia tecelã
Que superava as de Ypres e de Gant.
Era sempre a primeira em ofertar
O dízimo às relíquias sobre o altar
— À dama que tomasse sua dianteira
Verberava com ira verdadeira.
Usava nos domingos um toucado
Tão vasto, volumoso e complicado
Que parecia um fardo de dez libras.
Vermelhas meias longas, justas, finas,
Usava; e eram frescos seus sapatos.
Seu rosto era bonito, avermelhado.
Era uma honesta dama, com certeza:

Tivera cinco esposos pela Igreja,
Tirando as companhias casuais
— Mas disso não preciso falar mais.
Fez três jornadas à Cidade Santa
Cruzara muitos rios em terra estranha.
Por Bolonha passou, por Roma, a bela,
Por Cologne, e também por Compostela.
Era uma peregrina experiente
E tinha um grande espaço entre dois dentes.[36]
Andava num cavalo a furta-passo
E seu chapéu, envolto por um laço,
Tinha tamanho dum escudo grande.
As ancas, sob a saia flutuante
Surgiam; e luziam-lhe as esporas.
Falava e ria, sem parar, por horas;
Sabia medicar do amor as ânsias;
Dessa arte conhecia a velha dança.

Também havia, logo atrás na fila,
O venerando CURA[37] duma vila.
Pobre de posses, rico em santos atos,
Era também um homem cultivado.
A fundo conhecia as Escrituras;
Pregava ao seu rebanho com candura.
Trabalhador, bondoso, diligente,
E nas funestas horas, paciente
— Conforme muitas vezes demonstrou —
Pelo ouro não sentia grande amor.
Em vez de cobrar dízimos, doava
Aos pobres o dinheiro que tirava
Dos cofres de sua igreja ou de sua mão
— Aprendera a viver com pouco pão.
E mesmo às regiões mais isoladas
Da paróquia, nas fortes chuvaradas,
Pra lá corria o Cura, se chamado
À casa de plebeu ou de abastado

Andando sob as chuvas e o trovão,
Sozinho, de cajado hirto na mão.
E só pregava aquilo que fazia,
Conforme a santa Bíblia lhe exigia.
"Se o próprio ouro perder o luzimento,
O pobre ferro quem terá de exemplo?
Se um vigário tiver conduta suja,
O leigo velozmente se enferruja.
Ou acaso um rebanho imaculado
Seguirá um pastor emporcalhado?
O padre, ao dar exemplo de pureza,
Ao povo purifica com justeza."
De seu dever não se ausentou jamais
Nem largou suas ovelhas aos chacais;
A Londres não correu a juntar cobres
Cantarolando nas capelas nobres;
Arrimo não buscou nas confrarias,
Mas ficou em sua própria freguesia:[38]
Olhando suas ovelhas, solidário.
"Sou pároco, não sou um mercenário."
Mesmo sendo um cristão santo e perfeito
Não demonstrava ao pecador despeito.
Jamais era arrogante ou orgulhoso
Mas um mestre discreto e prestimoso.
Levar o povo ao divinal consórcio
Com bons exemplos — eis o seu negócio.
Mas se alguém insistia no pecado,
Mesmo se fosse um alto potentado,
Severo, lhe dizia umas verdades.
Não existiu, eu creio, melhor padre.
Não exigia pompa ou reverência,
Nem destilava azeda intransigência.
De Jesus a doutrina edificante
Ensinava — não sem segui-la dantes.

Trazia seu irmão, um LAVRADOR,

Modesto e cordial trabalhador,
Pacífico, com alma caridosa.
Na vida, carregou muita carroça
De estrume, para os campos adubar.
No gozo e na tristeza, era exemplar:
Amava a Deus com todo coração,
E mais do que a si mesmo, seus irmãos.
Cereais joeirava, abria valas,
E no entretempo, a todos ajudava
Sem cobranças, em nome do Senhor.
Pois sempre que podia, o seu labor
Oferecia aos pobres desvalidos.
Pagava em dia o dízimo devido
Com trabalho, com posses ou com gado.
Vestia-se num rústico tabardo;
Humilde, em lombo de égua cavalgava.[39]

Um MOLEIRO também lá viajava;
Além dele, um FEITOR e um VENDEDOR
DE INDULGÊNCIAS, também um PROVEDOR;
Um BELEGUIM da Igreja, e por final
Eu mesmo, completando o cabedal.

Era o MOLEIRO um rapagão maiúsculo,
De ossos grandes e poderosos músculos.
Recompensas ganhou, gordas, lanudas,
Em prêmios nas competições de lutas.[40]
Taludo, reforçado, resistente,
Tirava fortes portas do batente
Ou dando de cabeça, rebentava-as.
Da cor duma raposa eram suas barbas,
E largas como lâmina de pá.
Na ponta do nariz do ferrabrás,
Uma verruga arredondada vi
Com cerdas como as tem o javali.
Tinha as narinas negras, dilatadas;

Carregava um broquel e, ao cinto, espada.
Era sua boca um tórrido alçapão
Pois era um zombeteiro falastrão,
Com contos de pecado e safadeza.
Roubava seus clientes com destreza;
Na ponta do dedão avaliava
Os grãos na mó — e o preço triplicava.
Tinha — é bem certo — um polegar dourado![41]
Seu capuz era azul; branco, o tabardo;
E sua gaita de foles era altiva:
Gaiteando, liderava a comitiva.

O PROVEDOR servia em um Colégio
De Leis. E fosse à vista, ou fosse a crédito,
Era um modelo a todo comprador,
Pois enrolava sempre o vendedor.
Sabia pechinchar nos mantimentos.
Com pouca prata, frescos alimentos
Botava na despensa dos patrões.
E vejam como Deus põe e dispõe:
Por acaso não é coisa espantosa
Que um ignorante, com seu tino, possa
Sobrepassar peritos literatos?
Seus patrões eram todos bem versados
Em transações, em números, em leis;
Poderiam conselhos dar aos reis
No manejar de posses e de terras;
Com eles, qualquer lorde da Inglaterra
Aprenderia a não gastar afoito
(A menos que o tal lorde fosse doido).
Eram sábios, exímios advogados
— Porém o Provedor, seu empregado,
Em termos de esperteza financeira,
Deixava todos eles na poeira.

O FEITOR[42] era um velho macilento,

Colérico e hostil, magro e briguento.
As barbas aparava bem parelhas;
Os cabelos, acima das orelhas.
No cocuruto tinha uma tonsura;
Finíssimas as pernas, murchas, duras.
Mantinha os armazéns bem ordenados
E ninguém poderia incriminá-lo
— Nem mesmo um severíssimo auditor.
Bastava olhar as chuvas, e o Feitor
As colheitas sabia prever bem.
As ovelhas, o gado, os palafréns
De seu patrão sozinho governava.
Há décadas no cargo, dominava
A propriedade; e quem podia achar
Um mero pêni fora do lugar?
As manhas conhecia, as malandragens
De pastores, bailios e criadagens
— E mais que a Praga, dava-lhes pavor.
Sua casa era no campo, e era um primor:
Paragem fresca, múrmura, silvestre.
Melhor negociador do que seu mestre,
Às custas do patrão acumulara
Terras e possessões, fortuna rara.
Empréstimos ao mestre até fazia,
Ganhando dele mimos, honrarias.
Outro ofício tivera, de primeiro
— Na juventude fora carpinteiro.
Andava num rocim da cor do pó,
Sarapintado em gris, chamado Scot.
Longa e azulada usava a sobressaia,
Com as orlas pra cima repuxadas,
Bem presas sob o cinto afivelado
— E portava um punhal enferrujado.
Nascera lá no norte, numa vila
Perto de Baldeswell — e nossa fila
Fechava, cavalgando lá detrás,

Cravando em todos nós o olhar mordaz.

Conosco no Tabardo um BELEGUIM[43]
Havia e era um feio querubim.[44]
Olhos estreitos, de um olhar manhoso
— Como um pardal no cio, luxurioso.
Na fronte tinha pústulas e manchas;
Seu rosto dava medo nas crianças.
Tinha crostas por toda a sobrancelha,
Com barba irregular, pele vermelha.
Nem mercúrio, nem ácido tartárico,
Nem óleo sulfuroso, nem borácico,
Poderiam limpar a sua cara
Daquelas rubras, espinhentas sarnas,
Ou das esbranquiçadas, feias bolhas.
Gostava de comer alho e cebolas
E de beber um forte vinho tinto.
Então, tagarelava em desatino,
E quando muito bêbado, berrava
O pequeno punhado de palavras
Em latim, que aprendera nos decretos.
Pois até mesmo um gaio diz "Alberto"
Ou "loro", quando for bem ensinado;
E o tal sujeito ouvia o palavreado
Latino todo dia no serviço.
Mas se alguém o testasse além daquilo,
Flagraria sua chã filosofia
— Então: *questio quid juris*,[45] citaria.

Mas este era um calhorda boa gente,
Melhor do que se encontra, comumente;
Em troca de um bom vinho, deixaria
Um homem desfrutar a companhia
De bela concubina um ano inteiro
(Pois ele também era um femeeiro).
Se surpreendesse um jovem no pecado,

Dizia-lhe: "Não fiques assustado
Em levar do Arcediago a maldição;
Do bolso pagarás tua punição;
No bolso fica o inferno tão temido".
Mas nisso era preciso corrigi-lo,
Pois há gente que tem a alma no bolso,
E sei que a maldição de um religioso
Condena ao fogo o *bolso* junto à *alma*,
E a excomunhão, além de danar, mata.

Na mão trazia todos os rapazes
E todas as meninas da cidade,
De quem sabia todos os cochichos.
No topo da cabeça, por capricho,
Usava uma guirlanda, em volta à testa,
Como aquelas nas portas das tavernas,[46]
E carregava um bolo bem maçudo,
Que por chiste fingia ser escudo.

Com ele viajava o VENDEDOR
D'INDULGÊNCIAS;[47] garanto que era flor
Nascida no mesmíssimo canteiro.
De Roma veio faz um mês e meio;
Servia no hospital de Roncesvalles
— Cuja reputação vocês bem sabem.[48]
Ia cantando: "Amor, vem para mim"
(E ao refrão respondia o Beleguim
Fazendo um estertor e um alarido),
Cabelos amarelos e escorridos
Caíam-lhe em mechinhas finas, soltas,
Como se fossem tranças duma moça
— Distintas, vistosíssimas madeixas.
Não usava capuz sobre a cabeça
E os cabelos dançavam numa roda;
Achava assim estar na última moda.
Usando apenas gorro, ia fagueiro.

Saltados tinha os olhos, como um coelho.
No gorro, uma verônica[49] grudada
Ostentava, e na bolsa iam guardadas
As indulgências, pródigas, quentinhas
Do forno — pois do Vaticano vinha.

Sua voz era o balido duma cabra;
Não tinha em toda a cara um fio de barba.
Se fosse entre os equinos numerado
Seria, me parece, égua ou castrado.
Mas era em seu ofício sobranceiro;
Dizia ter um santo travesseiro
Com o manto da Virgem enfronhado
E tiras do velame abençoado
Do barco em que São Pedro velejara
No dia em que tentara andar nas águas.
Trazia grande cruz feita em latão
E um pote com ossinhos de leitão.
Estoques de relíquias tão sortidos
Impressionavam padres desvalidos
— E assim ele ganhava de uma vez
Mais que o coitado padre em todo o mês,
Transformando, com truques de velhaco,
População e padre em seus macacos.
Mas para que justiça se lhe faça:
Confesso que era exímio eclesiasta.
Seu brio ao recitar era notório;
Cantava lindamente um ofertório,
Pois sabia que, finda essa canção,
Vinha a hora da doce pregação
— E de volver o mel da língua em ouro.
Por isso, só, cantava mais que um coro.

Agora que já dei todo o resumo,
Dos tipos, e a razão de estarmos juntos
Formando tão excelsa companhia

Naquela apreciada hotelaria
Do Tabardo, que fica junto ao Sino
— É hora de seguir, então prossigo.
Primeiro vou contar-vos, se escutardes,
O que se deu no fim daquela tarde,
Assim que lá chegamos — e a jornada
Que fizemos darei bem detalhada.
Mas antes, peço a vós, por gentileza:
Não julgueis minha falta de fineza,
Pois hei de descrever falas e feitos
De maneira veraz e sem rodeios.
Conforme ouvi as frases, eu repito;
Convém reproduzir, dito por dito,
Numa história que envolve tanta gente,
As coisas como foram, fielmente,
A grossura das falas respeitando
Nenhuma sordidez amenizando;
Do contrário, a verdade morre, expira,
E o conto é sem sabor, pura mentira.
E se de meu irmão tratasse um conto,
Não creiam que eu daria algum desconto.
Até Jesus falava com franqueza,
Portanto, ser veraz não é vileza.
E também exigia o bom Platão
Que o Real fosse irmão da Narração.
Tampouco voz zangueis se eu ouso mais
Ao misturar camadas sociais.
Não me julgueis malandro, boa gente:
É que eu não sou lá muito inteligente.

Nosso ALBERGUEIRO[50] deu as boas-vindas
Com quartos confortáveis e comidas.
Serviu-nos vitualhas excelentes,
E vinhos d'estalar a língua aos dentes.
Era um homenzarrão forte e vistoso,
Perfeito ao receber, e de bom gosto,

Tinha um olhar brilhante, e poderia
Ser mestre nos salões da fidalguia.
Pançudo, mas de lúcida agudez,
Em Cheapside eu não vi melhor burguês.
De fala ousada e ainda assim gentil,
Melhor anfitrião nunca se viu.
Mais do que tudo, amava gracejar;
E após a refeição, sem mais tardar,
(Assim que as nossas contas foram pagas)
Falou-nos de um joguinho que inventara:
"Nobres damas, queridos cavalheiros,
Acreditem, não minto ao descrevê-los
Como a mais excelente companhia,
A mais cheia de viva simpatia,
A ter-se reunido no Tabardo.
Por isso, estou agora entusiasmado
Em lhes prover geral divertimento
De graça, sem cobrança ou pagamento.
Será linda a viagem, vaticino:
São Tomás abençoa os peregrinos.
Mas antes que a viagem seja finda
Alguma distração será bem-vinda,
Pois ficarão doídos, quase enfermos,
De andarem sérios o caminho inteiro.
Mas eis que a solução foi encontrada
Para abrandar a dura e longa estrada!
Então, se lhes agrada essa proposta,
E se aceitam cumprir o que lhes toca
Nesse plano que urdi um minuto atrás,
Então juro pel'alma do meu pai
Que acharão divertido o nosso jogo,
E do contrário, cortem meu pescoço!
E agora, quem aceita, que erga as mãos".

Desnecessária a deliberação,
Inútil parecia discutir.

Concordamos, já prontos para ouvir
As regras da partida a ser jogada.
"Então escutem bem, se lhes agrada:
Com atenção escutem, boa gente,
Pois vou explicar tudo facilmente.
Para o caminho amenizar um pouco,
A cada um caberá contar um conto
Nessa etapa inicial de nossa rota,
E mais dois contos contará na volta
— Histórias de aventuras do passado.
E àquele que contar mais bem contado
— E que contando mais nos deleitar
Ou a melhor lição nos ensinar —
Os outros todos logo pagarão
A mais lauta e suntuosa refeição,
Aqui mesmo, ao voltarmos da viagem.
E eu mesmo, em cordial camaradagem,
Irei junto a vocês, com alegria,
Para no jogo ser juiz e guia.
E quem não aceitar meu julgamento
Terá de arcar com todo o pagamento
De tudo o que gastarmos na jornada.
Me digam se concordam. Tudo ou nada!
Se sim, amanhã cedo estarei pronto."

Com tudo concordamos ponto a ponto
E ao plano nos juntamos de bom grado;
Ao Guia confiamos todo o encargo
De ser nessa jogada o capitão,
Avaliador de cada narração,
E o tamanho do prêmio decidindo,
O preço das comidas e do vinho.
E nos pusemos todos de uma vez
Com coração alegre à sua mercê.
Levantamos então brinde ditoso
E aos quartos fomos, procurar repouso,

Encerrando a palestra, sem demora.

Nem bem no céu raiava rubra a aurora,
O Taverneiro foi o nosso galo.
O grupo reuniu, pôs-se a guiá-lo.
Fomos num leve trote até chegar
Ao regato chamado São Tomás.[51]
E ali nosso Albergueiro sofreou
O cavalo e descendo assim falou:
"Se o que a noite passada os vi jurar
Está valendo sob a luz solar,
Já é hora de escolher nosso primeiro
Narrador, recorrendo a um bom sorteio.
E tão certo quanto eu beber cerveja,
Quem desobedecer punido seja!
Deste feixe de palhas que aqui está
A menor quem pegar começará.
Bom Cavaleiro, peço, meu senhor,
Escolha já uma palha, por favor.
Querida Prioresa, é sua vez.
Deixa os estudos, deixa a timidez,
Caro Erudito. Escolham todos já".

As palhas começamos a pinçar
Entre os dedos, e agora encurto o caso:
Quer fosse por ventura, ou por acaso,
O fato é que calhou ao Cavaleiro
Fazer as honras e contar primeiro.
E disso todos nós nos alegramos
E as coisas foram como combinamos.
E pouco já me resta pra dizer:
O bravo Cavaleiro, homem cortês,
À justa obediência acostumado
De boa-fé cumpriu o combinado.
E disse: "Se iniciar a mim me calha,
Bendita então por Deus seja esta palha!

Cavalgando, ouvireis a minha história".
E com essas palavras meritórias,
Prosseguimos ouvindo a narrativa
Que vós escutareis logo em seguida.

Conto do Cavaleiro

I

Entre os contos que o Tempo não perdeu
Há o do bravo e gentil duque Teseu,
Que da célebre Atenas foi senhor
E pelas armas tal conquistador
Que sob o sol não encontrou rival.
De reinos conquistou grão cabedal:
Tomou, das amazonas tão bravias,
A terra então chamada Femenia[52]
Que dos citas também fora morada.
Casou-se co'a rainha derrotada,
Hipólita, e levou-a a seu país;
Com glória e distinção tratá-la quis;
Também a irmã levou, chamada Emília;
E assim, com vitoriosa melodia,
Deixo esse nobre duque e suas tropas
Que da natal Atenas vão na rota.

E se não fosse mui longo o relato
Eu contaria como, passo a passo,
O duque conquistou a Femenia
Com valente e veloz cavalaria
E dos combates vastos e cruentos
Que as da Cítia travaram contra os gregos
E do cerco à rainha bela e fera
Que desposou quem lhe tomara a terra;

CONTO DO CAVALEIRO

E do festim que uniu os inimigos,
E do retorno a casa e dos perigos
Que passaram no mar; porém me calo,
Pois tenho um grande campo, e devo ará-lo,
E meu arado tem só bois doentes
— Sim, muito conto temos pela frente.
Não desejo atrasar nossa jornada;
Possa cada um contar, em nossa estrada,
Seu conto, e ver quem ganha a refeição.
Onde eu parei, eu recomeço então.

Bem: o duque Teseu ia marchando
Rumo às portas de Atenas com seu bando,
Mas antes que descesse do cavalo
Notou subitamente, de soslaio,
Comitiva de damas ajoelhadas
Aos pares, junto à beira dessa estrada.
Todas em negro luto se vestiam,
E desgraçadas lágrimas vertiam.
— Jamais no mundo viva criatura
Ouviu lamentações tão tristes, duras;
E enquanto não pegaram no bridão
Do duque, não cessou tal comoção.

"Quem são vocês, que estragam meu retorno
E ofuscam meu triunfo com seu choro?",
Demanda o duque. "Acaso é por despeito
De minhas glórias, de meus altos feitos?
Quem poderia injuriá-las tanto
A ponto de causar tamanho pranto?
Por que de negro estão assim vestidas?"

Respondeu-lhe a mais velha, comovida,
Dolente quase a ponto do desmaio
(E dava pena ver tamanho ordálio):
"Senhor, ó favorito da Fortuna,

Vitorioso, viril — feliz em suma;
Não é despeito o que nos faz chorar;
Mas socorro nós vimos suplicar.
Tem piedade da desgraça nossa;
Que o teu coração nobre agora possa
Este pranto lavar, alma cortês!
Pois todas as mulheres que aqui vês
Foram nobres, rainhas e duquesas,
Embora agora à desventura presas,
Pois da Fortuna a Roda falsa, atroz
Do júbilo à miséria vai veloz;
Incerta vida! Então, a tua presença
Aguardamos no templo da Clemência,
Estando já aqui há quinze dias,
Rezando ao céu, que teu socorro envia.
Olha esta mísera infeliz — fui eu
Mulher de um rei, o altivo Capaneu,[53]
Na guerra contra Tebas derrubado.
E todas nós, que vês em tal estado,
Em pranto tão dolente e tão sofrido,
Nessa guerra perdemos os maridos,
No cerco a Tebas, portentosa praça.
Agora, o rei Creonte — vil desgraça! —
Senhor de Tebas, velho e rancoroso,
Cheio de fúria e d'ódio caprichoso,
Tirânico, profana em modo horrendo
Os corpos dos maridos que perdemos;
Nossos nobres senhores, já tombados,
Ele os pôs num monturo, desonrados,
Privando-os do túmulo e da pira,
Negando as honras fúnebres devidas
Deixando que cachorros os devorem!".
Ao som desta palavra, um grito explode,
Um só clamor erguendo todas juntas:
"Concede-nos, senhor, a tua ajuda!
Não nos deixes penar assim ao léu!".

CONTO DO CAVALEIRO

E o bom duque desceu de seu corcel
Pois enquanto escutava a narração
Sentira arrebentar-lhe o coração
Ao ver caídas em tão fundo poço
Quem estivera um dia em alto posto.
Em piedosos braços confortou-as,
Dizendo em voz cortês palavras boas;
Jurou por seu honor de cavaleiro
Usar todo o poder, todos os meios,
Para arruinar aquele rei rapace
Até que toda a Grécia assim falasse:
Creonte, o monstro, teve de Teseu
O fim e a punição que mereceu.
Então sem perder tempo desfraldou
Da guerra os estandartes e largou
A Tebas, com seus homens logo atrás
— À cidade de Atenas não vai mais;
Corre sem descansar nem meio dia
E toda a noite ainda correria
(Não sem antes Hipólita enviar
A Atenas, que será seu novo lar;
Com ela Emília, rosa de beleza)
— E assim buscou Teseu novas proezas.

A figura vermelha do deus Marte
Tremulando luzia no estandarte
Em rubra luz banhando os verdes prados;
E luzia o pendão todo dourado
Trazendo no brasão o táureo monstro
Que o rei Teseu matou quando era moço.
E lá se vai Teseu, lá vai o bravo,
Vai o conquistador ao desagravo
Das damas; logo em Tebas ele aporta
E trava-se o combate junto às portas.
E para resumir tão alto feito:
Em singular combate esse perfeito

Herói bateu Creonte em campo aberto;
E aos tebanos deixou em desconcerto
E a cidade tomou em fero assalto
E pôs abaixo tetos, muros altos,
E às nobres damas o exemplar Teseu
Os ossos dos maridos devolveu
Para os justos, devidos funerais.

— Mas disso não pretendo falar mais;
Já não direi dos prantos derramados
Quando foram na pira incinerados
Os ossos; nem da fina gentileza
Do herói Teseu, cortês em sua grandeza,
Quando das tristes damas despediu-se;
E mais não falarei do que já disse.

Pois bem: vendo o trabalho terminado,
E o tirano Creonte justiçado,
Na tenda descansou o cavaleiro
E Tebas entregou aos seus guerreiros.

Entre os montes de mortos transitando
Após a dura luta, foi-se o bando
De saqueadores, ávidos em busca
De ouro, mantos, armas e armaduras.
E acharam lá no meio da matança
Feridos por espadas e por lanças
Dois cavaleiros juntos, desmaiados,
Em belas armaduras, lado a lado,
De idênticos brasões; um era Arcita,
O outro era Palamon; e suas vidas
Pairavam numa vaga quase morte;
A cota d'armas,[54] os brasões, o porte
Aos heraldos mostravam com certeza
Serem varões de Sangue e de Nobreza
— Dois primos da Real Casa de Tebas.[55]

Tirados do monturo em meio às trevas,
À tenda de Teseu são conduzidos.
O duro duque decretou o exílio:
"Prisão perpétua é o que lhes corresponde
Por serem da família de Creonte".
Caída Tebas, foi-se o duque embora;
Cavalga a Atenas sem qualquer demora,
Triunfante, nos louros da conquista;
E lá viveu em honra toda a vida
E disso não há mais do que falar.
Mas aos primos mandou trancafiar
Numa torre, sem preço de resgate:
Nem ouro comprará sua liberdade.

E o tempo foi passando, dia a dia,
Até que uma manhã, a bela Emília
Avistaram os primos à janela;
Era maio, e Emília era mais bela
Que a luz suave que avivava as flores,
Tão fresca como o lírio em seus albores
— Porque de lírio fresco era sua pele.
Reluz o dia; é maio o que a propele
A cedo madrugar tão linda e fresca
Flanando em suas roupas principescas;
Pois maio acende os corações gentis
E ordena que despertem, juvenis,
Dizendo: "Acorda, sai, vai ver o mundo".
E Emília lá se foi, sentindo fundo
A reverência ao mais belo dos meses.
Vestiu o que vestia nessas vezes;
Sua trança de uma jarda estava exposta
Caindo longa e loira pelas costas.
No lúcido jardim ao sol nascente
Passeava sua figura transcendente
Colhendo flores rubras, brancas, rosas
Para moldar guirlanda preciosa.

Como um anjo, cantava uma canção.

O grande, escuro e forte torreão,
A principal masmorra do palácio,
Onde os primos estavam encerrados
— Deles a história eu conto até o fim —
Ficava junto ao muro do jardim
Por onde a bela Emília passeava,
Andando na suave manhã clara.
E Palamon, tristonho prisioneiro,
Conforme permitia o carcereiro,
Na câmara vagava, cabisbaixo,
A cidade observando, à luz, lá embaixo
E também o jardim florido e verde
Por onde andava a dama reluzente,
Caminhando e cantando em belos tons.
Esse triste cativo, Palamon,
Andava lamentando pela sala
A dor em que a Fortuna o aprisionara
E maldizendo um dia ter nascido.
Então, ou por acaso ou por destino,
Entre as barras de ferro da janela
— Entre as acerbas barras — a donzela,
Emília, o seu olhar iluminou.
E o jovem ficou pálido, gritou
Como se alguém lhe abrisse uma ferida.
E aquele grito despertou Arcita,
Que diz: "Ó Palamon, que mal te abate?
Mais pálida que a morte é a tua face.
Quem te feriu, quem te transtorna a mente?
Em nome do bom Deus, sê paciente.
Nosso fado é viver nesta prisão
— A Fortuna nos deu esse quinhão.
Saturno estava em posição funesta[56]
Em nosso nascimento, e a sorte atesta
Que o mapa sideral nos foi contrário,

Por algum movimento planetário.
Temos de suportar o que nos toca".

E a isso Palamon assim retorna:
"Tal conclusão, meu primo, está errada;
Sim, erras, pois não sabes do que falas.
Não gritei em protesto contra o fado.
Meu olho foi ferido por um dardo
Certeiro, que chegou ao coração.
Lá embaixo, eu avistei a danação:
De uma dama a beleza me condena
E por isso gritei, gritei de pena.
Será ninfa ou mortal? Será uma deusa?
Já vejo, sim, é Vênus, com certeza!".
E de joelhos no chão, assim murmura:
"Se és tu mesma que assim te transfiguras,
Raio de luz que surge entre essas grades,
Devolve, ó Vênus, nossa liberdade!
Porém se nada há que esta sina extirpe,
Recorda, minha deusa, nossa estirpe
Humilhada, à mercê da tirania!".

E enquanto Palamon assim dizia,
Arcita viu a dama em seu passeio
E o mesmo raio o fulminou em cheio,
E tanto ou mais que ao primo subjugou-o,
Com força de uma lança em pleno voo.
E assim murmura Arcite, num transporte:
"Ó beleza fatal, igual à morte!
Se eu não puder gozar dos teus favores,
Se não puder serguir-te aonde fores,
Ó dama que passeias no jardim,
Então me calo, e a vida chega ao fim".

No primo, a ira refulge, ardendo ao som
Dessas palavras. Ruge Palamon:

"É verdade o que dizes ou só chiste?".
"A mais pura verdade", jura Arcite.
"Minha palavra e a honra nisso empenho."

Irado, Palamon franziu o cenho.
"Palavra e a honra? Diz-me: onde é que estão?
Traíste a mim, teu primo, teu irmão,
A quem juraste eterna lealdade;
Prometemos guardar nossa amizade
Na dor e no infortúnio; exceto a morte,
Nada iria romper laço tão forte;
Prometemos jamais sermos rivais
Fosse no amor, na guerra ou tudo o mais;
Pois em tudo juraste me ajudar;
Também a ti jurei sempre apoiar;
Foi esse o nosso fraternal acordo,
Que bem recordas, como eu bem recordo.
Meu segredo contei-te, em confiança,
Porém agora falsamente avanças
Sobre ela, que minh'alma tem rendida
E que hei de amar até ao fim da vida.
Tu jamais vais tocá-la, traiçoeiro!
Fui quem a viu, fui quem amou primeiro,
Conforme a ti contei em confissão
Achando seres meu leal irmão.
O honor de cavaleiro assim te obriga
— Favorecer-me em tudo o que consigas.
Se não o fazes, eu digo: és falso e vil."
E Arcite replicou, garboso, hostil:
"Quem mente és tu, meu primo; não sou eu.
É mui vago esse amor que te rendeu;
Mas eu a amo de fato, como amante:
Na força do desejo, amei-a dantes.
Não sabes se ela é deusa, ou se é mulher:
O teu amor é devoção ou fé.
Porém eu a amo como a uma donzela

De carne e sangue; e o meu amor por ela
A ti confesso, irmão sempre, até o fim.
Supondo que tu a amaste antes de mim,
Recorda este ditado edificante:
'Nenhuma lei existe entre os amantes'.
O amor é lei maior e mais completa
Que toda lei humana sobre a Terra:
Por ele, a lei dos povos é quebrada
E os decretos dos reis não valem nada.
Precisamos de amor mais que razão,
E dele não existe salvação,
Ainda que nos leve à própria morte.
De qualquer forma, não é nossa sorte
As graças dessa dama desfrutar.
Tu e eu, dois condenados a penar,
Perpétua, injusta e bruta punição,
Não sairemos nunca da prisão.
Somos dois cães, brigando inutilmente
Por um osso, roubado de repente
Pelas garras de um pássaro ligeiro.
De que importa quem foi que amou primeiro?
Do amor esta é a geral fatalidade:
Cada um que lute a sós nesse combate.
Eu amarei; e tu amarás também;
Amemos pelo mal ou pelo bem.
Nesta cela, aceitemos nossa pena,
Suportando o que o Fado nos ordena".

O debate entre os dois foi acirrado
Mais longo do que cabe em meu relato.
Mas eis o que se deu: após um tempo
— Resumo vários meses num momento —
Pirítoo, que era duque de importância,
Amigo de Teseu desde sua infância,
Veio a Atenas, glorioso e sobranceiro,
Visitar seu querido companheiro,

E falar de aventuras do passado.
Ao duque era Teseu afeiçoado
Em tal medida — assim dizem os livros —
A ponto de enfrentar qualquer perigo:
Chegou mesmo a descer até o Inferno
Para o amigo salvar do fogo eterno
— Mas esse tema foge à minha escrita.
Pirítoo apreciava o bom Arcita
Que havia um dia em Tebas conhecido
E Teseu, atendendo ao seu pedido,
Aceitou, sem qualquer preço ou resgate,
Ao jovem devolver a liberdade
— Mas uma condição o soberano
Impôs, conforme agora vos explano.
A exigência do duque foi que Arcita
Jamais, de agora até o fim da sua vida,
Voltasse a pôr os pés no chão de Atenas,
Pois do contrário sofreria a pena
De morte. Fosse achado noite ou dia
Em terra à qual o duque presidia,
Arcite ali seria degolado.
E esse acordo foi dito e decretado:
Voltar a Tebas deveria o moço,
Pois disso dependia seu pescoço.

Como dói a fatal libertação,
Como lhe pesa e esmaga o coração!
Chora, lamenta e geme o pobre Arcita
E pensa em terminar a própria vida.
"O dia em que nasci — que dia imundo!
A cela que me prende é o próprio mundo.
Do Purgatório o espírito liberto
Não sobe ao Céu, mas tomba em pleno Inferno.
Pirítoo, funesto companheiro!
Quisera viver sempre prisioneiro
Na torre de Teseu agrilhoado;

Seria então feliz, não desgraçado.
Pudesse apenas ver a minha amada,
Mesmo de longe e sem poder tocá-la,
E em tudo me acharia venturoso.
Ó primo Palamon, és vitorioso;
Nesta prisão, em doce regozijo,
Viverás — esta cela é o Paraíso.
Um dado rodopia, e a sorte faz-se;
O dado da Fortuna mostra a face
E nela vejo a ausência da donzela;
Mas outra face o dado te revela.
E tu, que és cavaleiro bravo e forte,
Poderás ver mudança em tua sorte,
E um dia saciar o teu desejo;
Porém, eu perco tudo quanto almejo;
Caí no exílio, em plena desventura,
E a mim não há nenhuma criatura,
De terra ou fogo, nem do céu ou mar,[57]
Que possa dar descanso ou confortar.
Minha alma se consome em sofrimento.
Adeus, desejo, adeus, contentamento!

Por que protesta o homem, ignorante,
Do que a Fortuna ou Deus lhe põe adiante?
Muitas vezes, a dádiva que temos
Vale mais do que o prêmio que escolhemos.
Um homem quer ser rico: a sua fortuna
Pode um dia levá-lo a sepultura.
Outro da cela quer ser libertado
— Mas, livre, é logo em casa assassinado.
Nesse caminho, jazem mil enganos.
Desconhecemos quando desejamos.
No mundo, andamos como embriagados,
A caminho de casa extraviados;
Perdemos rumo, trilhas, direções
— E um bêbado anda sempre aos tropeções.

Andando pelo mundo, com alarde,
Corremos a buscar felicidade,
Mas acabamos por andar só a esmo
— E um bom exemplo disso sou eu mesmo:
Antes eu tinha a inteira convicção
De que sendo liberto da prisão
Teria plena e superior ventura,
Mas hoje a liberdade me tortura.
Se estou longe de ti, delícia minha,
Sou apenas cadáver que caminha."

Contudo, Palamon, ao descobrir
Que o primo Arcite acaba de partir,
Põe-se a verter profuso e fundo pranto,
E a torre inteira ecoa seu quebranto
E até mesmo os grilhões nos pés alaga
No orvalho de suas lágrimas amargas.
"De Deus, Arcita, cumpre-se a vontade:
A ti cabem os louros do combate.
Tu já caminhas livre em nossa Tebas,
E minha dor em nada te interessa.
Com teu valor e força, nossa raça
Podes erguer em hoste fera e vasta,
E Atenas atacar com braço armado,
E por vitória ou bélico tratado,
Poderás desposar a bela Emília,
Por quem me resta renunciar à vida.
Pois claras são as probabilidades:
Agora és lorde, e estás em liberdade,
E podes andar solto mundo afora,
Enquanto eu apodreço na gaiola;
Sem dúvida, a vantagem te pertence.
E a mim resta penar esta corrente,
E além da dor de estar aprisionado
Redobra a pena o amor sendo ignorado."

E os ciúmes ora ardem, qual fogueira,
Em um cego clarão, de tal maneira
Que Palamon é pálido e prostrado
Como as cinzas de um lenho requeimado.
E diz: "Deuses cruéis, vós, governantes
D'universo, que em tábuas de adamante
Inscrevem vossos mandos e decretos,
Impondo ao mundo escravo o Verbo eterno,
Os homens para vós — dizer arrisco —
Não são mais do que ovelhas num aprisco.
É o homem abatido como gado,
Ou vive perseguido e aprisionado,
E mesmo sem ter crimes cometido
Vive a penar castigo imerecido.
Que tipo de divina presciência
É a vossa, que castiga só a inocência?
Também por isto minha pena cresce:
Que o Homem, por respeito à lei celeste,
Controle seu desejo, enquanto a fera...
— Sem remorso à volúpia ela se entrega.
A fera morre, e não será punida:
Mas o homem também sofre além da vida,
Por mais que neste mundo haja sofrido.
Assim foi pelos deuses decidido.
Aos adivinhos deixo a solução:
O nosso mundo chama-se aflição.
Vi celerados, monstros, traidores
Aos inocentes impingirem dores,
E então saírem livres, por seu turno;
E eu fico preso — eis a obra de Saturno
E Juno. Aqueles dois deuses insanos
Devastaram o bom sangue tebano
Ao chão pondo de Tebas as muralhas.
E do outro lado, Vênus me estraçalha,
Com ciúmes, amor e medos loucos".

E agora deixo Palamon, um pouco,
A sós lá na prisão a lamentar,
Pois de seu primo Arcita vou falar.

Findo o verão, as noites são mais longas,
E a escuridão das horas mais prolonga
A dor do amante livre e do cativo.
Não sei qual sofrimento era o mais vivo.
Pois para colocar em termos chãos:
Palamon, entre as grades e o grilhão,
Espera nesta cela o fim da vida,
Enquanto lá no exílio chora Arcita,
Pois não pode pisar no chão de Atenas
Nem a face de Emília ver, apenas.

A vós, amantes, deixo esta questão:
Quem sofre mais, Arcite ou Palamon?
Um deles vê sua dama todo dia,
Mas não pode sair da cela fria.
O outro pode no mundo correr solto,
Mas sem da bela dama ver o rosto.
Julgai como puderdes o percalço:
Conforme comecei, prossigo o caso.

2

Assim que Arcite a Tebas retornou,
O jovem na tristeza mergulhou;
Sua alma a dama ausente consumia;
Direi dessa cruel melancolia
Apenas que ninguém sofreu tão fundo
Desde que uma viv'alma anda no mundo.
Do sono e da comida está privado;
O corpo se enlanguesce, emaciado.
O rosto agora é máscara sombria;

CONTO DO CAVALEIRO 65

A pele morta como a cinza fria.
De noite, anda sozinho pelos ermos
Nas sombras repetindo mil lamentos;
Se acaso escuta os sons de uma canção,
Seu pranto ecoa em meio à solidão;
Tem corpo e alma em tal forma assim transidos
Que já mal pode ser reconhecido
Até por quem lhe escuta o som da voz.
Parece mais que amor tal pena atroz,
Mais que a flechada d'Eros poderosa
— É como uma obsessão fatal, morbosa,
Engendrada na célula fantástica[58]
Que à mente lança em treva sorumbática.
Mudado está dos pés até a cabeça,
Ao ponto em que ninguém o reconheça
— Assim sofre o amoroso cavaleiro.

Mas não quero gastar o dia inteiro
Suas penas, seus tormentos detalhando.
Dessa forma, passaram-se uns dois anos,
Até que certa noite, adormecido,
No lar tebano que era seu exílio,
Pensa enxergar o alado deus Mercúrio
Que surge a lhe anunciar alegre augúrio.
Ergue na mão seu caduceu sonífero,
E um pétaso lhe cinge a fronte, alígero
— Estava o mesmo traje ele a vestir
No dia em que aos Cem Olhos[59] fez dormir.
E disse: "Vai a Atenas. Já não tardes.
O Fado quer que lá cures teus males".
Arcite acorda e diz, em comoção:
"Por mais dura que seja a punição,
A Atenas vou agora sem tardança;
Nem o terror da morte ou da vingança
Me afastarão da dama que venero.
Se morro ao vê-la, a morte é só o que quero".

Com isso, um grande espelho põe nas mãos,
E enxergando em sua pele a alteração
Da cor, e o rosto tão profundamente
Mudado, logo nasce em sua mente,
A ideia: estando assim desfigurado
Pelo severo mal que o tem lavrado,
Talvez usando o natural disfarce,
Possa voltar a Atenas sem alarde,
Despercebido, e ver a dama amada.
E logo a roupa toda tem mudada:
Pondo os trajes dum simples pobre obreiro,
E acompanhado só pelo escudeiro
(Que seus segredos todos conhecia
E que sob um disfarce também ia),
De Atenas busca a menos longa senda,
E no portão da corte se apresenta,
E diz buscar serviço de criado,
Pronto a realizar qualquer trabalho.
O camareiro-mor bem logo o emprega,
E o séquito de Emília em breve integra,
E agora habita a casa da beldade.
Com tino e natural sagacidade
A criadagem toda governava.
Também rachava lenha, água portava,
Pois era forte, grande, esbelto e moço,
Viril e resistente até o seu osso,
Capaz de cumprir bem qualquer missão.

E um ano ou dois ficou nessa função,
Como pajem de câmara de Emília.
Por nome, "Filostrato" respondia.
Naquela corte nunca houve existido
Um servo mais amado ou mais querido;
Era de natureza tão gentil
Que a fama sua a corte toda ouviu;
Disseram que seria caridoso

Se o duque o colocasse em novo posto
Mais alto, com tarefas mais honrosas,
À altura de tal alma valorosa.
De Filostrato tanto se dizia
Em tudo ter gentil sabedoria
Que o duque logo volve o serviçal
Em seu próprio escudeiro pessoal,
Com pagamento em ouro apropriado.
Além disso, em segredo bem velado,
São-lhe enviadas rendas lá de Tebas;
Porém, leva uma vida bem modesta,
Sem atrair nenhuma suspeição.
Três anos dessa forma vêm e vão;
E tal é sua virtude e seu renome
Que o duque o estima mais que a qualquer homem.
E deixo assim Arcite afortunado,
E volto ora a seu primo aprisionado.

Em horrenda e forçosa escuridão,
Por anos sete, pena na prisão
O triste Palamon, e esse desgosto,
Que o põe a definhar, tem duplo rosto:
É o amor que alucina brutalmente,
E já quase lhe põe insana a mente;
Além disso, está preso, agrilhoado,
E crê que ali morrer será seu fado.

Quem pode pôr em rimas tal tormento?
Por minha fé, não tenho tal talento.
Ligeiro, desse tema agora saio.
Três noites tinha já esse mês de maio[60]
No sétimo ano (assim está contado
Nos velhos, minuciosos alfarrábios)
Quando ao sabor do acaso, ou por destino
— Pois o que estava escrito estava escrito —,
Eis que, de madrugada, o prisioneiro,

Co'a ajuda dum amigo e companheiro
Da cela foge, e vai-se já de Atenas.
(Com fulvo mel e especiaria amena
De Palamon o amigo adocicara
Uma taça de vinho fina e rara
Que ao carcereiro dera de regalo.
Mas d'ópio vinha o gole temperado:
Mergulha o guarda em funda letargia.)
A noite vai veloz, ressurge o dia,
Nos ermos, temeroso o fugitivo
Busca um reduto, a s'esgueirar furtivo,
E enfim um bosque vê nas cercanias.
Planeja ficar lá durante o dia,
Oculto, em meio à sombra das ramadas.
Retomaria à noite sua escapada.
Em Tebas buscaria amigos seus
Para a guerra mover contra Teseu.
Queria, enfim, casar-se com a Morte
Ou ter a bela Emília por consorte.
Tal plano à combalida mente excita.

De novo, ora me volto ao primo Arcita,
Que a trama da Fortuna não pressente
Até que essa armadilha o laça e prende.

Mensageira do dia, eis a calhandra
Irrequieta, saudando a manhã branda;
Nos ares sobe Febo[61] resplendente
E a luz faz rir em fogo todo o Oriente;
Nas ramas incidindo o doce raio
Resseca sobre as folhas vago orvalho.
Na régia corte Arcita, que é escudeiro
Do duque, e o seu honrado companheiro,
Desperta e vê fulgir glorioso o dia.
Para cumprir de maio a liturgia,
E o ícone do amor lembrando — a dama —

Salta ao corcel, veloz como uma chama,
Ao campo corre, em célere compasso
Cantando, e a duas milhas do palácio
Um bosque vê, que a luz do sol banhava
— O mesmo de que há pouco eu vos falava.
Acaso ou o destino — qual comanda?
Querendo entretecer uma guirlanda
De folhas, lá se vai cantando ao sol:
"Ó maio, que ressurges no arrebol,
Dourado e verde, dá-me tuas folhas,
Que uma guirlanda bela eu teça e colha".

E assim, com palpitante coração,
Dispara e ao bosque vai de supetão.
Por acaso é o acaso quem o guia
Onde seu primo agora se escondia?
À beira do caminho, num arbusto
Se oculta Palamon. Tremendo susto
Tomara ao ver um vulto no caminho
— Não imagina ser esse o seu primo.
Conforme um dito antigo nos atesta:
"A campina tem olhos; e a floresta,
Ouvidos". Então urge estar atento:
O inesperado surge num momento.
Tampouco Arcite nota Palamon
Que imóvel se mantém, sem qualquer som.
E, bem quieto, do primo escuta a voz.

Arcite vai feliz, canta rondós,
Entre as ramagens verdes, ali perto,
Mas súbito se torna circunspeto
— Como é geral costume entre os amantes,
Que têm humor estranho e cambiante,
Voando do suave ao espinhoso
Do céu azul ao céu tempestuoso
Como é o incerto céu da sexta-feira,

Que ao sol secunda a chuva, traiçoeira.
A causa disso é Vênus, a inconstante,
Que aos súditos transtorna num instante.
Dos céus de sexta-feira é soberana
— O dia mais incerto da semana.[62]
Deixando de cantar, suspira Arcite:
"Ai, dia em que nasci, tu, dia triste!
Por quanto tempo, Juno, em ódio insano,
Feroz guerrearás o chão tebano?
Destroçado, em total desolação
É o sangue de Cadmo e Anfião!
De Cadmo, esse honrado fundador
Do reino, e da cidade construtor;
Primeiro rei tebano coroado
— De minha estirpe foi antepassado.
Pertenço a tal linhagem venerável,
Porém agora sou tão miserável
Que ao pior inimigo de meu sangue
Eu sirvo em condição humilde, infame.
E Juno ainda mais quer me humilhar:
Meu nome já não posso revelar.
Sim, eu que outrora Arcite fui chamado
Sou hoje um vil, um reles Filostrato.
Ó louco Marte, ó Juno tão amarga,
Aniquilastes toda a nossa raça,
Menos eu e o meu primo, pobre mártir,
Que na prisão suspira e se debate.
E mais um golpe o Fado me desfecha:
Do amor me fere a flamejante flecha,
Que ao peito me estraçalha e me derrota.
Meu fim estava escrito e não há volta.
A morte são teus olhos, minha Emília;
Amor ardente, atrais a morte fria.
Do mundo, já não tenho mais cuidados
Tudo é vazio; o mundo é nulo e vago.
Querer-te é minha ardente ocupação".

E nisso, cai em funda prostração;
Imóvel, nada diz, e não faz nada.

É como se uma lâmina gelada
Ferisse Palamon, rasgando o peito.
Feroz flameja o seu rancor, despeito,
Ao escutar o conto detestado.
Com rosto hirsuto, branco, tresloucado,
Do esconderijo salta, em alarido,
E grita: "Tu, vilão! Vil e bandido!
Amante de quem amo, estás aqui,
Amando-a, por quem tanto já sofri.
Tu foste meu irmão de sangue outrora;
Mas sangue e juras, desleal, ignoras;
Em tudo a falsidade te consome:
Falsificaste até teu próprio nome.
A tua morte sou eu, ou tu és a minha.
Se vives, minha vida aqui termina.
Se vivo, morres. Saiba até o inferno:
Sou Palamon, teu inimigo eterno.
E embora aqui eu esteja desarmado,
Por minha mão serás aniquilado.
E só eu terei Emília, mais ninguém.
Proíbo-te de amá-la. Agora, vem!
Enfrenta-me, se insistes em amar".

Arcite, amargo, escuta-o a falar,
O rosto reconhece, o som da voz.
A espada saca, célere, feroz:
"Pelo trono onde Deus está sentado,
Se acaso tu não fosses desvairado,
Enfermo, sem espada, escudo ou lança,
Tua vida acabaria sem tardança
Aí mesmo onde estás. Não reconheço
Qualquer laço, aliança ou parentesco
Entre nós: isso tudo está rompido.

Aprende, tolo: amor não é contido
Por leis ou por correntes. Sim, eu a amo
E vou amá-la sempre. Mas proclamo:
Tu sendo honrado e digno cavaleiro,
Teu desafio aceito, sobranceiro.
Sozinho, aqui virei amanhã cedo
Sem companhia, e em total segredo.
Armaduras trarei para nós dois.
Primeiro escolherás tu; e eu, depois.
Comida hoje trarei, com o sol posto,
E roupas, para teres bom repouso.
Se minha dama ganhas amanhã,
Se expiro, e deixo atrás a vida vã,
A dama te pertence; é o nosso trato".
Diz Palamon: "É justo; concordado".
Então se afastam, já sem dizer nada:
A palavra dos dois foi empenhada.

Ó tu, fatal Cupido, governante
Que governas sozinho o peito amante,
Sabes que o amor, assim como o poder,
Companheiro ou rival não pode ter.
Já descobriram isso os dois tebanos!

Volta Arcite à cidade cavalgando.
Antes do amanhecer do novo dia,
Lá duas armaduras surrupia
E armas robustas, rijas, suficientes
À batalha entre os primos iminente.
Sozinho o equipamento todo leva
Cavalgando entre as luzes e entre as trevas;
Fracos raios de sol enfim despontam
E Arcite e Palamon então se encontram.

E nos seus rostos muda então a cor,
Tal qual, na Trácia, quando o caçador

CONTO DO CAVALEIRO

Com sua lança em meio à sombra espera
Surgir leão ou urso ou outra fera,
E a besta irrompe então, veloz, selvagem,
Despedaçando folhas e ramagem,
E o homem pensa: "É ele! Eis o adversário!
Que a morte o leve agora, ou do contrário
A mim me levará. Se eu erro o golpe,
A dura treva à minha alma engole".

Assim dos cavaleiros muda a face,
Como se a própria Morte os encarasse.
Não se saúdam Palamon e Arcita:
Ajudam-se a vestir elmo e loriga,
Com mútuas gentilezas e atenção,
Como se ainda fossem dois irmãos
— E então se lançam na peleja dura,
E longo, longo tempo ela perdura,
Se vísseis Palamon, tão aguerrido,
Creríeis ver leão enlouquecido;
O sanguinário Arcite tinha a imagem
Dum tigre; ou eram javalis selvagens;
Ao seu redor o chão fica vermelho,
Se empoça o sangue até os tornozelos.
E os deixo na feroz luta bravia
— Vejamos o que o duque ora fazia.

Destino portentoso, o grão-ministro
Que no mundo executa o já previsto
Pela divina Providência eterna
Antes que houvesse céu, mares e Terra
— Tão grande é seu poder, e tão certeiro,
Que mesmo contraposto ao mundo inteiro,
Desafiando as probabilidades,
O que ele traça, ocorre de verdade;
Às vezes dá-se um fato qu'em mil anos
Não há de repetir-se: e é soberano

O Fado; ao nosso medo e nosso ardor
Comanda a Presciência superior.

Prova disso é esse duque poderoso
Que neste dia acorda desejoso
De derrubar o sobranceiro gamo
Que à luz de maio corre entre os ramos;
Nem bem rompe no céu a madrugada,
Já pronto está Teseu para a caçada,
Com seus mastins, trombetas e couteiros;
O desejo feroz ferve em seu peito
De ser do belo gamo a triste sina
— Diana, além de Marte, hoje o domina.

Como vos disse, é luminoso o dia;
E o duque, em predatórias alegrias,
Ao bosque cavalgou, nas redondezas,
Por onde o gamo andava, com certeza
— Assim lhe garantiam seus couteiros.
Hipólita seguia no cortejo,
E Emília, em verdes trajes adornada.
E Teseu dirigiu a cavalgada
À clareira, por trás da ramaria,
Onde de praxe o gamo se escondia.
Um córrego saltou, esporeando
O cavalo, indo atrás do bravo bando
De cães, e ao alcançar a tal clareira,
O sol iluminou a cena inteira:
O duque, que das sombras emergia,
A peleja depara tão bravia
Entre os tebanos príncipes furentes;
E fulguravam lâminas luzentes,
Horrendas a brilhar, raios de fogo;
Resplende sob o sol, feroz, o jogo.
Teseu não sabe quem são os guerreiros;
Mas ao corcel impele o cavaleiro,

E entre os dois primos vai, de supetão,
Gritando, e erguendo a espada em sua mão:
"Por Marte poderoso, parem já!
Ou juro, uma cabeça rolará!
Quem desferir um golpe, morre agora.
E quem sois vós, me digam sem demora,
Que, sem juiz que arbitre vossa luta,
Lutando vão com valentia bruta
E enfrentam-se qual lordes num torneio".

É Palamon a responder primeiro:
"Tudo o que eu diga é nulo e vão, milorde.
Merecemos, os dois, a mesma morte.
Dois desgraçados somos, dois cativos,
Que querendo morrer, mal estão vivos.
Que a justiça se faça, em equidade:
Nenhum de nós merece piedade.
Suave a mim será morrer primeiro;
Porém, mata também meu companheiro.
Talvez antes de mim queiras matá-lo,
Ao saber que ele é teu mendaz vassalo,
Inimigo mortal, o vil Arcita,
Que baniste daqui, por toda a vida.
À corte apresentou-se, transmutado,
E ali disse chamar-se Filostrato.
Ludibriou-te, duque, o tempo inteiro;
E teu favor fez dele um escudeiro.
Ousadamente ele ama a pura Emília.
Percebo que chegou da morte o dia,
E a confissão completa agora dou:
Sou Palamon, o triste, que escapou,
Furtivo e traiçoeiro, da masmorra;
Teu inimigo sou. E quando morra,
Quero morrer olhando esta donzela,
Que mais que tudo, eu amo — Emília, a bela.
Por isso, peço a justa punição;

Porém, mata também meu primo-irmão,
Aos dois, a morte cabe por igual".

Responde o duque então, feroz, fatal:
"O veredito brevemente dou:
A vossa boca já vos condenou.
Sem tortura por corda, brasa ou ferro
O crime confessaste — eu assevero:
Heis de morrer, por Marte, o Rubicundo!".

Mas Hipólita e Emília, num segundo,
Põem-se a chorar de pena e puro espanto,
E as damas todas juntam-se no pranto
E pensam todas elas: que desgraça
Que do ardoroso amor se nutra e nasça
Entre gentis fidalgos tão distintos
Tão destrutor, tão áspero conflito;
E vendo as chagas feias, rubras, rotas,
Serva e senhora e dama, gritam todas:
"De nós tem piedade, bom senhor!".
De joelhos vão ao solo com fervor,
E de Teseu os pés querem beijar.

Sua ira logo fazem declinar
— Veloz flui a mercê n'alma gentil.[63]
A cólera que ardeu, logo sumiu:
O duque viu a falta cometida,
E a causa sopesou, logo em seguida,
E à fúria o duque opõe senso e razão.
Concede, ponderando, o seu perdão:
Pois qualquer homem tentaria a sorte,
E lutando fará tudo o que pode
Para ganhar do amor o galardão
Ou escapar às grades da prisão;
E lhe condói o pranto das donzelas;
E o coração gentil assim pondera,

A sua própria fúria reprovando:
"Vergonha caia sobre o soberano
Que é feroz qual leão sem piedade
E pune com a mesma crueldade
O súdito que geme arrependido
E um vilão renitente e presumido.
Carece de justiça e temperança
Quem põe no mesmo prato da balança
O bom e o mau, vilão e penitente".
A fúria arrefecendo totalmente,
Clarão de simpatia o rosto aclara,
E em alta voz sonora o duque fala:
"Bendito sejas tu, que és Deus do Amor,
Potente e universal conquistador!
No mundo impera apenas tua vontade;
Governas com prodígios e milagres;
Ao teu capricho, giram corações;
Delícias crias, servidão impões.
Vejamos esses dois valentes moços:
Conseguiram sair do calabouço;
Em Tebas poderiam viver, reis.
Porém, do amor é dura e louca a lei:
Sabendo que sou deles inimigo,
A morte desprezando, e o perigo,
Aqui voltam, na terra que os condena!
O amor os prende e os traz de volta a Atenas.
Quem pode ser mais louco que um amante?
Por Deus, olhem pra eles; quanto sangue!
Vejam só que profundas, feias chagas
— Assim seu suserano, Amor, lhes paga
Os esforçados feitos e serviços!
Mas dizem que os vassalos do Cupido
Jamais pensam lutar do lado errado.
Porém, a melhor broma já lhes falo:
A dama que tão forte os alucina
Sobre eles não conhece patavina!

O ardor que lhes devotam desconhece,
Como o pardal ignora a pobre lebre!
Mas eis a vida: aprende-se penando.
Temos de enlouquecer de vez em quando.
Há tempos aprendi esta lição:
Do amor também sofri na servidão.
E como alguém que já penou um dia
Enredado em idêntica armadilha,
— Pois lutar contra o amor é luta vã —
Atendendo à rainha e a sua irmã,
Que vejo à minha frente, aqui, ajoelhadas,
A vossa falta, enfim, é perdoada.
Porém eu vos exijo esta promessa:
De jamais contra Atenas mover guerra;
Jamais desrespeitar o meu domínio;
E doravante, serdes meus amigos.
Com isso, eu vos perdoo totalmente".

Os dois a tal pedido justo assentem,
E pedem-lhe mercê, justiça e graça.
Magnânimo, Teseu assim lhes fala:
"Em termos de linhagem ou nobreza
Poderíeis casar-vos, com certeza,
Com damas da mais alta estirpe e sangue.
É preciso, porém, que vos explane:
Minha serena irmã, a bela Emília,
Razão de vosso ardor, não poderia
Casar de modo algum com dois maridos.
E só um de vós será o seu escolhido;
Ao outro restará cantar as dores
Assoviando ao léu seus dissabores.
E por maior que seja o desencanto,
Não pode Emília desposar vós ambos.
E que cada um encontre seu destino
E a forma de seu Fado — e determino
Que aceiteis da Fortuna a decisão.

Ouvi-me, agora; explano a solução.
Tudo eu resolverei de modo honesto
E nisso eu não aceitarei protesto:
Arcite e Palamon, em liberdade,
Podeis correr o mundo, sem entraves
Durante um ano; então voltai a Atenas
E cada um de vós traga centena
De cavaleiros fortes, bem armados,
Para a liça real bem equipados.
Disputareis a dama no torneio;
E pelo meu honor de cavaleiro,
Prometo que ao maior pelejador
— Arcite ou Palamon, seja qual for;
Àquele cujo bando for mais forte,
Ou que ao rival golpeie até a morte,
A ele, Emília, flor de formosura,
Será o dourado prêmio da Fortuna.
Farei a liça aqui, neste lugar;
E que à minha alma possa Deus julgar
Co'a mesma retidão com que pretendo
Fazer de vossa liça arbitramento.
Comigo não tereis outro tratado:
Algum de vós será aprisionado
Ou, caso o Fado ordene, será morto.
E o outro ficará vivo. Eis nosso acordo,
Eis a graça e o dever que vos proclamo".

E quem, mais do que os dois primos tebanos,
Resplende em gratidão e em alegria?
E quem dirá em prosa ou em poesia
Do grandioso júbilo fremente
Que toma o coração de toda a gente?
Ajoelharam-se todos, nobres, damas,
Honrando ao duque, de alma tão magnânima;
E os dois tebanos beijam sua mão
E partem com suave coração,

E cavalgando a sós, cada um se vai
A Tebas das muralhas ancestrais.

3

Mas seria este um conto negligente
Se eu não falasse da riqueza ingente
Que o bom duque gastou na construção
Das liças para a régia exibição.
No mundo não se viu mais nobre arena
Do que aquela que fez Teseu de Atenas:
Redonda, como a volta dum compasso,
Por forte muro envolta, e por valado;
Concêntricos degraus na arquibancada
Havia, onde a plateia, acomodada,
Assistiria ao fraternal conflito;
E milha inteira tinha por circuito.
Sessenta jardas — eis a sua altura;
Garanto, era um primor de arquitetura:
Espectador sentado a olhar a liça
A ninguém mais atrás obstava a vista.

Havia dois portões, brancos e lisos,
A leste e oeste, e finos artifícios
De vária, lapidar geometria,
E frisos de engenhosa maestria,
Afrescos, bustos, arcos, pedestais.
Artesãos e geômetras cabais
Teseu pagou com liberalidade.
E para propiciar as divindades,
Ergueu, sobre o portão oriental,
Altar vistoso, belo e magistral
Em honra a Vênus; e na porta oeste,
Um templo para o deus cruel, agreste,
O rubro Marte; e o custo foi enorme.

Num ponto da muralha, mais ao norte,
Sobre alta torre, um oratório rico,
Em alabastro virgem esculpido
E brilhante coral, belo e escarlate,
Em honra à Caçadora e à Castidade,[64]
Teseu mandou erguer e cinzelar.

Mas eu já me esquecia de falar
Das formidáveis formas e figuras,
Dos fúlgidos entalhes e pinturas,
Que adornavam as três divinas aras.

A vista o altar de Vênus nos depara:[65]
Veríeis nesse templo figurados
Vigílias e suspiros regelados,
Duras lamentações, lágrimas sacras,
Desejo que embevece e que massacra,
E os males todos próprios dos amantes
E seus universais acompanhantes:
A Loucura, Esperança e, após, Quebranto,
Prazer, o Desespero e, então, o Encanto;
Ostentação, Mentira e Galhardia,
A Juventude, o Riso, a Louçania,
O Ciúme, adornado em malmequeres,
Com cucos sobre as mãos, fulvos e céleres;[66]
E festas, instrumentos, cantorias,
A pompa e toda a louca melodia
Que vai do Amor no rastro alucinado:
Está tudo nos muros desenhado.
Já não posso lembrar tantas imagens,
Porém recordo a túmida paisagem
Da montanha do Amor, bela Citérea,[67]
Habitação da ruiva deusa etérea,
Com prados e prazeres imortais;
E eis que Ócio resguardava seus portais.
E veríeis o rosto de Narciso;

E Salomão, o sábio sem juízo;
Ou Hércules, guerreiro sobre-humano;
Circe, Medeia e o seu poder arcano;
E Turno com seu bravo, altivo peito,
E o rico Creso, agora prisioneiro.
Veríeis que nem graça ou valentia,
Nem ouro, fortidão, sabedoria,
Com Vênus rivalizam soberana:
O mundo todo guia, em tudo manda.
Bem sabem disso aqueles personagens,
Que o Amor prendeu na rede e na voragem;
Alguns exemplos dei; e são o bastante
— Mas infinitos sofrem os amantes.

Gloriosa vê-se Vênus, toda nua,
Imagem que no verde mar flutua,
Cingida, até o seu branco, róseo umbigo
Por ondas rebrilhantes como vidro.
Na mão dedilha cítara fulgente;
E cobrem-lhe os cabelos redolentes
Mil rosas em guirlanda deslumbrante;
Adejam-lhe ao redor pombas brilhantes.[68]

E seu filho lá estava; era o Cupido,
De duas asas céleres provido
E cego — assim é sempre figurado.
Pontudas flechas tinha junto ao arco.

Por que não deveria revelar-lhes
Também o que nas aras do deus Marte
Figurava em arte hórrida e cruel?
Por obra do buril e do pincel
O templo imita o tétrico palácio
De Marte no gelado solo trácio
— Na Trácia das estrelas glaciais,
Onde o senhor das cóleras fatais,

Em meio à crua, ignota região,
Tem sua mortífera, áspera mansão.

No templo, está pintada uma floresta,
Sem animais ou homens, só, deserta,
Com árvores nodosas, carcomidas,
Horrendos tocos nus, cascas feridas.
Ali passa um murmúrio rouco e frio
A prenunciar um temporal bravio.[69]
Além, numa colina, asperamente,
Surge o templo de Marte Armipotente,[70]
Enorme, construído em aço duro.
Medonho era o portal, estreito, escuro;
Trepidam colunatas, treme a porta,
Pois lá de dentro vento irado sopra.
Lá brilha a luz do norte, que enregela.
A construção é nua e sem janelas,
Severa e cinza, ao céu setentrional,
E de adamante eterno era o portal
— O mais forte e longevo dos metais —
Com chapas verticais e horizontais
De ferro agudo e negro; e os cem pilares
A sustentar o templo e seus altares
São grossos quais tonéis abaulados.

E vi sobre as paredes o retrato
Da Vilania, e as teias que compõe
Com suas negras imaginações;
E a Ira eu vi, vermelha como as brasas,
O sorrateiro Roubo, e as vis carcaças
Do pálido Terror, lívido Espanto;
E um homem que sorri, mas sob o manto
Esconde a faca aguda; e o fumo arisco
Da fazenda queimada e dos apriscos;
A Traição, que mata sobre a cama;
Discórdia, armada em bronze, ferro e chama;

Guerra Total, com chagas a sangrar;
E por todo esse lúgubre lugar
Estalavam rangidos e chiados.
Lá avistei o suicida desgrenhado,
Com sangue a lhe cobrir a cabeleira;
Um prego atravessando uma caveira;
A fria e muda Morte; vi a Desgraça
No coração do templo, cabisbaixa.

Vi da Loucura o gargalhar selvagem;
A Revolta, o Clamor, o fero Ultraje;
Um corpo entre os arbustos degolado;
Mais mil, em campo aberto chacinados;
O Tirano portando o seu butim;
A cidade que aos gritos chega ao fim;
Navio que dança em meio às labaredas;
O caçador caçado pelas presas;
Selvagem porca chafurdando em sangue
Ao devorar no berço um pobre infante.
E mesmo os acidentes rotineiros:
A carreta matando o carreteiro,
Revirada, esmagando-o sob as rodas.
E também o ferreiro a forjar cotas,
Espadas; e outras profissões de Marte:
Magarefes, que lucram no combate,
E um açougueiro todo ensanguentado.
Em cima duma torre, em alto estrado,
Eis a Conquista, inflada em glória e pompa;
Mas sobre sua cabeça paira a ponta
Duma espada que um fino fio segura.

De César avistei a morte bruta;
De Nero e Marco Antônio, o suicídio.
Nenhum dos três no tempo era nascido,
Porém o seu destino estava exposto
Nos mapas de Mavorte impiedoso;

O que as fatais estrelas desenhavam
As pinturas embaixo replicavam:
Quem morrerá por ódio ou por amor.
E basta; pois mais já não posso expor.

Eis Marte, enfim, armado, em uma biga;
Em louco fogo o seu olhar cintila.
Acima dele eu vi duas estrelas
Aquela era Rubeus; esta, Puella
— Chamavam-nas assim os velhos tomos.
Aos pés de Marte, há negro, hirsuto lobo,
De olhar vermelho e boca hiante e fera;
Um corpo humano come e dilacera.
Pintada em mão sutil foi essa história
Honrando de Mavorte a horrenda glória.

Do templo de Diana falo agora;
Mas falo brevemente e sem demora.
Agradam tais visões à deusa casta:
Imagens de pudor, modéstia e caça.
Ali junto ao altar pode ser visto
O destino tristonho de Calisto,
Que de mulher em ursa foi tornada
Por obra de Diana injuriada;
E de ursa em astro, eis sua estranha sorte:
Virou estrela e luz no polo norte[71]
E ao lado está seu filho, o caçador.
Também vi Dana,[72] vítima do amor
— Não falo de Diana, mas de Dafne;
Amada por Apolo, fez-se em árvore.[73]
Actéon também vi, que viu Diana
Desnuda, e a deusa o pune desumana:
Actéon, caçador, tornou-se gamo;
Seus próprios cães, sem conhecer seu amo,
Devoram-no; e eu vi o destino amargo
De um imortal já morto, Meleagro;

A célere Atalanta também vi,
Em Calidon, na caça ao javali
— E muita gente, presas de Diana.⁷⁴
O resto, porém, deixo na lembrança.

Altiva, a deusa monta num veado
Com cães de caça abaixo, atarefados.
Eis a seus pés a lua a cintilar
Crescente — porém logo irá minguar.
Verdes-fulvos, os trajes que ela usava,
E repleta de flechas era a aljava.
Os olhos baixos, contemplava o chão
— Mirando o reino escuro de Plutão.
Diante dela, jaz a suplicante
Nos labores do parto agonizante,
Implorando, em mil dores se alucina:
"Ajuda nesta hora, ó tu, Lucina!".⁷⁵
Por mão exímia, rara e cuidadosa,
Foi feita essa obra, em tintas preciosas.

Teseu tudo contempla, altares, liça;
E essa obra inteira abarca; expande a vista;
E vê ter bem gastado seu tesouro:
O anfiteatro fulge igual ao ouro.
Teseu deixemos, e a contar prossigo:
Voltemos aos dois primos inimigos.

O dia do regresso está chegando
E cada primo reuniu seu bando
De cem guerreiros fortes, bem armados,
E para Atenas rumam pelos prados,
E fulgem ferros, tremem estandartes.
Forjadas com esmero, engenho e arte
São essas nobres armas e armaduras;
Ouvi dizer: jamais se viu bravura
Tamanha, nem façanhas mais bravias

Em tão seleta, exígua companhia,
Desde que Deus o mundo fez e o mar.
Ao grupo fez questão de se juntar
Todo herói que ame feitos e proezas,
Cortejador e amante da Beleza.
Felizes dos guerreiros escolhidos!
Assim eu vos garanto, meus amigos:
Se tal luta ocorresse em nossos dias,
Por honra, devoção e valentia,
Da Inglaterra os fogosos cavaleiros
— E também os heróis do mundo inteiro —
Correriam ali, buscando fama;
É glória combater por uma dama!

E assim buscando valorosos feitos,
Cavalgam Palamon e seus guerreiros,
Alguns vestem gibão e peitoral,
Alguns, cotas de malha de metal,
Alguns, couraça inteira, e grevas frias.
Escudos e broquéis também havia,
Machados, maças — e o que mais agrade.
No mundo não existe novidade
Que de fato não seja muito antiga.
O velho vira novo e o mundo gira.[76]

Em vária forma armados lá se vão,
E poderíeis ver na legião
O rosto assustador, feral, escuro
Do rei da Trácia, o varonil Licurgo.
De barba preta, e os olhos injetados,
Sanguíneos, mas de cintilar dourado;
Qual grifo, ao seu redor olha e perscruta,
Mirando sob a sobrancelha hirsuta.
Tem braços longos, músculos viris;
Conforme era costume em seu país,
Vai num carro de guerra feito d'ouro,

De pé, e ao carro puxam quatro touros.
Imensa, recobrindo-lhe a armadura
Temível pele d'urso, velha, escura,
Com garras feito um ouro desgastado.
Cai seu cabelo às costas, desgrenhado
E negro; e traz na fronte um diadema
Enorme, cravejado de mil gemas —
Diamantes, rubis de clarão rubro,
Sobre o cabelo longo, vasto, escuro,
Pretíssimo, qual mancha de carvão.
Ao seu redor, disparam vinte alãos,[77]
Enormes cães de fila ladradores
Do cervo e do leão bons caçadores,
De pelo branco e fortes focinheiras,
Com argolas douradas nas coleiras.
Licurgo traz consigo uns cem fidalgos
Com ânimo feroz e valor alto.

Já com Arcita — as gestas dão por certo —
Cavalga o rei das Índias, nobre Emétrio,
Num cavalo encoberto por brocados
E com arreios de aço, cinzelados;
A manta tem heráldicas gravuras,
E a cota blasonada é seda escura,
Brilhante, dos desertos da Tartária,
Com pérolas qual brancas luminárias;
A sela é de ouro puro; e nos seus ombros
Um manto com rubis reluz qual fogo.
Cabelo cor do sol, crespo, anelado;
Nariz de gavião longo e afilado;
Lábios cheios, os olhos cor de cidra;
Pelo rosto tem sardas esparzidas;
Mirada de leão que nunca falha
No bote, é como o mestre das batalhas,
O próprio Marte em armas soberano.
Teria, eu acho, uns vinte e cinco anos;

A barba em sua face aponta rala;
Altíssona qual trompa é sua fala.
À sua fronte envolvem louros frescos,
Guirlanda régia em verdes arabescos.
Sobre o pulso traz águia repousada,
Alva qual lírio, bela e bem domada.
De cavaleiros traz uma centena,
Por hábito, sem elmos na cabeça,
Mas de armaduras ricas, cintilantes.
Pois duques, reis — sou eu quem vos garante —
Formavam tal cortejo principesco,
Por honra e por valor cavalheiresco.
Em torno ao rei, andavam amestrados
Leões de juba hirsuta, leopardos.

Num dia de domingo, a cavalgada
Bem na hora prima ao fim chega da estrada
E apeia bem no centro da cidade.
Recebeu-os com suma urbanidade
O duque, cavaleiro tão gentil.
E melhor recepção nunca se viu:
Prestou-lhes as devidas homenagens,
Proveu-lhes as melhores estalagens,
E os recebeu num cordial festim.

Os menestréis, os toques de clarim,
As dádivas aos grandes e aos pequenos,
De nada disso agora falaremos;
Nem quem foi mais gentil cortejador
Falando em doces versos sobre amor;
Quem mais se distinguiu em danças, canto,
Qual dama tem mais graças, mais encanto;
Dos falcões empinados nos poleiros,
Dos cães jazendo aos pés do cavaleiros,
Dos assentos aos lordes e vassalos
— De todo o longo tema agora calo

E vou direto ao ponto que interessa;
O coração do conto aqui começa:

Era domingo e nem clareava o dia,
E escuta Palamon a cotovia
— Duas horas faltavam à alvorada,
A ave cantava em plena madrugada.
Levanta Palamon; com devoção
Parte ao altar na semiescuridão,
A Citereia suplicar favores,
À doce Vênus mestra dos amores.
E naquela hora à deusa consagrada,[78]
Cruza o tebano a liça e vai-se às aras
De Vênus e se ajoelha ali contrito,
E diz estas palavras que repito:

"Bela entre as belas, divinal consorte
De Vulcano e senhora de Mavorte,
Filha de Jove, luz que alegra os montes,
Em nome do teu belo amado Adônis,
Tem pena de meu coração ferido;
Que minha prece chegue aos teus ouvidos!
No linguajar careço de talento;
Não sei falar das penas e tormentos
Do meu inferno, e o coração esconde
Sua própria chaga e as dores, não sei onde.
Porém, conheces bem meus pensamentos,
Toda a extensão dos meus padecimentos;
Se escutas minhas súplicas sentidas
E dás alívio à dor destas feridas,
Serei sempre teu servo de verdade
E guerra hei de fazer à castidade.
Eis o meu voto então, divina dama!
Não ergo as armas desejando fama;
Se peço que amanhã me dês vitória,
Não é por tolo afã de ganhar glória,

Nem granjear geral reputação,
Mas para ter a plena possessão
De Emília, e por morrer em teu serviço.
À tua decisão serei submisso.
Já não me importa qual será o desfecho:
Tu, deusa, saberás se bem mereço
Vencer meu inimigo ou ser vencido,
Ganhar Emília, ou não; é teu o arbítrio.
Sei que o senhor da guerra é só Mavorte
Mas tua luz nos céus é alta e é forte
E podes conceder-me o meu amor.
Teu servo eterno eu sou, aonde eu for,
Em tuas aras manterei o fogo;
Porém, se não escutas o meu rogo,
Que Arcita o coração me rompa e o peito
Co'a lança; doce deusa, a morte aceito
Pois morto não verei a bem-amada
Ser por meu inimigo desposada.
Eis minha prece, em teu altar vertida:
Dá-me esse amor que é meu, deusa bendita".

Completa a prece, faz o sacrifício
Cumprindo todo o ritual propício
Com coração devoto e piedade.
Dos ritos não darei maior detalhe,
Mas eis que a estátua, súbito, estremece,
Como um sinal, e o jovem crê que a prece
Por ele feita, a deusa aceitaria;
— Um pouco o sinal tarda, todavia;
Mas duvidar o jovem não se atreve
E vai-se a casa lesto, de alma leve.

Duas horas mais tarde — hora lunar,
Quando as manhãs à Lua vêm saudar —[79]
Desperta Emília — a madrugada a chama;
E corre para o templo de Diana.

Com ela vão as damas auxiliares
Portando fogo, incenso até os altares,
Os apetrechos, vestes, panos ricos,
E tudo necessário aos sacros ritos
E cornos transbordando de hidromel
Enquanto a madrugada aclara o céu;
Incensa o templo Emília; é finda a noite;
E lava o corpo n'água de uma fonte;
É bela à luz nascente da manhã.
(Não seria, eu bem sei, tarefa vã
Descrever com minúcia o ritual;
Mas prefiro narrar em tom geral,
Sem me prender ao jugo do detalhe;
É bom narrar gozando liberdade.)
Solta os cabelos úmidos de orvalho;
Com frescas, verdes folhas de carvalho,
Compõe sobre a cabeça uma guirlanda,
Dois fogos nos altares sopra, inflama,
E cumpriu todo o rito necessário,
Conforme na *Tebaída* diz Eustácio.
Ajoelha-se, e mirando o aceso fogo,
Como ouvireis, Emília faz seu rogo:

"Senhora das florestas, cujo olhar
Abarca a terra, o céu azul e o mar;
Rainha tu és no reino de Plutão,
E a fundo podes ver meu coração;
Bem sabes, deusa casta, sou temente
À fúria que puniu tão cruelmente
Actéon, pois ousou ver-te desnuda;
E também sabes: quero viver pura
E virgem, sem esposo nem amante.
Das mãos dos homens quero estar distante.
Pertenço à tua virgem companhia:
A caça eu amo, ao bosque, à montaria;
Que nenhum homem no meu leito adentre;

Não quero carregar filhos no ventre,
Mas correr livre, agreste pelos bosques;
Meu rogo escuta, ó deusa; tudo podes
Por causa das Três Formas que te formam.[80]
Do amor as dores túmidas transtornam
Arcite e Palamon, que o Fado enlaça;
Aos dois imploro, deusa, uma só graça:
Repõe a paz, que a luta chegue ao fim.
Seus corações afasta, então, de mim.
Extingue a chama que transtorna e que arde,
Ou que esse fogo queime em outra parte
Que mire em outra dama tanto ardor.
Mas caso eu não mereça tal favor,
Se já foi meu destino desenhado,
Se a um deles dois já me ligou o Fado,
Envia-me quem me deseja mais.
Contempla, deusa: a castidade faz
Cobrir-se o rosto em lágrimas amargas!
Donzela, a todas nós, donzelas, guardas;
Na virgindade, deusa, me preserva,
E, virgem, serei sempre a tua serva".

Enquanto Emília as preces murmurava
Serenamente o fogo crepitava;
Mas súbito se dá coisa intrigante:
Um dos dois fogos morre num instante,
E ressuscita, e após, num átimo, o outro
Morre e não volta e permanece morto.
Essa chama ao morrer solta um chiado
Como o carvão que chia ao ser molhado;
E do tição extinto algo goteja
Qual sangue, gotas púrpuras, vermelhas.

Emília, ao ver aquilo, estarrecida,
Qual louca, empalidece, chora e grita,
Sem poder decifrar um tal portento,

Confusa, afunda em pânico e no medo;
E dava pena ver sua comoção.
Mas surge então Diana, arco na mão,
Com vestes de caçada e nívea face.
"Inútil", diz, "ó filha, é lamentar-se.
Dos deuses o desígnio está selado,
E na Palavra Eterna confirmado:
Terás de desposar um dos dois homens
Que sofrem tanto a suspirar teu nome.
Mas qual dos dois, não posso revelar.
Adeus. Aqui não posso demorar
Porém o fogo aceso sobre as aras,
Antes que eu vá, revela a forma clara
Do teu futuro e a face do destino."

Na aljava as flechas tremem, retinindo.
À sombra a deusa deu um passo à frente,
Na sombra diluiu-se, evanescente.

Emília ainda diz, trêmula, aflita:
"Ai de mim, pois não sei qual a desdita
Ou que ventura a sorte me reserva!
Protege, ó lua casta, a tua serva!".
E vai-se à casa à luz da madrugada.
Eis o que importa; e não direi mais nada.

Progride o dia e chega então a hora
De Marte, e vai-se Arcita sem demora
Ao deus da guerra orar com devoção
Conforme ordena o ritual pagão.
E assim pede o devoto cavaleiro
Ao feroz e funesto deus guerreiro:
"Ó deus potente, que nos reinos frios
Da Trácia tens domínio e poderio,
E que por toda essa extensão da Terra
Deténs as rédeas e o bridão da guerra,

E dás fortuna ou morte a quem quiseres;
Meu sacrifício aceita, escuta as preces!
Se valem minha força e juventude,
Se é digna minha marcial virtude
De servir e lutar com teus soldados,
Contempla a pena que me tem lavrado.
Pelo tão vivo fogo e a dor candente
Que arderam no teu peito ferozmente
Quando usaste e gozaste as formas nuas
De Vênus, quando a deusa foi só tua,
E a tiveste nos braços, à vontade
(Apesar dos percalços, é verdade:
Vulcano te prendeu em forte laço
Ao te flagrar com Vênus aos abraços...),
Pela dor do desejo, que conheces,
Alivia esta dor que me enlouquece;
Sei que no amor não sou experiente,
Mas penso não haver um ser vivente
Que mais do que eu no amor tenha sofrido;
E a ela, por quem solto meus gemidos,
Pouco importa se vivo ou se pereço;
E para conquistá-la, só há um preço:
Vencer meu inimigo na batalha.
Que teu favor potente então me valha!
Pelo fogo em que ardeu teu peito um dia,
O mesmo que ao meu peito suplicia,
No duelo amanhã dá-me a vitória,
Que meu seja o labor, mas tua a glória.
Venerarei teu templo e teu altar,
Mais do que qualquer outro; hei de primar
Na destrutiva lide que te agrada;
Porei em tuas aras consagradas
As minhas armas e os meus estandartes;
E até o fim desta vida, eu hei de honrar-te
Com fogo eterno em teu altar aceso;
E eis que ao meu voto eu fico agora preso:

Minhas barbas, cabelos ondulados,
Por lâminas, navalhas intocados,
Hei de te oferecer em sacrifício.
Teu servo sou, e o fui desde o princípio.
Tem piedade, e dá-me a tua graça.
É o que te peço, e mais não digo nada".

A prece acaba, e então feroz tremor
Faz reboar as portas com fragor;
Retinem as aldravas, sacudidas,
E o medo toca o coração de Arcita.
Crepita o fogo, erguido, sobre o altar
Até as paredes todas clarear;
Então, do chão levanta-se um perfume,
E mais incenso Arcita joga ao lume;
Cumpre com zelo os outros sacros ritos;
Da sombra, então, levanta-se um rangido,
Move-se a estátua, no metal da malha;
E diz a voz do mestre das batalhas,
Em baixo e vago murmurar: "Vitória".
E Arcita lhe promete honor e glória,
Então, com peito cheio de esperança,
À sua estalagem volta sem tardança,
Alegre tal qual ave ao sol brilhante.

E no alto céu, naquele mesmo instante,
Tão logo Arcita escuta essa promessa,
Feroz disputa olímpica começa,
Entre Mavorte e Vênus de olhos claros.
— Nem Júpiter consegue apaziguá-los.
Contudo, o frio e pálido Saturno,
Com seu saber antigo e taciturno,
Usando engenho e arte, um modo expõe
Que possa acalmar ambas as facções.
(Um jovem tem nos pés mais ligeireza,
Porém o velho vence na esperteza;

Mais sabe quem mais tempo andou no mundo.)
Para acabar co'a luta, o frio Saturno
— Nem sempre é tão gentil seu coração —
À vã disputa encontra a solução.

"Ó filha", diz, "o curso que perfaço
Lá na órbita em que giro pelo espaço,[81]
O poder tem da morte e da ruína.
De mim vem a desgraça que fulmina;
De mim, a morte fria em mar gelado,
O náufrago perdido e condenado;
De mim, a morte escura na masmorra;
Meu é o veneno e as lâminas e a forca.
Inspiro traições, rebelião;
E quando estou no signo de Leão,
Vêm as vinganças cruas e os castigos.
Por mim são os castelos destruídos,
Meu é o tremor que à torre faz tombar.
Sansão matei, embaixo do pilar;
De mim vêm as doenças, vem o inverno;
A velha intriga e o ódio, mal eterno:
O meu olhar é o pai da pestilência.
Não chores; agirei com diligência:
Defenderei teu servo devotado,
Enquanto Marte vai lutar ao lado
De Arcita, e há de vencer o mais capaz.
Entre vós dois agora reine a paz,
Embora siga a luta lá na Terra
No eterno disputar de Amor e Guerra.[82]
Confia em teu avô; por ti pelejo,
Em tudo cumprirei o teu desejo."

Agora deixo os deuses lá na altura,
E com simplicidade e com candura
A vós direi do grande resultado
De tudo o que por mim vos foi narrado.

4

Imenso festejou-se aquele dia
Pois maio em todos ganas incutia
De justas, bailes, danças, vinho e risos;
De Vênus todos cumprem os serviços
Mas cedo à noite encerra-se o afã:
Descansam, pois a luta já é amanhã.

Nem bem desperta o sol, fenece a lua,
No lusco-fusco ecoam pelas ruas
Ruídos dos arneses e cavalos;
Rutilam os petrechos dos fidalgos
Empina-se no ar fino um palafrém,
Das estalagens saem, logo vêm,
E num garboso trote vão-se ao paço.
E ali veríeis reluzir em aço,
Ou no lavor de ourives, em detalhes,
Nas armaduras ricas mil entalhes;
Dourados mantos cobrem os corcéis;
Cintilam as viseiras e os broquéis.
Nos pátios, vide a lide de escudeiros
Os elmos ajustando aos cavaleiros,
Pregando bem as pontas sobre os chuços,
E prendendo as correias nos escudos.
Urge a manhã, em plena agitação:
Corcéis espumam, mordem o bridão;
Armeiros correm, gritam, vão às pressas
Dar fio a facas, lâminas e frechas;
Nas ruas aldeões, servos, criados,
Portando varas, vão por todo lado,
Clarins levando, trompas, instrumentos
Para dar som ao festival sangrento.
E vai-se enchendo o paço na manhã,
De faladora gente cortesã,
Especulando sobre os contendores.

Apostas soam pelos corredores:
"Prefiro aquele herói de barba escura";
"O calvo tem mais fera catadura";
"Prefiro esse de hirsuta cabeleira";
"Mas é daquele a acha mais certeira".
Assim a corte inteira debatia
Enquanto sobe o sol e aclara o dia.

Teseu, o Grande, fora despertado
Pelo clamor do povo atarefado,
E no salão real aguarda os primos
Ao centro do palácio conduzidos
Cobertos por idêntica honraria.

Teseu vai à janela que se abria
À rua, como um deus paramentado,
E se dirige ao povo aglomerado
Que lá viera dar-lhe saudações
E ouvir suas reais proclamações.
E num estrado ergueu-se então o arauto
Calando a multidão, a bradar alto;
E vendo a turba quieta num instante
Profere a decisão do governante:

"Em nome da nobreza e da justiça,
Percebe o bom senhor que nessa liça
Fidalgo sangue ao léu se verteria
Se à morte fosse a luta e a vã porfia;
Para evitar que o sangue corra em vão,
Houve por bem mudar a decisão.
Que ninguém ouse então — a pena é a morte —
Trazer dardos à liça, armas de corte,
Achas de guerra, facas ou adaga;
Fendente espada curta ninguém traga,
À cinta, e uma só vez, de lança em riste,
Ataque-se o rival, e se persiste

A luta, então que lutem apeados.
E quem ferido for, ou derrubado,
Não morrerá, mas feito prisioneiro,
Será tirado fora do torneio,
E posto junto àquelas paliçadas,
E ali se quede, sem sofrer mais nada.
Se tomba por acaso um capitão,
Ou se derruba o seu rival ao chão,
No mesmo instante, toda luta acabe.
Mostrai bravura e que o bom Deus vos guarde!
Lutai com maças, clavas e montantes;
Eis o decreto e a voz do governante".

E a voz do povo ao céu vai num clamor,
Que em êxtase celebra ao seu senhor:
"Deus abençoe um duque tão perfeito,
Que o sangue poupa aos nobres cavalheiros!".

Ressoam trompas, brônzea melodia,
Cavalga rumo à liça a companhia,
Garboso grupo em séquito ordenado,
Em meio às ruas cheias de brocados.

Avança regiamente o soberano,
E a cada lado traz um dos tebanos;
Atrás Emília vem junto à rainha
E seguem-nas mais duas companhias,
Em bela formação, cruzando Atenas,
E ao tempo certo instalam-se na arena,
Enquanto o sol as liças ilumina.
Faltava ainda algum tempo até a hora prima
Quando Teseu ocupa um alto estrado,
Garboso trono, e as damas tem ao lado;
E a gente toda enfim fica assentada
Pelos degraus, na curva arquibancada.

E eis que do ocidental portão de Marte,
Um bando com sanguíneos estandartes
Irrompe: Arcite e o seu brasão cruento.
Do leste, no mesmíssimo momento,
Os cem de Palamon vêm do portão
De Vênus, carregando alvo pendão.
No mundo inteiro, quem encontraria
Mais belas, poderosas companhias?
Jamais houve algo assim, tenho certeza:
Iguais em tudo, em ânimo e destreza,
Idade, fidalguia e condição,
Tão rigorosa fora a seleção
De cada vigorosa mão guerreira.

Os bandos formam já duas fileiras.
Em alta voz os nomes são chamados,
E os números dos bandos confirmados.
Portões fechados, ouve-se o clamor:
"Lutai, heróis altivos, com valor!".

O grito dos heraldos chega ao fim;
Verberam as trombetas, mil clarins;
A leste, oeste, as lanças longas vão
Bem sob os braços presas, e o bridão
Esplende, e a espora o flanco espeta acesa;
Quem luta e quem cavalga com destreza
É chama e brilha e o chuço arranha ao aço
Do escudo espesso, e as hastes vão no espaço
Possantes e as espadas são qual prata,
E ao peito a ponta rompe e a lança rasga,
E o ferro fulge, e este elmo está fendido,
E em rubro rio horrendo e desabrido
Escorre o sangue e as clavas quebram ossos,
Afundam faces feras nos destroços,
Corcéis crinudos caem — tomba tudo!
Aquele vai ao chão, gelado e mudo;

Aquele esgrime o toco de uma haste;
Sob o cavalo um outro se debate.
Um jovem trespassado, malferido,
Por força à paliçada é conduzido,
Conforme de Teseu fora o decreto;
Mais outro é recolhido, ali por perto.

O duque enfim impõe pausa ao torneio,
E dá justo descanso aos cavaleiros.
Bateram-se os Tebanos muitas vezes,
Rompendo-se as couraças e os arneses
E arrancando o rival da montaria;
Nem mesmo o tigre protegendo a cria
No vale da Gargáfia é tão brutal
Tal qual Arcite à caça do rival
Por força de seu coração ciumento;
Tampouco já se viu mais violento
Leão de Belmarin, louco, acuado,
À presa perseguindo esfomeado,
Qual Palamon de sangue sequioso.
Cai golpe sobre golpe, estridoroso,
E pintam-se os seus flancos de carmim.

Porém todo alto feito chega ao fim.
À borda do horizonte o sol se abeira,
E Emétrio junto a Palamon se esgueira,
Enquanto a Arcita fero combatia;
Na carne então lhe afunda a ponta fria
Do gládio, e Palamon por vinte guardas
É arrastado direito à paliçada.
Em seu resgate correm muitos bravos
E o rei Licurgo tomba do cavalo;
Também Emétrio, envolto na refrega,
Despenca ensanguentado sobre a terra:
De Palamon o golpe derradeiro.
Ainda assim, é preso o cavaleiro.

Já nada pode o bravo coração:
Dever era acatar a decisão
Do duque: agora é preso, é finda a luta.

De quem agora a alma mais se enluta,
Além de Palamon, fora da liça?
Então, quando Teseu ali o avista,
Aos contendores lança em alto brado:
"Que cesse a luta! O fato é consumado!
Serei justo juiz nesta disputa.
Arcite é o favorito da Fortuna,
E a bela Emília agora lhe pertence".
De pronto grita, exclama toda a gente,
De júbilo e alegria sublimada,
E ruge e se estremece a arquibancada.

E Vênus, que fará lá nas alturas?
Desgosto misturado à formosura:
Frustrado, o seu desejo vira pena;
E chovem suas lágrimas na arena.
E Vênus diz: "O Fado assim me humilha!".
Saturno torna: "Calma, ó minha filha.
O dia hoje sorriu sobre Mavorte,
Porém, defenderei a tua sorte".

As trompas tronam, canta o menestrel,
De heraldos o clamor alcança o céu,
A dom Arcita erguendo saudação.
Porém, silêncio eu peço ora e atenção:
Ouvi, pois vai se dar grande portento.

Seu elmo tira Arcite, e num momento
Na arena faz a volta, num corcel,
Mostrando a face altiva sob o céu,
E contemplando Emília, vitorioso.
E a dama lhe devolve olhar sestroso,

Pois rápido nas damas nasce o ardor
Por quem tem da Fortuna alto favor;
E assim lhe inflama em gozo o coração.

Porém, Fúria Infernal brota do chão
— Saturno comandou Plutão que a mande —,
Assusta-se o corcel, e num instante
De horror recua, empina-se e desaba,
E Arcite, que aos arreios se agarrava,
Despenca e o crânio bate contra o chão:
O peito destroçado pelo arção;
E o sangue já lhe encobre todo o corpo,
Negreja o sangue, escuro como um corvo;
Já nada fala ou diz, está prostrado.
Então para o palácio é carregado,
Nublando corações por onde passa;
Cortam-lhe as tiras, tiram-lhe a couraça
Bem rápido o colocam sobre a cama;
Pois vive, está desperto, e chora e chama
Emília, que o destino lhe arrebata.

Teseu ora comanda a cavalgada
Voltando pelas ruas da cidade,
Com júbilo e real solenidade,
Embora o lutuoso acontecido
— Pois não quer ver seu povo entristecido.
Disseram-lhe que há de salvar-se Arcita.
"É forte e há de sarar sua ferida."
Alegram-se também, pois no torneio
Nenhum herói morreu, nem cavaleiro,
Embora muitos sangrem, combalidos
— Um teve o osso do peito destruído
Por chuço; há braços rotos, ferimentos;
Aplicam-se loções, ervas, unguentos,
Ou talismãs, poções, rezas, pomadas
Nos membros e nas partes machucadas.

Depois o duque a todos reconforta,
E do paço real franqueia as portas
E dá festim garboso a noite inteira
A toda a gente nobre forasteira.
Ninguém nesse festim mostra rancor,
Nem pensa ser da justa perdedor;
Tombar da montaria é um acidente
Comum ao mais audaz e ao mais valente;
Tampouco ficaria envergonhado
Quem foi por vinte mãos aprisionado
E posto à força fora do combate
E enquanto o jovem preso se debate
Vê seu pobre corcel ser espantado
Com varas por valetes e criados...
Mas mácula não há, nem vilania:
Não houve acusações de covardia.
E para tornar tudo o mais perfeito
Teseu apaga invejas e despeito;
De igual valor declara as companhias;
Que sejam como irmãos na valentia.
Conforme a posição, lhes dá presentes,
Por dias três festeja os combatentes;
Conduz os reis em nobre cavalgada,
Com eles vai por toda uma jornada
Já fora da cidade, e o bom Teseu
A todos cumprimenta e diz adeus.
E todos lá se vão, e encurto o caso:
A Palamon e Arcite agora passo.

De peito inchado, Arcite arde em sezão
E a chaga envolve negra o coração;
Morboso sangue ferve, enche seu tronco;
Espasmos solta o peito, e feios roncos;
Nem fármaco nem ervas o aliviam,
Nem rezas, nem ventosas, nem sangrias.
A virtude expulsiva ou animal

Já não limpa a virtude natural
E não expele o sangue envenenado.[83]
Os tubos dos pulmões ficam inchados,
Os músculos, do grande até o pequeno,
Corrompem-se, banhados em veneno.
Nem vomitórios fortes, laxativos,
Podem fazer de novo o peito ativo;
Falido o corpo, é nulo este combate:
Já nele a Natureza não reage.
E quando não trabalha a Natureza,
Adeus remédio, é hora de ir à igreja.
Em suma: dom Arcita vai morrer.
Invoca Emília, amargo bem-querer;
E chama Palamon, primo querido;
E o que lhes disse então aqui vos digo:

"Minha alma se partiu, e já não chego
A dizer-te do cruel desassossego
Que o teu amor me deu, minha adorada;
Partida, fique esta alma encomendada
A ti, tão luminosa criatura,
Enquanto afundarei na sepultura.
Ai, quanta dor foi ver-te, aquele dia!
Ai, Morte cintilante, e vida fria!
Ai, tu, querida esposa, alma querida,
Senhora e destrutora desta vida!
Que pode um pobre homem neste mundo?
Do amor à tumba vai-se num segundo,
À solitária e gélida vigília.
Adeus, doce inimiga, adeus, Emília,
Uma só vez me acolhe entre os teus braços;
E ouve, por Deus, o rogo que eu te faço.
Aqui vês Palamon, meu primo irmão,
Com quem lutei por tanto tempo em vão,
E a quem jurei lançar na treva fria;
Que Júpiter agora seja o guia

Desta minh'alma e que me aclare a mente;
Pois quero declarar devidamente:
Por tudo que ao amor dá qualidade
(Valor, nobreza, honor; e a humildade;
Firmeza, alma gentil, candor) não houve
— Afirmo, e que minha alma suba a Jove —
Nem há quem mais mereça ser amado
Que Palamon, que agora tens ao lado:
Será teu servo eterno e teu sustento.
Se um dia acaso buscas casamento,
Recorda Palamon, o gentil-homem".

E agora sua voz fraqueja e some
Dos pés o frio da morte vai subindo
E o peito e a consciência consumindo.
Pois a força vital se escorre e perde
Dos braços, destilando-se da pele;
No frágil coração, seu intelecto
Pressente o bafejar da morte perto,
Hirto é seu peito, e o fôlego se exala,
Nos olhos tomba a sombra, a luz se acaba;
Mas tem olhos abertos na vigília;
E o que ele diz é: *Piedade, Emília!*

E sua alma então mudou-se de lugar
— *Aonde* foi, não posso vos contar.
Eu nunca estive lá, nem estudei
Teologia, e desconheço a lei
Que faz mudar as almas de morada.
Das almas, meu relato não diz nada.
Jaz frio Arcita e Marte o leva embora.
Pois bem: de Emília eu falarei agora.

Emília grita, e chora Palamon,
Teseu em meio ao lamentoso som,
Da câmara mortal tira a princesa,

Nos braços a conduz com gentileza;
E para que narrar — tarefa vã —
O pranto que durou até a manhã?
Todos sabem que é duro e tão sofrido
O pranto de quem perde seu marido:
Na dura viuvez a lamentar
Há moças que até morrem de chorar.

Foi infinito o pranto e o desconsolo
De todos, fossem velhos, fossem moços,
Pela morte de Arcite, na cidade:
Choravam todos, de qualquer idade.
Figuro em Troia idêntico amargor
Quando o corpo tombou do grande Heitor.
Mulheres arrancando suas madeixas,
E as faces arranhando, soltam queixas:
"Por que foste morrer tão cedo, agora,
Com ouro e glória e o amor de tua senhora!".

E só quem pode consolar Teseu
É seu velho e vivido pai Egeu,
Que conhece do mundo as mutações,
Viu nascer e morrer as estações
De júbilo e alegria transitória
Conforme sempre foi em toda a História.
"Ninguém morreu sem antes ter vivido
Na terra um tempo", diz, " e é bem sabido
Também ninguém viveu sob o céu claro
Sem ter a morte ao fim sempre a esperá-lo.
O mundo é o vale agreste do destino,
E nele somos meros peregrinos.
Do mundo a morte cura toda a chaga."
E assim ao povo inteiro exorta e fala,
Buscando arrefecer o seu lamento
Com sábio e ponderado pensamento.

Teseu agora estava atarefado
Em busca do lugar mais adequado
Para de Arcita ser a sepultura;
Local distinto e nobre ele procura,
E lembra enfim do bosque fresco e belo,
Primeiro palco do feroz duelo
De amor entre os dois primos enciumados;
E lá onde Arcite ardeu apaixonado
No fogo do desejo que delira;
Lá deve agora erguer-se a grande pira
Para os justos, devidos funerais.

Envia então criados, oficiais,
E manda cortar troncos de carvalhos,
E juntam-se ramagens, lenhos, galhos.
Riquíssimo ataúde ele encomenda,
Ornado em panos ricos, áureas rendas;
Envolto pôs-se Arcite em um galão;
Em brancas luvas se lhe encobre as mãos;[84]
Na fronte, uma coroa de loureiro;
Espada aguda em cruz lhe jaz no peito.
No esquife o põe Teseu, desnuda face,
E chora aquele triste desenlace.

No amanhecer, as portas do salão
Destranca, e deixa entrar a multidão,
E a câmara verbera em fundo pranto,
E agora chega Palamon Tebano,
De barba hirsuta; e é doloroso vê-lo:
De cinzas tem cobertos os cabelos.[85]
E logo vem Emília, a mais aflita
Na triste e dolorosa comitiva.
E para completar o funeral
Três cavalos com selas de metal
Brilhante, com brasões de dom Arcita,
Cobertos em pendões, douradas fitas,

Teseu manda trazer, e vêm montados
Por cavaleiros altos renomados:
De Arcita um deles porta o nobre escudo;
Um outro a lança traz, sério e sisudo;
Mais um leva seu arco da Turquia
— E a aljava em ouro e prata reluzia.
E vai-se ao bosque a procissão dolente
Conforme vos direi bem prontamente.

Os gregos de mais alta posição
Puseram sobre os ombros o caixão;
Com olhos injetados, passos lentos,
Pela cidade, em negros paramentos,
Caminham, pela rua amortalhada,
De luto até o telhado atapetada.
À mão direita, avança o bom Egeu;
À esquerda do caixão anda Teseu;
Os dois levam vasilhas de ouro fino,
Com leite puro e mel, e sangue e vinho;
Depois vem Palamon, vem a princesa
Emília, carregando em tocha acesa
À pira funeral o sacro lume
Conforme nesse tempo era o costume.

Tarefa enorme, grave e laboriosa
Foi construir a pira portentosa,
Que tem vinte toesas de largura,
E as ramas verdes roça lá na altura;
Na base há vastos ramos, qual muralha,
E secos, ao redor, rolos de palha.

Porém, como acendeu-se essa alta pira,
E as árvores que foram comburidas
— A bétula, carvalho, ácer, salgueiro,
O buxo, a tília, a faia, o castanheiro
Abeto, colmo, freio, choupo, orniso —

De nada falo, e tudo aquilo omito,
E o debandar dos mil deuses silvestres
Expulsos de sua habitação agreste,
Onde viviam lépidos e calmos
— As ninfas, hamadríades, os faunos;
Não falarei do medo e da escapada
Das feras na floresta derrubada;
Nem do solo a que a luz do céu espanta,
Quando a sombra dos ramos se levanta;
Nem dos fogos, com seca palha acesos,
Depois alimentados com gravetos,
Depois com lenho verde, especiarias,
Com pérolas, com ourivesarias,
Guirlandas que têm flor em abundância,
Incenso e mirra, exóticas fragrâncias;
Nem do corpo de Arcita sobre as toras,
Nem da riqueza que à fogueira adorna,
Nem falarei de Emília, a triste dama,
Jogando sobre a lenha a sacra chama,
Nem como, ao ver o fogo crepitando,
Desmaia, nem do grito e do quebranto;
Nem como em meio às altas labaredas,
Os homens lançam joias, oferendas,
Alguns ofertam lanças ou broquel,
Espadas, vestes, vinho, sangue e mel;
Devora mantos, elmos e couraças
O fogo que estrondeia e que esfumaça;
Nem como, em cavalgada sobranceira,
Três vezes dão a volta na fogueira
À mão esquerda, os gregos bem montados;
Três vezes batem lanças, soltam brados;
Nem do clamor das damas comovidas,
E Emília que ao palácio é conduzida;
Nem como Arcite vira cinza fria,
Nem do velório à noite, e da vigília,
Tampouco das façanhas direi mais

Dos gregos nesses jogos funerais,
Nem quem melhor lutou de corpo untado,
Nem quem nos jogos foi mais sublimado,
Nem como voltam todos à cidade
Ao término da grã solenidade.
De nada disso sabereis por mim:
Pois meu comprido conto chega ao fim.

Conforme é natural, passam-se os anos
Arrefecendo lágrimas e prantos,
E os gregos enfim cessam seu lamento.
E eu creio ter havido um parlamento,
Pelo duque de Atenas convocado,
Para lá debater razões de Estado,
Alianças formar com novas terras
E a lealdade confirmar de Tebas.
E Teseu convocou nessa ocasião
O gentil cavalheiro Palamon,
Que não sabe por que lá foi chamado.
Mas vai, porém, sisudo e reservado,
Zeloso do decreto governante.
E Emília Teseu chama nesse instante.

E então, tomando todos seus assentos,
O salão silencia num momento;
Teseu respira fundo, com vagar,
Desliza pela sala o seu olhar
— No rosto tem profunda gravidade —
E enfim assim expõe sua vontade:

"O Primeiro Motor, Causa Final
Que move o mecanismo celestial,
Com desígnios sublimes e profundos
A cadeia do amor criou no mundo,
E grande é seu efeito e consequência.
É a sublime cadeia da existência,

Que ordena fogo, terra, mar e ar
E os fixa, e não os deixa transbordar.
E esse mesmo Princípio sublimado
Impôs ao nosso mundo desditado
Duração limitada às criaturas,
Um prazo além do qual nada perdura;
Mais cedo às vezes chega, é bem verdade,
O Fim — porém jamais chega mais tarde.
Não busco autoridades, evidências:
A prova é nossa própria experiência.

Tal Ordem fixa, imóvel nos revela
Que a Causa é inamovível e é eterna,
E assim percebe qualquer homem são
Que é parte da Infinita Criação.
O mundo de estilhaços não foi feito,
Mas de um primevo Todo, que é perfeito,
Do qual deriva toda criatura,
Da mais angelical à mais impura:
Do celestial descende o corruptível.
Eis pois como o Princípio inamovível
Organizou os seres e a existência,
Em sucessão no Tempo e na sequência
Das coisas, que não podem ser eternas.
Olhai: eis como o mundo se governa.

Por anos cresce o tronco do carvalho,
Do chão até seus vastos, fortes galhos,
Tão longa e majestosa é sua vida
Porém, no fim, também é destruída.

A pedra que pisamos sobre o chão
É dura, mas os pés desgastarão
A rija superfície do caminho.
Um dia o rio se extingue, e o torvelinho;
E a cidade potente também tomba.

É o nosso fado mergulhar na sombra.

A todos vale a universal verdade,
Mulheres, homens, em qualquer idade,
Ao rei, ao seu criado e ao seu vassalo:
A morte um dia enfim virá buscá-lo.
Alguns no leito, alguns no vasto mar,
Alguns no campo aberto hão de tombar.
Não há caminhos fora dessa estrada:
Pois o homem contra a morte pode nada.

Assim quis Jove, príncipe infinito,
Deste mundo e de tudo nele inscrito:
Que as coisas todas voltem, no final,
À sua Causa e Fonte original.
Nenhuma criatura — isso é bem certo —
Poderá contrariar esse decreto.

É sábio compreender essa verdade:
Achar virtude na necessidade.
Aceitar o que for inevitável,
Com ânimo sereno, imperturbável.
Loucura é lamentar-se, e é vil, perverso
Quem contraria o Guia do universo.
Quem perece no cume da existência,
Na flor da idade, morre em excelência;
Na fama vive e só o seu corpo some:
Não perderá jamais o seu renome.
Feliz é quem encontra e abraça a morte
Com face erguida e feitos altos, fortes,
Sem que prove dos tempos a aspereza
Que ao pó arrasta nomes e proezas.
É melhor perecer na juventude,
Com fama, glória, honor e plenitude.

Opor-se a isso é só pura teimosia.

Nós já choramos tanto, em demasia,
O valoroso fim de dom Arcita.
Por que tanta lamúria tão aflita?
A vida é uma prisão, e ele está livre,
E o fogo de sua fama aqui persiste.
Se estando vivo, foi por nós amado,
Por que seu bem-estar é lamentado?
Não pode agradecer-nos nosso pranto.
É vão, inútil lamentar-se tanto.

E qual é a conclusão deste argumento?
Alegrai-vos, após tanto tormento
E a Jove agradecei as altas graças.
Que agora uma ventura só se faça
De duas dores — e a tristeza morra
Gerando uma alegria duradoura.
E lá onde essa aflição é mais premente
Começo a corrigi-la prontamente".

E diz: "Irmã, escuta o veredito
De todo o meu conselho reunido.
De Palamon gentil tem piedade,
Teu servo de infinita lealdade,
Defensor, cavaleiro de valor.
Que seja teu marido e teu senhor.
Dá-me tua mão, e o caso aqui termina:
Demonstra piedade feminina.
Por Deus, ele é sobrinho de um monarca!
Serviu-te, e tanto ardor deixou-lhe marcas.
Mesmo se fosse um homem sem linhagem,
Mostrou-te imperturbável vassalagem;
E quem por ti provou tanta aflição
Merece enfim a tua compaixão.
A graça é mais sublime que o direito!".

E disse ao gentil-homem cavaleiro:

"Suponho não exijas argumentos
Para que a tanto dês consentimento.
Vem, toma a tua dama pela mão".
E celebrou-se ali a ligação
Diante dos barões e da nobreza.
Com alegria, júbilo e beleza
Festejou-se de Emília o casamento;
De Palamon encerra-se o tormento.
O tão custoso e tão sofrido amor
Chegou enfim, e o bom Deus Criador
Concede a Palamon toda ventura.
Desfruta da riqueza e da ternura,
Por sua esposa docemente amado,
Seu servo eterno, justo e dedicado.
Perfeita foi sua vida, hoje e depois:
Jamais houve uma briga entre eles dois.

Este é o final de Palamon e Emília.
Que Deus salve esta bela companhia!
    Amém.

Conto do Moleiro

PALAVRAS ENTRE O ALBERGUEIRO
E O MOLEIRO

Assim que o Cavaleiro terminou
Seu conto, a gente toda o elogiou,
Dizendo ser aquela nobre história
Digna de entesourar-se na memória,
E agradou, mais que a todos, aos fidalgos.

Nosso Albergueiro disse: "Vejo que algo
De bom começa aqui! Abriu-se a mala!
Então vejamos quem agora fala,
Quem conta um novo conto. Caro Monge,
Se me permites, peço-te que contes
Algo que ao Cavaleiro pague a dívida".

O bom Moleiro tem a face lívida
De beber, e vem torto nos arreios;
Já não tem paciência com floreios
Ou gentilezas; não lhe agrada a espera,
E com voz de Pilatos[86] grita, berra:
"Pelas pernas de Deus, e pelos ossos,
Contar um grandioso conto eu posso;
Que deixará essa conta quite e paga!".

Vendo que a bebedeira era das bravas,
O nosso Guia disse: "Espera, Robin;
Vamos agir com calma. Não te afobes.

Alguém melhor há de contar primeiro".
"Por Deus que não! Jamais!", brada o Moleiro.
"Ou vou-me embora e a coisa toda entravo!"
O Guia respondeu: "Com mil diabos!
Conta teu conto então, seu grande tolo!".

Então disse o Moleiro: "Escutem, todos!
Antes, declararei solenemente
Que estou borracho. O som da voz não mente.
Se algo eu disser de impróprio ou depravado
A culpa é da cerveja do Tabardo.
De um carpinteiro vou contar a história
E de sua digníssima senhora
E de um certo estudante enganador".

"Cala essa boca vil!", clama o Feitor,
Paladino das honras carpinteiras.
"Borracho infame! É crime, além de asneira,
Jogar insultos sobre homens de bem;
E difamar esposas não convém.
Escolhe algum assunto diferente."

O bêbado tornou, bem prontamente:
"Osvaldo, meu querido, neste mundo
Quem está livre de virar chifrudo?
Só quem não tem mulher, quem for solteiro.
Não te chamei de corno, companheiro.
E eu sei que há muita esposa justa e honesta;
De mil mulheres, uma só não presta.
E por que, então, estás assim tão bravo?
Como tu, também sou homem casado.
Mas, por todos os bois em minha canga,
Não fico a imaginar razões de zanga,
Nem a me ver com chifres na cabeça
Antes que o chiframento me aconteça!
Te digo, não é bom se intrometer

Nos segredos de Deus e da mulher.
Na tua mulher desfruta da Abundância
da Criação, e chega de implicância!".

Só posso acrescentar que o tal Moleiro
Pôs-se a tagarelar franco e grosseiro
Sem perdoar ninguém. Contou seu conto
E devo repeti-lo ponto a ponto,
E suplico aos espíritos gentis
Não crer que meus motivos sejam vis
Pois repetir eu devo tal e qual
Os contos foram ditos, bem ou mal,
Para que não falseie esta matéria.
Se acaso fordes gente muito séria,
Basta virar as páginas e achar
Outro conto, que mais possa agradar.
Pois aqui tenho histórias o bastante
De gentileza e tom edificante;
Quem mal escolha, a mim não vá culpar.
Já vos disse: o Moleiro é um ser vulgar;
Vulgar era o Feitor, mais outros tantos
De safadezas falarão, garanto.
Em mim não ponde a culpa. Este é meu rogo:
Que não se leve a sério um simples jogo.

CONTO DO MOLEIRO

Em Oxford existiu já faz um tempo
Um rico porém rude carpinteiro.
Alugava em sua casa, que era grande,
Um quarto para um jovem estudante,
Que as artes estudara já no *trivium*.
Na astrologia estava seu delírio;
Sabia responder certas questões
Por meio das astrais revoluções.

Podia prever secas ou enchentes,
Pela hora em que atendia os seus clientes,[87]
E muitas outras coisas do futuro;
Mas disso não lhes posso contar tudo.

O nome do rapaz é Nicolau
— No ofício sedutor não tem igual.
Cultiva modos doces, inocentes,
A sua astúcia ocultando astutamente.
No quarto, na pensão do carpinteiro,
Morava só, sem outro companheiro.
O quarto estava cheio de ervas raras,
Cheirosas, e o rapaz se perfumava
Todo dia; e cheirava bem, o esperto.
Tinha consigo todo um *Almagesto*,
Um exímio astrolábio de madeira,
Um ábaco com contas em fileiras,
Tudo arrumado com total esmero;
Sobre o armário, forrado de vermelho,
Pendia da parede um bom saltério,
Que ele tocava cheio de mistério
À noite, e todo o quarto ressoava
Ao *Angelus*, em melodias sacras,
Ou também co'as canções do rei Guilherme.
Cantava lindamente, aquele imberbe!
Vivia com empréstimos de amigos,
Ou com o seu dinheiro, que era exíguo.

O carpinteiro há pouco se casara
Com certa moça de beleza rara.
Dezoito anos tinha essa menina;
Mas viver quase presa era sua sina:
O marido ciumento, velho e morno
Temia ganhar dela um par de cornos,
Pois ela era um fogoso furacão.
Como dizia o bom, velho Catão:

"Casa só com alguém de tua idade
Caso pretendas ter um bom enlace".
Mas fora na armadilha capturado
— E teria de arcar com o seu fardo.

Igual doninha, esguia era a garota,
Pequena e deliciosa — e a linda roupa
Era avental plissado, alvo-leitoso,
E cinto com debruns, branco e sedoso.
O avental lhe moldava as belas ancas;
Usava uma camisa fina e branca
E a gola era bordada em linhas negras
Atrás e à frente, e dentro e fora, em seda.
As trenas de sua touca combinavam
Co'a gola. Mil babados a adornavam;
De seda, à frente usava larga fita;
E de luxúria o seu olhar palpita.
Suas sobrancelhas eram finas, pretas,
E as depilava até estarem perfeitas.
Delícia de se ver, jovem, fagueira,
Que nem recém-brotada cerejeira,
Suave como a lã de um cordeirinho.
Tinha uma bolsa feita em couro fino,
Com contas de latão enfileiradas.
E garanto a vocês, meus camaradas:
Nem o maior artista em toda a Terra
Poderia inventar moça mais bela!
Seu corpo era mais límpido e mais claro
Do que um belo florim recém-cunhado.
Tinha a voz doce e clara, em tom faceiro,
Como a andorinha no alto de um celeiro.
Tinha um jeito maroto de brincar,
Como um lindo bezerro a retouçar.
Sua boca era licor de mel ou sidra;
Doce como a maçã recém-colhida,
Alegre como um potro pelos prados,

Empertigada e reta como um dardo.
No peito tinha um broche cor do céu
Redondo como o adorno de um broquel.
Subiam dos sapatos longas tiras
Às pernas; suculenta margarida,
Apropriada ao leito de um marquês,
À casa de um vassalo ou de um burguês.

Então, meu bom senhor, meus bons senhores,
O esperto Nicolau sofria dores
De tanto desejar a bonequinha.
Em Osney o marido estando, um dia
— Estudantes entendem bem da treta —,
Sem aviso, pegou-a da boceta
E disse: "Meu amor, se eu não provar
Teu suco, de tesão vou estourar".
Agarrou-a com força pelas ancas
Dizendo: "Deixa eu ter-te sem tardança,
Ou vou morrer, meu bem. Nem Deus me salva!".
A garota saltou qual égua brava,
Virou com força o rosto, andou em ré,
Respondendo: "Jamais, por minha fé;
Me solta, ó Nicolau, ou vou gritar,
E a toda vizinhança alardear
Tua falta de maneiras. Tira as patas!".

Mas disse Nicolau: "Ó, tu me matas".
E a causa pleiteou com tal esforço,
Que no final a moça disse ao moço
Que sim — e prometeu-lhe tudo dar,
E servir com ardor, por são Tomás,
Sempre que vislumbrasse uma ocasião.
"Mas tens de agir com toda a discrição;
Se meu marido um dia nos flagrar,
Com certeza a nós dois há de matar.
Nosso amor guardarás como um segredo."

E ele disse: "Meu bem, não tenhas medo;
Pois não é um estudante verdadeiro
Quem não sabe enrolar um carpinteiro".

E assim os dois ficaram decididos
A chifrar em segredo o tal marido.
Depois dessa perquirição profunda,
E após lhe bolinar um tanto a bunda,
Nicolau apanhou seu instrumento
E sua canção tocou com sentimento.

E aconteceu que um dia, num feriado,
Essa ilibada dama de que falo
Na igreja foi cumprir suas devoções.
Passou no belo rosto mil loções,
Na pele com nuanças de cereja.
Havia um sacristão naquela igreja,
Simpático, e chamava-se Absalão.
De olhos cinzentos, louro, folgazão.
Sua pele era rosada; repartidos
Ao meio eram seus cachos escorridos.
Seu sapato é rendado em ogivais
Como as janelas têm nas catedrais.[88]
Usava calças justas e escarlates,
Túnica azul co'engenho feita e arte,
Com passamanarias na cintura.
Andava sempre cheio de finura,
Suas roupas ostentando alto e feliz
Com branca, jovial sobrepeliz.
Era ótimo rapaz, logo se via!
Sabia barbear, fazer sangrias,
E escriturar registros aos clientes;
Dançava vinte danças diferentes,
Conforme era costume na cidade,
Saracoteando com habilidade;
Da rabeca era tocador perfeito,

Entoava canções em bom *falsetto*,
E também era hábil na guitarra.
E é claro que gostava de uma farra;
Conhecido nas casas cervejeiras,
Era mui popular co'as taverneiras.
Mas franzia o nariz se alguém peidasse,
E tinha no falar destreza e classe.

Nosso bom Absalão, feliz finório,
Andava aquele dia co'o incensório,
Incensando as mulheres da paróquia.
E a cada belo rosto, para e olha.
Olhou co'espanto a nossa conhecida.
Podia olhar pra ela toda a vida!
Ela era tão vistosa que arremato:
Se fosse camundongo, e o jovem, gato,
Ali mesmo em suas garras a pegava.
Esse bom sacristão agora estava
Tomado de paixão mui forte e louca.
Jamais cobrava dízimo das moças;
Sorria, gentilmente recusando.
Então caiu suave a noite e quando
Viu a lua, a guitarra ele pegou,
E sentindo-se insone pelo amor,
Saiu à rua apaixonado e doido,
Buscando a casa de sua musa afoito.
E no momento em que cantava o galo
Trepou por uma curva do telhado
Junto à janela de sua bem-amada,
Cantando uma canção apaixonada:
Ó linda dama, te suplico assim:
Teu pensamento voltes para mim...
Seguindo a melodia co'a guitarra.

E o carpinteiro, ouvindo, despertara;
E disse à sua mulher, de supetão:

"Ó Alisson, acaso é Absalão
Fazendo cantorias na janela?".
"Sim, John , é ele, o próprio", disse-lhe ela,
"Por Deus, que reconheço aquela voz."

E assim tudo se deu pelo melhor;
De tanto cortejá-la, o sacristão
Foi caindo em geral desolação;
Passava insone as noites, todo dia;
Mas mantinha fingida galhardia:
Mandava-lhe presentes e recados;
Prometia tornar-se seu criado;
Pipilava tal qual um passarinho;
Mandava-lhe hidromel e doces vinhos,
Quitutes, bolos, sacos de moedas
— Pois era citadina a moça bela;[89]
Há moças que se ganha em ouro e prata;
Outras, com beijos; outras, com pancadas.

Querendo impressioná-la, fez-se ator
E Herodes numa peça interpretou;
Mas tudo aquilo redundava em nada
Pois era Nicolau que a moça amava.
O pobre sacristão clamava a esmo
E de Alisson ganhava só desprezo.
A moça o transformava num macaco,
Pagando seu amor com desacato.
Assim diz o ditado, e é bem verdade:
"Quem está perto tem maior vantagem;
O distante não toca o coração".
Por mais que esperneasse o sacristão,
A distância o tirava do duelo,
E Nicolau vencia, estando perto.
Então, vai, Nicolau, pega esta saia!
Enquanto o sacristão grita e desmaia.

E sucedeu, num dia (era num sábado
E o carpinteiro estava no trabalho)
Que a rapariga e o esperto Nicolau,
Risonhos, decidiram afinal
Tramar e perpetrar um belo engodo
Para enganar o carpinteiro corno.
E se bem funcionasse aquela trama,
Dormiriam os dois na mesma cama
A noite inteira, desfrutando o amor.
E sem tardança o plano começou:
Nicolau, sem que o carpinteiro note,
Sobe ao quarto levando um bom estoque
De comida, bastante para um dia
Ou até mais — e Alisson diria,
Se acaso perguntasse o carpinteiro,
Não saber do estudante o paradeiro;
Diria: "Nicolau? Sumiu, eu acho.
Talvez esteja mal, adoentado.
A criada mandei bater à porta
Do quarto, e ela bateu, mas sem resposta".

E sucedeu assim: por todo o sábado
No quarto Nicolau fica enfurnado,
A comer, a beber ou só dormindo,
Até o cair da noite de domingo.
E o tolo carpinteiro se espantou,
Aflito a perguntar — *que fim levou?*
"Por são Tomás! Será que houve algum mal
Co'aquele bom rapaz, o Nicolau?
Estará morto? Deus o não permita!
Incerto mundo e tão incerta a vida!
Um sujeito ontem vi, no seu caixão,
Que anteontem eu vira vivo e são!
Vai, vai", disse ao criado, "bate à porta,
Co'as mãos, com uma pedra, então retorna
E vem dizer o que se passa lá."

Então foi-se o garoto sem tardar,
Com pressa bate à porta, muito afoito,
Aos gritos indagando, como um doido:
"Acorda, acorda, mestre Nicolau!
Todo o dia a dormir não é normal!".

Resposta não ouviu; mas um buraco
Na porta havia, junto do assoalho,
Para o gato passar e se esgueirar.
Por ali o rapaz põe-se a espiar,
E aquilo que ele avista o desconcerta:
Jazia Nicolau de boca aberta,
Parecendo um lunático pasmado.

E lá foi-se o rapaz, desarvorado,
Reportar o que vira ao seu senhor.
Benzeu-se o carpinteiro com pavor,
E disse: "Ó minha santa Fridesvida!
Nada existe de certo nesta vida!
Esse rapaz, com suas *astromias*,
Foi tomado dum surto de agonias;
O que eu sempre previ, aconteceu:
Certas coisas é bom deixar a Deus;
É mais feliz quem pouco ou nada sabe,
Quem vive só da fé, como lhe cabe;
Também ouvi falar de um estudante,
Dessa tal *astromia* praticante,
Que andava pelo campo, os céus olhando,
Até tombar lá do alto dum barranco.
Suas previsões falharam, no final!
Mas, ai, o que será de Nicolau?
Vou curar, com pancadas de bastão,
Seu excessivo ardor na erudição!
Vem já comigo, Robin, sem demora,
Me ajuda a derrubar a porta agora;
E vamos acabar com seu estudo!".

O criado era grande, bem taludo;
Forcejaram apenas brevemente,
Para arrancar os pinos do batente,
E a porta se desprende, salta e quebra.
Lá estava Nicolau, como uma pedra,
De boca aberta, quieto, olhos vidrados;
O carpinteiro grita, quer salvá-lo,
Sacode-o pelos ombros e cabelos,
Berra seu nome em pleno desespero.
"Acorda, Nicolau, eu te suplico!
Contra elfos e duendes te persigno,
Da santa cruz te imponho o valimento!"
E as rezas do noturno encantamento[90]
Nos quatro cantos repetiu da sala;
Também no umbral da porta, para e fala:
"Jesus, são Benedito, que estais perto!
Esta casa limpai do imundo espectro!
Vem, branco *Pater Noster*! Bruxa anula!
Ó são Pedro, onde está tua irmã caçula?".
E o esperto Nicolau nesse momento
Começou a gemer com sentimento:
"Ai de mim! Vai o mundo se acabar!".
E disse o carpinteiro: "O que é que há?
Homem de bem em Deus busca guarida!".
E disse Nicolau: "Me traz bebida,
Depois conversaremos em segredo,
De assunto que a nós ambos diz respeito.
Disso não falarei a mais ninguém".

E desce o carpinteiro, e logo vem
Trazendo um quarto de cerveja clara,
E após beberem juntos toda a jarra,
Sentaram-se no chão, longe da porta,
E Nicolau falou-lhe desta forma:
"Meu caro anfitrião, meu John querido,
Tens de jurar, com todo o teu espírito,

Jamais este segredo revelar.
De Cristo as intenções vou franquear;
A traição trará fatal castigo:
Se mentes, teu espírito é perdido;
Se me traíres, Deus te fará louco".
"Por Cristo, eu juro! Fala, sim, que te ouço!",
Respondeu esse tolo carpinteiro.
"Garanto que não sou mexeriqueiro.
Prometo que o segredo não externo,
Pelo nome de Quem venceu o inferno!"[91]
"Então, meu caro John, revelo tudo:
Aconteceu que em meus astrais estudos,
Averiguei, olhando as luas altas,
Que na segunda-feira, antes da alba,
Uma chuva cairá, tão louca e fera
Que à enchente de Noé vence e supera!
Em menos de uma hora, o mundo inteiro
Se afogará no horrível aguaceiro;
E o Homem terá Fim. É o que Deus quer."
E o pobre John gritou: "Minha mulher!
Também se afogará? Ó Alisson!".
E quase desmaiou o pobre John.
"Então, não há remédio pra esse mal?"
"Há sim", disse esse esperto Nicolau,
"Há jeito, se fizeres o que digo,
Seguindo o que te diz teu bom amigo.
Ao sábio Salomão ouvir convém:
'Quem segue um bom conselho acaba bem'.
Se deste amigo ouvires os ditames,
Prevejo que sem mastro e sem velame
Salvarás a nós dois e à tua mulher.
Não lembras como Deus salvou Noé,
Avisando o profeta e a sua família
Do dilúvio que em breve cairia?"
"Ouvi dizer; isso se deu faz tempo."
"E acaso tens ideia do tormento

E da maçada em que Noé se viu
Pra colocar sua esposa no navio?
Recusou-se a adentrar, a má bruaca.
Não seria melhor ter outra arca,
Para evitar transtornos conjugais?
Mas chega; já não posso alongar mais
A fala. Vai ficar o tempo feio,
E nós temos de agir sem mais rodeios.
Deves então trazer sem mais demora
Para esta casa grandes tinas, dornas,
Compridas o bastante para usarmos
Para singrar as águas, como barcos.
E nelas provisões colocarás
Para durar um dia, ou pouco mais.
Pois baixarão as águas com certeza
No meio da manhã de terça-feira.
Não contarás a Robin o que falo,
Nem à criada Jill; porque salvá-los
Não nos compete. E nem perguntes mais;
Os desígnios de Deus aceita em paz.
Fica feliz em receber a graça
Que Deus deu a Noé e à sua raça.
Mas salvarei tua esposa, assim prometo.
Agora vai, veloz, não percas tempo.
Mas quando nos trouxeres as três tinas
— Para mim, para ti, pra tua querida —,
Com cordas fortes prende-as, lá no teto;
Ninguém deve saber desse projeto.
Depois de fazer tudo bem, sem falhas,
Colocando nas tinas vitualhas,
E também uns machados pra cortar
As cordas quando a água alevantar,
Um buraco abrirás na cumeeira,
Que dá para o jardim, sobre as cocheiras,
Pois dali sairemos navegando;
No que parar a chuva, te garanto,

Que vais boiar nas águas como um pato,
Fagueiro, desfrutando um belo lago.
E vou gritar feliz: Meu caro John,
Doce Alisson, a chuva já passou!
E os dois responderão: Ó Nicolau!
Que lindo amanhecer tão estival!
E seremos do mundo inteiro donos,
Tal qual o bom Noé o foi, suponho.
Outra coisa é preciso que eu te diga:
Cada um estando dentro de sua tina,
Em cada embarcação bem equipada,
As bocas mantenhamos bem fechadas.
Nada de conversar; apenas prece,
Pois sei que ao bom Senhor isso apetece.
Ficarás de Alisson bem afastado
Pois entre os dois não deve haver pecado,
Nem sequer numa troca entre os olhares.
Tuas ordens eu já dei. E é bom estares
Pronto amanhã, assim que anoitecer.
Quando a bordo estivermos nós os três,
Cada um em sua tina, rezaremos
Agradecendo a graça que tivemos.
E agora, bem, encerro nossa fala.
Pois o sábio diz pouco, e muito cala.
E tu, que tens sabedoria excelsa,
Saberás como agir sem mais conversa."

E o carpinteiro foi, de horror transido,
Soltando fundos "ais", tristes gemidos,
E o segredo contou à sua esposa.
Já sabia de tudo a esperta moça,
Conhecendo do plano as intenções.
Ainda assim, fingiu palpitações,
Gritando: "Vou morrer! Estou perdida!
Marido, vai salvar as nossas vidas!
Sou tua esposa honesta e mui leal;

Salva a nós dois! Escuta Nicolau!".

Que coisa poderosa, o fantasiar!
As imaginações podem matar
De tanto perturbar a mente humana.
O tolo carpinteiro treme, exclama,
E acredita estar vendo à sua frente
O dilúvio chegar, bravo e fremente,
Para engolir sua linda bonequinha.
Aos gritos, faz enorme ladainha,
Suspira, geme, reza, aos céus implora.
Veloz, foi conseguir as tinas e dornas:
Três barcos para passageiros três.
Então, co'as próprias mãos escadas fez,
Para poder subir lá junto às traves
Do teto. Pendurou as santas naves
Com máximo segredo e discrição
Em uma grande sala da mansão.
De provisões encheu as pias barcas
— Bom queijo e pão, cerveja numa jarra,
O suficiente pra durar um dia.
Mas antes de entregar-se a tal porfia,
Ponderou e um pretexto vago urdiu
Para a Londres mandar Robin e Jill.
Vinda a noite, fechou porta e janelas,
Os ferrolhos girou; apagou velas;
Tudo arrumou conforme combinara
— E os três foram subindo até suas barcas,
E cada um lá ficou bem quieto, e só.
Mas disse Nicolau: "Pai Nosso, hmm... Ó!".
E um "ó" disse Alison; e um "ó" diz John.
E reza o carpinteiro, errando o tom;
E fica quieto; e solta outra toada;
E agora espera o som da chuvarada.
Mas pouco após ouvir do sino os dobres
O carpinteiro cabeceia e dorme;

De tanto labutar, era exaurido.
E sua alma está infeliz; solta grunhidos;
E ronca, co'a cabeça enviesada.
E nisso, Nicolau desce as escadas,
Pé ante pé, e a moça vem depois.
E agora entre os lençóis estão os dois,
Na cama que ao marido pertencia,
E ali houve festim e melodia,
E assim ficaram, ela e Nicolau,
Ocupados no júbilo carnal,
Até se ouvir o repicar das laudes
E nas capelas, o cantar dos frades.

Enquanto aquilo tudo acontecia,
Absalão, que de amores padecia,
Com um grupo de amigos fora a Osney
Buscando diversão co'a gente jovem.
E por acaso a um monge perguntou
Por onde andava o carpinteiro John.
À parte, em voz bem baixa, disse o monge:
"Sumido anda o sujeito; e eu não sei onde.
Às vezes passa até dois dias fora,
Lá na granja a colher madeiras novas.
Quem sabe, por pedido da abadia,
Esteja a trabalhar na serraria.
Senão, em casa deve estar, eu creio.
Enfim, não sei dizer seu paradeiro".

E o sacristão encheu-se de alegria,
Pensando assim: "É hoje! A noite é minha!
Pois não se viu sinal do carpinteiro
Desde o raiar do sol, o dia inteiro.
Quando o galo cantar a sua canção,
Baterei à janela da mansão
— O peitoril é baixo, rente ao solo —
E a Alisson direi como eu a adoro,

E após tanta labuta, já prevejo
Que ao menos ganharei da bela um beijo.
Terei algum consolo, ó noite louca!
Faz horas já que me comicha a boca,
Sinal de um belo beijo só pra mim;[92]
Ontem sonhei que estava num festim:
Portanto, dormirei umas três horas,
Depois terei festança noite afora!".

Tão logo ouviu cacarejar o galo,
Ergueu-se o sacristão fagueiro e gaio,
E vestiu-se com graças e elegância;
Na boca, para dar gosto e fragrância,
Pôs uns grãos de alcaçuz, e sob a língua
A pétala da flor cheirosa e fina
Do amor-de-fato, a joia dos amantes.
E lá se foi, feliz, mui confiante.
Parou junto à janela, ao parapeito
— Que de tão baixo lhe tocava o peito —
E soltou um pigarro doce e vago:
"Ó Alisson, ó flor, mimoso favo,
Meu passarinho, exótica canela!
Diz-me onde estás, fala comigo, ó bela!
Mal sabes como tenho esta alma aflita;
O amor por ti me faz suar em bicas;
Por ti ando a balir, ó minha estrela,
Como um pobre cordeiro atrás da teta.
O amor por ti me dói e me atordoa,
E ando a chorar mais triste que uma rola.
Quase não como. Estou a definhar".
"Sai daqui, seu idiota, vai pastar!
Não ando a dar beijocas por aí
A qualquer um que peça; e já cedi
Meu beijo e todo o resto a um outro homem,
Melhor que tu. E agora vai-te e some
E me deixa dormir!", ela falou.

"Ai de mim!", Absalão se lamuriou,
"Um amor tão perfeito é desprezado!
Ao menos dá um beijinho ao condenado,
Um beijo, já que todo o resto negas."
"Um beijo — e vais embora?", disse a bela.
"Assim prometo", disse o sacristão.
"Prepara então teus lábios, Absalão."
A Nicolau, bem baixo, disse a esperta:
"Agora vamos rir desse pateta".

O sacristão ficou no chão de joelhos,
Pensando: "Eu sou um lorde de respeito!
Virá, depois do beijo, a coisa toda".
E disse: "Linda, vem, dá-me tua boca!".

Ela abriu a janela sem demora,
E disse: "Vamos logo, mãos à obra;
Pode um vizinho achar que és um larápio".

E o sacristão logo enxugou os lábios.
Escura estava a noite; a sombra, funda,
E na janela a moça pôs a bunda.
E o rapaz, com sua boca de alcaçuz,
(Ó destino cruel!) beijou-lhe o cu,
Um ardoroso beijo apaixonado.

Mas pulou para trás. "Tem algo errado",
Falou, "pois jamais vi mulher barbuda,
E tua boca é bem áspera e peluda."
Então gritou: "Ó Deus! Que foi que eu fiz?".
E fechou-se a janela em seu nariz;
E a moça riu, e o jovem foi-se triste.
E Nicolau gritou: "Por *Corpus Christi*!
Uma barba! Uma barba! Ai, que paspalho!".

E o sacristão ouvindo aquele esparro,

De raiva morde a boca, solta pragas,
Murmurando: "Por essa, tu me pagas".
E quem agora esfrega a boca aberta
Na areia, em panos, pó, palhas e pedras,
Senão o sacristão, a dizer "ais"?
"Minha alma venderei a Satanás,
Junto a todas as almas deste mundo
Para vingar esse horroroso insulto!
Como é que pude ser tão tolo?", exclama.

De seu amor já se apagara a chama;
Jurava, desde o tal beijo no cu:
"Dane-se o amor, que o leve belzebu!".
A sua doença estava enfim curada;
E para ele o amor não vale nada.

Com lágrimas de raiva, vai-se o moço
Andando pela rua, silencioso,
Até chegar à casa de Gervaz,
Mestre ferreiro, que na forja faz
Peças de arado — segas, relhas, hastes.

À porta esse Absalão de leve bate
E diz: "Gervaz, quero falar contigo".
"Mas quem vem lá?" "É o sacristão, amigo."
"Absalão? És tu mesmo? E não é chiste?
Tão cedo madrugou? *Benedicite!*
Garanto que é por causa de mulher
Que andas a uma hora dessas já de pé,
Vagando pela fria madrugada!"

Absalão ignorou a caçoada,
Pois na cabeça tanta coisa traz
Que nem mesmo imagina o bom Gervaz.
"Meu caro amigo... empresta aquela sega
Que sobre a forja cálida fumega?

Preciso usá-la num serviço urgente,
E a entregarei de volta velozmente."
"Ora, se fosse feita de ouro e prata,
Ou se fosse o tesouro dum magnata,
Eu te daria a sega sem demoras.
Mas que farás com ela, nestas horas?"
"Quanto a isso, meu amigo, deixa estar.
Outro dia essa história hei de contar."

Pegou da sega — o cabo estava frio —
E andando devagar a porta abriu,
E pé ante pé, voltou até a janela,
Tossiu de leve, deu três batidelas,
Chamando em voz bem baixa, como dantes.

E disse a moça: "Aposto que é um tratante,
Algum ladrão, meu sono perturbando".
"Sou eu, ó minha flor, sigo te amando;
Sei que me queres mal, ou queres pouco,
E ainda assim te trouxe um anel d'ouro.
De minha mãe herdei este regalo;
É fino, e ricamente burilado.
E por um beijo é teu, joia sem par!"

Nicolau, que se erguera pra mijar,
Resolveu aumentar a barafunda:
"Agora, vais beijar a *minha* bunda".
Então, foi à janela sorrateiro,
E ali arrebitou o seu traseiro,
Das nádegas até o meio da coxa.

E disse o sacristão: "Amada moça,
Diz algo, pra que eu saiba onde tu estás".
E Nicolau peidou — peido loquaz,
Estridoroso e forte qual trovão,
Que quase derrubou o sacristão.

Mas Absalão foi ágil, foi certeiro:
A sega lhe enfiou bem no traseiro.

Rompeu-se a pele em volta da ferida,
Foi quase meia bunda escurecida.
Foi tanta a dor que quase desmaiou,
E como um desvairado, assim gritou:
"Água! Água! Em nome do Senhor!".

E nisso o carpinteiro despertou,
E ao ouvir "água" em meio ao escarcéu,
Pensou: "Chegou a Enchente de Noel!".
Sentou na tina, de machado à mão,
E as cordas golpeou de supetão,
E tudo veio abaixo — um rebuliço!
E a tina espatifou-se contra o piso,
E John ali ficou, desacordado.

Saíram a gritar "Assassinato!"
Correndo pela rua, a moça e o moço;
E chegam os vizinhos — o alvoroço
É grande — e todos olham no assoalho
O pobre carpinteiro espatifado;
Seu braço se quebrara em vários pontos,
Mas ninguém quis ouvir seu triste conto;
A história foi de pronto desmentida
Por Nicolau e a linda margarida.
Disseram que era louco, e andava ao léu,
Falando dessa "Enchente de Noel",
Que seu doido delírio e fantasia
Fizeram-no comprar essas três tinas;
Que as pendurara ao teto do recinto,
E lhes pedira, em nome do Divino,
"Lá no teto me façam companhia".

A gente toda riu da fantasia,

Olhando o teto deram gargalhadas,
Transformando sua dor numa piada.
Tudo o que John dizia, desprezavam;
Com pragas e risadas o insultavam.
Na cidade, ninguém lhe deu ouvidos,
Ganhou fama de ser louco varrido.
E os estudantes são os mais enfáticos:
"Já vês, meu bom irmão: ele é um lunático".
E a piada foi dita e repetida.

E assim a rapariga foi comida,
— Driblando a vigilância, achou seu macho;
E Absalão a beijou no olho de baixo,
E Nicolau ficou de cu moreno.
E é isto. E vinde a nós o Vosso Reino!

Conto do Feitor

PRÓLOGO DO FEITOR

E assim, quando escutamos o final
Do causo de Absalão e Nicolau
Todo mundo opinou, diversamente,
Pois era um grupo de diversa gente,
Porém ninguém deixou de rir, exceto
O Feitor, que ficou mui circunspeto,
Pois era carpinteiro por ofício.
O seu humor seguia irritadiço;
E resmungava cheio de melindres.

"Poderia deixar o assunto quite
Contando dum Moleiro falastrão
Que acabou aprendendo uma lição;
Porém, eu não sou velho depravado.
Já não posso pastar nos verdes prados;
Tenho de contentar-me com forragem:
Na velhice, não há libertinagem.
Como essas brancas cãs, meu coração
É seco — mergulhar na podridão
É o destino da nêspera madura,
Que no fim com o lixo se mistura.
Dessa forma a velhice nos consome:
A tal maturidade é ficar podre.
Mas quando o mundo canta, nós dançamos:
Ser como um alho-porro desejamos

— Ter a cabeça cinza e o rabo verde.
Desejamos, ainda que impotentes.
Falar, pra quem não *faz*, é um desafogo,
Entre as cinzas mexendo o velho fogo.
Mas sobram quatro brasas, com certeza:
Mentira, fúria, empáfia e a avareza
São os carvões que brilham na velhice
Já quando nossa força não persiste.
Arde o desejo mesmo em corpo torto;
Eu mesmo tenho o ímpeto dum potro,
Como foi desde a época esquecida
Em que a torrente d'água desta vida
Pôs-se a correr de dentro do barril.
A torneira da vida a Morte abriu
Quando nasci; e as águas vão correndo
Até o barril ficar sem nada dentro,
Ou quase nada... A vida é uma goteira
Que respinga, e por mais que a gente queira
Tagarelar do que já não existe,
Para os velhos, só resta a caduquice!"

Nosso Albergueiro, ouvindo tal sermão
Falou co'a majestade dum barão:
"Pra que serve tamanho palavreado?
Acaso és um profeta, ou és prelado?
Se o Diabo volveu-te em pregador,
Ao sapateiro tornará doutor!
Não enroles. É quase já hora prima[93]
E Depeford à frente se aproxima;
E Greenwich vejo lá, com seus patifes.
Teu conto conta logo, não te esquives".

"Senhores, peço a todos", disse Osvaldo,
"Que por favor não fiquem injuriados,
Se àquele falastrão pago em espécie.
A força só com força se repele.

Ele falou de como um carpinteiro
Foi chifrado, humilhado por inteiro,
Talvez pra me ofender, com derrisão,
Pois carpinteiro eu sou por profissão.
Responderei nos mesmos termos toscos;
Que um dia esse vilão quebre o pescoço!
Se de um cisco em meu olho faz alarde,
Não vê no próprio olho a enorme trave."

CONTO DO FEITOR

Em Trumpington, lá no oriental condado,[94]
Há um moinho nas margens dum regato
Que passa embaixo duma ponte antiga
— E o que vou lhes contar não é mentira.

Morava no lugar certo moleiro
Exibido, orgulhoso e trambiqueiro.
Torneava vasos, redes remendava,
Perito em pescaria e na caçada.
Gostava de tocar gaita de foles
E bebia e brigava por esporte.
Sempre um cutelo à cinta carregava
Muito longo e afiado como espada;
Ocultava uma adaga em seu alforje;
De Sheffield um facão,[95] comprido e forte,
Escondia na calça ou no tabardo.
E perigo de morte era zangá-lo.
Gostava de puxar brigas na rua;
Sua cabeça era calva como a lua.
Tinha um nariz de porco, rosto inchado.
Era bruto, maldoso, e era enfezado.
Era também gatuno experiente
Do trigo e da farinha dos clientes.
Simekin se chamava o fanfarrão.

CONTO DO FEITOR 143

Sua esposa era fidalga de extração
Pois tinha fino sangue eclesiástico:
Era filha de um padre. E foi bombástico
O dote que o moleiro abocanhou
Pra desposar a moça, e alardeou
Que era virgem, criada em monastério.
Pois não aceitaria vitupério
Em sua condição — era homem livre.[96]
A fidalga casada co'esse biltre
Era atrevida e cheia de vontades.
Nos feriados, andavam com alarde,
Em fila — ele ia na frente, ela no fim,
Vestida num vestido carmesim;
Usava Simekin calças vermelhas,
E um capuz com berloque na cabeça.
O sujeito de orgulho o papo inflama
E a dona todos chamam "minha dama".
E ninguém ousaria gracejar
Ou dizer-lhe "Querida, vem brincar",
A menos que quisesse ser surrado,
Ou a golpes de faca, esburacado.
Um ciumento é capaz de qualquer coisa,
Ou finge ser, pra amedrontar a esposa;
E por ter as origens maculadas
Tão limpas quanto as águas numa vala,
A fidalga era cheia de exigências,
Demandando respeito e reverências
Por ser de tão augusto nascimento
E ter sido criada num convento.

A família dos dois era miúda:
Uma filha roliça e bem taluda,
De uns vinte anos, e um bebê rosado
Que vivia no berço enrodilhado.
A moça tinha o corpo bem fornido,
Nariz pra cima, e os olhos, cinza-vidro;

Confesso que sua bunda era bem larga,
Os peitos, lindos; e as madeixas, claras.

O cura, que era avô dessa beldade,
Queria-lhe deixar as suas herdades,
O casarão, as terras, prata e gado;
Buscava um pretendente apropriado
À neta, pois queria vê-la atada
A algum antigo sangue aristocrata
Pois é justo que a Santa Madre Igreja
Dê aos seus filhos (ou filhas) suas riquezas;
E que assim seja o santo sangue honrado
E o santíssimo erário devorado.

O moleiro engordava suas finanças
Com malte e trigo em toda a vizinhança.
O cliente que mais o enriquecia
Era um tal Solar Hall,[97] em Cantabrígia.
Um dia o provedor,[98] por desventura,
Que os cereais levava à moedura,
Tombou de cama, em dura enfermidade.
Para o moleiro, que oportunidade!
Já começa a roubar cem vezes mais
Roubando tanto grão quanto lhe apraz;
Se dantes surrupiava com brandura,
Agora perdeu toda a compostura;
O diretor da escola ficou bravo,
Mas o ladrão negou-lhe um desagravo,
E aos berros declarou sua honestidade.

Na época, viviam na cidade
Nesse mesmo colégio de que falo
Dois jovens estudantes pés-rapados,
Teimosos, que adoravam picardias.
Ao diretor da escola, certo dia,
Disseram que os deixasse ir ao moleiro,

Prometendo dobrar o trambiqueiro.
"Levaremos o grão pra ser moído,
E não há de roubar-nos o bandido,
Nem por astúcia ou força ou extorsão."
E o diretor lhes deu a permissão.
Alain e John chamavam-se os espertos.
Sua cidade natal — não sei se eu erro —
Era Strother, no norte deste reino.

Esse Alain preparou o equipamento,
E o saco colocou na montaria,
E os dois se foram lá, com galhardia,
Com seus broquéis e espadas bem armados.
John conhecia o rumo do regato,
E o cereal largou junto ao moinho.
E Alain chamou: "Simão,[99] ó bom vizinho![100]
Diz como vão tua esposa e a tua filha".
E Simekin responde: "Oh, maravilha!
Alain e John, a que devo a visita?".
"Simão", diz John, "bem, eis como é a vida:
Quem não tem servo é servo de si próprio,
Tal dito, a um estudante, é mais do que óbvio.
O provedor da escola está acabado,
De dor rangendo os dentes, acamado.
E vim eu mesmo então, trazer o trigo,
E veio o bom Alain aqui comigo,
E a farinha conosco levaremos."

"E a vão levar sem nem um grão a menos!",
Diz Simekin. "E enquanto esmago os grãos,
Meus bons amigos, onde ficarão?"
Diz John: "Eu fico ao lado da tremonha,[101]
De curioso, pra ver como funciona.
Quero ver como os grãos caem lá dentro".
E disse Alain: "Pois bem, meu passatempo
Será ficar deitado aqui no chão,

Para ver como vai tombando o grão
Em forma de farinha na gamela.
Como John, quero dar uma olhadela,
E aprender do moleiro o honesto ofício".

E Simekin sorriu desse artifício,
Pensando: "São dois tolos empolados,
E pensam que não sei como dobrá-los.
Mas vou lhes ensinar bela lição,
Que vai lhes humilhar a erudição.
Por mais que usem seus truques colegiais,
Vou lhes roubar até não poder mais.
Vou dar-lhes só farelo, e não farinha
— Pois como ao lobo a égua já dizia:
'Quem mais estuda nem sempre é o mais vivo'.
É bom surrupiar de um erudito!".

E quando viu a chance, de fininho,
Esgueirou-se pra fora do moinho,
E encontrou, lá nas margens do regato,
O cavalo dos jovens, amarrado
Ao tronco dum carvalho bem frondoso.
Andou até o cavalo, sigiloso;
Tirou com rapidez o seu cabresto.
O bicho viu-se livre e foi-se lesto
Rumo ao brejo repleto de éguas bravas,
Soltando mil relinchos com fanfarra.

E Simekin voltou, bem sorrateiro,
Ao trabalho, com ditos e gracejos,
Aos rapazes fingindo simpatia,
E enfim, encheu bom saco de farinha.
Mas quando John saiu, junto ao regato,
E lá não mais achou nenhum cavalo,
Voltou gritando: "Alain! Uma desgraça!".
"Pelos ossos de Deus, o que se passa?"

"Sumiu-se o palafrém do diretor!"
E Alain saltou, tomado de pavor,
Esquecendo farinha e cereal
E olvidando a tarefa de fiscal:
"Pra onde foi?", ele grita. E logo a esposa
Do moleiro lhe diz em voz maldosa:
"Alguém aqui não sabe atar bridão,
E precisa adestrar melhor a mão.
Soltou-se o teu cavalo, e foi pro brejo".

E John soltou a espada, num lampejo,
Gritando: "Vem, Alain, larga tua cinta,
Pra não atrapalhar nossa corrida!
Mas por que não o botaste na cocheira?
Vamos logo! Não faças mais besteira!
Que azar! És um palerma e um idiota!".

E correram os bobos lá pra fora,
E Simekin, em meio à ladainha,
Retirou meio alqueire de farinha
Do saco que entregara àqueles tolos
E ordenou que a mulher fizesse um bolo.
E riu: "Esses moleques tão letrados
Não esperavam ser engambelados
Por um simples moleiro sem leitura.
Que os dois agora corram; que labuta!
Vão correr todo o dia, eu lhes garanto".

E os dois correram brejo, bosques, campos,
Gritando: "Aqui! Ali! Já foi pra lá!
Assobia na frente; eu fico atrás!".
Pra resumir: até o anoitecer
O bicho não puderam mais prender;
E só quando no céu havia estrelas
Acuaram-no enfim numa valeta.

Exaustos, com as roupas encharcadas,
Feito gado largado em chuvarada,
Os dois se lamentaram. "Ai, miséria!
Cairemos no escárnio e na pilhéria!
Perdemos nosso grão! E que chacota
Seremos entre a gente em nossa escola!
Simekin deve estar rindo de nós!"

E assim gemia John, em pena atroz.
Colocaram Bayard[102] lá na cocheira,
E acharam Simekin junto à lareira.
E não podendo mais seguir viagem,
Imploraram comidas e estalagem,
Em troca de um punhado de tostões.

"Minha humilde morada e provisões",
Diz Simekin, "são suas, meus amigos.
Já veem como é pequeno meu recinto;
Mas vocês, com tamanha erudição,
Podem volver a sala num salão,
E com seu palavrórios escolásticos
Transformar meu moinho em mil palácios."

Diz John: "Sutil resposta, ó bom Simão!
Ouvi dizer: quem pouco tem nas mãos
Tem de aceitar aquilo que lhe ofertam.
E já que nos deixaste a porta aberta
— Além de sábio, anfitrião perfeito —
Pedimos só comida quente e leito;
E pagaremos tua cortesia:
Ninguém pega um falcão de mãos vazias.
Algum dinheiro temos para a ceia".

E a filha do moleiro foi à aldeia
Comprar pão e cerveja, e assou um ganso;
Bayard ganhou ração, já estando manso;

Simekin arrumou dois leitos limpos
Junto à porta, num canto do recinto,
A alguns passos da cama onde dormia,
Também perto da cama de sua filha.
O jeito era dormirem apertados,
Todos juntos no quarto, lado a lado,
Pois a casa era estreita e bem miúda.
Comeram uma janta bem polpuda;
Depois de fortes tragos entornar
À meia-noite foram se deitar.

O moleiro bebera em demasia
— Sua cara estava branca e a pele fria;
Falava com soluços e chiados,
Fanhoso, como estando resfriado.
Ao lado da mulher deitou na cama
— Também estava alegre a nobre dama,
Feito ave com o bico bem molhado.
O berço do nenê ficava ao lado,
Para a mãe poder dar-lhe de mamar.
Os jovens também foram repousar
Após terem secado toda a jarra.
Calou-se o grupo e se acabou a farra.
E foi como tomar poção do sono:
O moleiro roncava, em abandono,
Parecendo um cavalo a dar nitridos;
Pelo rabo também solta rugidos.
Ao coro roncador uniu-se a esposa,
Verberando cantiga estridorosa,
E a garota roncou *par compagnie*.

Tamanha melodia havia ali
Que, despertando, Alain cutucou John:
"Irmão, a noite está fora do tom.
Escuta que horrorosa barulheira!
Que o fogo[103] engula essa família inteira!

Oxalá no Juízo Universal
Se afoguem em farelo e cereal!
Já sei que hoje não vou pregar um olho.
Mas dessa confusão, algo recolho.
Pois, John, tão certo quanto o sol nascer,
Essa garota agora eu vou comer.
E que seja a justiça feita enfim,
Pois existe uma lei que diz assim:
'Se nalgum ponto alguém for ofendido
Será num outro ponto ressarcido'.
Nosso grão, já sabemos, foi roubado,
E tivemos um dia desgraçado;
Se ninguém vai nos dar reparação,
Tiremos disso alguma diversão.
Pelo sangue de Deus, será assim!".

Diz John: "Cuidado, Alain! Pois Simekin
É um homem perigoso e intolerante.
Se te pegar, acaso, no flagrante,
Vai nos dar uma surra colossal".

Diz Alain: "Que se dane esse boçal!".
E se esgueirou até essa rapariga,
Que dormia co'as mãos sobre a barriga,
E a moça se acordou tarde demais,
Descobrindo-se embaixo do rapaz.
E o que fazer? À festa se entregou.
Festeja, Alain! E eu volto agora a John.

Na cama, John sozinho lamentava
O quinhão que o destino reservava.
"Miséria! Que desgraça, e que chacota!
Hoje eu sou o maior dos idiotas.
Pro débito quitar, meu companheiro
Está comendo a filha do moleiro;
Da audácia está ganhando o pagamento,

E eu fico aqui, qual saco de excremento.
E se essa história um dia for contada,
Dirão: ah, que maricas! que piada!
Mas chega! Minha sorte eu vou testar.
Não ganha nada quem nada arriscar."

Ergueu-se e caminhou, indo em silêncio;
O quarto atravessou; pegou do berço
E o arrasta então ao pé de sua cama.

Depois, eis que se acorda a nossa dama,
Levanta-se e vai dar uma mijada.
Depois, procura o berço. Está intrigada:
Entre as sombras, apalpa aqui e ali.
Murmura: "Oh, Deus! No escuro, me perdi
E quase vou pra cama dos rapazes.
Que loucura", ela ri, "que grosso ultraje!".

Deu meia-volta e foi-se, a mão à frente,
Até encontrar o berço, finalmente.
Deitou-se ali, sem nada suspeitar,
Já que o berço acabara de encontrar.
Sem ver o que estivesse por diante,
No escuro, aconchegou-se ao estudante,
E querendo dormir o corpo inclina
— Mas eis que o ágil John lhe salta em cima
Das ancas, e lhe crava com vontade.
Gloriosa foi a noite da comadre!
Pois John metia forte, fundo e grosso,
Tirando e remetendo como um louco;
Faz anos que não é tão bem comida!
Alain e John gozaram boa vida
Até o terceiro galo da manhã.

Àquela hora exausto estava Alain
Por passar toda a noite na labuta.

E disse: "Malkin, Malkin,[104] doce fruta,
Agora chega o tempo de partir.
Mas não importa aonde eu possa ir,
Serei, sempre fiel, teu estudante!".

"Adeus, querido, adeus, meu lindo amante",
Suspira a moça. "Mas escuta, agora,
O que te digo: espia atrás da porta
Do moinho, e acharás", diz a menina,
"Um bolo — é o meio alqueire de farinha
Que eu e meu pai roubamos do teu grão.
O bolo te pertence, ó coração!
Agora, vai com Deus, ó meu encanto!"
E ao dizer isso, quase cai no pranto.

E pé ante pé, Alain se distanciou.
"Hora de me deitar junto de John".
Mas logo sua mão tocou no berço.
"Bom Senhor! Imaginem que tropeço!",
Pensou. "Tenho a cabeça estonteada,
E por isso vim vindo à cama errada.
Aqui dormem a dona e Simekin
— Evidente, pois sinto o berço aqui."

E vai-se, no caminho do diabo,
Aonde Simekin está deitado.
Achou que fosse John, seu companheiro;
E agarrou da cabeça do moleiro,
Por trás, e foi dizendo de mansinho:
"Acorda, John; acorda, seu suíno;
Escuta agora um belo conto infame.
Pois em nome de Deus e de são Jaime,
Ao longo dessa noite abençoada,
Na coxuda Malkin dei três trepadas,
E tu ficaste aqui, como um palerma!".

"O quê? Canalha! Traidor de merda!",
Grita o moleiro. "Em nome do Divino,
Vou te arrancar as tripas, seu cretino!
Como te atreves a tocar, seu biltre,
Em moça de tão fina e honrada estirpe!"
E o moleiro pegou-o da garganta,
E começou a dar-lhe uma sumanta,
E Alain também o encheu de chutes, socos,
E no quarto rodaram como loucos,
Qual fossem dois leitões num saco presos.
Sangrando, entre mil tombos e tropeços,
Caíam e se erguiam pelo chão.
Contra uma pedra dando um esbarrão,
O moleiro tombou sobre a mulher,
Que não sabia nada do banzé,
Pois ela e John estavam apagados
Após tantos labores esforçados.
Mas ao sentir de Simekin o tombo,
Logo acordou tomada pelo assombro:
"Oh, Cruz de Bromeholme![105] Oh, santa chama!
O Diabo pulou em minha cama!
Acode, Simekin, são dois capetas
Pulando sobre mim com piruetas!
Ou são os estudantes se batendo!".

E John se levantou nesse momento,
E tateou em busca dum cajado.
A esposa levantou-se, logo ao lado;
Seu quarto conhecia até no escuro:
Encontrou um cajado longo e duro;
Por um buraco, entrava luz minguada
— Um raio do luar da madrugada —
À meia-luz, a esposa viu dois vultos
Indistintos, no meio do tumulto;
E viu uma coisa branca, no escarcéu,
E achou que fosse um gorro ou um chapéu

Sobre a cabeça dum dos estudantes.
Cajado em riste, a esposa marcha, avante
— Ela pensa que a Alain atinge e espanca —
E acerta Simekin na calva branca.
Vai o moleiro ao chão; sangrando ele urra,
E os estudantes dão-lhe imensa surra.
Pegam roupa e farinha e, sem demora,
Buscam Bayard e logo vão embora;
Mas não sem resgatar esse afamado,
Excelso bolo feito em grão roubado.

E assim foi espancado esse moleiro,
Que ficou sem farinha e sem dinheiro:
Os estudantes não pagaram nada;
O pagamento foi só bordoadas.
Comeram sua esposa e a sua filha
— Ao ladrão a Fortuna assim humilha!
Pois o provérbio afirma com verdade:
"Semeia vento e colhe tempestade".
Assim, o enganador será enganado.
E que o bom Deus, em seu real estrado,
Abençoe esta linda companhia!
A conta do Moleiro está em dia.

Conto do Cozinheiro

PRÓLOGO DO COZINHEIRO

O Cozinheiro, ouvindo a picardia,
Do trôpego Moleiro alegre ria.
Falou: "Pela santíssima Paixão!
O moleiro aprendeu bela lição
Por querer enganar um escolástico.
Pois assim já nos diz o Eclesiástico:
'Cuidado com quem pões sob o teu teto'.
Não é homem sabido nem esperto
Quem à noite abre a porta de sua casa:
No escuro, todo estranho é uma ameaça.
Tão certo quanto o nome que carrego
— Roger de Ware eu sou — eu assevero,
Jamais vi tão maligna perfeição
Como essa broma em meio à escuridão.

A nova broma, enfim, vamos passar:
Se todos aceitarem escutar
Um conto deste pobre, bom sujeito,
Contarei, se puder, do melhor jeito,
Piada que ocorreu lá na cidade".

"Desde que tenha tino e qualidade",
Diz o Albergueiro, "conta. Mas cuidado:
Serviste muito molho requentado
A clientes distraídos, tortas frias

Na despensa guardadas há dois dias.[106]
Muita gente jogou-te a maldição
Sofrendo de horrorosa indigestão
Após comer teu ganso com salsinha
— Pois sei que há muita mosca em tua cozinha.
Vai, conta, meu bom Roger; não te irrites
Se te alfineto e se te faço chistes.
Verdade a gente às vezes diz brincando."

E Roger diz: "Eu sei! Mas vou lembrando
O que os flamengos dizem: 'Brincadeiras
Têm menos graça sendo verdadeiras'.
Portanto, Harry Bailey, não te enerves
Se um dia cobro tudo o que me deves
Contando um conto sobre um albergueiro.
Mas não agora. Aguarde!". E o Cozinheiro
Soltou um riso amigo, hilariante,
Contando o que ouvireis logo adiante.

CONTO DO COZINHEIRO

Havia um aprendiz de merceeiro
Lá na cidade, baixo e bem trigueiro,
Alegre como um jovem pintassilgo
No bosque; era moreno, esperto e vivo.
Penteava as negras mechas com primor,
Dançava com perícia e com vigor;
Chamavam-no Farrista Peterkin.
Seu gosto pelo amor não tinha fim;
E assim como enche o mel uma colmeia
Transbordam de desejo suas ideias;
Feliz da moça pega nos seus braços;
Prefere ir à taverna que ao trabalho.

Nos dias em que havia procissão

Em Cheapside, já largava a profissão;
Saltava à rua, e até escurecer,
Ficava a farrear e a se entreter
Enquanto o bom cortejo ia passando.
Ao seu redor, juntava alegre bando
De gente de sua laia, fanfarrões,
Malandros, jogadores, beberrões;
Marcavam ponto em becos, nas esquinas,
Para ali se entregar às jogatinas;
Jamais foi conhecido ou avistado
Quem vença Peterkin ao jogar dados.
Porém, gastava mais do que ganhava,
E o custo da folia, ele afanava.
Isso bem constatou o seu patrão
Mais de uma vez, ao ver sem um tostão
O fundo das gavetas; evidente
Que um aprendiz alegre e displicente,
Que gosta de canções e de festança
Há de custar ao mestre sua poupança
E os lucros, muito embora o bom patrão
Não desfrute os acordes da canção.
O roubo — ouvi dizer — segue-se à farra
Como a rabeca alterna-se à guitarra;
Pois entre gente pobre, a honestidade
E a diversão estão sempre em combate.

O Farrista, porém, durou no emprego.
Às vezes, conduzido por cortejo
De menestréis, foi posto atrás das grades;[107]
Levando xingamentos regulares.

Mas o patrão enfim trouxe à lembrança
Enquanto avaliava suas finanças
O dito: "Maçã podre contamina
As outras, se não vai fora da pilha".
Assim, um empregado impertinente

Ao seu redor corrompe toda a gente;
E então esse aprendiz foi despedido,
Com maldições ferozes e com gritos;
Que dance a noite inteira, ou tome jeito!

Mas todo rufião tem seu parceiro
Nas horas de enganar desavisados
Ou de gastar os cobres embolsados;
Por isso Peterkin a trouxa envia
A um jovem, seu confrade nas folias,
Cuja mulher fingia ser lojista
Mas trepava por prata, a vigarista...

(*Do "Conto do Cozinheiro" Chaucer nada mais escreveu.*)

GRUPO B

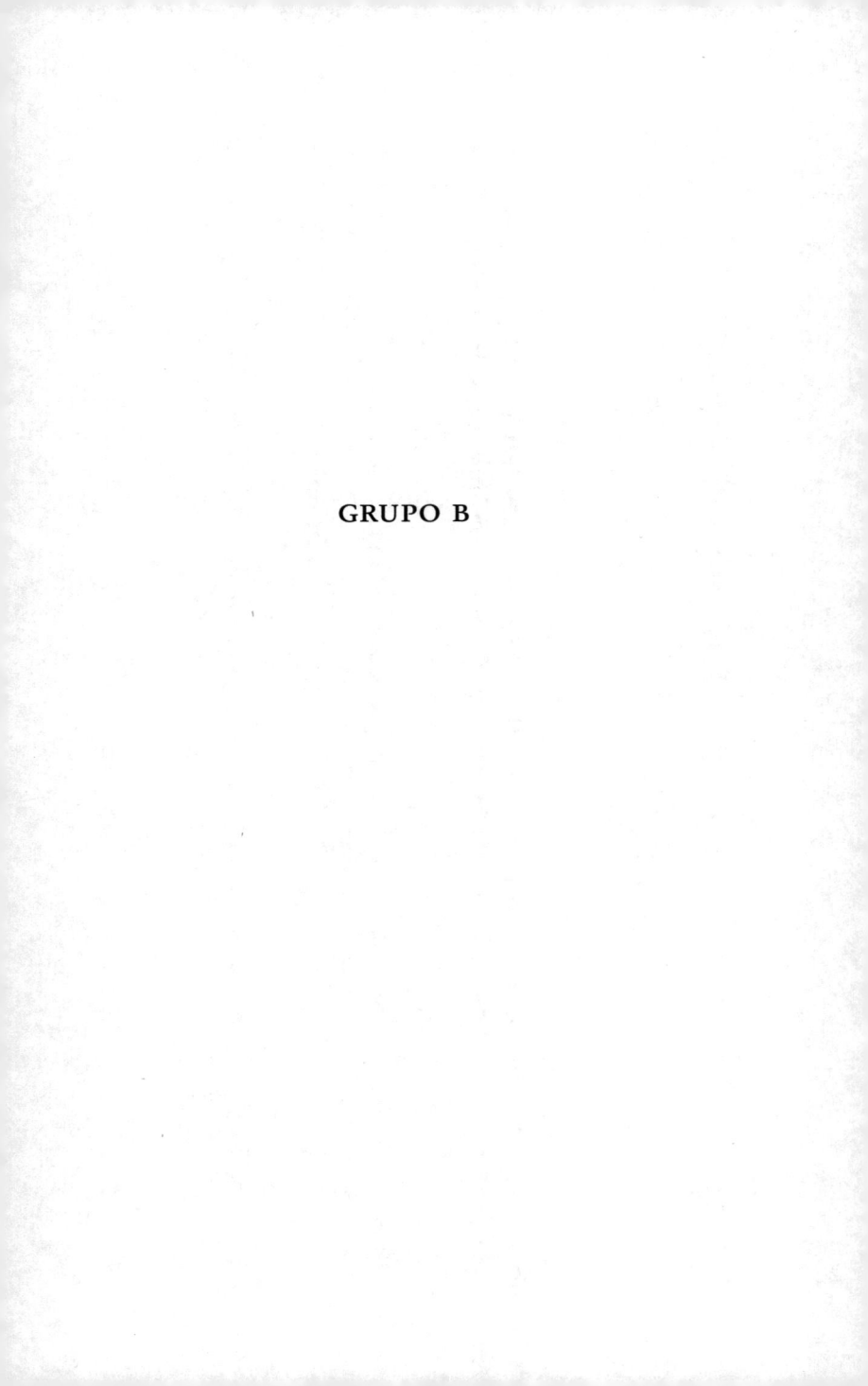

Conto do Magistrado

INTRODUÇÃO AO CONTO
DO MAGISTRADO

O sol — vê o Albergueiro — já subia
Na curva do arco artificial do dia,[108]
Um quarto e meia hora, ou pouco mais.
Não era experto em temas celestiais,
Mas o dia conhece: hoje é dezoito
De abril (e maio aguarda à porta, afoito).
E vê que as sombras têm mesma extensão
Das árvores que as lançam sobre o chão.

E pelas sombras, calcular podia
Que Febo, o qual dourado reluzia,
Quarenta e cinco graus tinha escalado,
E nessa latitude, o resultado
É simples: são dez horas da manhã.
"Senhores, sem qualquer demora vã",
Diz, ao fazer virar a montaria,
"Informo já que um quarto deste dia
Se foi, e peço em nome de São João,
Que não desperdicemos tempo em vão.
O tempo, meus senhores, hora a hora
A noite e os dias rói, suga e devora;
Foge de nós, estando adormecidos,
Ou mesmo, na vigília, distraídos,
E vai-se como um rio que foge à fonte
Sem mais voltar, descendo pelos montes.

De Sêneca é este dito verdadeiro:
Pior é perder tempo que dinheiro.
'Tesouros podem ser reconstruídos,
Mas o tempo que passa está perdido';
E a nós nunca mais volta, eis a verdade
— Assim como não volta a virgindade
Que Malkin, por luxúria, perdeu cedo.
Não fiquemos assim, apodrecendo.
Bendito seja, mestre Magistrado!
Nos conte um conto. Assim foi acertado:
Serei juiz do jogo até seu fim
E o senhor, como os outros, disse 'sim'
Ao trato. Nos demonstre honestidade;
Contando um conto, cumpra a sua parte."

E o outro lhe disse: "Sim, não temas nada.
Depardieux! A palavra já foi dada
E quem promete, deve. Cumprirei
O combinado — assim exige a lei;
Pois quem a lei prescreve e a tem guardada
Deve ser o primeiro a respeitá-la.
Assim diz nosso código. Contudo
Não sei contar nenhum conto polpudo
Que Chaucer, desastrado mas esperto,
Já não tenha contado por completo
Com suas rimas tortas, mas matreiras
Em seu inglês vulgar, à sua maneira,
Nalgum dos tantos livros que escreveu;
Não resta o que contar. Que farei eu?
Chaucer contou do amor, em profusão,
Até mais do que Ovídio fez menção
Nas *Epístolas* suas, tão antigas
— Do que já se contou não mais se diga.

Falou, quando era jovem, de Alcione
E Ceix,[109] e outras damas de renome

E seus amores tristes, destruídos,
Na *Legenda das Santas do Cupido*.¹¹⁰
Quem vasculhar tal obra minuciosa
Achará mil feridas dolorosas
Da Babilônia Tisbe e de Lucrécia;
De Dido, abandonada por Eneias;
Ou da árvore em que Fílis transformou-se
Por amor ao guerreiro Demofonte;
As lágrimas da triste Dejanira;
Cercada pelo mar, sozinha, a ilha
Onde Ariadne lamentou seu fado;
Hero que espera o amante, sepultado
Nas águas do Helesponto; as mil tristezas
Verão de Helena, a Bela, e de Briseida;
Também teu sofrimento, Laodâmia;
E a tua dor e a tua lamentosa infâmia,
Medeia, com teus filhos enforcados
— Jasão, o falso, assim foi castigado.
Penélope, Hipermnestra e, enfim, Alceste
— A todas, Chaucer, loas compuseste.

Mas Chaucer jamais disse uma palavra
De Cânace — ó história depravada!
Irmã que o irmão amou, nefando incesto;
Histórias desse grau, calo e detesto.
Tampouco fala Chaucer, é verdade,
De Antíoco, o ladrão da virgindade
Da própria filha, louco qual demônio
— Assim diz o romance de Apolônio.¹¹¹
História assim não deve ser contada!
No chão, gritando, a filha é deflorada...
Mui ponderado, Chaucer não mistura
Em seus escritos, tintas tão impuras,
Calando o amor que ofende a natureza.
Também eu calarei, tenham certeza.
O que narrar? Escapa à minha alçada

Agir como as Períedes ousadas
(O bom Ovídio sabe do que falo).[112]
E pouco importa se eu tropeço e caio
Atrás de Chaucer, nestas pernas tortas.
Que Chaucer faça a rima; eu falo em prosa".

Sisudo, circunspeto, empertigado,
Põe-se então a narrar este relato.

PRÓLOGO DO MAGISTRADO

"A pobreza, oh, tão triste condição!
Esmolar sob o frio, nu, esfaimado,
A vergonha apertando o coração!
Quem não mendiga fica massacrado
A miséria a morder por todo lado!
Na pobreza, não se há o que fazer:
É esmolar ou roubar para viver.

Reprovas Cristo, amarguradamente:
'A fortuna Deus pôs em mãos erradas!'.
Acusas teu vizinho, intransigente:
'Ele tem tudo, ah, e eu? Não tenho nada!
Mas essa conta um dia será paga.
No inferno!, lá hão de assar o seu traseiro
Por não ter dividido o seu dinheiro!'.

Por isso, os sábios têm este preceito:
A morte é bem melhor do que a pobreza.
Se és pobre, és desprezado, adeus, respeito!
Teu vizinho gargalha e te despreza.
Escuta bem então, tenhas certeza:
Ao pobre, todo dia é desgraçado.
Não chegues a tal ponto; tem cuidado!

Ao pobre até seu próprio irmão maldiz,
Pelos amigos sempre ele é evitado.
Ó comerciante próspero e feliz!
Homem prudente, de ditoso fado!
Ases não tiras no lançar do dado,
Mas tiras cinco ou seis;[113] és magistral!
Por isso, alegre, danças no Natal.

Em busca d'ouro, corres mar e terra;
Conheces longes reinos, és perito
Em tudo, e sobre a paz e sobre a guerra
Informações nos trazes, destemido.
De contos eu seria desvalido
Não fosse um mercador que um dia, outrora,
Contou-me o conto que ouvireis agora."

CONTO DO MAGISTRADO

I

Viveu na Síria certa companhia
De sábios, circunspetos comerciantes.
Vendiam panos d'ouro, especiaria
E cetins coloridos, deslumbrantes;
Mercadorias novas, elegantes.
Era um prazer com eles negociar,
E os preços discutir e barganhar.

Deu-se um dia que os mestres da irmandade
A Roma, aventureiros, lá se vão.
Queriam conhecer a tal cidade
Famosa até nas terras do Pagão.
Por negócios, ou simples diversão,
Empreendem em pessoa a tal viagem
Parando em aprazível estalagem.

Estando mais de um mês nessa cidade
Escutam repetidas alabanças,
Louvores às virtudes e à bondade
Da princesa, a gentil, cortês Constância
Do imperador a filha — e as circunstâncias
Dos elogios ditos aos mercantes
Explanarei a todos num instante.

Do povo era a geral afirmação:
"Em nome do bom Deus, temos certeza:
Desde o dia inicial da Criação
Em termos de virtude e de beleza
Jamais houve outra igual a tal princesa.
Que Deus guarde essa bela, honrada dama!
Pudera ser da Europa soberana!

É a Beleza despida de arrogância;
Juventude sem vício ou soberbia;
Modelo de virtude e de constância;
Humildade vencendo a tirania;
Ela é espelho real da cortesia;
E sua alma é uma mansão de santidade;
E as mãos, fontes de afeto e caridade".

Eram justos, por Deus, esses louvores
Mas ao conto voltemos, prontamente;
Tornaram aos navios os mercadores
Após verem o rosto refulgente
Da dama, e então à Síria, alegremente
Volveram, e aos labores habituais,
E à boa vida, e já não digo mais.

Desfrutavam os sábios comerciantes
Os favores e graças do sultão
Que os recebia sempre, radiante,
Com benigno e curioso coração,

Ouvindo em entusiasmo e em atenção
Mil histórias das terras estrangeiras,
Portentos, maravilhas verdadeiras.

Daquela vez, falaram da senhora
Constância, com louvores tão candentes
Que o sultão se apaixona sem demora
E a dama ela imagina vivamente,
Qual fosse uma lembrança em sua mente.
E o soberano nada mais queria
Que amá-la pelo resto dos seus dias.

Mas no Livro que os homens chamam Céu,
O Livro que comanda nossa sorte,
O fado com estrelas escreveu
Que amor, ao tal sultão, seria a morte.
Lá pode ler-se em letras claras, fortes,
— Assim quis Deus — a morte e a sina eterna
De todos os que andam sobre a Terra.

Sim, bem antes do tempo em que viveu,
Já condenara a Aquiles a inscrição
Dos astros; vide César e Pompeu,
De Sócrates o fim, e a destruição
De Tebas, ou a queda de Sansão
Tudo inscrito no Livro reluzente
— Mas turvo os homens leem, confusamente.

E o sultão reuniu seus conselheiros
Para a todos bem pronto revelar
Seu desejo mais forte e verdadeiro:
A romana Constância desposar
O quanto antes pudesse, sem tardar;
Pois do contrário, perderia a vida;
Que o conselho lhe achasse uma saída.

Vários homens, variados argumentos:
Falou-se e ponderou-se em profusão;
Sugeriram poções, encantamentos,
Sortilégios e mágica ilusão
Mas por fim, foi geral a conclusão:
Só lhe restava, a lhe evitar a morte,
Tomar a tal princesa por consorte.

Mas apontaram logo as diferenças
Entre os povos, prevendo colisão
Entre as leis, os costumes, e entre as crenças.
De todos era a sábia opinião:
"Na Terra, não existe um rei cristão
Que aceite uma aliança com quem é
Leal à doce lei de Maomé".

E assim diz o sultão apaixonado:
"Não tenho escolha. Dela sou, somente.
É meu destino então ser batizado;
É o que decide o coração ardente.
Não sejam, conselheiros, negligentes:
O amor é uma doença que tortura
E só Constância pode dar-me a cura".

Para que aumentar a digressão?
Usando de sagaz diplomacia,
E até buscando a pronta mediação
Do santo papa e da cavalaria
(Sempre em busca do fim da idolatria
Pela glória maior da fé de Cristo),
A um acordo chegou-se, o qual repito:

O sultão, com seus pares da nobreza,
Curvar-se-á sobre a pia batismal.
Desposará em troca essa princesa
Ganhando, em dote, grande capital

(Não sei quanto). E o consenso foi geral:
O acordo foi jurado, parte a parte.
Constância bela, Deus te cuide e guarde!

Gostaríeis de ouvir, eu já prevejo,
Minúcias da real preparação
De evento grandioso e tão sobejo.
Foi grande a imperial celebração;
Porém, confesso que a elaboração
De tão grande e vistosa cerimônia
Não se pode contar com parcimônia.

À festa chegam damas, cavaleiros,
E clérigos de toda a cristandade
(Não lhes posso dizer o elenco inteiro).
A festa alvoroçou toda a cidade;
E os súditos, com suma piedade,
Pediram: Deus proteja essa aliança;
Que à Síria a dama chegue em segurança!

Chegou enfim o dia da partida;
Dia fatal e negro de tristeza
Para quem deixa a pátria tão querida.
Raia o sol sobre a lívida princesa
Que desperta na pálida certeza
Que é inútil seu destino postergar.
Contendo o choro, ao fado há de enfrentar.

São justas essas lágrimas doídas!
Em terra forasteira ela é enviada
Longe dos seus, dos pais e das amigas,
Ao poder e aos desejos subjugada
De um homem sobre quem não sabe nada.
("Todo marido é bom", ouvi falar.
Acredite quem possa acreditar.)

A donzela enfim rompe o pranto mudo:
"Meu pai, que me criaste com ternura;
Minha mãe, que venero mais que tudo
Exceto por Jesus lá nas alturas;
Me entrego à vossa graça, com brandura
E dor, pois ora rumo àquele cais,
E à Síria; e a vós não reverei jamais.

Ai de mim, a uma bárbara nação
Deportada! Mas se esta é tua vontade
Meu bom pai, Deus dê força e retidão,
E que eu cumpra o dever que ora me cabe.
Quem se importa se eu morro? Eis a verdade:
A mulher nasce serva e morre serva
Dos homens — é o que a sorte nos reserva".

Nem mesmo ante as muralhas destroçadas
De Troia, quando veio o fim amargo;
Nem mesmo em Roma, quando ameaçada
Pelas hostes de Aníbal de Cartago;
Nem mesmo ante o total e bruto estrago
De Tebas, houve pranto como ali.
Mas chore ou cante, a dama há de partir.

Oh, firmamento tão cruel, brutal!
Motor Primeiro, impiedosamente,[114]
Invertes o percurso natural
Dos astros. De oriente ao ocidente
Os lumes vão, e o rumo diferente
Instiga Marte, insano qual demônio,
A destroçar aquele matrimônio.

Maléfico ascendente tortuoso
Que Marte de sua Casa faz cair
Nas garras de Escorpião,[115] vil, pavoroso,
A casa mais soturna! Oh, o atazir!

Frágil Lua, tiveste de partir
De teu lugar há muito acostumado
Tombando num percurso malfadado!

Imperador de Roma, és imprudente!
Astrólogos não faltam na cidade!
Acaso pensas ser indiferente,
Em caso de tamanha gravidade,
Averiguar, com tino e seriedade,
A posição dos astros, e os portentos?
Mas somos todos cegos, somos lentos!

Ao porto então, com pompa e circunstância,
A dama vai; fadado é o himeneu
Que à Síria arrasta a tão gentil Constância.
E a pobre moça disse um triste "adeus",
E "adeus, Constância", o povo respondeu.
E foi-se a dama, bela e merencória;
E agora volto ao fio de minha história.

Pagã feroz e um poço de maldade
Era a mãe do sultão, e lhe doía
Essa ideia de unir-se à cristandade
E abandonar a antiga idolatria.
Convocação secreta então envia
A um grupo de importantes conselheiros
Aos quais assim expõe os seus intentos:

"Conheceis, estou certa, essa intenção
De meu filho — ai, ideia tão abjeta!
Ele quer renegar nosso Alcorão
Que Deus nos entregou ao bom Profeta.
Que eu mergulhe na treva mais completa
E apodreça da fronte até meus pés
Antes de abandonar a minha fé!

A nova lei cristã só nos trará
Aos corpos, servidão; e às almas, chamas.
Pois é certo que o Inferno engolirá
Quem renegar a fé maometana".
Tomba o silêncio, e assim diz a sultana:
"Contudo, se aceitardes o que digo,
De nós afastarei todo perigo".

Então ali se fez jura terrível:
Viver pela sultana, ou perecer,
Lutar por ela enquanto for possível;
Mais gentes à cabala converter,
E a todos seus projetos aceder.
E ela sorri; aquela jura basta.
Formada eis a conspiração nefasta.

"Falsamente o batismo aceitaremos
(Um pouco d'água não nos fará mal).
E o meu filho, o sultão, enganaremos
Com festim primoroso e magistral.
Mesmo branca de um branco batismal,
Constância cobriremos de vermelho
— Nem poderá lavá-la o mar inteiro",

Diz a sultana. Ó mãe da iniquidade!
Ó segunda Semíramis, virago!
Serpente, esta mulher é teu disfarce;
Ó víbora de feminino rasgo,[116]
Parceira do Dragão acorrentado
No Inferno, imagem falsamente humana,
Ninho de horror, nutriz do mal, nefanda.

Satã, que nos invejas desde o dia
Em que Deus te expulsou de nossa herança,
Os rumos sabes bem, e a oculta via
Às almas da mulher — por ela alcanças

Trazer-nos perdição, desesperança.
Do mal ela é o instrumento favorito:
Pois por Eva perdeu-se o paraíso.

Dispensou a sultana seus amigos
(Maldita seja) e foi até o sultão.
O conto agora rápido prossigo:
Ao filho fingiu pena e contrição,
Jurou-lhe que aceitava a religião
De Cristo, e que o batismo abraçaria,
Dizendo renegar a idolatria.

Também lhe disse: "Ficarei honrada
Em fazer um festim para os cristãos.
Desejo só agradá-los, e mais nada".
O filho assente, cheio de afeição;
A mãe sorri, de joelhos sobre o chão.
Alegra-se o sultão, sobremaneira;
Sorrindo a casa vai-se a traiçoeira.

2

Aporta enfim Constância, nobre, altiva,
Solenemente, em pompa imperial,
Com grande e cavalheira comitiva.
O sultão enviou seu serviçal
Avisando que enfim ao litoral
Da Síria chega o séquito cristão;
Que a sultana prepare a recepção.

Em ricos trajes, sírios e romanos
Se encontram — multidão esplendorosa.
Simulando gentil afeto humano
Com face maternal e calorosa
A sultana recebe a sua nora;

Vão cavalgando juntas à cidade
Mostrando gentileza, urbanidade.

Nem a marcha de César triunfal
(Conforme o bom Lucano a descrevia)
Foi tão vistosa, eu creio, e colossal
Quanto essa nobre e vasta companhia.
Mas eis o escorpião que espreita e espia:
Com gentilezas falsas e ardilosas
Oculta as ferroadas venenosas.

E o sultão veio dar boa acolhida,
Em esplendor real ataviado;
Risonho, recebeu a prometida.
Deixemo-los em tão alegre estado
(Em breve sabereis o resultado).
Acabou-se o festim esfuziante
E foram descansar os viajantes.

Novo festim maior já preparara
A sultana, com pérfida esperteza.
Com finos pratos ricos, carnes raras,
Recebe a comitiva da princesa.
Alegres, os cristãos sentam-se à mesa.
Mas antes que se acabe a refeição
Por ela um alto preço pagarão.

Oh, repentino mal, és sucessor
Da fútil alegria dos mortais.
O fim de nosso terrenal labor
Do qual homem algum fugiu jamais
É a desgraça e é a dor e nada mais.
Recorda-te: as presentes alegrias
Podem virar tristeza ao fim do dia.

Em resumo: o sultão e os convidados

São mortos por ferozes punhaladas
E assim finda o festim ensanguentado
E só dama Constância foi poupada.
Sultana — a feiticeira desalmada —
Senhora da fatal conspiração
Pretende assim reinar sobre a nação.

E todos os que foram batizados
E todos os amigos do sultão
Foram terrivelmente massacrados.
Dali tiram Constância, de roldão,
E a põem num barco velho e sem timão.
Disseram-lhe: que aprenda a pilotar
Da Síria à Itália volte pelo mar.

Ainda lhe restava alguma prata,
e os infiéis — verdade seja dita —
Lhe deram provisões e vitualha.
O mar põe-se a singrar logo em seguida.
Minha Constância cândida, bendita,
Que conduza o teu barco, donde for,
Aquele que dos Fados é o Senhor.

Faz o sinal da cruz, e a cruz contempla
E chora, e as mãos comprime, e o rosto franze:
"Oh, dolorosa cruz, oh, cruz serena
Que os pecados do mundo lava em sangue
Acode-me em tão fundo e negro transe;
Que ao tombar no negror do fundo abismo
Não me alcancem as garras do inimigo!

Ó tu, árvore que vences todo o Mal,
Que ao Cristo sustentaste, ensanguentado,
Ferido pela lança bestial,
O mais branco cordeiro, supliciado;
O signo que ao demônio mais malvado

Espantas, protegendo quem suplica:
O meu caminho guia e clarifica".

E navegando, a pobre criatura,
Por dias e por anos cruza o mar
Passando de tristeza em desventura,
Vagando sempre só, longe do lar
Com parcas refeições, só, a amargar
O pão negro da morte e do destino
Vai entre a Grécia e o estreito marroquino.

Se alguém pergunta agora, porventura
— No festim, quem lhe quis salvar a vida?
E quem a preservou na desventura?
Pois eu demandarei, logo em seguida:
Quando a esperança inteira era perdida,
E entre os leões rezava Daniel
Quem o salvou? Respondo: foi o Céu.

É Deus, que assim opera seus portentos
— pois outra explicação eu não procuro —
A tramar por sublimes instrumentos
Seus desígnios que são altos e obscuros.
De Cristo, que purgou o mundo impuro,
A Providência sobre nós emana.
Mas, cega, não o enxerga a mente humana.

Quem a salvou, enfim, do mar salgado?
E a Jonas, donde veio a salvação,
Na bocarra do monstro aprisionado?
Quem lhe salvou a vida, na ocasião?
Foi Ele, sim, por cuja intercessão
O povo conduzido por Moisés
Cruzou o mar e não molhou os pés.

Há (dizem) quatro espíritos dos ventos

Que agitam terra, nuvem, mar e ar;
Quem ordenou que cessem seu tormento,
Quem disse "Esta mulher deveis poupar"?
Foi Ele, só quem pode comandar
A tempestade, e na vigília ou sono
Jamais deixou Constância no abandono.

Comida quem lhe deu, água e sustento?
Três anos dura a simples provisão?
E quem deu à Egipcíaca[117] alimento
Na gruta do deserto, em solidão?
É Cristo, que alimenta a multidão
Multiplicando o pouco em abundância
— E assim Deus alimenta-te, Constância.

Vai a princesa, ao léu, pelo oceano
E ao norte vem, ao litoral inglês,
Cruzando o nosso mar feroz, insano.
E um forte, ali, Constância, logo vês.
É terra de neblina e de algidez:
Nortúmbria; e do castelo junto ao mar
Não posso o nome agora recordar.

Avista à naufragada o condestável
Do paço, e desce à praia num instante.
A dama nesse estado deplorável
Encontra; e a dama clama, suplicante,
Em sua língua, mui triste e balbuciante:
Que a vida ele lhe encurte, e ao sofrimento
Encerre sem tardar, neste momento.

Sua língua era um latim meio alquebrado
Porém, ainda assim, foi compreendida.
É salva do seu barco naufragado
Levada à terra e ali ganha guarida;
Dá graças: o Senhor salvou-lhe a vida.

Contudo, para o mal ou para o bem,
Esconde o nome, e a terra de onde vem.

Afirma: o mar tirou-lhe a sanidade
Memórias corroeu, nublou-lhe a mente.
Encheu-se o castelão de piedade,
Também a esposa dele, e toda a gente.
Constância é tão gentil e diligente,
Disposta sempre às lidas e ao labor
Que ao vê-la, os olhos enchem-se de amor.

O castelão e a esposa, Hermenegilda,
Eram pagãos — pagão é o reino inteiro.
A castelã adorava mais que a vida
Constância, que ao Deus uno e verdadeiro
Rezava e ao bom Jesus, seu padroeiro;
E respondendo ao seu ardor e afã,
Deus age: e converteu-se a castelã.

Nesse reino, os cristãos, temendo a morte
Não ousavam juntar-se para orar.
Os pagãos conquistaram todo o Norte
A ferro e fogo, em terra e pelo mar.
Os antigos bretões, para salvar
A velha cristandade do extermínio,
A Gales vão, ali buscando exílio.

Alguns ficam, porém — mas escondidos,
Seguindo ainda a crença verdadeira:
Junto ao paço, mantendo o oculto rito,
Viviam três cristãos dessa maneira.
Um dos bretões sofria de cegueira,
Mas só nos olhos — porque a luz da mente
Brilhava, e a alma via claramente.

Num claro e vivo dia de verão

Saíram sob o sol luzente e belo
Constância, Hermenegilda e o castelão
Passeando a algumas milhas do castelo
No prado a verdejar, limpo e singelo;
E de repente, o velho encarquilhado
À frente surge, de olhos bem fechados.

"Ó minha castelã", esse velho grita,
"Por Cristo, devolvei minha visão!"
Ali se desespera Hermenegilda
Temendo que o marido, o castelão,
À fé do pobre imponha punição.
Porém Constância o medo lhe reprova:
"Confia em Deus! Da nossa fé dá prova!".

Exclama o castelão estarrecido:
"O que é isso? Não sei do que falais".
Constância diz: "Este é o poder de Cristo
A nos salvar das tramas infernais!".
E já não teme e nem espera mais:
Tão bem defende a nossa religião
Que ali mesmo faz nova conversão.

O castelão não era o suserano
Da terra onde Constância foi achada.
Vassalo era de Aella, o soberano
De toda esta Nortúmbria enevoada.
Rei sábio, de coragem afamada;
Contra os escotos luta deletéria
Travou; porém retorno a outra matéria.

O obscuro e sorrateiro Satanás,
Que sempre nos espreita, a perfeição
De dama tão devota e tão veraz
Detesta, e inspira mórbida paixão
Em certo cavaleiro, e o coração

Do jovem se enche de nefastas ânsias:
Deseja apenas possuir Constância.

Com gana ele a corteja, porém nada
Consegue: ela o pecado repudia.
Despeito entra nessa alma injuriada;
Planeja com disposição sombria,
Fazê-la perecer com vilania.
Um dia — o castelão estava fora —
Furtivo, adentra o quarto da senhora.

Hermenegilda, exausta de orações,
Ao lado de Constância repousava.
Rendido de infernais inspirações
O cavaleiro saca sua adaga
E logo Hermenegilda é degolada!
A faca põe ao lado da princesa
Que dorme. E lá se vai; maldito seja!

Um dia após, o castelão voltava
(Com ele vem Aella, o soberano);
Ao ver a pobre esposa assassinada
As mãos contrai em sofrimento insano;
E agora completou-se o vil engano:
Tomada de terror, Constância cala;
A repentina dor roubou-lhe a fala.

O rei ouviu a inteira narração
Do estranho fato, e o que ocorrera antes:
O preciso lugar e a situação
Em que acharam Constância, suplicante.
O rei, olhando um tão manso semblante,
Condói-se: tão suave criatura
Como pôde cair na desventura?

Como ao abate leva-se o cordeiro,

A inocente ali veio ser julgada.
Testemunhou o falso cavaleiro
Dizendo que Constância era culpada.
Os outros, com tristeza, a contemplá-la,
Proclamam: jamais moça tão bondosa
Faria coisa assim tão monstruosa.

"Sempre nos demonstrou fina virtude
E sempre bem serviu sua senhora",
Assim louvaram suas atitudes,
Menos aquele que, por vil desforra,
O crime cometeu. Mas sem demora
O rei, da dama ouvindo o imenso mérito,
Afirma ser preciso mais inquérito.

Não tens, pobre Constância, um paladino
Que possa defender-te, ó minha dama!
Mas Ele, que prendeu nosso Inimigo
Numa hórrida prisão de sombra e chama
Tua causa há de suster; por ele clama!
Se a mão do Céu não muda a tua sorte
Em pouco tempo encontrarás a morte.

E assim ora a princesa, ajoelhada:
"Deus Imortal, a quem rezou Susana,
Ao ser mui falsamente injustiçada;
Maria, santa filha de sant'Ana,
A cujo filho o céu entoa hosana;
A vós, sendo inocente, a salvação
Imploro nesta dura provação!".

Já vistes quando um rosto empalidece
Em meio à turba, à morte condenado?
Perdão não recebeu, só resta a prece;
E o seu semblante assim horrorizado
Por lividez mortal está marcado;

E surge branco em meio à multidão.
Assim Constância chora e espreita em vão.

Vós, que só conheceis felicidade,
Ó damas e rainhas e duquesas,
Mostrai por esta moça piedade.
Sozinha, esta gentil, nobre princesa
Não tem ninguém que faça sua defesa!
Estás, sangue real, em duro transe
E todos teus amigos, tão distantes!

Aella sente funda compaixão
E logo chora — porque nunca é lento
Na piedade um nobre coração.
Mas, firme, diz: "Trazei neste momento
Um livro, e se por alto juramento,
A testemunha afirma o crime atroz
Constância entregarei ao seu algoz".

Sobre um tomo bretão das Escrituras
Solenemente jura o acusador.
Porém logo é punida a falsa jura:
Surge uma mão: num golpe esmagador,
Fere o pescoço ao ímpio traidor
Que logo vai ao chão, petrificado,
Com olhos fixos, rubros e saltados.

Logo uma voz proclama, de repente:
"Injuriaste em falso, em frente ao rei,
Uma filha da Igreja, que é inocente.
Assim fizeste, e mesmo assim calei!".
Temendo os julgamentos e a alta lei
Do Céu, todos se miram com pavor
— Menos Constância, a quem ama o Senhor.

Foi grande a turbação, e o medo, imenso,

CONTO DO MAGISTRADO

De todos que na falsa acusação
Houvessem crido por um só momento.
Mas graças à divina intercessão
E a Constância e a sua pia mediação
Aella foi a Cristo convertido
E muitos outros. Deus seja bendito!

Por sua detestável falsidade
O cavaleiro é morto, muito embora
Condoa-se Constância em piedade.
E Deus age de novo e sem demora:
Constância por amor o rei desposa.
E assim essa gentil dama romana
Tornou-se em outra terra soberana.

Agora quem lamenta e quem murmura?
É Donegilda, a mãe do soberano.
A raiva arde feroz, fatal e escura
Naquele coração velho e tirano.
Pois crê que ao reino fez horrendo dano
Aella, ao escolher tal forasteira
Por consorte real e verdadeira.

Não quero rechear o meu relato
Com palha ou joio; o trigo é o que interessa.
Por que falar dos lindos aparatos,
Dos finos, ricos pratos e travessas,
Das suntuosas joias, lindas peças
Que ornaram o festim? Aqui, a essência:
Dançou-se e festejou-se em opulência.

E à cama foram — como é de direito.
Por mais pudor que as damas possam ter,
À noite devem suportar, no leito,
Aquilo que aos maridos der prazer.
A santidade devem esquecer

Mesmo que seja por um tempo curto.
O necessário, aguentem — e isso é tudo.

Assim, naquela noite, eis que um menino
Constância concebeu. Porém Aella
À Escócia teve de ir, contra o inimigo,
Mas antes de partir, ao bispo entrega
E ao castelão, sua esposa nobre e bela,
Que no seu quarto fica, mês a mês,
Orando, enquanto corre a gravidez.

Constância, ao tempo certo, deu à luz
Menino que Maurício é batizado.
O castelão dá graças a Jesus
E um mensageiro então é convocado
Para levar ao rei esse recado;
Não tarda o mensageiro e logo vai
Levar novas do parto ao novo pai.

Mas antes, esperando recompensa,
À mãe de Aella foi levar as novas.
"Feliz mensagem trago, boa, imensa!",
Exclama, após saudar sua senhora.
"O céu inteiro clama e comemora!
A um garotinho, em nome de Jesus,
Essa noite a rainha deu à luz.

As cartas aqui trago, bem seladas,
Que ao vosso filho, lesto, vou levar.
Se desejais acaso uma outra carta
A Aella remeter, podeis contar
Com vosso serviçal mais exemplar."
"Aguarda", lhe responde Donegilda.
"Amanhã te direi, à despedida."

À noite, o servo afunda-se em bebida,

Depois dorme feliz como um leitão.
As cartas são roubadas em seguida,
Por fraude, e se copia à perfeição,
A letra, o selo e o tom do castelão.
E a falsa carta ao rei foi enviada
E dessa forma, a fraude, consumada.

Dizia a carta: o filho de Constância
É um monstro, igual à cria do Diabo;
Desperta em todos medo e repugnância;
O paço inteiro estava horrorizado.
A mãe da besta é um elfo conjurado
Por sortilégios vis, feitiçaria;
E medonho é fazer-lhes companhia!

Prostrado de brutal tribulação
Aella nada diz; triste, medita
E escreve assim de sua própria mão:
"A vontade de Deus seja bendita,
Sua lei por mim será sempre mantida,
Agora sou também filho da Igreja.
O desígnio do Céu honrado seja!

Bonita ou feia, cuidem da criança
E de Constância, até eu aí voltar.
Pois Deus — por fé, mantenho a esperança —
Um outro herdeiro um dia há de enviar".
Selou a carta e ali pôs-se a chorar.
Lágrimas secas, chama ao enviado.
Silente a carta entrega, desolado.

Oh bêbado, imprestável mensageiro!
Tua mente está embotada, está perdida!
Moles, teus braços; pérfido, o teu cheiro.
Tua língua destravada na bebida,
Qual ave tagarela e descabida,

Os segredos traíste, falastrão!
O vinho afoga toda a discrição.

Donegilda, não tem a língua inglesa
Palavra que tal podridão encerre.
Não posso esmiuçar tanta vileza;
O diabo que escreva, e te carregue!
Aonde quer que o corpo teu te leve
No inferno está tua alma deformada.
Virago! Não: harpia disfarçada!

De novo na mansão de Donegilda
O mensageiro à noite se detém.
De novo, enche a barriga de bebida
Até estourar o cinto, e sobrevém
Pesado sono — e dorme — então alguém
No quarto adentra — o tolo não vê nada.
E ronca até que acabe a madrugada.

Mais uma farsa vil e repugnante
Forjada é contra a sorte da princesa:
"Rei Aella proíbe, doravante,
Que Constância no reino permaneça,
Ou, do contrário, perderá a cabeça.
Ao mar o castelão deve enviá-la;
Que seja para sempre deportada.

Em três dias e meio, ao mais tardar,
No barco onde foi antes encontrada,
O castelão a ponha, e o lance ao mar
Junto ao filho, e que assim seja exilada
Por todo o sempre". Ó tu, desventurada,
Constância, a tua alma já pressente:
A trama que te envolve é iminente.

Ao raiar da manhã, o mensageiro

Desperta e vai, nem bem clareava o dia.
Ao paço por atalho breve veio
E trouxe a carta — e explode em agonia
A voz do castelão: "Maldito dia!
Por que adias, meu Deus, o fim do mundo
Se aqui o pecado reina, escuro e fundo?

Jesus, acaso assim é a tua vontade?
Pagar os justos com tribulação
Igualando inocência com maldade?
Ó Constância gentil, quanta aflição
Ser teu algoz. Injusta punição!
Porém, para salvar-me a própria vida
Terei de dar-te a pena imerecida".

E o pranto foi geral — velhos e moços
Lamentam o decreto tristemente.
No quarto dia, branca de desgosto
Constância acorda e vai, obediente.
À vontade de Deus se curva e assente;
De joelhos na praia, esconde a dor,
E diz: "Bendito seja, meu Senhor.

Quem me salvou primeiro das tormentas
E desmanchou a falsa acusação
Há de amansar as ondas violentas
De novo, e há de levar-me à salvação.
Tão forte agora é quanto Ele era então.
Como há de me salvar, ainda não sei.
Mas Ele salvará: não temerei".

Chorava entre seus braços a criança
E com canção suave a mãe o embala.
"Não chores, filho, acalma-te e descansa."
O véu de sua fronte desamarra
E envolve o filho, a proteger-lhe a cara;

E assim o acalma, envolto em branco véu,
E os olhos suplicantes volta ao céu.

E diz: "Imaculada Mãe, Senhora,
Eu sei que foi a intriga feminina
O que lançou a humanidade fora
Do Paraíso, e assim se fez a sina
Do Filho teu, que as culpas elimina,
Sofrendo ao expurgar nossos pecados
— Com ferimentos vis foi supliciado.

Não há comparação entre a tua dor
E qualquer outro humano sofrimento.
Teus olhos suportaram todo o horror
De ver teu filho morto em mil tormentos.
Meu filho vive — ai, dá-lhe valimento!
Tu, Glória da Mulher, porto seguro,
Estrela eterna em meio ao mundo escuro!

Meu filho! que és sem mancha e sem pecado
Qual crime poderias cometer?
Por que teu pai quer ver-te deportado?
Ó castelão, por quê? Por quê? Por quê?
Ficai com ele, e assim possa viver
Oculto, aqui; porém, se não ousais,
Dai-lhe um só beijo em nome do seu pai!".

À terra os olhos lacrimosos volta:
"Adeus, esposo rude qual leão!".
Depois, silente, vai direto à costa
— Bem perto a segue a triste multidão —
Embarca já, com santo coração,
A Deus confia o filho e a própria vida;
Persigna-se: que é hora da partida.

O castelão proveu-a de alimento

Que ao longo, incerto exílio satisfaça;
Armada está de Deus, seu provimento.
Que vá serena e com divina graça;
Que Deus bom vento envie, e a leve a casa.
E disso agora mais não digo nada:
Sobre o salgado mar segue a jornada.

3

Cumprida a guerra, volve a casa Aella,
Ao castelo silente e desolado.
O castelão, tristonho, lhe revela
Que o filho, com sua mãe, fora exilado.
Vendo que o rei se mostra horrorizado,
O castelão lhe entrega carta e selo,
E a ordem que o levara ao desespero.

"Milorde, nada mais que tua vontade
Cumpri." O mensageiro, interrogado
A ferro e fogo, diz toda a verdade;
Revela seu trajeto detalhado;
Diz onde, à noite, havia repousado;
E descobriu-se assim quem planejara
A farsa tão horrenda e tão ignara.

A letra revelou qual fora a mão
Que nesse copo misturou peçonha.
De tudo apenas dou a conclusão:
Autora da conspiração medonha,
Donegilda, em desgraça e com vergonha,
Pelo algoz foi mandada à cova fria
— E terminou assim a velha harpia.

De Aella os sofrimentos e a tristeza
Pela esposa e seu filho extraviados

Não há língua no mundo que descreva;
Volto agora ao caminho atribulado
Que Constância perfez no mar salgado
Por cinco longos anos — porém Deus
Da morte a preservou e a escondeu.

Nas ondas vai, e um dia avista terra
E um paço — que é morada de pagãos
(Castelo cujo nome não revela
O livro em que encontrei a narração).
Guardai os dois, Jesus, pois ora vão
A terra hostil, após o mar feroz
— Conforme eu contarei a todos vós.

À praia acorre, ao vê-la, muita gente;
Porém ela no barco permanece.
O camareiro-mor, furtivamente,
Do paço sai à noite e à praia desce;
Ao barco sobe; e a lhe apalpar as vestes
À dama diz palavras ultrajantes:
"Por bem ou mal, serás a minha amante".

Constância grita aflita, e o pranto corre;
Aperta entre seus braços a criança.
A Virgem nesse transe é quem socorre:
Na luta sobre o barco, que balança,
Tomba o vilão no mar, e a vaga avança,
E sob as águas dá-lhe sepultura
— Constância se manteve santa e pura.

Luxúria, vês aqui teu resultado!
Além da alma, que pões na escuridão,
Também o corpo inteiro é condenado!
Teu vício cego arrasta, de roldão,
Os homens dos desejos à aflição.
Não só o ato final dá-nos tormento

Mas mata mesmo o simples pensamento.

Como pôde, sozinha, contra um bruto,
Valer-se uma tão frágil criatura?
Como pôde vencer — também pergunto —
A Golias, de imensa catadura,
Um menino sem gládio ou armadura?
Como pôde enfrentar sua face horrenda?
Isso é a graça divina, que o sustenta;

A graça que Judite recebeu:
Holofernes matou na própria tenda
Salvando do suplício o povo hebreu.
Graça igual o meu conto ora desvenda.
Naquela provação grave e tremenda
A dama demonstrou vigor perfeito
Que Deus concede sempre a seus eleitos.

O barco atravessou a boca estreita
Ao sul, que vai de Ceuta a Gibraltar;
Constância sobe e desce; está sujeita
Às infinitas confusões do mar;
Mas vai o seu suplício terminar:
Vai dar a Virgem Santa, condoída,
À dama peregrina uma guarida.

Voltemos ao imperador romano
— Constância a Deus deixemos, protegida.
Enfim, as novas vêm ao soberano
Da desumana e bárbara chacina
E a desonra à sua filha cometida
Por obra da sultana — esse demônio
Que trouxe horror e sangue ao matrimônio.

Altiva Roma, contra os criminosos,
Real vingança envia, provocada.

Com tropa de varões mui valorosos
Empreende um senador essa jornada
E à Síria leva a fúria, o fogo, a espada.
Sendo acabada essa hórrida vingança
O senador retorna sem tardança.

Enquanto volta a Roma, envolto em glória,
(Dos verdes louros traz o galardão)
No mar avista um barco — diz a história —
E uma pálida dama no timão.
Não sabe quem é aquela, e a condição
Que trouxe ali — e a dama tudo oculta:
Com silêncio responde às suas perguntas.

Levou-a o senador à sua mansão;
E sua esposa a tomou em seu serviço.
Após o mar feroz, em mansidão
Viveu ali Constância com seu filho.
Assim, do vale escuro e movediço
Dos males deste mundo, a Virgem Santa
Aos bons e justos salva e os alevanta.

Do senador a esposa, por acaso,
De Constância era a tia — mas o tempo
E as ondas do destino tresloucado
Agiram, como à rocha altera o vento,
Mudando-a além do reconhecimento.
Anônima, deixemos a princesa:
Voltemos para Aella e sua tristeza.

O rei chorava o mal que devastara
Sua casa: o filho estava extraviado;
Perdida, a esposa; e à morte condenara
A própria mãe o rei atraiçoado.
Dessa morte o remorso a castigá-lo,
O rei a Roma parte, em penitência,

Pedir ao papa auxílio e providência.

Em Roma, logo diz a multidão
(Heraldos chegam lá, com mil mensagens)
Que o rei inglês, em busca de perdão,
Ao papa vem jurar sua vassalagem
O senador, com toda sua linhagem
Vem dar, ao rei, real acolhimento
— Assim era o costume nesse tempo.

Gloriosa recepção oferta ao rei
Aquele gentil-homem da nobreza;
Seguindo da cavalaria a lei,
Aella quer pagar a gentileza
E ao senador convida à sua mesa.
Cordato, o senador vai ao banquete:
E o filho de Constância vai com ele.

Talvez fosse a pedido de Constância
Que o senador levou lá esse menino.
Não sei todo detalhe e circunstância
Do conto que eu agora vos transmito;
Porém assim se deu, e não vos minto:
Aella e esse rapaz, subitamente,
Em meio à festa, ficam frente à frente.

Aella fica pasmo, impressionado.
"Esse jovem quem é, que vejo lá?",
Ao senador pergunta, conturbado.
"Conheço, rei, a mãe desse rapaz;
Mas o pai, só Deus sabe onde andará",
O senador responde, e logo aclara
Como e onde ao tal menino resgatara.

"A origem do rapaz é bem obscura",
Prossegue, "mas Deus sabe que é verdade:

Sua mãe, entre as mulheres, é mais pura
Que qualquer outra, de qualquer idade.
Detesta todo mal, perversidade
E pecado — e prefere até morrer
Que sua honra e pudor comprometer."

Aella vê no rosto da criança
Os traços da rainha que perdera.
Pois viva em sua mente está a lembrança
Da amada e de sua lúcida beleza.
Pondera: "Será filho da princesa,
De minha dama há muito extraviada?".
Suspira e sai, com alma desolada.

"Eis o fantasma da imaginação",
Diz a si mesmo, "a dominar-me a mente.
Constância é morta — assim diz-me a razão.
Morta e perdida em mares inclementes."
Mas logo um raciocínio diferente
Lhe vem: "Um dia Deus levou-a a mim;
E pode a mim trazê-la, antes do fim".

À casa logo vai do anfitrião
— No peito alberga angústias e esperança.
O senador, após a recepção,
Envia um servo a convocar Constância.
Quem tem sua alma alegre, canta e dança,
Mas Constância, estonteada, estremecia
— Pavor é o que ela sente, ou alegria?

Aella, quando viu sua bem-amada,
Reconheceu-a logo, em um momento.
Saudou-a, com a face conturbada.
Constância está silente, em desalento,
Inda lembrava o rude tratamento
Que o marido lhe dera (assim pensava).

De rosto imóvel, séria, não falava.

O rei pede perdão, aperta o rosto;
Desmaiada, ela tomba à sua frente;
Ele grita: "Teus males também sofro,
Sabem Deus e seus santos refulgentes!
Sou puro desses males, e inocente;
Não tenho culpa nesses descaminhos,
Mais do que tem Maurício, o meu menino!".

Foi longo o pranto, amarga foi a dor;
Aberta estava a chaga da memória.
A tristeza aumentava seu furor,
Não serenava a lágrima estentórea.
Peço licença em encurtar a história
Antes que a paciência se desfaça:
Já não aguento descrever desgraça.

Aella, enfim, provou sua inocência;
O pranto, enfim, secou e se extinguiu,
A lamúria perdeu sua violência.
Os beijos, creio, foram mais de mil
E a alegria que ali o casal sentiu
Só não foi mais grandiosa, ou alta ou bela
Que o gozo que se tem na vida eterna.

Ao rei, Constância então pede um favor,
— Por todo o seu pesar, compensação.
Que a um banquete convide o imperador
E o receba com honra e distinção.
Porém, Constância exige discrição:
Que no real banquete, o rei Aella
Evite revelar algo sobre ela.

Maurício, dizem uns, foi enviado
À corte, da mensagem portador.

Porém não era Aella um descuidado
A ponto de enviar embaixador
Tão juvenil ao ínclito senhor,
Entre os cristãos a mais alta coroa.
Aella, eu quero crer, foi em pessoa.

Porém levou, eu acho, como pajem,
Maurício. O imperador tal honra aceita.
Da sua filha à mente vem-lhe a imagem
Tão logo no rapaz os olhos deita.
Da mãe vê nele a cópia mais perfeita.
A casa o rei Aella torna enfim
E põe-se a preparar grande festim.

Chegado o dia, Aella e sua rainha
Vão encontrar o ilustre convidado.
Ao ver seu pai, que pela rua vinha,
Constância logo desce do cavalo.
De joelhos, diz, num pranto suspirado:
"Tua pequena menina, tua Constância,
Acaso já tiraste da lembrança?

Meu pai, eu sou Constância", ela lhe diz,
"A mesma que enviaste para a Síria,
Sou ela — que da morte, por um triz,
Escapou sobre as vastas águas frias
Até encontrar bondade e cortesias
Em meu marido, o rei. Tem compaixão
E não me envies mais junto ao Pagão!".

Dessa alegria a lhes encher o peito
Quem poderia dar a descrição?
Não eu; que ao conto quero dar desfecho.
Nas horas vai-se o dia de roldão
E não quero tardar. A reunião
Prossegue em alegria esplendorosa

Que é mil vezes maior que a minha prosa.

Maurício, um dia, vira imperador:
O próprio papa o ungiu. Viveu sem vícios
E foi da Santa Igreja defensor.
De seu reinado, já contei o início;
O resto calo. Sobre o bom Maurício
Vide os velhos anais, livros de história.
Mais que isso, nada trago na memória.

Após o reencontro, o pai e a filha
Despedem-se. Constância e o rei Aella
Retornaram enfim à inglesa ilha.
Felicidade límpida e singela
Tiveram; porém sei — não há na Terra
Alegria que o tempo não destrua:
Nossa Fortuna é louca como a lua.

Quem viveu um feliz dia perfeito
Sem ter pesar algum, ou turbulência,
Sem sombra de temor, ira no peito,
Sem tormentos de inveja e violência?
De tudo isso, que fique essa evidência:
A nossa vida é presa da inconstância.
Bem o sabeis, Aella, e tu, Constância!

Pois cobra sempre a morte o seu tributo:
Nem bem passara um ano, o mais tardar,
O rei Aella parte deste mundo
Mergulha então Constância no pesar:
Pela alma do seu rei lhe resta orar.
Ao porto vai a dama enviuvada
E faz então sua última jornada.

Voltou a Roma a santa criatura
Juntou-se aos seus amigos e parentes.

Acabaram-se, enfim, suas aventuras.
Ao pai reviu; beijou-o ternamente.
Cansado o coração, prostrada a mente,
Alegre chora, esquece a sua dor
E graças mil entoa ao bom Senhor.

Em virtude piedosa e caridade
Sempre juntos, após o seu regresso,
Viveram pai e a filha. Agora é tarde
E meu conto termina, e me despeço.
Ao bom Jesus, humilde rogo e peço
— Pois Ele do pesar faz alegria —
Que guarde esta excelente companhia!
  Amém.

EPÍLOGO DO CONTO
DO MAGISTRADO

Nosso Albergueiro ergueu-se nos estribos,
E disse: "Que belíssimo estribilho!
Sem dúvida, uma história edificante!
Agora, o senhor Pároco se adiante,
Por Deus, e como havia prometido
Um conto conte. Sei que os eruditos
Têm muito pra ensinar a nós, boçais".
O cura diz: "Não fales nada mais!
O nome do Senhor usaste em vão!".
O outro diz: "Como vais, pequeno João?[118]
Ó céus, eu sinto um cheiro de lolardo.
Bons amigos, já estou desconfiado:
Em nome da santíssima paixão,
Creio que venha aí longo sermão.
O lolardo tem ganas de pregar".
"De forma alguma, não, não vou deixar!",
Clama o Navegador em alta voz.

"Não vai catequizar nenhum de nós!
Somos todos tementes, piedosos;
Que ninguém jogue grãos perniciosos
Em meio ao nosso trigo puro e limpo.
E por isso, Albergueiro, afirmo e digo:
Quem contará sou eu, eu que vos falo!
E um sino tocarei tão animado
Que vai redespertar a companhia.
Não falarei de vãs filosofias,
Nem de *fidícias*,[119] não, longe de mim:
Em minha boca há mui pouco latim."

Conto do Navegador

Havia em Saint-Denis um mercador
Que sendo rico e bom negociador
Tinha fama de sábio. E sua esposa
Era linda, festiva, fresca e moça
— Benesse que traz muitos prejuízos,
Maiores que os mais vastos elogios
Ganhados em banquetes e festins.
Pois todo galanteio tem um fim
E passa como passa a leve sombra
— Mas pobre de quem vai pagar a conta!
Não há mulher no mundo que não diga:
"Meu marido — esse tolo de uma figa! —
Deve pagar o luxo, e a ostentação[120]
Que lhe dará geral reputação.
E se ele se recusa, por ganância,
A sustentar a nossa extravagância
Dizendo 'é desperdício de dinheiro!',
Haveremos de achar outro parceiro
Mais mão-aberta — ah, e isso é um perigo".

Os ricos sempre têm muitos amigos:
Sua casa estava sempre muito cheia
— Sua esposa, que não era nada feia,
Era um outro atrativo, além da prata.

Mas enfim: frequentava aquela casa
Entre outros, certo monge moço e belo
Que teria, creio eu, uns trinta invernos.

Com rosto jovial e prazenteiro,
Na casa era conviva costumeiro
Recebido qual membro da família
— Ao mercador há anos conhecia
E os dois se deram sempre muito bem.
O vilarejo de onde o monge vem
É o mesmo onde nasceu o mercador.
O monge diz — e espalha-se o rumor —
Que os dois são primos ou aparentados.
O tal rumor jamais foi contestado
Pois a ambos agradava fortemente.
O mercador gostava do parente
(Falso ou real) e a sua aquiescência
Entre eles gerou grande confidência.
E juram fraternal dedicação:
Seriam, para sempre, como irmãos.

O monge — dom João era chamado —
Por ser mui mão-aberta, era adorado
Por todos na mansão do mercador.
Alegre, liberal e gastador
Gorjetas sempre dava à criadagem
Sem esquecer o mais humilde pajem.
Também dá bons presentes ao patrão;
Alegram-se, à chegada de dom João,
Qual aves pipilando ao sol nascente.
Mas disso eu já falei o suficiente.

O mercador, então, um belo dia
Decidiu ir comprar mercadorias
A bom preço no burgo de Bruges
E depois revendê-las aos clientes.

Uma carta a Paris envia então
Convidando o bom monge, dom João,
Para que a Saint-Denis viesse em breve,
Passar, em distração alegre e leve,
Dois ou três dias, antes da jornada
Do mercador, que estava já marcada.
O monge de que falo, dom João,
Do abade tinha plena permissão
De viajar — pois sendo homem prudente,
Fiscalizava, em cargo de intendente,
As granjas e celeiros da abadia.
Em breve, a Saint-Denis ele partia.
E foi alegremente recebido,
Com mil mesuras: "Ó primo querido!";
Consigo — era seu hábito — trazia
Barricas de Vernaccia e Malvasia[121]
E muitas aves gordas que caçara.
Em meio a diversão mui fina e rara,
A comer e a beber, deixo esses dois
E agora conto o que ocorreu depois.

Três dias de festança era o bastante:
Na terceira manhã, nosso mercante
Ao gabinete sobe, alheio ao ócio,
Pensando agora apenas no negócio.
Põe-se a fazer a contabilidade
Desse ano que passou. Com gravidade
Calcula o que gastou e o que ganhou.
Os livros de registros espalhou
E os sacos de moedas, sobre a mesa.
Seu erário era grande, com certeza;
Por isso, tranca a porta, em mil cuidados,
Não sem antes dizer aos seus criados
Que ninguém o perturbe. E ali se entoca,
Sisudo e circunspeto, horas e horas.

O monge João também levanta cedo
E vai-se até o jardim rezar o Credo
Mais outras orações, devotamente,
Caminhando na aleia redolente.
Então, a boa esposa, sorrateira,
Adentra no jardim, leve e fagueira,
E ao monge faz bonita cortesia.
Uma garota, em sua companhia,
Estava — jovem aia tutelada,
Que às vezes educava com varadas.
E diz: "Ó primo, quão cedo levantas!".
"Sobrinha", diz, "por que tanto te espantas?
Dormir só cinco horas é o bastante
Para um sujeito vívido e possante
A menos que ele esteja adoentado.
Embora, eu sei, alguns homens casados
Na cama vivam como caramujos
Ou lebres assustadas por sabujos.
Mas, querida, por que é que estás tão branca?
Suponho que essa noite, em tua cama,
Meu amigo obrigou-te a trabalhar
Por horas de roldão, sem descansar."
E riu então com certo assanhamento
Corando de seu próprio pensamento.

Tristonha, suspirou a jovem bela:
"De forma alguma, primo. Ah, quem me dera!
Por Deus! A noite vem, e não me agrada...
Não há na França outra mulher casada
Que tenha menos gosto nesse jogo.
Poderia ralhar, fazer mil rogos;
Porém, não ousaria, meu amigo,
Aos outros revelar o que há comigo.
Como eu queria achar uma saída!
Pensei em acabar a própria vida
Por tanto e tão medonho desalento!".

O monge ponderou por um momento
E disse: "Que o bom Deus, prima querida,
Não permita que tires tua vida
Por conta da tristeza ou desespero!
Talvez eu possa dar-te algum conselho,
Aliviar essa infelicidade,
Se me contares já toda a verdade.
Sobre este breviário, eu te prometo
Guardar completo e sepulcral segredo
Sobre nossa tão íntima conversa".
"O mesmo digo eu", ela assevera.
"Por Deus e pelo breviário eu juro
Guardar nossa conversa, ocultar tudo,
Mesmo que eu seja presa e torturada
E até no fundo Inferno arremessada.
Não falo assim por sermos nós parentes
Mas pelo amor que no meu peito acendes."
O juramento então ali selaram
Beijando-se. E, beijados, conversaram.

"Se eu tivesse mais tempo ou ocasião
Em menos indiscreta situação,
Minha legenda[122] inteira escutarias",
A minha vida toda eu contaria
Ela diz, "e o pesar tão inclemente
Que tive após casar com teu parente."
"Parente?", ele exclamou. "Pelo bom Deus!
Teu marido não é parente meu,
Não mais do que esta folha, neste galho.
Às vezes, o rumor reforço, espalho,
Mas faço isso pra ter apenas chance
De que ao teu rosto o meu olhar alcance!
Pois como sabe o bom São Dionísio,
Tu és meu grande amor, o meu delírio.
Sim, pelos votos do meu sacerdócio
Eu juro! Enquanto está lá no escritório

O teu marido, diz-me tua aflição."
"Oh, meu amor, querido dom João,
Tais coisas, se eu pudesse, ocultaria
No peito — mas não posso mais! Confia
No que te digo: o tolo, meu marido,
Garanto, em todo o mundo conhecido,
É o homem mais mesquinho que há na História!
Bem sei não ser lá coisa meritória
Que uma mulher revele a intimidade
Do matrimônio — tal perversidade
Que Deus de mim afaste. De um esposo
Diz-se apenas: *tão bom! tão generoso!*
Direi somente a ti, dom João querido:
De toda forma, e em qualquer sentido,
Esse homem vale menos que um inseto.
Sua avareza é o seu ponto mais infecto;
Se as mulheres conheces bem, a fundo,
Sabes que seis desejos têm no mundo:
Que seus maridos sejam corajosos,
Bonzinhos, abastados, generosos,
E ardentes, vigorosos sobre a cama.
Mas por Jesus, que nos salvou da chama,
No próximo domingo, te garanto,
Será meu fim, se não tiver cem francos!
Pois para me vestir devidamente
— E ao meu marido honrar, isso é evidente! —
Fiquei endividada. As fofoqueiras,
Se eu não pagar, vão me engolir inteira.
Se o meu esposo acaso souber disso
Será meu fim. Dom João, de ti preciso!
Empresta-me cem francos. Dou certeza
Que pagarei de volta, com justeza
E mais do que isso: fico ao teu dispor
Para te conceder qualquer favor,
Conforme te agradar; qualquer serviço...
Se acaso estou mentindo ao dizer isso,

Que Deus me envie dura punição
Pior do que enviou a Ganelão!"[123]

O monge assim responde, mui gentil:
"A minha alma a tua dor sentiu,
Ó dama que me rege o sentimento!
Penhoro minha fé num juramento:
Assim que o teu esposo viajar,
Das preocupações vou te livrar,
Trazendo-te os cem francos sem tardanças".
E logo após, pegou-a pelas ancas,
Mil beijos deu-lhe logo, e um apertão.
E disse: "Agora vai, com discrição.
Manda servir comida já, lá em cima,
Pois meu cilindro[124] diz que é a hora prima.
E cumpre o combinado, assim como eu".
Ela responde: "Oh, sim, valha-me Deus!".

Faceira, qual feliz pega-rabuda,
Lá se vai ela e ordena, em voz aguda,
Que os cozinheiros ponham logo a mesa,
Para que os homens comam com presteza.
Ao escritório vai, sacode a porta.
"*Qui là?*", pergunta-lhe ele, e a esposa torna:
"Sou eu! Ó Pedro, quanto tempo ainda
Mexerás nas moedas, sem comida,
Refazendo teus cálculos eternos?
Que o diabo leve as contas aos infernos!
Deus já te deu fortuna o suficiente;
Deixa os sacos em paz! Ah, francamente,
Não tens vergonha de deixar dom João
Sozinho a jejuar, sem refeição?
Vamos à missa agora; e então, comer".

Diz ele: "Tu não podes conceber,
Mulher, como é difícil e aflitivo

O ofício mercantil, por santo Ivo!
Apenas dois em doze[125] mercadores
Conseguem — com tropeços e mil dores —
Envelhecer com saco recheado.
E mesmo se os negócios dão errado,
Precisamos manter as aparências
E ocultar entre as sombras a falência
Ou então, nos fingir de peregrinos
E desaparecer pelos caminhos
Despistando os credores para sempre.
Há que esquivar-se aos feios acidentes
E golpes da Fortuna, que não erra,
Enquanto negociamos sobre a terra.

Amanhã pra Flandres vou partir,
Voltando assim que Deus o permitir.
Portanto, esposa, eu peço: em minha ausência
Demonstra gentileza, e tem prudência.
De nossa casa cuida honestamente;
E os nossos bens protege, diligente.
Tens todo o necessário — e ainda te sobra —
Desde que sejas cuidadosa e sóbria.
Tens víveres, tens roupas. Isso basta.
Nesta bolsa, jamais faltará prata".

Deixando as fechaduras bem trancadas,
Saiu, logo desceu pelas escadas.
À missa todos foram em seguida.
Na mesa os servos põem pratos, comida.
Nosso dom João bebeu, comeu bastante
Às custas do cordato comerciante.

Por fim, o monge aborda o anfitrião
Dizendo-lhe em furtiva discrição:
"Em breve, primo, irás pelo caminho
Rumo a Bruges; que o bom Santo Agostinho

Teu guia seja e Deus, teu aliado.
Suplico que cavalgues com cuidado;
E rogo: come com frugalidade
Pois faz muito calor. Formalidade
É coisa que não vale entre dois primos!
Enfim, adeus, parente a quem estimo
Como um irmão! Se acaso algum favor,
Um serviço qualquer, seja o que for,
Eu possa te prestar, conta comigo.
Farei o que pedires, bom amigo!

Ah... coisinha banal, antes que partas:
Poderia eu pedir-te algumas pratas?
Cem francos eu te peço, e nada mais
Pois preciso comprar uns animais
Para repovoar certa fazenda.
Quisera eu poder dar-te, como prenda,
Uma das belas granjas do mosteiro!
E eu pagarei no prazo; sou certeiro.
Mas peço que isso fique entre nós dois.
Pois esta noite eu vou comprar uns bois
Ou éguas. Vai com Deus, primo estimado!
Por seres tão gentil, meu obrigado!".

Bem cortesmente disse o anfitrião:
"Meu caro primo, caro dom João!
Sem dúvida, é um pedido bem pequeno.
Todo o meu ouro é teu, sim, nada menos!
De meus pertences todos reunidos,
O que quiseres, pega, sem pruridos.
Porém — e nem preciso relembrá-lo! —
Ao comerciante, a prata é como o arado.
Tem crédito quem tem nome na praça;
E ficar sem dinheiro não tem graça.
Portanto, paga assim que for possível.
De resto, fico em tudo disponível".

E, depois, foi buscar um saco cheio
Na sala onde escondia seu dinheiro.
Cem francos entregou a dom João
Agindo com imensa discrição.
Ninguém soube daquilo, além dos dois.
Beberam, conversaram, e depois
O monge cavalgou à sua abadia.

O mercador, nem bem raiava o dia,
Pega o caminho com seu aprendiz.
Lá em Bruges, mil tratos mercantis
Completa — compra, vende, faz cobranças;
Não se distrai com jogos nem com danças.
Só faz o que lhe manda a profissão
E a trabalhar sem ócio o deixo então.

A Saint-Denis, após uma semana,
O monge volta. A face, lisa, emana
Perfumes, e a tonsura está aparada.
A casa inteira fica entusiasmada
E mesmo o mais modesto dos criados
Se alegra ao ver que havia retornado.
Mas para irmos direto à conclusão
A moça diz: "À tua disposição
Estou". E assim, em troca dos cem francos,
Deixará que ele a monte aos solavancos.
Cumpriu-se o combinado. A noite inteira
Passaram numa alegre trabalheira.
Tão logo nasce o sol, o monge parte
E a todos diz "adeus" e "até mais tarde";
Ninguém na casa, em toda a vizinhança
Tivera nem sequer desconfiança
Daquela transação. E à sua abadia
Cavalga o monge enquanto avança o dia.

A grande feira em Bruges terminada,

Já parte o mercador, voltando a casa.
A esposa recebeu-o; e os dois jantaram.
Ele lhe diz: "Os preços aumentaram
E tive de pegar dinheiro a crédito.
De vinte mil escudos foi meu débito
E preciso arranjar essa quantia".
A Paris, amanhã, já partiria
Pedir ouro emprestado a algum amigo
Para saldar o crédito devido.

Nem bem o mercador chega à cidade
Resolve, por afeto e por saudade,
Encontrar dom João. Não tem em mente
Cobrar-lhe coisa alguma, mas, somente
Conversar sobre os temas mais sortidos
Pois assim é o costume entre os amigos.
Saúdam-se gentis, com alegria;
Dos negócios gerais, mercadorias,
O comerciante fala. "Tudo certo
Na feira transcorreu, meu primo. Exceto
Por vinte mil escudos. Devo, em breve,
Pagá-los e ficar com alma leve."

Responde dom João: "Fico alegrado
Ao ver que retornaste em bom estado!
E se eu fosse tão rico quanto alegre
Terias já na mão tudo o que deves.
Não esqueci tua imensa cortesia
Ao me emprestar dinheiro, aquele dia.
Por Deus! Mil obrigados devo a ti.
Contudo, a tal quantia eu devolvi
À nossa cara dama, em tua mansão.
O saco esvaziei, e a transação
A dama, é claro, pode confirmar-te.
Agora, com licença, já está tarde;
Viajará o prior desta abadia

E eu devo ir logo em sua companhia.
Adeus! E mil lembranças apresenta
À minha estimadíssima parenta".

O mercador, jeitoso e mui matreiro,
Em Paris conseguiu todo o dinheiro
E o débito pagou, franco por franco,
A um grupo de lombardos, em seu banco.
Partiu alegre como um passarinho
Pois não tinha mais pedras no caminho.
O lucro que esperava era gigante:
Mil francos, creio eu, era o montante.

Ele encontrou a esposa no portão;
Já livre de qualquer preocupação,
Sereno, pois nenhum franco devia,
Com ela, a noite inteira, fez folia.

Pela manhã, quis começar de novo:
Abraçou-a e deu mil beijos no rosto,
E logo estava duro e latejante.
"Chega!", ela riu, "Por Deus, já dei bastante!"
E pôs-se a provocá-lo, melindrosa.
Porém o mercador a voz engrossa:
"Querida, não me agrada revelá-lo,
Porém, devo dizer, estou zangado.
Passei embaraçosa situação
— Por tua culpa — em frente a dom João.
Deverias, querida, ter contado
Que o monge esvaziou em ti o saco.[126]
Teu cofre recebeu bela quantia
Mas teu marido disso não sabia.
Levaste esses cem francos por detrás
Dos panos. Isso, moça, não se faz.
Dom João ficou sisudo, até vermelho,
Quando eu tentei falar-lhe de dinheiro

— Embora eu não quisesse cobrar nada.
Preciso, antes de pôr o pé na estrada,
Saber se os devedores já pagaram,
E se algo no teu cofre colocaram,
Pra não ficar de cara na poeira".

Sem medo, bem ousada e sobranceira,
Ela responde assim ao seu marido:
"Aquele falso monge! Ah, eu o maldigo!
Que lhe apodreça então o saco inteiro!
Confesso, ele me deu algum dinheiro...
Maldigo o seu focinho monacal!
Acreditei que fosse natural
Que ele me desse prata, em tua honra,
Para eu fazer algumas poucas compras...
Ou por amor de primo, ou gratidão
Por nossas cortesias e afeição.
Mas vejo — nossa paz foi perturbada.
E mais do que isto, então, não digo nada:
Não dou calote; pago sempre a conta!
Sou tua mulher; no meu erário monta;
A mão no meu cofrinho então afunda
E pega — o pagamento em mim abunda.
E assim te pagarei todos os dias...
A prata eu não gastei com porcarias;
Mas com enfeites bons e necessários.
Pois se a mulher tem belos vestuários,
Aumenta a fama e as honras do marido.
Não fiques brabo, e vem brincar comigo...
Na cama pagarei a transação,
Pois com meu lindo corpo dou caução
Do que te devo. Cobra com dureza.
Sorri portanto, e chega de brabeza".

E vendo não haver mais solução
O comerciante cessa o seu sermão.

Não tem remédio, o estrago já está feito.
"Eu te perdoo, então; mas tem respeito!
Não sejas tão aberta e liberal;
Nem escancares mais meu capital".

Aos nossos sacos Deus dê bons cofrinhos,
E transações abundem nos caminhos!
    Amém.

Conto da Prioresa

PALAVRAS DO ALBERGUEIRO
AO NAVEGADOR E À PRIORESA

"*Corpus Dominus!*[127] Muito bem contado!",
Nosso Albergueiro diz, entusiasmado.
"Que muitas águas singres, capitão!
E quanto àquele monge falastrão
Que Deus lhe dê mil séculos de azar!
Em um só golpe, soube tapear
Esposo e esposa — é bom estar atento,
Abundam tais enganos fraudulentos...
Mantenham sempre os monges porta afora!
Mas vamos lá: quem vai contar agora?"

Voltou-se então com suma cortesia
À Prioresa. "Dama, eu gostaria
De pedir-lhe — se for do seu agrado —
Que nos conte algum conto caprichado.
O que me diz, ó dama primorosa?"
Então ela assentiu, obsequiosa.
"Alegremente", respondeu, gentil.
Repito o que depois o grupo ouviu:

PRÓLOGO DA PRIORESA

Domine, dominus noster[128]

CONTO DA PRIORESA 215

"Ó Senhor, Senhor nosso, que portento
Teu Nome que no vasto mundo avança!
Não só por homens de alto valimento
Ecoam teus louvores e alabanças,
Mas também pela boca das crianças:
Até as que ainda mamam sobre o peito
Por ti demonstram fé, ardor, respeito.[129]

Portanto, honrando a ti, Senhor Jesus,
E àquela flor do lírio,[130] em puro alvor,
A que, donzela eterna, deu-te à luz,
Narrarei uma história, com labor
— Não que eu possa aumentar o Seu honor,
Dela que é toda a glória, bela e calma,
Raiz do Bem e salvação das almas.

Ó mãe donzela, ó Virgem Mãe perfeita!
Sarça incólume, ardendo sem arder,
À qual Moisés no monte Horebe espreita![131]
Fizeste a divindade a ti descer
Por força da virtude, e conceber
— Tocando-te de leve o coração —
O Verbo em carne, a humana redenção.

Ajuda, Mãe, que eu narre bem a história!
Não há língua ou ciência que te expresse,
Que explique tua virtude e a tua glória.
Por nós, antes dos rogos, intercedes;
Tua bondade se antecipa às preces.
Por tua intercessão, provês o brilho
E a luz a nos guiar rumo ao teu Filho.

Minha fala não tem força ou destreza
Que faça jus ao teu fulgor, Rainha.
E como sustentar tanta grandeza?
Tal qual criança ainda pequenina

Que mal consegue balbuciar sozinha
— Assim sou eu. Então, guia este meu hino
A descrever o teu fulgor divino."

CONTO DA PRIORESA

Numa cidade d'Ásia, entre cristãos,
Num gueto, um grupo de judeus vivia.
O rei lhes dava abrigo e proteção
Por sua lucrativa vilania,[132]
A usura. Pela rua, sempre havia
Cristãos a pé passando ou em cavalos
— Pois o bairro era aberto dos dois lados.

Há uma escola cristã, na extremidade
Da rua, com pequenos estudantes
De famílias leais à cristandade.
Ensinos doutrinais, edificantes,
As crianças aprendem, e os ditames
De Cristo, as letras, mil canções sagradas
E muitas outras coisas adequadas.

Havia entre os alunos um menino
Que atravessava o gueto todo dia.
Perdera o pai ainda pequenino,
Restava só sua mãe. Sempre dizia
Bonita e fervorosa ave-maria
Ao avistar na rua, de passagem,
Da Santa Virgem símbolo ou imagem.

Assim a mãe viúva o ensinara:
Que honrasse sempre a Deus onipotente
E a sua Virgem Mãe imaculada.
As alegres crianças inocentes
Escutam bem, e aprendem velozmente.

São Nicolau — relembro — bem menino
Já venerava o nosso Pai Divino.

Aprendendo a cartilha, o garotinho
No colégio escutou, subitamente,
Outros cantando aquele sacro hino
"Ó Alma Redemptoris" — vai em frente,
Ao coro se aproxima, e logo aprende
O verso que inicia essa canção
E a melodia põe no coração.

As palavras, porém, não compreende
Pois o latim não tinha ele aprendido
— É tão pequeno e pouco experiente.
Piedoso, então pede ao seu amigo
Que em sua língua explique-lhe o sentido
E diga-lhe o porquê dessa canção
— Enquanto o escuta, ajoelha-se no chão.

O colega mais velho assim responde:
"Ouvi dizer que o hino que escutaste
Da Virgem Santa fala — ela que é a fonte
Da salvação — rendendo-lhe homenagem,
Pedindo intercessão e piedade.
É o que posso dizer dessa temática;
Só sei cantar; não sei muita gramática".[133]

"Essa canção", nosso inocente exclama,
"É sobre a Santa Virgem celestial?
Vou guardá-la inteirinha na lembrança
Para poder cantá-la no Natal.
Levarei uma surra, no final,
Por não ter decorado esta cartilha;
Mas não importa! A Virgem me alumia."

Todo dia, o colega lhe ensinava;

Enfim de cor inteira ele sabia
Da letra cada vírgula e palavra
E decorou, completa, a melodia.
Duas vezes cantava, todo dia,
Quando à escola ele andava, e ao retornar,
À Mãe de Cristo sempre a venerar.

Como eu já disse, em meio à judiaria[134]
O rapaz, pelas ruas indo e vindo,
Cantava com vigor, com alegria,
O tão apreciado e belo hino.
Penetrara no peito do menino
A doçura da divinal donzela
— Só sabia cantar, sonhar com ela.

A serpe Satanás, nosso primeiro
Rival, empina o rosto entre os judeus
(Em cujo coração tem seu vespeiro)
E diz: "Oh, que vergonha a vós, hebreus!
Que um mero garotinho, esse pigmeu,
Com sua cantoria deslavada
Insulte a vós e a vossa lei sagrada!".

Para expulsar da Terra o pequenino
Uma conspiração então surgiu.
Encontram os judeus um assassino
Numa viela escura — o seu covil —
E dão-lhe as ordens. E esse judeu vil
Tocaia o pobre, corta-lhe o pescoço
E seu corpinho joga em negro poço.

O poço era uma fossa, onde os dejetos
De suas entranhas os judeus lançavam.
Bando de Herodes novos, ressurectos!
De que serve a cabala que forjaram?
À tona virá o crime que tramaram,

E a glória do Senhor será aumentada!
Furiosa, grita a terra ensanguentada.

De imaculada e pura virgindade,
Menino mártir, morto à traição,
Agora cantarás na eternidade!
Pois em Patmos[135] escreve assim São João:
Entoando novíssima canção
Vai perante o Cordeiro imaculado
Quem jamais conheceu carnal pecado.

A viúva esperou por toda a noite
O filho que não retornou jamais.
Raiando o dia, a mãe afoita foi-se
Branca de horror, em busca de sinais
Do filho, em sua escola e outros locais.
Conseguiu descobrir apenas isto:
Por último, no gueto fora visto.

Perdendo quase já sua sanidade,
Pelo amor maternal foi arrastada
A todas as vielas da cidade;
Correu por tudo, em busca desvairada,
Rezando à Mãe de Cristo imaculada.
E essa busca por fim a conduziu
Aos malditos judeus, ao bairro vil.

"Viste meu filho?", indaga, suplicante,
Com funda e piedosa comoção,
A todos os judeus que vê por diante.
A busca é vã, pois todos dizem "não".
Mas logo, por divina intercessão,
Pelo filho chamou junto ao buraco
Onde o menino fora despejado.

Eis tua glória, ó Senhor, tão sublimada,

Eis teu portento, eis teu poder, colosso!
Esse rubi[136] brilhante, essa esmeralda,[137]
Ergueu-se no obscuro e sujo poço,
E com seu rasgo imenso no pescoço,
Põe-se a cantar, e tão alto cantou
Que a voz pela cidade retumbou!

E lá o povo cristão ouvindo acorre;
Contemplam o milagre em fundo espanto
Rapidamente chamam o preboste[138]
Que vem, e escuta o mártir puro e santo
Que entoa à Mãe de Deus seu lindo canto.
O preboste também faz sua oração
— E em seguida, aos judeus põe na prisão.

Da fossa o povo içou o menininho
Que canta sem parar um só instante.
Solenemente, tomam o caminho
De uma abadia não muito distante.
A mãe, entre desmaios, vai adiante
— Nova Raquel, do esquife vai na fila;
E quem pôde pensar em impedi-la?

Com mil suplícios, vergonhosa morte
Pagaram os judeus seu ato atroz.
Enfurecido, exclama esse preboste:
"O mal será do próprio mal o algoz!".
Eis dos judeus a punição feroz:
Por cavalos bravios são arrastados,
Depois, conforme a lei, são enforcados.

Lá na abadia, o esquife da criança
Em frente ao altar-mor o povo assenta.
Após a missa, o abade, sem tardança,
Quer sepultá-lo, e joga-lhe água benta
Na face branca, lívida e sangrenta;

Enquanto escorre-lhe a água, a face canta,
Sem se deter, a melodia santa.

O abade, que era um homem santo e pio
— Pois todo monge é pio, ou *deveria* —
Põe-se a fazer conjuração sutil:
"Conjuro-te, criança. A melodia
Que cantas — pela Luz que te alumia,
Responde — como podes tu cantá-la?
Pois tua garganta, eu acho, está cortada".

"Foi cortada", responde, "até o meu osso.
E pela lei que rege a natureza,
Há tempos deveria eu estar morto.
Porém Jesus, em divinal grandeza,
Deseja que Sua glória, com justeza,
Espalhe-se — assim diz nossa Escritura.
Por isso, eu canto ainda à Virgem pura.

À Mãe de Cristo amei de toda a alma
Desde que me conheço como gente.
Ela surgiu no escuro, bela e calma,
Quando eu agonizava horrendamente
No negro poço. E diz-me, resplendente:
'Canta, meu filho'. E tive esta impressão:
Em minha língua a Virgem pôs um grão.

E desde então cantei, e eu cantarei
Meu canto à Santa Virgem dedicado,
Até que o grão — Deus quis, esta é Sua lei —
De minha língua seja retirado.
E ela me disse: 'Assim que o grão sagrado
Alguém de tua boca retirar,
Não temas, voltarei a te buscar'."

O santo monge, o abade piedoso

Pegou da língua e apanhou o grão.
O rapaz fica imóvel, silencioso:
O espírito entregou com mansidão.
Em prantos, cai o abade sobre o chão,
Perante tal milagre, fulminado;
E no solo ficou duro e prostrado.

Também se prostra ali todo o convento
Em lágrimas, à Mãe de Deus orando;
E louvam ao Senhor por Seu portento.
Apanham em seguida o corpo santo;
E em túmulo marmóreo, belo e branco
Colocam-no. Permita a divindade
Que o encontremos nós na eternidade!

Também tu, jovem Hugo,[139] assassinado
Como se sabe, por judeus malditos
(Há pouco tempo deu-se o horrendo fato)
Reza por nós, tão trôpegos, perdidos;
Que Deus, que é onipotente e que é infinito,
Tenha mercê de nossa companhia
Pelo amor que votamos a Maria.
      Amém.

Conto sobre Sir Topázio

PALAVRAS DO ALBERGUEIRO
A CHAUCER

Cai um silêncio fundo e prolongado
Quando o santo relato chega ao fim.
Sisudos estão todos, e calados.
Porém nosso Albergueiro volta, enfim,
Ao seu fanfarronar. Olha pra mim
Pela primeira vez. "E tu, quem és?
Sujeito estranho, sempre a olhar os pés!

Cabisbaixo, não falas com ninguém...
Senhores, deem espaço ao camarada!
Cintura igual à minha este homem tem:
Com frequência, garanto que é enlaçada
Por braços de mocinhas assanhadas.
Porém vejo algo de elfo em seu semblante;
Reservado, silente e tão distante!

Chega mais perto, e larga a timidez!
Um novo conto diz-nos, algo alegre;
Os outros já falaram — é a tua vez."
E eu disse: "Companheiro, não te enerves,
Porém conheço apenas versos breves
Que ouvi tempos atrás". "A tua cara
Promete algo de bom", diz. "Então, fala."

CONTO DE CHAUCER SOBRE SIR TOPÁZIO

Primeiro canto

Lordes, damas, ouvi mui seriamente.
De sonhos e alegrias resplendentes
Tereis um bom copázio.
Pois vou falar-vos hoje, minha gente,
De um cavaleiro bom, forte e valente,
Chamado Sir Topázio.[140]

Nasceu em um país além do mar,
Em Flandres tão distante, num lugar
Chamado Poperingue.
Filho de um lorde excelso e exemplar,
Bendito pela graça elementar
A qual jamais se extingue.

Virou um rapagão bem principesco,
Tão branco quanto um branco pão bem fresco.
Ai, que belo matiz!
Seus lábios são rosados, um refresco;
E vos garanto — sim, jamais esqueço! —
Que lindo é seu nariz.

Sua barba e seu cabelo de açafrão
Até suas finas, lindas ancas vão
— E as calças, refinadas.
As botas são de rico cordovão,
A capa é puro luxo e ostentação
— Gastava muita prata!

Gostava de caçar um cervo macho,
E cavalgar à beira do riacho
— Com seu milhafre gris.[141]

Arqueiro, disparava com despacho;
Também lutava[142] bem (isso é o que eu acho)
Com braços tão viris.

Muita donzela insone, suspirante,
Querendo Sir Topázio por amante
No quarto, à noite, chora.
Porém não há lamentação que adiante;
É puro o jovem — casto, edificante,
Qual pulcra flor de amora.

Um dia então — sou eu quem vos garante —
Topázio resolveu partir andante
Em busca de aventura.
Montou em seu corcel cinza, elegante,
Uma azagaia[143] à mão, e um bom montante
Pendente na cintura.

Esporeia o cavalo por um bosque
Onde pululam bestas bem ferozes
— Oh, lebres e veados!
E enquanto corre rumo ao leste e ao norte,
Ai, meu bom Deus, ao moço quase ocorre
Um golpe malfadado!

O cravo em profusão ali viceja,
Zerdoária e alcaçuz — uma beleza!
E a linda noz-moscada,
Que é bom tempero pra encorpar cerveja.
Por velha ou insalubre que ela esteja
Não fica nada aguada.[144]

A passarada entoa sua canção;
O gaio esfuziante e o gavião
— Ouvi-los, que alegria!
O tordo menestrel faz o bordão;

No ramo, a pomba-rola, em efusão,
Derrama cantoria!

Ouvindo o tordo tão galanteador,
O jovem sente dominá-lo o amor
— Qual doido, ele esporeia.
O bonito corcel nitre de dor
E logo está empapado de suor
— Sangrando. A coisa é feia.[145]

Mas logo o cavaleiro está cansado;
É duro cavalgar no doce prado
— Herói tão exemplar!
Melhor mesmo é apear, ficar parado
E deixar o corcel estropiado
Na relva enfim pastar.

"Ó", diz, "Santa Maria, abençoada!
Estou em situação atribulada
— Doente sou de amor.
Sonhei toda essa noite com a Fada,
Uma rainha-sílfide aninhada
Aqui no cobertor.

À sílfide meu peito aspira e ama!
Não me merece qualquer outra dama
Na face do universo
— Somente a Fada!

Às outras, meu desprezo aqui eu expresso
À sílfide porém buscarei, lesto,
Por vale e por estrada."

A sela então escala prontamente[146]
E vai-se cavalgando sempre em frente
— Buscando à dama élfica.

Até que, após o mundo palmilhar,
Achou um estranhíssimo lugar
— A Região Feérica.
Tão selvagem

Que não há rosto algum a se avistar,
Mulheres ou crianças a ambular
Por toda essa paragem.

Mas eis que surge, súbito, um gigante
Brutal e grandalhão, Sir Olifante,
Feroz, feio e cruel,
Que diz assim: "Rapaz, por Termagante,[147]
Te ordeno, vai embora neste instante,
Ou mato o teu corcel
Com esta maça.

Pois a élfica Rainha da Magia
Com flautas, harpas, doce sinfonia,
Aqui tem sua casa".

Diz o rapaz: "Ousada criatura!
Assim que eu conseguir uma armadura[148]
Vou duelar contigo.
E eu te garanto, sim, *par ma foi*,
Que esta azagaia rija afundará
No teu gigante umbigo.
Será por mim

Que a tua vida, Sir, há de acabar;
Pois amanhã, depois que o sol raiar,
Encontrarás teu fim!".

E dando meia-volta, segue avante!
Enquanto pedras lança-lhe o gigante
Com estilingue horrendo!

Mas bravo escapuliu Topázio Infante;[149]
Pela graça de Deus foi triunfante
— E por sair correndo.

Escutai seriamente este meu canto,
Que é mais lindo que o rouxinol cantando.
Ouvi, vou cochichar:
Sir Topázio, com brios e com quebranto,
Por colina e por vale cavalgando
Acaba de voltar.

Ordenou aos alegres camaradas
Que fizessem festanças caprichadas
Porque vai enfrentar
Um monstrengo (que tinha, enfileiradas,
Três frontes) pela Sílfide que às fadas
Governa a rebrilhar.

E diz: "Ó menestréis, venham à festa!
Venham a mim, e cantem muitas gestas,
Sim, bardos e jograis!
Sobre o fulgor que a tudo o amor empresta,
Romances, valentias e serestas
De reis e de cardeais".

Trouxeram-lhe alcaçuz bem perfumado,
Hidromel num caneco delicado,
E um fino e doce vinho;
Pãezinhos de gengibre fatiados,
Temperos deliciosos, refinados,
Açúcar e cominho.

Cobrem então sua pele lisa e clara
Co'a mais linda camisa de cambraia,
Por cima, põem gibão.
Para salvar seu peito na batalha

Colocam-lhe feroz cota de malha
Cobrindo o coração.

Por cima, uma armadura é-lhe ajustada
— É feita em placas rijas, bem forjada
Por hábeis mãos judias.[150]
E enfim, a cota d'armas, trabalhada
Com fina imagem branca, blasonada,
Enfeite na porfia.

Seu escudo era d'ouro avermelhado;
No emblema, um javali todo eriçado
E gemas rutilantes.
Sobre a cerveja e o pão, entusiasmado,
Promete o nosso herói assinalado
Matar esse gigante.

De couro refervido são as grevas;
De marfim, a bainha em que ele leva
O potente espadão.
A sela é feita em osso de baleia,
E a refletir a luz, tudo clareia
Seu rútilo bridão.

A haste da longa lança é de cipreste
Da guerra — e não da paz — sinal agreste
E aguda é sua ponta.
Cinzento é o seu corcel, todo malhado
E andava num andar bem esquipado.
E faz macio a ronda.
Sempre a trotar...

Bons lordes, finda aqui meu primo canto!
Se quiserem ouvir mais outro tanto
Eu tentarei contar...

Segundo canto

Fazei silêncio agora, eu vos imploro,
Calai-vos, lordes, damas; não demoro
A meu canto cantar.
Pois de proezas várias, meu senhores,
De grandes e de cálidos amores
Agora vou falar.

Romances são cantados, preciosos,
De Horn, o Infante, e d'Ypotis, famosos,
E de Sir Pleindamour;
De Beves, de Sir Guy, e de Libeu;
Porém foi Sir Topázio quem colheu
Da valentia a flor.

Seu bom corcel então ele montou
E foi-se — velozmente cavalgou,
Levando na cimeira
Sobre o alto elmo, um lírio branco e longo;
E vai-se qual veloz língua de fogo
Que escapa da fogueira.

E sendo aventuroso, irrequieto,
Somente quis dormir a céu aberto
No manto aconchegado.
Por travesseiro, o duro elmo ele usava,
Enquanto seu corcel, feliz, pastava
Nas ervas do relvado.

Bebeu na mesma fonte virginal
Onde havia bebido Percival
— Varão grandioso em armas.
Até que um belo dia...

O TAVERNEIRO INTERROMPE
O CONTO SOBRE SIR TOPÁZIO

"Já chega! Para já, neste momento!",
Nosso Albergueiro grita: "Não aguento
Ouvir essa iletrada idiotice!
Por Deus, eu juro, a tua cretinice
Machuca os meus ouvidos! Pros infernos
Com rimas desse tipo! Estou bem certo
Que esses teus versos têm o pé quebrado!".

"Por que", lhe respondi, "sou censurado
Se todos contam contos tão diversos?
Fiz o melhor que eu pude nesses versos."
"Já que perguntas", diz, "eu serei breve:
Tua rimalhada é pura merda e fede!
Gastaste o nosso tempo, e nada mais;
Senhor, não voltes a rimar jamais!
Que tal contar alguma gesta honrosa,
Ou crônica — mas conta tudo em prosa!
Algo que nos divirta ou nos eleve."

"Pois bem", eu disse, "faço o que me pedes.
Em prosa contarei pequena história
Que todos acharão bem meritória
Exceto quem for muito melindroso.
Um conto de teor moral, famoso,
E que já foi contado várias vezes
Em vária forma, e por diversa gente.
Pois sabemos: nenhum Evangelista
Pôde contar, sozinho, a inteira lista
Das dores e dos feitos de Jesus.
E cada um vários feitos introduz
Mas mesmo entre relatos tão distintos
Idêntico é o sentido — e o mesmo é Cristo.
O seu sentido não mudou jamais

Embora uns digam menos, outros mais
— Mateus e Marcos, Lucas e São João —
Relatando a santíssima Paixão.
Se acaso há variação em meu relato,
Se engrosso o caldo com alguns ditados,
Se faço pulularem os provérbios
Para clarear em tom sisudo e sério
Significados altos e morais,
Ou se palavras não muito usuais
Emprego, bons senhores, deem licença:
Não vão achar maiores diferenças
Na substância geral e no sentido,
Entre aquele tratado conhecido[151]
(De onde tirei a história) e esta versão
À qual peço aos senhores atenção.
Eis o meu conto, sábio e verdadeiro:
Imploro que o escutem *por inteiro*.

Conto de Chaucer
sobre Melibeu (sinopse)

No original, segue-se aqui o "Conto de Chaucer sobre Melibeu" — escrito em prosa, e num tom totalmente sério e circunspeto do início ao fim. Trata-se de uma homilia dialética ou um debate moral, apresentando um grande repertório de preceitos éticos extraídos de muitas autoridades antigas. O texto se estende por cerca de mil linhas. Entre as autoridades citadas, estão Jó, Salomão, São Paulo, Jesus ben Sirak, Santo Agostinho, São Jerônimo, São Gregório, o papa Inocêncio, Ovídio, Catão, Sêneca, Cícero, Cassiodoro e Petrus Alfonsi.

O principal personagem no debate é a sra. Prudência, esposa de Melibeu, mas também ouvimos as opiniões de seus conhecidos e amigos, advogados, médicos, velhos prudentes e sábios, ou jovens fogosos e destemperados. O próprio Melibeu também apresenta algumas opiniões, que são refutadas de maneira sábia e modesta por sua esposa. Contudo, Melibeu mais escuta do que fala, e, no final das contas, acaba sendo sempre convencido a aceitar a opinião alheia.

O principal tema do debate é a questão: quando sofremos uma injúria violenta, devemos nos vingar com violência? A discussão surge após Sofia, filha de Melibeu, ter sido atacada e ferida por três malfeitores, que invadiram a casa. Melibeu deve procurar vingança contra os celerados?

Ao longo do debate, as seguintes questões são levantadas — e resolvidas de forma lógica e erudita, geralmente graças aos raciocínios da sra. Prudência:
— Como se deve purificar a alma da ira, da avidez e da impetuosidade.

"Como se deve guardar as próprias opiniões; como se deve distinguir os amigos verdadeiros dos falsos, dos tolos e dos bajuladores; como se deve examinar cada conselho recebido, e quando devemos trocar nossos conselheiros.

"Deve-se confiar na opinião das mulheres? Os conselhos femininos podem ser proveitosos? E devem os maridos submeter-se à direção das esposas? (a sra. Prudência vence essa parte do debate de forma estrondosa).

"Buscar a vingança pessoal é algo (a) demasiado perigoso, (b) moralmente justificável, ou (c) demasiado incerto, nesse caso específico, pois o resultado de um ato de violência seria imprevisível, e ninguém sabe se a vingança seria bem-sucedida (em parênteses, discute-se outra questão complicada: por que Deus permite que o mal aconteça? Ninguém sabe responder). O melhor é entrar em um acordo com os inimigos. Mas, nesse caso, a pessoa ofendida não perderia prestígio? Seguem-se considerações a respeito do prestígio.

"Discute-se a importância de não transformar Deus em nosso adversário, pois a vingança pertence somente a Ele. Se nos reconciliarmos com Deus, Ele nos reconciliará com nossos inimigos."

Os inimigos de Melibeu então são chamados a parlamentar. A sra. Prudência os encontra em particular, e lhes demonstra a superioridade de um acordo pacífico. Eles não apenas concordam, como se mostram maravilhados com aqueles argumentos.

Melibeu decide perdoá-los, desde que paguem uma multa. A sra. Prudência o convence a perdoá-los totalmente, sem qualquer pagamento.

Os inimigos vêm à presença de Melibeu, que os perdoa — mas não sem antes reprová-los severamente, apontando-lhes sua própria magnanimidade. Esse talvez seja o único momento no "conto" em que Melibeu vence uma discussão.

Nada se diz sobre Sofia, e o texto tampouco revela se ela se recuperou de seus ferimentos. A homilia é imediatamente seguida pelo "Conto do Monge".

Conto do Monge

PALAVRAS DO TAVERNEIRO
PARA O MONGE

Findando eu de contar, com reverência,
De Melibeu o conto e de Prudência
Nosso Albergueiro diz: "Ó sacrossanto,
Ó precioso *Corpus Madriano*![152]
Um barril de cerveja eu doaria
Pra minha esposa ouvir esta homilia!
Ela não é, garanto, a tal Prudência:
Por Deus, não tem nenhuma paciência!
Se acaso vou bater nos meus criados,
Traz-me um porrete e diz assim aos brados:
'Estraçalha os cachorros, desmantela
Os ossos um por um, quebra as costelas!'.

Se algum vizinho acaso, lá na igreja,
Não a cumprimentou com a cabeça,
Ou se acaso a ofendeu, volta pra casa
Furiosa, e berra assim na minha cara:
'Por *ossus corpus*![153] Biltre, traidor!
Não prestas pra punir o ofensor
De tua esposa! Vai fiar na roca,
Me dá este punhal — que boa troca!
Ai de mim! ai! por que fui me casar
Com tal poltrão, maricas exemplar!
Qualquer palerma vem, faz o que quer,
Pois não defendes nunca tua mulher!'.

Assim é minha vida, nua e crua:
Porta afora enxotado, em plena rua,
A menos que me passe por brigão,
Feroz, sempre a rugir, como um leão!
Um dia me fará matar alguém;
Por Cristo, provocar-me não convém:
— Pois quando saco a faca, sou mortal.
Embora, na refrega conjugal,
Jamais ouse enfrentá-la — ela tem braços
Enormes, e fará em mil pedaços
Qualquer incauto. Agora, mãos à obra:
Meu senhor Monge", disse, "está na hora
De contares teu conto. Então, avante!
Ali Rochester vejo, logo adiante...
Bom Monge, não atrases nosso jogo.
Porém, diz-me o teu nome, assim te rogo.
Devo chamá-lo acaso de dom João?[154]
Ou dom Tomás, ou dom Sebastião?
E o nome do mosteiro onde tu habitas?
Tua pele — Deus me guarde! — é bem bonita...
É certo que lá tens um bom repasto!
Não tens rosto encovado, feio e gasto
De pobre penitente em contrição;
Deves ser adegueiro ou sacristão.
Pela alma de meu pai, que nunca falha:
És certamente mestre em tua casa!
Não és noviço ou monge enclausurado
Mas sim um oficial bem atilado.
E que fenomenal musculatura!
Não deves fazer feio numa luta...
Que Deus dê turbulenta punição
A quem te colocou na religião!
Galo reprodutor, de qualidade,
Serias, se pudesses, à vontade,
Exercer tal vigor e tal fartura.
Gerarias legião de criaturas!

Por que ficar metido nessa bata?
Garanto, meu senhor, se eu fosse papa,
Todos os homens bem apessoados
(Ainda que estivessem tonsurados)
Teriam uma esposa — é o que eu digo!
O mundo, desse jeito, está perdido:
A Igreja está ereta como rocha,
Mas nós, os laicos, somos todos brochas!
Árvores fracas dão ramagens moles:
Molenga e impotente é nossa prole!
Por darmos crias fracas e franzinas,
As moças gostam mais é de batinas.
No clero, estão os bons reprodutores:
De Vênus são exímios pagadores.
Mas não te zangues dessas brincadeiras;
Brincando, diz-se coisas verdadeiras".

O Monge suportou com paciência
A troça, e disse: "Toda diligência
Usarei, nos limites da honradez,
Para um conto contar, ou dois, ou três.
Ou posso lhes narrar, com pio fervor,
A *Vida de Eduardo, o Confessor*;
Ou algumas tragédias lancinantes,
Das quais há mais de cem na minha estante.

Tragédia — os livros dizem — é a história
De alguém que desfrutava gozo e glória,
Mas tomba de sua alta posição
Em miserável, triste condição,
E morre no infortúnio e no revés.
Em geral, são em versos de seis pés
— *Hexâmetros* tais versos são chamados —
Outros tantos, em prosa são narrados,
Ou muitos outros metros diferentes.
Bem, essa explicação é suficiente;

E quem quiser ouvir, preste atenção.
Mas antes de narrar, peço perdão,
Se acaso essas histórias, meus senhores,
De papas, nobres, reis, imperadores,
Não conto na real cronologia,
Mas conforme a lembrança se desfia,
Umas jogando atrás, outras adiante.
Perdoem-me por ser tão ignorante".[155]

CONTO DO MONGE[156]

Lamentarei agora, em Trágica Maneira,
A dor de quem outrora esteve em posição
Alta e sublime, e um dia a glória perde inteira,
Tombando no infortúnio e em vil desolação.
Pois ninguém pode ir contra a horrenda decisão
Da Fortuna cruel: se ela deseja, foge.
Não confiem jamais no seu cego bridão,
E escutem meu alerta a todos, velhos, jovens.

Lúcifer

De Lúcifer primeiro a história contarei
Embora seja um anjo e não homem mortal.
O Fado não afeta os anjos, bem o sei,
Porém ele caiu em pecado mortal
E no inferno afundou — ah, pai de todo mal!
No Céu foste o primeiro em glória e em valor;
Agora és Satanás, em danação fatal;
Eterna é a tua miséria, e eterno é o teu horror!

Adão

Lembrem nosso Pai; Deus o fez com Suas mãos.
Do esperma sujo e vil dos homens não nasceu;
Pois foi o Original, o Antepassado — Adão.
No campo damasceno o pôs, supremo, Deus,
Senhor desse Jardim glorioso que era seu,
Porém provou da Fruta — e a sina foi selada.
Homem algum esteve assim perto do Céu,
Mas dura foi a queda, e a Raça, condenada.

Sansão

Bem antes de nascer, por santa anunciação,
O grande herói hebreu foi por um anjo ungido.
Consagrado por Deus, marcado foi Sansão;
Nobremente viveu, até que foi traído,
E um outro chefe igual depois jamais foi visto.
Tinha uma mente forte e via com clareza,
Mas por uma mulher perdeu o seu juízo,
Ficou cego de fato — e morre na tristeza.

Esse guerreiro nobre e forte de Sião
Quando num certo dia andava a um casamento
Nos ermos enfrentou, venceu grande leão
Com suas próprias mãos, sem outros armamentos.
Dalila o seduziu e lhe arrancou segredos;
Com graças e prazeres o enganou, charmosa;
Depois ao inimigo o entrega sem ter medo
Ou pena, e um outro amante arranja, luxuriosa.

Outra vez, quando estava em fúria mergulhado,
De raposas um bando imenso ele amarrou
E archote em chamas pôs em cada um dos rabos
E aquele bando uivante à terra ele soltou:

A labareda imensa às vinhas incendiou,
Arderam olivais e o chão ficou escuro.
Também com suas mãos mil homens massacrou
— Não teve arma nenhuma além do osso de um burro.

Após essa matança, estava tão sedento
Que a morte quase o leva, e a Deus bem alto implora
Que mostre o Seu favor ao seu merecimento,
Que envie água ao servo e o salve sem demora,
E eis o milagre então: de um osso seco jorra
Água limpa; de um dente, a fonte pura.
Sansão das águas bebe e grato ao Senhor ora
Agradecendo enfim a divinal ajuda.

E certa noite, andando à sós, no escuro, em Gaza,
À fortaleza arranca à força o seu portão.
E nas costas, depois, levou-o — demonstrava
Desprezo aos filisteus, a inimiga nação;
Num alto morro põe a grande porta então,
Sinal de sua audácia — ah, líder magistral!
Não fosse o teu segredo entregue à traição
Não haveria em toda a terra um teu rival.

Sansão jamais bebeu do vinho ou hidromel;
Suas mechas não tocou tesoura, nem navalha.
O segredo eis aí, a dádiva do Céu,
Conforme disse um anjo: a sua força estava
Na cabeleira longa e jamais aparada.
Comandou Israel, então, por vinte anos,
Como juiz, porém, a glória lhe é roubada
Pela bela Dalila e o seu poço de enganos.

Foi essa mulher má, aquela bela amante,
Quem roubou o segredo à boca de Sansão:
Nas mechas do cabelo está o poder gigante.
No seio de Dalila, em sonhos de afeição,

O grande herói dormia — oh, bruta traição!
Dalila o entregou aos seus rivais irados
E do segredo fez a vil revelação.
O cabelo é cortado e os olhos, perfurados.

Antes nenhum grilhão o detinha ou parava;
Porém a simples mão de um inimigo o prende.
Aprisionado agora em calabouço estava,
Condenado a moer, girando cegamente,
Um torno vil; Sansão, que destino inclemente!
Tu que foste o juiz, vivendo em suma glória,
Agora, escravizado — e as lágrimas ardentes
Caem do teu rosto cego e amargo hora após hora!

Eis como, entre grilhões, ele encontrou seu fim:
Trouxeram-no os rivais, cativo e humilhado,
Para ser diversão cruel em um festim,
Em templo filisteu, de povo abarrotado,
Porém os seus rivais ali são condenados:
Pois crescera o cabelo — e dois pilares pega,
O templo sacudindo, e assim tomba o telhado:
A si próprio dá fim, mas aos rivais enterra.

E não morreram lá só grandes magistrados
Mas três mil filisteus que estavam reunidos
— Todos no templo roto estão ora enterrados.
Já não mais falarei de Sansão, mas repito
Um velho e bom conselho a quem tiver juízo:
Às mulheres jamais revelem seus segredos,
Pois boca de mulher não guarda o que é devido:
Ah, recordem Sansão, recordem seus cabelos!

Hércules

De Hércules a façanha e as imensas proezas

São monumento eterno em louvor imortal:
Foi ele a força humana em sua maior grandeza.
A pelagem tomou ao Leão sideral,
E aos Centauros quebrou a sua fama fatal;
Massacrou as terríveis Harpias rapaces
As douradas maçãs roubou ele e, afinal,
Cérbero derrotou, cão de guarda do Hades.

Busíris massacrou, que era um tirano e um monstro,
E deu-o de comer aos seus próprios cavalos;
Também matou a Hidra, ardente como fogo,
E de Aqueloo tomou um dos chifres curvados;
Em seu próprio covil bateu e matou Caco;
E no solo deixou, vencido, o grande Anteu;
Por ele o javali horrendo foi caçado;
Nos ombros suportou todo o peso do Céu.

No mundo inteiro um outro herói jamais venceu
De monstros tão imensa e vasta quantidade.
A sua fama a Terra inteira conheceu,
Exemplo de poder e magnanimidade.
Ele correu o mundo e fez a sua vontade.
Disse o caldeu Trofeu, que foi grande profeta,
Que o grande herói ergueu, durante as suas viagens,
Pilares demarcando os dois confins da Terra.

Mas esse grande herói tinha uma bela amante
Vistosa como maio, e o nome é Dejanira.
Alva túnica urdiu-lhe a moça, rebrilhante,
(Ao menos é o que diz muita obra conhecida)
E a ele presenteou — ah, túnica maldita!
Pois veneno fatal mesclara-se ao tecido.
Nem bem usara a veste ao longo de um só dia
E a carne do seu corpo inteiro vai caindo.

Autores há que assim eximem Dejanira:

Quem nessa veste pôs o veneno foi Nesso.
Não acuso a mulher, e fujo da mentira,
Porém o herói vestiu o traje, isso é bem certo,
E a negra podridão tomou-o por completo;
E vendo que não há nenhuma salvação
— Tampouco quer morrer por um veneno infecto —
Cobriu o próprio corpo em brasas de carvão.

Hércules tão famoso e forte assim tombou!
A Fortuna inconstante e vã lançou seus dados.
Quem nos jogos do mundo altivamente entrou
Subitamente ao rés do chão será lançado.
É sábio aquele que ouve o tão velho ditado:
Conhece-te a ti mesmo; e a todos, meu alerta.
Quando pela Fortuna um homem for marcado
A sorte o há de atacar onde ele não espera.

Nabucodonosor

Quem pode descrever a glória e o esplendor
Dos tesouros, do cetro e o diadema altivo
Que eram posses do rei Nabucodonosor?
E boa relação não pode dar ninguém
Do tesouro de quem tomou Jerusalém
Duas vezes: tirou do santo e excelso templo
Os vasos do Senhor, e os conduziu além
À Babilônia, em gozo e em grão contentamento.

E os jovens de linhagem mais nobre e real
Da Casa de Israel por ele são castrados
E cada um deles feito escravo e serviçal.
O nobre Daniel era um desses escravos
E sob o sol não houve alguém mais justo e sábio.
Somente ele sabia interpretar os signos
Dos sonhos pelos quais o rei era assombrado;

Nem mesmo entre os caldeus houve um maior perito.

O rei mandou fazer estátua em puro ouro.
De cúbitos, sessenta — assim era sua altura;
E na largura, sete. E o rei mandou que o povo
Se ajoelhasse e adorasse a pérfida escultura.
Em vermelha fornalha, e após feroz tortura,
Quem recusasse o culto horrendo, vil, ignóbil,
Era queimado vivo; e Daniel recusa
Assim como seus dois amigos, todos jovens.

O rei dos reis, tão forte e altivo e assoberbado,
Crê que nem mesmo Deus o vença em majestade,
Nem possa de sua glória imensa derrubá-lo.
Mas eis súbita a queda, e a tragédia então faz-se:
Aos ermos, sob a chuva, o rei insano vai-se
E pasta como um boi, e urra, e corre, e berra,
E assim viveu no agreste e em regiões selvagens
Por longo tempo em meio ao nada e junto às feras.

Qual plumas de uma águia os seus cabelos crescem;
Suas garras são iguais às de aves de rapina;
Após um tempo certo eis que Deus lhe concede
A cura da loucura; e de alma agradecida,
O grande rei com face em pranto e compungida,
Jurou jamais cair de novo no pecado;
Reconheceu a glória e a vastidão divina,
Até que veio a Morte um dia arrebatá-lo.

Belsazar

Esse rei teve um filho, o grande Belsazar,
Que dele o trono herdou, porém não aprendeu
A lição que a Fortuna ensinara ao seu pai.
Em orgulho e soberba altiva ele viveu.

Idólatra, ofendia o verdadeiro Deus.
Porém, seu alto trono ao chão foi destruído;
A Fortuna roubou tudo o que fora seu;
Seu grande reino foi tomado e repartido.

Certo dia a um festim seus mais altos vassalos
Convocou, e houve gozo e alegres cantorias.
Conforme diz o Livro, o rei manda um criado
Os vasos lhe trazer (vasos que o pai havia
Roubado dos hebreus). E diz: "Nossa alegria
Agradeçamos já aos nossos deuses grandes.
Nos vasos ponham vinho!". E Belsazar sorria
Em meio ao seu harém, em troça vil e infame.

Toda a corte, a rainha e as mil reais amantes
Fartaram-se bebendo em vil dissipação,
Dos vasos a sorver o vinho inebriante;
Mas eis que o rei no alto avista enorme mão
Sem braço, flutuando; e faz uma inscrição
Sobre a parede. E o rei? De horror pálida a face,
Contempla o que escrevera a horrenda aparição;
A frase não compreende; é *Menel, Tekel, Fares*.

E não havia em toda aquela terra um mago
Que decifrasse o estranho e pavoroso escrito,
Exceto Daniel, que disse ao rei: "Cuidado!
Ó rei, Deus concedeu outrora ao teu altivo
Antecessor fortuna e uns tesouros mui ricos;
Mas teu soberbo pai a Deus não venerava.
Eis que o Senhor num golpe irado e repentino
Tirou-lhe reino e cetro e a glória e até a espada.

E o Senhor o expulsou da humana companhia
E ele viveu sozinho e louco e desgraçado,
E entre as feras, de quatro, a grama ele comia,
Ao escaldar do sol, por temporais molhado.

Por graça e por razão enfim iluminado,
Soube que todo o reino e todo o ser a Deus
Pertence, e o bom Senhor o ouviu, e apiedado
Seu reino, suas feições ao teu pai devolveu.

O filho dele és tu; e mostras-te orgulhoso,
Mesmo sabendo tudo o que eu te vim contar.
Rebelde contra Deus, terás fim lamentoso.
Os vasos profanaste, os do divino altar,
Deles bebendo em troça ignóbil e vulgar;
Enquanto elas, do harém, risonhas e encharcadas,
Beijam ídolos vis, e sempre a gargalhar!
Terrível punição — alerto! — vos aguarda.

A mão que viste ali é a mão do Senhor Deus
E o signo que vês condena à destruição
A ti, ao teu império e a tudo o que foi teu.
Deus pôs-te na balança e agora a salvação
Te escapa: o persa e o meda em breve invadirão
Teu reino, e morrerás". Antes do sol raiar
O rei Dario chegou, e com forçosa mão
O reino conquistou, matando Belsazar.

Senhores, deste conto é bem clara a moral.
Neste mundo, o poder e o mando são incertos.
Quando a Fortuna arranca a glória temporal
De um homem, tudo foge, e então no mais completo
Abandono ele cai, e os amigos diletos
Desaparecem, pois se uma amizade nasce
Só da riqueza, então — diz mui sábio provérbio —
Se a riqueza tem fim, só resta inimizade.

Zenóbia[157]

Uma mulher reinou, na longínqua Palmira,

De natureza nobre e altiva, e era chamada
Zenóbia — e lá na Pérsia ainda é conhecida.
Foi guerreira valente, em armas forte e brava,
De alta nobreza e estirpe, herdeira assoberbada
Do sangue da real e alta linhagem persa.
Não direi que era doce, esguia e delicada,
Mas era, em sua fúria ardente e crua, bela.

Eu li que ela evitou, desde a infância, feroz,
As lidas de mulher — e então fugiu aos ermos;
Andou, portando um arco, em montes, bosques, só,
A caçar animais só por divertimento.
Mais rápida que a corça e lesta como o vento,
A princesa corria; e após crescer, a bela
Caçadora matou leões e ursos cruentos;
Qual tigre rugidor, domava as brutas feras.

Às bestas perseguia em seus negros covis,
Ou na montanha agreste à noite ela corria,
E ao relento dormia, aspérrima e feliz.
E quanto aos homens, rindo, a dama os desafia;
E ao jovem mais robusto a donzela bravia
Derruba, pois nenhum jamais venceu seu braço.
Essa virgem feroz a ninguém foi submissa;
Aos beijos dos varões fugia, e aos seus abraços.

Após muito adiar a decisão, escuta
De amigos o conselho; e o altivo Odenato,
Um príncipe local, de descendência pura,
Aceita desposar. O príncipe — escusado
Dizer — tinha também o mesmo gosto inato
Por caças e aventura, e coisas temerárias;
Após o matrimônio enfim ser realizado
Vivem os dois em paz; o amor os apanhara.

Mas a felicidade, entanto, era imperfeita:

CONTO DO MONGE

Zenóbia raramente entrega-se ao desejo.
Na noite da união, os avanços aceita,
Mas só pensa, porém, em gerar um herdeiro.
Entrega-se outra vez, após um longo tempo,
Depois de perceber que ainda não havia
Engravidado; e assim seguia o casamento:
Calcado no dever, com poucas fantasias.

E após engravidar, de novo não se entrega
Aos jogos do prazer, durante a gestação;
Após ter dado à luz, prolonga ainda a espera
Do esposo, e após um mês, enfim, ao leito vão
Com luxúria e prazer. Não sei a opinião
Do marido — porém, por mais que reclamasse,
Dizia-lhe a mulher: indigna humilhação
Seria permitir que sempre a desfrutasse.

Por fim, dois filhos deu ao príncipe Odenato
E em virtude e valor Zenóbia os educou.
Na pluma e no punhal os jovens são criados.
Mas voltemos ao conto: em armas e em valor,
Reputação, prudência, e em glória e em esplendor,
E em bravia paixão por feitos d'arma e guerra
Nenhum outro varão ou dama se encontrou,
Inda que alguém buscasse em toda a vasta Terra.

Não há quem dê correta e justa descrição
De sua armadura branca e os seus belos ornatos;
Eram de joia e de ouro; e em fina erudição,
Embora o seu amor por armas arraigado,
Muitos dias passou, serenos, cultivados,
As línguas a estudar, as artes e a poesia;
Nos livros um prazer imenso, ilimitado,
Encontrava a guerreira impávida e bravia.

E para prosseguir a história: esse Odenato

Tinha poder igual ao da grande rainha.
Mil reinos pelos dois são rotos, conquistados,
No Oriente, e o vasto império agora se estendia
A velhas regiões e a prósperas províncias
Que um dia a Roma altiva haviam pertencido.
Ante rival algum, após luta bravia,
Debandaram enquanto o príncipe foi vivo.

Se mais querem saber dos bárbaros combates,
E os detalhes brutais das sangrentas batalhas,
O império conquistado, e as lutas mui selvagens
Contra Chapor da Pérsia e as cidadelas várias,
Nomes de reino e burgo e aldeias e comarcas,
E como enfim cativa a dama feneceu
Então consultem logo o meu mestre Petrarca
Que tudo isso e bem mais, com verve, descreveu.

Odenato morreu; e os reinos que tomara
Ela manteve, e os teve em soberana mão;
Insurgentes puniu de maneira tão bárbara
Que os vassalos e reis sob a dominação
De Zenóbia em total e alegre mansidão
Aceitaram o jugo, e que ela os deixe quietos
E em outras terras leve a sua mortal paixão
Pela conquista e a guerra, e o seu sangrento cetro.

Nem mesmo Cláudio, em Roma imenso imperador,
Ousou desafiá-la em campo de batalha;
Tampouco Galieno, o seu antecessor;
Tampouco o rei do Egito ou da Armênia o monarca,
Nem capitães da Síria ou da profunda Arábia;
A todos assustava esse furor tremendo,
E a fúria de Zenóbia e o estrondo de suas armas
Que aos inimigos faz tremer, fugir de medo.

Seus dois filhos com mil adornos ricos vão

Por esse vasto império herdado de seu pai;
Um deles, Hereniano, e o outro, Timoleão
— Assim dizem na Pérsia o nome desse par.
Mas o mel da Fortuna amargo ficará;
Pois a Roda girou; da montanha elevada
Logo Zenóbia altiva abaixo cairá
E a vida acabará rompida e derrotada.

Quando o poder em Roma Aureliano alcança,
As legiões reúne em poderoso exército
E contra essa inimiga atira a sua vingança.
Marchou, e a terra treme, e chega deletério
E após grande, brutal e destrutivo assédio
Vence a rainha e o reino inteiro logo toma;
E com seus filhos vai, perdido já o império,
Sob os grilhões, cativa e escrava, rumo a Roma.

E o romano tomou a rebrilhante biga,
Na qual Zenóbia outrora as lutas comandava,
Entre os grandes troféus dessa áspera conquista.
E ele também levou Zenóbia acorrentada
Na marcha triunfal, em submissão, atada,
Por corrente dourada em seu belo pescoço.
Mas vai com diadema à fronte coroada;
Joias brilham nos pés, joias brilham no rosto.

Oh, Fortuna cruel! A grande soberana
Que foi terror dos reis, flagelo dos impérios,
Agora acorrentada, em seus grilhões avança.
De vidro é o diadema usado, e não de ferro;
Ela que tinha um cetro em suas mãos guerreiras,
Ela que na cabeça usava, altiva, um elmo,
Agora há de fiar no fuso a vida inteira!

Pedro, rei de Castela e Leão[158]

Glória da Espanha, altivo e poderoso Pedro,
Que a Fortuna erigiu em força e majestade,
Por tua queda triste, imenso é o meu lamento!
Pois foi teu próprio irmão, com negra falsidade,
Quem te atacou feroz, por ambição selvagem;
E após o cerco à tenda escura és conduzido
E o próprio irmão te mata, oh, grande atrocidade!
E além da vida, o reino assim te é subtraído.

Foi uma águia negra em campo argênteo[159] erguida,
Engaiolada atrás de um poleiro escarlate,
(Nas linhas dos brasões decifrem este enigma)
Quem fez malvado ninho e com perversidade
Traiu-te; e completando a escura e feia imagem,
Eis Olivério — não o cavaleiro nobre
De Carlos Magno e sim o traidor selvagem,
Vil Ganelão, a quem toda a desonra encobre.

Pedro de Lusignan, rei do Chipre[160]

Ó Pedro, rei do Chipre e honrado cavaleiro,
Que outrora conquistaste a egípcia Alexandria,
Semeando entre os pagãos desgraça e desespero!
Teus seguidores, rei, — oh, imensa covardia —
Por inveja e rancor da tua valentia,
Te encurralaram quando estavas sobre a cama
E à traição mataram-te ao raiar do dia;
Do gozo à pena — assim gira a Fortuna insana!

Bernabo Visconti da Lombardia[161]

Ó Bernabo Visconti, ó duque de Milão,

Deus do prazer mundano, açoite dos lombardos,
Devo esquecer acaso a triste narração
Da tua queda? Um dia, bem-aventurado,
Governaste, feliz. Mas teu desnaturado
Sobrinho aprisionou-te, e foste fenecer
Em fundo calabouço escuro e enregelado
— E até hoje, Bernabo, indago-me o porquê.

Ugolino, conde de Pisa

Nenhuma língua humana a ideia pode dar
Do sofrimento horrendo e a dor desse Ugolino.
Eis que uma torre se ergue em um certo lugar
Perto de Pisa, e lá esse conde foi cativo
E posto sob grilhões, com todos os três filhos.
O mais velho dos três tem cinco anos de idade;
Pássaros tenros são, doces e pequeninos
Presos numa gaiola escura — ah, crueldade!

Foi condenado o conde a morrer na prisão
Pois seu rival Ruggero, o vil bispo de Pisa,
Contra Ugolino fez forjada acusação.
O povo da cidade aceita essa mentira
E logo ali o põe, na torre negra e fria,
E o deixa a fenecer, com parcas provisões:
Água barrenta e rala, e exígua era a comida;
Asperamente, ó Fado, o teu desejo impões!

Então, num certo dia, à hora habitual
Em que o repasto vil lhe traz o carcereiro,
Da torre as portas fecham-se e esse som fatal
Ugolino escutou; porém, seu desespero
Dos filhos ocultou, quedando-se em silêncio.
Mas compreendeu: o povo os condenava à morte.
"Ah, por que fui nascer?" e num mudo lamento

O pranto por sua face em meio às sombras corre.

O caçula que tinha apenas uns três anos
Pergunta-lhe no escuro: "Ah, por que choras, pai?
Por que o carcereiro está a demorar tanto
A trazer nossa sopa? Acaso não terás
Um pãozinho guardado? Ah, quero descansar;
Mas tenho muita fome e não posso dormir.
Queria para sempre em sombras repousar...
Não poderia a fome então mais me ferir".

Chora a criança dia a dia a fenecer;
No colo do seu pai repousa com langor
Murmurando-lhe: "Adeus, pois hoje vou morrer".
E deu-lhe um beijo e a alma ali mesmo entregou.
E o pai aos braços morde; o sofrimento e a dor
Já o enlouquecem quase, e ele gritou então:
"Fortuna, tua Roda insana já girou;
E a mim coube a loucura e a aniquilação!".

Os outros filhos vendo aquilo acreditaram
Que por fome é que assim o pai mordia os braços.
"Não, pai, não faças isso", os dois então gritaram;
"Devora nossa carne, e assim este legado
Que tu outrora nos deste, agora é retornado."
Assim dizem ao pai os dois pobres meninos;
E após um dia ou dois, com corpos emaciados,
Sobre o colo do pai, morrem os pequeninos.

Em desespero então ele sentou sozinho
E pereceu de fome em sua escura escuridão.
A Fortuna o venceu; destroçou-lhe o caminho;
No infortúnio o lançou de sua alta posição.
Leiam no mestre Dante[162] os lamentosos feitos
Dessa história tão triste — em grande narração
O poeta pintou-a, em versos mais perfeitos.

Nero

Embora fosse igual ao mais vil dos demônios,
Vicioso e feroz, insano e depravado
(Assim nos diz o antigo historiador Suetônio),
Nero era o imperador de todo o mundo vasto,
A leste e oeste. Sul, setentrião gelado,
Tudo lhe pertencia, e em pérolas, safiras,
E fúlgidos rubis seu manto era adornado,
Pois gemas de valor são seu gozo e delícia.

Não existiu um mais vaidoso imperador,
Nem um que mais amasse a vã dissipação.
Mais de uma única vez jamais, jamais usou
As roupas que vestia, e no seu luxo vão,
A cada dia usava um manto novo — e então
A veste antiga — linda e ricamente ornada —
Em redes de pescar transforma. Sua paixão
É lei; Fortuna segue o séquito, amansada.

Pra saciar seu gosto e lhe matar o tédio
Fez Roma arder em fogo, e os nobres do Senado
Fez massacrar só para ouvir o som histérico
De seus gritos de morte; e logo, depravado,
Dormiu com sua irmã. Matou, desnaturado,
O próprio irmão; e o que mais fez o pervertido?
O útero da mãe por ele foi rasgado,
Para ver o lugar do qual tinha saído.

E ao ver aquilo, pranto algum ele verteu.
Mas disse apenas: "Foi mui bela, com certeza".
Como pôde julgar, em nome do bom Deus,
Ao vê-la destroçada e morta, sua beleza?
Mandou servir, depois, bom vinho sobre a mesa,
E solitário, bebe — e os olhos, muito secos.
Quando se une o poder ao vício e à crueza,

Bem fundo chega o mal; mais pérfido é o veneno.

Quando era jovem teve um mui sábio instrutor
Que muito lhe ensinou — valores e leitura.
E aquele cavalheiro em seu tempo era a flor
Das virtudes morais, e da reta conduta.
Com discreto rigor e em ética impoluta
Domou por algum tempo o espírito nefasto
Do aluno. A tirania, o vício e a sanha obscura
Por longo, longo tempo estavam controlados.

Aquele preceptor — Sêneca chamado —
Em Nero exerce encanto, e além de encanto, medo,
Sem nunca com castigo havê-lo ameaçado,
Mas fustigando só pela palavra e exemplo:
"Senhor, o imperador deve mostrar despeito
Por toda a tirania, e amar toda a bondade".
Mas manda Nero que esse amigo e cavalheiro
Termine a própria vida, e as próprias veias rasgue.

Por que o fez? Porque lhe tinha muito medo
E incômoda afeição: quando ele era menino
Na presença do mestre, erguia-se em respeito.
Mais tarde, ao pensar nisso, achava-se ofendido,
E assim diz que se mate o professor querido,
Que tanto lhe ensinara e a quem amava tanto.
E Sêneca aceitou seu fim, sereno e digno:
Maiores dores, morto, estaria evitando.

Mas a Fortuna tanto orgulho já não pode
No ânimo aguentar, e quer dar fim àquilo.
Nero era forte, sim, mas ela era a mais forte,
E assim pensa Fortuna: "Há tempo já excessivo
Deixei que suas paixões, no embalo de seus vícios,
Ele gozasse igual a um deus, senhor da Terra,
Mas ele vai cair em fundo precipício;

Vou derrubá-lo, sim: quando menos espera".

Pois eis que um dia o povo, exausto dos seus crimes,
Em revolta se ergueu, por ódio ao seu senhor.
Ouvindo a gritaria, então, Nero se aflige.
À rua ele correu, buscou, mas não achou
Ninguém que o ajudasse, e grita: "Por favor",
Mas todos dizem "não"; e enfim ele compreende:
De sua perdição, ele é o único autor.
Não chama mais ninguém, e vai-se, a sós, silente.

E solitário escuta os sanguinários brados,
E esse hórrido clamor machuca os seus ouvidos:
"Onde está Nero, o cão? O vil, o celerado?".
Por medo de morrer já quase enlouquecido
Pede aos deuses mercê, orando horas a fio.
Nenhum o acode, e vendo aproximar-se o fim
Percorre o seu palácio e os seus salões sombrios,
E esconde-se, encolhido, ao fundo de um jardim.

Havia dois peões nesse jardim, sentados
Junto a fogueira que arde em um clarão vermelho.
E ele implorou aos dois, num rogo conturbado,
Que lhe deem fim à vida e ao negro desespero,
E — para que ninguém pudesse conhecê-lo,
Seu corpo profanando — então, fosse arrancada
Sua cabeça; e se mata; e nesse instante, ao vê-lo,
Põe-se rir a Fortuna do jogo que armara.

Holofernes[163]

Não houve um capitão, servindo algum monarca,
Capaz de tomar mais impérios, terras, reinos,
Pelejador mais destro e bravo na batalha,
Nem um mais orgulhoso, altivo, nem mais cheio

De pompa e presunção, do que o grande guerreiro
Holofernes; com tão luxurioso ardor
A Fortuna o beijava e o apertava ao peito
Que ao ser decapitado o tolo nem notou.

Não só despoja o mundo apenas de riquezas
Nem só escraviza tudo à força do terror;
Mas também quer que o povo acorrentado esqueça
A sua antiga fé. "Nabucodonosor
É deus, e nenhum outro, e o supremo senhor."
E contrariar sua fúria imensa ninguém pode,
Exceto por Betúlia, e assim se rebelou
O ópido onde Eliaquim é o grande sacerdote.

Mas eis como o guerreiro achou enfim sua morte:
Em sua enorme tenda igual a alto celeiro
Em bebedeira jaz, tão profunda e tão forte,
Que nada o acordaria; e então, no acampamento,
Entra Judite à noite; e o tão grande guerreiro
Por essas mãos de moça ali é decapitado.
E vai Judite logo, em passo sorrateiro,
Com a cabeça foge, e o assunto está encerrado.

Rei Antíoco, o Ilustre[164]

Devo falar da imensa e régia majestade
De Antíoco, o soberbo, ou do seu vil veneno?
Tão afamada foi a sua iniquidade!
Se querem conhecer esse relato inteiro
Leiam nos Macabeus — sim, leiam do tremendo
Orgulho desse rei de sanhas assassinas;
De como ele caiu da glória no lamento,
E como ele morreu na encosta da colina.

A Fortuna o pusera em píncaros tão altos

CONTO DO MONGE

Que ele achava poder, num abanar da mão,
Mover de seu lugar até os próprios astros,
Montanhas sopesar, qual fosse o pó do chão,
Ou dobrar as marés à sua imprecação.
Ao Povo do Senhor odiava, e só queria
Causar-lhe, em ferro e fogo, a aniquilação;
E a vingança divina o altivo não temia.

Ao saber que Timóteo e o grande Nicanor
Foram pelos judeus na luta destroçados,
Seu ódio em chama rubra ardeu e se inflamou;
Subiu em seu potente e belicoso carro
E jurou perpetrar horrendo desagravo.
"Tal povo esmagarei, destruirei sua terra;
Jerusalém será só um ermo desolado!"
Assim ele jurou — mas falhou-lhe a promessa.

Por aquela ameaça um grão furor divino
Tombou sobre o vilão — mil invisíveis chagas,
Passaram a roer suas tripas e intestinos,
Causando-lhe uma dor sem fim, desmesurada.
Nada mais justo. O rei, de alma vil e nefasta,
A muito prisioneiro havia eviscerado
Em hórrida tortura. Ainda assim, a praga
Seu plano não deteve e ele prossegue, irado.

Em meio às dores, chama a si os seus exércitos;
Mas Deus de novo o abate — em cheio, de repente.
Do carro que corria, ao chão tomba o soberbo,
Levado de roldão, ferido horrendamente,
De suas carnes toda a pele se desprende,
Não pode mais andar nem cavalgar, e escravos
Precisam carregá-lo, inválido e doente;
É um cadáver que fala, um morto postergado.

E entraram no seu corpo os vermes pestilentos

(Eis a fatal, cruel vingança do Senhor!),
De sua carne, exala-se um fedor horrendo,
E já ninguém tolera aquele vil odor.
Nem mesmo os servos mais fiéis; e o fundo horror
De suas feições ninguém podia mais fitar.
Em agonia, o rei chorou, em vão gritou,
E soube que outro rei além de Deus não há.

O cheiro de carniça a todos nauseava
— A toda a sua tropa e até a ele mesmo;
Ninguém pode tocar — por asco — sua carcaça.
Em meio ao seu miasma e aos seus débeis lamentos,
Abandonado foi à dor e ao sofrimento,
Na encosta da montanha; e ali morreu sozinho,
E apodreceu enfim, largado em meio aos ermos:
O galardão final de um tirano e assassino!

Alexandre[165]

Não há na Terra quem ignore a imensa história
Do grandioso Alexandre (exceto os iletrados)
Pois altos, longos são os ecos da sua glória.
Tomou por força e espada a todo o mundo vasto,
E mesmo nos confins profundos e afastados,
Nos limites do mundo agigantado, faz
Tombar por terra o orgulho altivo e assoberbado
De qualquer inimigo, humanos e animais.

Ninguém à sua glória ainda se compara.
Por ele, o mundo inteiro ardeu e se ajoelhou,
Mandando-lhe tributo e brandas embaixadas.
Foi da cavalaria honrada a fina flor,
Foi da Fortuna o herdeiro ungido — e ela o beijou
E deu-lhe ardor e sangue e zelo leonino.
E nada do seu plano altivo o afastou

Somente sua luxúria e o amor ao forte vinho.

Em que eu lhe aumentaria a fama e o grão renome
Se de Dario, rival augusto, eu lhes contasse,
Ou se ora repetisse os milhares de nomes
De rei, barão ou duque, e os príncipes audazes
Que Alexandre bateu, em cercos e combates?
De seu valor mal posso a descrição fazer.
Por onde quer que fosse um homem ou andasse
Em seu reino estaria, e dizer mais por quê?

Segundo os Macabeus, reinou por doze anos
— Ah, macedônio nobre e filho de Felipe!
Um tão gentil, um tão fidalgo soberano,
Primeiro rei da Grécia e de valente estirpe,
Como pudeste ter, ó rei, um fim tão triste,
Por tua própria gente assim envenenado?
Os dados da Fortuna ordenam:[166] "Que ele finde".
E a Fortuna não chora ao ver o resultado.

Ah, horror! quem pode dar-me o pranto suficiente
Para chorar o fim da excelsa cortesia,
O fim de um coração tão ávido e valente,
Da poderosa mão que ao mundo inteiro tinha
E desejava mais! Ah, detestável sina!
Me ajudem a lançar reprovação, vergonha,
Na única culpada — astuta, falsa e fria,
Fortuna traiçoeira e a pérfida peçonha!

Júlio César

Com força varonil e bélico labor
De berço humilde a altiva grandiosidade,
Ergueu-se o vasto Júlio, herói conquistador
Que por guerreira mão ou engenhosidade,

Tomou, por terra e mar, toda essa imensidade
Da terra ocidental: fez dela tributária
De Roma — e então governa em régia majestade,
Até a Fortuna vã volver-se em sua adversária.

Com teu sogro Pompeu, na terra da Tessália,
Lutaste, ó grande e heroico César, bravamente;
Pompeu naquele dia, altivo, comandava
Toda a cavalaria armada do Oriente,
Do mar do meio ao rubro e vago sol nascente.
Mas todos debandaste espalhando o terror
Pela terra oriental e todas as suas gentes;
À Fortuna agradece o altíssimo favor!

Mas devo brevemente agora lamentar
A queda de Pompeu, que foi governador
De Roma. Esse fidalgo acaba de escapar
Da batalha, mas logo um falso, um traidor,
Querendo obter de Júlio graças e favor,
Cortou sua cabeça e a trouxe ao inimigo.
Ah, tu, Pompeu, ah, tu, conquistador,
D'Oriente — a que final condena-te o destino!

E César retornou a Roma em glória envolto,
Em um triunfo imenso, em louros exaltado;
Porém em Roma há quem o queira logo morto:
Bruto Cássio,[167] de inveja aceso e sufocado,
Um grupo reuniu de certos conjurados,
E sutilmente escolhe a data, hora e lugar:
César, à traição, será apunhalado
Conforme brevemente a todos vou contar.

Pois Júlio um dia andando ao Capitólio vai,
Conforme seu costume — e então, subitamente,
Sobre ele salta o grupo, armado de punhais,
E o apunhala Bruto; e os outros, brutamente,

Trespassam-no com raiva e fúria e zelo ardente;
E deixam-no no chão, largado e mal ferido;
Se a história ao nos dizer tudo isso, não nos mente,
Júlio não soltou mais do que um ou dois gemidos.

E César era tão fidalgamente digno,
Eram-lhe a compostura e a honra tão diletas,
Que ao ver-se brutamente exposto e tão ferido,
Puxou o manto sobre as ancas e suas pernas:
Pra que ninguém o visse em posição abjeta.
E no transe da morte e em sopro derradeiro
Sabendo que é o fim, jamais se desespera,
E pensa só em morrer qual morre um cavalheiro.

Procurem em Lucano o resto dessa história;
Também em Suetônio e no meu bom Valério,
Pois contam em minúcia a luta e a queda e a glória
Desse conquistador e seu rival no império,
De como sobre os dois agiu, em seu mistério,
A roda da Fortuna — e a ambos concedeu
Ódio e amor. Ah, não confiem nela, alerto:
Recordem Júlio, sempre, e o grande dom Pompeu.

Creso

O rei da Lídia, Creso, imensamente rico,
Era temido até pelos terríveis persas.
Mas uma vez, porém, do trono destituído,
É levado à fogueira, e a morte Creso espera,
Quando do escuro céu a chuva ensopa a terra.
E assim se apaga o fogo, e o rei preso escapou;
Porém nada aprendeu, tampouco ouviu o alerta;
Pra matá-lo na forca é que o Fado o salvou.

E após ter escapado à morte na fogueira,

Planeja nova guerra e a combater se lança;
Pois acha que a Fortuna, amena e benfazeja,
A cume inda mais alto agora o alevanta
Após tê-lo salvado ao crepitar das chamas;
E para completar sua audácia teve um sonho
Que encheu seu coração de fúria e confiança,
Num desígnio cruel, vingativo e medonho.

Sonhou estar sentado, altivo, sobre os galhos
De uma árvore, e que um deus — é Jove — lhe lavava
O corpo, e um outro deus — é Febo — iluminado,
Com toalha, como um servo, ao corpo lhe secava;
Contou à sua filha — a moça era versada
Em tais mistérios — sobre aquela anunciação,
E perguntou-lhe então o que significava,
E eis como ela lhe explica essa estranha visão:

"Tal árvore, meu pai, é o prenúncio da forca.
Se Júpiter te lava, o vento e chuva fria
Sobre ti tombarão, com inclemência e força;
E se Febo te seca, é a luz do sol que um dia
Ressecará teu corpo e os ossos, pois a sina
É clara. Morrerás na forca pendurado",
Assim lhe disse a moça (o nome era Fania),
Mas Creso não escuta, altivo e assoberbado.

E ele foi enforcado, aquele rei tremendo:
E o seu soberbo trono em nada lhe serviu.
Eis mais uma tragédia: a dor e o sofrimento
Entoa, e o traiçoeiro engano e a farsa vil
Da Fortuna feroz, que a muitos destruiu,
Pois dela não escapa o rei mais poderoso;
Pois quando alguém confia em seu charme vazio,
Em nuvem negra a dama oculta o falso rosto...

PALAVRAS DO CAVALEIRO
E DO ALBERGUEIRO

"Por Deus, já chega!", diz o Cavaleiro.
"Eu sei que o que disseste é verdadeiro
Porém a maioria das pessoas
Não gosta de tristeza além da conta.
Falo por mim: o conto me desgosta
Se fala de pessoas venturosas
Que na desgraça caem de repente.
O inverso é que me agrada imensamente:
Quando algum personagem miserável
É erguido a posição mais confortável
Levado pelo sopro da Fortuna:
Eis uma história excelsa e oportuna
Do tipo que merece ser contada."

"É isso mesmo, senhor! Mas que maçada!
O monge tagarela muito, e alto",
Nosso Albergueiro diz, "e por São Paulo,
Só fala da tal 'nuvem do destino'
Cobrindo eu sei lá quem; um desatino!
Da tal tragédia eu digo: é uma besteira
Chorar e lamentar dessa maneira
O que passou e foi-se e já vai longe!
Já basta, eu lhe suplico, senhor Monge!
Seu conto atazanou a companhia!
Não tem engenho algum, nem alegria;
Não vale meia pata de um inseto!
Dom Pedro — esse é o seu nome? — assim lhe peço:
Nos conte um conto menos vil, mesquinho.
Não fosse o badalar desses sininhos
Que cobrem sua rédea, seu bridão,
Eu juro, pelo Rei da Criação,
Que no sono eu teria desabado,
Tombando no caminho enlameado!

E seu conto teria sido inútil
Pois diz o sábio: É coisa tola e fútil
Contar um conto ou expressar ideia
Quando ninguém escuta na plateia.
Sei bem medir o bom e o mal contado:
Sou bom juiz de conto e de relato.
Nos conte alguma coisa sobre *caça*."[168]

Mas diz o Monge: "Não. Não tem mais graça.
Convoque um outro; eu vou ficar calado".

Nosso Albergueiro diz, de modo ousado,
A um padre que ia junto à Prioresa:
"À frente, padre João, por gentileza;
És um sujeito alegre, e eu estou vendo.
Bem sei que o teu cavalo é só um jumento,
Mas se ele trota bem, o que lhe importa
Se é feio, magro e tem suas patas tortas?
Portanto, conta um conto alegre e leve".

"Bom senhor, eu farei como me pede;
Ai de mim se eu contar algo tristonho!",
O padre lhe responde, bem risonho,
E principia já sua narração
— O afável, primoroso padre João.

Conto do Padre da Freira

Há tempos, existiu velha viúva
Que habitava choupana bem miúda,
Lá na encosta de um vale, junto ao bosque.
A dona, laboriosa e muito pobre,
Desde o dia em que havia enviuvado,
Vivia humildemente, com recato,
Pois seu gado era pouco, e as posses, parcas.
Parcimoniosamente sustentava
Duas filhas e a si mesma, com afinco.
Três porcas ela tinha em seu aprisco;
Três vacas e uma Molly (era uma ovelha).

A fuligem deixara a sala negra
Onde a janta servia, frugalmente.
Jamais pôs iguaria entre os seus dentes,
Tampouco molhos finos degustava:
Seu regime era igual à sua casa.
Jamais adoecia por excessos:
Nunca sofreu derrames nem acessos,
E a gota não deixou seu corpo duro.
Fazer mil exercícios ao ar puro,
E viver satisfeita — eis seu segredo.
Não bebe vinho branco nem vermelho;
Porém seus queijos são de bom tamanho,
Pois sabia ordenhar o seu rebanho.

Na mesa, ela tem ovos e pão preto
E rosada fatia de torresmo.

Tem um terreiro, junto a sua casa,
Cercado por valado e paliçada,
Onde criava Chantecler, o galo.
Esse nobre animal de que vos falo
Não tem rival no canto: cacareja
Com mais vigor que os órgãos de uma igreja.
Seu canto é mais preciso do que os sinos
Ou que os relógios[169]— sabe, por instinto,
Quando se move a roda equinocial:[170]
E sempre cacareja, pontual,
A cada quinze graus de movimento,
Sem jamais se atrasar um só momento.
Mais rubra é a crista, que o coral mais belo,
Com ameias qual muro de um castelo;
Negríssimo é seu bico cintilante;
Azuis, as patas, dum azul brilhante;
As garras eram brancas como o lírio,
E as lindas penas, puro ouro brunido.

Ao seu serviço, o gentil-galo tinha
Sete formosas, lúbricas galinhas,
Irmãs e amantes desse grão-senhor,
Idênticas ao lorde, em pluma e cor.
Quem tem matiz mais belo no cangote
É a bela Damoiselle Peterlote,[171]
Aprumada, cortês e donairosa,
Com tanto garbo e encanto, e tão formosa,
Que quando tinha apenas sete dias
De vida, já envolvia e já prendia
O cavalheiro-galo Chantecler;
Ele faz tudo o que sua dama quer,
Vivendo numa alegre servidão.
Na aurora, cantam juntos a canção:

Meu amor foi-se em longes, longes terras...
Pois (é o que ouvi dizer), naquelas eras
Os bichos todos tinham dom da fala.

Pois bem: num certo dia, à madrugada,
Estando Chantecler aconchegado
Em cima do poleiro, ladeado
Pelas esposas, eis que de repente
Põe-se a soltar gemidos estridentes
Como se um pesadelo o perturbasse.
A bela Peterlote ergueu sua face
E, temerosa, disse: "Ó coração!
Por que tal anormal lamentação?
Teu sono geralmente é tão tranquilo!".
"Madame", o galo diz, "eu lhe suplico,
Não se ofenda escutando essas lamúrias.
Sonhei que estava em bruta desventura;
Meu coração ainda está transido!
Que Deus de mim afaste esse perigo;
Que o sonho jamais vire algo real!
Sonhei que andava lesto no quintal
Quando vi certa fera assustadora
Propensa a trucidar minha pessoa
— Só de pensar no assunto, me enregelo.
Sua cor era entre o rubro e o amarelo;
Mancha escura na cauda e nas orelhas;
A um ruivo cão de caça se assemelha;
Tinha um focinho longo e apavorante;
Fixava em mim o olhar duro e brilhante.
Que frio olhar! Parou-me o coração!"

"Oh, timorato, infame! Oh, vil poltrão!",
Diz ela. "Por Jesus, Nosso Senhor,
Acabas de perder o meu amor.
Um tamanho covarde, ó Chantecler,
Não pode ter o amor de uma mulher.

Pois todas desejamos de um esposo
Que seja bravo, sábio, generoso,
Discreto, e que não seja um imbecil
Que treme como se tivesse frio
Frente ao perigo — e nem um falastrão!
Como ousas tu fazer tal confissão,
Dizer teu medo à tua bem-amada?
Teu valor é menor que a tua barba!
Como podes temer um pesadelo?
São fantasias vãs que te dão medo!
Resultado do excesso de comida,[172]
Ou vapores nascidos da bebida,
Que sobem à cabeça; ou dos humores
Saturando teu corpo; esses horrores
Que em sonho viste, surgem da abundância
De cólera vermelha — essa substância
Provoca sonhos maus, horripilantes,
Com labaredas, flechas flamejantes,
E monstros rubros, ruivos ou castanhos,
E cães de mil idades, mil tamanhos;
Já aquele humor sombrio — melancolia —[173]
Ao sono traz obscuras agonias:
Ursos, touros de sombra, umbras ferozes,
Negros demônios, mil negros algozes.
Poderia falar de outros humores,
Que ao sono dão angústia e dissabores,
Porém, já falei disso o suficiente.
Disse Catão: 'Aos sonhos não atentes!'.
Catão, homem mui sábio e precavido!
Portanto, Sir, nem bem tenhas descido,
Deste poleiro, faz o que te digo:
Toma um laxante e foge do perigo,
Melancolia e cólera purgando.
E para que não fiques protelando,
Em tomar tratamento necessário,
Dizendo que não temos boticário,

Eu mesmo vou falar-te brevemente
Das ervas salutares e eficientes,
Que podes encontrar lá no terreiro[174]
E vão purgar teu corpo por inteiro
Da ponta do teu pé até a cabeça.
E disso, meu senhor, jamais esqueças:
De colérico humor tens compleição.
Cuidado, pois o sol em ascensão
Pode enchê-lo de humores muito quentes;
E caso isso aconteça, em febre ardente
O senhor passará dias e dias,
E talvez morra em meio às agonias.
Vou receitar-te uns vermes digestivos[175]
Para depois passar aos laxativos:
Lauréola, centáurea e a fumária,
Heléboro — de utilidade vária —,[176]
Ou heras, alcaparras, cornisolo,
Que crescem no quintal, ornando o solo.
Basta bicar as folhas e engolir.
Esposo, agora anima-te, a sorrir!
Pel'alma de teu pai, não tenhas medo."

"Madame", ele responde, "eu lhe agradeço
Por me instruir com tanta erudição.
Contudo, embora o sábio dom Catão
Tenha dito que os sonhos valem nada,
Opinião oposta já foi dada
Em volumes de grande antiguidade
Por homens de maior autoridade
Que o bom e primoroso dom Catão:
A experiência leva à conclusão
Que os sonhos, com efeito, são agouro
Do bem, do mal, de tudo o que é vindouro,
O gozo, a sorte, a má tribulação.
Desnecessária é a argumentação;
Os fatos tudo provam, minuciosos.

Pois um dos escritores mais famosos[177]
Conta a história de dois bons companheiros
Que juntos viajando — eram romeiros —
A uma cidade chegam certo dia,
E lá tamanha multidão havia,
Que não sobrava mais um só lugar
Onde pudessem juntos se hospedar
— Nem mesmo um vil casebre desolado.
Viram-se os dois amigos obrigados
A buscar, separados, hospedagem.
Cada um rumou então a uma estalagem;
Um deles suportou a noite inteira
Dormir em suja e úmida cocheira
Com a junta de bois, que puxa o arado.
Já o outro, por acaso ou pelo Fado,
Que rege nossas vidas plenamente,
Achou alojamento mais decente.
Mas eis que em meio à fulva madrugada,
Avista, em fundo sonho, o camarada
Que com grande terror, dizia assim:
'Esta noite, esta noite, oh — ai de mim!
Em meio aos bois serei assassinado;
Vem logo me salvar, irmão amado!
Vem logo! Que o assassino está chegando!'.
Num susto, esse homem despertou suando;
O seu terror, contudo, dissipou-se;
'Pura ilusão a noite hoje me trouxe',
Pensou — sem dar aos sonhos atenção.
Mais duas vezes volta essa visão;
E na terceira, o amigo, ensanguentado,
Lhe diz: 'Irmão, já fui assassinado.
Olha as feridas rubras em meu peito.
Assim que amanhecer, levanta cedo,
E vai até o portão desta cidade,
Do lado oeste; e lá — essa é a verdade! —
Verás uma carreta com esterco

CONTO DO PADRE DA FREIRA

Onde o meu corpo encontra-se, em segredo,
Oculto, por dinheiro apunhalado'.
Logo após, detalhou o assassinato
— Sua pele, branca; a face, sepulcral.
De fato, aquele agouro foi real;
Esse rapaz, nem bem amanhecia,
Foi correndo àquela outra hospedaria;
Junto às baias, chamou seu companheiro.
Bem rápido, lá vem um albergueiro
E diz, com pressa: 'Sir, o seu amigo
Partiu, nem bem havia amanhecido,
A cidade deixou, tomou a estrada'.
De algo escuso o romeiro suspeitava,
E o sonho agora volta à sua mente.
À porta oeste vai, rapidamente,
Encontrando a carreta estacionada,
De adubo — ao que parece — carregada,
Exatamente igual à que o amigo
Havia em meio ao sonho lhe descrito.
Põe-se então a gritar com ousadia:
'Um crime traiçoeiro! Felonia!
Convoco os oficiais e os magistrados!
Meu amigo ali jaz, assassinado!
Ó guardas, venham logo, sem tardança!
Um crime tão brutal clama vingança!'.
E agora, o que me resta acrescentar?
O povo, ouvindo, pôs-se a balançar
A carroça, que enfim virou de borco;
No negro esterco, rodopia o corpo
Que aquela noite fora apunhalado.

Ó Deus bondoso, justo e sublimado!
As más ações, no fim, sempre revelas!
O crime vem à tona —[178] é coisa certa.
Aos olhos do Senhor, o assassinato
É feito abominável, detestado;

Por isso, ainda que fique um tempo oculto,
No fim, a luz de Deus clareia tudo,
Tudo revela: *o crime vem à tona*.
E assim se pune a trama tão medonha:
Os guardas prendem logo o carroceiro,
E cúmplice no crime era o albergueiro;
Na roda da tortura supliciados
Confessam, e depois são enforcados.
Portanto, os sonhos devem ser temidos!

Outro relato eu li, no mesmo livro,
Que desse assunto dá mais evidência
— Se eu minto, me condene a Providência!
Dois homens planejavam viajar
A longínquo país, cruzando o mar.
Porém o vento em direção contrária
Soprava na cidade portuária
E ali ficam semanas esperando
Com pressa, desgostosos. E no entanto,
Num certo entardecer, virou-se o vento.
Decidem partir logo, amanhã cedo.
Porém naquela mesma madrugada
Um deles tem visão inusitada,
Portento nessa antemanhã cinzenta:
Junto ao leito, alto vulto se apresenta.
E diz: 'O teu trajeto leva à morte.
Amanhã de manhã, tão logo acordes
Renuncia à viagem programada
Ou morrerás. E mais não digo nada'.
Desperto, contou tudo ao seu amigo;
Suplicou que evitassem tal perigo
Adiando a viagem por um dia.
O amigo respondeu com zombaria,
E pôs-se a rir com grande derrisão:
'Nenhum sonho me assusta o coração,
Tampouco faz mudar o meu projeto.

Teu sonho vale menos que um dejeto!
Pois sonhos são delírios e tolices;
Toda noite, alguém sonha esquisitices,
Corujas, ou macacos, e fantasmas,
Mil coisas puramente imaginadas,
Que não existem nem existirão.
Mas se queres perder essa ocasião,
Só lamento — pois vou partir agora'.
Com isso, disse adeus e foi-se embora.
Mas por motivo incerto, já no mar
O casco do navio põe-se a rachar,
A embarcação se rompe, e vai ao fundo
E o viajante incauto afunda junto
Em frente aos outros barcos dessa frota
Os quais iam seguindo a mesma rota.

Perceba, minha cara Peterlote:
Exemplos eruditos de alto porte
Demonstram que há perigo em desprezar
O que os sonhos nos queiram revelar.
No pesadelo, há signos do futuro!

Cenelmo,[179] o santo, filho de Cenulfo
— Que um dia foi da Mércia o governante —,
Estranho sonho teve, dias antes
De ser assassinado à traição.
Sua ama interpretou, nessa ocasião,
O sonho — e aconselhou-o argutamente
Que cuidasse as invejas dos parentes;
Porém esse Cenelmo era criança,
Sem traço de rancor, desconfiança,
Os sonhos não cuidava nem temia.
(Eu li na magistral biografia
Do santo tudo o que ora lhe repito.)

Ó dama Peterlote, assim lhe digo:

Os sonhos são portento, anunciação;
Assim lemos no *Anúncio a Cipião*;
Pois Macróbio[180] escreveu que esse romano,
Mais tarde apelidado de Africano,
Seu triunfo previu, e a sua glória;
Também teve visões premonitórias
Daniel — diz o Antigo Testamento.
Também José nos sonhos viu portentos.
Nem todo sonho, admito, traz agouros,
Mas muitos mostram, sim, fatos vindouros;
Dom Faraó do Egito e seus criados
Tiveram sonhos vários, conturbados
E esses sonhos tiveram consequências.
De tais fatos abundam referências
Nas histórias das plagas mais diversas.

O relato de Creso nos revela:
Numa árvore sonhou estar sentado;
Até que um dia, enfim, foi enforcado.
Andrômaca, mulher de Heitor de Troia,
(Assim os gregos contam essa história)[181]
Em sonhos, viu o corpo do marido
No campo de batalha destruído;
Nesse dia, implorou ao campeão
Que da luta fugisse; foi em vão.
À batalha desceu o grande Heitor
E Aquiles encontrou — seu matador.
Mas esse conto é longo e vai mui longe;
E o dia vem nascendo no horizonte.
Por isso, minha breve conclusão:
O meu sonho prediz tribulação.
E digo mais: não fale, doravante,
De horríveis laxativos e purgantes.
Não me receite coisa tão medonha;
Já muito mal passei com tal peçonha!
Mas falemos de coisas mais suaves...

Madame, quando vejo a sua face,
E essa mancha de penas cor de fogo
Que dos seus olhos traçam o contorno,
Afasta-se de mim todo temor
— Tal graça concedeu-me o Criador!
Tão certo quanto a voz dos evangelhos
É o que diz um antigo e bom provérbio
Que não recordo ao certo (está em latim):
'Maravilha é a mulher', ou algo assim;[182]
Pois bem; encontro eu tão grande consolo
Roçando esse macio flanco plumoso
(Embora agora não possa montá-la,
Pois o poleiro é curto, minha cara)
Que desafio ao sonho ou à visão!"

Com isso, do poleiro voa ao chão
Com as galinhas todas a segui-lo.
Na terra encontra um belo grão de milho,
E fazendo um "cocó", convoca o grupo.
Que porte tão real! Que grande aprumo!
Já não tem medo, e vinte vezes trepa
Cacarejando em Peterlote, a Bela.
Majestoso e feroz, como um leão,
Empinado nas garras, corre o chão,
Sem jamais pôr no solo o calcanhar.
Cacareja, ciscando sem parar,
E as esposas lá vão, em comitiva.
Igual a um rei em diversão altiva
Lá deixo Chantecler, entre a fartura
— E agora passaremos à Aventura.

Quando o mês em que o mundo foi criado
E em que o homem foi feito — o mês de março —
Veio e passou, e mais trinta e dois dias,
O altivo Chantecler, com alegria,
Cercado pelas suas seis consortes,

Empina o rosto, e o Sol brilhante e forte
Contemplou — e o astro claro igual o ouro
Vinte e um graus perfazia sob o Touro.
Por puro instinto, Chantecler compreende
Que já veio a hora prima —[183] e uma asa estende
E canta em tom profundo e triunfal:
"O Sol em seu trajeto celestial
Quarenta e um graus já fez, tenho certeza.
Madame, que do mundo és a beleza,
Escuta o som das aves deslumbrantes,
Contempla as flores lindas vicejantes!
Meu coração se expande e se ilumina!".

Mas doloroso lance se aproxima...
Pois eis sabedoria verdadeira:
"A alegria do mundo é passageira".
Algum grande retórico afamado
Poderia inscrever esse ditado
Em sua coleção de Grandes Frases.
Atentai, sábios, doutos e confrades!
É tão real o conto que vos trago
Quanto o livro de Lancelot do Lago,
Por quem as damas têm apreço tanto.
— Mas ao tema em questão vamos voltando.

Uma raposa ardilosa e salpicada,
Com focinho manchado e negras patas,
Repleta de astuciosa perversão
(Conforme o dom da imaginação[184]
Previra) no quintal à noite entrara,
E num canteiro d'ervas se ocultara,
Após ter se esgueirado sob a sebe.
Aguarda até que o sol no céu se eleve,
E espreita Chantecler, com alegria
— Regozija-se essa alma dura e fria,
Assassino esperando a pobre presa.

Ó mestre dos enganos, da torpeza,
Ó novo Iscariotes, Ganelão!
És Sínon,[185] que levou à perdição
Os muros altos da sagrada Troia!
Ó Chantecler, maldita seja a hora
Em que pulaste do poleiro ao chão!
Tiveras já nos sonhos previsão
De que este dia a ti será contrário.

Porém, tem de ocorrer — é necessário —
Tudo o que Deus Onisciente viu
Conforme debateram mais de mil
Doutores de profunda erudição.
Pois a questão da predestinação
Fervilha entre filósofos, letrados,
E o debate é infinito, acalorado.
Não sou capaz de deslindar o assunto;
Não sou um pensador fino ou profundo
Como Agostinho, Bradwardine,[186] Boécio.[187]
Não sei dizer — tal restrição confesso —
Se a presciência da divina mente
Me obriga a realizar, forçosamente,
O que Deus já previu — ou se a escolha
De fazer ou de não fazer tal coisa
É livre — embora Deus, antes do fato,
Já saiba o rumo que será tomado;
Ou se neste universo, por final,
O necessário é só condicional.

Não quero entrar na imensa discussão;
Meu conto é sobre um galo — já verão —
Que acatou de sua esposa o mau conselho
E ousou sair andando no terreiro
Apesar do sonhado vaticínio.

Glaciais são os conselhos femininos![188]

Da mulher, a primeira perdição:
Foi ela quem ao Mal lançou Adão,
Que do seu Paraíso foi privado
— Pelas damas serei espinafrado,
Eu temo, por falar dessa maneira;
Esqueçam, só falei por brincadeira;
Na dúvida, senhoras e senhores,
Consultai os mais sábios escritores;
Não sou eu quem diz isso — foi o galo.
Das moças, mal não penso e mal não falo.

Peterlote e as irmãs o sol tomavam,
E no pó do terreiro se banhavam;
E enquanto elas brincavam sobre a areia
Canta o galo sonoro qual sereia
(Pois o autor do *Physiologus*[189] garante
Que elas cantam com viço deslumbrante),
Mas o galo, uma borboleta olhando,
Entre as couves notou, com fundo espanto,
A raposa escondida e preparada.
A gana de cantar — evaporada;
O galo solta um "cococó" nervoso,
E salta, tendo o peito temeroso,
Assim ordena o instinto: um animal
Evita o inimigo natural
Tão logo o vê — não perde um só instante —
Embora nunca o tenha visto dantes.[190]

O galo fugiria bem ligeiro,
Porém disse a raposa: "Cavalheiro!
Tendes medo de mim, vosso aliado?
Eu seria um vilão, um vil diabo,
Se pensasse fazer-vos algum mal.
Não vim espionar vosso quintal;
Só vim até aqui, meu bom senhor,
Para ouvir-vos cantar, Grande Cantor!

Vossa voz tem o timbre angelical
Dos coros lá na esfera celestial!
Na canção, tendes mais habilidades
Que Boécio e as maiores sumidades!
Meu senhor vosso pai — descanse su'alma! —
E vossa mãe — oh, dama tão fidalga! —
Lá em casa, com prazer, eu hospedei;
E agradar-vos, bom lorde, é a minha lei!

Mas já que estamos a falar de canto:
Pela luz dos meus olhos, eu garanto,
Além de vós, não vi melhor cantor
Que vosso pai — cantando, que esplendor!
Abria o coração à luz da aurora:
Sua voz vinha lá da alma, peito afora;
Ao soltar seus agudos retumbantes,
Fechava os olhos, hirto, triunfante,
Na pontinha dos pés, arrebatado,
Estendendo o pescoço afunilado;
E era um macho prudente, magistral;
Não tinha na província um só rival,
Com prudência maior, timbre mais belo.
Um conto li, n'*O Burro dom Brunelo*,[191]
De um galo, cuja perna foi ferida
Pelo filho de um padre; e eis que em seguida,
O galo silenciou — sua desforra
É fazer com que o padre perca a hora.
Mas não vou comparar essa esperteza
Com a prudência, o tino e a sutileza
De vosso sábio, irretocável pai.
E agora, por favor, senhor, cantai!
Verei se sois igual ao genitor".

E como é doce o mel do traidor!
Chantecler abre as asas, deslumbrado
Com tais bajulações do celerado.

Ai, fidalgos! Tais biltres lisonjeiros
Melosos sicofantas traiçoeiros
Nas cortes sempre são bem recebidos
— E quem diz a verdade é perseguido!
O Eclesiástico diz-nos, bons senhores:
Cuidado com tais vis bajuladores!

Fechando os olhos, Chantecler se empina
Nas garras, e o gogó espicha, afina,
E então põe-se a cantar, belo e garboso.
De súbito, dom Russel, o Raposo,
Apanha Chantecler pela garganta,
Dispara, e rumo ao bosque já se adianta
Sem ninguém lhe seguir o calcanhar.
Ó Fado! A ti quem pode se esquivar?
Irmão, por que deixaste a segurança
Do poleiro? Oh, fatal destemperança!
Pois tu arriscaste o azar da sexta-feira!
Ó Vênus amorosa, prazenteira,
Chantecler sempre foi — eu assevero —
Teu esforçado e laborioso servo,
Não para procriar — mas por prazer.
Oh, por que não defendes Chantecler?

Oh, meu mestre Gofredo[192] tão querido
Quando teu rei Ricardo foi ferido
Por flecha, na funesta sexta-feira,
Reprovaste, em voz nobre e sobranceira,
Tão vil e desapiedado dia.
Semelhante talento na elegia
Se eu possuísse, ah, então com formosura
Do galo choraria a desventura!

Nem mesmo entre as troianas prisioneiras
— Quando Ílion virou cinzas e poeira,
E Pirro, com a sua espada bárbara,

A Príamo arrastou puxando as barbas
E o trespassou, conforme conta a *Eneida* —
Lamentação tão dura não foi feita
Quanto essa das galinhas no quintal
Ao ver do galo o rapto desleal;
Peterlote chorou mais que a consorte
De Asdrúbal,[193] que nas chamas viu a morte,
Quando Roma brutal queimou Cartago
(Foi tanta a dor daquele dia aziago
Que a fenícia lançou-se às labaredas
E ardeu junto às ardentes alamedas).
Ó galinhas, são tantas vossas dores!
As mulheres dos nobres senadores
Que Nero executou com falsidade
Acusados do incêndio da cidade,
Mais não sofreram do que vós, senhoras.
Mas ao meu conto eu volto — que já é hora.

A viúva e suas filhas escutaram
O lamento que as aves levantaram
E saíram correndo pela porta
E avistam o ladrão em sua rota
Ao bosque, com o galo sequestrado,
E gritam: "Ai, que horror! Um celerado!".
E no encalço de dom Raposo vão;
Vêm Talbot, Colle, e vem Gerland,[194] o cão,
E os vizinhos armados de cajado,
Vem Malkin, com bastão feroz armado,
E mesmo os porcos correm; correm vacas,
Por medo do latir da cachorrada
E da geral, insana correria!
Correndo, fazem todos gritaria
Como no inferno berram mil diabos;
Qual vítimas da morte, grasnam patos;
Das árvores o ganso busca o cimo,
Enxame da colmeia sai zunindo;

Terrível confusão tudo subleva!
Meu bom Deus! Nem Jack Straw[195] e sua caterva
Fizeram um barulho tão horrendo,
Ao massacrar os seus rivais flamengos;
O povo, perseguindo o vil ladrão,
Sopra trombetas d'osso e de latão,
Ou pífaros de chifre e de madeira;
Ou soltam urros, berros — coisa feia!
Parece até que o céu vai desabar!

Escutem, bons senhores! Vou contar
Como a Fortuna muda de repente
Derrubando o soberbo duramente!
Chantecler, apesar de seu pavor,
Aprumando-se, assim disse ao captor:
"Senhor, se eu estivesse em seu lugar,
Com certeza, haveria de gritar
Àqueles que lhe dão perseguição:
'Presunçosos vilões! É tudo em vão!
O galo será meu, é o que interessa:
Pois já adentrei na orla da floresta!
Desistam, pois vou devorá-lo agora!'".

Dom Raposo replica sem demora:
"Boa ideia!" e nem bem separa os dentes,
Chantecler sai voando velozmente
— E no topo de uma árvore se abriga.
Ao ver sua refeição assim perdida,
Grita o Raposo: "Ó Chantecler! Ó dor!
Acabo de insultar-vos, bom senhor!
Decerto, eu vos deixei mui assustado
Ao vos pegar assim, abocanhado...
Mas, *senhor,* não fiz isso por maldade!
Descei, e vou contar-vos a verdade.
Em nome do bom Deus, eu vos suplico".

O galo diz: "Não mesmo! Eu nos maldigo!
Maldigo a minha e a tua insensatez!
Se eu cair em teus logros outra vez
Que tombe em mim mais outra maldição!
Nunca mais, com melosa adulação,
Vais fazer-me cantar, tão descuidado,
Com peito aberto e os olhos bem fechados!
Pois Deus não quer guardar nem proteger
Quem fecha os olhos quando deve ver!".

"Ah, meu caso é pior", diz o Raposo,
"Pois é desajeitado e desastroso
Quem fala quando deve estar calado."

Eis então o que ocorre aos descuidados:
São presas da lisonja e vigarice.
Se pensais que este conto é uma tolice,
Só fábula de bichos tagarelas,
Atentai à moral — pois ela é bela.
São Paulo disse: toda narração
Contém algum grãozinho de instrução.
Comei o fruto — e a casca jogai fora.
E como o Salvador falou outrora,
Que Deus nos guie rumo ao sumo Bem
E ao gozo celestial nos leve — Amém.

PALAVRAS DO ALBERGUEIRO
AO PADRE DA FREIRA

Nosso Albergueiro diz: "Meu bom amigo!
Tuas bragas e tuas gemas eu bendigo!
Foi lindo o conto desse Chantecler!
És padre, eu sei, não podes ter mulher;
Mas se desses vazão ao teu ardor,
Serias belo galo montador!

Um bando de galinhas, com certeza,
Terias, pois és poço de macheza!
Ó gentil padre, és forte e és tão vistoso:
O peito, largo; o braço, musculoso,
Olhar de gavião, viva mirada.
E tua pele é viçosa e bem corada,
Como as tinturas lá de Portugal
Ou o rubro *brazil* oriental.[196]
Por teu alegre conto, Deus te guarde!".

E então, com alegria e com alarde,
A um outro companheiro volta a vista
Conforme eu contarei logo em seguida.

Segue-se o "Conto do Médico".

GRUPO C

Conto do Médico

Um relato deixou-nos Tito Lívio
De um cavaleiro, um certo dom Virgínio.
Era um homem de estirpe e de nobreza
Com muitos aliados e riqueza.
Não teve o cavaleiro, em toda a vida,
Mais que um rebento: uma graciosa filha
Um ser de esplendorosa formosura,
Mais que qualquer visível criatura.
Para criar tais glórias e excelência
A Natureza agiu com diligência,
Como se assim dissesse: "Sou Natura!
Contemplem, nesta linda criatura,
O meu poder de produzir Beleza.
Quem pode competir com tal grandeza?
Nem mesmo, em sua forja, Pigmalião;
Zêuxis, Apeles — seu esforço é vão
Com buril e pincel, com tinta e pedra;
À Natureza um homem não supera.
Pois ele, que é o Artífice Maior,
Me tornou seu vigário e seu feitor,
Para dar forma a tudo o que é criado;
Sob meu domínio está, e ao meu cuidado,
Tudo o que existe sob a vária lua;
Não busco lucro, ganho ou sinecura;
Criei esta donzela em homenagem

Ao meu Senhor, e a minha vassalagem
Expresso em mil variadas criações
E em todas as suas cores ou feições".
Creio que assim Natura falaria.

A moça, à qual com tanta regalia
Natura fez, uns catorze anos conta.
Natura ao branco lírio que desponta
Tingiu, e à rosa avermelhou, tão bela;
Assim também tocou essa donzela
Antes que ela nascesse e, caprichosa,
Pintou-a como ao lírio e como à rosa.
E tingiu Febo[197] as tranças da menina
Com os fluxos do fogo que ilumina.
Porém, se tem beleza deslumbrante,
Sua virtude é mil vezes mais brilhante.
Não lhe falta nenhuma qualidade:
Exemplo de modéstia e sobriedade.
Casto é o seu corpo e de alva neve é sua alma;
Com paciência, temperança e calma,
Desabrocha em luzente virgindade,
Flor de beleza, e zelo, e de humildade.
Modesta é no vestir e nas ações,
Sem vazias e vãs afetações.
Embora seja sábia como Palas[198]
É simples e modesta em sua fala,
Sem termos de afetada erudição,
Seguindo sua modesta condição.
Em tudo o que ela faz ou jamais fez,
Demonstra a sua educação cortês.
Seu pudor é o pudor de virgem moça:
Mais alto que o Poder, Desejo e Força.
Não conheceu preguiça ou ócio vil;
Nos domínios de Baco não caiu,
Pois sabe que a bebida e a mocidade
Dilatam de Afrodite a potestade.

E sua inata virtude é tão intensa
Que sempre finge náuseas ou doença
Para evitar suspeitas companhias,
Danças, folguedos, festas, cantorias.
Tais ocasiões são prenhes de pecado,
Cheias de olhares, flertes e recados...
Crianças, antes do devido tempo,
Assim aprendem muito atrevimento;
A virgem logo fica esperta, ousada,
Ao sentir-se, na festa, cortejada;
Perigosa armadilha, e muito antiga!

Vocês, mulheres, amas, já vividas,
Que na velhice viram governantas
Das jovens nobres, eis minha cobrança.
Não fiquem irritadas se lhes digo,
Porém, foi por um destes dois motivos
Que os pais as escolheram como amas:
Porque jamais pecaram sobre a cama,
Mantendo sempre a mais casta pureza;
Ou porque, quando jovens, por fraqueza,
Dançaram bem dançada a velha dança,
Até, por fim, cansar da intemperança,
E, velhas, se tornaram castas, sérias.
Ensinem às donzelas só modéstia!
Pois quem da caça alheia foi ladrão
Converte-se em perfeito guardião
Dos boques, uma vez que se arrepende:
Derrota o vício quem do vício entende.
Mas quem ajuda as moças a pecar
Na danação eterna há de pagar;
Quem ensina os segredos da luxúria,
Comete horrenda traição, injúria.
A suma e soberana pestilência
É corromper o lacre da inocência.

E vocês, pais e mães, fiquem atentos:
É preciso rigor, discernimento,
Para aos seus filhos, filhas governar.
Que seja sua custódia modelar:
Cuidado com o exemplo que lhes dão;
Nem temam dar-lhes dura punição,
Pois do contrário, vão se arrepender.
Escutem o que tenho a lhes dizer:
Os lobos fazem festa, vorazmente,
Quando o pastor é brando e negligente.
Mas creio que esse exemplo já é o bastante;
Retornemos ao conto, então, e adiante.

Era tão séria e reta essa criança,
Que não necessitava governanta.
Às outras moças, suas atitudes
Eram grande compêndio de virtudes.
Em tudo, era donzela boa, honrada,
Gentil, escrupulosa e imaculada.
Tal fama de beleza e de bondade
Velozmente ganhou notoriedade.
Amantes da virtude a veneravam,
E os invejosos vis se despeitavam:
No bem alheio, a Inveja desespera,
Mas sorri ante as dores e a miséria
(O Doutor[199] escreveu essa verdade).

A jovem, com a mãe, foi à cidade
Certo dia, querendo orar no templo,
Conforme era costume nesse tempo.
Um magistrado havia lá então,
Que governava toda a região.
O juiz viu passar essa donzela,
E cravou, sequioso, os olhos nela.
Com gula avaliou sua beleza;
Seu coração fervilha, arde e deseja,

Perante aquela fúlgida visão,
E toma uma secreta decisão:
"Ah, custe o que custar, será só minha!".
Em seu peito, o diabo então se aninha
E logo ensina um engenhoso ardil
Pra saciar o seu desejo vil.
Nem força nem valor de ouro ou de prata
Poderão ajudá-lo a conquistá-la,
Pois ela tem amigos abastados
E a virtude a protege do pecado,
Aferrolhando as portas do desejo.
Após deliberar muito, em segredo,
Manda o juiz chamar um celerado,
Engenhoso em ardis, degenerado.
O celerado vem, e o plano horrendo
Lhe explana o magistrado traiçoeiro
E o faz jurar que nunca dirá nada,
Pois à menor palavra transpirada,
A cabeça desse homem rolaria.
O celerado diz, logo em seguida,
Aceitar tudo o que lhe fora dito.
O juiz vê seu plano garantido
E ao celerado dá ricos presentes.

Eis então que o juiz concupiscente
Forjou — conforme todos ouvirão —
Astuciosa e vil conspiração.
O nome do seu cúmplice era Cláudio.
E o perverso juiz chamava-se Ápio.
(Por tal nome de fato respondia
Pois isto não é mera fantasia
Mas fato de total veracidade
Conforme diz-nos muita autoridade.)
O magistrado fez preparativos
Para apressar seu gozo pervertido
E eis que um dia, conforme a História diz,

Em sua corte estava o tal juiz
Alto assentado, em meio a um julgamento,
E eis que aparece um homem turbulento
— É Cláudio —, que perante a multidão,
Suplica: "Escute a minha petição,
Ó magistrado justo e verdadeiro.
A queixa é contra um certo cavaleiro
Virgínio, por quem fui injustiçado.
E posso comprovar esse meu caso:
Testemunhas darão depoimento".

"Não posso dar completo julgamento
Estando aqui ausente esse acusado.
Convoquem-no!", demanda o magistrado.
"Pois eu farei justiça com certeza."

Virgínio vem à corte com presteza.
E logo é lida a falsa acusação
Conforme vocês todos ouvirão.

"Perante vós, caríssimo lorde Ápio,
O vosso humilde e pobre servo Cláudio
Vem demonstrar que aquele cavaleiro
— Virgínio — com intento traiçoeiro
E contra todo senso de equidade
Desrespeitou a minha propriedade:
Furtou-me, e mantém presa em sua casa,
Certa jovem que, afirmo, é minha escrava
Por direito legal. Prezada corte,
A serva foi roubada certa noite,
Faz anos, quando ela era bem pequena.
Posso trazer variadas evidências;
Mas não importa o que esse homem lhes diga
A jovem em questão não é sua filha.
Devolvam-me, suplico, a minha escrava."
Eis a versão que a falsa queixa dava.

Virgínio crava os olhos no bandido
Perplexo, com horror, estarrecido.
Quer provar seu honor de cavaleiro
E mostrar que o rival é traiçoeiro:
De testemunhas vasta multidão
Traria — mas sequer teve ocasião.
O juiz não permite que responda
E o veredito diz sem mais delonga:
"Que o plebeu tenha a posse dessa escrava.
Proíbo-te, Virgínio, de guardá-la.
Deves trazê-la aqui, de imediato,
E deixá-la — eu ordeno — ao meu cuidado".

O digno cavaleiro então compreende
Que a pervertida e vil luxúria estende
As garras para deflorar sua filha.
Silente, então a casa se encaminha
E senta num salão escuro e frio.
À filha chama, e com olhar sombrio,
Com face morta qual cinza apagada,
Contempla a rapariga bem-amada:
O amor de pai lhe rasga o coração
Mas nada alterará sua decisão.

"Minha filha, é preciso que compreendas:
Perante ti somente há duas sendas.
A morte ou a desonra hás de sofrer",
Ele diz-lhe. "Ai, por que fui eu nascer?
Pois jamais mereceste tal final
Morrer por fio de espada ou de punhal.
Tu, término fatal de minha vida,
Quanto te acalentei, filha querida!
Meu tormento final, destruidor,
Minha última alegria, e o sumo amor;
Eis o que és, filha! Então, com paciência,
Aceita o fim, pois eis minha sentença:

Por amor, não por ódio, serás morta,
Por minha mão que treme, piedosa!
Maldito o dia em que Ápio te avistou!
Pois sua traição nos destroçou."
E então contou-lhe tudo o que contei;
E o já contado não repetirei.

Diz a donzela: "Ó pai! Tem compaixão!".
E como nos momentos de afeição,
Abraçou-lhe o pescoço — no entanto
Em vez do riso agora corre o pranto.
"Meu bom pai, é preciso então que eu morra?
Já não há solução que me socorra?"
"Não há como escapar ao sofrimento",
Diz ele. "Ó pai, então dê-me algum tempo
E que eu possa chorar a minha sorte.
Pois nem Jefté jogou à fria morte
Sua filha, sem deixar que ela chorasse.
E após profundamente lamentar-se,
Ela morreu, sem ter jamais pecado:
Morreu por ter, feliz, o pai saudado."
E assim dizendo cai, desfalecida.
Porém desperta e diz, já destemida:
"Pela graça infinita que me deu
— Morrer donzela — aqui bendigo Deus.
E já não mais direi nem mesmo um ai.
O veredito cumpre então, meu pai!".

O golpe pede então, forte e potente,
Para morrer sem dor, e velozmente.
E após, os olhos fecha: preparada.
Virgínio, com sua alma destroçada,
De um só golpe decepa-lhe a cabeça
Que leva então, pegando das madeixas,
Ao tribunal, e a entrega ao magistrado.
Perante aquilo, o juiz — diz o relato —

Envia dom Virgínio à execução
Na forca — porém grande multidão
Acorre a resgatar o cavaleiro.
Pois já desconfiava o povo inteiro
Que Cláudio, quando fora ao tribunal,
Jurara em falso e fora desleal
A mando do juiz: sabia o povo
Que o magistrado é um homem luxurioso.
Na própria corte então o encurralaram
E em fundo calabouço o trancafiaram.
— E quem lá o mata é a sua própria mão.
Seu cúmplice na vil conspiração
A perecer na forca é condenado.
Porém Virgínio, sempre apiedado,
Roga que a pena seja diferente:
Em vez de morte, exílio permanente.
Porém os demais cúmplices — criados
Desse Ápio — foram todos enforcados.

Assim se mede o preço do pecado:
Pois ninguém sabe a data e o modo exato
Nem forma ou ocasião, nem a potência,
Com que o verme feroz da consciência
Ao peito que pecou trará terror
Ainda que só o bom Deus e o pecador
Saibam do crime — analfabeto ou sábio,
Ninguém prevê esse golpe, e é necessário
Aniquilar a sombra do pecado
Antes que a sombra os tenha aniquilado.

PALAVRAS DO ALBERGUEIRO AO MÉDICO
E AO VENDEDOR DE INDULGÊNCIAS

O Albergueiro prágueja, como louco:
"Pelas unhas de Deus, e por Seu osso!

Traiçoeiro juiz! Que vil plebeu!
Maldito, pela fúria do bom Deus,
Seja todo advogado desleal!
Pobre donzela! Morta, no final!
Sua beleza custou caro demais.
Os presentes que a Natureza faz
E os mais charmosos dotes do Destino,
São nosso mais feroz, duro inimigo.
Sua beleza fatal foi sua morte.
Que triste fim, que lamentável sorte!
Os dotes naturais de que lhes falo
Trazem mais mal que bem — isso está claro.
Se posso ser sincero, meu bom Sir,
Seu conto foi bem triste de se ouvir.
Porém, avante, e sem lamentações!
Doutor, que Deus bendiga suas poções,
Seus urinóis, penicos, e seus tônicos,
Seus goles hipocráticos *galiônicos*,[200]
Suas caixas de remédios entupidas!
Que em tudo a Santa Virgem lhe bendiga!
O senhor é bonito, estou notando;
Tem cara de prelado. Ó são Roniando!
Não tenho o dom inato da oração,
Mas seu conto tocou meu coração:
Quase tenho um ataque *cardiálico*!
Preciso um golezinho *profilhático*
Ou de cerveja escura borbulhante,
Ou de um conto feliz, vivificante
— Senão, morro de pena da donzela!
Conta um conto engraçado, e nos alegra,
Vendedor de Indulgências, *bel ami*!".
Responde o Vendedor: "Claro que sim;
Mas antes, na taverna ali na frente
Busquemos algo pra molhar os dentes".

Mas os nobres exigem com presteza:

"Que ele não conte feias safadezas!
Mas algo com moral bonita e clara,
E ouviremos, felizes, sua fala".
"Preciso pensar nisso", disse, lento.
"Pensarei num bom conto enquanto bebo."

Conto do Vendedor de Indulgências

PRÓLOGO DO VENDEDOR
DE INDULGÊNCIAS

"Senhores", diz, "nos templos onde prego,
Retórica sublime sempre emprego,
Altiva como um sino ressonante.
O meu discurso sei de trás pr'adiante;
Pois o meu tema é o mesmo, desde o início,
Desde que eu adentrei em meu ofício;
Um tema antigo — e fresco como o ar:
Radix malorum est cupiditas.*

D'onde venho, primeiramente, digo;[201]
As minhas belas bulas lhes exibo
E o sinete papal — que é garantia
De minha segurança noite e dia.
Que ninguém atrapalhe meu serviço,
Meu sacrossanto e redentor ofício!
Depois, vou desfiando alguma história,
Tornada mais cabal, mais meritória,
Pelas bulas de papas ou cardeais
De patriarcas, bispos e outros mais;
Em latim faço alguma citação
Pra dar sabor mais forte ao meu sermão...
Depois saco os estojos de cristal
Com ossos e tecidos — arsenal

* "A cobiça é a raiz dos males".

De relíquias (ao menos, é o que digo).
Uma omoplata trago aqui comigo
De uma ovelha de um patriarca hebreu.
'Bons homens', digo, 'orando sempre a Deus,
Essa relíquia molhem em um poço;
Então, se um dia um boi, cavalo ou porco
Inchar por ter comido uma serpente
Ou ter ela cravado nele o dente,
Lavem no poço a língua do animal,
E ele estará curado desse mal
E de outros, como pústulas, morrinhas,
Ou bolhas purulentas e daninhas.
Além disso, se o dono desse gado,
Toda semana, antes de ouvir o galo,
Em jejum, for beber das santas águas
— Assim disse esse hebraico patriarca —
Seu rebanho será multiplicado.
E do ciúme também será curado:
Perderá todo espírito violento
Até mesmo o marido mais ciumento
Caso a esposa lhe dê certo ensopado
Com água desse poço preparado
— O esposo será manso, ainda que ele ouça
Que todos desfrutaram sua esposa,
E que ela deu a três ou quatro padres.

E estas mitenes — digo com alarde —
Quem as usar (pois são luvas sagradas!)
Suas colheitas — verá! — serão dobradas.
Da terra saltarão aveias, trigo,
Desde que paguem bem — é o que lhes digo.

Porém, também lhes faço um grande alerta:
Se acaso, em meio à boa gente honesta,
Houver alguém com hórridos pecados
Tão sujos que não ouse confessá-los;

Ou mulher, seja velha ou seja moça
Que chifrou seu marido — então que me ouça:
Que não ouse essa gente suja e ímpia
Vir fazer oferendas às relíquias.
Mas quem tiver pecados menos graves,
Que oferte donativos, sem achaques,
E lhes darei absolvição total;
Pra tanto, tenho a permissão papal.'

Do dia em que adentrei no meu ofício,
Cem marcos vem rendendo esse artifício
Ano após ano — subo nos estrados
E quando os bobalhões estão sentados
Repito, sério, aquela lenga-lenga
E invento outras imensas baboseiras.
Finjo emoção, estico o meu pescoço,
A leste, oeste volto, atento, o rosto,
Como um pombo lá no alto do celeiro.
Falando, movo as mãos, o corpo inteiro,
E a minha atuação é uma beleza!
E eu sempre ataco os vícios da avareza;
As bolsas ficam frouxas de emoção,
Moedas jorram — sobre a minha mão.
Minha intenção não é purgar pecados
Mas ficar com os bolsos recheados.
Com suas pobres almas, não me importo:
Que vaguem, a penar, depois de mortos!

Garanto que infinitas pregações
Nascem das mais impuras intenções.
Alguns só pregam para bajular
Querendo mil vantagens granjear;
Uns pregam por vaidade, ou por despeito.
Se, no debate, faltam-me argumentos,
A língua sei brandir como punhal
E com ela darei golpe fatal

Em quem ao meu ofício for contrário.
Não digo o nome do meu adversário
Mas por esta ou aquela insinuação
Sobre o rival atiro a acusação
E o povo todo entende. E assim me vingo
Punindo com furor os inimigos.
Destilo meu veneno, disfarçado
De santo, verdadeiro e imaculado.

As minhas intenções, sincero, explano:
Só prego pelo lucro e pelo ganho
Com meu refrão eterno a retumbar:
Radix malorum est cupiditas!
Condeno com vigor e com dureza
Meu vício favorito, que é a avareza.
Mas por mais que eu cometa esse pecado,
Sei ardorosamente denunciá-lo
E o povo, ao me escutar, renega o vício.
Mas salvá-los não é meu objetivo:
A fome de ganhar — a vil ganância
É raiz do que faço, e sua substância.
Ao povo dou exemplos muito sábios
De velhas historietas do passado;
E a tudo os bobalhões amam ouvir;
Adoram decorar e repetir.

E por que viveria eu na pobreza
Quando posso engrossar minha riqueza
Arrancando de quem tem quase nada?
Prefiro ter a bolsa recheada!
Então sigo em eterna pregação:
Jamais trabalharei sujando a mão.
Não gastarei meus dedos no serviço,
A tecer, a forjar — não, nada disso!
Não pretendo imitar nenhum apóstolo,
Nem ficar a esmolar pequenos óbolos;

Mas tirarei riqueza da penúria,
Nem que seja da mais pobre viúva
Com seu bando de filhos esfomeados!
Ah, me deixem beber e, ao meu agrado,
Comer uma garota em cada vila!

E agora, gente nobre, séria e fina,
Gostariam, então, de ouvir um conto?
Acho que algo de bom eu lhes apronto
Agora que matei a minha sede
— Algo que lhes agrade, boa gente!
Embora eu seja um homem depravado
Sei contar conto sério, edificado.
Eis um conto que rende muita prata:
Ao conto agora — atentos! — dou largada."

CONTO DO VENDEDOR
DE INDULGÊNCIAS

Havia em Flandres bando folião
De jovens de total devassidão.
Viviam nos bordéis, na imensa farra,
Com harpas, alaúdes e guitarras,
Dia e noite a dançar, jogando dados,
De comida e bebida empanturrados.
Viviam, pervertidos, sempre a orar
No templo do demônio, o horrendo altar
Do vício libertino. Praguejavam
O tempo todo — imundos, blasfemavam
E ouvi-los conversar era um horror!
Dilaceravam, vis, Nosso Senhor,
(Como se os vis judeus de antigamente
Não o houvessem rasgado o suficiente!)
Com juras conspurcando o Santo Corpo
E riam dos pecados uns dos outros

E lá vinham, então, as dançarinas,
Cheirosas, balouçantes, pequeninas;
Moças portando frutas suculentas,
Bolos polpudos, lindas guloseimas;
Todas putas e servas do diabo
Inflamando a fogueira do pecado!
Pois a gula e a luxúria são parentes,
E as parentes se atraem velozmente.

Recordem Lot: em bêbada locura
Inconsciente, contrariou Natura,
Dormindo, sem saber, com suas filhas.

E o rei Herodes, cheio até a virilha
De vinho, e na comida emporcalhado,
Deu o comando terrível — tresloucado! —
De matar João Batista, um inocente.

Pois Sêneca falou, corretamente:
A diferença é mínima, ou é nula,
Entre um homem que sofre de loucura
E alguém que está de todo embriagado
Exceto por um solitário fato:
O ébrio volta a ser sóbrio de manhã.
Gula maldita, oh, tentadora, vã!
A fonte original da danação,
De nossa amaldiçoada perdição,
Que o Senhor redimiu com Santo Sangue!
Oh, indulgência terrível, mancha infame,
Que tão caro custou à raça humana!
A Terra pela gula se profana.

Foi por causa do detestável vício
Que o pai Adão perdeu o Paraíso
Em labores tombando e em funda treva.
Enquanto jejuou com a mãe Eva

No Éden ficou Adão — dizem os textos.
Mergulharam na dor, no desespero
Ao comerem da fruta proibida.
De ti vem todo o mal, gula maldita!
Quem pensa nas mazelas, nas doenças,
Que vêm do excesso de comida à mesa,
Decerto, quando faz sua refeição
Comerá com total moderação.
Por todo o lado, em terra e sobre o mar,
Os homens vivem sempre a labutar
Por tolas guloseimas delicadas
Para enfiar nas goelas apertadas!
São Paulo diz: "Ao ventre os alimentos,
E ao alimento o ventre — mas em tempo
Aos dois igual virá a destruição".
Palavra imunda, horrenda descrição;
Mas o ato é bem pior do que a palavra.
Transforma a própria boca em vil cloaca
Quem nela joga vinho em quantidade
Por licorosa e vã frivolidade!

O apóstolo assim disse, tristemente:
"No mundo inteiro, existe muita gente
Que por gula juntou-se ao inimigo
Da pura e santa cruz de Jesus Cristo,
Pois seu único deus é sua barriga!".
Tu, ventre, bolsa imunda, vil, fedida!
De podridão repleta, e de ruídos
Pelas extremidades expelidos;
Ridícula labuta, imensa e vã,
Para darmos sustento aos teus afãs!
Para agradar ao nosso paladar
Cozinheiros laboram sem parar
Transformando as substâncias naturais
Em mil combinações acidentais;
Estão sempre a tentar tudo o que possa

Agradar nossa língua luxuriosa;
Moem ossos, tirando-lhes tutano
Para encantar o ventre, o Grão-Tirano.
Quem se deixa levar por esse vício
Está bem morto, e só parece vivo.

O vinho é qual licor da perversão
E a bebedeira, a mãe da confusão.
Tu, bêbado, tens rosto deformado,
O bafo, horrendo, e fétido é o abraço;
O teu focinho expele uma canção
Que parece dizer *Sansão, Sansão*;
Porém Sansão jamais se embebedava!
Não tens decência, e a língua tens travada;
És como um porco: a tropeçar, chafurdas;
A bebedeira é derradeira tumba
Da compostura humana e do juízo.
Quem se torna um escravo desse vício
Não consegue sequer guardar segredos.
Fiquem longe do vinho, eu aconselho,
Especialmente, o misterioso tinto
Quem lá em Fish Street e em Cheapside é vendido;
Esse vinho espanhol, que é feito em Lepe,
De forma indecifrável se transfere
Ao vizinho francês — uma invasão![202]
Da mescla sobe fumo em profusão
E quem bebe um só gole é transportado
(Embora o corpo esteja bem parado)
À cidade de Lepe, lá na Espanha.
É fato, embora a coisa seja estranha;
Quem bebe sofre tal transmutação,
E então põe-se a dizer *Sansão, Sansão*.

Percebam, meu senhores veneráveis:
As vitórias, os feitos mais notáveis
De que nos conta o Velho Testamento

Fizeram-se em total discernimento
Sem um pingo de vinho misturado
— A Bíblia é garantia do que falo.

Rei Átila, nas armas tão potente,
Morreu no sono — vergonhosamente
Com sangue a lhe jorrar pela narina;
A bebedeira foi sua assassina.
Não bebe nunca o capitão que é sério!
Lemuel ensinou em seus provérbios
(Não Samuel, mas Lemuel — atentem)
Que a bebedeira é perdição das gentes,
E o juiz, quando está bêbado, é um problema.
Mas chega de falar do mesmo tema.

A gula terminei de denunciar:
Falemos sobre os vis jogos de azar.
A jogatina é a mãe da ladroagem,
Das mentiras, dos truques mais selvagens,
Inspirando blasfêmias contra Cristo,
Assassinato e imenso desperdício,
E a decência destrói: perde o valor
Quem tem reputação de jogador.
Quanto mais nobre é quem caiu no jogo,
Pior a queda e o vergonhoso tombo.
Um príncipe que joga não governa;
Nem reina quem afunda na taverna;
Nos dados, perde todo o seu respeito
E do seu povo ganha só despeito.

Quílon de Esparta, um homem de valor,
Foi a Corinto como embaixador,
Na missão de forjar uma aliança.
Chegando lá, encontrou grande festança:
Todos os grandes homens da cidade
Ao jogo se entregavam com vontade.

Quílon de imediato foi-se embora
E aos espartanos disse sem demora:
"Não mancharei as honras da nação
Nem a minha, ao fazer negociação
Com tais degenerados jogadores.
Se quiserem mandar embaixadores,
Escolham outro e enviem sem tardança.
Mas não posso apoiar uma aliança
Entre Esparta e a nação da jogatina!
Pois Esparta — e é a história quem ensina! —
Não se alia aos insanos depravados".
Mostrou, assim, ser homem mui sensato.

O rei dos partas, despeitosamente,
Enviou a Demétrio, de presente,
Um bonito e dourado par de dados;
Era Demétrio então considerado
Jogador contumaz; e a valentia
Perante a fama ruim nada valia.
Há modos mais honestos, com certeza,
Para que a gente nobre se entretenha.

Agora falarei de juramentos
Sejam falsos, ou sejam verdadeiros.
É pecado jurar levianamente;
Mas bem pior é quem, jurando, mente.
"Não jures", diz-nos Nosso Senhor Deus,
Conforme testemunha São Mateus.
E Jeremias diz: "Tais juramentos
Só se devem fazer em julgamentos
E com pureza apenas e equidade".
Quem quiser confirmar essa verdade,
Consulte então as Tábuas de Moisés
Que — como todos sabem — foram três;
E na primeira está a proibição:
"Não usarás meu santo nome em vão".

Atentem! É o segundo mandamento!
Deus proibiu levianos juramentos
Antes de proibir o assassinato!
O mandamento é simples, é bem claro;
E aquele que jurar de forma vã
Um dia — seja hoje, ou amanhã —
Verá tombar em sua própria casa
A vingança e o castigo que não falha.
"Pelas unhas de Deus, e o sangue forte
Em Hailes[203] — o meu número da sorte
É sete, e o teu é três, e o cinco é nosso;
Pelo braço de Deus, peludo e grosso,
Se me enganas, te enfio minha adaga!"
Dos dados vêm tais sujas, feias falas;
Esses pedaços de osso, porcarias
Que geram juras vis, velhacarias!
Por Cristo, eu os proíbo de jurar!
Mas chega — tenho um conto pra contar.

Sobre três rufiões é minha história;
Um dia (nem soara a prima hora)
Estavam na taverna a beber vinho
Quando ouviram os dobres de um sininho
Soando no cortejo de um caixão.
"Criado!", grita logo um rufião
"Vai rápido e descobre, sem tardar,
No cortejo que acaba de passar,
O nome de quem vai nesse caixão."

Diz o rapaz: "Já tenho a solução.
Ouvi faz umas horas tal boato:
Um velho amigo seu foi trespassado
Essa noite, sentando sobre um banco,
A beber vinho tinto e vinho branco.
Furtivo, apareceu certo ladrão;
Senhor Morte — este é o nome que lhe dão;

Com negra lança transpassou-lhe o peito
E foi-se embora em hórrido silêncio.
Dom Morte já matou, com pestilência,
Milhares de pessoas — e é demência
Desafiá-lo. Em toda a região
Circula sua mortal reputação.
Pois em qualquer lugar pode encontrá-lo
E a qualquer hora — então, tenha cuidado
Se pretende enfrentar esse inimigo.
Minha mãe me ensinou o que lhe digo".

Logo em seguida disse o taverneiro:
"O que o menino diz é verdadeiro!
Dom Morte cometeu grande matança
Em certa aldeia, nesta vizinhança;
Matou varão, matou bebê, donzela,
Os pajens e os plebeus, servos da gleba.
A vila virou terra desolada
Dom Morte, eu creio, lá tem sua morada.
E é preciso cuidado sobre-humano:
Morte vence os rivais com mil enganos".

"Pelos braços de Deus!", diz o rufião.
"Será tão pavoroso esse ladrão?
Vou procurá-lo em todos os caminhos!
E faço um voto agora! Meus amigos,
Companheiros eternos, deem as mãos,
Juremos já ser como três irmãos,
Unidos, partilhando a mesma sorte!
Vamos matar o traidor dom Morte!
Quem fez toda essa gente perecer
Vai morrer hoje, até o anoitecer."

Juraram dar a vida uns pelos outros;
Saíram porta afora, como loucos,
Irmanados em doida bebedeira,

Correndo rumo à devastada aldeia
Que o estalajadeiro mencionara.
Fizeram juras pavorosas, bárbaras,
O corpo de Jesus a destroçar.
"Avante! E hoje a tal Morte morrerá!"

Junto a uma cerca, após quarto de milha,
Avistaram figura maltrapilha:
Um velho muito velho. Esse ancião
Acena numa humilde saudação:
"Que Deus hoje vos olhe, viajantes".
Replica o rufião mais arrogante:
"Por que te vestes desse jeito, tolo?
Enrolado num manto, exceto o rosto...
Por que vives ainda, tão decrépito?".

Olhou-lhe a face e disse assim o velho:
"Porque — mesmo que eu tenha palmilhado
O mundo todo, em vilas, bosques, prados,
Até o Indo, em grandiosas longitudes —
Não achei quem me dê sua juventude
Em troca da velhice e os anos meus.
Prossigo, então, até que ordene Deus.

Nem a Morte, que está sempre a ceifar,
Aceita desta vida se apossar;
Sou prisioneiro — e eu sou minha prisão;
Sempre ando só, batendo sobre o chão
Com meu cajado. O chão: este é o portal
Da Terra, mãe de todo ser mortal.
Batendo, peço: 'Mãe, abre tua porta!
Me acolhe em meio a tanta gente morta!
Me deixa entrar em teu salão profundo
E abandonar os turbilhões do mundo!
Dá descanso aos meus ossos, ó Mãe Terra;
Me envolve na mortalha das tuas trevas!'.

Mas ela não me escuta, e o tempo passa
E empalidece e encova a minha cara.

Mas, senhores, foi ato desonroso
Falar assim com homem tão idoso,
Com injustas, brutais descomposturas.
Escutai o que diz nas Escrituras:
'A cabeça grisalha é veneranda'.
E a regra da decência assim comanda:
'Trata bem — como esperas ser tratado
Depois que a mocidade houver passado —
Os velhos'. Mas talvez nem vivam tanto...
E agora, cavalheiros, vou andando.
Que Deus que está no Céu vos ilumine".

Diz o rufião: "De forma alguma, biltre!
Não vais nos escapar assim, velhaco!
Agora há pouco havias mencionado
O traidor dom Morte, que anda à roda
Matando nesta terra a gente nova.
Sei muito bem: és dele um espião!
Diz onde está dom Morte, por São João,
Ou vais pagar! Estão mancomunados,
A Morte e tu, num plano depravado
Para matar aos jovens! vis bandidos!".

"Bem, senhores, se estais tão decididos",
O velho diz, "em encontrar a Morte,
Aquela senda torta rumo ao bosque
Segui. Deixei a Morte, lá, sentada,
Debaixo de uma árvore copada.
Aposto que está lá, serena e fria:
Não se assustou com vossa gritaria.
Que Deus vos guarde e vos corrija os modos!"

Tal disse esse ancião — e os jovens, logo,

Põem-se a correr rumo ao carvalho grande
— E lá encontraram pilha rebrilhante
De gloriosos florins recém-cunhados,
Oito alqueires, talvez — lindos, dourados,
Fulgindo sobre a relva. E num momento
A Morte lhes sumiu do pensamento.
Junto à pilha se sentam de imediato,
E assim diz o rapaz mais depravado:
"Irmãos, embora eu goste de folia,
Não falta sensatez, sabedoria
À minha mente. Escutem: o Destino
Nos pôs este tesouro no caminho
Para vivermos em eterna farra.
Riqueza fácil — fácil é gastá-la!
Nossa manhã de sorte! Quem diria?

Mas para ter completa garantia
E fugir ao azar, é necessário
Levar o meu, o nosso imenso erário
Pra casa — seja a minha, ou de vocês,
Pois o lindo tesouro é de nós três.
Não podemos portá-lo à luz do dia;
Se alguém nos acusar de vilania
Como ladrões seremos enforcados.
À noite deve ser executado
O plano: ficaremos escondidos
Aqui, até que tenha anoitecido.
Agora então façamos um sorteio
Pra ver quem vai trazer-nos alimento.
Logo o escolhido irá rumo à cidade
Buscar comida com celeridade;
Os outros dois aqui ficam guardando
Nosso tesouro — e partiremos quando
Houver chegado a noite, a escuridão".

E três gravetos escondeu na mão

E cada um foi puxando alguma ponta.
Ao mais moço o sorteio então aponta
E então direto à vila sai correndo.

Nem bem o outro partira, e num momento
O primeiro rufião diz ao segundo:
"Sou teu irmão, o mais leal do mundo;
E penso apenas em teu benefício.
Rumo à cidade foi-se nosso amigo
E aqui vês o belíssimo butim
A dividir entre ele, tu e mim.
Mas se eu forjasse um plano esperto, astuto,
Para nós dois abocanharmos tudo,
Não seria o mais justo dos amigos?".

O outro lhe diz: "Mas como fazer isso?
Ele sabe: os florins estão conosco.
De que forma esconder dele o tesouro?".

"Ouve", diz o primeiro celerado,
"Se estamos mutuamente combinados,
Em segredo, direi o que fazer."
"Sem dúvida, não tens o que temer!",
O outro lhe diz. "Está tudo entendido."

"Pois bem: nós somos dois, irmão querido;
E dois subjugam um — tenhas certeza.
Quando o outro retornar, por brincadeira,
Convida-o a lutar, fazendo farra;
E logo vou sacar de minha adaga;
Enquanto os dois estão engalfinhados
Pelas costas eu vou apunhalá-lo,
E tu farás o mesmo pela frente.
Então dividiremos irmãmente
Os florins — e depois, só vadiagens!
Jogar e fornicar como selvagens!"

E assim forjaram vil conspiração
Pra matar o mais moço, à traição.

O terceiro rapaz, nesse momento,
Continua a correr. No pensamento
Levava os oito alqueires de florins.
"Se pudesse tomá-los só pra mim,
Sob o trono de Deus Onipotente
Não haveria um homem mais contente!"
O Diabo lhe pôs no pensamento
A ideia de comprar letal veneno.
Vivera sempre em tal depravação
Que foi dada ao Demônio permissão
De apressar sua queda e sofrimento
— Era um bandido sem remordimento.

Estimulado por nosso Adversário
O rapaz vai buscar um boticário
Na cidade, dizendo: "Em minha casa
Há um batalhão de ratos, uma praga,
E no quintal, eu acho que há doninhas
Pois sumiram dezenas de galinhas;
Queria algum veneno mui potente
Que acabe com tais vermes totalmente".

O boticário diz: "Esta poção
— Eu juro pela minha salvação! —
É tão devastadora e tão letal
Que na hora há de matar todo animal
Que beber dela mesmo uma só gota;
O bicho há de tombar em dores loucas
E aos teus pés morrerá logo em seguida.
É morte certa, a coisa é garantida,
E rápida, eu afirmo, por São João!".

O celerado compra a tal poção

E numa loja pega três garrafas;
Escondido nas sombras, abre a caixa
Onde está a tal peçonha, e vai pingando
Em duas das garrafas — o seu plano
Era deixar uma garrafa limpa
Para botar ali sua bebida;
A noite inteira iria trabalhar
Com florins e florins a carregar...
E nas duas garrafas verte vinho
E segue — alma maligna! — o seu caminho.

Ah, pra que prolongar este sermão?
Chegando lá, perece esse vilão
— Conforme o plano, os outros o mataram.
Após o crime, os brutos ofegaram
E um deles diz: "Que tal beber um pouco?
Temos, ainda, de enterrar um corpo".
E assim dizendo, pega por acaso
Uma garrafa cheia, até o gargalo
De venenoso vinho; então os dois
Beberam — pra morrer logo depois.

Nem mesmo o magistral mouro Avicena,[204]
No *Cânon* descreveu mais feias penas
Mais convulsões e espasmos pavorosos
Do que os daqueles dois jovens maldosos
Que assim tiveram morte merecida
— Após matar seu próprio homicida.

Oh, pecado terrível, detestável!
Ai, homicídio vil, és execrável!
Oh, gulodice, oh, feia jogatina!
Oh, blasfêmia, que o bom Deus abomina!
Oh, vícios da luxúria e da soberba
Que a alma atiram na mais profunda treva!
Como podes, ingrata humanidade,

Tratar com tão horrenda falsidade,
Aquele que verteu sangue por ti?

Todos vocês, que Deus juntou aqui,
Que o Senhor lhes perdoe as impurezas,
E evitem, sempre, o vício da avareza!
Tenho os perdões pra todos os pecados;
Pagando bem, serão bem perdoados;
Eis a bula papal, bula sagrada!
Deem seus broches, seus panos, cobres, pratas!
Nesta lista os seus nomes vou botar
Garantindo no Céu o seu lugar!
Tenho o poder de dar absolvição
A todos, se fizerem doação;
Ficarão sem nenhum pecado imundo
Como recém-nascidos neste mundo!
Eis como prego; e o curandeiro Cristo
Fará cura total, todo o serviço,
— Pois é o doutor das almas —, expurgando
Até mesmo o pecado mais nefando.

Senhores, esqueci algo importante![205]
Tenho aqui de relíquias bom montante
E indulgências papais de qualidade
As melhores da ilha — eis a verdade!
Se alguém aqui quiser absolvição
Em troca de um devoto e bom tostão,
Ajoelhem-se, demonstrem humildade;
Ou então, por etapas, nas cidades
Que encontrarmos ao longo do caminho,
Lhes darei um perdão, novo e fresquinho,
Desde que todos paguem sua parcela.
É para todos honra grande e bela
Na companhia ter um Vendedor
Com credenciais de bom Perdoador
Para lhes dar corretas remissões

Nas mais imprevisíveis ocasiões
— Se por exemplo, alguém levar um tombo
Do cavalo, quebrando-se o pescoço,
Eis-me aqui, infalível, boa gente,
Pra remi-los em caso de acidente!
Que segurança é ter na companhia
Alguém pra dar às almas garantia!
Na fila do perdão, venha primeiro
O maior pecador — dom Albergueiro!
Se doares uns dois ou três alqueires,
Minhas relíquias deixarei que beijes.
Avante, quero ver tua bolsa aberta...

"Mas nem pensar!", nosso Albergueiro berra,
"Nessa eu não caio! Ah, tuas relíquias tolas!
Me farias beijar tuas ceroulas
Pintadas pela tinta do teu cu,
Dizendo ser mortalha de Jesus!
Em vez dessas relíquias inventadas
Vou pegar as tuas bolas, e esmagá-las!
Sim, que tal? Teu colhões vou decepar;
Te ajudo a carregá-los! Num altar
De estrume de suíno vou guardá-los!"

Àquilo, o Vendedor ficou calado
— Furioso, com o rosto a latejar.
Nosso Albergueiro diz: "Não brinco mais
Contigo, já que és todo nervosinho".

Vendo a coisa tomar um mau caminho,
O Cavaleiro disse, prazenteiro:
"Meu caro Vendedor! Meu Albergueiro!
Deixem disso; a piada já foi longe.
Vendedor, desenruga a tua fronte!
E tu, meu tão querido Taverneiro
Dê no bom Vendedor um belo beijo.

E à diversão voltemos, como dantes!".
Beijaram-se, e seguimos adiante.

GRUPO D

Conto da Mulher de Bath

PRÓLOGO DA
MULHER DE BATH

"Se não houvesse em toda a Terra imensa
Autoridade além da experiência
A mim isso seria o suficiente
Pra fazer um relato contundente
Das mazelas da vida de casado.
Perdoem-me se falo em tom ousado,
Mas desde os meus doze anos — Deus bendito! —
Na igreja eu tive já cinco maridos.
(Meus cálculos são justos, rigorosos.)
E todos bons esposos — ao seu modo.

Alguém me disse, pouco tempo atrás,
Que as bodas galileias de Caná
Na Bíblia são o único momento
Em que esteve Jesus num casamento
— E que isso significa, já se vê,
Que devemos casar uma só vez.
E Cristo — que foi Deus em forma humana —
Assim disse à mulher samaritana:
'Cinco vezes na vida desposaste;
Mas o último varão com quem casaste
Já não é teu marido verdadeiro'.
Assim disse Jesus; mas não entendo
O que o Messias quis dizer com isso.
Por que somente o quinto era ilegítimo?

Quantos maridos tu, samaritana,
Poderias juntar, de cama em cama,
Casando-te em devida sucessão?
Escutei muita vã suposição,
Mas ninguém deu um só número final.
Este é meu argumento: o natural
É seguir a instrução que o Senhor deu.
'Multiplicai-vos' — não nos disse Deus?
Posso entender o texto claramente!
Deus disse: é coisa lícita e decente
Que um homem deixe pai e mãe pra trás
E me despose; e Deus não disse mais.
A bigamia ou mesmo octogamias
Não mencionou; então, são vilanias?

Por exemplo: o famoso Salomão
Teve mais de uma esposa em sua mão.
Mais de uma vez ao dia refrescava
O corpo a se esfregar na mulherada;
Bem que eu queria refrescar-me tanto!
Seu talento era grande, era um espanto!
Nenhum varão de agora se compara!
Imagino as potentes estocadas
Que nas noites de núpcias Salomão
Dava em suas noivinhas. Que varão!
Que bom, então, que tive tanto esposo!
Que venha o sexto e seja generoso.
Não pretendo viver em castidade
Só porque enviuvei — pois a verdade
É que assim que um marido se finar
Qualquer cristão eu posso desposar.
Não é pecado, então, o casamento:
Melhor casar do que queimar por dentro.

Que me importa se tanta gente chia
Contra Lameque e sua bigamia?

Abraão foi patriarca e grande santo,
Assim como Jacó. Sim! E no entanto
Eles tinham esposas muitas, tantas
— Casava-se bastante a gente santa!
Me mostrem onde está, no Testamento,
O trecho em que Deus nega o casamento?
Onde está? Quero ver essa passagem!
Tampouco Deus ordena a virgindade.
São Paulo confessou não ter preceitos
Sobre o tema — somente alguns conselhos.
Conselhos não são ordens, me parece!
Aconselhem, se assim lhes apetece,
Receitem castidades à mulher
— Mas ela, enfim, fará só o que quiser.

Se o Senhor exigisse virgindade
De toda a populosa humanidade,
Mais ninguém casaria, simplesmente;
Da nossa raça extingue-se a semente!
Sem casamento em toda a Terra vasta
Não haveria mais nem gente casta...
Se Deus cala, São Paulo não comanda:
Mas dá prêmio a quem não pecar na cama...

Mas nem todos almejam esse prêmio.
Os castos formam um seleto grêmio!
Nem todos têm tão santa vocação.
São Paulo, eu sei, foi casto, e fez sermão
Aconselhando o mesmo a toda gente
— Mas conselho é conselho, simplesmente!
Quanto a casar-se: o santo definiu
Que o matrimônio não é coisa vil;
Portanto, caso o meu marido morra,
Casar de novo é só questão de escolha.
O santo diz: melhor é não tocar
Nas curvas da mulher; pois esfregar

A estopa no tição é perigoso
(O exemplo é bom, e é claro para todos).
Em suma: a virgindade é mais perfeita
Que o casamento feito por fraqueza
— Mas fraca é toda a gente que se casa
Exceto quem se casa e não faz nada.

Confesso: não nasci pro celibato,
Embora seja — eu sei — apreciado
Por quem quer se manter só na pureza.
Se alguém quer ser donzela, então que seja;
A virgindade é santa, sim; é um fato;
Não fico a me gabar do meu estado.
Na casa de um fidalgo, há muitas taças;
Nem todas são só d'ouro, ou bronze ou prata;
Algumas são modestas, de madeiras
— Mas mesmo assim são úteis. Mil maneiras
Deus acha pra chamar a Si suas gentes;
Mil dádivas espalha, diferentes,
Pois variada é sua imensa Criação.
A virgindade é suma perfeição;
Mas Cristo, que foi poço de justeza,
Quando ordenou 'Reneguem a riqueza'
Não quis dizer que toda a raça humana
Deve abraçar a santa mendicância
— Mas só quem tem da perfeição o ensejo.
A perfeição, senhores, não desejo.
Prefiro ver a flor da minha vida
Abrir-se sobre a cama e ser colhida.

Ou podem me dizer: por que razão
Existem órgãos da procriação?
Por que foi feita, então, a genitália?
Não foi — assim suponho — para nada.
Eu sei que muita gente culta afirma
Que os órgãos são só pra purgar urina,

Ou que nossos petrechos lá de baixo
São só pra diferir fêmeas de machos;
Muita gente assim diz, debate e glosa.
Mas isso a experiência não endossa.
Perdoem, doutos, tais opiniões,
Mas acredito em ambas as funções
— Serviço purgatório e a diversão.
Não é pecado algum a engendração
Conforme este provérbio muito arguto:
'À mulher pague o esposo seu tributo'.
De que forma fará tal pagamento
Sem usar o seu túmido instrumento?
Os órgãos servem tanto pra purgar
Quanto para, brincando, procriar.

Porém eu não sugiro — isso é evidente —
Que saia todo o povo, loucamente,
Usando os respectivos instrumentos.
Quem é casto merece o meu respeito;
Jesus Cristo foi casto, isso eu confesso,
E os santos, desde o início do universo.
Eu não guardo rancor nem má vontade
Contra quem segue as leis da castidade.
Que as virgens sejam pão de trigo puro
E nós, esposas, pão gostoso e escuro
— Foi o pão de cevada o suficiente
Para Cristo nutrir copiosa gente.
Na minha vocação e nos meus dotes
Prossigo sem melindres ou fricotes
Usando livremente e com fervor
Os órgãos que ganhei do Criador.
Deus me livre, fazer-me de difícil?
Meu marido usará meu orifício
Quando quiser, pagando o seu imposto.
Por Deus, eu quero ter mais um esposo,
Ao mesmo tempo escravo e devedor.

Em sua carne descontará o valor
Das muitas atribulações terrenas.
Seu corpo será meu, e sua pena
Será meter-me eternamente os óbolos
Conforme sentenciou o santo apóstolo:
'Maridos, amem *bem* suas esposas'.
Que linda essa sentença me ressoa!"

O Vendedor sorriu e disse então:
"Por Deus, madame! Esplêndido sermão!
Tens um dom superior para pregar!
E eu que estava pensando em me casar...
Mas que alto preço, em minha própria carne!
Vou deixar o casório pra mais tarde".

"Espere; tenho muito pra dizer",
A Mulher respondeu. "Logo vais ver
Que o casamento é negro e é amargoso
Como a cerveja — e bem menos gostoso.
Assim que eu terminar o meu relato
Do flagelo da vida de casado
— E em tal flagelo eu fui sempre o chicote —
Diga o senhor se vai querer um gole
Do barril que eu estou pra destampar.
Cuidado! Pense bem antes de entrar
Na roda dos casados. Bons avisos
Darei — e quem não ouve o bom juízo
Do mal juízo dá o exemplo aos sábios.
Assim diz Ptolomeu[206] nos alfarrábios;
Procure no *Almagesto* e encontrará."

"Senhora, nem sequer olhe pra trás!
Só fiz-lhe um elogio. Siga em frente!
Continue a falar abertamente
Sem poupar a ninguém, e nos instrua
— Nós, jovens — na verdade nua e crua",

O Vendedor responde. "Com prazer",
Diz ela, "mas não volte a interromper.
E que ninguém se ofenda do que digo;
Pois digo tudo só pra diverti-los.

Senhores, ao meu conto voltarei.
Pelo vinho que bebo, só direi
A verdade. Dos cinco casamentos,
Três foram bons; os outros dois, tormentos.
Chamo de 'bons' meus três maridos ricos
E velhos. O potente e grande Artigo
Do matrimônio — sabem bem qual é... —
Mal e mal conseguiam pôr em pé.
Ainda hoje eu gargalho ao me lembrar
De como os obrigava a trabalhar
A noite inteira! E todo esse labor
Não era pra ganhar o seu favor;
Já tinham me passado as propriedades;
Não havia quaisquer necessidades
De me esforçar. Me amavam como loucos!
Logo eu de seu amor fazia pouco.

Qualquer mulher esperta e habilidosa
Agrada o seu amante o quanto possa;
Mas eu os tinha aqui, na minha mão;
Suas terras me doaram, por paixão;
Por que então lhes mostrar mais diligência?
Foi por prazer e por conveniência
Que eu lhes tirava o couro — 'Mais e mais!',
Eu dizia, e eles respondiam: 'Ai!'.
Mas jamais ganhariam, tais velhinhos,
Lá em Dunmow o prêmio dos toucinhos![207]
De tal forma eu lhes dominava a mente
Que saíam correndo, alegremente,
Pra me comprar qualquer coisa vistosa
— Mui gratos, se eu lhes fosse carinhosa,

Porque eu, no mais das vezes, só xingava...

Era assim que eu, astuta, governava.
Pois eis a regra da mulher sabida:
É bom deixá-los só na defensiva.
Nenhum homem prageja, grita ou mente
Como a mulher — que o faz peritamente!
Não falo das mulheres recatadas
Mas das espertas, das bem viajadas.
Se um boato chegar até o marido
Por algum passarinho intrometido,
A esposa saberá provar, astuta,
Que essa ave tagarela está maluca,
E ela fará até mesmo sua criada
Confirmar que ela é dama imaculada.
Agora, meus senhores, bem atentos!
Eis como eu lhes lançava xingamentos:

'Caduco, como explicas tal injúria?
Sem vestidos bonitos, na penúria,
Eu vivo, mas a esposa do vizinho
Tem um vestido rico e bem novinho!
E tu, por que tens sempre frequentado
A casa do vizinho? Depravado!
Vais lá só pra espiar aquela moça!
E em casa, enquanto a serva lava a louça,
Ficas a cochichar obscenidades!
Decrépito safado! Em tua idade
Devias ter deixado esses brinquedos!
Me acusas de viver sempre em folguedos
Se acaso ponho o pé fora de casa;
E se eu tenho um amigo, sou chamada
De puta escandalosa e de rameira!
Deslavado, tu vens na bebedeira
E como um pregador, fazes sermão
Dizendo: *É uma terrível maldição*

Casar-se com mulher modesta e pobre:
Pois ela custa muita prata e cobre;[208]
Pior é desposar mulheres ricas
E nobres — são mimadas, atrevidas,
Com surtos melancólicos — tortura!
E dizes: Se ela é bela, não é pura;
Pois como pode ser casta e fiel
Se tantos querem lhe chupar o mel?
Dizes que uns nos cortejam por desejo;
Outros querem apenas o dinheiro;
Alguns por sermos boas dançarinas,
Ou por termos mãos brancas, pequeninas;
Ou por sermos formosas e corteses;
— O diabo nos possui, todas as vezes!
Dizes: Após um cerco prolongado
Todo castelo enfim é conquistado.
E se a mulher acaso for feiosa
— Insistes — corre sempre, em polvorosa,
Atrás de alguém que esqueça que ela é feia,
Alguém bravo o bastante pra comê-la.
Pois mesmo a gansa mais feia e mais bruta
Acaba por achar ganso que a cubra;
E as éguas que ninguém mais quer montar
São as mais impossíveis de domar.
Que o homem, se é sábio, escape ao casamento!
— Assim dizes, maldito rabugento,
Todas as noites, antes de dormir.
O Céu, com raio e fogo, vai punir
Tua rabugice, um dia, e tua carcaça!

Teto caindo, incêndio com fumaça
E uma mulher xingando — assim afirmas —
São três coisas que um homem abomina
E que o fazem fugir da residência.
Ai, o pobre velhinho quer clemência!

Dizes que todas nós sempre ocultamos
Nossos defeitos — mas então, casamos,
E surgem tais defeitos, mais de mil.
Belo ditado, em boca de imbecil!

Insistes: *Antes de comprar cavalos*
Ou bois, o comprador deve testá-los;
Há mil ocasiões e mil maneiras
De testar utensílios, ferramentas,
Camisas, vestes, antes de comprar
— Porém, somos forçados a casar
Sem experimentar a nossa esposa,
Sem saber se ela é doce e mansa, ou louca.

Afirmas: *Se não digo, o tempo inteiro*
Que bonitos seus olhos, seus cabelos;
Se não lhe dou presente caprichado,
Se não lhe faço vênias, deslumbrado,
Dizendo sem parar oh, linda dama
— Então, por Deus, por Deus, como reclama!
Ai de mim, se eu irrito sua criada,
Se acaso deixo a camareira irada,
Ou ofendo o seu pai, ou seus parentes!
Assim, tonel de falsidades, mentes!

E ficas com ciúmes desvairados
Do nosso servo Johnny — oh, coitado,
Só porque tem cabelos louros, lindos,
Ou porque ele é um rapaz forte e bonito,
Que me trata como uma grande dama.
E daí? Não o quero em minha cama
Nem que tu, velho, morras amanhã.
E por que tua mania tonta e vã
De me ocultar as chaves do baú?
Sou dona do dinheiro, como tu.
Então, queres roubar todo o meu ouro

E ao mesmo tempo, abocanhar meu corpo?
Não podes ter os dois, pois não sou boba.
E a minha liberdade também roubas
Me espiando e seguindo o dia inteiro,
Sempre a bisbilhotar, velho ciumento!
Queres trancar-me à chave no teu cofre?
Deverias dizer: *Minha consorte,*
Passeia onde quiseres. Meus ouvidos
São surdos a fofocas, mexericos.
Sei que és boa mulher, ó dama Alice.
Ninguém ama o marido se ele insiste
Em saber onde estamos, todo o tempo.
Gostamos de andar soltas como o vento.
O bendito e sagaz dom Ptolomeu
Num dos textos famosos escreveu:
Não se importa quem é sábio e profundo
Se noutra mão abunda o vasto mundo.
Que se interprete assim esse ditado:
Se tu estás bem servido e repimpado,
Andando sempre de barriga cheia,
Por que te ofende uma alegria alheia?
De dia, não importa onde eu me meta:
À noite, comes sempre esta boceta!
Tu vives bem servido. É muito avaro
Quem não empresta o vasto candelabro
Pra que outro homem sua vela acenda.
Não ficarás sem luz, nem sem boceta!

Por que não dividir o que te sobra?
E tua rabugice vil redobra
Se me visto com gosto e qualidade.
Isso é um perigo à santa castidade!,
Exclamas. E depois buscas, afoito,
Em citações da Bíblia teu apoio:
Que as mulheres se vistam com decência
Sem pôr ornatos em sua aparência,

Sem pérolas, sem ouros ou penteados.
Tais citações de textos empolados
Para mim, valem menos que um mosquito.
És como as gatas, dizes, enxabido.
Se no seu rabo ponho um ferro quente,
A gata fica em casa, obediente.
Mas se a deixo com pelo liso, lindo,
Não para em casa — e enquanto estou dormindo,
Lá vai ela a miar pelos telhados,
No cio, querendo o peso de outro macho.
Se a trato bem, com roupa rica e bela,
Sai a trepar qual gata ou qual cadela.

Coisa inútil, tentar me espionar!
Ainda que pudesses contratar
O velho Argos — um ótimo espião! —
Seria tudo inútil, tudo em vão!
Eu faço o que quiser — nas vossas barbas!

E dizes: *Há no mundo três desgraças*[209]
Que afligem toda a terra, céus e mar;
E a quarta ninguém pode tolerar.
Ilustre mequetrefe, és ignorante!
Tu dizes que a mulher — vil, enervante —
É a quarta praga a atormentar o mundo.
Que pensador sutil, e tão profundo!
Não haverá tormento sobre a Terra
Pior do que a mulher? Que tola ideia!

Comparas: *Como a seca e o fogo eterno*
É o amor da mulher, e como o Inferno;
Terra gretada, onde água nunca para;
Chama que cresce, quando alimentada,
Até consumir tudo o que ali existe.
O verme rói as árvores — insistes —
E assim rói a mulher ao seu marido

Até deixá-lo roto e ressequido'.

Era assim, cavalheiros e senhores,
Que eu mantinha meus velhos sob controle.
Acusava-os de serem tresloucados,
Rudes e brutos, quando embriagados.
Era mentira — eu inventava tudo;
Porém, eu recorria ao testemunho
Do criado e também minha sobrinha.
Eu fazia terrível ladainha
Qual uma égua bravia, loucamente
— Mas o esposo era sempre um inocente.
Duramente eu os fazia padecer!
Não podia jamais reconhecer
Que eu mesmo havia feito coisa errada
— Xingava, mesmo sendo eu a culpada.
Se eu não mentisse e não gritasse assim,
Estaria a causar meu próprio fim!

Quem ataca primeiro é mais esperto:
E assim, veloz, eu derrotava os velhos,
Que imploravam perdão, mansos, submissos,
Por crimes que não tinham cometido.
Acusava-os de serem mulherengos
— Embora fossem molengões enfermos;
Alegravam-se dessa acusação
Como se fosse prova de afeição.
Quando eu saía em noites luxuriantes,
Dizia espionar suas amantes
— E assim me divertia mais e mais!
Tais astúcias são dotes naturais;
Mentir, chorar, tramar — eis o talento
Que ganhamos de Deus ao nascimento.
De tal façanha posso me gabar:
No final, era sempre eu a ganhar,
Por força cega ou por engenho fino,

Com murmúrios, rosnados ou grunhidos.

E na cama é que eu mais atormentava:
Tão logo a tola mão me bolinava,
Eu não tardava em lhes cobrar o preço;
Não lhes dava prazer sem pagamento!
Se aceitavam pagar o meu tributo,
Eu tolerava a mão, e dava tudo.
Pois digo a qualquer homem: vem e tenta!
Quem paga, pega; tudo eu ponho à venda.
Pois pássaro não pousa em mão vazia.
De sua luxúria, prata eu extraía,
Com apetite falso e simulado
— Carne mole não é do meu agrado.
Por isso mesmo eu sem parar xingava;
E até mesmo se ali estivesse o papa
Testemunhando tudo à nossa mesa
Seguiria a xingar com aspereza.
Se por obra de Deus, neste momento,
Tivesse eu de escrever meu testamento,
Não haveria débito pendente:
Cobrei-os com rigor, fúria inclemente,
Palavra por palavra — e o meu engenho
Levou os meus rivais ao desespero.
E mesmo estando irados quais leões
Rendiam-se afinal — os moleirões.

Após a rendição, eu lhes dizia:
'Querido esposo, observa a calmaria
E a mansidão de Wilkin, nossa ovelha.
Vem, meu querido, beijo-te a bochecha...
Assim tu deves ser: manso, paciente,
Com alma adocicada, obediente...
Gostas de Jó? Imita a paciência
Do patriarca. Em suave consciência
Pratica o que tu pregas. Do contrário

Devo ensinar-te — é justo e necessário
Manter nossa harmonia conjugal.
É o homem mais sensato e racional
Que a esposa: então, que aguente o nosso jugo.
Alguém tem de ceder! Os teus resmungos
São ciúmes da minha bocetinha?
Mas vem então e come ela todinha!
Se na rua eu vendesse a *belle chose*
Eu andaria cheia de ouro e pose.
Mas guardo essa boceta pro meu amo.
Ai, Peter, eu te xingo, mas eu te amo!'.

Três velhos dessa forma dominei.
Porém, do quarto esposo contarei...

Esse quarto marido — um rufião!
Tinha uma amante — e eu cheia de tesão!
Eu era jovem, forte e bem fornida,
Alegre, e mui amiga da bebida.
Com harpas a tocar, de sol a sol,
Cantava linda como um rouxinol,
Após beber uns bons goles de vinho.

Metélio, aquele vil, bruto suíno
— Que condenou a pobre esposa à morte
Por ter bebido, fosse eu a consorte
Jamais me afastaria da bebida!
Vinho desperta Vênus, minha amiga.
Se o frio gera granizo, a boca quente
Inflama o corpo e deixa o rabo ardente;
Quando bebe, a mulher fica à mercê
Do espertalhão que queira nos comer.

Bom Deus! Quando recordo os jovens dias
De minhas aventuras e euforias,
De prazer me estremece o coração!

Agora mesmo sinto a comoção:
Fui dona do meu tempo e do meu mundo;
Pois com ardor vivi, provei de tudo;
Conheci todo o bem e o mal na Terra.
Mas a idade, que a tudo mata e enterra,
Envenenou meu corpo e o meu vigor.
Já não sou bela. Ah, seja como for!
Adeus! E que vá tudo pro diabo!
O mel secou; porém, tenho guardados
Uns truques pra manter minha alegria.
Mas volto ao meu marido. Eu lhes dizia...

Meu coração estava irado, em chamas,
Porque outra ele botava em sua cama.
Mas ele pagou caro, por Jesus!
Do lenho do ciúme, eu fiz a cruz
Do seu suplício — não pequei, é claro;
Mas deixei muitos homens deslumbrados
Com meus ares coquetes e a fartura
De olhares. E fritei em sua gordura
O marido que ousou me atraiçoar.
Que possa então sua alma descansar!
Pois nesta Terra eu fui seu purgatório.
Como chorou, tristonho e melancólico!
Apenas ele mesmo — além de Deus —
Sabe como o feri e como sofreu.

Fui a Jerusalém,[210] com palmeirins;
Voltei — e o meu marido teve um fim.
Morreu; foi sepultado no transepto.
Em tumba que não era — eu o confesso... —
Tão luxuosa quanto a de Dario.[211]
É desperdício inútil e vazio
Gastar dinheiro em ricos funerais...
Ele está morto, enfim. Descanse em paz.

Falemos do meu último marido...
Que o fogo eterno o poupe! Esse bandido
Foi comigo o mais bruto dos calhordas.
Ainda nas costelas trago as mostras
Das surras que me deu. Porém, no leito,
Era amante voraz, rijo e perfeito.
Mesmo após me bater osso por osso,
Lá vinha com cortejos, sinuoso;
Sem resistir, a tudo eu perdoava,
E esta minha *belle chose* alegre dava.
Porque era em seu amor parcimonioso,
Amei-o, eu confesso, mais que a todos.
Pois nós mulheres temos tal mania
— Peculiar, estranha fantasia —
O nosso coração se põe a arder
Por aquilo que não podemos ter.
Quando algo é proibido, desejamos;
E o que vem fácil, sempre desprezamos.
Quando a mercadoria faz-se rara
Ela se torna — é claro — bem mais cara.
A coisa perde encanto, se é barata,
Como sabe qualquer mulher sensata.

Com meu quinto marido — e só com ele —
Não casei por dinheiro ou interesse,
Mas por amor. Em Oxford estudara
Mas a escola, por fim, abandonara,
E passou a alugar uma pecinha
Na casa de leal amiga minha
— Alisson se chamava essa comadre.
Me conhece melhor até que o padre;
Segredos eu lhe confessava todos
— E os segredos também do meu esposo.
Se ele acaso mijasse junto ao muro
Ou cometesse crime horrendo, obscuro,
Tudo eu contava à minha grande amiga

E à minha cara e mui leal sobrinha.
Nada escondia às minhas confidentes
— E o meu pobre marido, que imprudente!
Corava de embaraço, arrependido
Por seus segredos partilhar comigo.

Um dia, na Quaresma, de visita
Fui à casa de minha cara amiga.
Sempre gostei de andar pela cidade
Na primavera, ouvindo o rico alarde
Das fofocas e contos mais variados.

Pois bem: com a comadre fui a um prado
E Jankin — o estudante — foi conosco.
Estava a viajar meu quarto esposo;
Assim, era ocasião bem divertida
Para brincar de ver e de ser vista,
Me exibindo aos fogosos garotões.
Quem sabe quando ou donde o Fado põe
Nossa chance de gozo e de alegria?
Por isso a todo lado, alegre, eu ia:
Às vigílias, aos ritos, procissões,
Aos casamentos, santas pregações,
A romarias, peças de milagres,
Vestindo lindas capas escarlates.
Jamais a traça devorou-me as capas;
Eu mesma as corroía, só de usá-las.

Pois bem: vou lhes contar o sucedido.
Já tínhamos os prados percorrido
Por horas — nosso flerte andava forte.
Por previdência, e pra testar a sorte
Ao estudante eu disse: caso um dia
Enviuvasse, a mão eu lhe daria.
Eu sempre tive grande previdência
Em termos conjugais — é minha essência

Ter uma alternativa preparada.
Se o camundongo tem, em toda a casa,
Um único buraco pra escapar,
Na barriga do gato vai parar.

Eu disse: me lançaste o teu feitiço!
(Minha mãe me ensinou a dizer isso).
Também disse: sonhei noite passada
Que eu estando na cama bem deitada
Tu vinhas me matar; sangue escorria.

Mas foi um sonho bom — eu garantia —
Sangue indica geral prosperidade.
— Menti; eu não sonhara de verdade;
De minha mãe seguia as artimanhas.
Dela herdei essa e muitas outras manhas.

Mas, ai... perdi o fio dessa meada...
Ah, sim! Lembrei agora onde eu estava...

Estando o meu marido no caixão
Carpi, com lamuriosa ostentação,
Pois de uma boa esposa esse é o dever.
(Sob o lenço, ninguém podia ver
Minha face: de fato, chorei pouco
Pois tinha garantido um novo esposo.)

O caixão foi levado para a igreja
E os vizinhos carpiam com tristeza;
Avistei o estudante no cortejo
E ao vê-lo fiquei cheia de desejo.
Que porte! Lindas pernas! Nesse instante
Meu coração eu dei ao estudante
E o meu mais puro e mais fogoso afeto.
Jankin havia visto uns vinte invernos;
E eu tinha o dobro disso em minhas ancas.

Mas sempre tive dentes de potranca;
Tenho espaço entre os dentes: podem vê-lo.[212]
Santa Vênus marcou-me; eis o seu selo!
Por Deus, como eu ardia de lascívia!
Endinheirada, bem-disposta e viva!
E os meus maridos, todos, garantiam:
Eu tinha a melhor vulva que já viram!
Nos sentimentos, sou venusiana;
Na têmpera, porém, sou marciana.
Ganhei de Vênus grande ardor, lascívia;
De Marte, persistência e teimosia;
Sou do signo de Touro.[213] Ai, duro Fado!
Ai! por que tem o amor que ser pecado?
Na vida, segui sempre a inclinação
Conforme a superior constelação;
Não tenho escolha — a jovens fortes, belos,
A câmara de Vênus nunca nego.
Pois minha face tem sinal de Marte
— Assim como outras mais privadas partes.
Pois em nome de minha salvação,
No amor eu nunca tive discrição.
Segui meus apetites: se o rapaz
É pobre ou é magnata, tanto faz;
Alto ou baixo, ou se é claro ou se é moreno
— Importa é que desperte o meu desejo.

O que posso dizer? Eis a verdade.
Com pompa e com geral solenidade
O belo e esperto Jankin desposei
— Do enterro, não passara mais de um mês.
Todos os bens que um dia eu adquiri
A Jankin, por amor, eu transferi.
Mas logo percebi que eu fiz bobagem!
Parou de realizar minhas vontades,
E um dia deu-me enorme bofetada
— Só porque, nesse dia, eu arrancara

A folha de um de seus amados livros.
O bofetão pegou-me pelo ouvido
E desde então sou surda de uma orelha.
Mas foi em vão! Pois sigo faladeira
E brava como a fêmea do leão.
Meu Jankin recorria à citação
Da história de um romano, um tal Simplicius,
Que desertou a esposa por seus vícios
— O 'vício' da mulher foi ter pisado
Na rua com cabelo destapado!

Falou de outro romano grosseirão
Que viu a esposa em jogos de verão
E abandonou-a sem tardar, lá mesmo.

Põe-se a folhear seus tomos rabugentos;
O Eclesiástico cita, com alardes
Preferindo entre todas a passagem:
'Não deixes que a mulher vague na rua'.
E a recitar mui sério continua:

Quem faz casa com ramos de salgueiro
Ou sai a cavalgar potro matreiro
Ou da esposa não doma o paradeiro
— Por favor, que se enforque o cavalheiro!

Pra mim, contudo, não valiam nada
Aquelas citações empoeiradas.
Nenhum homem fará que eu tome jeito.
Odeio que me apontem meus defeitos,
E nisso sou igual a muita gente!
Ah, eu o deixava louco, simplesmente,
Sem tréguas, sem jamais temporizar...

Por são Tomás, agora vou contar
Do livro cuja página arranquei,

De nossa briga e o tapa que levei.

Bem: Jankin tinha um texto em sua estante,
Que, lendo, ria em riso hilariante,
Chamado *Teophrastus e Valerius*.[214]
De Salomão gostava dos Provérbios,
Também lia com gosto Tertuliano,
Jerônimo, inimigo de Joviano,
E Trótula e Heloísa e um tal Crisipo,
E aquela *Arte* composta por Ovídio.
E todos esses textos desgraçados
Estavam num volume encadernados.
Nas horas vagas, sempre, por prazer,
Jankin, a gargalhar, punha-se a ler
O tomo com histórias detalhadas
De esposas viciosas e malvadas.
Conhecia melhor essas perfídias
Do que as belas legendas que há na Bíblia
Sobre esposas leais e valorosas.
Pois os letrados — pragas rancorosas! —
Das mulheres só sabem falar mal,
Exceto em circunstância casual
Ao falar de uma santa venerada
— Das outras, falam mal, ou falam nada!
Quem pintou o leão?, eu lhes pergunto,[215]
Quem conta o conto molda e altera tudo.
Se por mulheres fosse a história escrita
Com todas as perfídias masculinas
Da linhagem feroz do pai Adão
Não haveria aos homens redenção!
Entre as proles de Vênus e Mercúrio[216]
Há constantes atritos e infortúnio.
Mercúrio ama os saberes e as ciências;
Vênus ama a loucura e as impudências.
Extrema e violenta oposição.
Um tomba, se o outro está em sua ascensão.

Mercúrio em Peixes fica desolado
— Por Vênus Peixes sempre é dominado;
Mercúrio sobe, então Vênus decresce.
Por isso, um erudito jamais tece
Elogios ao reino feminino.
Ao ficar velho e brocha, o erudito
Só vive a resmungar: tais animais
— As fêmeas — são lascivas, desleais!

Mas voltemos ao tema, meus amigos:
Eis como eu fui surrada por um livro.
Certo dia, sentando junto ao fogo,
Meu ilustre, meu ilustrado esposo
Pôs-se a ler das maldades da mãe Eva
Que a raça humana inteira pôs na treva.
Por essa falta, o nosso bom Senhor
Jesus nos redimiu com sangue e dor.
Portanto, a feminina iniquidade,
Causou a perdição da humanidade!

A seguir, ele leu-me a narração
Da história de Dalila e de Sansão
— Por culpa da mulher, pereceu cego.
A seguir, recitou o conto grego
De Dejanira e de Hércules — o moço,
Coitado, comburiu o próprio corpo.

Não deixou de falar das desventuras
De Sócrates — que teve esposas duas.
Xantipa era uma delas — e um penico
Esvaziou em cima do marido,
Que mui sábio e tranquilo, lhe retruca:
'Antes que o trovão cale, vem a chuva'.

Por perversão, achava uma delícia
A história da cretana, a tal Pasífaa[217]

— Mas não quero falar dessa tarada!
Que mau gosto! Que louca depravada!

Igualmente falou de outra perversa
Rainha de Micenas, Clitemnestra,
Que matou seu marido, por luxúria.

E falou de outra esposa muito espúria,
Erifile, que delatou o esposo,
Anfiarau — e o pobre homem foi morto
Pelos gregos, por culpa da mulher.
Anfiarau estava a se esconder
Em reduto secreto — e ela o traiu
Em troca de um pedaço de ouro vil.

De Lívia e de Lucília relatou:
Uma por ódio, e a outra por amor,
As duas destruíram seus esposos.
Com um copo de vinho venenoso
Matou Lívia ao marido detestado.
Lucília, por desejo assoberbado,
Quis dominar o afeto do marido
E o fez beber um amoroso filtro
Tão forte que o coitado pereceu.
Assim os homens sofrem, meu bom Deus!

Depois, de um tal Latúmio me contou
Que perante um tal Árrio lamentou:
'Uma árvore cresceu em meu jardim;
Das três esposas minhas foi o fim.
Enforcaram-se as três em um dos galhos'.
'Meu bom amigo', diz-lhe esse tal Árrio,
'Dá-me um ramo da planta abençoada!
Em meu próprio jardim hei de plantá-la.'

Leu de esposas, em tempos mais recentes,

Que os maridos mataram, indecentes,
Depois com seus amantes fornicaram
Enquanto seus esposos esfriavam.

Foram vários os modos de matá-los:
Certas vezes, com vinho envenenado;
Outras vezes, estando adormecidos,
Um prego em suas testas foi metido!
E de nós disse mais infâmias, muitas
— Mais do que cresce a relva nas planuras.

Dizia: 'Melhor ter habitação
Com o tigre feroz ou com leão
Que com mulher de gênio complicado;
Melhor viver em cima do telhado
Do que na casa onde a mulher impera;
O que ao marido agrada, ela detesta.
E quando a mulher tira o seu vestido,
Então, todo o pudor está perdido.
Beleza, quando à pecadora adorna,
É um ornato dourado numa porca'.

Ai que tortura imensa, um tal sermão!
Já quase me estourava o coração.
Pensei: 'Ele não vai nunca parar!'.
Não me contive. Tive de arrancar
Duas folhas do livro amaldiçoado!
E um soco desferi no desbocado
Tão forte que tombou sobre o fogão.

Ergueu-se em fúria, doido qual leão,
E desferiu-me bruta bofetada
— Caí no chão, fiquei paralisada.

Ele achou que tivesse me matado;
Por pouco não fugiu apavorado.

Mas então do desmaio eu despertei.
'Me mataste, bandido!', eu exclamei.
'Das minhas terras queres te apossar!
Mas antes de morrer — vou te beijar.'

Ajoelhou-se no chão, com face aflita:
'Amada Alice! Esposa mui querida!
Nunca mais vou bater em tua cara...
Mas a culpa foi tua, minha cara!'.
Tinha o rosto sensível, preocupado;
Eu lhe dei mais um tapa (bem mais fraco...)
Dizendo: 'Pulha, agora estamos quites;
Vou morrer, não me toques mais, desiste!'.

Mas após muita discussão, tumulto,
Alcançou-se um tratado e pleno indulto;
Ele pôs finalmente em minhas mãos
O controle das coisas e o bridão
Da sua vida e sua alma, e dos bens todos
— E o tal livro, aceitou jogar no fogo.
Assim com artimanhas, mil enredos,
O domínio ganhei do casamento.
E ele me disse: 'Esposa bem-amada,
Agora soberana e liberada,
Viverás, sem obedecer ninguém;
Mas cuida da tua honra e dos meus bens'.
E nunca mais tivemos discussão;
Eu lhe dei lealdade e devoção
Mais que qualquer esposa, desde as Índias
À Dinamarca; e assim foi nossa vida.
E que o Senhor o tenha em Sua glória!
E agora, vou contar-lhes outra história."

PALAVRAS ENTRE
O BELEGUIM E O FRADE

Após a fala, o Frade riu alegre.
"Comadre! Seu destino seja leve!
Esse foi um preâmbulo comprido!"
O Beleguim retruca: "Que enxerido!
Pelos braços de Deus, por minha vida!
Pertences a uma espécie intrometida.
Os frades são iguais à mosca infame:
Onde podem, se enfiam, num enxame.
Pra que falar em preambulação?
Assim estragas nossa diversão.
Ambula ou preambula ou vai-te, enfim!".
O Frade diz: "Pois não, Sir Beleguim!
Porém, por minha fé, antes que eu vá,
De beleguins um conto vou contar
Ou mesmo dois. Será coisa engraçada".
"Pois bem! Antes da próxima parada",
Replica o Beleguim, em bom inglês,
"Terás um belo conto, ou dois, ou três,
De frades — historinha bem contada
Que deixará tua alma desolada.
Ah! Vejo que já estás meio nervoso..."

"Já basta!", o nosso Guia grita grosso.
"Parece até que os dois estão borrachos!
Que a boa dama faça o seu relato.
Senhora, conte o conto, por favor."
Diz ela: "Contarei, meu bom senhor,
Se o meu amigo Frade permitir".
O Frade diz: "Prossiga! Vou ouvir".

CONTO DA
MULHER DE BATH

Quando Artur governava na Inglaterra
— rei dos bretões —, por toda a nossa terra
Abundavam as criaturas mágicas.
A rainha dos elfos, majestática,
Dançava em fulgurante companhia
Por verdejantes prados e campinas.
Mas isso foi há muito tempo atrás:
Agora já é impossível se encontrar
Um elfo nesta ou noutras regiões,
Por conta das renhidas orações
De frades e outras gentes benzedeiras
— Como grãos infinitos de poeira —
Que vasculham regatos e florestas,
Abençoando ângulos e arestas
Nos castelos, nas torres e salões,
Cozinhas, vilas, cortes e mansões,
Currais e burgos — essas empreitadas
Acabaram com elfos e com fadas.
Por onde andavam silfos e duendes
Agora vai o benzedor, somente,
No fim da tarde ou pelas madrugadas,
Com matinas e rezas mui variadas,
Percorrendo os limites do distrito.
Mulheres podem ir já sem perigo
Aos bosques — sob as árvores, arbustos,
Já íncubo nenhum vai dar-lhes sustos
Além do próprio benzedeiro frade
Que só fará tomar sua virgindade.

Na régia corte, havia um certo moço
Por índole abusado e luxurioso.
Um dia, retornava lá do rio
E de repente uma donzela viu

Num prado, à frente. Os dois estão sozinhos.
O cavaleiro corta-lhe o caminho;
A dama ordena que ele vá embora
Mas ele a toma afoito e já a deflora.

Houve clamor imenso e mil denúncias
Por tal ato opressivo de luxúria
E o rei Artur, ouvindo a acusação,
Condena o cavaleiro à execução.
E a cabeça do jovem rolaria
Se não fossem as damas e a rainha,
Que intercederam junto ao soberano.
Artur poupou o jovem; no entanto
À rainha deixou o julgamento
De o soltar ou matar, passado um tempo.

A rainha agradece a concessão
E vai até esse jovem na prisão
E diz-lhe: "Teu estado é lamentável,
Pois tua morte ainda é bem provável.
Tua reles vida eu pouparei somente
Se puderes dizer corretamente:
O que toda mulher quer e deseja?
Responde, e salvarás tua cabeça.
Se não sabes dizer de imediato,
Doze meses e um dia — eis o teu prazo.
Permitirei que saias em viagem
Por todo o reino, em busca da verdade;
Mas quero teu penhor e juramento
De aqui voltar, tão logo findo o tempo".

Debate-se o rapaz; triste, suspira;
Porém, já não lhe resta alternativa.
Decide então partir, e após um ano
Ao palácio voltar do soberano
Com resposta que Deus lhe confiar.

E logo então se põe a viajar.

Percorreu muitas terras e moradas
Em busca da resposta desejada;
Mas não achou sequer uma paragem
Onde duas pessoas concordassem
Sobre aquela matéria capital:
O que as damas mais amam, afinal?

Uns dizem que elas amam só riqueza;
Uns dizem que amam honra e gentileza;
Uns dizem: "Roupas finas, cama ardente";
"Enviuvar, casar-se novamente";
Alguns dizem que o nosso coração
Quer mesmo é receber bajulação.
Quem disse isso, eu admito, chegou perto.
Pra nos ganhar, eis um caminho certo:
Fazer-nos mil lisonjas e mil mimos
— Em armadilhas tais, sempre caímos.

Mas outros dizem que o que mais amamos
É sermos livres, sem senhor ou amos,
E que ninguém aponte as nossas falhas
E só nos chamem "boas" e "sensatas".
E de fato não há mulher alguma
Que não dê coices se alguém mete as unhas
Na sua ferida ao lhe dizer verdades;
Experimente quem tiver coragem.
Por mais que a mulher seja viciosa
Quer fama imaculada e preciosa.
E alguns dizem que o nosso peito aspira
À fama de discretas, fidedignas,
De espírito mui firme, consciencioso,
Sem trair os segredos dos esposos.
Mas essa ideia é baboseira pura!
Mulher — guardar segredos? Que loucura!

Recordem Midas! Já lhes conto o caso.

Ovídio, entre outros mínimos relatos,
Contou que sob as mechas do rei Midas
De burro havia orelhas escondidas.
Essa deformidade repelente
Tratava de esconder de toda gente
Exceto da mulher, a quem amava,
E em quem completamente confiava.
Suplicou que a nenhuma criatura
Ela contasse a sua desventura;
E ela fez juramento redobrado
De jamais cometer um tal pecado.
Ela mesma seria difamada
Se soubessem do esposo tal desgraça!
Mas a mulher pensou: eu não aguento
Carregar solitária um tal segredo;
Para seu coração não explodir,
Uma palavra, um som tem de expelir.

Não ousando contar a um ser humano,
A mulher vai correndo até algum pântano,
E qual ave espirrando sobre o lodo
Contou às águas seu segredo todo:
"Com teus ruídos, água, não me traias,
Mas preciso desafogar minh'alma:
As orelhas de Midas são de um asno!
Agora posso respirar, eu acho...".
(Eis a moral: podemos aguentar
Um pouco, mas no fim, vamos vazar.
Pois mulheres jamais guardam segredo.
Quanto ao resto da história, e o fim do enredo,
O bom senhor Ovídio lhes dirá.)

O cavaleiro andou de cá pra lá
Mas não achou à tal questão resposta:

Do que, afinal, é que a mulher mais gosta?
Ficou de alma dolente e desolada;
Pois o prazo da busca se acabara.
Naquela condição vai cavalgando
De volta à corte, cabisbaixo, quando
Às margens da floresta, eis uma dança:
São mais de vinte e quatro belas damas.
Dirige-se à dançante companhia
Na esperança de achar sabedoria.
Mas antes que pudesse lá chegar,
A dança se desfez, mesclou-se ao ar!
Ali já nenhum ser era avistado
Além de horrenda velha, sobre um prado.
No mundo, não se viu maior feiura.
Levanta-se da relva a criatura.
"Aqui termina a senda, cavaleiro",
Diz ela. "Buscas qual conhecimento?
Talvez eu possa te ajudar, amigo.
De muitas coisas sabe o povo antigo."

"Querida mãe", o cavaleiro diz,
"Eu tenho o fio da vida por um triz.
A menos que responda, nobre dama,
O que toda mulher mais quer, mais ama.
Eu pagarei bom preço pela ajuda."
"Dá-me tua mão", diz ela, "e agora jura
Que atenderás meu próximo pedido,
E verás teu problema resolvido."
"Por minha honra, eu juro!", ele replica.
Diz ela: "Então salvaste a tua vida.
Garanto: estás já livre do perigo
E a rainha há de concordar comigo.
Nem a nobre mais fina e melindrosa
Nem a esposa mais brava ou orgulhosa
Poderá discordar dessa lição.
Sem mais delongas! Vamos logo, então".

No ouvido então lhe cochichou segredo,
E disse que já não tivesse medo.

Os dois então vão juntos para o paço
E o cavaleiro diz: "Cumpri meu prazo.
Tenho a resposta, e finda está a querela".

Muita matrona e mui lindas donzelas,
Muitas viúvas muito experientes
Numa assembleia grave e mui solene
Junto à rainha, em tribunal, esperam;
E ao cavaleiro os guardas lá trouxeram.

Ordenou-se o silêncio no salão
Para que ele dissesse a solução
A tão profundo enigma. O cavaleiro
Responde em tom viril e sobranceiro:

"Grande rainha, grande suserana,
O que quer a mulher? Ser soberana.[218]
Dominar seu marido ou seu amante:
Que ninguém a domine ou nela mande.
Estou ao teu dispor; eis a verdade.
Faz como queiras, mesmo que me mates".

Não há donzela, virgem nem consorte,
Matrona ou dama que negue ou discorde.
E todas dizem: "Salva está sua vida!".

Então se ergueu a velha ressequida
Que na campina o jovem encontrara,
E disse: "Ó soberana mui honrada!
Antes que partas, dá-me o meu direito.
Pois fui eu quem salvou o cavaleiro.
Ensinei-lhe a resposta, e eis o meu preço:
Que ele me satisfaça um só desejo.

Ele jurou cumprir, seja qual for,
O meu pedido. Então, meu bom senhor,
Escuta! Quero ser a tua esposa.
Desposa-me! Juraste, por tua honra,
E sabes bem quem te salvou a vida".

"Ó dor! desgraça!", o cavaleiro grita.
"Eu lembro muito bem da tal promessa,
Porém suplico que outra coisa peças!
Toma meus bens, mas deixa o corpo livre!"
"Jamais", a velha em voz bem alta diz-lhe.
"Mesmo que eu seja velha, feia e pobre,
Nem por todas as joias finas, nobres,
Renunciarei a ti, lindo Senhor!
Serei a tua esposa e o teu amor."

"O meu amor? A minha danação!
Jamais fará tão tétrica união
Alguém de minha raça e minha estirpe!"
Mas de nada valeu a diatribe.
Forçado a desposar aquela dama
O jovem, com a velha, foi pra cama.

Se por acaso alguém olhar pra mim
Perguntando do gozo do festim
Que se fez na ocasião do casamento,
Respondo sem tardar, num só alento:
Festim não houve, e muito menos gozo.
Foi um dia tristonho e pavoroso;
Secreta a cerimônia, em sala escura;
O moço se escondeu como coruja
O dia inteiro — com vergonha imensa
Por desposar tal bruxa, tão horrenda.

E na hora de ir pra cama, que tortura!
No quarto, apavorado, perambula,

De um lado andando ao outro, em desespero.
Sorri a antiga esposa sobre o leito.
"Querido", diz, "acaso é desta forma
Que a gente que se casa se comporta?
É seu costume? Acaso esta é uma lei
Na casa do teu venerável rei?
Os homens desta terra são tão mornos?
Querido, a tua timidez reprovo!
Sou teu amor, e esposa mui querida;
Sou quem, enfim, salvou a tua vida.
Que fiz eu para merecer tal sorte?
Por que tratar assim tua consorte?
Diz-me o que fiz. Consertarei meus erros."

"Consertar?", ele diz, "mas de que jeito?
Não há conserto, não, não há maneira!
És velha e carcomidamente feia,
E de mísera, infame condição.
Não te espantes de tal lamentação!
Ai, coração! Por que é que ainda bates?"

Diz ela: "Esposo, é só isso o que te abate?".

Diz ele então: "É sim! E acaso é pouco?".

"Eu poderia", diz, "meu caro esposo,
Corrigir essas coisas velozmente
— Se acaso me tratasses gentilmente.
Afirmas que o caráter da nobreza
Vem só dos bens herdados, da riqueza,
Que o ouro é o que te faz um gentil-homem.
Que tolo! Essa arrogância te consome!
O maior e mais nobre cavalheiro
É quem é sempre justo e verdadeiro,
Agindo bem, em público e em privado.
É nobre quem pratica nobres atos.

De Cristo deve vir nossa nobreza
E não de heranças velhas e riqueza
Ou linhagens há muito carcomidas.
A virtude que lhes encheu as vidas
Nossos avós não podem nos legar,
Somente a prata — e a prata há de acabar.
A nobreza não se herda, se pratica.
Aos nobres ancestrais, vivendo, imita.

Um grandioso poeta de Florença,
Chamado Dante, deu-nos tal sentença:
'É raro que vicejem altos feitos
Ao longo desses ramos tão estreitos;
É Deus que nos ordena, com certeza:
Busquemos n'Ele, e só, nossa nobreza'.
De avôs, herdamos só bens temporais
— Que podem ser nocivos e fatais.

Se o caráter gentil fosse plantado
Por natureza, como traço herdado,
Ao longo de uma estirpe, eternamente,
Então jamais nenhum dos descendentes
Cometeria vícios, vilanias
— Jamais feneceria a cortesia.

Se um archote levasses, por acaso,
À casa mais escura que há no Cáucaso,
Trancando o fogo dentro, em solidão,
Ele arderia com fulguração
Até morrer, perfeito e sempre igual,
Cumprindo o seu ofício natural,
Como se dez mil homens o espiassem.

Porém, a gentileza na linhagem
Não é legada junto às possessões.
Os homens têm cem mil disposições,

Mas fogo é sempre fogo, e brilha forte.
Acaso não se viu filhos de lordes
A cometer maldades vis, sem fim?
Bem fácil é encontrar casos assim.
Quem diz ser cavalheiro por herança,
A relembrar as ancestrais façanhas,
Mas não respeita o código dos pais
E atos gentis não realizou jamais
— Nobre não é, mesmo se for barão.
Pois quem faz atos vis, esse é vilão.

Tua nobreza não é o teu renome:
Herdaste tudo junto com teu nome.
Pois, meu senhor, quem foi o renomado?
Tu mesmo ou, na verdade, o antepassado?
Real nobreza é ter divinas graças
Que não são apanágios de uma raça.

Assim nos ensinou o bom Valério:
Tulius Hostilius — eis um homem sério,
Que da miséria ergueu-se até a nobreza.
'Quem é de fato nobre? Com certeza
Quem coisas nobres faz.' Eis um provérbio
Que encontrarás em Sêneca e Boécio.
Concluo, meu senhor, que a raça ilude.
Talvez meus ancestrais fossem mui rudes
Porém Deus pode conceder-me a graça
De viver em virtude — e assim o faça!
Sou nobre se meu coração é puro,
Se ao vil pecado evito e ao mal eu fujo.

Disseste que sou pobre e miserável.
Porém, Nosso Senhor, tão venerável,
Optou pela pobreza nesta Terra.
E neste ponto, eu creio, ninguém erra:
O bom Jesus — sabemos — não faria

Escolha de viver em vilania.
'Honrado o pobre, se alma tem feliz',
É o erudito Sêneca quem diz.
Aquele que é feliz com o que tem
É rico; e quem cobiça o que haja além
De seu poder, é pobre. Eis o que digo!
Quem nunca está contente não é rico.
Quem não cobiça nada, esse é abastado,
Mesmo que seja apenas um criado.

Quando se é pobre, há muito a celebrar.
Diz Juvenal: 'O pobre há de cantar,
Alegre, quando passa entre ladrões:
Não poderão roubar suas possessões
Pois ele não tem nada!'. Um mal bondoso
É nascer pobre — um dom que é odioso
Mas nos confere grande sapiência
Fruto da rotineira paciência.
A pobreza é uma posse que ninguém
Pode surrupiar de quem a tem.
A quem é pobre o Fado concedeu
Conhecer a si próprio e ao Senhor Deus.
Além disso, a pobreza é como lente
Para ver teus amigos realmente.
Logo, não é pecado algum ser pobre
Pela pobreza, Sir, não me reproves.

Senhor, também me acusas de velhice
Mas quem quer demonstrar cavalheirice
Deve tratar com honra a gente idosa.
Tal conduta gentil e respeitosa
É marca de nobreza e qualidade
— Conforme diz-nos muita autoridade.

Se velha e feia eu sou, meu bom esposo,
Não precisas temer virar um corno;

Pois saibas que a feiura mais a idade
São grandes guardiãs da castidade.
Porém, conheço bem teus apetites
E hei de adotar figura que te excite.

Mas entre estas opções, faz tua escolha:
Que eu seja velha e feia até que eu morra,
Mas também sempre boa e recatada
E sem jamais desagradar-te em nada;
Ou que eu me torne jovem, fresca e linda
— Mas te darei preocupações infindas;
Pois dos rapazes hás de suspeitar
Em tua casa ou em qualquer lugar.
Faz tua escolha agora e para sempre."

Pondera o cavalheiro; aflito, geme;
Porém enfim lhe diz desta maneira:
"Meu amor, minha dama verdadeira,
Deixo tudo à tua sábia decisão.
O que trará maior satisfação
Para nós dois — mais honra e mais prazeres —
Sozinha, escolhe. E aquilo que escolheres
Para mi será mais do que bastante".

"Aceitarás que eu seja a governante",
Diz ela, "governando como queira?"
Ele diz: "É melhor dessa maneira".
"Me beija, então", diz ela, "e sem mais brigas.
Pois eu serei pra ti não só bonita
Mas também mui leal e valorosa.
Que eu morra louca, se eu não for a esposa
Mais digna de louvor e de alabança
Desde o dia em que o mundo era criança.
E podes me matar como quiseres
Se eu não for a mais linda das mulheres,
Mais do que imperatrizes e rainhas,

De leste a oeste, lá onde o sol se aninha.
Ergue a cortina agora, e olha pra mim."

E o cavalheiro olhou, e ela era assim:
Jovem, suave, bela e radiante;
Banhado em alegria esfuziante
Nos braços, deslumbrado, ele a tomou
E mil vezes corridas a beijou
E ela foi receptiva, obediente
A todos seus prazeres mais ardentes.

E até o fim da sua vida, em alegria,
Viveram. Jesus Cristo, a nós envia
Esposos jovens, ternos, bons e quentes
— Mas que eles vivam menos do que a gente.
Homem que for rebelde e rabugento
— Jesus, faz com que viva ainda menos!
E ao avarento, que não abre a mão,
Que Deus lhe mande a peste e a punição!

Conto do Frade

PRÓLOGO DO FRADE

O nosso nobre Frade distrital
Com ira carrancuda e figadal
Fitava o Beleguim. Por polidez
Nenhuma queixa ou birra ele lhe fez
— Por ora. Vira o rosto, olha a comadre
De Bath. E diz: "Que Deus lhe guie e guarde!
A senhora tocou em temas sérios
Debatidos por doutos, com critério;
Disse coisas profundas e excelentes
Mas alerto, senhora, é mais decente
Deixar aos estudados, doutos padres
Tais discussões profundas e debates.
Falemos, nesta nossa cavalgada,
De coisas mais suaves, engraçadas;
Pois bem: se a companhia me aceitar
De um beleguim um conto vou contar.
E que ninguém se ofenda, mas Deus sabe:
Beleguins não são seres confiáveis.
São homens que percorrem a nação
Intimando quem fez fornicação
E os aldeões lhes dão surras bem feias
E merecidas...". "Sir, olhe as maneiras!",
Nosso Albergueiro alerta. "A companhia
Não quer mais confusões por mixarias.
Ao Beleguim, lhe rogo, deixe em paz."

O Beleguim replica: "Tanto faz!
Que conte o que quiser, se isso lhe agrada.
Mas ele vai pagar cada palavra
Quando chegar meu turno, isso eu garanto.
Vou dizer o que vale um frade, e quanto!
Pintarei com detalhes seu ofício...".
Replica o Taverneiro: "Chega disso!".
E diz ao Frade: "Agora, bom senhor,
Prossiga com seu conto, por favor".

CONTO DO FRADE

Havia em meu distrito, em alto cargo,
Um bom, sereno e ousado arcediago,
Que executava a lei com precisão
A perseguir a vil fornicação,
Difamações gerais, feitiçaria,
Malevolente usura e simonia,
Desrespeito aos contratos, testamentos,
A negligência contra os sacramentos,
Espoliação dos bens da Santa Igreja
— Assim como outros crimes, com justeza.
Porém a sua presa favorita
Era a gente devassa e pervertida.
Ai deles, caso fossem apanhados!
Triste canção cantavam os avaros,
Que os dízimos sagrados não pagavam.
Quando os zelosos padres delatavam,
Essa gente sofria um fim certeiro:
Duríssimo tormento financeiro.
Pois antes de cair nas mãos do bispo,
O arcediago os botava no seu livro:
Tinha jurisdição naquelas terras
Pra aplicar punições das mais severas.

Para ajudá-lo em tão grande tarefa,
O rapaz mais astuto da Inglaterra
Estava a seu serviço — um beleguim.
Sua rede de espiões não tinha fim;
Com ela, muita prata minerava.
Se acaso uns dois devassos perdoava,
Arrancava a courama de outros vinte.
Não vou poupar nenhum dos seus acintes,
Mesmo que isso provoque um louco surto
No Beleguim que está no nosso grupo.
Pois beleguins não podem punir frades!

"São Pedro!", o Beleguim diz, "é verdade!
Nem frades, nem as putas e rameiras!
Essa gente não é nosso problema."

"Já chega!", o Taverneiro ordena, irado.
"Bom Frade, continua o teu relato.
Não poupes nada — e o Beleguim que grite."

Aquele vil ladrão, aquele biltre
Tinha um bando de putas pervertidas
Que aos gaviões serviam como iscas.
E tudo o que os amantes lhes falavam
As putas amestradas relatavam
Ao amo, de quem eram as agentes.
E o beleguim lucrava imensamente.
E nem mesmo o arcediago computava
Seus lucros — ele não necessitava
Apresentar decretos ou mandatos
Para extorquir algum pobre-diabo.
Ameaçava maldições e fogo
E o convocado lhe forrava o bolso
Ou pagava um banquete na taverna.

Qual Judas, com seu saco de moedas,

Aquele beleguim era um ladrão.
Afanava metade do quinhão
Devido ao arcediago. Resumindo:
Ilustre proxeneta pervertido
Era esse beleguim. Suas meretrizes
Seguiam sempre as mesmas diretrizes:
Fisgavam Sir Roberto ou padre Arnaldo
Ou João, José ou Jack — algum incauto —
Trepavam, e depois era a denúncia.
Sim, eram bandoleiras da volúpia!
Depois o beleguim os convocava
Ao cabido, e suas posses esfolava
— Mas liberava a moça, e ao réu dizia:
"Preferes, bem o sei, que a rapariga
Da lista negra seja rasurada.
Farei o que puder, não temas nada".

Perito em extorquir, em chantagear,
Mais do que eu poderia deslindar,
Qual cão de caça — o faro bem treinado
Pra distinguir o cheiro dos veados —
Sabia farejar gente chegada
Em práticas lascivas e safadas.
E nisso tinha sempre a mente atenta
— Pois disso vinha toda a sua renda.

Um dia, o beleguim foi à vindima
— Ou seja, foi colher sua nova vítima:
Uma aldeã velhota, uma viúva
Que ele haveria de espremer qual uva.
Mas avistou, em meio à cavalgada,
Belo couteiro[219] à sombra da ramada
— Com flechas aguçadas, rebrilhantes,
E uma jaqueta em cores verdejantes;
E um gorro de orlas negras na cabeça.
"Salve e bom dia!", o beleguim lhe acena.

CONTO DO FRADE

"Salve ao senhor, que eu vejo, é bom rapaz!",
Diz o couteiro, alegre. E: "Aonde vais?
Mui longo é teu caminho na floresta?".

"Não mesmo", diz, "bem perto é minha meta."
Vou apenas cobrar um mero imposto
Devido ao meu senhor — sou seu preposto."
Diz o couteiro: "Então, és um bailio?".
Por vergonha de seu ofício vil,
O astuto e simulado beleguim
Esconde sua sujeira, e diz que sim.

"*De par Dieu!*", logo exclama esse couteiro.
"Também sou um bailio, meu companheiro!
Porém, sou um estranho nesses lados.
Poderia eu, acaso, acompanhá-lo?
Se aceita, quero ser o seu irmão.
Ouro eu tenho em meu cofre, em profusão;
E se um dia visitas meu condado
Garanto que serás por mim bem pago."

"Aceito", o beleguim diz bem contente.
Apertaram as mãos, mui cortesmente,
Jurando para sempre ser irmãos.
— E pela estrada, conversando, vão.

O beleguim, qual ave de rapina,
Sempre a catar fofocas e propinas,
Indaga, tagarela, intrometido:
"De que terra tu vens, meu bom amigo?
Talvez um dia eu possa visitar-te".

E o couteiro responde em voz suave:
"Das regiões do norte, mui remotas.
Um dia — espero — tomarás a rota
De meu país. Ao longo desta estrada,

Te direi onde está minha morada.
Sim, vou te explicar tudo, com clareza,
E saberás chegar lá com certeza".

E o outro lhe diz: "Que tal falar, irmão,
Dos meandros de nossa profissão?
Pareces um bailio experiente.
Ensina-me alguns truques eficientes
Pra encher ainda mais a minha bolsa.
Conta tudo, sem medo nem vergonha.
Falemos com franqueza como irmãos".

"Explicarei a minha condição",
O outro replica. "O meu salário é curto,
Embora o meu trabalho seja duro.
Meu mestre é mão-fechada e mui severo;
Pela extorsão somente é que eu prospero.
A minha mão espanca, engana e ganha
Com violência, truques e artimanhas.
E assim a cada ano eu ganho a vida.
Oh, dura profissão e mui sofrida!
É o que posso dizer-te, meu amigo."

"Bem sei! Pois acontece assim comigo",
O beleguim prossegue. "Meu irmão,
Também sempre que posso eu passo a mão
Em tudo o que apareça pela frente
Exceto o que for mui pesado ou quente.
Sem extorsão, não ganho minha vida.
Remorsos não me dão dor de barriga;
São meros pecadilhos, tais trapaças.
Os padres confessores — que gentalha!
Que sorte eu encontrar-te, meu bom homem!
E agora, se permites — qual teu nome?"

Enquanto assim falava o vil lacaio,

O couteiro sorria de soslaio.
"Queres saber? Pois bem, eis a verdade:
Sou um demônio e minha casa é o Hades.
Venho do Inferno em busca de algum ganho
E tudo o que eu encontro, eu abocanho.
Assim prospero e assim recheio o saco.
Tua índole é igual — assim eu acho.
Queres fortuna, e não importa como.
Atrás da presa eu, inclemente, corro,
Até os confins do mundo mais agrestes."

O beleguim exclama: "O que disseste?
Achei que fosses um couteiro, e só.
Em forma e corpo és bem igual a nós,
Humanos. Qual tua forma habitual
No Inferno, em teu estado natural?".

"Não temos forma única e fixada,
Mas adotamos formas mui variadas",
Diz ele. "Como um homem ou macaco,
Ou como um anjo fulgurante alado;
Ou criamos miragens ilusórias.
Não há nada de estranho nessa história;
Qualquer ilusionista cria imagens
— Contudo, eu tenho mais poder, mais arte."

"Mas por que não ter sempre a mesma forma",
O outro diz, "por que tanto troca-troca?"
"Tomamos", diz, " as formas eficientes
Para enganar as presas facilmente."
"Por que tanta labuta?", o beleguim
Indaga. "Saberás antes do fim",
Diz o diabo. "É que as razões são várias.
Porém, vamos às coisas necessárias.
O dia passa, e eu tenho as mãos vazias.
Em vez de elucubrar mil ninharias

É preciso pensar em minha caça.
Por maiores explicações que eu faça,
Jamais entenderás; tens mente curta.
Mas, bem, por que vivemos na labuta?
Algumas vezes somos instrumentos
De Deus — e então causamos mil eventos
Conforme ele permite, em mil feições,
Agindo em meio às Suas criações.
Se acaso Ele se opõe aos nossos atos,
Nós não temos poder pra confrontá-lo.
Às vezes, se permite, atormentamos
O corpo, mas o espírito poupamos
— Relembra Jó. Mas outras vezes, tudo
Tomamos — corpos, almas — sem indulto.
Também podemos machucar sua alma,
Tirando-lhe alegria, paz e calma,
Para testar um homem, sem ferir
Seu corpo. Há muitas formas para agir.
Sempre que um homem vence a tentação,
Sobe um degrau rumando à salvação;
Mas só queremos nós ao atacá-lo
Levá-lo ao fogo eterno, e não salvá-lo.
Às vezes, trabalhamos como servos
De um homem. Acredita, eu assevero:
São Dunstran e aos apóstolos servi."

Curioso, assim prossegue o beleguim:
"E quando confeccionam novo corpo
Vocês usam a terra, a água, o fogo,
Ou o ar?". O outro lhe diz: "Nosso instrumento
É a ilusão, e jamais os elementos.
Nós criamos visões, ou animamos
Um corpo morto e como roupa usamos.
As bocas mortas têm a voz precisa:
Samuel falou claro à Pitonisa.[220]
(Uns negam: pois não fala a gente morta.

Sua vã teologia não me importa.)

E agora o que direi não é piada:
Em breve saberás, sem faltar nada,
De tudo sobre nossa condição.
Não vais necessitar explicação
Pois em breve estarás em um lugar
Onde a lição terás mais exemplar;
Merecerás por tua experiência
A cátedra vermelha da ciência,
Até mais que Virgílio e que o bom Dante.
Porém, é hora, irmão, vamos adiante;
Ao teu lado esta estrada vou trilhar,
A menos que tu queiras me deixar".

Replica o beleguim meio exaltado:
"Jamais! Eu sou um servidor honrado,
Promessas eu não quebro, meu rapaz.
Pois mesmo que tu fosses Satanás,
Cumpriria o tratado e o compromisso
Que fiz com meu irmão e meu amigo!
Trocamos juramentos; somos sócios;
Então vamos tocar nossos negócios!
Tua parte ganharás, e eu ganho a minha;
Não somos gente avara, vil, mesquinha.
Se acaso um ganhar mais que o seu irmão,
Dividirá, fraterno, o seu quinhão".

O demônio concorda: "Certamente!".
E num trote os dois vão seguindo em frente.
A um vilarejo chegam — o lugar
Que o beleguim queria saquear.
À porta dessa aldeia, bem na entrada,
Uma carreta avistam, carregada
De feno, mas o lodo à roda envolve.
E no alto, o carroceiro grita forte.

Maldizia os cavalos que suavam
E a carreta atolada em vão puxavam.
"Eia, Scot! Eia, Bock! Seus preguiçosos!
Que o diabo os carregue, até seus ossos!
Que junta desgraçada! Que porfia!
Égua maldita a que a esses dois deu cria!
Que o Demo leve já feno e carroça!"

Querendo então armar alguma troça
E algo ganhar com isso, o beleguim
No ouvido do demônio diz assim:

"Escuta o que ele disse, companheiro;
E vamos afanar ao carroceiro!
Sim, ele deu-te todos os seus bens,
Cavalos, feno e o carroção também!".

"Eu ouvi; mas não creias nas palavras
Que ele disse: não significam nada.
Se duvidas, pergunta ao carroceiro
Ou então segue a ouvir mais um momento."

O carroceiro então fez um carinho
Na garupa dos bichos, de mansinho:
"Jesus vos abençoe e vos dê graças!"
(Os cavalos avançam pela estrada).
"Assim, Cinzento Velho, assim, garoto!
Que Deus vos salve, e salve o mundo todo!
Assim! Saímos já do lamaçal!"

Diz o demônio: "Irmão, vês, afinal,
Que aquilo que ele disse é diferente
Daquilo que dizer quis realmente.
Não escarneças; vamos, meu amigo;
Não poderei levar nada comigo".

Rumando aos arrabaldes dessa vila
O beleguim ao outro assim cochicha:
"Aqui vive uma velha mui avara
Que prefere quebrar a própria cara
A pagar um só pêni. Então, pois sim!
Vou lhe arrancar bem mais — um bom xelim!
Se ela recusa, acabará bem mal
Pois eu vou convocá-la ao tribunal
Inda que jamais tenha cometido
Um crime — essa megera não tem vícios.
Perdeste a chance de ganhar dinheiro;
Aprende então comigo, companheiro".

Às portas da viúva bate e berra:
"Vem abrir, depravada, ébria megera!
Sei que tens na tua cama um ou dois padres!".

Ela diz: "Bom Jesus, quem é que bate?
Como posso servi-lo, bom irmão?".

"Desce já! Tenho grande intimação.
Ao arcediago foste convocada;
Corres risco de ser excomungada
Se não compareceres amanhã.
Pois deves responder, ó minha irmã,
A acusações bem graves, eu insisto!"

Diz ela: "O que fazer, meu Jesus Cristo?
Há muitos dias já que estou doente.
Se viajar, eu morro, simplesmente.
Não posso ir cavalgando nem andar
— A dor nos flancos vai me arrebentar.
Não poderia acaso, bom senhor,
Em meu lugar mandar procurador?
Responderei qualquer acusação".

"Vejamos... pagarás o meu quinhão?
Doze *pence*", responde o beleguim.
"Nunca fica em meu bolso um só xelim.
O lucro todo vai para o meu amo.
Não há como escapar ao preço. Vamos!
Doze *pence* — me paga sem demora."

Ela responde: "Oh, não! Nossa Senhora!
Me salve do pecado e da desgraça!
Nem que eu corresse toda a Terra vasta,
Não teria em meu cofre doze *pence*!
A minha carestia, irmão, compreende:
Tem pena desta pobre criatura!".

"Que Satanás me leve à treva escura
Se eu te deixo escapar assim de graça!"
"Porém eu não pequei, eu não fiz nada!"
"Se não me pagas já, bruxa horrorosa,
Vou confiscar a tua panela nova!
Sabes que estás em dívida comigo
Desde quando chifraste o teu marido
E ao tribunal paguei a tua propina!"

"Em nome do Senhor, isso é mentira!
Sendo viúva, ou quando era casada,
Nunca, nunca, jamais fui acusada!
E com meu corpo, eu sempre fui honesta!
E quanto a ti, vilão, e à tal panela,
Que o mais bruto demônio em todo o inferno
Carregue os dois direto ao fogo eterno!"

Assim maldisse a velha, ajoelhada.
Diz o demônio: "Acaso isso é piada,
Mãe Mabely, ou falas seriamente?".

"Que ele vá", ela diz, "pro fogo ardente,

Que o Demo o leve, mesmo estando vivo
— A menos que ele esteja arrependido!"
"Arrepender-me? Vaca, tu estás louca!",
O beleguim responde. "Até tuas roupas
Eu tomaria, rindo com certeza!"

Diz o demônio então: "Pra que a brabeza?
A panela e o teu corpo, meu irmão,
Por direito, são minha possessão.
Antes que caia a noite, meu amigo,
No fundo Inferno tu estarás comigo
E aprenderás de nossa companhia
Mais que um doutor da vã teologia".

E o demônio num átimo o apanhou
E em corpo e em alma à Sombra o carregou
— Ao Orco, que é dos beleguins herança.
E Deus, que nos criou à semelhança
De Sua imagem, com divinos dons,
Transforme os beleguins em homens bons.

Milordes, se eu tivesse tempo livre,
Para salvar a alma deste biltre
(E nisso o Frade aponta o Beleguim)
Contaria do horror, da dor sem fim
Dos tormentos das fossas infernais;
Ninguém pode, na língua dos mortais,
Nem que siga a falar por mil invernos,
Descrever os pavores que há no Inferno,
Porém, posso citar palavras santas
De Paulo e Cristo, e autoridades tantas;
Vamos todos orar! Que Jesus Cristo
Possa livrar-nos do lugar maldito
E dele que nos tenta, Satanás.
Atentem! Eis o que o diabo faz:
"O leão sempre espreita, paciente,

Pra matar sua vítima inocente".
Nossas almas devemos temperar
Pois Satanás nos quer escravizar!
Mas podemos vencer a tentação
Pois Cristo é nosso heroico campeão.
Beleguins, renunciem ao pecado
Antes que Satanás venha buscá-los!

Conto do Beleguim

PRÓLOGO DO BELEGUIM

O Beleguim ergueu-se nos estribos;
Contra o Frade rugiu, enfurecido,
Tremendo em raiva, como um galho ao vento:
"Eu tenho um só pedido, e é bem pequeno,
E sei que atenderão mui cortesmente.
Já que ouviram o Frade, que só mente,
Minha refutação e meu protesto
Escutem. Ele diz saber do Inferno
Muita coisa. Ele sabe, isso é bem óbvio,
Pois frades e demônios são mui próximos!
Já escutaram falar de um certo frade
Que por um anjo foi levado ao Hades
Numa visão, pra conhecer a fundo
Os fogos e tormentos do submundo?
Contemplou vários tipos de torturas
Mas entre as condenadas criaturas
Nem um só frade em chamas avistou.
Por fim, o frade ao anjo perguntou:
'Não pena frade algum neste lugar?
A nossa espécie é assim tão exemplar?'.
O anjo responde: 'Há muitos, mais de mil!'.
Então a Satanás o conduziu
E lá chegando explica que o diabo
Tem gigantesco e monstruoso rabo.
E ordena: 'Ergue o teu rabo, Satanás!

Para que o frade aqui te olhe por trás
E veja, bem no meio da tua bunda,
O ninho dessa gente tão imunda'.
Nem cem jardas ergueu-se o rabo infame
E do cu vão correndo qual enxame
De abelhas a zunir em confusão
Mais de vinte mil frades — multidão!
E no abismo se espalham como loucos
E então correm de volta, após um pouco,
De novo a se enfiar no cu gigante.
Satanás baixa o rabo, num instante,
Fecha a bunda e então fica bem parado.
Após tormentos tais ter contemplado,
A alma do frade enfim subiu lá do Orco
E por graça de Deus voltou ao corpo.
Desperto, o frade treme horrivelmente
Pois o cu do Diabo enche a sua mente
— A bunda demoníaca é o destino
De todo frade, assim eu os previno!
É o fim do prólogo, e que Deus nos salve
A todos, menos este imundo Frade".

CONTO DO BELEGUIM

Existe — em Yorkshire, eu acredito —
Um pantanoso e úmido distrito,
Holderness, e por lá vagava um frade
A praticar as mendicantes artes
E a fazer seus sermões acalorados.
Um certo dia, estando ele inspirado,
Pôs-se a bradar no púlpito da igreja
A conclamar o povo, a vila inteira
— Com admoestações, exemplos vários —
A lhe comprar sagrados, pios trintários,[221]
Pra que os frades juntassem bom montante

Para erguerem suas casas mendicantes
— Melhor do que aumentar as gordas rendas
Dos padres que já tinham suas prebendas
E por graça de Deus, viviam ricos.
"Trintários", ele explica, "meus amigos,
Quando um frade os entoa velozmente
Às almas salvarão de seus parentes
Do Purgatório — ai, hórrido lugar!
(Sei que há gente que entoa devagar
Rezando uma só missa a cada dia).
Livrem rápido as almas da agonia!
Suas carnes são furadas por espetos!
Rasgados por arpões quentes e horrendos!
Almas assadas, fritas, ai que horror!
Salvem tais pobres almas, por favor!"

E ao fim da fala, logo ele ia embora,
Dizendo *qui cum patre*,[222] sem demora.
Costumava partir sem perder tempo
Tão logo o povo dava seu dinheiro.
Erguendo o seu bastão e os seus recibos
Lá vai de casa em casa, intrometido
Mendigando farinha, milho, queijo.
Atrás, seu mendicante companheiro
(Que ao andar vai batendo seu cajado
Com ponteiro de chifre rematado)
Em tábua de marfim escrevinhava
Anotando o que cada um doava
Com seu delicadíssimo estilete
(Como se fosse orar por toda a gente
Que lhes dava dinheiro; belo engodo!)

"Um pedaço nos dê de queijo gordo,
Um alqueire de trigo ou de cevada;
Qualquer coisa nos dê, não custa nada:
Um bendito pãozinho, Deus lhe guarde;

Um pedaço de carne, ou algum malte;
Por um tostão lhe rezo boa missa;
Meio tostão, quem sabe? Deus bendiga!
Um trapo de coberta não terá?
Seu nome, cara dama, anoto já."
Um forte servo[223] vai levando um saco
Guardando tudo o que lhes foi doado.
Porém, tão logo vai embora e some,
O frade apaga todo e qualquer nome
Que fora escrito em suas santas tábuas
— Só dava ao povo contos vãos e fábulas.
"Isso é mentira!", o Frade grita irado.
Nosso Albergueiro diz: "Fica calado!
Avante, e nada poupes, Beleguim!".
E então este lhe diz: "Claro que sim".

De casa em casa foi, até chegar
Aonde costumava se fartar
Mais que em qualquer morada na cidade.
Prostrado por potente enfermidade,
O dono dessa casa fenecia
Sobre a cama. "*Deus hic!* Tomás, bom dia!",
O frade diz, em voz cortês, suave.
"Tomás, meu bom Tomás, que Deus o salve!
Quantas vezes, sentado neste banco,
Desfrutei tratamento bom e franco!"
De sobre o banco um gato ele enxotou,
O cajado e o chapéu ali largou
E se abancou, bem calmo e mui untuoso.

Na cidade, a buscar pernoite e pouso
O seu colega e o tal criado estão;
O frade estava só nessa missão.

"Querido mestre", diz o adoentado
Em fio de voz. "Como é que tem passado?

Há quinze dias já que não nos vemos."
"Já quinze dias faz, nem mais nem menos,
Que tenho trabalhado com fervor,
Rezando por sua alma, meu senhor,
E por almas de mui variada gente;
Deus sabe, eu trabalhei arduamente!",
O frade diz. "Na missa da manhã,
Em veemência simples e cristã,
Fiz um sermão, com arte fina e pura.
Não me prendi à letra da Escritura
Para não confundir aos meus ouvintes.
Glosei e interpretei, de modo simples;
A glosa é tão gloriosa, e a tudo aclara!
Pois nosso lema diz: 'A letra mata!'.
Ensinei-os a serem caridosos,
Gastando bem sua prata, judiciosos.
E eu lá vi a sua esposa — onde ela está?"

"No pátio. Ela virá aqui vê-lo, já",
O velho respondeu-lhe, sussurrante.

A esposa lá chegou naquele instante
Dizendo: "Salve, frade, por São João!".
Polidamente o frade se ergue então
E a abraça — o seu abraço é bem estreito... —
E qual pardal, chilreia, após um beijo,
Os lábios estalando: "Seu criado
Eu sou, ó nobre dama, dedicado;
Bendigo a Deus, por tanto viço e vida!
Garanto: não vi dama mais bonita
Hoje na igreja. Ah, que perfeita esposa!".
"Deus pune os mentirosos", riu a moça,
"Mas mesmo assim, bem-vindo, nobre amigo!"
"Madame, sempre fui bem recebido
Em sua casa — então, muito obrigado!
Porém, não quero ser indelicado,

Não se ofenda se peço, por obséquio,
Que ora nos deixe a sós — o assunto é sério.
Os curas em geral são muito lentos
Na confissão e noutros sacramentos;
Mas eu sou diligente: um pescador
Das almas, pela glória do Senhor
Qual Pedro e Paulo; e pago a Jesus Cristo,
Com alegria, tudo o que é devido."

A esposa diz: "Meu mestre, assim lhe peço,
Se me permite: xingue bem o velho!
Embora esteja sempre bem servido
Está sempre irritado, enfurecido!
De noite, sempre o aqueço, sempre o afago;
O envolvo em minha perna, ou no meu braço,
Porém o velho solta só grunhidos
Qual javali! Não tenho recebido
Prazer algum. Não há como agradá-lo".

"Essas coisas, Tomás, vêm do diabo!
Tomás, meu bom Tomás, ah, *je vous dy*![224]
Deus proibiu a ira", o frade diz.
"E disso falaremos muito em breve."

"Antes que eu vá", a moça diz, "meu mestre,
Que refeição deseja? Qual quitute?"
"Cara madame, *je vous dy sanz doute*,
Um fígado de frango é suficiente
Ou côdea de algum pãozinho quente,
Ou cabeça de porco assado, enfim...
(Não abata animal só para mim).
Isso está bom; não é preciso mais.
Minhas necessidades são frugais;
Meu alimento está nas Escrituras.
Do meu corpo a rotina é muito dura:
Jejuando, matei meus apetites.

Porém rogo, madame, não se irrite,
Se lhe conto segredos com franqueza;
Com poucos me abro assim, dessa maneira..."

Diz ela: "Mestre, mais uma palavra:
Dias atrás, após a sua estada
Na vila, o nosso filho faleceu".

"Eu sei. Eu vi", mui sério, respondeu.
"Lá no meu claustro, tive essa visão,
Gloriosa, divinal revelação:
Seu filho conduzido ao firmamento,
Meia hora depois do passamento.
O sacristão e o bom frade-enfermeiro
Também viram aquilo que descrevo
(São frades bons; já quase a completar
Seu jubileu[225] — e em breve vão andar
Sozinhos pelo mundo). Ao ver aquilo,
Me ergui, todos se ergueram, não lhe minto:
As lágrimas banhavam minha face.
Sem repicar de sinos, sem alardes,
Te Deum foi nossa única canção.
Curvei-me após, em pia adoração.
Senhor, madame, creiam, se são crentes:
As nossas rezas são mais eficientes,
E os mistérios de Cristo contemplamos
Mais do que qualquer laico ser humano
Mesmo que seja um rei — pois nós, os frades,
Vivemos na pobreza e na humildade;
Os laicos, na riqueza e no requinte;
Desprezamos tais luxos e apetites.

Lázaro e Dives vidas diferentes
Levaram — recompensa equivalente
Ganharam, pois cristão que é exemplar
Engorda n'a alma e o corpo faz murchar.

Seguimos os apóstolos: um pão
E um manto, inda que rude, já nos são
Bastantes. Jesus ouve com brandura
As preces de quem tem alma mais pura!

Quarenta dias jejuou Moisés
No topo do Sinai. Foi através
De tal jejum que recebeu a graça:
Eis que o Deus do Poder então lhe fala.
Moisés franzino e fraco recebeu
O que o dedo de Deus alto escreveu.
Também Elias, antes de falar
Com Deus, teve de muito jejuar
No Horebe, em superior contemplação.

Grande senhor do Templo foi Aarão:
Mas ele, como os outros sacerdotes,
Antes de entrar no templo de Deus Forte
Para rezar, fazer as liturgias,
Jamais bebidas torpes consumia;
Sóbrios, faziam toda a adoração;
A morte aos ébrios era a punição!
Escutem! Se quem prega está borracho
Eis o que lhe acontece... Chega; eu acho
Que mais do que bastante falei disto.

Conforme a Bíblia, o próprio Jesus Cristo
Praticou o jejum e a humildade.
E nós, os mendicantes, pobres frades,
O zelo desposamos, a abstinência
A caridade, a fé, e a continência,
Misericórdia, lágrimas, limpeza
E até o martírio em nome da justeza.
Por isso as preces feitas pelos frades
São aos olhos de Deus mais aceitáveis,
Que as suas — vocês, laicos, vivem fartos,

A festejar na mesa, com regalos.

De fato, a gulodice foi o vício
Que ao homem expulsou do Paraíso.
(E o homem era casto lá, aliás.)

Escuta bem agora, bom Tomás:
Não sei de um texto exato sobre o tema,
Porém, interpretar não é problema.
'Quem for pobre de espírito eu bendigo',
Assim falou o nosso Senhor, Cristo;
E me parece que Jesus falava
De nós, os frades; conclusão bem clara
Pra quem estuda as Santas Escrituras.
Padres e monges vivem na fartura;
Só nós somos humildes, isso é certo.
Quem vive mais de acordo com o Verbo?
Vergonha sobre o clero regular
Que vive em pompa vil a se fartar!
Esses curas são como Joviano:[226]
Baleias gordas, qual cisnes flanando!
São garrafões de vinho, decadentes!
Mas oh, como são sérios, reverentes,
Ao recitar o salmo de Davi!
Arrotam: '*Cor meum eructavit*'.[227]
Quem mais segue as pegadas no caminho
De Cristo, além de nós, os pequeninos?
Pois do Verbo nós somos praticantes,
E não só ouvintes — qual, nos céus distantes,
Voando sobe o nobre gavião,
Assim dos pobres frades a oração
Eleva-se às orelhas do Senhor!
Ah, Tomás, tu estarias bem pior
Se acaso tu não fosses nosso irmão!
No convento, com zelo e devoção,
Por ti rezamos sempre, noite e dia;

Sem isso, tua saúde acabaria!
Nossas preces são fortes, veementes."
"É mesmo? Eu não notei", diz o doente.
"Nesses últimos anos — Deus o sabe —
Doei uma fortuna a muitos frades,
E no entanto, eu ainda estou bem mal,
E o meu dinheiro chega já ao final.
Adeus, meu ouro! Em breve, acabarás."

O frade diz: "Por que, meu bom Tomás,
Doaste a 'muitos frades'? Insensato
É quem, já tendo um médico ilibado,
Outros médicos busca — e busca em vão!
Tua inconstância é a tua confusão.
Tal piada, Tomás, foi insultante.
Acaso não rezamos o bastante
O meu convento e eu? Estás doente
Por não nos teres dado o suficiente.
'Dê um quarto de aveia a tal convento';
'Àquele frade dê vinte dinheiros';
'Àquele outro ali dê mais um tostão'.
Isso é uma insensatez, meu bom irmão!
Se em doze partes corta-se a moeda,
Já nada vale; a força só é completa
Em coisas que mantêm a integridade.
Não vou te bajular; digo a verdade:
Queres nosso labor sem pagar nada!
Do próprio Deus nos vêm essas palavras:
'Quem trabalha merece pagamento'.
Não é pra mim que eu quero o teu dinheiro;
Mas pra que a fraternal congregação
Torne inda mais candente sua oração
E construa moradas ao Senhor.
É justo e grandioso esse labor
De erguer igrejas — isso está bem claro
No exemplo que deixou o teu tocaio,

O apóstolo Tomás, que foi às Índias.[228]
É Satanás que acende essa tua ira,
Fazendo-te ralhar terrivelmente
Contra essa moça terna e paciente.
Se quiseres, Tomás, ter vida boa,
Jamais deves xingar a tua esposa!
Esta sentença oferto-te, mui séria,
Que trata dessa tão grave matéria:
'Não sejas, quando em casa, qual leão,
Teus súditos mantendo em opressão,
Ou de ti fugirão teus conhecidos'.
E digo mais, Tomás, irmão querido:
Cuidado com quem dorme no teu leito.
Trazer um inimigo junto ao seio,
É como ter serpentes no gramado.
Tomás, escuta bem o que te falo:
Vinte mil homens tolos pereceram
Porque às suas mulheres ofenderam.
Se tens esposa boa e dedicada,
Por que criar disputas em tua casa?
Cuidado! Pois nem mesmo uma serpente
Que alguém pisou na cauda é tão furente
Quanto a mulher por homens ofendida.
Então, vingar-se é toda a sua vida!
Um dos sete pecados capitais,
A Deus abominável, a ira faz
Que o pecador a si próprio destrua.
Pois sabe qualquer tolo, qualquer cura
Que a ira leva ao crime, à morte e a treva.
Ela é a executora da soberba,
E não há fim às dores e desgraças
Pela terrível ira semeadas!
Por isso rezo a Deus: não dês poder
A quem à ira o espírito ceder!
Pois a desgraça afeta a todo mundo
Se um homem poderoso é iracundo.

Diz Sêneca: existiu um magistrado
Cuja ira o tornou famigerado.
Dois cavaleiros, que eram bons amigos,
Passeavam pelos campos. O destino
Quis que um voltasse a casa, e o outro não.
O cavaleiro foi julgado, então,
E o magistrado diz: 'Assassinato!
Estás agora à morte condenado'.
E a um outro cavaleiro assim ordena:
'Leva esse criminoso e cumpre a pena'.
Mas quando andavam rumo à execução,
Eis que surgiu, em meio à multidão,
O cavaleiro tido como morto.
E assim voltam os três, dali há pouco,
Ao tribunal, perante o magistrado
E dizem-lhe: 'Não houve assassinato.
Um está vivo, então, o outro é inocente'.
'Pois todos morrerão, impertinentes!',
O magistrado brada. 'Aos três condeno!'
E diz então, voltando-se ao primeiro:
'A ti já condenei. Não volto atrás'.
Então diz ao segundo: 'Morrerás
Porque causaste a morte do primeiro.
E tu', agora volta-se ao terceiro,
'As ordens que te dei tu não cumpriste'.
E foram mortos — ah, destino triste!

Cambises era um bêbado furioso,
E dos seus muitos vícios, orgulhoso.
Um dia um de seus nobres cavaleiros,
Que era honesto, moral e verdadeiro,
Assim o aconselhou discretamente:
'Um rei não deve ser malevolente;
A bebedeira é sempre um vício imundo,
Mas é pior num rei, que nos seus súditos;
Um lorde é sempre visto e é escutado:

Ouvidos e olhos há por todo o lado.
Por Deus, senhor, tem mais moderação!
O vinho sempre traz destruição
À mente humana, e ao corpo rói também!'.

'Pelo contrário', diz Cambises. 'Vem,
E verás, por tua própria experiência,
Que o vinho não me causa incompetência
Nem perturba os meus pés e as minhas mãos,
Tampouco compromete-me a visão.'

Pôs-se a beber então — bebeu cem vezes
Mais do que já bebera anteriormente;
E o pérfido monarca então comanda
Que o filho desse nobre venha, e o planta
De pé à sua frente, bem parado;
Então, o rei maligno pega do arco
E a corda puxa, calmo, até a orelha:
Ali trespassa o jovem — morto o deixa.
E zomba: 'Minha mão acaso é fraca?
O vinho me privou da mente clara?
Não tenho mais olhar firme e certeiro?'.

E o que dizer do pobre cavaleiro?
Perdera o filho e estava devastado.
Tratar com lordes sempre é arriscado;
Melhor cantar *Placebo*[229] e dizer 'sim'.
Quem diz verdades, tem um triste fim:
Ao maltrapilho, aponta seus defeitos;
Ao lorde, porém, diz: 'És tão perfeito!'.
Mesmo que ele mereça arder no inferno.

O persa Ciro, rei grandioso e fero,
No rio Gison perdeu o seu cavalo
Rumando à Babilônia. O rei, irado,
Ao rio destrói — as águas ficam rasas,

E até moças a pé podem cruzá-las.

O sábio Salomão assim ensina:
'Se a fúria toma um homem e o domina,
Com tal homem não faças amizade
Ou te arrependerás'. Eis a verdade!

Tomás, evita a fúria, e tem cuidado!
Serei contigo justo como o esquadro.
O punhal do demônio arranca ao peito
— O que te fere é a fúria e é o despeito.
Agora vamos logo à confissão".

"De forma alguma", diz, "por são Simão.
Pois hoje de manhã me confessei
E o meu estado todo relatei
Ao cura. Então, exceto que eu deseje,
Confessar não preciso duas vezes."

O frade insiste: "Então, nos dá dinheiro
Para erguermos um claustro. Já faz tempo
Que só comemos ostras e mariscos,
Enquanto os outros têm banquetes ricos!
Na construção gastamos nossa prata;
Mas inda não erguemos quase nada
Além dos alicerces. Não há lajes
No soalho, e nós devemos — pobres frades! —
Quarenta libras, tudo em cantaria.
Tomás, sem tua ajuda, a carestia
Fará com que vendamos nossos livros
Ajuda-nos, Tomás, por Jesus Cristo!
O mundo, sem a nossa pregação,
Acabará em total devastação!
Pois quem privar o mundo de nós, frades,
Do sol está privando a humanidade!
Igual a nós quem ora e quem labora?

Foi sempre assim: pois frades houve outrora,
Elias e Eliseu,[230] dois mendicantes,
Conforme muito sábio autor garante.
Piedade, Tomás! Nos dá dinheiro!".
E assim dizendo, o frade cai de joelhos.

Quase louco de raiva, o homem doente
Quer que o frade arda em chamas, morra, queime,
Por sua hipocrisia e falsidade.

"Do que tenho inda em minha propriedade
— E só disso — vou dar-lhes um quinhão.
Há pouco me chamaste teu 'irmão'?"
"É claro!", diz o frade, "a nossa Carta[231]
À tua esposa eu dei, por nós timbrada."

"Pois bem", diz ele, "enquanto inda estou vivo,
Darei algo ao convento, meu amigo.
O regalo porei na tua mão,
Mas o farei sob uma condição:
Deverás dividir esse presente
Entre todos os frades, irmãmente,
E cada um deve ter igual porção.
Jura agora, por tua salvação,
Sem falsidade e sem simulações."

Sua mão na mão do velho o frade põe
E jura: "Em mim não faltará verdade!".

O velho diz: "Então, meu caro frade,
Sobre o meu lombo a tua mão afunda;
Vai apalpando até embaixo da bunda
E prometo que encontrarás ali
Um pequeno tesouro que escondi".

E o frade pensa: "Qual será o segredo?".

Feliz, a mão enfia lá no rego
Do velho, e quando a mão ao cu alcança,
O velho, preparado, sem tardança,
Solta um peido brutal e ribombante
— Não soltaria estrondo semelhante
Um cavalo puxando um carroção!

O frade pula, irado qual leão.
"Pelos ossos de Deus! Velho fingido!
Peidaste de propósito! Bandido!
Por esse peido pagarás bem caro!"

Ouvindo a briga, acorrem os criados
Do velho, e ao frade enxotam sem demora;
Fervendo em ira, o frade vai embora
E busca o companheiro mendicante.
Qual javali furioso, em louco transe,
Range os dentes, num ódio colossal.

Com passo forte, à Casa Senhorial
Dirige-se, querendo protestar
Ao nobre que vivia no solar,
Um homem de alta estirpe, e grão-senhor
Da aldeia — dele o frade é confessor.
O fidalgo comia em sua mesa
Quando esse frade, mudo de brabeza,
Irrompe, balbuciando, quase gago,
E diz enfim: "Deus salve!". E esse fidalgo
Os olhos ergue e diz: "*Benedicite*.
Frei João, mas que mal horrendo aflige
O nosso mundo? Vejo que há algo errado.
Tens a cara de um homem tocaiado
Por bandidos no bosque. O que te abate?
Explica, e ajudarei, se assim me cabe.
Avante, frade, explica e conta tudo".

"Deus vos guarde! Eu tomei horrendo insulto",
O frade diz, "lá embaixo, em vossa aldeia.
Uma abominação imunda e feia!
Essa troça seria intolerável
Mesmo ao pajem mais baixo e miserável!
E esse velhaco podre e bolorento
Blasfemou contra o nosso pio convento
— Isso é o que mais me dói e mais me fere!"

Diz o fidalgo: "Então, meu caro mestre...".
"Mestre não sou! Mas vosso humilde servo.
Sou mestre nas Escolas, isso é certo,
Mas, Sire, Deus não gosta se exibimos
Em feira ou corte, o nome de *rabino*."

Diz o fidalgo: "Seja como for,
Prossegue". "É que houve agravo, meu senhor",
Diz ele, "contra mim e o meu convento.
Per consequens, o insulto vil e horrendo
Ofende a Igreja inteira, assombra o Céu!"

"Irmão, irmão", o lorde interrompeu,
"Não te exaltes, pois és meu confessor,
Da Terra tu és o sal e és o sabor.
Recompõe-te, por Deus! Sê paciente!
E conta." E então o frade, prontamente,
Contou — vocês já sabem qual história.

Sentada, quieta, séria e silenciosa,
A senhora da casa a tudo escuta.
"Oh, Mãe de Deus! Oh, Santa Virgem pura!",
Exclama. "Isso foi tudo ou houve mais?"

"Foi tudo", diz o frade, "e o que pensais,
Senhora, desse agravo?" "Ora, o que eu penso?
De um vilão veio um vil cometimento!

Que Deus o puna, e mais não digo nada!
Tem a mente doente e transtornada,
Tomada por estranho frenesi!"

"Madame, francamente", o frade diz,
"Não desculpo, nem que ele esteja louco!
De alguma forma — juro! — eu dou-lhe o troco;
Vou difamar em todos meus sermões
O ilógico vilão que me propõe
Dividir o que nunca é divisível!"

Naquele enigma grave, intransponível,
O fidalgo, num transe, meditava,
Sentado e quieto: "Ah, que grande charada!
Como um mistério dessa dimensão
Pôde nascer da mente de um vilão?
Jamais eu vi problema tão complexo.
É coisa do demônio, isso é bem certo!
Jamais, em toda a história da aritmética,
Surgiu questão mais grave e mais hermética:
Qual o método exato, qual o jeito
De fracionar o cheiro e o som de um peido?
Ha! que esperto vilão! E que atrevido!".
Com face circunspeta diz: "Amigos!
Inédito problema! E complicado!
'Partilhar, entre muitos, um só flato'!
Como faremos isso? Impraticável!
Que velhaco exigente e formidável!
Que Deus o puna! O estrondo e o som de um traque
É somente um tremor vibrando os ares,
Como qualquer barulho, e se desfaz
Pouco a pouco. Ninguém, nunca, jamais
Poderia em iguais partes cortá-lo!
Como pôde um meu servo, meu vassalo,
Vencer meu confessor com tanto engenho?
Velhaco demoníaco! Mas creio

Que é melhor esquecê-lo, caro frade.
Comamos, e encerremos o debate".

O escudeiro do nobre à mesa estava,
Ouvindo quieto todas as palavras.
Enquanto trincha a carne sobre o pão,
"Milorde", diz, "com vossa permissão,
Em troca de um tecido para um saio,[232]
Posso explicar como partir um flato
E entre os irmãos confrades dividi-lo
— Mas, frade, não te irrites do que digo".

Diz o fidalgo: "Por São João, por Deus,
Prossegue, que o tecido será teu!".

E o outro diz: "Meu senhor, num dia claro,
Sem vento, com ar límpido e parado,
Que alguém traga uma roda de carroça
Até o vosso salão — mas essa roda
Todos os raios deve ter, intactos.
São doze os raios duma roda, eu acho,
E num convento, eu creio, há treze irmãos.
Doze frades trareis a este salão,
E o número final, meu bom senhor,
Será fechado pelo confessor.
Em torno à roda, ajoelhem-se esses frades,
E seus narizes ponham, com vontade,
Nos raios — cada um deles, numa ponta.
Pra completar então a ilustre conta,
O vosso nobre confessor arguto
Meterá seu nariz por sob o cubo
Bem no centro da roda. E o tal vilão
Também será trazido a este salão
Com ventre inchado e duro qual tambor.
Que ele sente na roda, meu senhor,
A bunda sobre o cubo, e solte um peido.

Vereis então que o método é perfeito:
Tanto o som quanto o cheiro desse flato
Hão de se repartir por cada raio
De forma igual, chegando a cada ponta.
Mas vosso confessor, que por sua honra,
É o frade principal da companhia,
É claro, ganhará as doces primícias.
Eis a praxe dos frades: o mais digno
É servido primeiro. E o nosso amigo
Com certeza merece a distinção!
Hoje deu-nos tão sábia pregação
Na igreja, que eu lhe doo, de bom grado,
A primeira cheirada de três flatos,
A ele e aos seus irmãos lá do convento,
Pois ele é um benfeitor, um santo exemplo!".

O senhor, a senhora e toda a gente
— Exceto o frade — acharam excelente
O que o escudeiro Janekin lhes disse
— Tão sábio quanto Ptolomeu e Euclides!
"E o vilão", concluíram, "não é louco
Tampouco possuído do demônio,
Mas dono de um espírito afiado
Capaz de fazer teses com um flato."
E Janekin ganhou um belo pano...
E é o fim, pois à cidade já chegamos.

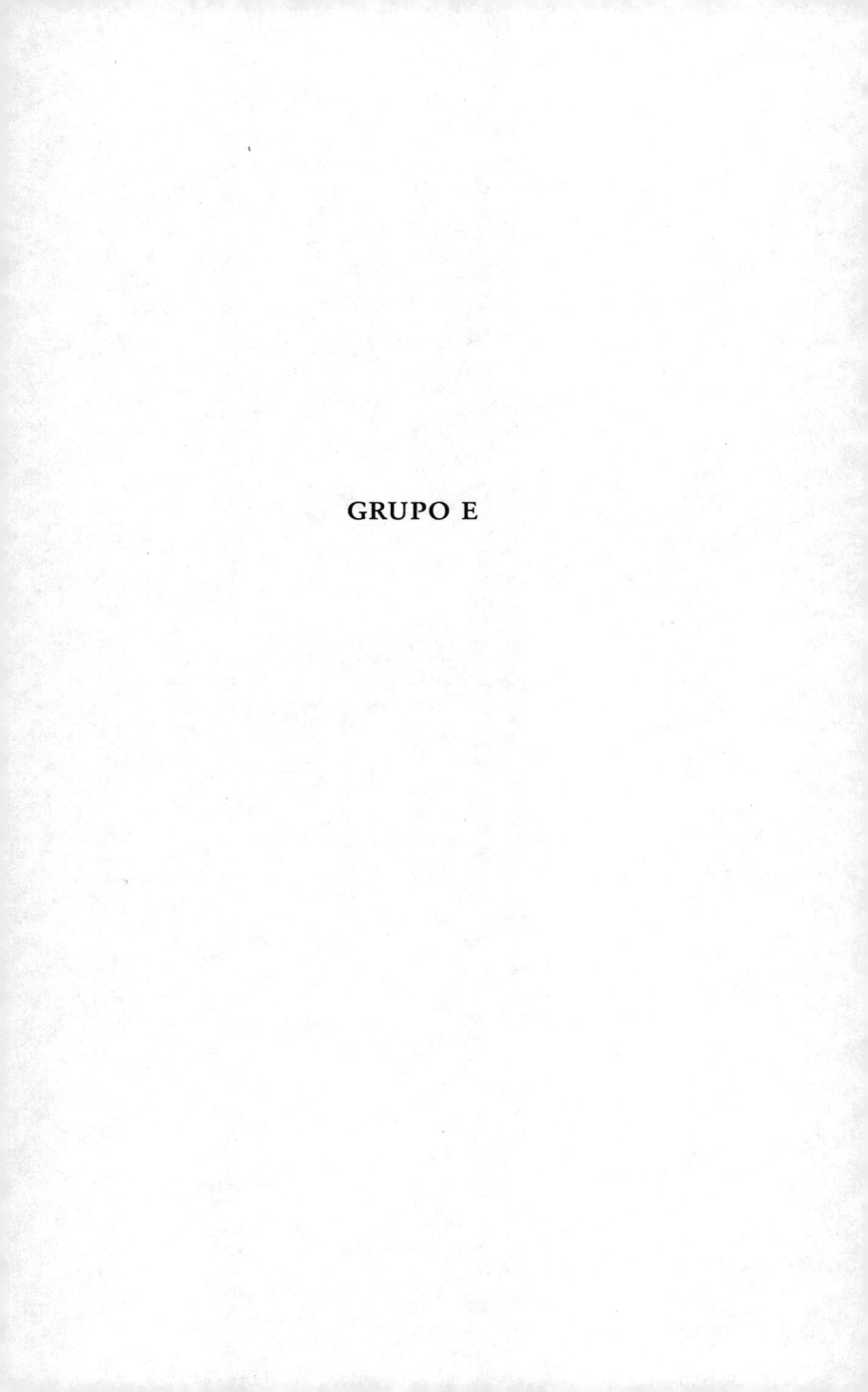

GRUPO E

Conto do Erudito

PRÓLOGO DO ERUDITO

"Meu senhor Erudito, tão calado!
Viajas todo esquivo e recatado
Qual noiva virgem, que recém casou,
Sentada muda à mesa. Bom senhor!
Não disseste sequer uma palavra
Desde que nós partimos pela estrada.
Decerto, estás pensando em teus sofismas;
Porém, aqui não é lugar pra cismas!
'Há um tempo para tudo' — assim nos disse
Rei Salomão. Desfaz tua cara triste,
Te alegra, e conta um conto", eis que o Albergueiro
Falou. "Pois quem não for um trapaceiro
Tem de seguir do nosso jogo as regras.
Mas não sejas qual frade na Quaresma
Pregando pra purgar nossos pecados;
Nem contes conto sonolento e chato.
Conta um conto agitado, de aventuras;
Teus termos, tuas retóricas figuras
Economiza, e os guarda para o dia
Em que carta sublime e bem florida
Tiveres de escrever, em alto estilo,
A algum rei. Por enquanto, meu amigo,
Fala de forma simples, despojada,
Para entendermos tudo o que nos narras."

Saindo do país dos devaneios,
Diz o Erudito: "É claro, companheiro.
Em nosso alegre jogo tu és o Guia
E não quero cair na rebeldia.
Vou contar-lhes um conto que eu ouvi
De alguém que outrora em Pádua conheci.
Um digno e primoroso literato,
Sublime nas palavras e nos atos.
Agora, sob a terra escura jaz:
Rezo a Deus que lhe dê repouso e paz.

Esse grande poeta laureado,
Dom Francisco Petrarca[233] era chamado.
Se Lignaco[234] espalhou filosofia
Por toda a Itália, a luz da poesia
Petrarca semeou em seu país;
Mas a morte, num átimo e num triz,
(Como sempre) ao além levou-os já,
Assim como a nós todos levará.

Pois bem: o nosso autor sublime e digno,
Antes do conto propriamente dito,
Escreveu um proêmio detalhado
Em seu estilo altivo e burilado,
Descrevendo o Piemonte, e a região
De Saluzzo. E também deu descrição
Dos Apeninos montes, que ao final
Estão da Lombardia ocidental.
Falou muito também do monte Viso,
Onde o Pó tem sua fonte e seu princípio,
Em rochosa e minúscula nascente,
E a leste depois vai, sempre crescente,
Rumo a Ferrara, Emília, e até Veneza.
Mas uma descrição dessa grandeza
Me parece, talvez, impertinente;
Vamos direto ao conto, simplesmente.

I

Lá na Itália, do lado do poente,
Ao pé do Viso — o monte enregelado —
Há uma planície fértil, resplendente,
Com torres e cidades e morgados,
Por ancestrais outrora edificados,
E muitas outras rútilas paisagens;
E Saluzzo era o nome da paragem.

Houve um marquês um dia nessa terra,
Senhor, governador, justo e temido,
Como os seus ancestrais das priscas eras.
Pelos vassalos era obedecido,
Pela Fortuna mui favorecido,
E vivia em alegres diversões,
Amado por plebeus e por barões.

E era da mais gentil, alta linhagem
Em toda aquela nobre Lombardia;
Juventude e beleza, ardor, coragem
E os códigos de honor e cortesia
— Em tudo esse marquês sobressaía.
Mas tinha seus defeitos, sim, cá e lá;
E Walter se chamava esse rapaz.

Bem, eis um seu defeito: não pensava
No que lhe ocorreria no futuro
E às coisas do presente se entregava.
Entre falcões e cães, além dos muros,
Caçava sem parar — e o resto? Tudo
De lado ele deixava. E em casamento
Não pensava sequer por um momento.

Desgostava esse ponto aos seus vassalos;
E uma delegação eles um dia

Enviam-lhe; e o vassalo mais sensato
(A quem esse marquês escutaria
Com atenção e toda cortesia
Pois era homem de engenho e experiência)
Assim lhe diz durante a conferência:

"Nobre marquês, tua grande humanidade
Induz-nos à ousadia de externar
As nossas queixas. Sei, somos audazes,
Mas espero que possas escutar
A voz deste teu servo tão vulgar
E a nossa petição, por gentileza
— Pois o assunto é bem grave, com certeza.

Sei que esse assunto não me diz respeito
Nem a nenhum de nós, leais criados;
Porém, jamais trataste com despeito
A mim, nem a nenhum de teus vassalos;
Comigo, sempre foste mui cordato,
Por isso, ouso falar desta maneira.
Após ouvir, senhor, faz o que queiras.

Nós te amamos, senhor, e nos alegra
Tudo aquilo que fazes ou fizeste,
Ou quase tudo; em nossa linda terra
Reina a felicidade, a leste e oeste,
E apenas um senão nos entristece.
Se aceitares, senhor, o casamento,
Ao povo tu darás conforto pleno!

Esse suave jugo, lorde, aceita;
Não é servo quem serve ao nobre enlace
Mas alto soberano. Marquês, pensa:
A vida, em nossos dedos, foge, esvai-se,
Dormimos, acordamos, o sol nasce
E põe-se, e os dias nunca se detêm:

O Tempo não espera por ninguém.

Ainda estás na flor dos verdes dias,
Mas mesmo agora, a Idade, sorrateira,
Silente como as pedras, se aproxima.
Aquela que não falha, a Ceifadeira,
A todos, jovens, velhos, nos espreita.
Todos sabem que um dia vão morrer,
Porém não sabem quando, nem de quê.

Aceita, bom senhor, nossa intenção
— Nós que jamais negamos teus desejos.
Permite que façamos a eleição
De uma dama propícia ao casamento;
Cortês, gentil e de alto nascimento,
Alguém que agrade a Deus e, como esposa,
A ti traga prazer, encantos e honra.

Ah, livra-nos, senhor, dos nossos medos:
Pois se um dia morreres (Deus proíba!)
Sem haveres gerado o teu herdeiro,
Tua estirpe será interrompida,
E o que será então de nossa vida
Se um estranho vier nos governar?
Escuta-nos: é a hora de casar!".

O marquês, ao ouvir esse pedido,
Sentiu seu coração amolecer.
"Meus bons vassalos, meus leais amigos,
Querem que eu faça o que eu jamais pensei.
Em minha liberdade me alegrei
A vida toda, aos laços evitando;
Devo ora renunciar ao que mais amo?

Mas vejo: sua intenção é bem sincera,
E sempre confiei em seus conselhos.

Renunciarei portanto ao que me alegra
E aceitarei entrar no casamento.
Porém, dar-lhes poder eu não pretendo
Para escolher em meu lugar a esposa;
Eu mesmo escolherei, por minha honra.

Os filhos, muitas vezes, são distintos
Dos seus avós e antigos ancestrais;
É Deus quem nos faz nobres ou indignos,
Mas não o puro sangue — não, jamais.
Na Providência eu creio, e em nada mais;
A Deus confio escolha e casamento,
Que se resolva tudo ao Seu contento.

Deixem a mim, portanto, a minha escolha.
É meu dever; também é o meu direito.
Porém exigirei que à minha esposa,
Seja qual for seu sangue e nascimento,
Dediquem o mais fundo dos respeitos,
Como se fosse a herdeira de um império;
Cuidado! Meu pedido é grave e sério.

Pois se renunciarei à liberdade
Em nome de vocês, então exijo:
Não critiquem jamais minha vontade,
Com resmungos, murmúrios e gemidos;
Só casarei com quem fizer cativo
Meu coração. Aceitem o meu lema,
Ou nunca mais me falem desse tema."

Àquilo o povo todo alegre assente;
E não se ouviu qualquer contrariedade.
Mas os súditos pedem, docilmente,
Que o marquês, por favor, aponte e marque
A data para aquele nobre enlace:
Uns temem que, em eterno vai e vem,

O marquês não se case com ninguém.

E ele apontou um dia, finalmente,
Cedendo ao que seu povo lhe pedia.
E todos se ajoelharam, reverentes,
Agradecendo a imensa fidalguia.
Despedem-se com suma cortesia;
Pois seu desejo o lorde contentara
— E todos vão depois às suas casas.

E o marquês convocou os oficiais
Para as preparações e providências;
Reuniu escudeiros, serviçais,
Ordenando-lhes suma diligência;
Assentem todos, fazem reverências,
Lançando-se à geral preparação
Da imensa e capital celebração.

2

Não longe do palácio grandioso
Onde o marquês prepara o seu enlace,
Existe um vilarejo gracioso,
Mas pobre. Nessa límpida paragem,
Campônios levam gados à pastagem
Ou tiram seu sustento de colheitas;
A bondade do solo é o que os sustenta.

Um certo homem vivia nessa aldeia,
Considerado o mais pobre da vila.
Porém, às vezes, sobre uma cocheira
Deus lança as suas graças mais benditas.
O pobre — cujo nome era Janícula —
Tinha uma filha, graciosa e bela;
E Griselda chamava-se a donzela.

Em termos de beleza virtuosa,
Griselda, sob o sol, não tinha par.
Criada na pobreza rigorosa,
Jamais pôde à lascívia se entregar,
Nem fez, dessa beleza, arma vulgar.
Bebia mais do poço que do vinho
E jamais conheceu ócio mesquinho.

No coração de sua virgindade,
Embora muito jovem, já albergava
Disposição madura e seriedade.
Do pai bondosamente se ocupava,
E enquanto suas ovelhas pastoreava,
Fiava sempre ao fuso.[235] Essa menina
Só descansava quando adormecida.

E quando da pastagem retornava,
Colhia ervas, raízes e verduras,
Que ela ao chegar em casa cozinhava,
E arrumava sua cama — que era dura.
E sempre com afeto e com doçura
Ao pai dava consolos e cuidados,
Sem jamais reclamar do seu trabalho.

O marquês, cavalgando pelos campos,
Muitas vezes notou essa donzela
Em seu humilde e despojado encanto.
Olhava com mirada circunspeta
Essa beleza simples, tão singela;
Não a mirava com libertinagem
Mas com admiração, curiosidade.

Sua graça feminina é o que atraía,
Mas também essa ausência de vaidade
Que aumentava a beleza. A maioria
Das pessoas não vê com claridade

As virtudes alheias e a bondade;
Mas *ele* viu valor nessa donzela.
"Se tenho de casar, será com ela."

E eis que o dia das núpcias já chegou
— Mas quem será sua esposa ninguém sabe.
E o povo se pergunta, com temor:
"Ah, quanto durará tal vaidade?
O marquês nos engana, eis a verdade,
E o que é pior, engana ele a si mesmo!".
E muitos cochichavam em segredo.

Porém esse marquês já comandara
A confecção de anéis e lindos broches
Com joias em azure[236] e ouro engastadas;
Medindo em outra moça o fino porte
Do vestido mandou tirar o molde
(A moça tinha a altura de Griselda;
Mas só o marquês sabia, e não revela).

Pronto, o vestido — belo e ajaezado;
E na manhã do dia, todo o resto
Estava preparado no palácio.
As câmaras, salões — tudo repleto
De adornos suntuosos, ricos, belos;
Nas despensas, abundam iguarias
— E melhores na Itália não havia.

Aos som dos menestréis, ao som dos bardos,
Vai-se o marquês com grande companhia
De damas, de mancebos e fidalgos,
Em direção àquela aldeiazinha
Pela estrada que aos bosques conduzia;
E os convidados todos vão com ele,
Todos a cavalgar garbosamente.

Griselda então sequer imaginava
Ser a causa de tantas ricas pompas.
De manhã, foi ao poço, buscar água,
Mas, lembrando que o dia era das bodas,
Correndo a casa logo volta a moça,
Na esperança de ver a companhia
Do marquês e os fidalgos de valia.

Pensou: "Vou assistir, junto às garotas
Desta aldeia, a passagem do cortejo,
E verei a marquesa, e as coisas todas
Do séquito. Mas antes disso eu devo
Ir a casa, e que possa acabar cedo
Os trabalhos, pra ver, despreocupada,
A comitiva e a linda cavalgada".

Mas nem bem ela pisa na soleira
Da porta, ouve uma voz a convocá-la:
E ali está esse marquês, junto à cocheira.
No chão Griselda põe o balde d'água,
E ajoelha-se em seguida, impressionada,
Mas, mesmo assim, tem face circunspeta;
E as ordens do senhor a moça espera.

Em tom grave, solene e ponderado
Indaga-lhe o marquês: "Cara Griselda,
Teu pai, onde se encontra?". De imediato,
Humildemente torna-lhe a donzela:
"Está em casa, senhor, à vossa espera,
Pois é um servo leal". E num instante
Ela busca seu pai, e o traz adiante.

E o marquês toma o velho pela mão
E com ele caminha, e diz-lhe à parte:
"Aquilo que me ordena o coração,
Não posso mais deixar na obscuridade.

Se juras aceitar o que se passe,
Doravante até o fim de nossa vida,
Pretendo ser esposo de tua filha.

Eu sei que me amas, e és obediente:
Um súdito leal ao suserano.
E tudo o que me agrada, certamente,
Também agrada a ti. E tanto quanto
Desejo ser teu genro, sempre amando
Griselda — ora responde então meu rogo:
Janícula, desejas ser meu sogro?".

Tão repentino e inesperado lance,
Deixou aquele velho sem palavras.
Corado e estremecido, em fundo transe,
Balbucia e gagueja; e por fim, fala:
"Jamais desejaria fazer nada
Contra os desejos do meu bom senhor:
Fazei vossa vontade, por favor!".

Suavemente então diz-lhe o marquês:
"Mas quero antes fazer reunião
Contigo e com tua filha — nós os três —
Lá dentro da choupana. A opinião
De Griselda, e também sua inclinação,
Perguntarei. Mas tudo com decência:
Só falarei com ela em tua presença".

Enquanto na choupana eles tratavam
Do acordo, em volta se juntava o povo;
E todos lá surpresos observavam
De Griselda a bondade, e o seu decoro;
As graças dos seus modos, e o seu corpo.
E a moça cada vez mais se espantava:
Pois coisa assim jamais imaginara.

E como a moça não se espantaria?
Era simples; jamais havia visto
Um hóspede de tanta fidalguia
No seu pobre tugúrio desvalido.
Mas vamos, para não perder o ritmo
Do conto: eis que o marquês assim se expressa
A nossa simples, virginal Griselda:

"Saiba, donzela, que é do nosso agrado
Que sejas minha esposa: é o meu desejo
E também do teu pai, que é mui sensato.
Também te agradará — eu já prevejo —
A proposta. Porém, o casamento
Deve ocorrer às pressas, sem tardar.
Desejas mais um tempo pra pensar?

Porém, alerto: deves estar pronta
A sempre obedecer minhas vontades,
Sem reclamar, submissa, e sem delongas,
E que eu faça contigo o que me agrade,
Que eu te entristeça, alegre, ou te degrade;
Se digo 'sim', jamais tu dirás 'não'.
Tu juras aceitar a condição?".

Confusa após ouvir essas palavras
E trêmula de medo, ela lhe diz:
"Não sou digna, senhor, de honra tão alta;
Porém, aquilo que vos faz feliz
Também da mesma forma alegra a mim.
Por mim jamais sereis contrariado
— Prefiro a morte! — em pensamento ou ato".

"Isso, minha Griselda, é o suficiente",
Diz o marquês, e então sai da choupana
Com a moça. O seu rosto é mui solene,
E à multidão lá fora assim exclama:

"Eis minha esposa", e logo lhes comanda:
"Todo aquele que me ama, que ame a ela,
E que honre e que venere esta donzela".

E para que não leve ao seu palácio
Nada da antiga vida no casebre,
Diz às damas que a dispam, de imediato.
As damas não estavam muito alegres
Por tocar nos farrapos dessas vestes;
Mas ali mesmo à moça desnudaram
E sua nudez brilhante engalanaram.

Seus cabelos, em rude desalinho,
As damas pentearam, lentamente,
Neles passando os dedos pequeninos.
E uma grinalda bela, redolente
Puseram-lhe, com joias refulgentes.
E o povo agora mal a conhecia,
Transfigurada, e em glória revestida.

E o marquês colocou-lhe uma aliança
Desposando-a, e montou-a num cavalo
Da cor da neve, que garboso avança,
Em fino trote, e vão rumo ao palácio,
E o séquito tornava-se apinhado
De gente que os seguia em multidão;
E o dia inteiro passa em diversão.

Mas vamos dar ao conto rapidez:
À jovem e novíssima marquesa
Deus tantos dons e tantas graças fez
Que ela não parecia, de nascença,
Ter sido uma pastora e camponesa,
Criada entre cocheiras e choupanas,
Mas, sim, princesa nata, e soberana.

E a moça se tornou tão adorada
Que quem antigamente a conhecera,
Na infância, desvalida e despojada,
Já mal acreditava que a marquesa
Era aquela pastora, aquela mesma,
A filha de Janícula, que outrora
Apascentava ovelhas, laboriosa.

Embora sua virtude fosse antiga,
Ela alcançou tais cumes de excelência,
Que superava muitas bem-nascidas,
Em gentileza, modos e eloquência,
Inspirando tamanha reverência
Que aqueles que ao seu rosto contemplavam
Inevitavelmente a veneravam.

E muito além daquela região
Vai se espalhando a fama de Griselda,
Com sua angelical reputação;
Pois sempre que alguém ouve falar dela,
Repete a fala lá em sua própria terra;
E logo muita gente, velhos, moços,
Vem a Saluzzo, só pra ver seu rosto.

Assim, ao desposar moça modesta,
O marquês desposou a majestade;
E em paz viveu ao lado de Griselda,
Em bonança, sem rusga ou tempestade.
Por ter achado, oculta na humildade,
Essa graça secreta, toda a gente
Considera-o sensato e previdente.

Tampouco só em assuntos femininos
A marquesa Griselda era excelente;
Seu engenho profundo, arguto e fino,
Quando era necessário, sumamente

Tratava dos problemas referentes
Ao governo do povo; e ela amansava
Discórdias, brigas, com palavras sábias.

Na ausência do marido, quando havia
Disputas entre os nobres e fidalgos,
Griselda esses conflitos resolvia.
E é tão justo o seu ânimo, e tão sábio,
Que em meio à gente corre este boato:
"Foi mesmo Deus quem enviou Griselda
Para guardar o povo e a nossa terra".

E pouco tempo após, essa marquesa
Teve uma bela e reluzente filha.
Embora preferisse, com certeza,
Filho varão, imensa é a alegria
Do marquês e seu povo: poderia
Griselda conceber o seu herdeiro:
Ela era fértil, sim. Tudo a seu tempo.

3

Mas enquanto a marquesa amamentava,
Por estranha obsessão foi possuído
O marquês, cuja mente desejava
Atormentar a esposa. Estava aflito
Por testar seu valor e seu espírito;
Desnecessário teste, sabe Deus!
Mas o escuro desejo o submeteu.

Essas coisas ocorrem com frequência.
Embora já tivesse, muitas vezes,
Comprovado a bondade e a diligência
Da esposa, esse marido, cruelmente,
Sonhava em torturá-la. Muita gente

Pode achar engenhosa a crueldade;
Mas, pra mim, é uma estúpida maldade.

Por que testar quem tanto foi testada,
E em vão multiplicar angústia e dor?
De noite, quando a esposa está deitada,
No quarto entra o marquês. Sombra e palor
Nublam seu rosto sério. "Teu senhor
Eu sou. Não te esqueceste, com certeza,
Do dia em que te ergui da tua pobreza?"

(Fala em tom grave, obscuro e perturbado.)
"Nesta atual grandeza e dignidade,
Por acaso esqueceste o pobre estado
Em que te achei? Dos bosques, das pastagens,
Das cocheiras, tirei-te, por bondade!
O que direi agora, escuta, pois;
Não há ninguém ouvindo; só nós dois.

Com certeza te lembras — é recente —
Do dia em que chegaste ao meu palácio.
Muito embora eu te adore imensamente,
Não sentem dessa forma os meus fidalgos.
Pois muitos se acreditam degradados
Servindo quem nasceu num vilarejo,
Entre ovelhas, casebres, percevejos.

E desde que tua filha veio ao mundo,
Essas reclamações são mais correntes.
E não tenho desejo mais profundo
Do que viver em paz, serenamente,
Com meu povo, fidalgos, toda a gente.
Com tua filha então devo fazer
O que for necessário. É o meu dever.

Deus sabe; estou agindo a contragosto.

Nada farei, sem teu consentimento;
Quero te ouvir — olhando no teu rosto —
Sem murmúrios, sem rusgas nem lamentos,
Dizendo 'sim'. Aquele juramento
Que fizeste, quando eu te desposei,
Não esqueceste?" E cala-se o marquês.

A expressão de Griselda não mudou
Quando ouviu essas bárbaras palavras;
Sem permitir na voz qualquer tremor,
Diz, parecendo estar inabalada:
"Faz conosco, senhor, o que te agrada.
Nós duas, bom marquês, te pertencemos;
Que sobre nós se cumpra o teu desejo.

Pois nada que te agrade, meu senhor,
Pode desagradar-me. Nada quero,
A nada estimo, a nada dou valor,
Além de ti, marquês; eu assevero;
Nem temo perder nada. Está repleto
De amor por ti meu simples coração;
E nada mudará tal condição".

Ao marquês agradou essa resposta.
Porém mantém-se frio, impiedoso.
Nenhum afeto ou piedade mostra,
E o seu olhar é gélido e ominoso.
Partiu; e a sós, Griselda esconde o rosto.
O marquês, logo após, mandou chamar
Certo homem, para a trama praticar.

Esse agente já fora encarregado
De importantes missões muito arriscadas;
Ora era um espião, ora um sicário,
Com tarefas obscuras e nefastas.
(Muito lorde usa gente dessa laia.)

Ao receber suas ordens, o sujeito
Esgueira-se a Griselda, sorrateiro.

"Madame", ele lhe diz, no escuro quarto.
"Devo agora pedir o seu perdão.
A cumprir meu dever sou obrigado;
Se são duras as ordens que nos dão,
Podemos lamentar, penar, mas não
Descumpri-las. Madame, és ponderada:
Aceite isso, com alma resignada.

Esta criança eu levarei agora."
E a menina num átimo ele agarra,
Com pervertida face impiedosa,
Como se, sem tardar, fosse matá-la;
Pobre Griselda; está petrificada.
E muda assiste, dolorosamente,
Enquanto o monstro agarra essa inocente.

A fama do bandido era funesta;
Funesta era a sua violenta cara;
Funesta, aquela hora recoberta
De sombras; tudo a morte prenunciava.
Porém, Griselda imóvel, resignada
Aceita do marquês essa ação bárbara.

Por fim, quebra a mudez, e balbucia:
Sendo ele um gentil-homem, cavalheiro,
Permita que ela beije a pobre filha
Antes que morra, um beijo derradeiro.
E ela aperta a menina contra o peito,
E a beija sobre a face lisa e terna,
E a cruz traça suave sobre a testa.

E disse assim, com voz benevolente:
"Adeus, adeus, criança bem-amada;

CONTO DO ERUDITO

Nós jamais nos veremos novamente!
Eu te entrego nas mãos abençoadas
De quem morreu na Cruz ensanguentada.
Conforto em Cristo logo encontrarás;
Por minha causa, agora morrerás".

Ante a perda de tão linda menina
Em condição tão bruta e tão horrenda,
Até uma ama de leite choraria;
Mas ela, que era mãe, não apresenta
Desespero no rosto. Está serena
Quando nas mãos da morte a filha entrega.
"Toma-a de volta. Pega a tua donzela.

E vai cumprir o que o marquês mandou.
Mas uma coisa peço, gentilmente;
Enterra o seu corpinho, por favor,
Em oculto lugar, secretamente,
Para que os cães, abutres e serpentes,
Não a destrocem." Ele nada diz;
E sai, deixando a sós essa infeliz.

E o sicário voltou ao seu senhor;
A expressão da mulher, sua linguagem,
Minuciosamente relatou,
E entregou-lhe sua filha. A crueldade
Arrefece, e eis que um fio de piedade
Toca o marquês. Porém, não desistiu,
Continuando em seu projeto vil.

(Assim os lordes fazem: não têm freios
Quando querem impor os seus caprichos.)
E o marquês ordenou ao tal sujeito
Que envolvesse a menina em panos finos,
E a pusesse num cesto protegido,
Com um cuidado máximo, e comanda:

"Não reveles, jamais, a nossa trama.

Se falares um dia, morrerás.
Leva a menina agora — e não esqueças:
Minha irmã em Bolonha encontrarás,
Que na terra de Pânago é condessa;
E roga-lhe, aconteça o que aconteça,
Que crie esta menina gentilmente,
Mas não diga de quem é descendente.

Que não saiba ninguém quem são seus pais".
E foi-se o agente; e agora, meus amigos,
Eis que o marquês procura em vão sinais
No rosto de Griselda: está movido
Por fantasias várias, possuído
Por dúvidas, querendo comprovar
Se ela o detesta, se o deixou de amar.

Mas nada vê. Em tudo, ela era igual:
No amor, na gentileza, na ternura,
E sem transparecer nenhum sinal
Da dor que a dilacera e que a tortura.
A tudo lhe responde com candura,
E o nome nem sequer volta a dizer
Da filha que acabara de perder.

4

E quatro anos após aqueles fatos
Griselda novamente engravidou:
Dessa vez, o marquês foi agraciado
Com herdeiro varão. E se alegrou
O povo tanto quanto o seu senhor;
E todos deram graças ao bom Deus
Pela bênção que a todos concedeu.

Mas quando o filho completou dois anos
E do peito das amas foi tirado,
Por desejo cruel, maldoso estranho
O marquês novamente é dominado
Ah, teste insano e mau, desnecessário!
Mas não há freio aos vícios de um marido
Quando acha uma mulher de manso espírito!

"Esposa", o marquês mente, "como eu disse,
Nossa união desagradou o povo;
E agora, em teimosia, o povo insiste
Em murmurar e conspirar de novo.
Tais murmúrios me ferem como o fogo:
Depois que nosso filho veio ao mundo
Mais forte é o seu rancor, e mais profundo.

Pois dizem: 'Quando Walter falecer
O sangue de Janícula herdará
A terra em que vivemos. Que fazer?'.
Sei que essa fala é rancorosa e má,
Mas quem sabe se um dia chegará
À revolta real? É grande o alarde,
Embora nada digam face a face.

Desejo, se puder, viver em paz.
E portanto, eis a minha decisão
Para calar a populaça má:
Eu devo — sim, eu devo — dar ao irmão
O fim que dei à irmã. Compreensão
Te peço e, novamente, paciência.
Não te entregues à dor e à violência."

"O que antes eu já disse, ora repito",
Griselda lhe responde. "Só desejo
O que desejas. Não, eu não me aflijo
Se após perder a filha, ao filho perco.

O teu comando, então, seja supremo.
Tive dois filhos, sim; de que adiantou?
Primeiro, a náusea, e após a náusea, dor.

Eu nada mais ganhei, ao dar à luz.
És nosso soberano, e a tua vontade
É nossa lei, em nome de Jesus.
Minhas roupas deixei — não é verdade? —
À porta de meu pai. E à liberdade
Renunciei, para sempre, nesse dia,
Ao aceitar as vestes que trazias.

E se acaso eu tivesse a presciência
De saber teu desejo de antemão,
Já teria prestado obediência
Imediata. Agora sei, e então,
Serei fiel à minha condição
De serva; com certeza, eu morreria
Se eu soubesse que assim te agradaria.

Pois o que é a morte, quando comparada
Ao teu amor?" E então, ouvindo aquilo,
Num átimo, o marquês baixa a mirada.
Não pode olhar a esposa. Está tolhido.
"Como pode aguentar os meus caprichos?"
Com rosto grave, então, parte o marquês
— Mas a alma lhe transborda de prazer.

Vem o feio sicário, e o ferrabrás
Toma-lhe o filho, e o faz tão brutalmente
(Ou se isso for possível, até mais)
Quanto ao roubar sua filha. Paciente
Griselda suportou que ele, inclemente,
Arrancasse o filhinho de seu peito
Sem soltar uma queixa, um só lamento.

Só beijou o menino, e o abençoou.
Mas no último momento, balbuciando,
Que ele enterrasse o corpo ela implorou,
Naquele instante extremo desejando
A feras não deixar, em bosque ou campo,
O pequeno bebê. Mas o maldito
Nada lhe diz e sai com seu menino.

(Na verdade, com todos os cuidados
O bebê até Bolonha é conduzido.)
Está o marquês surpreso, e até intrigado,
Ao ver tamanha mansidão de espírito.
Se não soubesse que ela amava os filhos,
Teria imaginado que era fria,
Ou maldosa, ou então que só fingia.

Mas o marquês sabia: era sincera
A pobre esposa, e aos filhos adorava.
Por que, então, não deixava em paz Griselda?
Mulheres, me respondam, minhas caras:
Tais provações brutais, continuadas,
Não seriam decerto o suficiente
Ao marido mais ríspido e inclemente?

Mas há pessoas de alma agrilhoada
Que após tomarem certa decisão
Não sabem desviar-se mais da estrada,
Ou, como que amarrados num mourão,
Dão voltas e mais voltas, sempre em vão.
Assim esse marquês não desistia
Do plano que de nada lhe servia.

E seguiu a testá-la, procurando
Em sua expressão sinais de algum desgosto.
Mas sempre constatava com espanto:
Tanto no coração quanto em seu rosto,

Não havia nenhum rancor exposto
Ou sugerido. E o tempo assim passava;
E Griselda, mais doce e dedicada.

E em tudo parecia que entre os dois
Havia uma só mente, e uma vontade,
Um só desejo e um só caminho — pois
No teste ela passara, eis a verdade,
Com ajuda de Deus, e sem alardes,
Mostrando que a uma esposa é proibido
Não querer o que ordene o seu marido.

Mas a sanha e a barbárie do marquês
Entre o povo geravam mil boatos:
"Que coração perverso! Ah, sordidez!
Por ter com pobre moça se casado,
Mandou que os filhos fossem massacrados
Nas sombras!". Pois acreditava a gente
Que houvesse aos dois matado cruelmente.

E o amor que o povo outrora devotava
Ao nobre transformava-se em rancor;
Pois o escândalo, em fama depravada,
O seu nome lançava em desfavor.
Mas ele não ouvia esse clamor:
A sério, ou por cruel divertimento,
Só pensava em seu louco e fixo intento.

Doze anos completava então sua filha
Quando à corte papal um mensageiro
O marquês, prosseguindo a trama, envia
Pois Roma conhecia o plano inteiro;
Pra que o tormento fosse o mais perfeito,
Uma bula papal falta somente
Permitindo que case novamente.

A Roma o marquês pede falsa bula
E a falsa bula vem. O documento
O antigo matrimônio finda e anula
E lhe permite um novo casamento.
E com aquele texto fraudulento
Pretende ele aplacar os mil rumores
Do povo, e lhe apagar ódio e rancores.

E o povo acreditou — naturalmente —
Que a bula era real, santificada.
Mas creio que um pesar fundo e pungente
Tenha deixado a esposa devastada.
Porém, sua conduta controlada
Manteve a paciente criatura,
E aguentou as malícias da Fortuna.

Os desejos e os mais loucos caprichos
Daquele a quem Griselda já entregara
A vida e o corpo, a mente e todo o espírito,
Ainda, humildemente, ela aceitava.
Mas voltando ao marquês: secreta carta
A Bolonha enviou, já calculando
Os últimos desígnios do seu plano.

Ele ao conde de Pânago — marido
De sua irmã — pedia, gravemente,
Que a menina enviasse, e o seu menino,
Em uma comitiva mui solene;
Porém, também pediu, especialmente,
Que as origens dos dois fossem mantidas
Nas sombras, disfarçadas e escondidas.

Deveria dizer — seguia a carta —
Que ao marquês de Saluzzo, de imediato,
A menina seria desposada.
E o conde fez o que era demandado.

Parte ao amanhecer, acompanhado
De nobres em fulgente comitiva
Conduzindo o rapaz e a rapariga.

A moça vai luzindo em ouro e pedras,
Em vestido de noiva rebrilhante.
Também o irmãozinho da donzela
— Que tinha só sete anos — vai adiante
Em roupas de mancebo mui galante.
E assim a comitiva se aproxima
De Saluzzo, com galas e alegria.

5

Seguindo sua tendência à crueldade,
O marquês, enquanto isso, preparava
O teste derradeiro, a extremidade
Do insulto contra aquela que o amava,
Pra saber se a firmeza lhe restava.
E diz-lhe então em pública audiência
Bem alto, com descaso e impertinência:

"Tive muito prazer, é bem verdade,
Em ter-te como esposa, por um tempo.
Desfrutei tua doçura e mocidade,
Apesar do teu baixo nascimento
E pobreza total. Porém lamento
Constatar que a mais dura servidão
Sofre quem tem poder e posição.

Ah, não posso fazer o que desejo,
Um lavrador de campos é mais livre!
Meu povo exige o fim do casamento;
Que eu me case de novo, o povo insiste.
E a isso o próprio papa me permite,

Por meio do sinete sacrossanto.
De fato, a nova noiva está chegando.

Com paciência, cede o teu lugar.
O dote que trouxeste, eu te devolvo,
E ordeno que retornes ao teu pai.
Ninguém pode viver o tempo todo
Na alegria sem fim, no eterno gozo.
Eu rogo que esses golpes da Fortuna
Aceites com valor e compostura".

E Griselda responde humildemente:
"Eu sei e eu sempre soube, meu senhor,
Que a minha posição é de indigente
Perante tua grandeza e resplendor.
Não tenho dignidade nem valor
Para ser tua simples camareira;
Muito menos, esposa e companheira!

Fizeste-me senhora desta casa,
Porém jamais pensei sobre mim mesma
Como dona, mas como a mais cordata
E a mais humilde serva, com certeza!
E eu servi-te, senhor, e à tua grandeza,
Com a ajuda de Deus, e servirei
Para sempre; servir-te é a minha lei.

Agradeço por tua gentileza
Em me ergueres à glória e à fidalguia
Por tanto tempo, embora eu não mereça,
E agradeço ao bom Deus. As honrarias
Que me deste, eu devolvo, e em alegria
À casa de meu pai retornarei
Onde eu eternamente viverei.

Sim, lá onde eu vivi os felizes dias

De minha infância — há tanto, tanto tempo —
Retornarei, viúva, pura e limpa,
Para viver sem penas nem lamentos.
Não buscarei um outro casamento;
A minha virgindade eu te entreguei,
E um outro homem nunca mais terei.

E quanto à tua nova esposa: Deus
Aos dois — eu rogo — dê prosperidade.
Cederei o lugar que já foi meu
E que tanto me deu felicidade;
Sim, partirei assim que comandares,
Deixando para trás o meu marido
E o lar que um dia amei. Parto sorrindo.

Concedes que o meu dote vá comigo;
Porém, creio que o dote era um farrapo,
Trajes sujos, um rústico vestido.
Já não sei, meu senhor, onde encontrá-los.
Tão belo parecias, tão cordato,
Naquele lindo dia — há tanto tempo! —
Em que tu me pediste em casamento!

Eu vejo agora: é verdadeiro o dito
(E em mim mesma eu o tenho comprovado)
Que o amor, após ficar encanecido,
Já não é igual ao novo. Porém, calo:
Por mais triste que seja este meu fardo
Jamais escolheria uma outra sorte
— Não, mesmo que o meu fardo fosse a morte.

Decerto te recordas, meu senhor,
Que à porta do casebre, aquele dia,
Me fizeste despir, e no esplendor
Tu me vestiste, em ouro e fidalguia.
E nada eu trouxe à nova moradia,

Somente o corpo nu, e a virgindade,
A minha boa-fé e honestidade.

As lindas vestes ora te devolvo
E a aliança que carrego neste dedo.
No quarto encontrarás joias ou ouro
Que um dia usei. Retorno, sem lamento,
Da forma como vim: sem ornamento
E nua. Mas espero, no entanto,
Que me emprestes um curto e pobre manto.

Não creio que cometas uma infâmia
Tão grande, me obrigando a partir nua;
O ventre que gerou tuas crianças
Exposto, como um verme, pelas ruas,
Fustigado por vento, sol e chuva!
Recorda-te, senhor, que, mesmo indigna,
— Deus sabe! — tua esposa eu fui um dia!

De minha virgindade (que a esta casa
Eu trouxe, e nunca levarei de volta)
Uma só recompensa seja paga:
Uma bata, um só manto em minhas costas,
E que eu não parta infamemente exposta.
Tal galardão eu peço, e nada mais;
E partirei, pra não voltar jamais".

"Leva contigo a bata que ora vestes.
É tua", o marquês diz, porém fraqueja:
A voz por piedade se arrefece
E ele sai, de olhos quietos, e a cabeça
Abaixada. E na sala de audiências,
Griselda, em frente a todos, sem demora
As ricas roupas tira, e vai-se embora.

Pés descalços, cabeça descoberta,

Avança a dama, e o povo a segue e chora;
Mas secos são os olhos de Griselda.
O povo acusa ao Fado, em vão reprova
As tramas da Fortuna perniciosa.
Mas Griselda, contudo, nada diz;
E o pai logo ouve as novas, infeliz.

E Janícula então maldiz o dia
Em que o pôs o Destino sobre a terra.
Uma premonição sempre sentira
Contra o estranho noivado de Griselda.
"Quando o marquês, enfim, cansar-se dela",
Pensava, "há de findar o casamento;
Ele quer só matar o seu desejo."

Ouvindo a multidão que lamentava
Compreendeu que Griselda estava perto.
Sem tardar, ele corre, vai saudá-la,
Nas mãos levando o velho manto aberto,
O manto de Griselda. Era tão velho
Que o tecido se achava todo roto
E mal podia já cobrir seu corpo.

E com seu pai então, por algum tempo,
Viveu aquela flor de paciência.
Jamais palavra ou gesto de lamento
Fez ou disse, sozinha ou na presença
Dos outros. Nem qualquer reminiscência
De seus dias de glória e fidalguia
Sobre as linhas do rosto lhe surgia.

Nem era de espantar: quando, gloriosa,
Carregava seu título e nobreza,
Jamais fora arrogante ou melindrosa,
Nem destilara altivas sutilezas;
Pois fora sempre idêntica a si mesma,

Em benigna e sincera honestidade,
Com alma despojada de vaidade.

Da humildade de Jó muito se fala;
Pois escritores amam afagar
As virtudes dos homens. Porém nada,
Ou quase nada, animam-se a falar
De mulheres com ânimo exemplar.
Mas que eu saiba, nenhum homem supera
As virtudes das damas, nesta Terra.

6

E eis que o conde de Pânago chegava
De Bolonha. E a notícia, com presteza,
Entre povo e nobreza se espalhava;
E dizia o rumor: "Nova marquesa
Com ele vem, num halo de beleza!
E ninguém viu jamais séquito igual
Em toda a Lombardia ocidental".

O marquês, que de tudo já sabia,
Pois o plano era seu, então chamou
Nossa pobre Griselda. E ela sorria
Ao entrar na presença do senhor.
Nenhum traço de dúvida ou de dor
Marcava o rosto, quando, ajoelhada,
Saudou-o gentilmente, mui cordata.

"Griselda", ele lhe disse, "eis meu desejo.
Que minha noiva, que ora vem chegando,
Receba o mais perfeito tratamento,
Como a filha de um grande soberano.
Que se encha de ornamentos e de encantos
O meu palácio, e a criadagem toda

À moça sirva, em pompa, glória e honra.

Não tenho serviçal habilidosa
Que possa fazer tudo como ordeno.
Ficarei mui contente caso possas
Ajudar no festim de casamento.
Tu conheces meus gostos e desejos,
E embora assim vestida de farrapos,
Que ao menos teu dever cumpras de fato."

"Não apenas assinto", ela lhe diz,
"Como afirmo que sempre, eternamente,
Cumprirei teus desejos, mui feliz.
Tudo eu farei com alma sorridente,
Pois jamais cansa o espírito ou a mente
De quem serve, modesta, o seu amor.
Esfarrapada, sirvo-te, senhor."

E sem tardar, pôs-se a arrumar a casa;
Fez os leitos, dispôs pratos nas mesas,
E pressurosa, comandou criadas,
Pedindo-lhes extrema ligeireza
No varrer, no limpar toda sujeira;
E foi a mais veloz e diligente,
Tudo arrumando primorosamente.

E o conde chega e, junto ao paço, apeia
Com as duas crianças resplendentes.
E logo a praça inteira ficou cheia
De curiosos, olhando intensamente,
A bela e jovem noiva. Muita gente
Opina que o marquês não era tolo
Ao buscar esse enlace fresco e novo.

E muitos concordaram: "É mais bela,
É bem mais jovem, de maior nobreza,

E muito mais brilhante que Griselda.
Dará frutos mais finos, com certeza,
De linhagem mais pura, e mais beleza".
E exclamam: "Como é belo o seu irmão!
O marquês fez correta decisão!".

"Oh, gente sem valor, cheia de vento,
Cheia de vão clamor, novidadeira!
Volúvel como um tolo cata-vento,
Mudando como a lua — nova ou cheia —
Aplaudindo, apupando, faladeira!
Não valem seus humores um tostão,
E tolo é quem lhe segue a opinião!"

Assim as almas sérias da cidade
Diziam, vendo a tola multidão
Admirar-se da mera novidade
Da jovem dama e a sua procissão.
Deixemos esses tolos; lá se vão...
E sem tardar voltemos a Griselda,
Que, paciente em seu labor, se esmera.

Em azáfama enorme ela corria;
O festim e o banquete preparava
Sem jamais descansar; não parecia
Por sua pobre veste envergonhada,
Embora rala e rota e esfarrapada;
Com os servos, alegre vai à porta
Ver a noiva chegar; e depois volta.

Recebe os convidados finamente,
Seguindo a mais correta hierarquia;
E já não há nenhum que não comente
Sua elegância no agir, sua cortesia,
Embora em pobres trajes malvestida.
Como pode essa serva, entre farrapos,

Conhecer a etiqueta e o fino trato?

E sem parar, Griselda elogiava
A jovem noiva, o seu bonito irmão,
Com palavras tão puras e tão claras
Que ninguém lhes faria correção.
E assim que começou a refeição,
O marquês, já sentado, faz um gesto
Pedindo que Griselda chegue perto.

"Griselda", disse, em tom de brincadeira,
"Que te parece a minha nobre esposa?"
"É linda", ela responde, "linda e cheia
De encantos. Rogo então, e que Deus ouça,
Que longamente viva a linda moça,
Em alegria, junto ao seu esposo,
Até o final, com júbilo e com gozo.

Mas uma coisa eu peço — peço e alerto:
Não a firas com testes e torturas,
Como dantes fizeste a mim. Decerto
Essa terna, essa doce criatura
Foi criada em conforto e com brandura
E não suportará dor e tristeza
Como eu, que fui criada na pobreza."

Ao ver essa extremada paciência,
Na face sem rancor e sem malícia,
O marquês relembrou as mil ofensas
Planejadas, forjadas, cometidas,
Contra Griselda, só, desprotegida,
Mas sempre grave, séria e corajosa;
E a crueldade morre, e o marquês cora.

"Griselda minha! Chega! Isso é o bastante!
Já nada temas, já não chores mais!

CONTO DO ERUDITO

Teu ânimo e coragem são tão grandes
Que superam os golpes mais brutais!
Não houve alguém igual, nunca, jamais!
Tua constância perfeita agora eu vejo!"
E tomando-a nos braços deu-lhe um beijo.

Mas Griselda, perplexa, mal ouvia
As palavras, e como alguém que acorda
De súbito, confusa, os olhos pisca,
E acha estranhas as coisas à sua volta.
"Escuta-me, Griselda!", o marquês torna,
"És minha esposa, és tu, tu, ninguém mais;
Outra mulher não tomarei jamais!

A jovem que, sincera, elogiaste
É nossa filha; e este rapaz, aqui,
É meu herdeiro em sangue e por linhagem!
Os filhos do teu próprio corpo, sim,
Que a Bolonha mandei, e os escondi;
Agora os tens de volta, e nunca mais
Dirás que foram mortos por seu pai!

E que acabem os hórridos rumores
De que matei meus filhos — Deus proíba!
Que cessem falatórios e rancores;
Fiz o que fiz contigo, minha vida,
Meu amor, pois minh'alma estava aflita
Para testar teu forte coração
E saber se me amavas. Sei, então!"

Ao ouvi-lo, Griselda desmaiou
Em trêmula alegria. Quando acorda
Os filhos chama a si; o materno amor
Rebrilha em sua face quando os toca.
Ao beijá-los, um pranto leve rola
E as faces dos seus filhos banha e lava

Em lágrimas felizes, delicadas.

E quem não choraria ao ver tal cena,
E ao ouvir tais palavras comoventes?
"Acabados tormentos! Findas penas!
Obrigada, marquês, pelo presente
Que me deste; agradeço humildemente!
E sabendo que eu tenho o teu amor
Posso morrer agora, sem temor!

Meu lindos, lindos filhos! Tanto tempo
Sua mãe desesperada acreditou
Que os animais vorazes e cruentos,
As aves, vermes, lobos em furor,
Sua carne espedaçaram. Bom Senhor!
Porém seu pai criou-os com brandura,
E os devolveu a mim, grata à Fortuna!"

De novo desmaiou, porém seus braços
Com força ainda envolvem os dois filhos;
Difícil é escapar do cego abraço.
E muitos tristes prantos compungidos,
Muitas lágrimas fluem, mil suspiros
Ao redor de Griselda desmaiada;
A gente toda, ao vê-la, está abalada.

Walter a acariciou, beijou-lhe a testa,
E pouco a pouco o transe se desfez
E suspirando então se ergue Griselda
Em meio à multidão gentil, cortês;
E lindo é vê-la ali com seu marquês,
Em alegria imensa e renovada,
Com toda a desventura terminada.

No momento oportuno, as outras damas
Conduziram-na ao quarto, e as vestes pobres

Tiraram-lhe, e enfeitaram sua trança.
Ela usa agora um diadema nobre
E um traje em fios dourados a recobre;
E em sua cabeça brilham finas pedras;
Rebrilhante, ao salão volta Griselda.

E esse pesado dia assim termina:
E ao calor do banquete e da festança
Entregaram-se, gratos, os convivas,
Em meio a cantos, vivas, gozo e dança,
Até que a noite sobre os céus avança
E levantam-se estrelas. Mais agrado
Houve então que no dia do noivado.

Por anos em riqueza e em alegria
Viveu esse casal, harmonioso.
Com o tempo, casaram sua filha
Com um nobre riquíssimo e famoso,
Um dos grandes da Itália. E bom repouso
A Janícula deram no castelo,
Até que a morte vem buscar o velho.

E o filho sucedeu no marquesado
Ao pai, e foi um sábio governante.
Casou-se, e foi feliz após casado,
Porém jamais testou sua esposa e amante
Como o velho marquês fizera dantes.
O nosso mundo novo — eu sempre digo —
É bem menos severo do que o antigo.

Eis o que diz o autor da nossa história:
"Não creiam que a moral deste meu conto
É que eu tenha por coisa meritória
Que as mulheres imitem, ponto a ponto,
Nossa pobre Griselda (não sou louco);
Mas sim que nas desgraças mais selvagens

Imitemos sua força e sua coragem".

Assim nos diz Petrarca, nobremente.
Se alguém mostrou tamanha paciência
Ante um homem mortal, mais pacientes
Devemos ser perante as turbulências
Que nos mande a divina sapiência.
Deus jamais causa o Mal, e tem razões
Ao pôr à prova as suas criações.

É o que nos diz a Carta de Tiago.[237]
Sim, Deus nos manda golpes, sofrimentos,
Mas não por um capricho tresloucado,
Tampouco para ter conhecimento
De nossa fé. Pois antes de nascermos
Ele tudo de nós já conhecia;
Mas na virtude a dor nos exercita.

Só mais uma palavra, meus senhores:
Achar novas Griseldas nestes tempos
É difícil. Talvez alguém encontre
Uma ou duas em cada vilarejo...
Porém, se alguém testá-las, já prevejo
Que a moeda dourada que nos dão
Há de quebrar — é liga de latão.

Para à Mulher de Bath dar homenagem
— Que Deus a guarde, e a todas as mulheres,
E lhes dê sobre nós autoridade;
E ai Dele se negar! — com boa verve
Uma canção vou lhes cantar, alegre,
E a tanta sisudez daremos fim.
Escutem a canção, que diz assim:

O *ENVOI* DE CHAUCER[238]

Estão mortas — Griselda e sua paciência
E sepultadas longe, lá na Itália;
Por isso, a todos faço esta advertência:
Não tentem pôr mulheres na cangalha
Testando as pobres damas com tortura;
Tal busca é sempre tola e sempre falha.

Esposas nobres, cheias de prudência,
Evitem a humildade que apaspalha!
Usem suas línguas sempre, sem clemência;
Que nenhum escritor — essa gentalha! —
As pinte qual Griseldas de brandura
— Ou Chichevache[239] vem e as estraçalha!

Imitem de Eco a imensa veemência:
Repliquem, dando troco e represália!
Que não as ludibrie a inocência:
Dominem, afiadas qual navalha!
Mulher, segue essas dicas, e assegura
Que a tua legião vença a batalha!

Arquiesposa — com força e resistência
Dum camelo — ao marido espanca e ralha
Até que ele te renda obediência!
Esposa fraca e tenra, ergue muralha
Com grito, xingação, descompostura;
Berra qual tigre! Insurge-te e chocalha!

Jamais lhes mostres medo ou reverência.
Se o marido vestir cota de malha,
Com teus azedos dardos de eloquência
Ao camal e à venteira lhe estraçalha![240]
Com ciúmes espeta, fere e fura,
E o faz fugir, penar, gritar qual gralha!

Se tu és bela, te exibe em opulência,
Faz os homens beijarem-te a sandália;
Se és feia, gasta em compras com frequência,
E uns bons amigos machos amealha!
Rebola e dança, enquanto em sala escura,
Teu marido em lamentos se escangalha!

Conto do Mercador

PRÓLOGO DO MERCADOR

"Muito entendo de lágrimas, lamentos,
De noite ou de manhã, a qualquer momento",
Nos disse o Mercador, "e assim ocorre
Com qualquer um que tenha uma consorte;
No matrimônio, eu mesmo só fui triste:
Minha esposa é a pior mulher que existe.
Se acaso ela casasse co'um diabo,
Ele seria por ela supliciado.
Não vou citar exemplos específicos:
Em tudo ela é megera, é o que lhes digo!
Imensa diferença entre essa fera
E a grande paciência de Griselda!
Minha esposa é uma flor de crueldade
E se do jugo um dia eu me livrasse,
Jamais colocaria outro grilhão.
Quem casa vive só em lamentação,
Por são Tomás das Índias, eu garanto,
Vivemos quase sempre lamentando,
A quem quiser perguntes! Se um escapa,
É apenas por divina e infinda graça.

Meu amigo Albergueiro! Estou casado
Há dois meses, não mais, mas meu estado
É de se horrorizar. Homem solteiro
Não conhece igual dor nem sofrimento;

Mesmo quem foi furado por punhal
Não teve angústia tão descomunal
Quanto eu provei, com essa harpia horrenda!"

O Albergueiro replica: "Desse tema
Nos fala mais um pouco, já que sabes
Tanta coisa de tais sofridas artes".

E ele diz: "Muito bem. Mas meu espírito
Dói muito; de mim mesmo, não mais digo".

CONTO DO MERCADOR

Na Itália um nobre cavaleiro havia
Na terra dos lombardos, em Pavia.
Até ter sessenta anos, em riqueza
E sem qualquer esposa ele vivera,
Desfrutando os prazeres sensuais
Com batalhões de moças, sem jamais
Renunciar ao sabor das tenras carnes
(Como fazem os tolos seculares).
Mas após completar seus sessenta anos
Não sei se quis tornar-se um velho santo
Ou se ficou caduco, mas o fato
É que ele quis virar homem casado.
Noite e dia, passou a procurar
A moça que pudesse desposar
Orando: "Deus, concede-me afinal
Os prazeres da vida conjugal,
A aliança sagrada, eterna e pura
Com que Deus presenteou sua Criatura.
A vida, sem casar, não vale nada;
No matrimônio, a vida é imaculada
E doce — aqui na Terra é o paraíso".
Que sábio cavaleiro, e que juízo!

CONTO DO MERCADOR

Tão certo quanto Deus ser pai de todos
Casar-se é empreendimento grandioso
— Principalmente, se o homem for grisalho.
A esposa é fruto então do seu erário;
E que ela tenha corpo jovem, tenro,
E que possa engendrar um belo herdeiro
E que traga à sua vida paz e calma.
Porém eterna dor aflige a alma
Dos solteiros, que sofrem por amor
— Brincadeira infantil e sem valor.
É justo que os solteiros sofram tanto:
Pois erguem suas casas sobre o pântano.
Se buscam um amor mais consistente
Perdem o pé e afundam bruscamente.
Vivem livres, mas livres como as feras
E os pássaros, selvagens sobre a terra;
Em mais sereno e em mais ordeiro estado
Vive — em êxtase — o homem que é casado,
Sob um jugo suave e acariciante
Com coração de gozos transbordante.
Pois quem é mais atenta e obediente
Que a esposa? Se o marido está doente
Com ele ficará, pra confortá-lo;
No bem, no mal, está sempre ao seu lado,
Mesmo que a enfermidade o prenda à cama
E o embala, doce, até que a morte o chama.

Porém, alguns autores do passado
Negam isso — e um exemplo é Teofrasto.
Ele era um mentiroso, e quem se importa?
"Não abras à mulher da casa a porta
Achando que farás economia.
É melhor ter um servo por vigia",
Escreveu, "de teus bens do que uma esposa.
Pois a mulher será sempre onerosa,
Abraçando metade das tuas posses.

Se te abate uma enfermidade forte
É melhor que te cuidem teus amigos
Do que ela, cujos olhos estão fixos
Na herança que ao morrer tu vais deixar
— E que tampouco hesita em te chifrar."

Teofrasto falou muita besteira
— Que Deus amaldiçoe sua caveira!
Mas esqueçam tais troças e tolices;
Desafio o que Teofrasto disse!

Uma esposa — eis a dádiva divina!
Pois todas as demais coisas da vida
— Móveis ou terras, rendas, sinecuras —
São apenas presentes da Fortuna
E passam como sombras na parede.
Mas não temam; direi a quem me entende:
A esposa dura muito, e é bem provável
Que dure mais até que o desejável.²⁴¹

Matrimônio é um grandioso sacramento;
E vive num total desvalimento
Quem é solteiro — triste e desolado
(Dos seculares, não do clero, eu falo).
E em vão não digo, creiam: foi criada
A mulher para ser nossa aliada.
Ao ver Adão andando só, sem rumo,
De barriga de fora, assim, desnudo,
"Vou dar-lhe companhia", Deus pondera,
"Alguém igual a ele". Então, fez Eva.
Eis aqui a evidência — o tema é sério!
Nosso auxílio na vida, e refrigério,
Paraíso terrestre e diversão
— Tudo isso as nossas donas foram, são.
É dócil a mulher, dócil e pura:
Formando uma só plena criatura

CONTO DO MERCADOR

Com seu marido — uma só carne são
E os dois têm juntos um só coração.

Santa Maria! Dádiva gloriosa
É ter esposa boa e carinhosa!
Quem se casa não vive desvalido
— A esposa guarda sempre o seu marido.
O gozo de tal vida ninguém mede;
Nenhuma língua a tal prazer descreve.
Ela trabalha e ajuda, se ele é pobre;
Ao seu desejo assente, e nunca foge.
Quando diz "sim" jamais quer dizer "não".
"Mulher, faz isso!" "Sim, já fiz, patrão."

Ah! que organização tão virtuosa,
Tão alegre e sensata e tão valiosa,
Tão universalmente apreciada!
Um homem que se preze a Deus dá graças
De joelhos, todo dia, sem parar,
Caso tenha uma esposa no seu lar.
Se não tiver, que reze, e que suplique
Que Deus uma mulher boa lhe envie
E que ela o sirva até o fim da vida!
Terá tranquilidade garantida,
Pois vive em solidez e segurança
Quem segue sempre a excelsa temperança
Dos prudentes conselhos femininos!
Jacó, vestido em pele de cabrito,
Qual Esaú, peludo, e disfarçado,
Foi pelo pai Isaac abençoado
— E o plano foi da sábia mãe, Rebeca.
E Judite! Aos hebreus salva e preserva,
Ao matar Holofernes, que dormia.
E Abigail! Bom senso e valentia
Demonstrou ao salvar o seu esposo
Nabal, que estava já quase a ser morto.

E Ester! Também salvou o povo hebreu
E urdiu a promoção de Mardoqueu.

Diz Sêneca que é um bem superlativo
Por uma boa esposa ser servido.
"Tolera a língua da mulher" — Catão
Nos diz; "A esposa põe-te em servidão,
Porém, no fim, suave, te obedece."
Ao nosso patrimônio ela protege.
Quando ao solteiro abate uma doença,
A falta de uma esposa ele lamenta;
Se és sábio, ama tua esposa — eis o que digo —
Assim como ama à Igreja Jesus Cristo.
Se tu amas a ti mesmo, ama à mulher:
Ferir a própria carne ninguém quer,
E ela é tua carne! Trata com afeto
Tua esposa, ou jamais serás completo.
Apesar das piadas, zombarias,
No casamento está a mais reta via
A mais ditosa e cheia de prazer
— Especialmente, é claro, pra mulher.

Por isso, o personagem de que falo
— Que aliás se chamava Januário —[242]
Decidiu, em seus dias de velhice,
Desfrutar da doçura e da meiguice
Do matrimônio. Então convoca um dia
Dos amigos a vasta companhia
E circunspeto, explica a decisão:
"Da mocidade os tempos lá se vão;
Vejo a beira da tumba, e o precipício.
Devo pensar na alma, isso é preciso;
Abusei de meu corpo a vida toda
— Preciso corrigir-me, antes que eu morra.
Hei de casar, então, e o quanto antes
Com jovem, bela moça cativante.

Ajudai-me a achá-la! Tenho pressa!
E não aguentarei mui longa espera.
Também vou procurar, o mais que posso,
A noiva, mas vós sois mais numerosos,
E podereis achar mais prontamente
Alguém que agrade o corpo e acalme a mente,
Moça virgem, gentil, apropriada,
Para ser minha esposa e aliada.

Mas, amigos, cuidado: não aceito
Mulher velha deitada no meu leito!
No máximo vinte anos, eu previno!
É bom comer filé de peixe antigo;
O velho peixe é bem melhor que o moço;
Mas bife tem de ser bem tenro e novo:
Eu só como vitela! É vil forragem
Mulher com mais de trinta anos de idade;
E as viúvas, que têm mais esperteza
Do que o Barco de Wade[243] em correnteza,
Com pequenas torturas e maldade
Roubam todo o vigor, serenidade
De um homem. Quem passou anos na escola
É um erudito e um sábio; mas amola
A mulher que de tudo sabe um pouco
— Eruditas caseiras! Deixam louco
Qualquer homem. Melhor é uma mocinha
Que podemos deixar mansa e macia
Com palavras suaves, como à cera
Sabe moldar a mão sábia e certeira.
Até porque, se eu desposar mulher
Que não possa me dar nenhum prazer
Acabo cometendo um adultério
— E morto, vou direto para o inferno.
E se eu não engendrar nela um herdeiro?
Que cães devorem o meu corpo inteiro
Antes que eu deixe a minha vasta herança

Cair após a morte em mãos estranhas!

Para casar, enfim, razões não faltam.
Há pessoas que opinam e que falam
Do matrimônio, mas conhecem tanto
Do assunto quanto um pajem, eu garanto.
O que dizem, senhores, eu aclaro:
Quem não sabe viver sereno e casto,
Deve casar-se em grande devoção
Praticando a devida engendração
De filhos, e pra honrar Nosso Senhor
— Não por sensualidade ou por amor;
Pois assim a luxúria é controlada,
Em doses diminutas bem dosada,
E marido e mulher, qual dois irmãos
Na prece e no recato viverão,
Dando apoio um ao outro, até o fim...
Mas, cavalheiros, *eu* não sou assim.
Posso gabar-me: tenho os membros todos
Potentes, rijos, fortes, sempre prontos
A realizar qualquer atividade
Que exija superior virilidade.
Somente eu sei do que é que sou capaz!
Grisalho, sim, porém, mole jamais!
Sou árvore que tem as flores brancas,
Florida, inda tem força em suas ramas.
Sou velho só nas mechas de cabelo;
Verde é o meu coração; verdes, meus membros,
Qual loureiro que nunca está caduco.
Tenho dito! Falai, agora. Escuto".

Vários homens falaram, variamente,
Com muito exemplo antigo e pertinente,
Seja a favor ou contra o casamento.
Porém, é bem normal que cavalheiros
Estando a discutir grave questão

Acabem por formar altercação;
E houve disputa entre os irmãos do lorde.
Placebo[244] se chamava um dos dois nobres,
E o nome do segundo era Justino.

Placebo diz: "Irmão, irmão querido,
Não precisas pedir nossos conselhos,
Meu bom senhor, e lorde tão perfeito!
A menos que, por suma sapiência,
Exercitando a natural prudência,
Não queiras te esquecer de Salomão,
Que disse: 'Nunca tomes decisão
Sem ouvir o que dizem teus amigos;
Assim, não ficarás arrependido'.
Salomão era sábio, isso eu não nego,
Porém, por minha alma, eu assevero:
Não existe no mundo opinião
Melhor que a tua própria, meu irmão.
Explicarei melhor os meus motivos.
Por muitos anos já vivi — e vivo —
Entre gente fidalga e eminente.
— Sou cortesão antigo e experiente.
Embora distinções eu não mereça,
Ocupei grandes cargos de nobreza.
Mas jamais com um lorde eu discuti;
A suas opiniões sempre assenti.
Por quê? Isto é bem claro, meu bom Deus:
Meu senhor sabe muito mais do que eu.
A tudo o que ele diz, eu só repito
A mesma coisa, ou algo parecido.
É tolo, é muito tolo, é desvairado
Quem pensa ser mais sábio ou atilado
Que o alto lorde a quem está servindo!
Lordes não são tolos! Meu amigo,
Meu caro irmão, mostraste ter a mente
Tão aguda, falando nobremente,

Que em tudo assinto. Ah, que belo discurso!
Ah, não existe um homem tão arguto
Na cidade ou em toda a nossa Itália!
Até Cristo aprecia a tua fala!
É sinal de valor, vivacidade
Que um homem de avançada e longa idade
Tome uma esposa jovem! Admirável!
Teu coração é vivo, insaciável!
Eis então o que penso ser melhor:
Faz o que bem entendas, meu senhor".

Justino tudo ouviu, quieto, parado,
E então diz a Placebo, algo enervado:
"Dá-me licença agora, meu irmão:
Falaste já, e eu falarei, então.
Sêneca alertou, meus caros nobres:
Se acaso vais doar terras e posses
Ou se vais dividi-las com alguém
Não ajas sem pensar; pondera bem.
Se devemos ser calmos, racionais,
Ao entregar as posses materiais,
O que dizer da nossa própria carne?
Eu alerto! Casar com leviandade
Não é como um brinquedo de criança!
É preciso inquirir, com temperança:
A moça é sábia e sóbria, ou é borracha?
É faladeira? Altiva? Faz pirraça?
É rica ou pobre? É doida? É gastadora?
Tem modos de virago ou é machorra?
É claro que não há no mundo inteiro
Criatura com trote tão perfeito,[245]
Seja animal ou ser humano, enfim,
Que não tropece nunca; mas pra mim
Perguntar sobre a esposa é justo e lícito:
Ela tem mais virtudes ou mais vícios?
Mas tal pesquisa, é claro, leva tempo.

Eu confesso: chorei muito em segredo
Desde que me casei. Ah, meu bom Deus,
Quem quiser, que elogie o himeneu,
Mas pra mim são só custos e faturas
A pagar, preocupações, agruras.
Mas muita gente diz — principalmente
Vizinhas enxeridas — 'Que excelente,
Que leal, que perfeita é a tua consorte!
Não existe outra igual! Tens muita sorte!',
Mas eu sei onde aperta o meu sapato.
Quanto a ti, faz conforme o teu agrado.
Mas pensa: tua idade é avançada.
Casar é mesmo ideia apropriada?
Inda mais com mocinha nova e bela?
Por Ele que criou os céus e a terra,
Até pra um homem jovem é difícil
Evitar, com cuidados e artifícios,
Que a sua esposa nunca pule a cerca!
Por uns três anos poderás apenas
Dar-lhe prazer e gozos suficientes
— Nesse assunto, elas são muito exigentes.
Não te ofendas se digo tais verdades".

Replica Januário: "Terminaste?
Que Sêneca se dane, e os seus ditados!
Menos valor do que um tostão furado
Tem essa cantilena de eruditos!
Cavalheiros mais sábios e entendidos
Do que tu, concordaram com meu plano.
O que dizes, Placebo?". "Acho nefando",
Ele diz, "quem impede um casamento!"
A assembleia se ergueu, num só momento,
E ficou decidido: o nobre lorde
Buscaria uma angelical consorte.

Fantasias e estranhas invenções

À mente de Januário então se impõem
A antecipar seu almejado enlace.
Mil curvas belas viu, mil lindas faces,
De noite ou dia, em devaneio e febre,
Como a olhar um espelho que reflete
Em lisa superfície a multidão
De rostos que na praça vêm e vão;
Assim seu coração louco imagina
Os rostos, doces curvas de menina
Que viu nas vizinhanças; mas não sabe
Qual dentre todas elas mais lhe agrade.
Uma delas tem graça e tem beleza;
Outra tem gravidade e mais pureza,
Boa fama, geral reputação
E do povo a suprema saudação.
Outra é rica, mas tem fama imperfeita.
Foi meio a sério, ou foi por brincadeira,
Mas o fato é que o lorde enfim elege
Uma delas, e às outras logo esquece.
Escolheu-a, sozinho e autoritário
— O amor é cego, e cego está Januário.
De noite, quando se deitou no leito,
Pôs-se a pensar no porte tão perfeito
Da moça, em sua tenra maciez,
A cintura tão fina, a linda tez,
A idade pouca, os braços delicados,
E o seu comportamento imaculado.
Ao vê-la assim na mente, deleitável,
Pensou que a escolha fora irretocável
Desprezando qualquer opinião
Contrária, pois a sua decisão
Era ótima, e ninguém melhor faria.
Essa era, enfim, sua doce fantasia.

Aos amigos chamou com muita pressa:
Que viessem pra rápida conversa,

Pois a sua busca já chegara ao fim.
Desnecessário percorrer confins
A procurar-lhe noivas; a missão
Terminou: já tomara a decisão.

E logo vem Placebo, e lá vêm todos;
Recebe-os Januário com um rogo:
Que ninguém apresente discordância
A decisão de tão suma importância,
Agradável a Deus e, em realidade,
Gérmen de sua geral prosperidade.

Contou-lhes que encontrara uma donzela
Famosa por ser mui formosa e bela
— Embora sua família fosse humilde.
"Mas sua beleza basta", assim lhes disse.
"Com tal moça eu desejo me casar,
E em vida doce e santa mergulhar.
Graças a Deus, pois ela será minha!
E com ninguém jamais vou dividi-la!"
Pediu então que todos o ajudassem
A velozmente preparar o enlace,
Para que à mente enfim possa dar paz.

"E em minha alma nada pesará
Exceto este dilema, que me espinha,
E que ora explicarei à companhia",
Diz ele. "Ouvi falar, e já faz tempo:
Ninguém pode ter dois contentamentos
Perfeitos, um na Terra, outro no Céu.
Mesmo quem sempre foi a Deus fiel
Sem cair nos pecados capitais,
Mas vive nos prazeres conjugais
Em perfeita alegria — está em perigo.
Temo viver num gozo tão tranquilo,
Sem rusgas, em satisfação tão bela,

Que terei Paraíso aqui na Terra.
E por tão superior felicidade
Não terei de pagar na eternidade?
Se o Céu é conquistado com martírios,
Se a dor é o que conduz ao Paraíso,
Como posso, vivendo em alegria
Sem dor, tribulação, rancor, porfia,
— É sempre assim a vida de casado! —
No Céu eterno entrar, com Cristo ao lado?
Eis meu terror. Eu peço, meus irmãos,
Que aclareis gentilmente essa questão."

Justino, que odiava tais besteiras,
Responde com palavras galhofeiras
(E querendo falar com brevidade,
Nem quis citar qualquer autoridade):

"Que mísero empecilho! Não te importes!
Pois bem antes que chegue a tua morte,
Os milagres de Deus darão um jeito
De fomentar teu arrependimento
Por entrares na vida de casado
— Que, dizes tu, é puro gozo e agrado.
Pois Deus envia sempre aos bons maridos
A chance de ficar arrependidos
— Mais chances que aos solteiros. Deus é justo.
Pois isto, meu senhor, é o que concluo:
Não desespere! O medo é ilusório:
Ela será, talvez, teu purgatório.
De Deus quem sabe seja ela o flagelo!
Tua alma amaciará, como um martelo,
E aos Céus irás voando, leve e santo!
Em breve saberás, isso eu garanto,
Que as delícias da vida conjugal
Não te condenarão a alma imortal
Pois não serão, digamos, tão supremas.

Basta dosar teu apetite, apenas,
Apreciando moderadamente
O gozo de tua esposa — e simplesmente
Fugir de outros pecados. Isso é tudo.
Mais nada digo. O meu juízo é curto.
Não te irrites com minha explanação
E mudemos de assunto. Essa questão
Já foi exposta em sua totalidade
Por uma reputada autoridade:
Uma certa Mulher de Bath.[246] Agora,
Adeus; que Deus te guarde; eu vou embora".

E com isso, Justino e Januário
Dizem adeus; e mais não se falaram.
Já que o debate estava terminado,
Firmou-se após acordo equilibrado:
A tal moça — que Maia[247] se chamava —
Com pressa deveria ser casada
Ao velho Januário encanecido.

Não vou entediá-los, meus amigos,
A detalhar os documentos, letras,
Que fizeram de Maia sua herdeira,
Ou das vestes que usava na ocasião.
Mas enfim chega o dia da união,
À igreja vão em rico paramento
Para lá receberem sacramento.

Vem o padre coberto pela estola,
E judicioso à esposa Maia exorta,
Que seja qual Rebeca e a leal Sara;
As orações perfaz, as bênçãos fala,
Faz o sinal da cruz com gravidade
E à união dos dois dá santidade.

Após o rito matrimonial

Ao solene festim vai o casal,
E ao banquete presidem, nos estrados,
Com muitos importantes convidados,
E muitas delicadas vitualhas.
E as harpas mais sonoras que há na Itália
Ressoam melodias altas, belas,
Mais do que Orfeu ou Anfião de Tebas
Jamais fizeram. Novas iguarias
Vêm ao som de canções e melodias
De menestréis, mais altas, ressonantes,
Que as trompas de Joab. Teomadante
Não fez nota tão alta nem tão clara
Quando Tebas, em guerra, foi cercada.
E o próprio Baco vai servindo vinho
E Vênus, prodigando seus sorrisos:
Pois Januário é seu novo cavaleiro.
A Vênus venerara de solteiro;
Libações verterá, sendo casado.
Em frente à noiva, em frente aos convidados,
Vênus dança, um archote a arder à mão;
Himeneu, deus do enlace e da união,
Jamais viu outro noivo tão contente.

Que Marciano se cale prontamente;
Ele relata as núpcias e alegrias
Entre Mercúrio e sua Filologia
E as canções entoadas pelas Musas;
Mas *este* casamento, e *estas* núpcias
Vão além dos poderes de sua pena!
Pois quando a mocidade doce e tenra
Casa com a velhice carcomida
A alegria não pode ser descrita;
Ah! tentem descrever tal gozo infindo
Para verem se acaso estou mentindo!
E o que dizer de Maia, a afortunada?
Serena e bela, etérea como a Fada,

CONTO DO MERCADOR

Com mais meiguice olhava o cavaleiro
Do que Ester contemplava seu Assuero.
De beleza tão grande nada falo
Exceto que era bela como maio.
Cheia de encantos, doce, radiante!
Januário delirava, estava em transe;
Ao rosto dela, fixo, contemplava
E em loucos pensamentos deflorava
A moça, com vigor, força e dureza,
Mais do que Páris possuindo Helena.
Porém, apiedado, logo pensa
Que à moça vai fazer desonra e ofensa:
"Pobre Maia, inocente criatura!
Essa noite arderá minha luxúria
E que o bom Deus te ajude a suportá-la!
Será demais pra ti? Ah, minha cara!
Ah, meu bom Deus, modera-me a potência!".
Porém, "Que venha logo a noite!", pensa,
"Que venha logo e dure eternamente!
Que vá-se embora já toda essa gente...".

E tenta já, com polidez oblíqua,
Ir enxotando todos os convivas,
Apressando o desfecho do festim.
Os convidados veem que está no fim
A festa. Levantando-se da mesa,
Vão cantando e dançando com leveza,
Lançando especiarias perfumadas
Pelas peças. E a todos dominava
O gozo, exceto a um certo Damião,
Escudeiro, que em toda a refeição
Trinchava a carne para Januário.

Ao brandir seu archote incendiário,
Em meio à dança, Vênus chamuscara
A mente de Damião, e o deslumbrara

Com as graças de Maia. E o sofrimento
Ora queimava n'alma do escudeiro
Que quase estava louco de paixão.
À cama vai deitar-se Damião
E então o deixo, padecendo amor,
Até que Maia mostre seu favor.

Oh, fogo aceso em palhas do colchão!
Familiar inimigo, traição
Simulando uma humilde lealdade!
Perfídia que se finge em vassalagem!
Ah, víbora doméstica, pintada
Em cores serviçais, enrodilhada
No peito da tua presa! Deus nos livre
De um aliado assim. Januário, vives
Deslumbrado e não notas: teu perigo
É o teu próprio vassalo e protegido.
Não há no mundo peste mais maléfica
Nem mais brutal que a traição doméstica.

O sol está cansado e se retira
Do arco diurno, e agora já não brilha
No horizonte daquela latitude;
Com seu manto de trevas e quietude
Cobre a noite o hemisfério, e a companhia
Despede-se. Ora ao lar, em alegria,
Já vão todos em busca de repouso.
Januário está apressado e muito ansioso,
Mas antes de a sua esposa procurar,
Bebe vinho clarete e o hipocraz[248]
E Vernaccia,[249] com muita especiaria,
Para aumentar a sua galhardia,
E outras poções, potentes beberagens,
Para fortalecer libertinagens,
Listadas em *De Coitu*, o vil tratado
De Constantino, o monge depravado.

Januário a tudo bebe sem pudor
E aos últimos convivas: "Por favor,
Vão logo embora", diz. "Por gentileza!"
Um derradeiro brinde — e com presteza,
As cortinas do leito são abertas;
Lá Maia é conduzida, imóvel, quieta
Qual rocha; o padre vem, bendiz o leito,
E todos partem. Logo o cavaleiro
Abraça a sua moça bem-amada
— Escuro inverno em primavera clara... —,
E a tenra face beija e beija e beija...
Qual pele de cação ou espinheira
É o rosto barbeado de Januário.
Os pelos novos são pontudos, ásperos
Contra o rosto da moça delicada.
Diz ele: "Ai, eu terei de maltratá-la
Minha esposa, e ofendê-la gravemente
Antes que eu vá embora. Mas compreende:
Nenhum trabalhador faz bom trabalho
Se rápido labora. É necessário
Fazermos tudo devagar, serenos.
O tempo é nosso; não nos apressemos.
E não temas: estamos já casados,
Portanto, em nosso amor não há pecado.
Com seu próprio punhal, ninguém se corta;
Com sua própria esposa, atrás da porta,
O marido não peca, quando a ama.
É lícito brincarmos, minha dama.
A lei permite a nossa diversão".
E até o nascer do sol labora então.
Torta molhada em vinho é o desjejum;
Então senta, com ânimo incomum
No leito, e canta e flerta, e beija a moça;
É qual potro voraz, com fome louca,
Com olhares lascivos, safadezas
A lhe encher os pulmões e a sua cabeça.

A pele murcha em volta à sua garganta
Balança e treme enquanto o velho canta.

Mas só Deus sabe o que pensava Maia
Ao vê-lo ali na sua camisa larga
Com touca de dormir, pescoço fino.
A "diversão" não foi biscoito fino.

E o lorde diz: "É hora de parar.
Um pouco vou dormir; não posso mais...".
Até metade da manhã dormiu
E então colocou roupas e partiu.
Porém a tenra Maia lá no quarto
Ficou até passarem dias quatro,
Como convém a quem recém casou
— Pois todo ser que muito trabalhou
Precisa descansar por algum tempo
Para aguentar os próximos tormentos,
Seja ave ou fera, ou peixe ou ser humano.

De Damião agora a dor explano;
Tristonho Damião! Enlanguescia
Em suplícios de amor. Eu lhe diria
Se um dia o visse: "Ah, tolo Damião!
Como podes falar dessa paixão
À tua dama, a tenra, a fresca Maia?
Se ela souber, é certo que te traia
E te entregue à vingança do marido.
Não podes tê-la, não; é o que te digo".

Mas Damião em tanto fogo ardia
Na fogueira por Vênus acendida
Que decide arriscar a sua Fortuna
Pois não tolera mais tanta tortura.
Pede emprestado estojo para escrita[250]
E uma carta compõe, triste e sofrida,

Em forma de canção ou de balada
A sua tenra dama bem-amada.
Em bolsinha de seda a confissão
Coloca, e a guarda junto ao coração.

A Lua, que no dia do banquete
Estava em Touro, agora gradualmente
A Câncer deslizava — e nesse tempo
Sem sair de seus próprios aposentos
A tenra Maia esteve resguardada,
Pois assim é o costume aristocrata.
Por quatro dias, ou por três ao menos
Que fique em respeitoso isolamento
A esposa, e que não coma no salão.
Gloriosa como um dia de verão,

Ao tempo certo, após missa cantada,
Ao lado do marido volta Maia.
Estavam no salão — e o cavaleiro
Recorda, mui bondoso, o escudeiro.
Pergunta: "Onde se encontra Damião?
Por que não vem servir-me à refeição?
Acaso está de cama, adoentado?".

Os outros escudeiros, de imediato,
Respondem que de fato é uma doença
O que causou de Damião a ausência
E o afastou do dever e do serviço.
"O coração me dói ao ouvir isso;
Ele é um gentil e nobre cavalheiro,
Que pena, se morrer! Tal escudeiro
É raro nesses dias — dedicado,
Fiel ao seu dever, mui atilado,
Discreto, sábio e muito habilidoso.
Pretendo visitá-lo em seu repouso
Tão logo possa, após a refeição,

E Lady Maia irá comigo. Então
Lhe daremos conforto necessário."

E todos bendisseram Januário
Por ato de tamanha gentileza
— Confortar um vassalo na doença.
Era um feito cortês, de cavalheiro.

"Senhora", diz o lorde, "irás primeiro.
Assim que terminar a refeição
Te peço que visites Damião
Com tuas damas todas e atendentes.
Dá-lhe entretenimento, gentilmente,
Pois ele é gentil-homem. E lhe digas
Que logo eu mesmo lhe farei visita
Após o meu descanso. Aqui te aguardo,
Pois desejo deitar logo ao teu lado."
E um escudeiro chama — é o oficial
Encarregado do cerimonial —
E instruções detalhadas lhe comanda.
No meio-tempo, Maia e as suas damas,
Visitam o rapaz adoentado.
A senhora sentou bem ao seu lado
E o confortou com cordialidade.
Damião, vendo uma oportunidade,
Põe em segredo a bolsa em sua mão
Onde estava a tal carta e a confissão
De seu amor — e o faz sem dizer nada.
Mas suspira, depois, e em voz prostrada
Murmura baixo, e pede: "Piedade!
Se ao senhor teu marido me entregares
Vou morrer com certeza... Ah, meu bom Deus!".
No seio Maia a carta já escondeu
E foi-se. E disso nada mais eu digo.

Em breve, retornou ela ao marido,

Que já estava na cama reclinado.
Ele deu-lhe um beijo úmido e estalado
E adormeceu. Eis a oportunidade:
Maia foi ao lugar que, vocês sabem,
Nós todos visitamos vez em quando,
A carta leu, com gozo e com espanto,
E depois a rasgou; e na privada
Joga as tiras da carta espedaçada.

E quem divaga agora, se não Maia?
No leito sonha, alerta e estonteada.
E Januário dormia — mas acorda
Num acesso de tosse. Os olhos volta
À esposa e ordena que ela fique nua
Porque quer desfrutar das suas curvas;
Querendo ou não querendo, ela obedece.
O que ele faz com ela sem as vestes,
Se a leva ao Paraíso ou ao Inferno,
E o que Maia pensava, não revelo,
Para não ofender os melindrosos.
E os deixo nesses transes trabalhosos
Até as canções das vésperas soarem
E os dois enfim da cama levantarem.

Se foi obra do influxo ou do acaso,
Se foi a Natureza ou foi o Fado,
Ou se constelação no firmamento
Propiciava, em tal data, em tal momento,
Que um bilhete lançasse em louca chama
E em labores de Vênus uma dama
(Os eruditos dizem: tudo tem
Sua hora certa) não sei dizer bem;
Que Deus julgue os motivos — Ele sabe
Que tudo tem sua Causa — e que eu me cale.
Mas eis o fato: a tenra e fresca Maia
Ficara de tal forma apiedada

Pelas dores do enfermo Damião
Que não pode tirar do coração
O afã de confortá-lo docemente.
"Inda que escandalize a toda gente,
Não me importo", ela pensa. "Mesmo pobre,
Dono só da camisa que o recobre
A ele eu amo, sim, sempre amarei."
N'alma gentil veloz flui a mercê![251]

Vejam só como é justa e liberal
A mulher, se pondera, racional,
Sobre tema tão grave. Mas, é claro,
Tiranas há de coração nefasto
Que em vez de conceder os seus favores,
Veriam Damião morrer de amores,
Cruéis, regozijando, mui altivas,
Sem se importar por serem homicidas.

Não era assim, contudo, a gentil Maia!
De próprio punho escreve-lhe uma carta,
Ao jovem garantindo seus favores;
Faltava só escolherem quando e onde:
E em tudo prometia a Damião
Aos seus desejos dar satisfação.

Assim que Maia vê oportunidade,
Vai visitá-lo e, com habilidade,
Mete o bilhete sob o travesseiro
Pra que o lesse depois esse escudeiro.
Então aperta forte a sua mão
— Ninguém viu; ela o fez com discrição —
E diz: "Melhores logo!", e lá se vai,
Que o marido a mandara já chamar.

E na manhã seguinte esse escudeiro
Levanta-se feliz, já nada enfermo.

Os cabelos penteia e as faces lava,
Faz tudo pra agradar à sua amada.
E ao seu senhor atende Damião
Mais submisso e contente do que um cão.
Com todos é solícito, impoluto,
(Pra quem a sabe usar, a astúcia é tudo),
Ganhou de toda a gente os elogios
E nas graças da amada mais subiu.
Em tais empresas deixo Damião
Pois noutra parte segue a narração.

A acreditar em certos eruditos,
Felicidade é o gozo dos sentidos.
O nobre Januário assim pensava
E por isso, fizera sua morada
Com toda a refinada regalia
E prazeres que a um grão-lorde cabia;
Dignos de um rei, a casa e o mobiliário.
Havia, entre as delícias do seu paço,
Um secreto jardim, envolto em muros
De pedra. Não havia em todo mundo
Jardim igual a esse. Um tal primor
Não pode descrever nem mesmo o autor
Do *Roman de la Rose*. Lugar assim
Nem Príapo, patrono dos jardins,
Saberia pintar com precisão,
Nem a beleza, o viço e a profusão
Das flores e do poço deslumbrante
Sob o loureiro sempre verdejante.
Disseram-me que a régia companhia
De Plutão e a rainha Proserpina
Com elfos, fadas, gnomos e duendes
Divertia-se ali regularmente,
Com canções e entretenimento vário.
O nobre cavaleiro Januário
Tinha tanto deleite em tal lugar

Que a mais ninguém deixava ali adentrar.
Para abrir o portão que lá levava
Uma chave de prata ele guardava
— Só ele tinha a cópia. No verão,
Quando queria dar satisfação
Ao seu desejo, o trinco ele girava
E sozinho com Maia lá ele entrava;
E as coisas que na cama não fazia,
Fazia no jardim das suas delícias.
Muitos dias de gozo e de prazer
Lá ele teve com Maia, sua mulher.
Mas, ai! Na terra, o gozo pouco dura
Para qualquer vivente criatura.

Oh, fato inesperado! Oh, Sorte instável!
És como o escorpião abominável,
Fortuna traiçoeira! O teu ferrão
Sempre escondes com vil simulação,
Se queres ferroar, fazes carícia,
Veneno enganador, frágil delícia!
Peçonha doce, monstro disfarçado,
Teu presente fatal é camuflado
Na forma de alegria e permanência!
Ao alto e o humilde feres sem clemência.
Por que a Januário assim ludibriaste?
Fingiste ser sua amiga — e o derrubaste:
Pois Januário — oh, dor — perdeu a vista
E só pensa em findar a própria vida.

Sim! Esse Januário, nobre e franco,
Em meio à sua ventura e ao gozo tanto,
Ficou cego. Foi golpe repentino
E ele muito chorou o mau destino;
Por ciúmes ficou incendiado;
Temia que um desejo tresloucado
À traição levasse sua consorte.

Também a Maia desejava a morte,
Tão grande sua loucura: preferia
Que alguém tirasse a ele e a ela a vida
Que permitir que um outro a possuísse.
E se antes de sua esposa ele partisse,
Desejava que em veste amortalhada
Ela vivesse sempre, só, enlutada,
Fiel viúva eterna, como a rola
A quem somente a solidão consola.

Mas após alguns meses, a desgraça
Ele aceita, e seu desespero passa:
Já tolera com alma paciente
O que o Fado lhe impôs traiçoeiramente;
Só o ciúme não passa: mas se expande
Até virar tribulação constante,
Tão excessiva e tão exacerbada
Que o lorde não permite que sua amada
Sequer ande sozinha no salão
Sem segurar bem forte a sua mão,
Não deixa que passeie nem que saia.

Por isso chora, amarga, a fresca Maia,
E por amar seu doce Damião
— Se não pode entregar-se a tal paixão
Prefere até morrer, e agora aguarda
Que o coração de tanta dor se parta.

De sua parte, o pobre Damião
Voltara a padecer na solidão
Pois com sua fresca Maia não podia
Conversar, nem de noite, nem de dia,
Pois Januário sempre a vigiava
E Maia em sua mão sempre guardava.
Mas com notas secretas, com bilhetes,
E com sinais trocados mudamente,

Os mútuos planos dos apaixonados
Entre os dois enfim são comunicados.

De nada adiantaria, Januário,
Se com olhos perfeitos, restaurados,
Distantes mares enxergasses, onde
Os barcos vão na curva do horizonte!
Às vezes é melhor não vermos nada
Do que ver traição em nossa cara.
Com seus cem olhos Argos via tudo,
E ainda assim foi enganado. O mundo
Está cheio de logros invisíveis
E de homens que, sem ver, vivem felizes
— É que ser cego, às vezes, é vantagem.

Maia, escondida, um dia, pega a chave
Que abre a porta secreta do jardim
E em cera quente um molde faz. E assim
Na sequência do plano, Damião
Fez cópia para a chave do portão.
Que posso acrescentar? Eis a verdade:
Por causa dessa pequenina chave
Deu-se um portento, incrível ocorrência,
Que ouvirão, se tiverem paciência.

Disseste com razão, meu nobre Ovídio,
Que o amor sempre encontra um artifício
Para alcançar os alvos do desejo.
Vejam Príamo e Tisbe, por exemplo:
Uma parede grossa os dividia,
Mas uma fresta acharam, pequenina,
E por ela seus planos combinaram
E enfim, para se amarem, escaparam.
Para os amantes, basta só uma fresta.

Mas voltemos agora ao que interessa:

De junho ao dia oitavo — no começo
Do verão — refervendo está o desejo
No peito de Januário: quer brincar
Com a esposa em seu mágico lugar
De delícias, e assim diz ele a Maia:
"Esposa, ergue-te já! Quero que saias
E vejas o verão, que a tudo adorna!
Chuvoso e frio, o inverno foi-se embora.
Vem com teus olhos claros columbinos;
Tem mais sabor teu seio do que o vinho!
Vem ao nosso jardim secreto e oculto.
Me feriste de amor, feriste fundo,
Ó doce esposa, vem, imaculada,
Sem nódoas e sem manchas, bem-amada!
As pombas cantam! Vem, vamos ao gozo,
Pois és a minha esposa e o meu conforto".

Tais antigas palavras de lascívia[252]
Usava. Maia logo sinaliza
A Damião — e o jovem, com a chave,
Rumo ao portão, vai com velocidade,
Destranca, adentra e fica bem oculto,
Agachado, por trás dum grande arbusto,
E ninguém pôde vê-lo ou escutá-lo.

Mais cego que uma pedra, Januário
Da mão puxando Maia entra também
No seu fresco jardim — e mais ninguém
Com eles ia. A porta, de repente,
O nobre fecha e diz: "Nós dois somente
Estamos aqui, sós, minha mulher.
Mais que outro qualquer ser, minha alma quer
O teu amor; e até prefiro a morte
Em vez de te ofender, cara consorte.
Eu não te desposei só por luxúria:
O afeto conduziu as nossas núpcias.

E embora eu seja cego, sê fiel.

Três coisas ganharás: primeiro, o Céu;
Depois, tua própria honra; e enfim, a herança
De meus bens, paços, posses e abastança.
A ti deixarei tudo em testamento.
Farei amanhã mesmo os documentos,
Antes que o sol se ponha. E possa Deus
Dar-me plena ventura! O que foi meu
A ti pertencerá. Porém, primeiro,
Selemos a aliança: dá-me um beijo.
Por meus ciúmes não fiques zangada:
Pois em meu pensamento estás gravada
De tal forma, que ao ver teu esplendor
Junto à minha velhice sem sabor,
Não consigo deixar tua companhia;
Teu amor, cara dama, me domina.
Quero que estejas sempre junto a mim.
Um beijo, e caminhemos no jardim".

A fresca Maia ouviu o seu senhor
E à voz dando doçuras e candor,
Respondeu, derramando um leve pranto:
"Também tenho uma alma, e tanto quanto
Guardas a tua, guardo-a. Meu honor
E as flores conjugais do meu pudor
Eu pus em tuas mãos, amado esposo,
No dia em que entreguei a ti meu corpo
No santo sacramento. Desta forma,
Se dás licença, dou minha resposta:
Peço a Deus que jamais desponte o dia
Em que eu ouse ofender minha família
Ou manchar o meu nome e a minha fama
Com vil depravação. Sou uma dama,
Não uma vagabunda! Bom senhor,
Se algum dia eu agir com despudor,

Que eu tenha morte horrenda e vil! Arranca
Minhas roupas, meu corpo pune e espanca,
Amarra-me num saco, e então me afoga
Num rio! Por que me acusas dessa forma?
Sempre os homens cometem traição,
Mas a nós cabe toda a acusação!".

E nisso, Damião a moça avista
Atrás do arbusto. Tosse e sinaliza
Com os dedos, mandando que ele suba
A uma árvore com ramos altos, frutas;
E trepa Damião, sem perder tempo
— Pois entende de Maia os pensamentos
Melhor que seu esposo Januário;
E todos os sinais e gestuário
Ela havia explicado em suas cartas;
A trama estava pronta e preparada.
Sobre a pereira deixo Damião
Enquanto esposo e esposa andando vão.

Claro era o dia, azul o firmamento.
Febo fluía em luz, dourado alento,
E às flores, aquecendo, ele alegrava.
Então acho que em Gêmeos se encontrava
Já próximo da astral declinação
Em Câncer, onde está a exaltação
De Júpiter. E nessa manhã clara,
Plutão, que é rei dos elfos e das fadas,
Estava do outro lado do jardim
Em gracioso e plácido festim
Junto à sua soberana, Proserpina
— Que um dia, ao colher flores na campina,
Junto ao Etna, por ele foi roubada
(Por Claudiano essa história é relatada:
Plutão, com sua biga aterradora
Ao reino oculto arrebatou a moça).

Em meio à comitiva de elfos, fadas,
Sobre um banco de relvas refrescadas,
Sentava-se Plutão. E disse assim
A sua rainha: "Tenho para mim,
Cara esposa, a seguinte opinião:
No mundo nada excede a traição
Que estão sempre as mulheres cometendo.
Eu poderia dar-te uns mil exemplos
De vossas muitas tramas e inconstâncias.
Salomão, que em saber e em abundância
A todos superou, vivendo em glória,
Deixou um dito digno de memória
A toda criatura racional.
Assim nos diz o sábio magistral:
'Se entre mil homens, vejo um só que presta,
Nenhuma em mil mulheres é honesta'.
Falou assim o rei da sapiência,
Conhecedor de vossa impertinência!
E Jesus ben Sirak,[253] se bem me lembro,
Por vós não expressou muito respeito...
Ah, que o fogo selvagem vos consuma,
Que a peste vos ataque, uma a uma!
Aqui tens um exemplo rematado!
Esse nobre senhor será chifrado
Só porque além de velho ficou cego
— E quem há de chifrá-lo? O próprio servo!
Ali vejo o devasso, sobre os ramos!
Com meu poder real e soberano,
Devolverei as vistas ao marido
Quando estiver já quase a ser traído
Pra que veja da esposa a vilania
E conheça a infinita putaria
Dessa mulher, e doutras de seu tipo".

"É mesmo? É o que farás? Eis o que eu digo,
Pela alma de Saturno, o meu avô",[254]

Diz Proserpina, "se assim fazes, dou
À moça uma resposta imediata
Que haverá de a tirar dessa enrascada;
E terá toda esposa, doravante,
Resposta quando for pega em flagrante.
Culpada, inda dará réplica aguda
Pra vencer quem a flagra e quem a acusa.
Não morrerão por falta de resposta!
Aos olhos do marido inda que exposta,
Tudo ela negará, com pranto e ralha;
Pois o homem, como um ganso, se atrapalha
Ante a esposa que irada lhe reage.

Danem-se tuas grãs autoridades!
Sei que o tal Salomão, esse judeu,
A nós mulheres todas ofendeu,
Mas se ele não achou mulher que preste,
Outros acharam. Prova que o ateste
Vês nas beatas que, em recolhimento,
Vivem, santas, rezando nos conventos
Ou com martírio mostram sua constância.
E nas gestas romanas há abundância
De mulheres honradas, de valor.
Não te empolgues demais, meu bom senhor,
Interpretando a voz de Salomão;
Outra possível interpretação
Daquele dito é esta: Irretocável
Perfeição só em Deus é encontrável,
Não em homens, tampouco nas mulheres.
Mas por que Salomão seguir tu queres?
E daí que ele ergueu um templo santo?
E daí que era um rico soberano?
Também ergueu um templo aos deuses falsos![255]
Não há nada mais pérfido e nefasto!
Adula Salomão, se assim te agrada,
Mas ele era um devasso, e idolatrava

Divindades pagãs! Ao vero Deus
Abandonou, depois que envelheceu.
Em honra ao pai de Salomão — Davi —
Deus o poupou (no Livro assim eu li).
Do contrário, teria terminado,
Antes do que esperava, o seu reinado.
Não dou nem mesmo as asas dum inseto
Por todo esse ofensivo e vil panfleto
Contra as mulheres. Pois eu sou mulher
E se tudo o que penso eu não disser,
Vai estourar meu peito! Pelas tranças
Que em meus cabelos prezo, tolerância
Não tenho com quem ergue contra nós,
Mulheres, o seu gládio e a sua voz!"

"Não te zangues, senhora", diz Plutão.
"Me rendo. Mas jurei dar a visão
De volta ao pobre e cego cavaleiro
— E devo respeitar meu juramento.
Não cabe a um rei fazer promessas falsas."
"Muito bem! E rainha eu sou das fadas.
Afirmo: ela terá o dom da resposta.
E chega de debate e de discórdia.
Não sejas, bom senhor, meu adversário."

Retorno agora em breve a Januário
Que vai por alamedas entoando:
A mais ninguém eu amo, e te amo tanto...
Sua bem-amada Maia tendo ao lado,
Alegre como alegre papagaio.
E logo chega ao tronco da pereira.
Em cima, com disposição faceira,
Aguarda Damião na ramaria.
A fresca Maia, tenra e tão macia,
Suspira e diz assim: "Ai! Ai! que dor
Nos flancos... Piedade, meu senhor:

Uma daquelas peras que ali vejo
Eu preciso provar. Tenho desejo
De morder uma polpa suculenta
— Senão, meu coração quase arrebenta!
Às vezes, violentos apetites
As mulheres padecem — me acredites!
Especialmente, alguém em meu estado".[256]

"Ai! se eu tivesse aqui algum criado!
Não posso ali trepar. Ai, não me culpes!",
O velho diz. "Senhor, não te preocupes",
Ela responde. "Sei que não confias
Em mim; mas por favor, por cortesia,
Desta pereira abraça forte o tronco
Pra que eu coloque os pés sobre os teus ombros
E então eu treparei tranquilamente."

"Sim; teu degrau serei. Dou-te, contente,
Até o sangue do próprio coração!"
Ele se agacha, e Maia sobe então
Nas costas dele; um galho, após, escala...
Senhoras, não se ofendam desta fala;
Não sei ornamentar, sou grosseirão:
Num instante, esse afoito Damião
Levanta a saia dela — e mete o pau.

Plutão, vendo esse crime capital,
Devolve a vista ao velho num instante
— Januário enxerga até melhor que dantes.
Jamais homem algum foi tão contente
De tão mágico e súbito presente;
Ver sua esposa é tudo o que ele quer;
Mas quando os olhos ergue à sua mulher,
Vê que outro está engatando-a de tal jeito
Que, por pudor, nas regras do respeito,
Não posso descrever em termos finos.

Januário solta um retumbante grito
Qual mãe que vê seu filho massacrado.
"Por Deus! Que horror! Socorro!" — foi seu brado,
"Madame Vagabunda! O que tu fazes?"

Responde ela veloz: "Pra que o alarde?
Senhor, tem compostura e usa a razão.
Fui eu quem devolveu tua visão.
Informaram-me — e Deus a mim assista! —
Que pra recuperar tuas duas vistas
Este é o método e a única maneira:
Com um homem lutar numa pereira.
Fui pura de intenção e pensamento!".

"Lutar?! Ele já está com tudo dentro!
Vergonha! a morte os leve, e os puna Deus!
Vi com meus olhos! Ele te comeu!
Ou que eu seja enforcado do gargalo!"

"O antídoto", diz ela, "então é falho!
Se perfeito enxergasses, não dirias
Coisas assim. Se enxergas vilanias
Então tens vista turva e deturpada."

"Perfeita é minha vista, está curada!
Graças a Deus", diz, "vejo tudo claro!
E ele, por minha fé, comeu-te — eu acho..."

"Deliras, ah, deliras, meu senhor!
E eu que só quis fazer-te um bom favor,
E te curar as vistas, sofro infâmia..."

"Bem, bem... tudo esqueçamos, cara dama",
Januário diz. "Amor, desce daí;
Perdoa se eu acaso te ofendi;
Porém pela alma de meu pai finado

Pensei ver Damião em ti trepado,
Erguendo a tua saia lá em cima."

"Se assim te apraz, senhor, pensa e imagina",
Diz ela, "mas compreende: quem desperta
Subitamente, claro não enxerga,
Nem pode discernir bem os objetos
Até completamente estar desperto.
Da mesma forma, quem, por tempo largo,
Esteve cego e, súbito, é curado,
Não enxerga com plena claridade
Antes que três ou quatro dias passem.
Até que a vista assente e fique firme
Mil enganos verás, sem que os confirme
O bom senso e o juízo. Muitas gentes
Pensam ver coisas loucas, diferentes
Do que de fato existe. Então, cuidado!
Não confundas real e imaginado!"
E nisso Maia desce da pereira.

E agora quem tem alma mais fagueira
Que Januário? Beija a bem-amada
Seu ventre acaricia, e a idolatra
E em mimos vai com ela rumo ao paço.
Alegrem-se, bons homens, e um abraço!
De Januário o conto aqui termina;
Guarde-nos Deus e a Santa que ilumina!

EPÍLOGO DO CONTO DO MERCADOR

"Caramba!", o Taverneiro exclama enfim.
"Que Deus jamais me dê uma esposa assim!
Mulheres — quão sutis, quão ardilosas!
São como abelhas ágeis e operosas
Sempre a ludibriar-nos, homens tolos,

Com artifícios, artimanhas, dolos.
Tão certo quanto é rígido o metal,
Deu-nos o Mercador prova cabal
De tais malícias. Tenho uma mulher
Que embora pobre, só fala o que quer,
Petulante megera de mil vícios!
Mas não adianta nada falar disso.
É claro que, em segredo, eu lhes admito
— É uma infinita dor ser seu marido.
Mas eu seria um tolo se tentasse
Enumerar seus vícios e maldades
Pois alguém dentre a nossa companhia
À minha esposa me delataria;
Quais de vocês fariam tal fofoca
Escusado dizer, pois essas trocas
E escambos são das moças o talento.
Nem tenho, pra pintar os meus tormentos,
Engenho suficiente: são gigantes.
Por isso, aqui termino meu rompante."

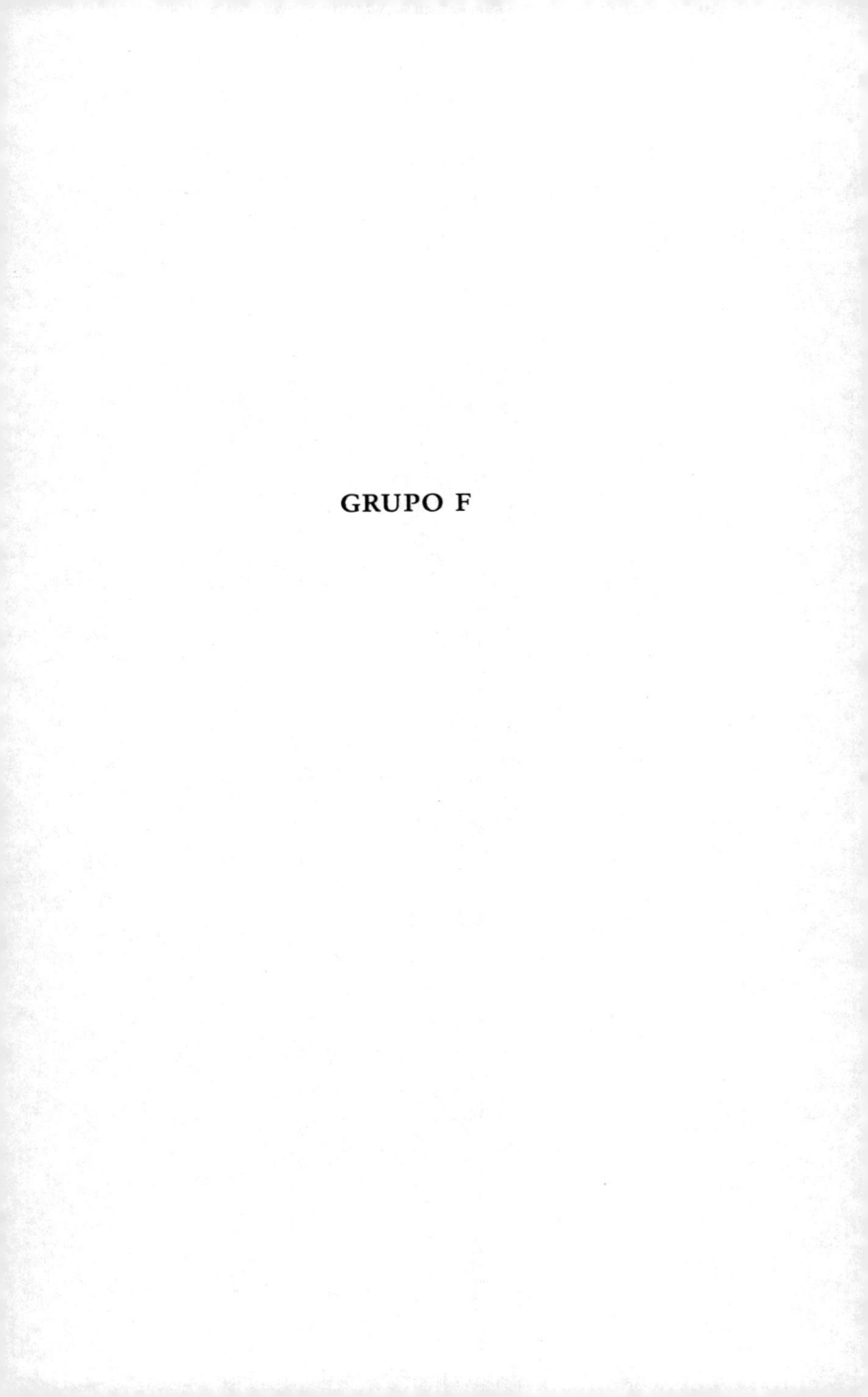

GRUPO F

GRUPO I

Conto do Escudeiro

PRÓLOGO DO ESCUDEIRO

"Escudeiro, meu caro, por favor,
Vem contar-nos um conto sobre o amor,
Pois dizem que conheces bem o assunto."
"Grande perito", diz, "não me presumo,
Contra o mando, porém, não me rebelo:
Tenho um conto e, feliz, já vos revelo
Qual é. Peço perdão se em algo falho;
Quero agradar, e só. Eis meu relato:"

CONTO DO ESCUDEIRO

I

Em Sarai houve um rei, lá na Tartária,
Que à Rússia fustigou em guerras várias,
E tombaram, em tal furioso afã,
Muitos varões altivos. Cambuscã[257]
Era seu nome, e em toda a região
Gozava superior reputação
E ninguém superava ou o excedia
Em régia majestade e valentia.

A seita em que nascera respeitava
E os ritos de seu povo praticava.

Era forte, era sábio, e era valente
E cumpria a palavra fielmente.
Compadecido, justo, formidável.
Como o fulcro dum círculo era estável
Em todas as virtudes, venturoso.
E do seu brio guerreiro era cioso:
Embora soberano, perseguia
Os altos feitos da cavalaria,
Como os jovens varões de sua Casa.
Em alta majestade ele reinava;
Não tinha, entre outros reis, nenhum rival.

O tártaro monarca sem igual
Com sua esposa Elfeta tem dois filhos.
O primeiro chamava-se Algarsifo
E Câmbalo o mais novo. Também tinha
Uma gentil e mui formosa filha,
Cânace, a Bela, a mais jovem da prole,
Meu vão engenho e pouca arte não podem
Descrever sua beleza; estou à míngua:
Tal esplendor não cabe em minha língua.
É parco o meu inglês; tão alto tema
Exige alguém que às artes do poema
Domine, ou bom retórico que explane
A glória inteira da princesa Cânace.
Faço o melhor que eu posso: não sou bardo.

Ocorreu que esse soberano tártaro
No vigésimo ano do seu reino
Em Sarai proclamou grande festejo
Para os idos de março — nessa data
Aniversário o rei comemorava.
Vertia Febo astral fulguração
Próximo ao ponto de sua exaltação
Junto ao signo colérico e ardente.[258]
O clima bafejava docemente

E os cânticos dos pássaros soavam
E as ramarias verdes vicejavam,
Pois Febo agora a todos protegia
Contra a espada do inverno aguda e fria.

No dia dos festejos, o monarca
Sobre o seu alto trono se sentava
No estrado, com sua túnica real,
O globo do domínio universal
À mão, e o diadema sobre a fronte.
Celebração mais rica jamais houve.
Do festim a completa descrição
Ocuparia um dia de verão;
Não falarei de ornatos nem de enfeites
Nem das carnes servidas no banquete
— Dos molhos raros, cisnes, garças novas;
Também, conforme o testemunho prova
De cavaleiros, palmeirins de antanho,
Lá se usa muito ingrediente estranho
E carnes que entre nós não são bem-vistas.
Coisas tantas não podem ser descritas;
Corre a manhã, e o dia lesto avança:
Ao conto retornemos sem tardança.

Logo após o terceiro prato à mesa
Quando o rei, com as gentes da nobreza,
No meio do festim faustoso ouvia
De menestréis altivas melodias,
Portento jamais visto se apresenta:
Um repentino cavaleiro adentra
E em cavalo de bronze vai montado.
Grande espelho carrega, em vidro claro,
Desnuda espada à cinta a fulgurar
E anel d'ouro polido ao polegar.
Assim trotou até a mesa real.
E todos, ante maravilha tal,

Jovens e velhos, ficam sem palavras,
A contemplar a cena inusitada.

O estranho cavaleiro, assim chegado,
Sem elmo, mas de resto todo armado,
Ao rei e à soberana, saudação
Perfaz, e a toda a gente no salão,
Com tão suave graça e galhardia
Que nem mesmo a vetusta cortesia
De Sir Gawain[259] — se do País das Fadas
Voltasse — poderia superá-las.
Perante trono e Távola, o estrangeiro
Em voz viril, em gesto e em tom certeiro,
Impecável mensagem apresenta
Sem vício algum de sílaba ou de letra,
Na forma à sua língua apropriada,
E para mais deixar a fala ornada,
A face molda ao ritmo de sua história,
Conforme ensinam mestres da oratória.
Não tenho verbos tão emolientes
Mas usarei palavras suficientes
Para dar uma ideia aproximada
Do sentido geral da sua fala
Se a memória a tal ponto me alumia:

"A vós, meu suserano é quem me envia,
Rei de Índia e das Arábias; saudações
A vós transmito, e felicitações
Neste solene dia, cortesmente:
Sou vosso servo. E trago, de presente,
Este corcel de bronze. Eis o animal
Que no espaço dum dia natural
— Quero dizer, em vinte e quatro horas —
Pode fluido correr, sem mais demoras,
Aonde desejardes. Seca ou chuva
Atravessa; borrascas feias cruza,

Mares transpõe, em trote doce e leve;
Não há lugar a que ele não vos leve
Incólume; e voando qual falcão
— Se desejardes — mui longe do chão
Por céus vos porta, intacto, sem um tombo,
Inda que adormeçais sobre o seu lombo.
Se girais este pino, à casa torna.

Homem de engenho e de arte fez tal obra;
Urdiu sua portentosa criação
Sob propícia estelar constelação
Com mil mágicos selos, sortilégios.

E este Espelho, senhor, também oferto,
Pois nele poderá ver vossa graça
A sombra das futuras ameaças;
Quem é vosso adversário, e quem amigo;
O que perturba o reino, e quais perigos.
Mas acima de tudo, se uma dama
Desconfia que o homem a quem ama
É traiçoeiro, o espelho com clareza
Revela a traição e a sutileza
Do amante e expõe a vil simulação.
Por isso, neste dia de verão,
Este espelho eu oferto, e este anel
À princesa, tão bela quanto o céu,
Cânace, que é vossa filha amada.

Eis do anel a virtude inusitada:
Se vossa filha o usar no polegar
Ou se dentro da bolsa o carregar
O dom ela terá do entendimento
Dos pássaros que vão no firmamento.
O que eles dizem, claro entenderá
E claro a sua língua falará.
Também conhecerá todas as ervas

Cujas raízes descem pela terra,
Seus usos em doenças e feridas.

E esta desnuda espada em minha cinta,
Eis a sua virtude e o seu poder:
Armaduras, broquéis, malhas fender
Inda que sejam grossos qual carvalho;
E aquele que ferido for do gládio
Curado só será se a mesma espada
De prancha for à chaga colocada;
Ou seja, após abrir uma ferida,
Podeis, por compaixão, salvar a vida
Do inimigo, tocando a parte chata
Da lâmina no corte: e o corte sara.
Não minto, nem enfeito; eis a verdade".

Após dizer assim sua mensagem,
Cavalga para fora do salão
E apeia. Com solar fulguração
Reluz e brilha o bronze do cavalo,
Que no pátio ficou, firme e parado,
Enquanto o cavaleiro é conduzido
Aos aposentos, onde ele é despido
Da armadura, e lhe servem refeição.
No meio-tempo, ao alto torreão
Espada e espelho em pompa são levados
Por oficiais àquilo designados
E o anel entregado é à princesa
Solenemente, estando a dama à mesa.

Acreditem, não minto quando falo:
Deslocar ninguém pôde o tal cavalo,
Nem com sarrilho ou com roldana. Ao chão
Parecia grudado. E por que não
Conseguiam movê-lo? Ora, por isto:
Nenhum deles sabia o mecanismo.

E lá ficou até que o cavaleiro
Ensinou o segredo de movê-lo
— Mas disso falarei mais adiante.

Enorme multidão enxameante
Girando à volta, em pasmo, num tropel,
Fitava, deslumbrada, esse corcel.
Era tão alto, longo, forte e largo,
À própria robustez proporcionado,
Que só podia às vistas encantar.
Era um cavalo muito cavalar:[260]
Velozes são seus olhos; parecia
Atrevido corcel da Lombardia
Ou cavalo de guerra apuliano.[261]
Nenhum traço impreciso ou mero engano
Conspurcava a figura: da sua orelha
Ao rabo, nem a Arte ou Natureza
O podem retocar. Mas o que espanta
Mais é que, sendo em bronze feito, ele anda.
O povo todo diz: "Veio das fadas,
Lá do Reino Encantado". Mui variadas
Opiniões corriam de alto a baixo.
"Mil testas, mil sentenças", é o ditado.
Como enxame ou colmeia que zunia,
Cada um desenrolava fantasias,
Velhos versos lembrando: o tal cavalo
É o Pégaso, corcel do mito, alado;
Ou o outro, que levou, à traição,
A Ílion total destruição
Conforme dizem gestas e romances.
"Meu coração", diz um dos circunstantes,
"Se encolhe de pavor. E se o cavalo
Ocultar os soldados para o assalto
E a tomada de nossa capital?"
Mais um outro sussurra, desigual:
"É mentira; o cavalo é uma ilusão,

Tal qual artificiosa aparição
Das que fazem, na feira, ilusionistas".

E assim debatem mil versões distintas
— Pois sempre tagarela um iletrado
Ao contemplar um fato complicado,
Que não pode entender nem explicar
— Pensa que tudo tem um fim vulgar.²⁶²

Uns outros especulam a verdade
Sobre o espelho na torre de menagem.
"Como pode mostrar coisas futuras?"
"Visões tais não ofendem à Natura",
Diz outro; "basta combinar reflexos
E de ângulos fazer jogo complexo;
Em Roma existe espelho desse tipo".²⁶³
De Alhazen e Witelo²⁶⁴ — conhecidos
Autores — então fala muita gente,
E de Aristóteles — que antigamente,
Sobre estranhos espelhos, perspectivas,
Escreveram nas obras respectivas.

Outros falam, afoitos, sobre a espada
Que a tudo corta, morde, fende e rasga.
Lembram da portentosa hasta de Aquiles
Que a Télefo feriu (conforme dizem
As gestas) mas depois ao mísio sara.²⁶⁵
Tinha o mesmo poder aquela espada:
De matar e curar. E por final
A têmpera discutem do metal,
Como enrijá-lo, quais ingredientes
Perfazem tais mistérios transcendentes
— Que, por não ser ferreiro, desconheço.

E falaram do mágico adereço,
De Cânace o encantado anel estranho:

"Gesta alguma, nem de hoje nem de antanho,
Fala dessa encantada confecção,
Mas diz-se que Moisés e Salomão
Algo sabiam dessa oculta arte".
Pulverizado, em grupos, o debate
Seguiu — muitos se dizem surpreendidos
Que se possa volver em claro vidro
Cinza de samambaia — impressionante!
O vidro e a planta, tão dessemelhantes!
Mas como é um tanto velho esse portento
Não quiseram falar muito a respeito
— Como quem confabula qual razão
Tem a névoa, as marés ou o trovão,
Ou o sopro em que a teia é enfunada —,
Finda o debate se o mistério acaba.
Mas a conversa, enfim, seguiu acesa
Até que se ergue o rei e deixa a mesa.

Saíra da porção meridional
Febo, enquanto o Leão, fera real,
Ascendeu com sua estrela, sua Aldirán;[266]
E o tártaro monarca, Cambuscã,
Deixou o grande estrado, e a melodia
Dos menestréis o encalço lhe seguia
E a uma sala com ricos paramentos
Foram, sempre tocando os instrumentos;
E era um glorioso Céu poder ouvi-los.
Da desejosa Vênus vão os filhos
Dançando, pois sua mãe é exaltada
Em Peixes, e ao festim volta a mirada.

Ali o monarca ao trono toma assento.
O estranho cavaleiro, num momento,
É convocado e vem, e numa dança
Com Cânace se envolve. Tal festança
Não pode ser descrita ou detalhada

Por um homem de mente recatada.
Só quem sofreu do amor na servidão
Mas segue alegre, na imaginação
Pode pintar tais gozos e atavios.

E as danças, que nenhum de nós já viu,
Estranhas, forasteiras — e as miradas,
Como as nossas, sutis, dissimuladas,
Em ciúmes brincando entre desejos:
Quem pode descrever esses folguedos?
Só Lancelote, e Lancelote é morto.
Deixemo-los então em seu desporto;
Dançaram muita dança colorida
Até o tempo em que a ceia foi servida.

Em meio às deslumbrantes melodias
O ecônomo ordenou que especiarias
E o doce vinho tinto lá trouxessem.
Escudeiros e pajens o obedecem.
O repasto interrompem, brevemente,
Pra ir ao templo orar, como é decente;
Após os ritos, segue a ceia lauta;
Todos sabem mui bem que nada falta
Em régias mesas — tantas iguarias,
Que descrevê-las eu não saberia,
Servidas aos ilustres e aos modestos.
Porém, a narração prossigo, lesto:
Foi o monarca enfim ver o cavalo
De bronze, por seus cortesãos cercado.

Desde o cerco de Troia — quando em torno
De um cavalo juntou-se em grande assombro
Imensa multidão — jamais se vira
Espanto como aquele. E o rei se vira
Ao cavaleiro estranho, e enfim lhe indaga
Do corcel a virtude e a força rara

E o modo de montá-lo e comandá-lo.

Põe-se a dançar em saltos o cavalo
Assim que o cavaleiro toma a brida.
Diz ele: "Majestade, idas e vindas
Podereis controlar mui facilmente
Movendo um simples pino, e prontamente,
De um burgo ou de um país dizendo o nome.
O pino está na orelha; oculto, some
Às vistas (em segredo eu vos direi
Como encontrá-lo). Majestoso rei,
Chegando ao objetivo desejado,
Outro pino movei, e de imediato,
Dos ares o corcel desce e, no chão,
Fica imóvel, na mesma posição.
E não se moverá dali o cavalo
Nem que o mundo ali esteja a empurrá-lo.

Se quiserdes que mude de lugar,
Este *outro* pino bastará girar,
E no espaço o cavalo se esvanece.
Mas seja noite ou dia, reaparece
E volve, se dizeis certo comando
Que vos explicarei. Meu soberano,
O mecanismo assim funciona. Agora,
Montai, se desejardes, sem demora".

Instruído nas lidas do cavalo
Alegre volta o rei com pompa e garbo
Ao seu festim; e à torre de menagem
A brida levam escudeiros, pajens,
E a põem entre os tesouros lá guardados.
E desapareceu, presto, o cavalo;
Não sei explicar como. E deixo, assim,
Cambuscã entre os gozos do festim
Que se estendeu, alegre, de hora em hora,

Até quase no céu raiar a aurora.

2

Da digestão é o acalentador
O Sono, que então diz: "Após labor
Afoito e refeição lauta e agitada,
Venha o repouso". E o diz numa piscada
De olhos aos mil convivas, e boceja
Ao lhes beijar as faces. E deseja:
"Bons sonhos. Esta é a hora do domínio
Do sangue.[267] Ao sangue tratem com carinho,
Da Natureza o sangue é o aliado".
Por todos, o conselho é acatado.

De seus sonhos não há necessidade
De discorrer: a vã fumosidade
Do vinho sonhos tolos, vãos inspira.
Dormiram até o fim da hora prima
Exceto Cânace, que é moderada
E sóbria, e conscienciosa, e mui sensata,
Como em geral as damas. Do festim
Partira cedo, muito antes do fim,
Logo ao cair da noite: não queria
Na face a palidez d'aurora fria.

No sono repousou, e ao despertar
No peito sente um júbilo vibrar
Pensando nos presentes que lhe fez
O estranho cavaleiro; e a sua tez
Dez vezes vai de pálida a corada.
O anel e o espelho viu, impressionada
Em sonhos fulgurantes. Ora chama
Sua governanta, e: "Sair já da cama
Eu quero", diz. As velhas gostam sempre

De se fazer de mui inteligentes,
E a velha governanta assim replica:
"Tão cedo queres já sair, menina?
Todos dormem; o mundo está cansado".
"Vou levantar", responde, "de imediato.
Quero passear; estou bem acordada."

A governanta então chama as criadas
Que logo vêm — são entre dez e doze.
Também levanta Cânace, e em sua pose
Mui lânguida, de tez rosada e clara,
Brilha como um sol jovem. Febo estava
Somente a quatro graus de Áries erguido[268]
E, daí, pouco havia se movido
No instante em que a princesa ficou pronta.
Translúcidas e leves, suas roupas
São próprias à estação doce do ano;
Com seis ou sete damas, caminhando
Vai por uma alameda do jardim.
Da Natureza vê o belo festim:

Vapores da manhã, que a terra emana,
Fazem do sol vermelha e vaga chama,
Tão bela, tão grandiosa é essa visão
Que das damas se expande o coração;
E mais se espanta Cânace, que ouvia
As aves a cantar na ramaria
Ou pelo céu, e entende, num momento,
Essas canções de bosque e firmamento.

O cerne de uma história, se é atrasado
(Até que ao interesse, evaporado,
O tédio sobrevenha em quem escuta),
Perde o sabor, e a história fica nula,
Estrangulada pelos seus excessos.
Por isso, meus ouvintes, já me apresso

A alcançar o tal cerne, e dou um fim
A tal leve passeio no jardim.

Árvore seca e, qual a greda, branca
Vê a princesa no meio das andanças.
E no alto galho, fêmea de falcão
Pousada, em desespero e comoção,
Põe-se a gritar, e o bosque todo ecoa
Sua grande dor; e o pássaro aguilhoa
O próprio peito, com bater das asas
E com ferozes, hórridas bicadas;
O sangue mana, e ao tronco e aos galhos brancos
Em carmesim brilhante vai pintando.
Nem o tigre, nem besta impiedosa,
Se ouvisse dor tão alta e lamentosa,
Poderia conter lágrimas veras
— Se lágrimas verter pudessem feras.

Lamento não saber dar descrição
De tão formoso e tão belo falcão;
Ninguém viu mais garbosa criatura,
Ou plumas de mais viço e formosura,
Ou porte tão gentil, galhardo e fino.
Era um falcão — eu creio — *peregrino*,[269]
Ave de longes terras. Vai sangrando
E de tempos em tempos, desmaiando,
Até quase tombar da ramaria.

Ao canto do falcão Cânace ouvia
— No dedo ela levava o estranho anel
Cuja virtude é erguer o escuro véu
Entre as línguas dos homens e das aves;
Tudo ela entende, e responder já sabe
Na língua natural. E compreendendo
O que a ave diz, condói-se do lamento.

De funda piedade quase morre.
E logo ao pé da árvore ela acorre.
Nos olhos d'ave pôs a sua mirada.
Entanto, com a mão, erguia a aba
Da veste, para a queda amaciar
Pois sabe já que o pássaro, a sangrar,
Pode cair do galho a todo instante.
Após um tempo ali, diz assim Cânace:

"Se podes me contar, qual a razão,
A causa de tamanha comoção,
De tão furiosas penas infernais?
Choras alguém que já não volta mais?
Ou o teu desespero vem do amor?
Pois sei que esses dois gêneros de dor
São dos que afetam corações gentis
Com mais poder. Tua dor revela e diz!
Bem vejo que ninguém te oprime, ataca,
Não foges, e não és presa de caça.
Tu mesma é que infligiste tuas feridas.
De amor ou perda, então, tu és compungida.
Por Deus, tem piedade de ti mesma!
Jamais vi fera ou ave, gente ou besta,
Tão sofrida, no oriente ou no ocidente;
Como posso ajudar-te? Prontamente
Me diz, que a compaixão já quase mata
Meu peito. Então, por Deus, desventurada,
Das altas ramarias vem e desce
A mim. Se dos teus males eu soubesse
A causa! Vem, tuas dores curarei
De pronto: pois eu sou filha de um rei.
Com auxílio do Deus da Natureza
Poções farei e unguentos, com destreza,
Para sarar teus males velozmente".

E a ave solta um grito mais pungente

Do que quantos soltou, e tomba ao chão,
E quieta fica ali, sem reação,
Mas a princesa a toma no regaço,
E aos poucos já vai despertando o pássaro.
A força pra falar se recompõe,
E a ave diz na língua dos falcões:

"Que a mercê flui veloz n'alma gentil,[270]
Sentindo a mesma dor que outra sentiu,
Dia a dia comprova a experiência
E de muitos autores a anuência.
A nobreza de berço é manifesta
E gentileza aos atos sempre empresta.
Pois com benevolência feminina
Tu provaste da dor que me domina,
Ô Cânace, princesa! Não espero
Aliviar o sofrimento férreo
De minha condição; mas, afinal,
Por respeito à tua alma liberal
E ao teu mui generoso coração,
Antes que morra, a inteira confissão
Das minhas dores dou — que seja exemplo,
Para impedir alheios sofrimentos:
Pois ao ver o cachorro[271] ser punido
Também fica o leão bem prevenido".

Enquanto uma contava seu quebranto,
A outra já derramava um fundo pranto;
A ave pede silêncio, e num suspiro,
Põe-se a narrar então o seu suplício.

"Lá onde eu vim ao mundo (por desgraça!)
Numa penha marmórea e acinzentada,
Fui criada em meu ninho, com bondade,
Sem saber o que fosse adversidade,
Até o dia em que aos céus pude voar.

Habitava, bem perto do meu lar,
Galante falcão macho[272] — um cavalheiro,
Leal, gentil, cordato, verdadeiro,
Poço de gentileza, parecia.
Porém, a traição e a hipocrisia
Viviam escondidas no seu peito.
Fingia ser cortejador perfeito,
Jurando amor, serviço e lealdade,
Disfarçado em nobreza e em humildade.
Qual víbora entre flores, esperando
O tempo de morder, foi me levando
Ao êxtase, esse deus do amor fingido,
Com galanteios, votos, mil suspiros.
Penhores de obediência ele me fez
Simulando um perfeito amor cortês.
Assim a tumba, branca no exterior,
Esconde a podridão, vela o fedor.
Enganou-me o perfeito fingimento:
Só o demônio sabia os seus intentos.

Tanto ele protestou, por tantos anos,
Tanto fingiu, verteu tão longos prantos,
Que minha alma gentil, apiedada,
Sem ver nele a malícia coroada,
Meu afeto cedeu-lhe — convencida
De estar assim a lhe salvar a vida.
Prometi conceder-lhe o meu amor
Com uma condição: que o meu honor
E o meu renome, em público e em privado,
Ficassem totalmente preservados.
Ou seja, meu afeto lhe entreguei
Mas além disso, nada mais lhe dei,
Como ele sabe, e como sabe Deus.

É vero e é acertado, penso eu,
O dito: 'Entre ladrão e homem decente

As ideias diferem totalmente'.
Ao ver que o coração eu lhe entregava
E que suas juras todas aceitava,
Esse dúplice tigre refalsado
Logo aos meus pés eu vejo, ajoelhado,
Simulando alegrias e humildade,
A agradecer a minha piedade,
Como amante cortês, de amor transido.
Um traidor igual jamais foi visto:
Nem Páris, o troiano, nem Jasão
— Jasão, eu disse? Sim! Tal traição
Nem ele cometeu contra Medeia;
Ah, desde que Lameque teve a ideia
Da bigamia (cito as Escrituras),
E desde que Deus fez sua criatura
— O homem — nunca, desde eras remotas,
Varão foi tal perito em artes tortas,
Tampouco urdiu fração dos mil sofismas
Que esse falcão, com pérfido carisma,
Usou ao me enganar. Nenhum canalha
É digno de amarrar suas sandálias
Em termos de fingida sutileza!
E qualquer moça e dama, com certeza,
Creria estar num vago paraíso
Ao ver seus doces gestos, seus sorrisos!

Amei-o, por seu rosto dócil, manso,
E se ele reclamava de um quebranto,
Se dizia que a dor lhe entrava n'alma,
Eu perdia o juízo e a minha calma,
E sofria um suplício em minha carne!
E pouco a pouco, então, minha vontade
De sua vontade torna-se instrumento;
Seu querer dominava o meu alento,
A ele me dobrava — mas jamais
Desonrei-me — contudo, mais e mais,

Amava-o, e já não mais amarei tanto.

Um ou dois anos dura o alegre encanto,
Sua farsa e sua malícia eu não notara.
Mas fato novo então se me depara:
Agora, por acaso ou por destino,
Tem de partir para um local longínquo;
E para longe vai; não me demandes
Quanto sofri; a pena foi tão grande
Que quando ele partiu — ouso dizer —
A dor da morte eu pude conhecer;
Só pode ser assim tal dor descrita.

O amante, então, no dia da partida,
Despede-se com face tão dolente
Que penso: 'Tudo quanto sinto, sente'.
Ao ver seu rosto triste, ao ver seus gestos,
Acreditei que voltaria, lesto,
Tão logo assim pudesse, com certeza
— Nem duvidei da sua gentileza.

Motivos de honra tinha, além do mais,
Para partir — são muito naturais
Separações assim, eis a verdade,
A ponderar, fiz da necessidade
Uma virtude. A dor eu ocultei
E a sua mão nas minhas mãos tomei,
E com franqueza disse, por São João:
'Apesar desta vã separação,
Sou tua. Sê fiel, assim como eu'.

Nem repito o que o falso respondeu;
Quem tem verbo mais doce e atos mais vis?
Ah, claro, usou palavras mui gentis...
'Uses colher comprida' (isto é um ditado)
'Quando jantas na mesa do diabo'.

Por fim, ele partiu, como devia.
Porém, ao longo do trajeto, um dia,
Pousou, buscando um pouco de descanso.
Creio que à sua mente veio, enquanto
Repousava, a passagem que assim diz:
'Todo ser busca condição feliz
Voltando à sua própria natureza'.
Meu falcão fez assim, tenhas certeza!
Por carne nova é o homem deslumbrado;
São como um passarinho engaiolado.
O dono cuida dele, carinhoso;
Lhe dá muito quitute saboroso,
Coloca palha nova na gaiola.
Porém, tão logo se abre a portinhola
E lá se vai o bicho, num momento,
Ao bosque, e esquece o antigo acolhimento.
É natural da espécie. A fidalguia
Não cura essa paixão, que os alucina.

Assim, o meu falcão, belo e cortês,
Ao firmamento erguendo os olhos vê
Graciosa fêmea de milhafre. É o fim.
No mesmo instante, se esqueceu de mim.
Nova paixão — e a velha então desfaz-se.
O meu amor é servo de um milhafre!
Remédio não há mais, estou perdida!".

Lançando novo grito de agonia,
Desmaia no regaço da princesa.
Tão lamentosa história e tal tristeza
As damas todas choram francamente.
Como ajudar agora a ave doente?

Cânace a leva à casa no regaço
Enquanto cobre em múltiplos emplastros
As feridas que fez-se a própria ave.

Depois colhe ervas úmidas, suaves,
Do chão arranca plantas aromáticas
Para fazer unguentos e pomadas;
Com profunda, especial dedicação
Vai tratando da fêmea de falcão
Dia e noite, constante, e provê tudo.

Faz-lhe gaiola, num azul veludo[273]
Forrada — azul, das damas cor dileta,
Pois boa-fé e lealdade expressa.
Mas por fora, a gaiola era pintada
De verde, com mil aves figuradas
—Traiçoeiros passarinhos, falcões machos,
Mochos dúbios, venais, em cima e embaixo,
E pegas com mil gritos de desprezo;
Põe a gaiola junto ao próprio leito.

E Cânace ora deixo, e ao seu falcão;
Do sortílego anel em sua mão
Somente falarei mais adiante;
Direi de como à ave o seu amante
Voltou, atormentado e arrependido,
Graças à intervenção, aos bons serviços
Do principesco Câmbalo. E agora
Quero falar de espadas, de hostes, tropas,
Aventuras, proezas esforçadas,
Maravilhas jamais imaginadas.

De Cambuscã primeiro falarei,
Das urbes conquistadas pelo rei;
E de Algarsifo, e Teodora, a bela,
De como ele tomou essa donzela
Por esposa, e os perigos e os abalos
De que o salvou seu brônzeo cavalo.
E de outro Câmbalo[274] também direi,
Que derrotou os dois filhos do rei

Nas liças, e à princesa conquistou.
E o conto segue já donde cessou.

3

De Apolo vai nos céus o carro agudo
À casa de Mercúrio, deus astuto...[275]

PALAVRAS DO FAZENDEIRO AO ESCUDEIRO;
PALAVRAS DO ALBERGUEIRO AO FAZENDEIRO

"Nada mau, nada mau", o Fazendeiro
Diz. "Contaste bem, caro Escudeiro!
Falas com muito tino e muito gosto
E muito engenho para alguém tão moço.
Em alguns anos, se estiveres vivo,
Em eloquência, assim como em juízo,
Superarás a todos que aqui estamos.
E rogo a Deus que sigas prosperando
Em teus altos talentos admiráveis!

Tenho um filho... Santíssima Trindade!
Se de graça eu ganhasse enorme quinta
No valor de — vejamos — vinte libras,
Tudo eu daria, sim, e de bom grado,
Para tornar meu filho ponderado
Como tu. Pois é vã a prosperidade
Separada de senso e sobriedade.
Muitas palavras duras eu lhe disse
E outras direi — porém, teimoso, insiste
Em passar todo o tempo em jogatinas,
Esbanjando, com gente libertina;
Prefere fuxicar entre os criados
E fortunas queimar jogando dados

Do que andar entre gentes de nobreza
Que possam ensinar-lhe a gentileza..."
"Tua gentileza dane-se!", irrompeu
O Taverneiro. "Sabes bem, como eu,
Que todos nós fizemos um acordo:
Um por um, no caminho, dar um conto."

"Sei disso muito bem, meu bom senhor;
Não me desprezes, peço, por favor,
Se com este rapaz converso um pouco."

"Sem mais demora, conta já teu conto."
"Com prazer, com prazer, dom Albergueiro;
Obediente, cumpro o teu desejo.
Não sei se o meu talento é suficiente
Para entreter quem for muito exigente;
Mas digam se essa história lhes agrada,
E saberei se vale muito, ou nada."

Conto do Fazendeiro

PRÓLOGO DO FAZENDEIRO

"Outrora, os nobres, ancestrais bretões
Em altos versos, mil composições,
Contavam aventuras mui variadas,
Em sua antiga língua; essas baladas
Recitavam-se ao som dos instrumentos
Ou eram lidas com contentamento;
Uma delas recordo — e lhes repito.

Mas, senhores, não sou um erudito.
Já lhes peço perdão pelo transtorno:
Minha fala, eu confesso, é sem adorno.
Não sou um desses retóricos expertos:
Meu conto será simples e direto.
Lá no monte Parnasso eu não dormi;
E Marco Túlio *Scítero*[276] não li.
Não sei colorir frases; minhas cores
São aquelas que pintam os pintores
De paredes, ou tintas pra tecidos;
Sei a cor do hidromel, e a cor do vinho,
Mas as cores retóricas ignoro.
Bem, eis aqui meu conto tão simplório:"

CONTO DO FAZENDEIRO

Lá na Bretagne,[277] outrora conhecida
Como Armórica, um nobre herói havia
Que após mil lides duras e esforçadas
Ganhou a sua donzela bem-amada.
Passou por provações muito severas:

A dama era a mais linda dessa terra,
E era tão alta e nobre a sua linhagem
Que o amante custou a ter coragem
De revelar suas dores e desejos.
Mas ela, enfim, notou o cavaleiro,
Percebeu seu valor, e apiedou-se
Das penas, e os penhores que ele trouxe
Ganharam seu afeto. Enfim, consente
Em tê-lo por marido e por regente
— Conforme a hierarquia conjugal.
Para aumentar seu júbilo geral,
O cavaleiro dá a sua palavra
Prometendo jamais importuná-la
Tampouco impor domínio, autoridade,
Por ciúmes, ou contra a sua vontade,
Respeitando os desejos de sua dama
Como convém a quem venera e ama;
Mas deterá de *soberano* o nome
Pra não manchar sua fama e seu renome.

E ela responde então, com humildade:
"Mostraste, meu senhor, cordialidade
Imensa, e alma gentil e liberal.
Deus não permita então que qualquer mal,
Qualquer conflito nasça, ou qualquer rusga,
Entre nós dois, bom Sir, por minha culpa.
Aceita minhas juras verdadeiras,
Tua serei, humilde, toda e inteira,

Ou que o meu peito faça-se em pedaços!".
E assim viveram quietos, sossegados.

Tal verdade dizer, amigos, ouso:
No amor um deve obedecer ao outro
Quando se quer manter a companhia.
Não se impõe ao amor soberania;
Ao ver o jugo, o Deus do Amor se escapa
Num momento, batendo as lestas asas.
Pois sendo espírito esse Deus só quer
Ser livre e voejar; jamais mulher
Alguma aceitou bem a servidão
E tampouco a aceitou nenhum varão.

Porque no amor quem tem mais paciência
Tem vantagem maior, e precedência.
É virtude ser calmo e paciente;
Mais forte do que a força, e mais potente
Do que o bruto rigor, é quem tolera
Os males, e as perturbações releva
— É o que nos dizem muitos eruditos.
Pois ninguém vence todos os conflitos
Ou discussões. Aprende a tolerância!
Ou a lição virá das circunstâncias.
Pois garanto, no mundo não existe
Alguém que coisa errada nunca disse.
Doença, fúria, vinho, humor, os astros
Podem levar a ditos insensatos;
Suportar as ofensas é grande arte;
Quem quer reger, que saiba governar-se.

Para viver em paz, serenamente,
O fidalgo jurou ser indulgente;
E em troca, a sua nobre esposa jura
Que será irretocável na conduta:
Fez dele um servo — e o servo é seu senhor.

Senhor no casamento, mas no amor
Criado. E tal acordo é justo e sábio:
O marido é bem mais que servo, escravo,
Pois tem o seu amor e a sua amada;
Amante e esposa — a lei do amor é clara.

E o cavaleiro, com felicidade,
Sua esposa leva logo à sua herdade.
Perto de Penmarch[278] fica o seu castelo
E vivem lá num júbilo singelo.

Quem pode imaginar, sem ser casado,
Do matrimônio o gozo delicado?
Por dois anos em paz e em alegria
Viveram. Mas o cavaleiro, um dia
— Arverágus de Caer-Rhud se chamava —,
Fez aquilo que a alma lhe ditava:
Foi buscar feitos d'armas e façanhas
Na Inglaterra — que, então, era a Britânia.
Dois anos lá ficou, buscando glória,
Segundo diz o livro. A minha história
Volta-se agora a Dorigen, a dama
Que, mais que à vida, ao seu marido ama.

Lamentou sua ausência, com tristeza,
Como fazem as damas de nobreza:
Chorou e jejuou, ficou insone;
O desejo de vê-lo arde e consome
E o mundo todo não lhe vale nada.
Ao vê-la dessa forma atribulada,
Tentaram consolá-la suas amigas
Sem cansar repetindo noite e dia:
Vais matar-te sem causa e sem razão!
Constante e fraternal consolação
Proveram-lhe, tentando, a todo custo,
Arrancá-la do sofrimento fundo.

Em gradual processo, uma escultura
Acaba por sair da pedra dura,
Sob o buril de mão experiente;
Assim seu sofrimento, finalmente,
Por consolo e razão foi desbastado;
Pois em meio às amigas e aos cuidados
A tristeza cedeu, e ela compreende
Que não pode viver chorando sempre.

E além disso, o marido enviou cartas
Saudando-a e contando-lhe onde estava
E jurando voltar. Sem tais mensagens
Teria ela morrido de saudades.

E vendo diminuir seu desespero
As amigas suplicam-lhe de joelhos
Que em passeio lhes faça companhia
Para apagar sua negra fantasia;
E a tal conselho, Dorigen consente,
Pois vê que agir assim é o mais prudente.

O castelo ficava junto ao mar
E Dorigen saía a passear
Sobre altos picos, orlas e penhascos;
Lá avista sempre muitas naus e barcos
Que conforme os seus rumos, vêm ou vão.
Mas cada nau ou barco é uma fração
De sua dor. Lamenta ela: "Ai de mim!
São tantos barcos, tantas naus sem fim...
Nenhuma delas traz o meu marido
Para sarar minha alma e o meu espírito?".

Numa ocasião, sentada, meditando,
Na orla da penha as vagas estourando
Contempla, e vendo as rochas pontiagudas
Que dilaceram, ásperas, a espuma,

CONTO DO FAZENDEIRO

O pavor a domina, e o corpo treme.
Sozinha no ventoso prado verde
Murmura então, com frios, tristes suspiros,
Olhando sem parar o mar longínquo:

"Eterno Deus, por Tua providência,
Ao mundo dás governo e coerência.
Muitos dizem: Deus nada faz em vão.
Mas essas rochas que lá embaixo estão,
Sinistras, diabólicas — eu acho
Que parecem confusa obra do acaso
Mais do que obra de um Deus perfeito e estável.
Por que criar visão tão detestável
E tão irracional? Esses penedos
Não trazem proteção nem alimento
Nem dão abrigo a ser algum vivente:
Inúteis e letais. Ah, tanta gente
Ali se espedaçou! Milhões de homens
Em rochedos morreram, e os seus nomes
Ninguém recorda. Assim, a humanidade,
Tua obra, feita à Tua santa imagem,
Contra arbitrária rocha se desfaz.
Não vês, Senhor? Outrora amavas mais
Os homens. Infrutíferos tormentos
Criaste para a dor de Teus rebentos!

Eu sei que os doutos dizem: tudo tem
Motivo, e tudo é feito pelo bem;
As causas superiores não conheço;

Porém, meu bom Senhor, tudo o que peço
É isto: traz de volta o meu marido!
A discussão eu deixo aos eruditos.
Mas quisera que Deus, por caridade,
Essas rochas nas águas destroçasse!
Pois nas rochas, minh'alma se destroça".

E lágrimas derrama, lastimosa.

As amigas compreendem que as andanças
À beira-mar lhe multiplicam ânsias
E buscam distraí-la em outros lados,
Andando em meio a fontes e regatos.
Fazem bailes, prodigam diversão
Em jogos de xadrez e de gamão.

Num desses dias, de manhã bem cedo,
A um jardim elas foram, em folguedo;
Os servos provisões tinham levado,
Comida, mesas, todo o necessário,
Para um dia de plena diversão.

Era a sexta manhã de maio, então,
E maio com chuviscos já pintara
Ramarias e flores delicadas;
E a mão humana, com engenho e arte,
Adornara canteiros e folhagens
Com tão lindos, tão belos artifícios
Que era como o jardim do Paraíso.
Tal paragem tão bela e redolente
Amaciava as almas, docemente
— Exceto os corações atribulados,
Por grande sofrimento adoentados.
Em meios a tais belezas e bonança
As damas organizam festa e dança
E todas cantam, menos Dorigen,
Que em lamentar tristonho se mantém,
Pois em meio ao festim tão empolgado
Não vê o seu caro esposo bem-amado.
Mas se obriga a cessar o seu lamento
E afogar a tristeza por um tempo.

Em frente a Dorigen, então dançava

Escudeiro jovial que superava
Qualquer homem no mundo já criado
Em destreza ao cantar e no bailado.
Alegre como maio deleitável
É no fino vestir incomparável;
Pra descrevê-lo então basta dizer:
Homem mais lindo está para nascer.
Sábio, rico, por todos adorado,
Jovem, forte, bonito e ponderado.
Esse escudeiro cálido e lascivo
Aurélio se chamava, e no serviço
De Vênus era ativo e laborioso...
Pois bem, sucede então, que o belo moço
A Dorigen — já faz dois anos — ama,
Disso porém não desconfia a dama.
Falar do amor o jovem não ousava:
Bebia a sua dor sem copo ou taça.[279]

Em silêncio, sofria o desespero;
Se deixava escapar algum lamento
Era em canções e trovas que escrevia,
Em termos bem gerais, sobre a agonia
De amar sem ser amado, e de amar só;
Vilancetes, cantigas e rondós
Compôs, dizendo padecer calado,
Sofrendo como as Fúrias lá no Tártaro,
Ou Eco, que morreu por seu Narciso
Sem jamais revelar o amor sofrido.
Exceto dessa forma, não dizia
Jamais a Dorigen como sofria;
Somente em bailes, onde o galanteio
É ritual dos jovens, seu desvelo
Escapava quando ele punha os olhos
Sobre o rosto da amada, merencório;
Mas seu amor a dama não notava.

Porém, nessa manhã, ousa abordá-la
Quando estavam sozinhos, numa parte
Do jardim. Sendo um jovem de linhagem,
Honrado e respeitado, a dama o escuta:
Pois ele é seu vizinho, de impoluta
Fama, e há muito tempo se conhecem.
E as palavras do amante se sucedem.

"Madame, pelo Deus que nos dá vida,
Se assim pudesse eu dar-te uma alegria,
No dia em que partiu o teu marido,
Eu, Aurélio, também teria ido
Para jamais voltar; pois já percebo
Que minha devoção de sentimento
É vã. E um alquebrado coração
É meu único e triste galardão.

Madame, piedade! Eu bem quisera
Sob os teus pés estar, já sob a terra!
Falando uma palavra só, querida,
A morte podes dar-me, ou dar-me a vida!"

Fixando Aurélio, Dorigen responde:
"É isso o que desejas? Até hoje
Não te havia notado essa intenção.
Mas agora, após tal revelação,
Devo dizer, por Deus que está no Céu:
Jamais, jamais serei falsa e infiel,
Em palavras ou atos ou desejos
Até quando durar o meu bom senso
E enquanto em minha mente houver juízo.
Pertenço eternamente ao meu marido.
Tens aí a resposta derradeira".

Mas logo acrescentou, por brincadeira:
"Mas Aurélio, por Deus que nos observa,

Porque tua dor profunda me consterna,
Saciarei tuas amorosas ânsias
No dia em que das costas da Bretanha
Removeres, rochedo por rochedo,
As pedras que são hórrido tormento
Aos barcos. Sim, eu juro, nesse dia,
Quando eu não vir nas águas penedia,
E quando o litoral estiver limpo
De rochas, nesse dia, eu juro e eu digo
Mais do que a qualquer outro, vou te amar".

"Nenhuma outra mercê devo esperar?"

"Nenhuma", Dorigen diz impassível.
"Pois sei que tua tarefa é impossível.
Por Deus, lança bem longe essas loucuras!
Pois a ti mesmo feres e torturas
Amando uma mulher comprometida
E que pelo seu esposo é possuída
Quando ele bem deseja!" Ao ouvir isso,
Ele soltou tristíssimo suspiro.
"Minha dama, ninguém pode fazer
O que me pedes. Devo, então, morrer."
E ao dizer isso, foi-se. As companheiras
De Dorigen renovam brincadeiras
Por alamedas vão, rindo adoráveis
— Mas daquela conversa, nada sabem.
E folgaram até que o horizonte
Roubou a luz do sol, levando-a longe
— Ou seja, a escura noite já caíra.
A casa todos vão em alegria
Exceto Aurélio. Suspirando, triste,
Da própria vida o pobre já desiste;
Parece a morte o único caminho.
Em casa, cai de joelhos; torvelinho
Lhe enlouquece e perturba o coração.

Com mãos ao alto, faz uma oração.
De sofrimento, quase enlouquecia;
E mal sabendo então o que dizia,
Aos deuses todos reza, alívio pede,
E ao Sol primeiro faz a sua prece:

"Deus Apolo, tu que és governador
Do que na terra cresce em ramo e flor,
E dás, conforme tua posição
No céu, a cada planta uma estação
Para medrar; teu olho compassivo
A Aurélio volta — a mim que estou perdido!
A dama a quem eu amo condenou-me
À morte — embora culpa em mim não houve
Jamais. Meu coração agonizante
Por bondade socorre, deus brilhante!
Além de minha dama, lorde Febo,
Só tu podes salvar-me; e já revelo
A forma. Tua irmã abençoada
Lucina, a Lua, reina coroada
Sobre todos os mares que há no mundo.
(Embora o deus do mar seja Netuno,
Mais alto reina Luna imperatriz.)
Lucina fica sempre mais feliz
Quando é incendiada por teu fogo;
Por isso ela te segue, o tempo todo.
Da mesma forma, o mar só quer segui-la,
Pois ela é Luna, a deusa que domina
Mares e rios, dos grandes aos pequenos.

Eis meu pedido (dá-me este portento,
Ou meu peito destrói): quando em Leão
Estiveres, havendo oposição[280]
Entre tu e tua irmã, induz Lucina
A causar uma enchente tão subida
Que a superfície fique a cinco braças

Sobre o pico das mais altas escarpas
Que existam na Bretanha armoricana,
E fique assim dois anos. E eu à dama
Assim direi: 'Sumiram rochas, pedras,
Rochedos, penhas. Cumpre a tua promessa!'.

Lorde Febo, concede este milagre!
Que tua irmã seu alto curso atrase,
Que mais veloz que tu já não se mexa
Por dois anos, e assim, com lua cheia
As altas da maré ficarão sempre
A gerar grande, poderosa enchente,
E as ondas aos rochedos cobrirão!
Se a tal pedido Luna disser 'não',
Suplica que ela afunde as penedias
Lá em sua região negra e sombria,[281]
Onde Plutão habita, sob o solo
— Ou não terei a dama, deus Apolo!

Irei descalço a Delfos, ao teu templo!
Senhor, meu pranto vê e meu sofrimento!
Concede este milagre!". E após tal prece
Caindo ao solo, o jovem desfalece,
E por um tempo jaz, desacordado.

O irmão do pobre Aurélio malfadado,
Que os seus males conhece, ergue-o do chão
E o põe na cama. Aurélio deixo então,
Deitado ali — por mim, ele decida
Se morre ou permanece nesta vida.

Arverágus voltou — prossegue a história —,
Flor da cavalaria, envolto em glória,
Com muitos companheiros. Que alegria,
Oh, Dorigen, tua alma ora ilumina!
Teu cavaleiro alegre tens nos braços,

Homem d'armas valente e bem-amado!
Teu belo herói não tem desconfianças;
Não lhe ocorre sequer fazer cobranças
Nem indaga se alguém te cortejou
No tempo em que ele estava no exterior.
Celebrar era tudo em que pensava,
Em danças, justas, com sua esposa amada.
E os deixo assim, em gozo e em alegria,
E volto agora ao homem que sofria.

Aurélio por dois anos padecendo
Prostrado jaz, em colossal tormento:
Mal podia botar os pés no chão.
Seu único conforto é o seu irmão,
Que era erudito, e conhecia bem
Os labores de Aurélio. A mais ninguém
Sua dor o apaixonado revelara;
Mais nenhuma palavra lhe escapara.
E em segredo guardava a sua ideia
Mais que Pânfilo amando Galateia.[282]
Por fora, parecia estar sarado;
Mas dentro o machucava, agudo, o dardo.
E feridas que saram só por fora
São, mais que qualquer outra, perigosas,
Pois a ponta da flecha está lá dentro.

Desfez-se o irmão em prantos e lamentos,
Até que um dia veio-lhe à lembrança
Que outrora estando em Orléans,[283] na França,
E sendo de mil coisas mui curioso,
Como todo estudante ardente e moço,
Quisera conhecer artes ocultas
E ciências estranhas e obscuras.
Buscou avidamente tais arcanos,
E eis que um dia ele acaba folheando
Um livro de magia natural[284]

Que encontrara, num lance casual,
Por sobre a mesa do seu companheiro
De quarto, um estudante de direito,
Que também perscrutava outros ofícios,
E ali deixara o tal livro escondido.
O tomo descrevia operações
Em relação às vinte e oito mansões[285]
Da Lua (tais tolices, assevero,
Já não valem as asas de um inseto,
Pois hoje, nossa Santa Madre Igreja,
A nós livrou das ilusórias crenças).

Quando do livro veio-lhe a lembrança,
O irmão entra em alegre, afoita dança,
E diz consigo mesmo, bem contente:
"Eu vou curar-te, Aurélio, prontamente!
Pois sei que existem artes e ciências
Que criam ilusões, mil aparências.
Pois já se viu prestidigitadores
Com seus truques astutos e ilusores
Fazerem vir, no meio de um salão,
Um barco sobre imenso vagalhão
E pela sala, o barco singra e voga;
Outro cria um leão que ruge e rosna;
Outro, flores nascendo sobre o muro;
Outro, vinhas de cacho branco e escuro;
Outro mágico fez brotar do chão
Um castelo, com fosso e torreão.
E toda essa ilusão se desvanece
Quando o mágico quer — é o que parece
Àqueles que o observam. Eis então
O que farei em prol do meu irmão:
Irei rumo a Orléans, e algum amigo
De outrora buscarei, um entendido
Em artes incomuns, conhecedor
De variadas magias. Seu amor

Meu irmão dessa forma ganhará.
Algum ilusionista — e muitos há —
Pode fazer sumir todo penhasco
Na costa da Bretagne, e então os barcos
Sem risco por ali navegarão;
E que dois anos dure essa ilusão.
E a dama então que cumpra sua palavra
Ou ficará de todo desonrada!".

Para que prolongar esse relato?
Basta dizer que Aurélio adoentado
Do irmão ouve a proposta, e num instante,
Da cama salta, faz-se viajante,
A Orléans ruma, em busca de um alívio
Que lhe releve o peso do martírio.

Quando faltavam só quinhentas jardas
Para a cidade, os dois em meio à estrada
Veem passeando um jovem erudito
Que os cumprimenta num latim castiço,
E diz essas palavras espantosas:
"Eu sei por que vieram". Sem demora
Disse toda a intenção dos viajantes
Como se já soubesse disso dantes.

O erudito bretão então lhe indaga
Dos antigos amigos — mas estavam
Todos mortos, segundo outro lhe diz.
Tal fato lamentoso e infeliz
Chora o bretão; depois, os dois irmãos
Apeiam, e à morada já se vão
Onde o mágico habita. Nessa casa
Iguaria e bebida não faltava;
Aurélio jamais viu requinte igual:
As mobílias dali não têm rival.

Mas o mágico invoca, antes da ceia,
A imagem de floresta densa e cheia
De gamos, e veados de altos chifres
— Galhadas mais vistosas não existem.
Viu cem gamos selvagens acuados
Por cães; e viu na relva cem veados
Flechados, a sangrar, agonizantes.
Mas tudo isso sumiu num só instante
E ele vê falcoeiros junto a um rio
Abatendo uma garça; e depois viu
Num campo cavaleiros em torneio.
E querendo agradá-lo e embevecê-lo
O mágico mostrou-lhe sua dama
A girar numa deliciosa dança;
Parecia que o próprio Aurélio estava
A dançar com sua terna bem-amada...
O mestre ilusionista bate as mãos
E se esvanece toda aparição.
Ao verem tais visões abrilhantadas
Não haviam deixado sua morada;
Inda estavam sentados, entre os livros,
Somente os três, no estúdio do erudito.

O mestre chama um escudeiro então
E indaga: "Já está pronta a refeição?
Já faz quase uma hora que chegamos
E que aqui neste estúdio nos sentamos;
E eu te ordenara a ceia". "Ela está pronta,
Meu bom senhor", seu escudeiro aponta.
"Melhor, então, jantar", retruca o amo.
"Esses apaixonados, vez em quando,
Precisam descansar." A refeição
É feita, e após vem a negociação:
Do mestre qual seria o pagamento
Para limpar as penhas e rochedos
Desde a Gironda até a foz do rio Sena?

Barganha o mestre: "Soma bem pequena
Seria se eu cobrasse só mil libras
Para cumprir missão tão atrevida!".
Aurélio diz, com coração nos céus:
"Mil libras é pechincha, meu bom Deus!
O vasto, vasto mundo — que é redondo
Segundo dizem — sem pena ou assombro,
Eu te daria, se ele fosse meu!
O acordo está fechado, sim! Tu e eu
Estamos entendidos! Serás pago
Por minha fé! Agora, sem atraso,
Deixemos tudo pronto pra partir
Amanhã cedo". O mestre então sorri:
"Sem dúvidas". Aurélio então se deita.
E ele, feliz, dormiu noite perfeita,
Exausto da jornada, e esperançoso,
Dá ao seu cansado coração repouso.

Eles partem, nem bem o sol desponta,
Rumo à Bretagne, na rota menos longa.
Aurélio, seu irmão e o mestre mago
Só desmontam após terem chegado
Onde queriam. Pelo que me lembro
Dos livros, foi num gélido dezembro:
Cor de latão, o Sol envelhecia;
Meses atrás, qual ouro ele luzira,
Porém em Capricórnio já chegara
E pálida e vetusta é a sua cara.
Geadas e granizos fustigantes
Já mataram as plantas verdejantes;
Jano,[286] com grande barba bifurcada,
Em uma longa guampa recurvada[287]
Bebe vinho, sentado junto ao fogo;
Enquanto um javali tosta no forno;
E todos cantarolam "É Natal"!

CONTO DO FAZENDEIRO

Aurélio é prestimoso e cordial
Com o mestre, pedindo, em reverências,
Que com o seu labor e diligência
O ajudasse — ou Aurélio tiraria
Em fio de espada a sua própria vida.

O sutil erudito apiedou-se
Do jovem; noite e dia ele esforçou-se
Por detectar melhor ocasião
Para urdir, conjurar uma ilusão,
Por truques oculares ou magia
— Desconheço o jargão da astrologia —
Para que Dorigen e toda gente
Achassem que os rochedos, de repente,
Afundaram no mar ou sob a terra
Até já não sobrar calhau nem pedra
Na costa da Bretagne. A ocasião
Propícia para a vã superstição
E para a farsa vil foi encontrada
Com *Tábuas toledanas* revisadas,[288]
E as tábuas com o curso dos planetas
Em anos isolados e em sequência,
Também não esqueceu *Tábuas das casas*,
E toda a sua astral parafernália,
Os centros e argumentos do astrolábio,
Carta de proporções — o necessário
Para fazer seu cálculo e equação.
Na oitava esfera, fez avaliação
De quanto Alnath[289] de Áries se afastara
Cuja ponta na nona esfera estava.
A primeira mansão da Lua achou
Nos cálculos sutis que realizou,
E a partir da primeira, outras mansões
Foi achando, segundo as proporções.
E da Lua a ascensão já deduziu
Em qual signo e qual face ela subiu.

Encontrou a mansão apropriada,
Fez mais observações mui detalhadas,
Próprias às artes torpes da ilusão,
Que outrora praticavam os pagãos.
E feito isso, já não perde tempo:
Sua magia funciona, num momento,
E por duas semanas, parecia
Já não haver mais rocha ou penedia!

Aurélio, no entretempo, se afligia,
Esperando o portento noite e dia,
Temendo que esse embuste lhe falhasse.
Mas vendo que ocorrera o tal milagre
E que já não se via em toda a costa
Uma pedra, de joelhos já se joga
Aos pés do mestre, e diz: "Mago, obrigado!
A ti e a Vênus, eu, tão desgraçado,
Devo o fim do meu hórrido tormento!".

E sem tardança, corre logo ao templo
Onde a dama por hábito rezava;
E ao avistar aquela a quem amava
Incerto o coração se aperta e treme,
E à dama ele saúda humildemente:

"Minha dama perfeita e sem rival,
A quem eu amo e temo por igual,
Jamais desejaria importuná-la,
E se não fosse essa dor que me estraçalha,
Não ousaria nem erguer-te as vistas
E meu amor por ti esconderia.
Mas minha escolha é: morte ou desagravo.
Pois a morrer por ti fui condenado,
Ah, sim, tu condenaste um inocente;
Se piedade, dama, tu não sentes,
Sejas fiel, ao menos, à tua jura.

Aconselho-te: cessa essa tortura,
Não me mates, em nome do bom Deus,
Pelo amor que meu coração te deu.
Sabes bem o que um dia prometeste
(Não penses que te cobro, impertinente;
Não, apenas suplico a tua graça!),
Mas, naquele jardim, dama adorada,
Algo juraste, e sabes o que foi!
Naquele canto estávamos nós dois
E teu penhor puseste em minha mãos;
Deus sabe bem o que disseste então!
Tu juraste me amar. Eu não sou digno,
De tal amor, mas, dama, te previno,
Mais que salvar-me a vida, o teu honor
Eu quero resguardar. Fiz, por amor,
O que ordenaste. Vai, se assim te agrada,
E vê. Depois, então, me salva ou mata,
Mas verás que teu servo foi leal:
Pois rochas já não há no litoral".

E então saiu, deixando-a atordoada,
A face exangue, fria, esbranquiçada.
Como pôde cair nessa armadilha?
"O que eu fiz, o que eu fiz? Estou perdida!
Jamais pensei na possibilidade
De tão absurdo e incômodo milagre!
Isso vai contra as leis da natureza!"
E a casa volta, tonta de tristeza,
De comoção mal pode caminhar.
Por dois dias ficou só a lamentar,
Fraca, esvaída, em funda prostração;
Mas a ninguém contou qual a razão
Do desespero. O esposo estava fora;
E solitária, sobre o leito chora:

"Contra ti, ó Fortuna, é que eu protesto!

Pois me prendeste em mil grilhões de ferro,
E deles nada há que me socorra
Além da morte ou — bem pior! — desonra.
Uma das duas devo ora escolher.
Mas prefiro, sem dúvida, perder
A vida, do que conspurcar meu corpo,
E manchar o meu nome. Sim, suponho,
Que pela morte eu possa me salvar.
Pois mil legendas admiráveis há
De donzelas que à morte se entregaram
Mas o corpo, leais, não macularam.
Pois assim testemunham vários casos:

Houve em Atenas trinta detestados
Tiranos. Certa vez, em um festim,
À vida do bom Fídon[290] deram fim
E mandaram prender as suas filhas.
As moças, em desgraça, são trazidas
Ao local, humilhadas e desnudas,
Para satisfazer a fome bruta
Desses monstros de vício e perversão.
Fizeram-nas dançar no rubro chão,
Onde o sangue do pai fora vertido;
Para fugir às mãos do alheio vício,
As donzelas num poço se atiraram
(Diz o livro) e ali dentro se afogaram.

E o povo de Messênia — assim eu li —
Cinquenta virgens belas mandou vir
De Esparta, para serem desfrutadas.
Mas todas as donzelas, indignadas,
Escolheram a morte, e não perder
A honra. Por que devo então temer
A morte? Estínfale — outra pura virgem —
Quando perdeu o pai — os livros dizem —
Por Aristóclides foi perseguida;

O tirano queria possuí-la.
Mas ela corre ao templo de Diana,
A estátua abraça, e à casta deusa clama,
E ninguém conseguiu dali tirá-la.
No próprio altar, a dama é massacrada.
Se virgens preferiram perecer
A se entregar ao pérfido prazer
Dos homens, me parece que uma esposa
Também deve escolher morte à desonra!

E da esposa de Asdrúbal, que dizer?
Quando viu que Cartago estava a arder
Com os filhos jogou-se às labaredas.
Prefere arder junto à cidade inteira,
A permitir que as legiões de Roma
Violentem seu corpo e sua honra.

E a romana Lucrécia, ao ser tomada
À força por Tarquino, e desonrada
Matou-se ela também: de que valia
Viver se a honra estava já perdida?

Sete virgens mataram-se em Mileto
— E se mataram por pudor e medo
De que os gálatas brutos as tomassem.

Ah, de casos assim há quantidade
Enorme! Após a morte do marido,
A esposa de Abradates — malferido
No peito — as próprias veias rasga e abre.
Seu sangue misturou-se ao de Abradates,
E ela disse: 'Ah! agora nenhum homem
Pode manchar meu corpo ou o meu nome'.

Tantos exemplos! Tantas damas fortes
Não hesitaram em olhar a morte

No rosto! Eis a minha conclusão:
Não posso cometer tal traição
Ao meu caro Arverágus. Só me resta
Morrer — como também fez a donzela
Dileta filha de Democión.
Cedaso, por idêntica razão,
Tuas filhas se mataram; que tristeza!
E também resguardaram sua pureza
Duas tebanas. Foge a Nicanor
Um delas, matando-se; e o invasor
Macedônio a segunda também frustra,
Matando-se escapou a sua luxúria.
Fez o mesmo a mulher de Nicerates;
E que sublime e bela lealdade
A mulher de Alcibíades mostrou
No dia em que ao marido sepultou!
E Alceste, que mulher tão exemplar!
E Homero fez a Grécia venerar
De Penélope a imensa castidade.
Laodâmia mostrou fidelidade
Após Protesilau ser derrubado
Sobre as praias troianas; triste fado!
Ao Hades Laodâmia quis segui-lo.
Outra que acompanhou o seu marido
Na morte, foi de Bruto a esposa, Pórcia.
E Artemísia? Gravou-se na memória
De toda a Barbaria.[291] E Teuta, a Pura,
Que nos sirva de espelho tua conduta!
E o mesmo digo de outras damas sérias,
Bilia, Rodogune e tu, Valéria!"

Dessa forma, a infeliz se lamentava;
Por dois dias, na morte só pensava.

Após três noites, o marido volta
E indaga por que a esposa tanto chora.

E o pranto recrudesce, e ela lhe diz:
"Ai de mim! Ai de mim! Eis o que eu fiz...".
E conta tudo o que vocês já sabem;
Não vou lhes repetir cada detalhe.

Averágus não fica enfurecido;
Responde brandamente, num sorriso:
"Isso é tudo? Mais nada aconteceu?".
"É claro que isso é tudo, meu bom Deus!
Achas pouco?", ela diz em desespero.
Ele suspira: "O que não tem mais jeito
É melhor aceitar. Além do mais,
Talvez, antes do dia se acabar,
A coisa se resolva. Mas o fato
É este: deves, sim, cumprir o trato.
Por Deus, e pelo amor que te dedico,
Eu prefiro morrer, ser destruído,
A ver-te defraudar promessa dada.
Honra é tudo". Ao dizer essas palavras
O pranto verte. "Mas eu te proíbo,
Sob perigo de morte, que o ocorrido
Reveles, de hoje até acabar tua vida.
Nossa desgraça deixes escondida.
Da forma que puder, vou suportá-la.
Que nada transpareça em nossas caras,
Pra que ninguém de ti divulgue infâmias."

Uma aia e um escudeiro logo chama:
"Com Dorigen prossigam, e a acompanhem
Até qualquer lugar que ela lhes mande".
Vão-se os criados, sem saber aonde:
De todos Dorigen seu mal esconde.

Uns quantos de vocês, eu imagino,
Devem estar com raiva do marido,
Chamando-o de idiota, por deixar

A esposa a tais mazelas se entregar.
Mas esperem! Talvez sua sorte mude.
Ouçam o conto inteiro e, depois, julguem.

Eis que Aurélio, o escudeiro apaixonado,
No meio da cidade, por acaso,
Na rua mais lotada, se depara
Com Dorigen, a sua bem-amada,
Que vai rumo ao jardim, com muita pressa,
Para encontrá-lo lá — era a promessa.
Ele ao mesmo jardim também andava;
Há muitos dias já que espionava
A bem-amada em sua residência
Para segui-la, e por coincidência,
Aqui a encontra. Alegremente diz-lhe:
"Dama, salve!" e "Aonde se dirige?".
E ela ao falar, parece desvairada:
"Vou ao jardim, cumprir minha palavra!
Meu esposo ordenou! Ah, que miséria!".

Aurélio agora tem a face séria;
Pondera, e sente grande compaixão
Pela descomunal lamentação
E pelo cavaleiro que ordenara
Que a mulher não faltasse à sua palavra;
Que honrado cavaleiro, e pobre dama!
Agora a consciência já se inflama;
Decide que é melhor deixar de lado
Seus desejos, do que, qual celerado,
Cometer tão enorme vilania
Contra a nobreza d'alma e a cortesia.
E diz: "Cara madame, por favor,
Diga a Arverágus, nosso bom senhor,
Que lhe admiro o sentido de nobreza,
E dói-me contemplar sua tristeza;
Prefere ele viver envergonhado,

A deixar que se quebre o nosso trato.
Prefiro então sofrer, hoje e depois,
A destroçar o amor de vocês dois.
Eu a liberto já, neste momento,
De qualquer compromisso ou juramento,
Que jamais tenha feito para mim.
Nosso trato, madame, chega ao fim.
Prometo que jamais vou reprová-la,
E agora, humildemente, vou deixá-la
— A dama mais correta e verdadeira
Com que me deparei na vida inteira.
Que todas as mulheres lembrem bem
De seu modelo, a excelsa Dorigen!
E eu mostro como pode um escudeiro
Ser tão fidalgo quanto um cavaleiro".

Ela agradece, joelhos sobre o chão,
E rumo a casa vai, em comoção,
E tudo o que ocorreu diz ao marido.
Foi tão grande a alegria, que é impossível
Descrevê-la em palavras, verso ou prosa.
Brevemente, eis o resto desta história:

Arverágus e Dorigen, unidos,
Em pleno gozo, nunca interrompido,
Viveram; nada nunca os separou.
E como uma rainha ele a tratou,
E ela, leal, não o ofendeu jamais.
E desses dois não digo nada mais.

Aurélio, que perdera o investimento,
Maldizia seu próprio nascimento:
"Por que fui prometer, igual a um louco,
Um desvairado, dar mil libras d'ouro
Àquele tal filósofo? Maldigo
A mim mesmo! Já sei que estou perdido!

Eu terei de vender a minha herança
E depois, viverei na mendicância;
Já não posso ficar nessa cidade,
Falido, a envergonhar minha linhagem!
Tenho de suplicar mercês ao mago
E jurarei que o preço será pago
Em parcelas anuais. Sim, eu vou vê-lo,
Vejamos se eu consigo convencê-lo".

Envergonhado, junta o ouro que pode
(Quinhentas libras tinha no seu cofre)
E o leva ao erudito ao fim do dia;
Pediu-lhe então a suma cortesia
De lhe dar prazo para o que faltava.

"Senhor, jamais faltei com a palavra",
Garantiu, "e se peço tal favor
É porque sempre fui bom pagador.
Eu devo, e hei de pagar, isso eu lhe juro,
Mesmo que acabe a mendigar, desnudo.
Darei tudo o que falta, sem errar,
Se apenas uns dois anos aguardar.
Senão, eu venderei tudo o que tenho
Pra completar, agora, o pagamento."

O filósofo o escuta, circunspeto:
"Acaso te menti, fui incorreto?
Não cumpri minha parte do contrato?".
"Cumpriu; e foi correto e ilibado."
"E não tiveste a dama que desejas?"
"Não tive" — e ele suspira com tristeza.
"Explica tudo o que ocorreu, então."

Aurélio faz-lhe toda a narração
Do que ocorrera; repetir por quê?
"Arverágus achou melhor sofrer

Tristeza e humilhação, do que deixar
A esposa sua palavra defraudar."
Falou que Dorigen preferiria
Perder de imediato a própria vida
A ser torpe e infiel; seu juramento
Fora impensado, feito num momento
De simples, inocente confusão,
Pois das artes da mágica ilusão
Nunca ouvira falar. "Compadecido,
Eu a mandei de volta ao seu marido,
Assim como ela a mim fora enviada.
Bem, isso é tudo, e mais não digo nada."

E o filósofo diz: "Todos vocês
Agiram com espírito cortês:
Tu, um escudeiro; e ele, um cavaleiro.
Mas não permita o nosso Deus supremo
Que um erudito seja menos nobre
Que qualquer outro homem, rico ou pobre!
Das mil libras de ouro eu te liberto.
Como se agora tu, do chão aberto,
De repente tivesses emergido
E fôssemos totais desconhecidos.
Não cobrarei por minhas ilusões;
Tu já pagaste minhas refeições
E isso basta. E adeus, pois já vou indo".
E a cavalo, seguiu o seu caminho.

Agora, uma pergunta, cavalheiros:
Qual deles foi fidalgo mais perfeito?
Respondam, antes de seguir adiante.
Esse é o meu conto — e já falei bastante.

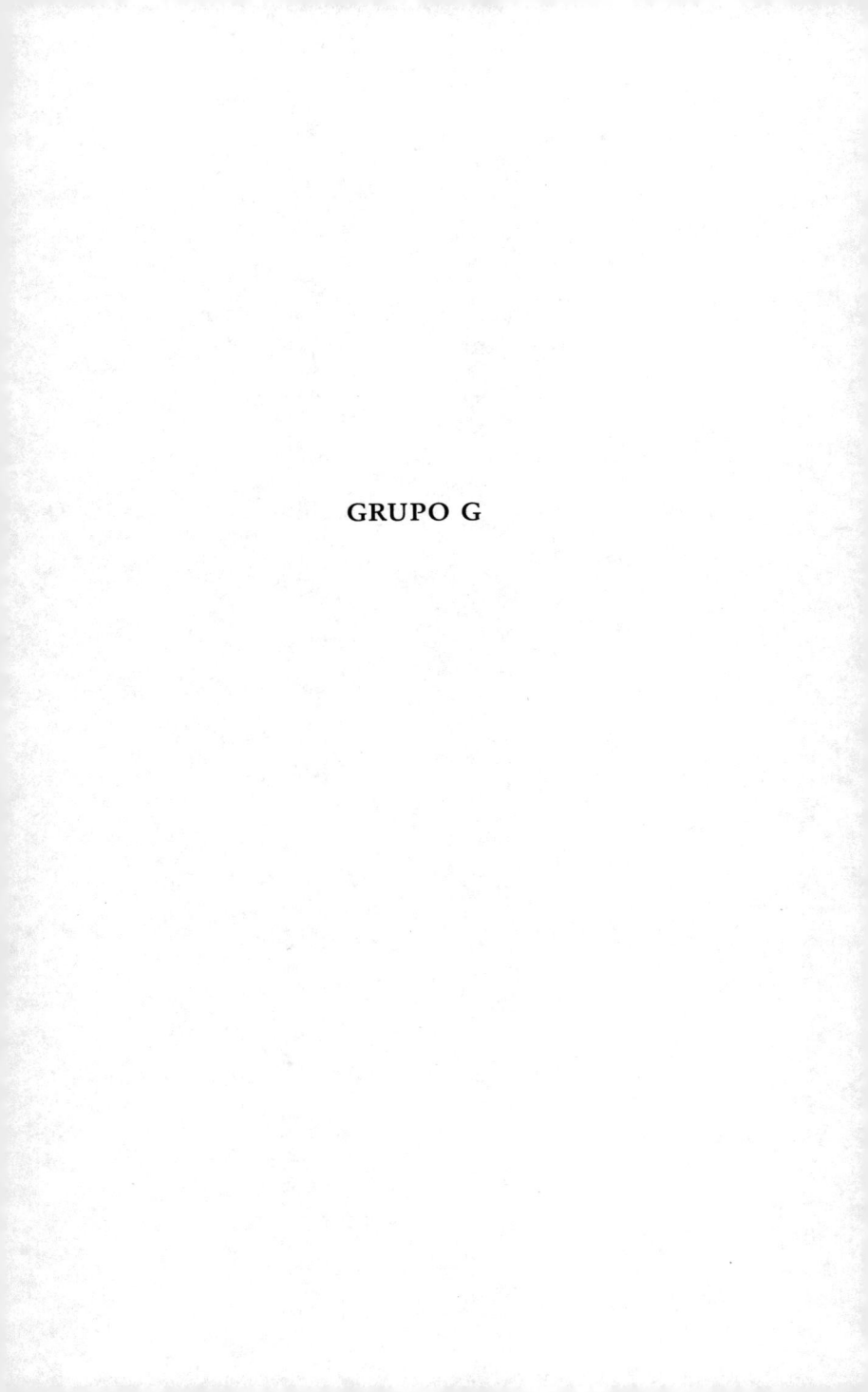

GRUPO G

Conto da Outra Freira

PRÓLOGO DA OUTRA FREIRA

"O provedor-ministro dos pecados,
Porteiro no jardim das indulgências,
Que em nossa língua inglesa Ócio é chamado,
Devemos combater com diligência,
Com a virtude oposta à indolência:
O trabalho incansável, evitando
As tramas do Diabo e do seu bando.

Quando alguém cai nas sombras da preguiça,
O Diabo já espera, de tocaia,
Pra na rede metê-lo, com malícia,
E sobre o pecador joga a sua malha.
Quando o tolo percebe, está nas garras
Do Inimigo, que o prende num instante;
É preciso estar sempre vigilante!

Inda que um homem não temesse a morte,
Poderia entender, pela razão,
Que acídia é enfermidade que distorce
As almas, com torpor e podridão;
Faz o homem só pensar em cama e pão,
A dormir e comer, inútil, cheio
Dos dignos frutos do trabalho alheio.

Para fugir aos vícios da indolência,

Que causa tanta perda e confusão,
Tratei de realizar, com diligência,
De uma bela legenda a tradução,
Falando de tua vida, tua paixão,
Tu que de rosa e lírio usas guirlanda,
Ó tu, virgem Cecília, mártir santa."

INVOCATIO
AD MARIAM

"Ó tu, da virgindade a pulcra flor,
A quem tanto elogia São Bernardo,
A ti peço a mercê, peço o favor,
Na hora de iniciar o meu trabalho;
Ajuda-me a narrar o duro fardo
De tua santa donzela e a sua vitória
Contra o Mal, como conta-nos a história.

Tu, Virgem Mãe, que és filha de teu Filho,
Poço de piedade, que nos sara
Das máculas do Mal, em ti o espírito
Divino achou por bem fazer morada;
Tornaste a humanidade mais honrada:
Por ti Deus decidiu dar forma humana
A Seu filho, Jesus, que tanto ama.

Pois no beato claustro do teu ventre
Gestou-se o eterno amor e a eterna paz,
Que no tríplice espaço, onipotente,
Governa, em toda a terra e o céu e o mar.
Sem jamais tua pureza macular,
Carregaste em teu corpo o Criador,
De todo ser vivente, Deus Senhor.

Reúnes tanto amor, magnificência,

CONTO DA OUTRA FREIRA

Piedade, candor, tanta doçura,
Que acodes, sol brilhante da excelência,
Não só quem tua intercessão procura
Com preces, mas também dás pronta ajuda
A quem não pronunciou sua oração
— Antes que falem, dás a salvação.

Então, ó Santa Virgem, peço auxílio;
Eu, exilado em um deserto amargo;
Apieda-te, embora eu seja um filho[292]
Da pecadora Eva, um desgraçado;
Relembra: em Canaã houve um noivado
E alguém disse: 'Permita aos pobres cães
Comer migalhas destes nossos pães'.

A fé está morta, se não vive em atos;
Para agir, dá-me força no labor,
Livrando-me do abismo detestado
Das trevas, e de todo o seu horror;
Intercedei por mim junto ao Senhor,
Enquanto os anjos cantam mil hosanas,
Ó Mãe de Cristo e filha de sant'Ana!

Joga tua luz por sobre esta prisão
Onde estou, contagiado pela carne,
Sofrendo sob as penas e o grilhão
Do corpo e da suprema falsidade
Dos desejos, afetos e vaidade.
Tu que és porto e refúgio e só bonança,
Dá força ao meu trabalho e segurança.

E a todos os que lerem o que escrevo,
Peço que me perdoem, por favor,
Por meu estilo simples, sem floreio,
Pois copio as palavras de um autor
Que à santa dedicava seu louvor;

E no meu conto simples já prossigo:
Corrijam-me, eu lhes peço, meus amigos."

INTERPRETATIO
NOMINIS CECILIAE

"Antes do conto, vou-lhes explicar
O nome de *Cecília*.[293] Diz o livro
Que, por sua castidade modelar,
O nome que lhe deram é o do Lírio,
Sim, um Lírio do Céu, pois seu espírito
Tinha a limpa brancura da constância,
O frescor de uma flor, e a sua fragrância.

Ou talvez — também diz a sua história —
O sentido do nome seja 'a via
De quem é cego'; ou a união da 'Glória
Do Céu Divino', com sublime Lia
— Aquela que, segundo a alegoria,
Representa a infinita diligência;
União do labor e da inocência.

Também mais dois sentidos tem *Cecília*:
'Carente de cegueira', pois brilhante
É a alma de quem tem sabedoria;
E, porque deu exemplo edificante
A todos, e mostrou-lhes, fulgurante
A visão celestial, alta e preclara,
Ela 'O Céu para o Povo' era chamada.

Pois *leós* em inglês quer dizer *povo*
E assim como ao olhar o firmamento
Os homens veem o sol e os astros todos,
Da mesma forma, em ato e pensamento,
A donzela era um sol de bons exemplos,

Constelação de pura sapiência,
De todas as virtudes a excelência.

O céu — diz o filósofo — é uma esfera,
E move-se, e é veloz, brilhante e ardente.
De Cecília eu o digo: essa donzela
É incessante em suas obras, diligente;
Qual esfera perfeita e refulgente;
E creio que assim fique já explicado
De seu nome o real significado."

CONTO DA OUTRA FREIRA

A donzela Cecília — diz o livro —
Era filha do sangue aristocrata
De Roma, e foi na fé de Jesus Cristo
Desde a infância, instruída; e ela levava
A Palavra divina bem gravada,
Sempre rogando a Deus, com ansiedade,
Que a ajudasse a guardar sua virgindade.

Porém, em casamento é prometida
A um jovem, cujo nome é Valeriano;
No dia do noivado, ela está aflita,
Mas, humilde, controla o seu espanto
E o medo; sob os ricos, belos panos
De seus trajes brilhantes e dourados,
Usa bata de crina de cavalo.

E enquanto os órgãos fazem melodia,
A Deus ela dirige uma oração:
"Ó Senhor, não permitas, neste dia,
Que a luxúria me ponha em confusão".
De fato, dia sim e dia não,
Ou de três em três dias, jejuava

E a carne, em oração, mortificava.

Mas veio a noite, e a moça foi ao leito
Ao lado do marido — é a tradição
De quem casou — e diz: "Ó meu perfeito
Esposo, peço a tua discrição
Pois quero te fazer revelação
De um segredo e te peço que não contes
O que vou relatar-te nesta noite".

Em nome de sua honra ele jurou
Jamais contar a alguém uma palavra
Do que ela lhe dissesse; e então calou.
Ela diz: "Meu bom anjo da guarda
Tem por mim afeição tão extremada
Que ao meu corpo resguarda, noite e dia;
E mesmo quando eu durmo, ele vigia.

Se ele sentir que tocas no meu corpo
Com luxúria e desejos sensuais
— Acredita! —, no instante, serás morto;
Tão jovem, na poeira cairás!
Mas se os desejos vis, ideias más,
Afastares, me amando com pureza,
Meu anjo te amará, tenhas certeza".

Assim Valeriano ouve a vontade
De Deus, porém um tanto desconfia:
"Que o anjo então me mostre a sua face;
Verei se é mesmo um anjo", ele replica.
"Porém, hei de arrancar a tua vida
Na ponta desta espada, num instante,
Se acaso eu descobrir que tens amante."

"Se isso é o que tu desejas", diz Cecília,
"O anjo verás; e após essa visão

Que Cristo te dê fé, sabedoria,
E, batizado, aceites ser cristão.
À via Ápia te encaminha, então,
E a três milhas daqui, no alto de um monte,
Verás um vilarejo no horizonte.

Naquela pobre aldeia tu dirás
Que Cecília te envia ao bom Urbano,[294]
Com desígnios secretos. Seguirás
Ao Santo Padre, e então, Valeriano,
Ele há de compreender qual é meu plano,
E serás absolvido e batizado
E então verás o anjo de quem falo."

E Valeriano segue a indicação
E ao santo Urbano encontra no lugar
De um cemitério antigo dos cristãos
E ali logo se põe a lhe explicar
Por que veio; eis que Urbano põe-se a orar
Agradecendo aos céus, com alegria,
E elogiando as virtudes de Cecília.

E as lágrimas lhe escorrem sobre a face.
"Ó Senhor Jesus Cristo, Onipotente,
Pastor, semeador da castidade,
Colhe o fruto nascido da semente
Que Cecília te oferta, diligente!
Como abelha operosa e sem malícia,
Está sempre a servir-te essa Cecília!

Ela te envia agora o seu marido,
Que um dia foi feroz como o leão,
E agora, manso, aceita Jesus Cristo,
E vem a nós, tornar-se um bom cristão."
E nisso, ali surgiu certo ancião,
Num traje branco, o rosto calmo e claro;

E na mão ele traz livro dourado.

O jovem tomba ao chão, cheio de espanto;
O ancião o levanta, e lhe abre o Livro.
E estas palavras leu a Valeriano:
"Que exista uma só fé, em Jesus Cristo,
Uma só cristandade, e um só espírito,
E um só Pai, nosso Deus, Nosso Senhor".
E as palavras brilhavam, num fulgor.

Após ler, o ancião lhe perguntou:
"Nisso tudo acreditas? Sim ou não?".
"Sim, acredito", o jovem replicou;
"Acredito, e declaro-me cristão."
E num instante, some esse ancião,
E ali nas catacumbas, santo Urbano
Sem tardar batizou Valeriano.

De volta a casa Valeriano anda
E ao lado de Cecília avista um anjo,
Que em cada mão carrega uma guirlanda;
Uma, de rosas; outra, lírios brancos;
A Cecília a de rosas entregando,
Ele sorri, e logo a de alvos lírios
Entrega a Valeriano, seu marido:

"Com alma pura e corpo imaculado
Essas guirlandas guardem; elas são
Das flores do jardim abençoado,
Do Paraíso, e nunca perderão
A fragrância, e tampouco a podridão
Haverá de tocá-las. Só os puros
Podem vê-las, cheirá-las, asseguro.

E tu, Valeriano, bom marido,
Que o bom conselho ouviste claramente,

Concederei a ti qualquer pedido".
E o jovem lhe responde humildemente:
"No mundo, em meio a toda a humana gente,
Amo acima de todos meu irmão;
Que ele também encontre a salvação".

Diz o anjo: "Teu pedido a Deus agrada.
E Ele há de dar a palma do martírio
Aos dois, e a eternidade vos aguarda,
Recompensa por vosso sacrifício".
O perfume das rosas e dos lírios
Chega a Tibúrcio, irmão de Valeriano,
Que à casa agora mesmo está chegando.

"Que profunda e pungente é esta fragrância!",
Tibúrcio ponderou. "Nesta estação,
De onde vem tal frescor, tanta abundância?
Se as flores eu tivesse aqui na mão,
Nem mesmo assim com tanta perfeição
Sentiria o perfume transcendente
Que à minh'alma transforma, estranhamente."

Valeriano explicou: "Essas guirlandas,
Que aqui temos, de lírios e de rosas,
Teus olhos não enxergam, pois são santas.
Eu no entanto rezei para que possas
Sentir o seu perfume, irmão, e agora
Para ver com teus olhos o que eu vejo,
Tens de aceitar o santo sacramento".

Diz Tibúrcio: "O que escuto é realidade,
Ou num sonho me falas, meu irmão?".
"Estávamos sonhando, é bem verdade,
Por toda a vida, em fosca confusão;
Mas os olhos se abriram, e a visão
De verdade nos cerca." "Porém como

Sabes que isso é real, que não é sonho?"

Valeriano responde: "Um anjo abriu
Meus olhos, pela graça do Senhor;
Se a idolatria e o pensamento vil
Deixares, tu também verás a flor
E o brilho da verdade". (O bom doutor
Ambrósio escreve assim em seu prefácio
Da história que eu agora vos relato:

"Para ganhar a palma do martírio,
Cecília, cheia pelo amor de Deus,
Ao mundo inteiro e ao leito do marido
Renunciou, e também tirou do breu
Valeriano e Tibúrcio; e um anjo deu
Santas flores aos dois, lírios e rosas,
Abençoando as almas virtuosas.

A donzela os levou à salvação;
E o mundo reconhece a dignidade
De um casto amor que é pura devoção".)
Em seguida, essa flor de castidade
Ao cunhado explicou toda a verdade
Sobre os ídolos falsos: surdos, mudos,
E afastou-o daquele culto imundo.

"Mostraste-me a verdade, e nela creio,
E nisso quem não crer é besta-fera",
Disse Tibúrcio; e um beijo sobre o peito
Dá-lhe a virgem Cecília, que se alegra
Da salvação alheia. E essa donzela
Falou num tom ditoso e sublimado:
"Nós dois agora somos aliados.

O amor de Cristo uniu-me ao teu irmão,
E agora, o mesmo amor nos alumia

Forjando entre nós dois outra união,
Porque tu desprezaste a idolatria.
Completa agora a tua travessia,
Vai ao batismo, e então, eu te garanto,
Também contemplarás a luz de um anjo".

Tibúrcio então pergunta: "Valeriano,
Quem devo procurar, meu bom irmão?".
"Deves buscar ao santo papa Urbano,
Que vai dar à tua alma salvação."
Espantado, Tibúrcio indaga então:
"Urbano? *Aquele* Urbano? Tens certeza?".
E a sua voz está cheia de estranheza.

"*Aquele* mesmo Urbano, condenado
À morte várias vezes, fugitivo
Sempre furiosamente procurado,
Sempre oculto em algum esconderijo?
Caso seja encontrado, corre o risco
De ser morto, sofrendo mil tormentos.
Se o buscarmos, assim pereceremos.

Buscando a divindade, que se encerra
Nos céus, oculta em sombras transcendentes,
Arderemos em chamas cá na Terra!"
E Cecília replica-lhe valente:
"Se houvesse uma só vida, simplesmente,
Então todos teríamos razão
Em querer preservá-la, meu irmão.

Há, porém, uma vida mais perfeita,
Um vida que dura ao infinito;
Dela o Filho de Deus, em sua imensa
Piedade nos falou, o mesmo Filho
Que colocou razão em nosso espírito;
E a todos nós, os seres racionais,

Deus conferiu-nos almas imortais.

Sim, o Espírito Santo nos anima,
E o Filho garantiu a vida eterna
A todos que seguirem reta via".
Tibúrcio então pergunta a essa donzela:
"Falaste de um só Deus, que nos governa.
Porém, essa perfeita divindade
Tu dividiste em três. Qual é a verdade?".

Ela diz: "Logo explico essa questão.
Três partes tem a humana sapiência:
A invenção, a memória e, enfim, razão.
A divindade, em una refulgência,
Também tem três pessoas e uma essência".
E pôs-se a lhe explicar, em um momento,
Sobre o Filho de Deus, e o seu advento,

E como Ele tomou a condição
Humana, e aqui na Terra se deteve
Para trazer a graça e a redenção,
Aos homens, que viviam impiamente,
Desgraçados mortais, pobres descrentes;
E Tibúrcio perdeu toda a incerteza
E foi buscar Urbano com presteza.

A Deus o papa reza com fervor
Pois naquele momento já surgia
Um novo cavaleiro do Senhor.
Doravante, Tibúrcio, em graça, via
Do anjo a linda figura, todo dia,
E sempre que fazia algum pedido
Ao Senhor, sem tardança era atendido.

É difícil contar os mil milagres
Que Jesus concedeu aos dois irmãos;

Mas para dar ao conto brevidade,
Direi que os oficiais de Roma vão
Buscar os dois, e os levam à prisão,
E ao prefeito, que Almáquio era chamado;
E Almáquio assim ordena aos seus soldados:

"Ao ídolo de Jove agora os levem;
Que façam sacrifícios; do contrário
Arranquem suas cabeças". Eis que o chefe
Dos guardas do lugar, corniculário
Máximo esse oficial era chamado,
Aos dois conduz pra fora da cidade
— Porém, vai a chorar, por piedade.

Os dois então lhe explicam a doutrina;
Logo Máximo os salva das torturas,
E os leva a casa, e toda a sua família
Escuta a pregação das Escrituras.
E ouvindo a voz daquelas almas puras
A família, e os demais torturadores,
Tornaram-se de Cristo seguidores.

E nem bem cai a noite, vem Cecília
Com sacerdotes vários. Os batismos
São feitos — e ressurge a manhã fria,
E a virgem diz: "São todos paladinos
De Cristo; em armadura estão vestidos
De glória e luz, que vence a obscuridade.
É a hora de lutar o bom combate.

E não temam! A palma da vitória
É sua, e a sua fé está comprovada.
A coroa da vida, e a imensa glória
Chegarão logo após essa batalha;
A justiça de Cristo nunca falha".
E logo após os dois foram ao templo

De Jove, dar a vida em pagamento.

Chegando lá, o incenso e o sacrifício
Negaram. De joelhos sobre o chão,
Rezaram, aceitando o seu martírio,
E honrando ao Senhor Deus com devoção,
Já sem temor algum no coração.
E as cabeças ali são arrancadas,
E as almas sobem logo ao Rei da Graça.

E Maxino, com olhos turvos d'água,
Vê as almas indo ao céu gloriosamente
Entre os anjos, na luz intensa e clara.
E a visão relatou a muita gente;
Suas palavras a fé no peito acende
De muitos, e converte à religião
De Jesus uma imensa multidão.

Mas Almáquio mandou que o açoitassem
Com flagelo que tem pontas chumbadas;
E ele morre, ascendendo à santidade.
Cecília o santo corpo enterra e guarda
Junto ao próprio marido, e é convocada
Por Almáquio: ele quer que ela venere
Um falso deus, e ao vero Deus renegue.

Oficiais e soldados vão buscá-la,
Porém são convertidos por Cecília,
Cujas palavras limpam suas almas;
E todos dizem: "Deus nos ilumina!
Há um só Deus, nenhum outro, e uma doutrina!
Honramos Deus, que tem tão digna serva,
Mesmo que a morte leve-nos, severa!".

Ouvindo esse rumor, que já se espalha,
Almáquio diz que tragam a donzela.

"Que tipo de mulher és tu?", indaga.
"Sou dama da nobreza", ela assevera.
"Pergunto qual a crença que professas.
Ordeno que a verdade tu me digas,
Mesmo que isso te custe a própria vida."

"Nesse caso, iniciaste o questionário
Tolamente", Cecília diz então,
"Pois é um engano estúpido e primário
Querer ganhar, com uma só questão,
Duas respostas." Dessa admoestação,
O prefeito se espanta e se surpreende:
"Como podes falar tão rudemente?".

"A consciência pura assim se expressa."
"E não temes a minha autoridade?"
"Prefeito, o teu poder não interessa.
Pois o poder mundano é vacuidade:
Uma bexiga inchada, eis a verdade;
E quando de uma agulha ela é picada,
Explode, e dela já não resta nada."

"Já começaste no caminho errado",
Diz ele; "tens caráter turbulento.
Tu não sabes que o nosso principado,
Ordenou o completo banimento
Dos cristãos? Morrerão, entre tormentos,
A menos que os seus credos perigosos
Reneguem, adorando os deuses nossos."

"Quem erra és tu, assim como os teus nobres",
A virgem diz, "pois somos inocentes
E nenhuma desonra nos encobre,
E tu bem sabes disso, certamente;
E porém nos imputas, cruelmente,
O nome de bandidos, celerados;

Mas sabes: não fizemos nada errado.

Bem sabes tu, não somos vis bandidos,
Somos cristãos, e a Cristo nós honramos;
E esse nome, sabemos, é bendito,
Portanto, à nossa fé não renunciamos
Jamais". Almáquio mostra fundo espanto,
Mas diz: "Escolhe agora a tua sorte:
A renúncia da crença, ou tua morte".

A bela virgem solta gargalhada:
"Juiz confuso e estranho! Estás demente?
Como eu posso dizer que sou culpada,
Se eu nada fiz de errado? Ah, tolamente,
Te fazes de furioso, de inclemente,
Fazendo essas caretas, pretendendo
— Em vão, em vão, juiz! — meter-me medo".

Almáquio exclama: "Oh, pobre desgraçada!
Não sabes onde chega meu poder?
Não sabes que as potências elevadas
De Roma me autorizam a escolher
Quem deve ter a vida, e quem morrer?
Como podes zombar tão orgulhosa?".
"É minha consciência virtuosa

Que fala, e não orgulho, que é um pecado,
Como bem sabem todos os cristãos.
Ouve a dura verdade: estás errado
Ao dizer que tens plena decisão
De dar vida ou matar; grande ilusão!
Não podes conceder vida a ninguém;
Mas apenas tirar de quem a tem.

És ministro da Morte, isso é verdade;
Se a mais algo te arrogas, é mentira."

"Controla a tua vã temeridade",
O prefeito aconselha, "e sacrifica
Aos deuses. Tuas ofensas e ousadias
Contra mim, eu perdoo e até tolero:
Sou filósofo e o ânimo modero.

Pois os deuses porém quando tu ofendes,
Não posso tolerar nem perdoar."
"Continuas falando tolamente,
E em todo o teu discurso és tão vulgar,
Que não paras jamais de demonstrar
O que tentas, em vão, deixar oculto:
Que és um juiz vaidoso, tolo e estulto.

Teus olhos estão cegos: chamas 'deus'
A um simples pedregulho que não fala,
Que não pensa e que nunca respondeu
Às preces. Quem tiver as vistas claras,
Verá que isso é uma pedra, só, e mais nada.
Não podes ver? Tateia o 'deus' então.
'É uma pedra!', dirá tua própria mão.

E todos hão de rir dessa loucura;
Vão chamar-te de louco e de demente
Por chamares de 'deus' a pedra dura.
Todos sabem que Deus onipotente
Está no firmamento resplendente;
E os ídolos? Os ídolos são nada
E tua crença é tolice tresloucada."

Almáquio, ouvindo coisas tão ousadas,
Fica furioso; e aos guardas logo exclama:
"Arrastem-na de volta à sua casa;
Que ela seja banhada em fumo e chama!".
E os guardas vão levando a nobre dama
E na sala de banhos ela é presa;

E as águas fervem alto — e arde a fogueira.

Por um dia e uma noite o fogo ardeu,
Águas borbulham quentes, e o vapor
Enche a sala — mas ela não sofreu
Dor alguma, e tampouco derramou
Um pingo de suor. Ferve o furor
De Almáquio, que ora ordena que outro guarda
Decapite Cecília com a espada.

O carrasco três vezes no pescoço
A golpeia e golpeia, mas não pode
Separar a cabeça do seu corpo.
Certa lei proibia um quarto golpe
Contra quem fora condenado à morte;
O carrasco não ousa mais tentar,
E vai-se embora, e a deixa ali a sangrar.

Meio morta, a garganta estraçalhada,
No chão, coberta em sangue, está Cecília.
Por seus irmãos cristãos é resgatada;
E recoberta em panos, sua ferida.
Mais três dias viveu em agonia,
Porém jamais cessou, nem só um instante,
De pregar, com a boca rubra em sangue.

Doou aos seus irmãos toda a riqueza,
E a todos recomenda ao santo papa,
E diz: "A Deus pedi um prazo apenas
De três dias, não mais; fui agraciada,
Porém, agora, enfim, meu tempo acaba.
Queria abençoá-los, e pedir
Que uma igreja perpétua se erga aqui".

Em segredo, os diáconos e Urbano
Seu corpo carregaram e em seguida

À noite o sepultaram com os santos.
Em sua casa uma igreja é logo erguida:
E é nomeada então "Santa Cecília";
No templo — por Urbano consagrado —
Até hoje Jesus Cristo é venerado.

Conto do Criado do Cônego

PRÓLOGO DO CRIADO
DO CÔNEGO

Após ouvir a história de Cecília
O grupo cavalgou mais cinco milhas
Quando então nos alcançam, de repente,
Dois homens cavalgando velozmente,
Em Boughton-under-Blean. Um deles veste
Roupas pretas e longas — era o chefe.
Ele usava também sobrepeliz
Branca e montava um bom cavalo gris
Parecia ter vindo a galopar
Por três milhas, ou mais, a esporear
A montaria até chegar ali.
E atrás vinha o criado, e seu rocim
Já mal parava em pé, todo pintado
Da espuma do suor acumulado.[295]

O primeiro trazia, na garupa,
Uma pequena e leve mala dupla
— Bagagem pra viagens de verão,
Com poucas roupas. Percebi, então,
Que o seu capuz estava costurado
Ao manto, e após haver especulado
Um pouco, deduzi: Sim, com certeza,
Eis um ilustre cônego da Igreja.[296]

Batendo às costas, o chapéu pendia

— Arriado por causa da corrida,
Pois o homem cavalgara como louco.
Pra refrescar o seu suor, um pouco,
Metera uma bardana no capuz.
De tão suada, a fronte lhe reluz;
Feito alambique, pinga a sua cara,
Como se de tanchagem, parietária[297]
Estivesse estufado. Coisa linda
Era vê-lo suar! Em voz amiga
Saudou ao alcançar-nos: "Deus lhes salve!
Segui-os desde a última cidade,
Correndo sem parar, pois gostaria
De me unir à sua nobre companhia!".[298]

O Criado também foi mui cortês:
"Senhores, avistei quando vocês
Partiram, de manhã, da hospedaria.
Fui avisar meu amo, que queria
Juntar-se ao grupo; temos permissão?
São alegres, e ele ama diversão".

"Deus o bendiga, então, por seu aviso!
O seu mestre parece homem sabido
E — por que não dizer? — muito faceiro.
Seu amo", respondeu-lhe o Taverneiro,
"Poderia contar à companhia
Algum conto de encanto e de alegria?"

"Meu amo? Mas é claro, bom senhor!
Meu mestre aqui é bom conhecedor
De coisas joviais, inusitadas
E experto nas empresas mais variadas.
Se o conhecesse como eu o conheço
De seus dons ficaria bem surpreso:
Nenhum de nós, que neste grupo vamos,
Poderia igualar meu nobre amo

Em suas perfeitas, primorosas artes;
É um privilégio ter sua amizade!
E há tanta coisa a se aprender com ele!
Escutem bem, amigos, vou dizer-lhes
E nisto aposto a minha salvação:
Eis homem de infinita discrição,
Grandiosa sumidade! um ser sublime!"
"É mesmo? Então te peço que me expliques",
Nosso Albergueiro diz. "Qual é o ofício
De gênio tão imenso? É um erudito?"

"Bem mais que um erudito!", diz-nos o outro.
"Se permitem que eu fale mais um pouco,
Resumirei suas gigantescas artes
— Das quais entendo apenas uma parte,
Embora eu mesmo o ajude em seus trabalhos.
Essa terra, essas pedras e cascalhos,
Ele pode virar tudo do avesso,
E, rumo à Cantuária, sem tropeços,
Tudo pavimentar em ouro e prata!"

Depois de dizer isso, ele se cala
E o Taverneiro indaga, pensativo:
"*Benedicite!* Mas eu não consigo
Entender uma coisa: se é tão sábio,
Tão brilhante e sagaz, e tão versátil,
Por que anda assim tão sujo e molambento?
Acaso isso condiz a um cavalheiro?
Olha esse manto! Todo esfarrapado!
Se tem saberes tão agigantados
Como dizes, e truques tão potentes,
Por que não compra então roupas decentes?
Explica, se puderes". O Criado
Hesita, e então lhe diz, meio de lado:
"O senhor faz perguntas complicadas...
Mas, ah, meu Deus, confesso que lhe falta

Tino pra enriquecer. (Eu lhe suplico:
Não repita a ninguém o que eu lhe digo...)
Meu mestre é sábio, sim — e o é demais.
Os doutos dizem: tornam-se fatais
Os dons, quando excessivos, transbordantes.
De tão sábio, ele é estúpido e ignorante.
Quem tem inteligência exagerada
Utiliza-a, em geral, de forma errada.
É o que o meu amo faz, infelizmente.
E chega, já falei o suficiente".

"Não te preocupes", diz nosso Albergueiro.
"Mas me conta, de canto, aqui, em segredo,
Como ele ganha a vida? O que ele faz
Pra o achares tão sábio e tão sagaz?
E onde é que vocês moram, meu amigo?"
"Em arrabaldes, antros de bandidos.
Nos esgueiramos por covis e becos
Escuros, onde vivem, no desterro,
Celerados, ladrões de toda sorte,
E gente afeita às trevas, sombras, morte,
Gente que esconde a face, e não tem nome."

"Se posso perguntar-te, meu bom homem,
Por que tens rosto assim tão descorado?"
"Por São Pedro, o meu rosto? Bem, eu acho
Que de tanto assoprar os fogareiros
De meu mestre, fiquei como um coveiro,
Assim, branco e encovado. O meu talento
Não é o de me enfeitar olhando o espelho:
Meu trabalho é *tentar* produzir ouro.
Mexer, mesclar, jogar coisas no fogo...
Mas a transmutação não vai pra frente.
Mesmo assim, iludimos muita gente;
Seu dinheiro pegamos emprestado:
Duas libras alguns dão de bom grado.

Dez libras, doze libras, mais ou menos.
'Vamos multiplicar!', nós lhes dizemos,[299]
'Sim, vamos duplicar cada tostão',
Mas é tudo mentira, é só ilusão.
Ainda assim, em tolas esperanças,
Seguimos nossa tresloucada andança
Mas a nossa ciência, velozmente,
Se esquiva, sempre muito à nossa frente,
E foge. Essa ciência, meu amigo,
Um dia vai tornar-nos em mendigos."

Mas enquanto falava esse Criado,
O Cônego, com ar desconfiado,
Aproximou-se. Disse assim Catão:
Quem tem culpa a pesar no coração
Suspeita sempre da conversa alheia.
O Cônego, de consciência feia,
Tinha desconfiança universal;
Por isso, ele vigia o serviçal,
E ouvindo o que ele diz, retruca, irado:
"Silêncio! Chega de falar! Calado!
Ou vais pagar bem caro — isso eu te juro.
Estás me difamando neste grupo!
Revelas o que deve ser segredo".

"Pois sim! Meu bom rapaz, fala sem medo",
Nosso Albergueiro diz. "Tais ameaças
Ignora, porque aqui não valem nada."
"Já não me importo mais", disse o Criado.
Vendo que será tudo revelado,
O Cônego estremece e se apavora,
E envergonhado, foge sem demora.
Diz o Criado: "Agora a diversão
Começa! Vou contar sem exceção
Tudo o que sei. Fugiu o desgraçado
— Que ele acabe nos braços do Diabo!

Nunca mais quero vê-lo! Aquele biltre
Me iniciou nesse jogo de tolices,
O jogo da alquimia... Vá pro inferno!
Para mim, esse jogo foi bem sério.
Podem zombar: mas *eu* acreditava
Em tudo aquilo, e embora nossas falhas,
Fracassos e misérias e labutas,
Não podia escapar dessa loucura.
Que Deus me ajude a relatar, em parte,
Os insanos meandros dessas artes!
Foi-se o meu mestre, e eu nada pouparei:
Atenção! vou contar tudo o que eu sei".

CONTO DO CRIADO
DO CÔNEGO

I

Sete anos com o Cônego vivi
Mas da ciência nada eu aprendi.
Perdi tudo o que eu tinha neste mundo,
E, como sabe Deus, não fui o único.
Vivaz e alegre eu era, antigamente;
Gostava de vestir roupas decentes.
Agora, ando com calças na cabeça,
Estropiado, e a tez cor de cereja
Ficou lívida, branca ou cor de chumbo.
Meus olhos estão foscos, baços, fundos;
Multipliquei apenas minhas dores
E tudo transmutei em dissabores!
Perdi tudo por conta da alquimia,
Ciência torta, oblíqua e arredia!
E agora estou pra sempre endividado:
Pois tanto ouro gastei (e ouro emprestado!)
Que jamais vou pagar tudo o que eu devo.

Ah, que todos contemplem meu exemplo!
Quem se meter com coisas de alquimia
Vai acabar de bolsa bem vazia
E não lhe restará — sim, isso eu juro! —
Nada além de miolos secos, murchos.
E ao perceber que, em louco desvario,
Seus bens todos gastou e consumiu,
Sairá convencendo outras pessoas
A debulhar seus bens assim, à toa.

Pois nada agrada mais a um salafrário
Que colocar mais gente no calvário,
Conforme dizem certos eruditos.
Mas, bem, vou explicar-lhes nosso ofício.

Ao chegar num lugar determinado,
Fingíamos ser sábios, elevados,
Com nossa estranha arte e termos doutos.
(E a todas essas, eu soprando o fogo).

Inútil explicar as proporções
De substâncias em tais operações
— De prata, seis ou sete onças, talvez,
Ou um lingote completo de uma vez;
Pra que dizer os nomes complicados?
Auripigmento[300] ou ossos requeimados,
Limalhas férreas — tudo era moído;
E num pote de barro, o pó, vertido.
Mas antes disso, nesse mesmo pote,
Sal e pimenta, em pitadinhas, botes;
Com lâmina de vidro cubras tudo.
(Há mais de mil detalhes diminutos...)
Depois, vede-se o pote com argila,
Para prender os gases; em seguida,
Era acender o fogo, forte ou baixo,
E passar por milhares de cuidados

No afã de produzir sublimação
Dos diversos metais; calcinação
Dos mercúrios, e amálgamas, e etcétera...

Mas jamais alcançamos nossas metas.
Nossos truques jamais deram em nada.
Nossas medidas certas, refinadas,
O auripigmento e o nosso litarígio
Moído em utensílio de porfírio,
Nosso caro mercúrio sublimado
— Tudo em vão. Não salvaram o trabalho
Nem os cálidos gases ascendentes
Nem os sólidos baixos. Que inclemente,
Que inútil trabalheira! E o custo, e o gasto!
Nosso dinheiro foi-se pros diabos...

E muitas outras coisas mais havia
Em nosso fino ofício da alquimia,
Mas não sei fazer lista organizada,
Criteriosa e categorizada,
Pois minha educação é deficiente;
Vou citá-las conforme vêm à mente:
Barro da Armênia, bórax, azinhavre,
De utensílios, enorme quantidade,
De vidro ou barro, frascos, descensórios,
Retortas, urinóis, sublimatórios,
Alambiques, e mil outras bobagens,
Que não valem a casca de uma vagem.
São tantas coisas de perder o tino!
Águas rubificantes,[301] fel bovino,
O sal de Amon, arsênico e o enxofre,
E as ervas — tantos tipos, tantos nomes:
Valeriana, agrimônia, ou a lunária
— Citá-las todas é missão lunática!
E as lamparinas, sempre bem acesas,
Iluminando as coisas sobre a mesa!

As fornalhas a arder! Calcinações!
Nossas albificantes soluções!
O mijo, a greda, a clara de mil ovos,
Cal virgem, cinzas, barro, muitos fogos
De lenha ou de carvão; salitre, estrume,
As bolsas enceradas, o azedume
Dos cheiros, os vitríolos, e o tártaro,
Em creme, em óleo ou pó; sal preparado,
O alume de cristais, o rosalgar,[302]
Mais estrume, mais prata a citrinar,[303]
Material comburido ou coagulado,
Argila mista em pelos de cavalo
Ou cabelos humanos; o levedo,
Tártaro cru, cerveja sem fermento,
Nosso álcali, matérias absorventes
E incorporantes, mais recipientes
Para testar metais; cementação,
Mil coisas a sofrer fermentação;
E muito, muito mais. Se lhes agrada
Direi tudo (e esse tudo vale nada).

Existem sete corpos, quatro espíritos
(Assim dizia o estúpido erudito):
Na lista dos espíritos, primeiro
O mercúrio se encontra; o ouro-pigmento
Em segundo; e em terceiro vinha o sal
Amoníaco, e enxofre no final.
E as posições dos corpos, uma a uma:
Ouro é Sol claro; prata é a clara Lua;
Marte é ferro; e Mercúrio é só mercúrio;
Saturno é chumbo, e Júpiter — eu juro —
Estanho; e Vênus — benza Deus! — é cobre...
Chega! Quem nessa confusão incorre
Acaba por perder toda a fortuna,
E todas suas posses, uma a uma...

Se queres divulgar que és um estulto
Vem transmutar conosco e gasta tudo!
Vem tornar-te, confrade, um grão-filósofo,[304]
Se tens o cofre cheio, venhas logo!
Achas que o ofício é fácil, sem enredos?
Ah, vem conosco, vem queimar os dedos!
Deus sabe: frade, monge, cura, cônego,
Noites, dias, perdendo todo o fôlego,
Estudem esse engodo de duendes,
Mas chegarão em nada, simplesmente.
Pior ainda é quando um ignorante
Quer aprender tal arte alucinante;
Mas tanto analfabetos e eruditos
Seguirão o mesmíssimo caminho
Se procuram fazer transmutação;
Ah, sim, por minha própria salvação,
O fim é sempre o mesmo, e nunca muda:
O fracasso total, a vã labuta.

Esqueci de falar dos muitos líquidos,
As limalhas de ferro, os corrosivos,
Da molificação dos materiais
E do endurecimento; e ainda há mais,
Os óleos, abluções, metais fusíveis...
Uma bíblia de nomes implausíveis!
Mas já falei mais que o bastante — creio —
Pra conjurar diabos dos mais feios!

Ah, chega! Esse Elixir, também chamado
Pedra Filosofal, tão procurado,
Jamais será encontrado neste mundo!
Ele nos deixaria bem seguros,
Compensando as despesas — mas é vão
Procurá-lo. Por minha redenção,
Juro que a Pedra sempre nos escapa
E nossas artimanhas valem nada.

A buscá-la, gastamos, pouco a pouco,
Todos os bens, até ficarmos loucos
— Mas eis que uma esperança sedutora
Sempre nos faz voltar à busca louca:
"A Pedra será nossa salvação!".
Tal esperança é dura maldição.

Essa busca é infinita — eu lhes previno.
Por mágico futuro seduzidos,
Às coisas do presente renunciamos.
Das nossas artes nunca nos cansamos;
Pois a arte é como um vício doce-amargo.
Alguém que usa um lençol esfarrapado,
Para dormir de noite, e tem somente
Um rude manto, fétido e indecente,
Entregará suas posses desgraçadas
Para buscar a Pedra — e em troca, nada.

É fácil conhecê-los; vão marcados.
Pelo cheiro de enxofre estão cercados.
Deus do Céu! Eles fedem como bodes!
A milhas de distância, um homem pode
Ficar contaminado pelo odor
Que emana desses loucos — é um horror!
Sim, eis as marcas desses desvairados:
A horrenda fedentina e os seus andrajos.

Se à parte por acaso lhes perguntas
Por que suas roupas são rasgadas, sujas,
Eles responderão, ao pé do ouvido:
É disfarce; pois somos perseguidos
Por praticar a nossa arte e ciência.
Assim, comercializam a inocência!

Mas chega disso; vamos ao relato.
Antes de pôr no fogo um artefato

Com devidos metais, o meu bom mestre
(E só ele) os tempera como deve;
Pois entre os pares, ele é conhecido
Como o maior, mais sábio dos peritos;
Mas agora que o mestre já está ausente
Posso contar os fatos francamente:
E o fato é: com frequência, dia a dia,
Alguma coisa o estúpido explodia.
Pelos ares voava o vasilhame
Voavam o metais — era um vexame —
Um gigantesco estouro colossal!
Se as paredes não fossem pedra e cal,
Teriam se rompido. E os tais metais
Se espalhavam no chão, e alguns jamais
Voltavam a ser vistos; se encravavam
Na terra, ou lá no teto se grudavam.
Nunca enxerguei a cara do Diabo
Mas sei que andava lá, esse desgraçado;
Nem no Inferno, onde é mestre e grão-senhor,
Existe tanta fúria, igual rancor,
Ao que surgia em meio aos alquimistas
Após transmutação malsucedida;
Se o pote explode, todos xingam todos;
E a culpa toda jogam uns nos outros.

"O pote cozinhou tempo demais!",
Um reclamava; e o outro: "Não, jamais!
A culpa é dele, que assoprava o fogo!".
(E eu tremia — pois meu era esse assopro!)
"Imbecis!", um terceiro então gritava,
"A mistura foi feita toda errada!"
"Calem a boca!", interrompia um quarto.
"O fogo é que foi feito em lenho errado!
A chama tem de arder somente em faia!"
Eu nunca descobri qual era a falha
Em nossa operação, mas sei que a briga

Era enorme entre os sábios alquimistas.

O meu patrão enfim dizia: "Basta
De resmungos. Descobrirei a causa,
E da próxima vez, tudo irá bem.
O pote tinha algum defeito, eu sei.
Mas não fiquem aí, embasbacados;
Vamos lá, pois já estão habituados;
É só varrer o chão, seguir em frente".
Juntávamos o entulho prontamente
Sobre uma lona; e então, numa peneira,
Joeirávamos lascas e poeiras.

"Ora, vejam", alguém diz afinal,
"Conseguimos salvar algum metal,
Embora algo tenhamos extraviado.
Dessa vez, nós fizemos algo errado,
Mas, quem sabe, na próxima dê certo.
Pois ninguém pode ter ganho concreto
Sem assumir um risco. Os mercadores,
Às vezes, vivem grandes dissabores:
Seus bens às vezes chegam ao lugar,
Correto, e às vezes somem lá no mar."
"Pois bem", diz o patrão, "o nosso barco
Ao porto levarei, completo e salvo.
Descobrirei a falha, e lhes garanto:
Por fim, acabaremos transmutando."

Em fogo brando ou alto, eis a certeza:
Não criamos jamais qualquer riqueza.
Apesar do fracasso, prosseguiu,
Sem diminuição, tal desvario.
E todos pareciam, na ilusão,
Mais sábios do que o sábio Salomão.

Porém, o que reluz nem sempre é ouro

Conforme um dia ouvi dizer. Tampouco
É saborosa toda fruta bela.
Ocorre assim com tudo sobre a Terra:
Muitas vezes, quem mais parece sábio
É o maior idiota; e é um vil larápio
Quem parecia ser o mais honesto.
Tudo isso ficará bem claro — atesto —
Em pouco tempo, a todos os ouvintes,
Assim que este meu bom relato finde.

2

Há um cônego de imensa iniquidade
Bem capaz de infectar várias cidades
Do tamanho de Nínive ou de Roma,
Alexandria ou Troia. Ele nos ronda,
E ninguém pode dar a descrição
Da imensa sordidez desse vilão;
Neste mundo de gente falsa e má
Farsante tão mesquinho e vil não há.
Com tom de voz melífluo, melado,
E linguajar oblíquo, rebuscado,
Ao conversar, só faz simulação,
E deixa qualquer um em confusão
— Só lhe é imune quem lhe for igual:
Um demônio sutil e amoral.
Até agora, enganou já muita gente
E se ele seguir vivo, novamente
Há de tapear incautos, com certeza.
Sem saber dos seus truques e torpezas,
Muita gente viaja pra encontrá-lo.
Tudo revelarei no meu relato...

Mas antes, um alerta. Caros padres,
Não façais, eu vos peço, grande alarde

Porque de um cônego esse conto trata.
Não estou difamando a vossa casa.
Em todo grupo, há um pulha ou um pervertido.
Se houver acaso um membro apodrecido
Nem por isso está podre toda a casa.
Não quero difamar a vossa casta,
Só corrigir o que estiver errado.
Não se dirige a vós este relato,
Mas sim a toda a vasta humanidade.
E pergunto: aliás, não é verdade
Que um dos Doze do nosso Salvador
Era um vil e mesquinho traidor?
Porém os outros eram inocentes;
Culpar a todos? Coisa impertinente.
A mesma coisa sobre vós afirmo.
Mas se entre vós, achardes um indigno
E sorrateiro Judas, expulsai-o
Antes que ele se esgueire, de soslaio,
E com seus crimes, envergonhe a todos.
Sem ofensas; e ouçais, agora, o conto.

Havia uma padre rezador de missas
Pelos mortos, que em Londres já vivia
Há muitos anos — de alma tão cordata
Que a dona da pensão onde morava
Não aceitava lhe cobrar despesas
E dava-lhe, de graça, cama e mesa,
E o padre, assim, passava bem na vida.
Mas essa situação foi invertida,
Pelo mesquinho cônego vilão
Que pôs o ingênuo padre em confusão.

Esse cônego iníquo e safado
À hora do repouso, entrou no quarto
Do padre, e lhe pediu soma emprestada.
"Um marco. E essa quantia será paga

Em três dias, garanto. Não sou falso,
E podes me mandar ao cadafalso
Caso eu não te devolva o teu dinheiro.
Não duvides! Sou justo e verdadeiro."

O padre lhe emprestou o requerido;
Disse o cônego: "muito agradecido!"
E foi-se. Mas no dia combinado
Retorna, e lhe devolve aquele marco.
E o padre, ao ter de volta o seu dinheiro,
Mostrou-se alegre e respondeu, fagueiro:

"É um prazer emprestar a gente honesta
— Dinheiro, ou qualquer coisa que se peça.
A quem respeita os prazos que lhes dão,
Dou de bom grado, e nunca digo 'não'".

"Eu, descumprir um prazo? Não! Jamais",
Diz o outro. "A minha honra eu prezo mais
Que a vida, e vou guardá-la até o dia
Em que adentrar a negra tumba fria.
Assim como acreditas no bom Credo,
Acredites em mim: eu sou correto,
Graças a Deus — em termos de dinheiro,
Ninguém me viu quebrar um juramento.
Pois em meu coração — eis a verdade —
Não há pingo sequer de falsidade.

Mas agora, um segredo vou contar
A ti, fidalgo — és justo e és exemplar;
Por recompensa à tua cortesia.
Revelarei meandros da alquimia,
A profunda ciência que eu cultivo;
Antes que eu vá embora, meu amigo,
Farei ante os teus olhos um portento,
Um milagre real, com fundamento

Na mais sapiencial filosofia!"

O padre exclama então: "Santa Maria!
É mesmo? Então prossiga, eu te suplico!".

"Prosseguirei, meu bom senhor e amigo;
Jamais permita Deus que eu diga 'não'."
Eis como esse tratante, esse vilão
Os seus falsos serviços ofertava!
"Fede o serviço, quando vem de graça",
Diz um ditado que escutei, e atesto
Que é sábio e ponderado esse provérbio;
Exemplo disso é o cônego maligno,
Raiz de iniquidade, pervertido.
Seu coração satânico compraz-se
Em trazer dores várias e desastres
À vida dos gentis e bons cristãos!
Deus nos livre de tal simulação.

E o pobre padre não desconfiava
Da armadilha, e do mal que ora o cercava.
Ah, padre tolo, incauto, estás cegado
Pela cobiça! Pobre desgraçado,
Não vês que essa raposa depravada
Te prepara terrível emboscada.
Já não podes fugir do estratagema.
Mas avante: direi das tuas penas,
E tua tolice, e a grande confusão
Em que te pôs tua estúpida ambição;
E direi das mil manhas do bandido
Que em vestes clericais anda vestido;
Descreverei sua imensa falsidade
Se pra tanto eu tiver juízo ou arte.

Acham que o cônego do meu relato
É o meu patrão? Por tudo que é sagrado!

CONTO DO CRIADO DO CÔNEGO 569

Caro Albergueiro, eu juro: ele era um outro,
Mil vezes mais esperto e mais manhoso;
Enganou tanta gente nesta vida
Que é um tédio falar disso tudo em rima.
Quando penso em tamanhas falsidades
Meu rosto cora... Ou quer corar, ou quase,
Pois, como todos sabem, minhas cores
Se estragaram nos fumos, nos vapores
Desses muitos metais, já referidos,
E meu rosto ficou todo esvaído,
Ora branco, ora meio amarelado.
Mas vejam o que disse o celerado:

"Senhor", esse bandido disse ao padre,
"Peça que um servo vá — que ele não tarde! —
E traga umas três onças de mercúrio.
E quando ele as trouxer — senhor, eu juro —
Mostrarei um portento inusitado."

"Num instante!" E em seguida o seu criado
O padre envia em busca do metal.
Bem pouco após, retorna o serviçal,
Com tudo o que o seu mestre lhe pedira
E entrega ao diabólico alquimista
Que o guarda, e pede um tanto de carvão
Pra dar início à falsa operação.
Um cadinho ele tira então do manto
E esse artefato ao padre vai mostrando.
"Uma onça", ele diz "põe aqui dentro;
Vamos lá, pegue firme este instrumento,
E torna-te — por Cristo! — um alquimista!
A poucos, muito poucos, eu faria
Revelação tão grande e poderosa.
A mortificação tão misteriosa[305]
Do metal mostrarei como se faz;
E em breve, meu amigo, tu verás

O mercúrio tornar-se pura prata
— Tão pura quanto aquela que é guardada
No teu bolso ou no meu, e tão maleável.
Ou me chames de falso e de imprestável!
Um certo pó carrego aqui comigo
— Paguei por ele um preço, meu amigo,
Tão alto que nem posso descrever.
É alicerce e a raiz do meu poder,
E faz grandes milagres, maravilhas.
É preciso segredo na alquimia;
Diz então que o criado vá-se embora;
O resto eu mostrarei já sem demora."

Ordem dada — e o criado sai, veloz
Deixando os dois filósofos a sós;
A porta, com estrondo, foi trancada
E logo a operação foi iniciada.

Por ordens do farsante desgraçado,
O padre põe nas chamas o artefato
E começa a assoprar com todo o fôlego.
E logo dentro do cadinho, o cônego
Joga o pó. E eu sei lá do que era feito
O mágico pozinho do sujeito:
Vidro talvez, talvez greda moída,
Ou qualquer semelhante porcaria;
Era tudo uma estúpida ilusão.
"Encubra esse cadinho com carvão",
Diz o falso, e acrescenta, em tom melífluo:
"Pra mostrar, bom senhor, como eu o estimo,
Vou deixar que conduza a experiência
Com suas próprias mãos". "Que gentileza!",
O padre exclama alegre, e já obedece.
Enquanto isso, o monstro, o cafajeste,
Aproveitando a distração do padre,
Deu o toque inicial da falsidade

— Que o Diabo o carregue! —, foi tirando
Um carvão de madeira do seu manto,
Feito em lenha de faia; e ali, um buraco
De antemão escavara o celerado;
No furo ele metera umas limalhas
De prata, e então, com cera, acobertara
O truque, recobrindo esse orifício.
Não foi feito na hora esse artifício;
Essa e outras artimanhas, previamente,
Forjara: e em sua traiçoeira mente
Desde o início quisera depenar
O padre, como fez. Só de falar
No cônego, me enjoo; gostaria
De o apanhar, de o esganar, um dia;
Mas ele ora está aqui, ora está lá:
Vive no vento, ou em nenhum lugar.

Bem: eis que o falso esconde em sua mão
O truque; e o padre, aquele tolo irmão,
Amontoa carvões sobre o cadinho
Sem nada perceber. "Ah! Só um pouquinho!",
O falso diz, "fizeste o arranjo errado.
Por santo Egídio! Deixe-me ajudá-lo;
Com licença, o senhor errou na mão;
Me dá pena ver tanta confusão.
Além disso, percebo, meu senhor,
Que está sofrendo muito, com calor.
Pegue este pano e enxugue o rosto, amigo;
Está todo suado." E eis que o bandido
(Enquanto o padre enxuga o pobre rosto)
Lá no alto do crisol que arde no fogo
O carvão recheado deposita
E assopra — e rubros os carvões crepitam.
"Agora", disse, "vamos nos sentar
E espairecer, e um copo ou dois tomar.
Tudo vai ficar bem." E após um tempo

Do carvão se escorreu todo o recheio:
A prata, derretida, veio vindo
Até cair bem dentro do cadinho,
Como tinha de ser, logicamente,
Pois o carvão estava em cima dele.
O padre não notou nada de mais,
Achando que os carvões fossem iguais.

Pressentindo o momento apropriado,
O cônego lhe disse: "Bom prelado!
Precisamos achar, sem tardar mais,
Algo que sirva pra moldar metais.
Se uma pedra de greda nós acharmos
Esculpirei um molde apropriado.
Também busque uma jarra, uma panela,
Com água; pois já chega a hora correta,
O zênite de nossa experiência!
Mas não pense, senhor, que em sua ausência
Farei alguma traição. Não tema!
Vou junto procurar as ferramentas
E juntos voltaremos". Em seguida,
Foram-se os dois; a porta, na saída,
Trancam, e a chave o falso põe no bolso.

Para que prolongar mais este conto?
Voltaram com um bom bloco de giz
E o cônego — larápio! — fez assim:
Uma barra de prata de uma onça
Da manga retirou — que Deus me ouça,
E puna o desgraçado! Ele esculpiu
O molde — o pobre padre nada viu —
Seguindo as dimensões daquela barra,
Largura e comprimento; e então a guarda
De novo em sua manga. Tão furtivo
E tão veloz agia esse bandido
Que a vítima não percebeu a trama.

Em seguida, o crisol tira das chamas
No molde verte a prata, alegremente,
E o molde joga n'água. Esse indecente
Farsante diz então: "Ah, que beleza!
Bote a mão dentro d'água, e com certeza
Alguma prata há de encontrar, garanto".

Lá estava a prata, sim — pra que o espanto?
Ai, demônios do Inferno! Essas limalhas
De prata só podiam virar — prata!

Bem, na panela o padre põe a mão
E logo está pulsante de emoção
Ao ver aquela barra entre seus dedos.
"Santa Maria e Deus no firmamento
E os santos que há no Céu — todos o salvem,
Sir Cônego! Essa nobre e sutil arte
Me ensines, ou que Deus me dê desgraças!
Ensina-me o segredo do ouro e prata,
E serei para sempre o teu criado!"

"Muito bem", disse o cônego malvado,
"Mas vamos repetir a experiência,
Pra torná-lo perito na ciência;
Assim, quando estiver sem meu auxílio,
Seguirá praticando o nosso ofício
E nossa disciplina portentosa.
Mas não joguemos mais conversa fora;
Outra onça de mercúrio já me traga
E vamos prontamente transmutá-la."

Mais uma vez, o padre, desvairado,
Fez tudo o que ordenava o celerado.
Mil vezes, sem parar, assopra o fogo
Para alcançar o seu desejo louco.
Uma nova artimanha disfarçada

Enquanto isso o bandido lhe prepara:
Amigos, ouçam bem, muita atenção!
O falso agora tem em sua mão
Como instrumento, uma vareta, e é oca
— E adivinhem! Nesse oco há inteira onça
De prata em pó, e a ponta foi vedada
Com cera, segurando ali a limalha
— Mesmo recheio, novo recipiente.
O cônego vem vindo, sorridente,
E joga o falso pó sobre o cadinho
Depois (ah, que pilantra! vil, mesquinho!
Que o Diabo te esfole e te carregue!)
Com a ponta da vara ele remexe
O crisol; sendo a cera derretida
A limalha de prata ali é vertida
— Bem, qualquer idiota compreende
Como funciona o truque; é evidente.
Que Deus destrua o cônego safado,
Em pensamentos, falso; e falso em atos.

Cavalheiros, melhor que isso é impossível:
Em gozo colossal, indescritível
Mergulha o padre após ser enganado
Pela segunda vez. Esse coitado
Ao cônego jurou sua lealdade,
Sua vida, terras, posses. "É verdade",
Diz o farsante. "Embora eu seja pobre,
Sou engenhoso. Agora: tens de cobre
Algum pedaço aqui? Meu espetáculo
Não acabou ainda." "Tenho, eu acho",
Responde o padre. "Busca então agora",
Ordena o falso, "ou compra-o, sem demora."

E o padre foi cumprir essa missão
E o cobre trouxe ao cônego vilão
Que uma onça mediu desse metal.

A minha pobre língua — serviçal
Do meu engenho parco — é mui simplória
Pra pronunciar a farsa predatória
E a dupla face desse vil bandido
Que parece amigável, a princípio
— A quem não o conhece —, mas de fato
É, em ato e pensamento, um depravado.
Me cansa falar disso; mas eu devo
Denunciar o farsante traiçoeiro
Para que outros não caiam nessas malhas;
Só por isso é que a língua não me falha.

O cobre no crisol, e esse no fogo
O cônego coloca, e segue o logro,
E o pó coloca em cima da mistura.
O padre a obedecê-lo continua,
E sopra o fogo (o vil degenerado
Fez do coitado padre o seu macaco).[306]

O metal derretido pôs no molde,
E o molde, n'água. Eu disse que um lingote
De prata ele escondia em sua manga
— Vocês lembram, decerto. A mão abana
Na água da vasilha; pega a barra
De cobre, e em seu lugar põe a de prata.
Fez tudo com destreza impressionante:
Foi num piscar dos olhos, num instante.
O cobre ele escondeu dentro do manto
E com falso carisma e falso encanto,
Cutuca o padre, em falso tom jocoso:
"Meu amigo, o senhor é preguiçoso!
Assim como o ajudei, ajude. Veja
O que tenho aqui dentro... uma surpresa!".

Mais prata milagrosa — isso me irrita...
"Que lindo!", grita o padre. O outro replica:

"Ora pegue as três barras, companheiro,
E vamos procurar algum ferreiro
Que possa avaliar esse metal.
Por minha fé! sim, vou sentir-me mal
Se isso não for a mais fina das pratas.
A coisa pode ser verificada
Facilmente". Os dois foram em seguida
Procurar um ferreiro na oficina.
Com fogo e com martelo, ele testou
A prata, e à óbvia conclusão chegou:
Era metal de grande qualidade.

Alguém já viu maior felicidade
Que a desse padre estúpido e imbecil?
Não; ave mais faceira não se viu
A cantar aos clarões de uma alvorada;
Nem rouxinol, na época adorada
De maio, pipilou com mais vigor;
Nem damas, conversando sobre amor
E coisas femininas, fazem mais
Viçosos e faceiros madrigais;
Tampouco há cavaleiro mais ardente
Em agradar sua dama, cortesmente,
Com feitos e proezas; nada disso
Compara-se ao novíssimo discípulo
Daquele ofício fosco e malfadado.
"Em nome de Jesus abençoado,
Se é meu amigo, imploro que me fale:
Quanto custa esse pó que faz milagres?"

"Devo dizer, o preço é muito caro",
Replicou dando de ombros, simulado.
"Na Inglaterra, só duas pessoas têm
O pó mágico: eu, um frade, e mais ninguém."
"Mesmo assim! Diga o preço, eu lhe suplico!"
"É caro, muito caro, eu o previno...

Porém, se quer saber, eis a quantia:
Posso vendê-lo por quarenta libras.
Se não tivesse tanta gentileza,
Cobraria mais caro, com certeza."

E lá se foi correndo o padre tolo
E a soma lhe pagou, em peças d'ouro,
Pela receita do glorioso pó
— Que era ilusão, poeira, engodo, e só.

"Caro senhor", lhe diz o trapaceiro.
"Suplico: guarde tudo isso em segredo.
Não busco fama ou glória, e a minha arte
Eu prefiro manter na obscuridade.
Se o mundo conhecesse as sutilezas
Do meu saber, então, tenho certeza:
Por inveja eu seria assassinado."

"Longe de mim, amigo, atraiçoá-lo!
Prefiro ficar pobre, ou morrer louco,
A lhe causar perturbação, transtorno!"
"Então, que tudo corra bem. Adeus!"
E foi-se embora, e desapareceu.
O padre nunca mais o viu na vida.
E por mais que fizesse tentativas,
A receita jamais deu resultado.
Ele fora engrupido e tapeado
— Mais um que, confiando no vilão,
Na desventura teve iniciação.

Reflitam, cavalheiros: já faz tempo
Que perdura o conflito violento
Dos homens contra o ouro, em todo lado;
E o ouro vai ficando mais escasso
A cada ano que passa. A tal ciência
Alquímica causou tanta demência

Entre os homens, que o ouro lhes escapa.
Hoje em dia é tão nebulosa a fala
Dos alquimistas, que ninguém a entende
— E alguém a compreendia antigamente?
Talvez. Mas ora falam seu jargão
Sem parar, como as aves no verão:
Falar é sua volúpia e seu tormento,
Têm nebuloso e vão conhecimento.
Nosso dinheiro é fácil transmutar
Em nada. Aprendizagem exemplar!

Qual o lucro do prazeroso jogo?
Transmutar alegria em desconsolo;
Esvaziar os cofres mais forrados;
Atrair impropérios muito irados
De quem lhes emprestou o seu dinheiro;
Ai de quem já queimou a mão e os dedos
Porém segue botando a mão no fogo!
Alerto a quem já está dentro do engodo,
Saia logo (antes tarde do que nunca)
Ou caia em permanente desventura.

Afoitos vocês vão, a pinotear,
Como um cego e maníaco Bayard[307]
Que sem ver os perigos, vai aos trancos,
E tanto pode estar na estrada quanto
À beira de um penhasco! Vocês todos
São assim, rebuscando o falso ouro;
Cegos à luz do dia. Alerto, então:
Usem a luz e os olhos da razão.
Por mais que busquem, apertando as vistas,
Não lucrarão com tais mercadorias,
Só perderão o que de fato têm
No fogo que não poupará ninguém.
Parem de se envolver com essas artes
Ou tudo perderão, eis a verdade.

Repetirei agora, meus amigos,
Os ditos de alquimistas genuínos.[308]
Arnoldo[309] é um dos que estão no grande quórum
Dos sábios. *Rosarium Philoshophorum*
Escreveu; Vila Nova é sua cidade.
"Sobre o mercúrio, digo esta verdade:
Mortificá-lo apenas poderão
Quem puder controlar o seu irmão."[310]
Sabemos que o autor do dito antigo
Foi o chamado Hermes Trimegisto.
"O dragão só será mortificado
Se também seu irmão for massacrado.
E saibam que Mercúrio é o dragão
E *Sulphur*, ou enxofre, é o seu irmão.
De *Sol* eles provêm, também de *Luna*.
Ouçam, agora: essa ciência obscura
Ninguém explore, a menos que conheça
Os termos, a linguagem, a sentença
Dos velhos alquimistas. O ignorante
Tateia e nunca vê o que tem por diante.
Pois um tão magistral conhecimento
Neste mundo é o segredo dos segredos."

Seniores Zadith Tabula Chimica[311]
É uma antiga e famosa obra alquímica
Onde achei a seguinte narração.
Certa vez, um pupilo de Platão
Perguntou-lhe, do seu saber sedento:
"Qual o nome da Pedra dos Segredos?".
Lhe diz Platão: "Na língua humana e vã,
Ela é chamada Pedra do Titã".
"Mas o que vem a ser essa tal pedra?",
Torna o pupilo. E diz Platão: "Magnésia".
"*Ignotum per ignotius!*[312] Ó meu mestre",
Replica o jovem, "peço que reveles
O que é essa tal magnésia? Eu te suplico!"

"Posso dizer apenas que ela é um líquido
Pelos quatro elementos engendrado."
"Não me podes dizer, mestre adorado,
Qual a fonte, a raiz dessa substância?"
"Não, não! Pois nesse assunto de importância
Suprema, nós, filósofos, juramos,
Não revelar a mais nenhum humano
Tal segredo, em palavras, atos, livros
— O segredo pertence a Jesus Cristo.
E ele não quer que seja revelado,
Exceto a quem por ele for tocado;
Será por toda a eternidade assim:
Um segredo de poucos. E esse é o fim."

Assim concluo: Deus, que está lá no Alto,
Não quer que os divinais Iluminados
Revelem onde a grande Pedra está:
E por isso, é melhor deixar pra lá.
Pois quem insiste em ser a Deus contrário
E faz, do Onipotente, um adversário,
Não há de prosperar, por mais que insista
Em transmutar, até o fim dessa vida.
Eis o ponto; e o meu conto agora encerro:
Deus guarde quem for íntegro e honesto!
Amém.

GRUPO H

Conto do Provedor

PRÓLOGO DO PROVEDOR

Vocês sabem aquele vilarejo
— Bob-Up-and-Down se chama o lugarejo —
Junto ao bosque de Blean, bem no caminho
De Cantuária? Nesse lugarzinho
O Albergueiro soltou uma risada:
"O Baio foi pro brejo,[313] garotada!
Não há ninguém em nossa companhia
Que, por pena, dinheiro ou cortesia,
Possa acordar o nosso bom amigo
Que, lá atrás, cavalga adormecido?
Pelos ossos do galo! Ele vai torto,
E pode ser até roubado ou morto.
Vem roncando no lombo do cavalo!
Vai tombar e ficar espatifado.
E não é, por acaso, o Cozinheiro
De Londres? Ele pagará seu preço.
Alguém o traga logo aqui pra frente;
Farei com que ele conte, prontamente,
Alguma história — mas, eu já prevejo,
Não vai valer uma porção de feno.
Acorde, Cozinheiro, seu cretino!
Nesta bela manhã, estás dormindo?
Passaste a noite em claro? Foram pulgas
Que te picaram? ou alguma puta
Que tu andaste picando a noite inteira?".

Pálido, exangue, em grossa bebedeira,
O outro gagueja: "Tudo está pesado;
Meu corpo está moído e revirado;
E eu só quero dormir, não sei por quê.
Prefiro até dormir do que beber
O vinho mais gostoso do país...".

"Bem, nobre amigo Cozinheiro", diz
O Provedor, "eu tenho a solução;
Se o Taverneiro, em sua condição
De juiz, aceitar a alternativa,
E se aceitá-la toda a companhia,
Posso contar um conto em teu lugar.
Não vou mentir, tampouco bajular:
Estás branco e teus olhos estão baços;
Fedido como esgoto está o teu bafo.
Tu não tens condições de contar nada.
Vejam só, o tamanho da bocarra
Do bêbado! Com essa boca aberta
Parece que vai engolir a Terra!
Fecha essa boca, logo, ou o Diabo
Vai meter em tua goela o negro casco!
Teu feio bafo infectará a nós todos!
Cruz credo, estás mais bêbado que um porco!
(Esse homem é nervoso, e já se inflama...)
Queres treinar na justa da quintana?[314]
Te juro, estás prontinho e preparado!
Pois já chupaste o vinho do macaco[315]
Por um canudo; a pipa está vazia!"[316]

O Cozinheiro, ouvindo, refervia
De raiva; e tendo já perdido a fala,
Tentou dar-lhe uma forte cabeçada,
Mas perdeu o equilíbrio, e despencou
Ao solo, e estatelado lá ficou
— Mas que belo ginete, o Cozinheiro!

Herói entre panelas e temperos!
Por que não fica lá na sua cozinha?
Com esforço, e com grande gritaria,
Içaram sua carcaça enlameada
Repondo a criatura embriagada
Na sela. E o nosso Guia diz então
Ao Provedor: "Por minha salvação,
Esse sujeito está sob o domínio
Da bebida — cerveja velha, ou vinho —
E o seu conto seria um disparate.
Ele funga, e parece que a friagem
Da manhã lhe deu gripe; e além do mais
Talvez já esteja a se esforçar demais
Só pra impedir que o seu rocim desabe
Nas valas do caminho; um tal desastre
Nos daria um trabalho dos diabos:
Levantar novamente esse borracho
Não está nos meus planos. Conta então
Teu conto; e não lhe dês mais atenção.

Mas tu não foste esperto, Provedor,
Ao reprovar, com todo esse furor,
O vício alheio. Assim como ao falcão
O falcoeiro atrai à sua mão
Mostrando a isca,[317] o Cozinheiro, um dia,
Pode armar contra ti uma armadilha.
Fuçando em tuas contas, talvez ache
Algo que comprometa e desacate...".

"Isso daria um belo de um problema!
Seria um eficaz estratagema...",
Concorda o Provedor. "Mas eu prefiro
Comprar a égua em que monta o nosso amigo
Do que irritá-lo, e tê-lo por rival.
Falei brincando; não falei por mal.
Mas , ah! me ocorre agora uma piada.

Tenho aqui, bem cheinha, uma cabaça
Com vinho da melhor uva madura.
Eu vou oferecê-lo à criatura
— Eu digo, ao Cozinheiro — e te prometo,
Ficaremos amigos num momento!"

Dito e feito — eis aqui o que aconteceu:
O borracho exclamou: "Vinho, por Deus!"
E entornou a cabaça; um exagero!
Após mais se encharcar, o Cozinheiro,
Devolveu a cabaça, agradecido;
E pronto: os dois rivais já são amigos.

Nosso Albergueiro solta uma risada.
"Percebam: precaução muito sensata
É trazer, quando vamos em viagem,
Bebidas licorosas na bagagem;
Pois elas volvem brigas e rancor
Em harmonia, em cânticos de amor.
Bendito Baco, cuja mão certeira
Transforma seriedade em brincadeira.
À tua divindade, rendo graças.
E chega, minha prece está acabada.
Provedor, por obséquio, prossigamos."
"Senhor, assinto. Escute, enquanto andamos."

CONTO DO PROVEDOR

Quando Febo vivia aqui embaixo,
Em nossa Terra — dizem os relatos —,
Era o mais vigoroso aventureiro
E o mais destro de todos os arqueiros;
A flechas, matou Píton, a serpente,
Que repousava ao sol, serenamente.
Mil outros feitos, com seu arco erguido,

Cometeu — como dizem vários livros.

Dos menestréis tocava os instrumentos,
Cantando, e a sua voz era um portento;
Nem Anfião, aquele soberano
Que as muralhas de Tebas com seu canto
Ergueu da terra, chega aos pés de Febo.

Foi dentre os homens todos o mais belo
Que já existiu no mundo. Esforço vão
É dar de sua beleza a descrição;
Basta dizer: não houve nesta Terra
Criatura mais linda, forte e esbelta.
E também era um cavalheiro honrado,
Valente, habilidoso e mui cordato,
Da juventude heroica a fina flor,
Da liberalidade e do valor.
E para avivar fundo nas memórias
A conquista de Píton — as histórias
Nos dizem — Febo sempre carregava
Seu arco, e muitas flechas numa aljava.

E Febo, em sua casa, tinha um corvo.
Na gaiola o criara, desde moço,
E como a um papagaio, ele o ensinara
A copiar os sons da humana fala.
E era branco esse corvo — um branco leve,
Como as plumas de um cisne, ou como a neve.
E ele imitava todas as palavras
Que ouvia, e mil relatos relatava;
E nenhum rouxinol em toda a Terra
Tinha ao cantar voz tão gloriosa e bela.

E em sua casa Febo também tinha
Uma esposa, que amava mais que à vida.
Noite e dia, com suma diligência,

Ele lhe dava amor e reverência;
Porém, devo dizer, era ciumento.
Tinha um temor profundo e violento
De ser traído; e sempre, de vigia,
Resguardava-a. Varões de alta valia
Em geral, são assim, muito zelosos
Com as suas mulheres. Tais esforços
São inúteis. Se a dama é honrada e pura,
Espioná-la é coisa inoportuna,
Assim como prendê-la. Mas se a moça
Não presta, toda precaução é pouca,
E é tudo em vão; é pura idiotice
Tentar domar tamanhas gulodices;
Ela achará um jeito de fartar-se
— Sentenciam assim autoridades
Antigas: tolo é quem vigia as damas
E tenta controlar as suas chamas.

Porém, vamos ao ponto. Dedicado,
Febo tenta fazer o necessário
Para agradar a moça; ele acredita
Que sua conduta nobre e mui polida
E sua virilidade cotidiana
Sejam bastante pra saciar a dama.
Mas sabe Deus que quando a natureza
Implanta em algum ser certas tendências
É impossível contê-las ou domá-las.

Pegue uma ave, ponha-se a criá-la
Em gaiola dourada; dê iguarias,
Mil quitutes, afagos, mordomias;
Mas se puder, o pássaro se escapa
Dessa linda gaiola engalanada
E prefere ficar no matagal
Em liberdade rústica e brutal,
Comendo vermes frios, sempre ao relento,

Pois viver solto é todo o seu desejo.

Ou pegue um gato, e dê-lhe carne branda,
Leitinho fresco, e mui sedosa cama;
Mas tão logo, num canto, aviste um rato,
O luxo e o leite fresco esquece o gato
E sai correndo — o seu desejo ordena
Que apanhe e que devore aquela presa:
Volúpia natural e sem bridão,
Que desfaz o juízo e a discrição.

Também as lobas têm instinto vil:
Elas aceitam, quando estão no cio,
Copular com o último dos machos,
O mais famigerado, bruto e baixo.

Calma, damas! Explico: esses exemplos
Aplicam-se aos varões, nem mais, nem menos,
Mas jamais às mulheres, isso é claro...
Os homens têm desejos depravados
E apetites por coisas inferiores;
Por mais que lhes regalem mil amores
Suas esposas perfeitas, decorosas,
Eles querem provar delícias novas;
A carne não se aquieta longamente
Com coisas virtuosas e decentes.

E assim Febo, inocente e sem maldade,
Dotado de grandiosas qualidades,
Foi tapeado. A esposa tinha um outro,
Um vilão, de renome feio e torto,
Que não chegava aos pés do seu marido.
E o pior é que coisas desse tipo
Ocorrem dia sim, e dia não
— Ah, muitas trocam ouro por latão!

Um dia, quando Febo estava fora,
Aquela esposa ardente, indecorosa
Mandou chamar seu garanhão — o quê?
Garanhão? O que acabo de dizer?
Que palavra indecente! Mil perdões.
Mas Platão escreveu que as narrações
Devem usar os termos adequados,
Que as falas devem ser gêmeas dos atos;
Que as coisas sejam primas das palavras.
Minha mente é vulgar, mal-educada,
Mas confesso: não vejo diferença
Entre alta dama, de alta descendência,
Que seu corpo entregou, toda excitada,
E pobre camponesa desgraçada
Que traiu seu marido. A distinção
É o nome que, depois, todos lhes dão:
Pois se a mulher que trai é aristocrata,
Chama-se "amante", ou "dama bem-amada";
Mas se ela é pobre... amigos, tudo muda!
É "vaca", "vagabunda", "dada" e "puta".
É tudo a mesma coisa, e Deus o sabe!

É lícito também que se compare
Um tirano, feroz usurpador,
Com um ladrão errante e salteador.
Alguém disse a Alexandre, o macedônio:
Porque o tirano é forte e poderoso,
E tem muitos guerreiros em seu bando,
E pode mais matar, queimar mais campos
E casas — é chamado "capitão".
Porém merece o nome de "ladrão"
Quem de guerreiros tem bando pequeno
E mata, rouba e estupra um pouco menos.

Mas, amigos, voltemos a esta história;
Não vou ficar aqui fazendo glosa,

Nem citando mil sábios e mil textos;
Já lhes disse, não sou homem livresco.

A esposa recebeu seu garanhão
E em furiosa e vulgar dissipação
Enroscam-se, gemendo e transpirando.
E, quieto, os observava o corvo branco.
Assim que Febo retornou, o corvo
Disse a palavra exata: "Corno! Corno!".

"Mas o que é isso, pássaro?", lhe indaga
O dono. "Tuas canções e tuas palavras
Me foram sempre alegres e suaves.
Mas que canção agora cantas, ave?"

"Deus sabe que eu cantei corretamente!
Apesar do teu porte resplendente,
Teu valor, tua nobreza, tua poesia,
E embora estejas sempre de vigia,
Ó Febo, meu senhor, foste enrolado.
Eu vi um simples biltre, um celerado
(Alguém que a ti, senhor, não se compara;
Um verme, inseto vil de fama ignara),
Eu vi esse pedaço de ralé
Na tua cama, comendo a tua mulher!"

Resumindo: em palavras bem precisas
O corvo descreveu toda a lascívia
Entre a mulher e o garanhão amante;
"Eu vi, eu vi", jurava a todo instante.

E Febo recuou, ouvindo aquilo,
De coração parado, estarrecido;
E pôs no arco uma flecha, e fez a mira
E num momento cego, em sua ira,
Assassinou a esposa. E é isso; é tudo.

Mas logo se arrepende e fica mudo
De dor. E os instrumentos da poesia
Destroçou: o saltério, a harpa e a lira,
O alaúde e a guitarra; e espedaçou
Arco e flecha. E, depois, assim falou
Ao corvo: "Traidor! De escorpião
É tua língua; e a minha confusão
É tua obra. Ai, por que fui eu nascer?
Não quero nada, nada, só morrer.
Ah, minha esposa, joia de alegria,
Agora morta e branca e rija e fria;
Tu, verdadeira, séria, sábia, pura,
Agora sei que não tiveste culpa!
Ah, mão impetuosa, cometeste
Horrendo crime! Ah, conturbada mente,
Ah, fúria que destrói toda a inocência!
Desconfiança louca e sem prudência!
E que todos aprendam a lição:
Não ajam sem pensar; é danação!
Em boatos não creiam, sem buscar
Evidência que os possa comprovar;
Não golpeiem com raiva obscurecida,
Nem executem atos de justiça
Sem ponderar e investigar, primeiro,
Ouvindo sábios, justos, bons conselhos.
Por fúria, pereceram tantos homens,
Ou no lodo lançou-se o seu renome!
E tu" — pegou do corvo —, "ave maligna!
Já recompensarei tuas mentiras!
Tu cantavas igual ao rouxinol,
Mas perderás, agora, a tua voz;
Nem cantarás, nem falarás palavras,
E perderás as plumas brancas, claras.
Em ti porei sinal de traição:
Terás agora a cor da escuridão,
Tu e tua prole! A chuva e a tempestade

Anunciarás com crocitar selvagem;
E os homens lembrarão: por tua infâmia,
Matei quem eu amava, a minha dama".

E arranca-lhe, furioso, as plumas claras
E o poder de cantar, e o dom da fala;
E o enegrece; e logo, porta afora,
Num golpe, às garras do Diabo o joga;
Que fique lá pra sempre! E está explicado
Por que os corvos são negros e tisnados.

Cavalheiros, entendam a moral
Da história, pois é coisa capital:
A um homem não revelem — nunca, nada! —
Se sua esposa por outro é desfrutada;
O marido chifrado odiará
Aquele que os seus cornos nomear.
Assim nos preveniu dom Salomão:
É sábio quem na língua põe grilhão.
Já expliquei que não sou homem livresco;
Mas minha mãe me disse, e bem me lembro:
"Meu filho, caro filho, te recorda
Do corvo; e da tua língua fecha a porta.
Meu filho, a língua solta é o instrumento
Do Demônio, e traz dor e sofrimento.
Meu filho, Deus, que é sábio e previdente,
Pôs, em torno da língua, lábios, dentes
— Uma forte muralha, pra guardarmos
A nossa fala, e sabiamente a usarmos.
Meu filho, os livros dizem: muita gente
Morreu por ter falado tolamente,
Porém, ninguém morreu por ter calado.
Meu bom filho, ao falar sejas sensato,
Ou melhor: fala pouco, quase nada;
Eis aí das virtudes a mais clara.
Meu filho, fala só se necessário

E diz apenas 'Deus seja louvado'
E ensina a mesma coisa às tuas crianças.
De pequena, aprendi: muita abundância
No falar, quando pouco falar basta,
Só traz complicações desnecessárias.
Em língua viva, fértil é o pecado.
Assim como uma espada corta braços,
A língua, se é afiada, num só golpe,
Pode levar uma amizade à morte.
Deus abomina os tagarelas, filho;
Lê Salomão, o Sábio, e lê os ditos
De Sêneca, ou os salmos de Davi.
Aprende, filho, como eu aprendi:
Mais vale um mero aceno de cabeça
Que mil palavras. Caso te apareça
Um tagarela, com danoso assunto,
Dissimula-te, então, faz-te de surdo.
E recorda o ditado (este é flamengo):
'Quem fala pouco, vive mui sereno'.
Meu filho, quem não diz o que não deve
Não teme nada, e fica de alma leve;
Mas a palavra má, se pronunciada,
Voa solta, e não pode ser chamada
De volta ao falador arrependido,
Pois o dito jamais será desdito.
Quem fala vira escravo das palavras
Que disse — e logo a conta será paga.
Meu filho, não te faças mensageiro
Do diz-que-diz-que, falso ou verdadeiro.
Aonde quer que vás, o tempo todo,
Fecha a boca, e recorda-te do corvo".

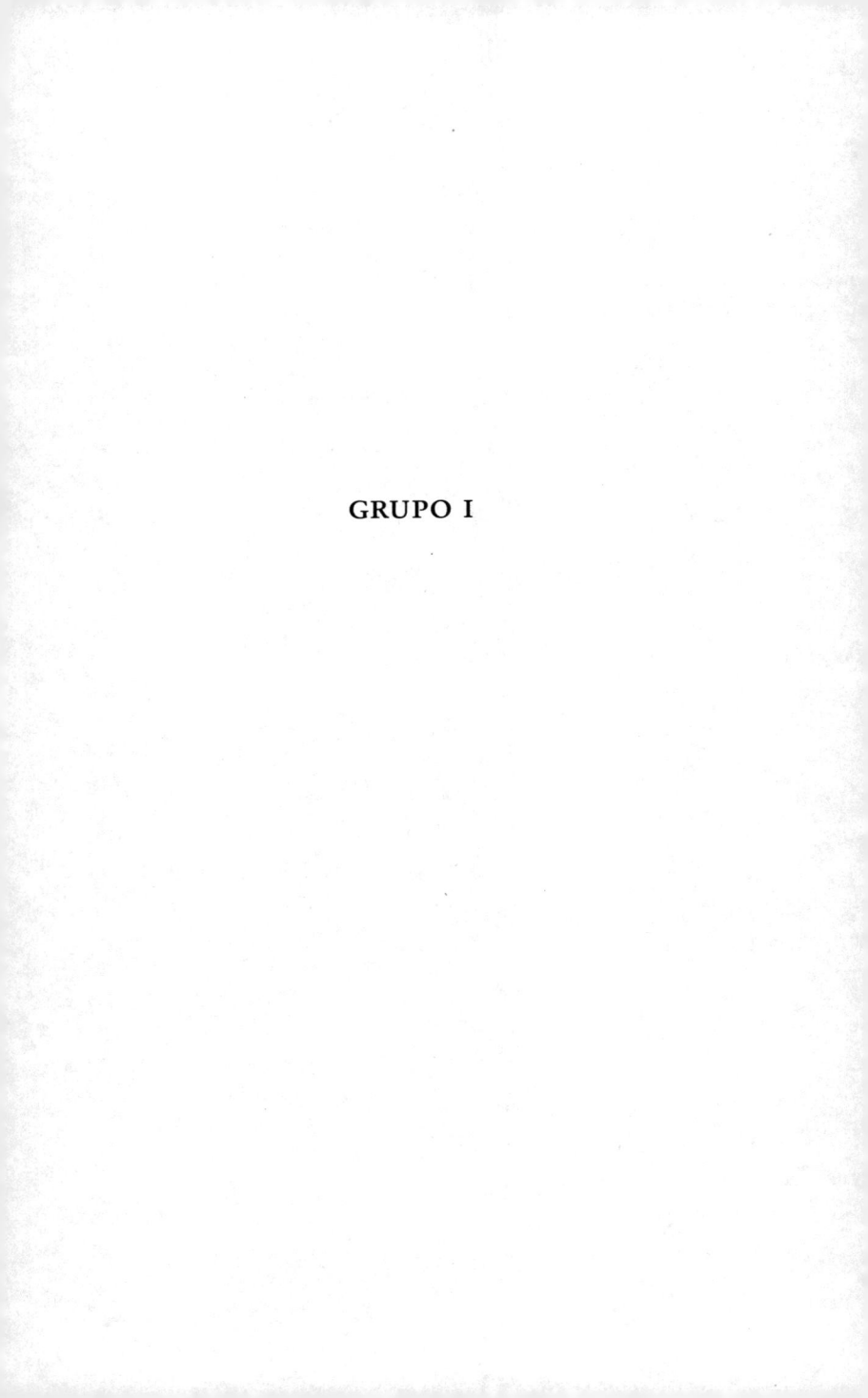

GRUPO I

Conto do Pároco
(sinopse)

PRÓLOGO DO PÁROCO

Do Provedor o conto já acabara.
O Sol, àquela altura, já estava
Tão abaixo da meridiana linha
Que em minha opinião, não parecia
Pairar a mais de vinte e nove graus;
E quatro horas seriam, afinal,
Pois minha sombra tinha uns onze pés,
Quase o dobro da minha altura, que é
Seis pés.[318] Enquanto isso, a exaltação
De Saturno[319] se achava em ascensão
— Eu me refiro a Libra. E o grupo chega
Aos arrabaldes de pequena aldeia.
Eis que o Albergueiro, que era o grande guia
Da nossa colorida companhia,
Exclama: "Um conto apenas, nada mais,
Nos falta, meus amigos fraternais!
O meu decreto, eu acho, foi cumprido:
Pois um de cada classe e cada tipo
Contou seu conto.[320] E o jogo que ordenei
Está quase completo. Deus, que é rei
Do mundo, ajude agora o companheiro
Que há de contar o conto derradeiro.
Meu bom padre, o senhor é um vigário
Ou pároco? A verdade, por meus calos!
Porém, seja o que for, não nos estrague

O jogo — o teu relato bem relates,
Pois todos já contaram, menos tu.
Abre tua mala e mostra, por Jesus,
O que guardas! Por tua cara séria
Vejo que alguma grande e alta matéria
Podes nos dar, pra rematar o jogo.
Vamos com isso, então; conta teu conto".

E o Pároco retruca, circunspeto:
"Não espere nenhum romance esperto
Ou fábula engraçada em minha boca.
Pois Paulo reverbera, com voz rouca,
Na Epístola a Timóteo, contra todos
Que tagarelam fábulas e contos
E trocam o real pela ficção.
E por que deveria minha mão
Semear joio, quando eu tenho trigo?
Vou dar-lhes um sermão, eis o que eu digo:
E falando de assuntos virtuosos,
Tentarei entretê-los, como posso,
Com deleites sagrados, não profanos.

Mas sou homem do sul;[321] não sei, portanto,
Aliterar fazendo *rum-ram-rufe*[322]
Tampouco sei rimar; bem, me desculpem,
Não vou embelezar a minha fala;
Mas falarei em prosa simples, rala.
Encerrarei nosso festim de histórias,
E se Jesus, em Sua altiva glória,
A tanto me ajudar, aos peregrinos
Mostrarei outro mais alto caminho,
O da Jerusalém Celestial.
E se todos concordam, afinal,

Começarei, e é tudo, meus amigos.
Mas confesso, não sou grande erudito;

O sentido eu extraio dos relatos
Mas talvez erre ao deslindar os fatos;
Por isso, me ofereço à correção
De quem tiver maior erudição".

E todos assentimos de imediato,
Pois parecia mais que apropriado
Terminar nossa rota aventurosa
Com sentença moral e virtuosa.
Pedimos que o Albergueiro, gentilmente,
Lhe dissesse que toda aquela gente
Queria ouvi-lo. E o Taverneiro então
Falou por todos nós com prontidão:
"Avante, padre! E vamos à virtude!
Mas se posso rogar-lhe, sem ser rude,
Lhe peço: vá com pressa, o sol declina;
É tarde e a noite logo se aproxima.
Seja fecundo e breve. E o ajude Deus
A dar ao nosso jogo um belo adeus.
Fale, bom padre, então; que nada o impeça".
E ao fim da via, o bom sermão começa.[323]

CONTO DO PÁROCO

O "Conto do Pároco" é um sermão, em prosa, sobre as devidas preparações para a confissão e a verdadeira natureza dos sete pecados capitais. Por seu conteúdo, parece conduzir naturalmente à Retratação de Chaucer, que vem logo em seguida. Num plano literal de interpretação, esse conto parece oferecer um término apropriado à viagem dos peregrinos, logo antes de sua chegada ao santuário de São Tomás. No plano alegórico — como sugeriu o próprio Pároco, ao ser convocado a narrar seu conto —, o sermão pode ser visto como uma etapa preparatória para aquela outra pere-

grinação, o "mais alto caminho", que leva à Jerusalém Celestial.

A seguir, um breve sumário do longo sermão do Pároco:

Deus não deseja que homem algum se perca, e existem muitos caminhos espirituais para a cidade celestial. Uma dessas nobres vias é a penitência, a lamentação pelos pecados e a determinação de não pecar novamente. A raiz da árvore da penitência é a contrição; *os ramos e as folhas são a* confissão; *o fruto é a* satisfação; *e a semente é a* graça. *O calor vital dentro dessa semente é o amor de Deus.*

A contrição *é a tristeza da alma perante seu próprio pecado. Os pecados podem ser veniais ou mortais. Pecado venial é amar Cristo menos do que se deveria. Pecado mortal é amar uma criatura mais do que ao Criador. Os pecados veniais podem conduzir aos mortais, que são sete — começando pelo Orgulho.*

O orgulho se manifesta de diversas formas: arrogância, impudência, fanfarronice, vanglória, hipocrisia, prazer em ferir e causar o mal etc. Além disso, ele pode ser interior ou exterior. O orgulho exterior é como a tabuleta de uma taverna, indicando que a adega está cheia de vinho. Ele pode manifestar-se pelo uso de roupas exageradas, ou pelo uso de poucas roupas; também surge nas maneiras de mostrar e exibir o corpo; por exemplo, quando alguém anda com as nádegas projetadas para trás, como o traseiro de uma macaca na lua cheia. Pode incorrer no pecado do orgulho quem se cerca de séquitos pomposos; quem demonstra uma hospitalidade ostensiva; quem exibe sua força ou suas origens nobres ou seu requinte. O remédio contra o orgulho é a humildade ou o verdadeiro autoconhecimento.

A inveja é a tristeza perante a prosperidade dos outros, ou a alegria perante o seu sofrimento. É o pior dos pecados, pois se coloca contra todas as virtudes e contra toda a bondade, e é claramente contrário ao Espírito Santo, que é fonte da generosidade e da beneficência. Resmungos e fuxicos são o pai-nosso do Diabo. O remédio contra a inveja é amar a Deus, aos nossos vizinhos e aos nossos inimigos.

A ira é o desejo perverso por vingança. No entanto, a ira contra a maldade é algo bom — é a cólera sem amargura. A cólera maligna pode ser espontânea ou premeditada; o segundo tipo é o pior. Quando planejamos malícias, expulsamos o Espírito Santo de nossa alma. A maldade premeditada é a fornalha do diabo, forjando ódios, assassinatos, traições, mentiras, desprezo, simulações, discórdia, ameaças, impropérios e maldições. O remédio contra a ira é a paciência.

A acídia leva o pecador a trabalhar de má vontade, realizando tarefas de forma apática e sem alegria; para quem incorre nesse pecado, fazer o bem é um fardo, um incômodo. A acídia nos afasta das preces. É o coração apodrecido da preguiça e leva ao desespero. O remédio é a persistência.

A avareza é um desejo luxurioso por coisas terrenas; um tipo de idolatria. Cada moeda no cofre de um avarento é um falso deus, um ídolo. Ela engendra as extorsões contra a plebe, cometidas pelos senhores feudais; a fraude, a simonia, a jogatina, o roubo, o falso testemunho, o sacrilégio. O remédio é a misericórdia ou "a piedade no mais lato sentido".

A gula é um apetite desmedido por comida e bebida. A embriaguez é o sepulcro da razão humana. Os remédios são a abstinência, a temperança e a moderação.

A luxúria é um parente próximo da gula. Apresenta-se em muitas formas, e constitui o mais pecaminoso dos roubos, pois rouba tanto a alma quanto o corpo. Os remédios são a castidade, a continência e a moderação no comer e no beber. Quando o caldeirão ferve demais, a melhor solução é tirá-lo do fogo.

A confissão *deve ser feita de livre e espontânea vontade, e em total boa-fé. Um homem deve confessar apenas seus próprios pecados, dizendo a verdade com sua própria boca, sem dissimular as coisas em palavras sutis. Deve ser um ato ponderado, e não apressado, e deve ocorrer com frequência.*

A satisfação, *de forma geral, constitui-se na caridade, na penitência, no jejum e na mortificação do corpo. Sua recompensa é o júbilo eterno no Céu.*

Retratação de Chaucer

O AUTOR DESTE LIVRO APRESENTA AQUI
SUAS DESPEDIDAS

Agora, peço o seguinte a todos os que lerem ou ouvirem este pequeno tratado: se aqui encontraram algo de proveitoso, que agradeçam a Nosso Senhor Jesus Cristo, pois dele vem toda sabedoria e toda virtude.

E se encontrarem algo que os desagrade, imputem-no à minha falta de habilidade e à minha ignorância — não à minha vontade, pois eu certamente teria feito algo melhor, se tivesse o poder e o conhecimento para tanto. Pois nosso Livro diz que "tudo o que está escrito está escrito para nossa edificação", e foi isso o que pretendi fazer. Portanto, peço humildemente a todos que rezeis por mim, pela graça de Deus, para que Cristo tenha piedade de mim e perdoe minhas faltas, especialmente minhas traduções e composições referentes às vaidades mundanas, que ora rejeito em minha retratação: como o livro de *Troilus*;[324] o livro *The House of Fame*; o livro *The Nineteen Ladies* [Dezenove damas]; *The Book of the Duchess*; o livro *St. Valentine's Day of the Parliament of Fowls*; os *Contos da Cantuária*, nas partes que tendem ao pecado; *The Book of the Lion* [O livro do leão]; e muitos outros, que eu citaria se estivessem em minha memória; e muitas canções e muitos poemas luxuriosos; que Cristo, em sua piedade, me perdoe por ter pecado dessa forma.

Mas quanto à tradução da obra *De Consolatione*, de Boécio, e quanto às diversas legendas de santos e homilias, e quanto aos trabalhos de moral e devoção — por todos esses, agradeço ao Nosso Senhor Jesus Cristo e a sua abençoada Mãe, e a todos os santos do céu, rogando que todos eles, de agora até o fim de minha vida, concedam-me a graça de lamentar meus pecados e de ponderar sobre a salvação de minha alma; e que me concedam a graça da verdadeira penitência, da confissão e da satisfação, para que eu as pratique na vida presente — pela bondade generosa daquele que é rei dos reis e sacerdote acima de todos os sacerdotes; ele que nos salvou com o preço de seu próprio sangue — e para que eu possa, no Dia do Juízo, estar entre aqueles que serão salvos. *Qui cum patre et Spiritu Sancto vivit et regnat Deus per omnia saecula. Amem.*

Aqui termina o livro dos *Contos da Cantuária*, compilados por Geoffrey Chaucer, de cuja alma Jesus Cristo tenha piedade. Amém.

Chaucer: A Esposa de Bath, O Vendedor de Indulgências e a personagem shakespeariana*

HAROLD BLOOM

Com exceção de Shakespeare, Chaucer é o mais destacado entre os escritores de língua inglesa. É muito importante fazer esta afirmação, que simplesmente repete a opinião tradicional, ao nos aproximarmos do fim do século. A leitura de Chaucer e seus poucos rivais na literatura desde os antigos — Dante, Cervantes, Shakespeare — pode ter o feliz resultado de restaurar perspectivas que todos podemos ser tentados a perder, quando enfrentamos o ataque das obras-primas instantâneas que nos ameaçam neste momento de justiça cultural em ação, impondo o exílio de considerações estéticas. Passando do demasiado louvado para o que nunca é demais louvar, *Contos da Cantuária* é um tônico notável. Passamos de meros nomes na página para o que sou impelido a chamar de realidade virtual das personagens literárias, homens e mulheres convincentemente persuasivos. O que dava a Chaucer o poder de representar suas pessoas de modo a torná-las permanentes?

Uma soberba biografia, de 1987, do falecido Donald R. Howard, tenta responder a essa quase impossível pergunta. Howard reconhece que não temos conhecimento íntimo de Chaucer além de suas obras, mas aí nos lembra do contexto humano do autor:

---

* Originalmente publicado no Brasil em Harold Bloom. *O Cânone Ocidental*. Rio de Janeiro: Objetiva, 2010.

Propriedade e herança eram as preocupações permanentes — obsessões, na verdade — no fim da Idade Média, sobretudo entre a classe mercantil a que Chaucer pertencia; e o confisco armado, o sequestro e processos legais corruptos não eram formas incomuns de apoderar-se delas. Os ingleses da época de Chaucer não se pareciam com o estereotípico inglês durão dos tempos modernos, filhos do Iluminismo e do Império; pareciam-se mais com seus ancestrais normandos, esquentados e dados a extremos quando entre iguais (cultivavam a reserva diante de estranhos ou superiores). Choravam à vontade em público, diziam copiosos e sonoros palavrões, mantinham brigas de sangue quase operísticas e intermináveis batalhas legais. A taxa de mortalidade era alta nos tempos medievais, e a vida mais precária; encontramos mais agitação e terror, mais resignação e desespero, e mais jogo com a sorte. Mais violência, também, ou uma violência do tipo mais vingativo, ostentoso: cabeças decepadas expostas em chuços ou corpos pendurados de um cadafalso eram o seu estilo, como as fotos de criminosos nas agências do correio é o nosso.

Nosso estilo, infelizmente, está mudando rápido, com cartas-bomba explodindo nas universidades, terroristas fundamentalistas islâmicos irrompendo na cidade de Nova York, e rajadas de balas perdidas a cruzar New Haven no momento mesmo em que aqui escrevo. Howard descreve Chaucer vivendo em meio a guerras, pragas e rebeliões, e nada disso parece muito distante nos Estados Unidos contemporâneos, com o próprio Howard morto pela nossa versão da peste pouco antes de publicado o seu livro. Sua ênfase geral continua sendo excelente: a época de Chaucer não foi serena, seus concidadãos não eram plácidos, e seus peregrinos de Cantuária tinham muito por que rezar quando chegavam ao santuário de São Thomas Becket. A personalidade do homem Chaucer, e não apenas do peregrino Chaucer ironicamente retratado, está fortemente marcada em toda a sua poesia. Como nos precursores diretos — Dante e Boccaccio — sua grande originalidade surge com mais força tanto nas personagens quanto em sua voz, seu domínio do tom e das figurações. Como Dante, ele inventou novos modos de representação do eu, e tem com Shakespeare um pouco da mesma relação que Dante tinha com Petrarca, sendo a diferença a incrível fecundidade de Shakespeare, que transcendia até mesmo o que John Dryden quis dizer quando comentou sobre *Contos da Cantuária*: "Eis a abundância de Deus". Nenhum escritor, nem Ovídio, nem o "Ovídio inglês", Christopher Marlowe, influenciou tão crucialmente Shakespeare quanto Chaucer. Sugestões chaucerianas, de nenhum modo plenamente desenvolvidas por ele, são os pontos de partida para as maiores originalidades de Shakespeare, sua maneira de representar a personalidade humana. Mas a grandeza de Chaucer precisa de ênfase e exposições para que se possa esboçar seu legado em Shakespeare.

Meu crítico de Chaucer favorito continua sendo G. K. Chesterton, que observou: "A ironia chauceriana é às vezes tão grande que chega a ser grande demais para se ver", e estendeu-se sobre o que é fundamental nessa ironia:

> Há nela uma certa sugestão daquelas ideias imensas e abissais ligadas à própria natureza de criação e realidade. Tem em si alguma coisa da filosofia de um mundo fenomenal, e de tudo que queriam dizer os sábios, de modo nenhum pessimistas, que disseram que estamos num mundo das sombras dele próprio, e quando ele está num certo plano, se vê igualmente vago. Tem em si todo o mistério da relação do criador com as coisas criadas.

Chesterton, com um característico senso de paradoxo, atribui o extraordinário realismo de Chaucer, sua penetração psicológica, a uma irônica consciência de tempo perdido, de uma realidade maior que fugiu, abandonando seus restos aos lamentos e nostalgias. A boa vontade existe, mas em Chaucer está sempre comprometida, e pode-se observar em toda parte um afastamento da generosidade cavaleiresca. A preocupação de Chesterton com um mundo romanesco desaparecido, aprendido em Chaucer, é confirmada por Donald Howard como a "ideia" que informa *Contos da Cantuária*. Os contos dão-nos "um quadro de uma sociedade cristã desordenada, em estado de obsolescência, declínio e incerteza; não sabemos para onde vai". Só um ironista poderia sustentar um tal quadro.

Em sua biografia, Howard localiza a origem da alienação ou ambivalência de Chaucer na tensão entre a educação mercantil e a educação aristocrática posteriormente dada a um jovem cortesão-poeta. Dante inaugurou a Era Aristocrática da literatura, apesar de sua continuada ligação com a alegoria da Era Teológica. Mas Chaucer, ao contrário de Dante, não pertencia sequer à nobreza menor. Sempre tenho cuidado com as explicações sobre a posição irônica de um grande poeta no qual o temperamento e a bravata resistem a todos os superdeterminismos. Chaucer é uma consciência tão grande, uma ironia tão penetrante e individual, que não é provável que só as circunstâncias tenham sido dominantes. O precursor inglês de Chaucer foi seu amigo, o poeta John Gower, uns doze anos mais velho e palpavelmente menor em comparação com o escritor nascente. Inglês foi a língua que Chaucer falou na infância, mas também falava anglo-francês (antes normando), e em sua educação cortesã aprendeu a falar, ler e escrever francês parisiense e italiano.

Sentindo cedo que não tinha precursores fortes em inglês, voltou-se primeiro para Guillaume Machaut, o grande poeta (e compositor) francês vivo. Mas depois que essa primeira fase culminou em sua admirável elegia

The Book of the Duchess [O livro da duquesa], Chaucer foi para a Itália a serviço do rei, e em fevereiro de 1373 se achava na Florença pré-Renascimento, no momento mesmo em que a grande era da literatura refluía naquela cidade. O exilado Dante morrera havia mais de meio século, e seus sucessores na geração seguinte, Petrarca e Boccaccio, estavam ambos velhos; os dois morreram nos dois anos seguintes. Para um poeta da força e amplitude de Chaucer, esses escritores — ou melhor, Dante e Boccaccio — eram a inevitável inspiração e consequente estímulo a ansiedades. Petrarca significava alguma coisa para Chaucer como figura representativa, mas dificilmente como escritor mesmo. Aos trinta anos, o poeta Chaucer sabia o que queria, e isso não seria encontrado em Petrarca, e só perifericamente em Dante. Boccaccio, jamais nominalmente citado na obra de Chaucer, tornou-se a fonte do que ele precisava.

Dante, cujo orgulho espiritual era esmagador, escrevera um terceiro Testamento, uma visão da verdade, inteiramente inadequado ao temperamento irônico de Chaucer. As diferenças entre o Dante Peregrino da Eternidade e o Chaucer Peregrino de Cantuária são surpreendentes, e claramente deliberadas da parte de Chaucer. *The House of Fame* [A casa da fama] é inspirado pela *Divina comédia*, mas a goza de uma maneira simpática, e *Contos da Cantuária* constitui, num certo nível, uma crítica cética a Dante, sobretudo da relação dele com sua própria visão. O temperamento distanciou Chaucer de Dante; são personalidades poéticas incompatíveis.

Boccaccio, grande admirador e exegeta de Dante, já era coisa inteiramente diferente; não ficaria muito satisfeito, lá no paraíso do poeta, por ser chamado de "o Chaucer italiano", do mesmo modo como Chaucer, que evitava até o nome de Boccaccio, teria pavor de ser chamado de "o Boccaccio inglês". Mas as afinidades, muito além das maravilhosas e enormes apropriações de Chaucer, eram autênticas, quase inevitáveis. A obra crucial aqui é o *Decameron*, que Chaucer jamais menciona e talvez jamais tenha lido inteiramente, mas que é o modelo provável de *Contos da Cantuária*. A ironia de contar histórias cujo tema é contar histórias é bem invenção de Boccaccio, e o propósito dessa inovação era livrar as narrativas do ditatismo e moralismo, para que o ouvinte ou leitor, e não o contador, se tornasse responsável pelo seu uso, para o bem ou para o mal. Chaucer pegou de Boccaccio a ideia de que as histórias não têm de ser verdadeiras nem ilustrar a verdade; ao contrário, são "coisas novas", novidades por assim dizer. Como Chaucer era um maior ironista e um escritor ainda mais forte que Boccaccio, sua transformação do *Decameron* em *Contos da Cantuária* foi radical, uma revisão completa do plano de Boccaccio. Lidos lado a lado, há relativamente poucas semelhanças; mas o modo maduro de contar histórias de Chaucer não podia ter existido sem a não reconhecida meditação de Boccaccio.

Chaucer achava que sua obra-prima era *Troilus and Criseyde*, um dos poucos grandes poemas longos da língua, mas raramente lido hoje, em comparação com *Contos da Cantuária*, sem dúvida a obra mais original e canônica. Talvez Chaucer subestimasse a realização mais surpreendente precisamente por sua originalidade, embora alguma coisa em mim se ressinta ferozmente dessa suposição. A obra é inacabada e, tecnicamente, consiste de fragmentos gigantes; mas quando a gente lê, tem pouca impressão de coisa inacabada. Na verdade, talvez seja um daqueles livros cujo autor jamais espera acabar, porque o livro se fundiu à sua vida. A imagem da vida como uma peregrinação, não tanto a Jerusalém, mas ao julgamento, funde-se com o princípio organizador de Chaucer da peregrinação a Cantuária, com trinta peregrinos contando histórias pelo caminho. Contudo, o poema é imensamente secular, e quase infalivelmente irônico.

O narrador é o próprio Chaucer, reduzido a uma total simplicidade: ele tem pique, interminável bonomia, acredita em tudo que ouve, e mostra uma surpreendente capacidade para admirar até mesmo as pavorosas qualidades exibidas por alguns de seus 29 companheiros. E Talbot Donaldson, o mais mundialmente sábio e humanista dos críticos do autor, enfatiza que o peregrino Chaucer tende a mostrar "aguda inconsciência da significação do que vê, independentemente da penetração com que veja", sendo ao mesmo tempo constante em manifestar "espontânea admiração pela velhacaria eficiente". Talvez o peregrino Chaucer não seja tanto um Lemuel Gulliver, o que Donaldson sugere, quanto uma paródia mais maldosa do Peregrino Dante, feroz, opiniático, frequentemente consumido pelo ódio, e na verdade uma espécie de moralista apocalíptico, com uma tendência a ter demasiada consciência do significado do que vê com tão terrível agudeza. Seria uma perfeita ironia chauceriana fazer uma gozação tão sutil em cima do poeta cuja arrogância imaginativa sem dúvida horrorizava o autor de *The House of Fame*.

O Chaucer real, o ironista cômico que manipula o peregrino aparentemente brando, manifesta um desligamento, um desinteresse complacente que já são shakespearianos, até onde podemos chegar a isolar qualquer das atitudes de Shakespeare. O desligamento nos dois poetas ajuda a criar uma arte de exclusão: ficamos frequentemente intrigados, querendo saber exatamente por que o peregrino Chaucer lembra certos detalhes quando descreve cada indivíduo, enquanto esquece ou censura outros. Nas duas figuras mais interessantes, a Esposa de Bath e o Vendedor de Indulgências, essa arte de memória seletiva ajuda a produzir reverberações shakespearianas. Howards observa argutamente que Chaucer revisa

Boccaccio, ao ver "que a história que cada um contava podia contar uma história sobre seu contador", e que a última história, supõe-se, preencheria alguns buracos deixados pelo peregrino Chaucer. Temos, pelo menos em alguns casos, de confiar na história, não no contador, sobretudo quando este é formidável, como a Esposa de Bath e o Vendedor de Indulgências. Mas, claro, o peregrino Chaucer é ainda mais formidável, pois jamais temos certeza de que seja tão ingênuo quanto evidentemente quer ser visto. Alguns críticos afirmam que o narrador é assustadoramente sofisticado, que na verdade é ele próprio o poeta Chaucer, mascarando-se em relação a seus companheiros com uma brandura perigosamente astuciosa, que na verdade nada deixa passar.

Creio que teríamos de recuar até a Javista, ou nos adiantar até Jonathan Swift, para ler um ironista tão completo e fascinante quanto Chaucer. Um de meus favoritos entre os ataques que sofri por causa de *The Book of J* foi de um estudioso bíblico que perguntou: "Que faz o professor Bloom achar que existia ironia há 3 mil anos?". Como Chaucer não é um texto sagrado, há menores resistências a aceitar a difícil verdade de que um contador de histórias tão universal quanto o autor das histórias dos peregrinos de Cantuária raramente escreve um trecho não irônico. Talvez a verdadeira mãe literária de Chaucer seja a Javista, e sua verdadeira filha, Jane Austen. Os três escritores fazem de sua ironia seus principais instrumentos de descoberta ou invenção, obrigando os leitores a descobrir sozinhos precisamente o que foi que inventaram. Ao contrário da ferocidade da ironia de Swift, universal e corrosiva, a de Chaucer raramente é desumana, embora não possamos ter certeza com relação à depravação do Vendedor de Indulgências, e descobre-se que praticamente todos que se acham supostamente em peregrinação não são peregrinos de modo algum. O "honesto Iago", o aterrorizante refrão que percorre todo *Otelo*, é uma ironia chauceriana, como deve ter sabido Shakespeare. O ancestral direto do "honesto Iago" é o "gentil Vendedor de Indulgências". Jill Mann, na melhor análise da ironia de Chaucer que já encontrei, mapeia as ambiguidades dele como centradas em sua mobilidade, sempre saltando comicamente para outra visão das coisas, e com isso recusando-nos, de um modo consistente, a possibilidade de julgamento moral, porque a ilusão se esconde dentro da ilusão. Isso me faz retornar à minha suposição de que a ironia chauceriana é uma reação contra a arrogância da posição profética assumida por Dante.

Diante da Esposa de Bath e do Vendedor de Indulgências, juntamente com vários dos outros peregrinos da Cantuária, Dante (se se desse ao trabalho) não hesitaria em destiná-los a seus círculos correspondentes no inferno. O interesse deles, se algum existisse, teria de incluir onde e por que estão postados na Eternidade, pois só as realidades finais interessam a Dante. A ficção, para Chaucer, não é um meio de representar ou expressar a verdade última; é maravilhosamente adequada a retratar afeto e tudo mais que se relaciona com ilusões. Talvez Chaucer ficasse surpreso com nossa concordância geral em que ele é basicamente um ironista; ao contrário de Dante, que só amava a sua própria criação, Beatriz, Chaucer parece ter nutrido um cauteloso amor por toda a comédia da criação. Finalmente, não devemos separar o homem Chaucer, o poeta Chaucer e o peregrino Chaucer: todos se combinam num único ironista simpático, cujo mais rico legado é um rol de personagens literárias só inferior a Shakespeare, na língua. Neles, podemos ver desabrochar o que se tornará o poder imaginativo mais original de Shakespeare: a representação da mudança dentro de determinadas personalidades dramáticas.

Chaucer antecipa em séculos a interioridade que associamos ao Renascimento e à Reforma: seus homens e mulheres tinham conhecimento de como desenvolver uma autoconsciência que só Shakespeare sabia suscitar para o entreouvir-se, o espanto posterior e o despertar da vontade de mudar. Incipiente em determinados momentos de *Contos da Cantuária*, essa antecipação do que, depois de Freud, chamamos psicologia profunda, em contraste com a psicologia moral, atingiu em Shakespeare uma plenitude que Freud, como já observei, não pôde fazer mais que prosificar e codificar. E com isso voltamos à pergunta de Howard, embora seu interesse fosse a história e o meu a personagem: O que dava a Chaucer o poder de transcender as próprias ironias, e assim conseguir apresentar seus personagens com uma vitalidade que só Shakespeare supera, e isso com a ajuda de Chaucer? Por mais especulativa e difícil que seja a pergunta, tentarei esboçar uma resposta.

De formas bastante diferentes, as duas personagens mais interiorizadas e individuais de Chaucer são a Esposa de Bath e o Vendedor de Indulgências, respectivamente uma grande vitalista e alguma coisa próxima a um verdadeiro niilista. Os críticos moralizantes não gostam mais da Esposa de Bath do que de seu único filho, Sir John Falstaff; enquanto o Vendedor de Indulgências — como seus descendentes um tanto mais remotos, Iago e Edmundo — está além da moralização, também como seus descendentes últimos, os niilistas meio shakespearianos de Dostoiévski, Svidrigailov e Stavrogin, cujos atributos devem alguma coisa ao Iago de Shakespeare em particular. Certamente extraímos consideravelmente mais intuição e prazer da Esposa de Bath e do Vendedor de Indulgências comparando-os com Falstaff e Iago do que contrapondo-os a suas possíveis origens no *Roman de la Rose*, principal poema medieval antes do de Chaucer. Os estudiosos derivam o personagem da Esposa de Bath de La Vieille, a velha devassa daquela obra, enquanto identificam o Vendedor de Indulgências com Cara-Falsa, um hipócrita que anima o Roman. Mas La Vieille é mais rançosa que vitalista, ao contrário da Esposa de Bath e Falstaff; e Cara-Falsa nada tem do perigoso intelecto que distingue tanto o gentil Vendedor de Indulgências quanto o honesto Iago.

Por que muitos críticos eruditos de Chaucer e Shakespeare são tão desesperadamente mais moralistas que seus poetas, eis um enigma infeliz, que desconfio esteja relacionado com a atual doença de presunção moral que destrói os estudos literários em nome da justiça socioeconômica. Herdeiros do platonismo, mesmo quando ignoram Platão, os estudiosos tradicionais e os escribas do ressentimento procuram banir o poético da poesia. As grandes criações de Chaucer são a Esposa de Bath e o Vendedor de Indulgências, que Shakespeare evidentemente viu e com as quais se beneficiou, muito mais do que com qualquer outro estímulo literário individual. Apreender o que tocou Shakespeare é retornar ao verdadeiro caminho da canonização, em que os grandes escritores elegem seus inescapáveis precursores. Foi Edmund Spenser quem chamou Chaucer de "puro Iago de imaculado inglês", mas foi Shakespeare, como indicou graciosamente Talbot Donaldson, "o cisne no lago", bebendo mais profundamente o que era único em Chaucer, um novo tipo de personagem literária, ou talvez uma nova maneira de retratar uma velha espécie, seja na ambiguidade moral da furia de viver da Esposa de Bath, seja na imortal ambivalência da fúria de enganar e ser descoberto do Vendedor de Indulgências.

Que o próprio Chaucer sentia orgulho de ter criado a Esposa, nós o sabemos por este breve poema posterior a seu amigo Bukton, que fala do "sofrimento e miséria que há no casamento":

*A Esposa de Bath peço-vos que leia
Sobre este assunto que temos tratado.
Que Deus vos ajude a vida viver sem peia,
Livre, pois triste fado é estar amarrado.**

Quando encontramos pela primeira vez a "boa Esposa", no "Prólogo geral" de *Canterbury Tales*, ficamos necessariamente impressionados, mas não inteiramente preparados para a bomba de estalo que encontraremos no prólogo ao conto dela mesma, apesar das insinuações anteriores do narrador sobre sua exuberante sexualidade. Ela é meio surda, por motivos que descobriremos mais tarde; usa meias escarlate; tem o rosto rubro, louro, combinando com as meias. Notoriamente banguela, e portanto presumivelmente lasciva, sobreviveu a cinco maridos, para não falar em outras companhias, e é uma peregrina conhecida, nacional e internacionalmente, pois as peregrinações são o equivalente aos cruzeiros nos barcos do amor de nossos tempos decadentes. No entanto, tudo isso insinua apenas uma pessoa versada em "vagar pelos caminhos", uma especialista na "velha dança" do amor. Seu humor falstaffiano, seu feminismo (como diríamos agora), acima de tudo sua fantástica vontade de viver ainda não estão realmente em evidência.

Howard lembra-nos que Chaucer era viúvo quando inventou a Esposa de Bath, e acrescenta astutamente que nenhum escritor desde os antigos manifestou tanta intuição para a psicologia das mulheres, nem as retratou de modo tão simpático. Concordo com ele em que a Esposa é um prazer absoluto, o que quer que os moralistas digam contra ela, embora me impressione seu mais formidável inimigo, William Blake, que encontrou nela a Vontade

---

* *"The Wyf of Bathe I pray yow that ye rede/ Of this matere that we have on honde./ God graunte yow your lyf frely to lede/ In fredam, for ful hard is to be bonde."*

Feminina (como a chamou) encarnada. O comentário que fez em seu quadro dos Peregrinos de Cantuária é um tanto cruel com a Esposa, mas ela evidentemente o assustava: "Ela é também um flagelo e uma peste. Nada mais direi dela, nem denunciarei o que Chaucer deixou escondido; que o leitor jovem estude o que ele disse dela: é tão útil quanto um espantalho. Nascem demasiadas dessas personagens para a paz do mundo".

Contudo, sem tais personagens haveria menos vida na literatura, e menos literatura na vida. O prólogo da Esposa de Bath é uma espécie de confissão, porém mais ainda uma vitoriosa defesa ou apologia. E ao contrário do prólogo do Vendedor de Indulgências, o devaneio dela, em estilo fluxo de consciência, não nos diz mais sobre ela do que ela mesma sabe. A primeira palavra de seu prólogo é "experiência", que ela cita como sua autoridade. Ser viúva de cinco maridos sucessivos, seiscentos anos atrás ou hoje, dá a uma mulher uma certa aura, como bem sabe a Esposa; mas ela, jactanciosamente, se declara ansiosa por um sexto, invejando ao mesmo tempo ao sábio Rei Salomão seus milhares de parceiras de cama (setecentas esposas, trezentas concubinas). O que é apavorante na esposa é seu incessante pique e vitalidade: sexual, verbal, polêmica. Sua pura exuberância de ser não tem antecedente literário, e não poderia ser igualada até Shakespeare criar Falstaff. É uma fantasia literária legítima visualizar um encontro entre a Esposa e o gordo cavaleiro. Falstaff é mais inteligente e espirituoso que a Esposa, mas mesmo ele, com toda a sua exuberância, não conseguiria mantê-la calada. Fascinantemente, é o apavorante Vendedor de Indulgências quem a interrompe em Chaucer, mas sobretudo para estimulá-la a ir em frente, e em frente ela vai mesmo. Diz-se que Shakespeare escreveu uma cena de morte (não real) para Falstaff em *Henrique v*; nem mesmo Chaucer poderia ter conseguido uma cena semelhante para a Esposa. E este é o mais alto tributo que devemos prestar a ela, afastando o coro de estudiosos moralizantes: ela é toda vida, a perpétua bênção de mais vida ainda.

Como diz o Frade, o longo preâmbulo da Esposa é um conto; estende-se por mais de oitocentos versos, enquanto o próprio conto tem apenas quatrocentos e (infelizmente) é meio assim como uma decepção estética após a forte revelação de ego dela. Mas o leitor, a não ser que inclinado a moralizar, quererá seu prólogo ainda mais longo e seu conto ainda mais curto. Chaucer está visivelmente fascinado por ela, como em outra escala está fascinado pelo Vendedor de Indulgências: sabe que essas duas personagens se soltaram e misteriosamente correm por si mesmas, milagres de arte representando figuras grotescas da natureza. Não conheço um personagem feminino na literatura ocidental mais irrespondível que a Esposa quando ela protesta contra as consequências de terem os homens escrito quase todos os livros:

> *Por Deus, se mulheres tivessem escrito histórias*
> *Como fizeram os clérigos em seus oratórios*
> *Teriam atribuído aos homens mais maldade*
> *Do que poderia remediar toda a raça de Adão.**

Foi sua potente mistura de honestidade confessional e poderosa sexualidade que horrorizou muitos dos estudiosos homens que difamaram a Esposa. Sua crítica implícita, puramente pragmática, à escala de perfeição moral da Igreja é tão sutil quanto cômica, e pressagia muito do que está em disputa entre a Igreja e feministas católicas no momento mesmo em que escrevo. Em parte, a Esposa ofendeu os moralistas simplesmente porque tem uma personalidade muito enérgica, e Chaucer, como

---

* "By God, if wommen hadde writen stories,/ As clerkes han withinne hir oratories,/ They wolde han writen of men more wikkednesse/ Than all the mark of Adam may redresse."

todos os grandes poetas, acreditava na personalidade. Como a Esposa é também uma subversora das harmonias estabelecidas, é destinada por muitos à categoria do grotesco, onde reside legitimamente o Vendedor de Indulgências. Embora aceite a estrutura do pensamento da Igreja sobre a moralidade, há nela um profundo impulso que discorda do efeito da Igreja. Uma escala de perfeição que põe a viuvez acima do casamento, como fazia São Jerônimo, não tem sentido para ela; tampouco partilha ela da doutrina de que as relações sexuais maritais só são santificadas para produzir filhos.

Apesar dos cinco maridos falecidos, ela parece não ter filhos e nada fala sobre o assunto. Onde passa para oposição à ideologia da igreja medieval é na questão da dominação no casamento. A firme crença na soberania feminina é o centro de sua rebelião, e discordo de Howard quando diz que o conto dela "solapa suas opiniões feministas, revela alguma coisa nela que só poderíamos ter desconfiado, uma coisa que ela própria não sabe". Nessa visão, a esposa só exige uma submissão externa ou verbal do marido, mas isso é subestimar a parte da própria Esposa na ironia chauceriana. Dois versos não fazem um conto, nem desfazem oitocentos versos de prólogo apaixonado: "E ela lhe obedeceu em tudo/ Para dar-lhe satisfação ou gosto".

Entendo que a Esposa pretende que a expressão "em tudo" seja exclusivamente sexual. Os versos vêm diretamente após um em que o marido beija a esposa mil vezes seguidas, e a ideia que tem a Esposa de Bath do que dá prazer a um homem é um tanto monolítica. Ela quer soberania sem dúvida, em tudo que não seja a cama, como irá aprender seu inevitável sexto marido. Como já nos disse, os primeiros três maridos foram bons, ricos e velhos, enquanto o quarto e o quinto eram jovens e encrenqueiros. O quarto, depois de ousar ter uma amante, sofreu o justo destino de ser atormentado por ela até a morte; e o quinto, com metade da sua idade, deixou-a surda de um ouvido com um tapa, depois que ela rasgou as páginas de um livro antifeminista que ele insistia em ler-lhe. Quando ele por fim cedeu, queimou o livro e entregou a soberania a ela, viveram felizes juntos, mas não para sempre. A irônica insinuação de Chaucer é que a ferozmente lasciva Esposa consumiu o amado quinto marido, como gastara os primeiros quatro.

Os companheiros peregrinos entendem claramente o que a Esposa está dizendo. Seja o leitor homem ou mulher, só o ouvido duro ou a repulsa à vida resistiriam aos momentos mais sublimes de anseio e autocelebração da Esposa. No meio da história de seu quarto marido, ela medita sobre o amor ao vinho e sua estreita relação com seu amor ao amor, e então exclama de repente:

> *Mas Cristo Jesus! quando me lembro de tudo isso,*
> *De minha juventude e alegria,*
> *Me emociono até o fundo do coração.*
> *Até hoje me faz bem à alma*
> *Ter gozado o mundo como fiz no meu tempo.*
> *Mas a idade, ai de mim!, que tudo envenena,*
> *Me privou da beleza e da seiva.*
> *Que se vão, adeus, que o diabo as carregue!*
> *Foi-se a farinha, nada mais me resta a contar:*
> *Farelo, o melhor que possa, tenho agora de vender;*
> *Mas ainda assim feliz vou tentar ser.**

---

* "*But Lord Crist! whan that it remembreth me/ Upon my yowthe, and on my jolitee,/ It tikleth me aboute myn herte rote/ Unto this day it dooth myn herte bote/ That I have had my world as in my tyme./ But age, alias! that alwol evenyme,/ Hath me biraft my beautee and my pith./ Lat go, farewell! the devel go therwith!/ The flour is gone, ther is namore to telle:/ The bren, as I best can, now moste I selle;/ But yet to be right mery wol I fonde.*"

Não há novas revelações aqui; nada que ajude a completar a dimensão e a estrutura de *Contos da Cantuária*. Estes onze versos fundem a memória e o desejo da Esposa, reconhecendo simultaneamente que o tempo a transfigurou. Se há um trecho em Chaucer que vara suas próprias ironias, é este, em que toda ironia pertence ao tempo, invencível inimigo de todos os heroicos vitalistas. Contra essa ironia, a ainda heroica Esposa de Bath põe o maior de todos os seus versos: "Ter gozado o mundo como fiz no meu tempo". "Meu tempo" é o triunfo; por mais reduzida a farelo que possa estar sua vitalidade, a verdadeira seiva da mulher subsiste em sua alegria falstaffiana. A tristeza abunda, e autentica seu realístico senso de perda: o ranço de uma velhice lasciva pode ou não estar distante, mas sua compreensão de que só lhe serve a decidida alegria constitui a sabedoria secular ou da experiência que completa sua crítica aos ideais da igreja que poderiam condená-la. Chaucer, sentindo-se de fato velho ao beirar os sessenta, deu-lhe uma eloquência digna da personagem e de seu criador.

Muda a Esposa de Bath no curso da longa confissão que é o seu prólogo? A ironia chauceriana dificilmente será um método pelo qual se representa a mudança. Ouvimos o monólogo da Esposa de Bath; o mesmo fazem os peregrinos. Entreouve-se ela? Ficamos bastante comovidos ao saber que ela gozou seu mundo em seu tempo. Comove-se ela também? Ela não tem a autoconsciência brilhantemente escolada do Vendedor de Indulgências, que em geral só não vê o efeito que ele tem sobre si mesmo. A mais profunda afinidade da Esposa com Falstaff é que ela aprecia sua própria apreciação de si mesma. Não tem desejo de mudar, e portanto manifesta durante todo o seu prólogo uma viva resistência a envelhecer, e portanto à forma final de mudança, a morte. O que se altera de fato nela é o tom de sua alegria, que passa da exuberância natural para um vitalismo altamente consciente de si.

Essa mudança, até onde posso ver, não é tratada ironicamente por Chaucer, talvez porque, ao contrário de muitos de seus estudiosos, ele tem um afeto muito grande por sua admirável criação, e permite-lhe que apele diretamente ao leitor. A deliberada animação dela difere do entusiasmo forçado; o análogo mais próximo é a vivacidade de Sir John Falstaff, que tem sido ainda mais vilipendiado pelos críticos eruditos. O humor de Falstaff não decai em *Henrique IV*, Parte Dois, mas sentimos que há nele um escurecimento à medida que se aproxima aos poucos sua rejeição por Hal. Ainda existe a exuberância falstaffiana, mas a alegria começa a ganhar agudeza, como se a vontade de viver adquirisse um toque de ideologia vitalista. A Esposa de Bath e Falstaff tornam-se menos parecidos com o Panurge de Rabelais. Ainda têm a Bênção, e os dois clamam por mais vida, mas aprenderam que não há tempo sem limites, e aceitam o novo papel de antagonistas, lutando por sua decrescente porção de Bênção. Embora a esposa tenha um poderoso domínio da retórica e um perigoso humor, não pode competir com Falstaff nesses aspectos. Sua rude consciência da diminuição da vitalidade e a forte vontade de manter sua alegria são análogos mais próximos do maior personagem cômico de Shakespeare.

A Esposa e Falstaff são ironistas, do começo ao fim, e descobriram sua autoridade em suas personalidades autoconfiantes, como observou Donaldson. Com Dom Quixote, Sancho Pança e Panurge, formam um grupo ou família dedicada à ordem do jogo, em oposição à ordem da sociedade ou do espírito organizado. O que a ordem do jogo confere, dentro de seus estritos limites, é liberdade, a liberdade interior de deixar de ser apoquentado pelo próprio superego. Entendo que é por isso que se leem Chaucer e Rabelais, Shakespeare e Cervantes. Por um tempo, o superego deixa de nos atacar por supostamente abrigarmos agressividade. O impulso retórico da Esposa e de Falstaff é simplesmente agressivo, mas o objetivo pragmático é a liberdade: do mundo, do tempo, das moralidades do estado e da igreja, de qualquer coisa no eu que impeça os triunfos de autoexpressão do eu. Mesmo alguns admiradores da Esposa de Bath e Falstaff persistem em chamá-los de solipsistas; mas egocentrismo não é solipsismo. A Esposa e Falstaff têm perfeita consciência dos próximos e do sol, mas muito poucos dos que se aproximam deles nos interessam muito, em comparação com esses mágicos vitalistas.

Muitos estudiosos observaram a relação equívoca que tanto a Esposa quanto Falstaff têm com o texto de *Coríntios 1* em que Paulo apela aos cristãos para que persistam em sua vocação. A versão da Esposa é: "No estado que Deus nos destinou/ Eu me manterei: não sou tão exigente assim", e Falstaff ao mesmo tempo a ecoa e supera: "Ora, Hal, é minha vocação, Hal, não é pecado num homem labutar em sua vocação". Ao gozar Paulo, a Esposa e Falstaff não estão sendo basicamente ímpios. Como espirituosos, são ambos desencantadores, mas continuam crentes. A Esposa, habilmente, lembra sempre aos fiéis que não se exige perfeição dela, enquanto Falstaff é perseguido pelo destino do glutão Dives. Falstaff é mais carregado de ansiedades que a Esposa, mas ela não sofreu o infortúnio de encarar o futuro Henrique v como uma espécie de filho adotivo. Sendo de Shakespeare, e não de Chaucer, Falstaff passa por maior mudança por internalização do que a Esposa é capaz de experimentar. As duas personagens se ouvem a si mesmas, mas só Falstaff se entreouve consistentemente. Desconfio que a personagem fundamental em Chaucer para Shakespeare não era a Esposa de Bath, mas o Vendedor de Indulgências, ancestral de todas as personagens ocidentais condenadas ao niilismo. Deixo com relutância a Esposa de Bath e Falstaff, mas passar deles para o Vendedor de Indulgências e sua progênie shakespeariana é apenas deixar o vitalismo positivo pelo negativo. Ninguém pode amar o Vendedor de Indulgências, ou Iago; mas ninguém resiste à negativa exuberância deles.

É um lugar-comum crítico relacionar a Esposa de Bath e Falstaff, mas não vi nenhuma especulação sobre a ascendência dos grandes vilões de Shakespeare, Iago em *Otelo* e Edmundo em *Rei Lear*, no Vendedor de Indulgências. Os heróis-vilões de Marlowe, o Grande Tamburlaine e mais ainda Barrabás, o manhoso judeu de Malta, causaram claramente grande impressão na criação por Shakespeare do Mouro Aaron em sua primeira tragédia, a capela mortuária *Titus Andronicus*, e de *Ricardo III*. Entre Aaron e Ricardo, de um lado, e Iago e Edmundo, do outro, intervém uma sombra, que parece pertencer ao autêntico Vendedor de Indulgências, o marginal de *Contos da Cantuária*. Mesmo seu prólogo e conto estão fora da estrutura visível do quase acabado grande poema de Chaucer. Como uma espécie de flutuador, o "Conto do Vendedor de Indulgências" é seu próprio mundo; não se assemelha a nada mais em Chaucer, mas me parece seu ponto alto como poeta, e à sua maneira é insuperável, num dos limites da arte. Donald Howard, meditando sobre a diferença entre o Vendedor de Indulgências e sua história e o resto de *Contos da Cantuária*, compara a intrusão do Vendedor de Indulgências ao "mundo marginal da estética medieval, os desenhos obscenos ou cotidianos nas margens de manuscritos sérios", precursores de Hyeronimus Bosch. Tão pungentes são a presença do Vendedor de Indulgências e sua narração que o marginal se torna central em Chaucer, inaugurando o que Nietzsche iria chamar de "o mais misterioso hóspede", a representação do niilismo europeu. A ligação entre o Vendedor de Indulgências e as grandes negações de Shakespeare, Iago e Edmundo, parece-me tão profunda quanto a dependência de Dostoiévski dos vilões intelectuais de Shakespeare como modelos para Svidrigailov e Stavroguin.

O Vendedor de Indulgências aparece pela primeira vez com seu horrível assecla, o grotesco Beleguim, lá pelo fim do "Prólogo geral". O Beleguim é o equivalente da polícia do pensamento que atualmente atormenta o Irã; um leigo que arrasta supostos criminosos espirituais a um tribunal religioso. Xereta das relações sexuais, extorque uma porcentagem dos ganhos de todas as prostitutas em atividade na sua diocese, e chantageia os clientes delas. Como narrador do "Prólogo geral", o Peregrino Chaucer manifesta apreciação pela brandura do Beleguim na chantagem: um simples quartilho de vinho tinto forte todo ano permite que continue uma relação sexual existente. A ironia, neste caso, parece superada pela relutância de Chaucer a reagir à miséria moral do Beleguim, que simplesmente ajuda a dar contexto ao muito mais espetacular Vendedor de Indulgências. O Beleguim é apenas um bruto simpático, um companheiro adequado para o Vendedor de Indulgências, que nos mergulha num inferno de consciensiosidade mais shakespeariano que dantesco, porque mutável no mais alto grau. Chaucer herda a identidade de perdoadores e charlatões da literatura e da realidade de seu tempo, mas a notável personalidade de seu Vendedor de Indulgências me parece sua mais extraordinária invenção.

Os perdoadores viajavam pelo país vendendo indulgências para pecados, em desafio à lei canônica, porém mais ou menos claramente com a conivência da igreja. Como pessoas leigas, não deviam pregar, mas o faziam, e o Vendedor de Indulgências de Chaucer é um pregador soberbo, superando qualquer televangelista atualmente no cenário americano. Os críticos se dividem sobre a natureza sexual do Vendedor de Indulgências: eunuco, homossexual, hermafrodita? Nenhuma dessas coisas, eu arrisco; e de qualquer modo Chaucer deu um jeito de simplesmente não sabermos. Talvez o Vendedor de Indulgências saiba; nem disso temos certeza. Dos 29 peregrinos, ele é em grande parte o mais questionável, mas também em grande parte o mais inteligente, nesse aspecto quase um rival de Chaucer, o trigésimo peregrino. Os talentos do Vendedor de Indulgências são de fato tão formidáveis que nos vemos obrigados a nos perguntar sobre seu longo passado, do qual ele nada nos diz. Religioso hipócrita consciente disso, mercadejando relíquias espúrias e ousando traficar com a redenção franqueada por Jesus, ele é no entanto uma verdadeira consciência espiritual, com uma poderosa imaginação religiosa.

O coração das trevas, metáfora obscurantista em Joseph Conrad, é uma figura simplesmente apropriada para o demoníaco Vendedor de Indulgências, que rivaliza com seus descendentes ficcionais como uma espécie de abismo problemático, depravado mas imaginativo no mais alto grau. Um crítico de Chaucer, R. A. Shoaf, observa brilhantemente sobre o Vendedor de Indulgências: "Ele se vende a si, ao seu número, cada dia em sua profissão; mas, a julgar pelo padrão de seu tormento, sabe disso, porque lamenta não poder comprar-se de volta". O que ele sabe é que suas atuações, por mais espantosas que sejam, não podem redimi-lo, e começamos a desconfiar, enquanto ponderamos sobre sua conversa e seu conto, que alguma coisa, além da ganância e o orgulho de pregar com poder, o levou ao trabalho de sua vida como enganador profissional. Jamais podemos saber o que em Chaucer pôde criar esse primeiro niilista, pelo menos na literatura, mas acho sugestivo um paradoxo de G. K. Chesterton:

> Geoffrey Chaucer era exatamente o que "o gentil Vendedor de Indulgências" não era — um gentil Vendedor de Indulgências. Mas entenderemos mal todos os homens dessa curiosa e meio complexa sociedade se não compreendermos que num certo sentido suas excentricidades estavam ligadas ao mesmo centro. A venalidade oficial do mau Vendedor de Indulgências e a amabilidade

bastante extraoficial do bom Vendedor de Indulgências vinham ambas das peculiares tentações e difíceis diplomacias do mesmo sistema religioso. Vinham porque o sistema não era, no senso puritano, um sistema simples. Estava acostumado, mesmo em mentes muito mais sérias que a de Chaucer, a ver (por assim dizer) dois lados de um pecado; ora como um pecado venial, extrema e inexpressivelmente diferente, em seu sentido último, de um pecado mortal. Foi do abuso de distinções desse tipo que surgiram as distorções e corrupções tornadas vívidas na flagrante figura do Vendedor de Indulgências; a prática de Indulgências que degenerara da teoria das Indulgências. Mas foi a partir do uso de distinções desse tipo que um homem como Chaucer chegou originalmente ao tipo de hábito mental equilibrado e delicado, o hábito de ver todos os lados da mesma coisa; o poder de perceber que mesmo um mal tem seu lugar na hierarquia de males, perceber, pelo menos, que nas abissais relatividades de Inferno e Purgatório há até coisas mais imperdoáveis que o Vendedor de Indulgências.

Chesterton atribui a Chaucer um perspectivismo só tornado possível pela irresistível realidade da fé católica medieval. Qualquer que seja a raiz, o perspectivismo importa mais, poeticamente, que a fé. A ambivalência do perspectivismo libera o Vendedor de Indulgências, uma figura que assinala o limite da ironia chauceriana. Em geral, Chaucer é um autêntico poeta cômico, no nosso sentido (o shakespeariano) de comédia. O prólogo do Vendedor de Indulgências e seu conto não são cômicos, mas letais. Ele é, como ele mesmo diz, "um homem inteiramente maligno", mas também um gênio — um termo menor não serve, nem para ele nem para Iago depois dele. Como Iago, o Vendedor de Indulgências combina os talentos de dramaturgo ou contador de história, ator e diretor; e, também como Iago, é ao mesmo tempo um psicólogo moral e um pioneiro na psicologia profunda. O Vendedor de Indulgências, Iago e Edmundo lançam um sortilégio sobre suas vítimas, nós inclusive. Todos eles proclamam abertamente sua falsidade, mas só para nós, ou, no caso do Vendedor de Indulgências, para os peregrinos de Cantuária, como nossos substitutos. A exultação deles com seus poderes intelectuais e sua malignidade nos cativa, como sempre faz a afronta literária. A exuberância negativa do Vendedor de Indulgências, Iago e Edmundo é tão absorvente quanto a exuberância positiva da Esposa de Bath, Panurge e Falstaff. Respondemos à energia, como enfatizou William Hazlitt em seu ensaio "On Poetry in General" [Sobre a poesia em geral]:

> Vemos nós mesmos a coisa, e a mostramos a outros como a sentimos existir, e como, apesar de nós mesmos, somos obrigados a pensar nela. A imaginação, assim encarnando-as e dando-lhe forma, dá um óbvio alívio aos indistintos e importunos anseios da vontade. — Não desejamos que a coisa seja assim; mas desejamos que se mostre como é. Pois conhecimento é poder consciente; e a mente não é mais nesse caso a enganada, embora possa ser a vítima do vício ou da loucura.

Sobre Iago, escreveu Hazlitt: "Ele é tão inteiramente, ou quase, indiferente a seu próprio destino quanto ao de outros; corre todos os riscos por uma vantagem mesquinha e duvidosa; e é ele próprio o bobo e a vítima de sua paixão dominante" — tudo igualmente pertinente em relação ao Vendedor de Indulgências. Iago e o Vendedor de Indulgências nos contagiam, como bem compreenderam Shakespeare e Chaucer. Deliciamo-nos com as invenções do Vendedor de Indulgências, suas "santas relíquias": caixas de vidro cheias de trapos, ossos e luvas mágicas. E partilhamos de seu prazer em negar qualquer consequência moral de suas pregações:

> *Minhas mãos e minha língua voam tão rápido*
> *Que é um prazer ver meu negócio.*
> *Sobre a avareza e maldições que tais*
> *E toda a minha pregação, para fazê-los generosos*
> *No dar seus vinténs, sobretudo a mim.*
> *Pois meu intento é só o ganho*
> *E de modo nenhum a correção do pecado:*
> *Não me importa que, quando sejam enterrados,*
> *Se percam almas que eu poderia ter salvo.**

É um prazer para nós ouvir isso e ver através do ouvido. Um prazer ainda maior vem de ler a obra-prima que é o conto do Vendedor de Indulgências, no qual três farristas de taverna, sujeitos ruidosos que hoje seriam os motoqueiros Hell's Angels, decidem assassinar a própria Morte, sendo tempo de peste e estando ela muito ativa. Encontram um homem pobre e infinitamente velho, que busca apenas voltar para sua mãe, a terra:

> *E no solo, que é o portão de minha mãe,*
> *Bato com meu cajado de manhã à noite,*
> *E digo: "Querida mãe, deixa-me entrar!"*.**

Ameaçado pelos arruaceiros, o misterioso velho orienta-os para onde encontrarão a Morte, em forma de um monte de moedas de ouro embaixo de um carvalho. Dois

---

* "Myn hondes and my tonge goon so yerne/ That it is joye to see my bisinesse./ Of avaryce and of swich cursednesse/ Is al my preching, for to make hem free/ To yeven hir pen, and namely unto me./ For myn entente is nat but for to winne,/ And nothing for correccioun of sinne: I rekke nevere, whan that they ben beried,/ Though that hir soules goon a-blakeberied!"
** "And on the ground, which is my modres gate,/ I knokke with my staf bothe erly and late,/ And seye: 'Leve moder, leet me in!'"

deles conspiram para esfaquear o mais jovem, mas não antes de ele ter previdentemente envenenado o vinho deles. A profecia do velho se cumpre, mas nós ficamos nos perguntando quem é ele. Evidentemente, era invenção do próprio Chaucer, o que significa que, dentro dos *Contos da Cantuária*, é produto do gênio do Vendedor de Indulgências. Um velho errante, em aparente associação com a morte, embora ele próprio, apesar de seu desejo, não possa morrer, e que orienta outros para uma riqueza que ou despreza ou abandonou — os estudiosos sensatamente identificam uma tal figura com a lenda do Judeu Errante. Teme o Vendedor de Indulgências, enfrentando conscientemente a danação, tornar-se outro errante assim? Como projeção do Vendedor de Indulgências, o estranho velho revela o vazio de suas fanfarronadas de que só a ganância financeira é a motivação para sua carreira de trapaça. Seu verdadeiro impulso é a autodenúncia, a autodestruição, a autocondenação. Anseia pela danação, ou então precisa adiar o desespero e a autoimolação aguentando a pequena morte da humilhação pelo rude Estalajadeiro perante os outros peregrinos.

A passagem da ânsia de condenação para a autodestruição como um ato ocorre no Vendedor de Indulgências porque ele se entreouve falando, e quer ser diferente. Acho esse momento particularmente emocionante, porque desconfio de que foi para Shakespeare um momento crucial de revisionismo poético, do qual resultou muito da originalidade na maneira de representar personagem, cognição e personalidade humanos. Pandarus, o malandro intermediário de *Troilus and Criseyde*, de Chaucer, dificilmente foi precursor bastante para Iago e Edmundo; o astuto Pandarus tem uma natureza boa demais, e é mais que benigno em suas intenções. Mas eis o Vendedor de Indulgências, reagindo à sua própria eloquência ao concluir seu terrível conto, e oferecendo seus serviços profissionais aos colegas peregrinos:

*Por acaso pode cair um ou dois
De seu cavalo, e em dois quebrar o pescoço.
Vede que segurança é para vós todos
Que eu por acaso esteja em vossa companhia,
E possa absolver-vos, grandes e pequenos,*

*Quando a alma do corpo se vá.
Aconselho que nosso Estalajadeiro aqui seja o primeiro,
Pois é o que mais mergulhado no pecado está.
Adiantai-vos, senhor Estalajadeiro, e a primeira oferta
[fazei,
E beijareis as relíquias, todas elas,
Sim, por um vintém: vinde! abri vossa bolsa.**

A palpável afronta desse discurso convida uma resposta violenta, e na verdade exige uma quando se dirige ao Estalajadeiro, entre todos os peregrinos o mais provável de esmagar o atormentado Vendedor de Indulgências. Nesse momento, o Vendedor de Indulgências se acha em desesperada vertigem, descontrolado, arrebatado, pelo seu próprio poder de evocação, a uma desenfreada necessidade de punição. Quando o Estalajadeiro brutalmente sugere cortar e levar consigo os testículos do Vendedor de Indulgências, o volúvel pregador leigo é reduzido ao silêncio: "Tão furioso ficou que nenhuma palavra encontrou para dizer". Não posso separar isso do voto de silêncio final de Iago: "De agora em diante jamais direi palavra alguma". As duas

---

* *"Peraventure ther may falle oon or two/ Doun of his hors, and breke his nekke atwo./ Look which a seuretee is it to you alle/ That I am in youre felaweship y-falle,/ That may assoille yow, bothe more and lasse,/ Whan that the soule shal fro the body passe./ I rede that oure/ Host heer shal biginne,/ For he is most envoluped in sinne./ Com forth, sire Hoste, and offre first anon,/ And thou shalt kisse the reliks everichon,/ Ye, for a grote: unbokel anon they purs."*

grandes negações partilham um conceito de medo com o qual nos contagiam, embora eles próprios não conheçam conscientemente o medo. O gênio de Iago está estranhamente deslocado num espírito que só conhece a guerra, do mesmo modo como o Vendedor de Indulgências é um espírito deslocado, exultando na trapaça enquanto esquece seu gênio para evocar os terrores da eternidade. Como os extraordinários poderes de cognição de Edmundo ou do Svidrigailov de Dostoiévski, o elemento que fere no Vendedor de Indulgências e em Iago é uma inteligência sobrenatural voltada apenas para violar a confiança. A grandeza canônica de Chaucer, único a ter a força de ensinar a Shakespeare os segredos da representação, vem repousar finalmente no retrato sombriamente profético do Vendedor de Indulgências, cuja progênie permanece conosco, na vida como na literatura.

Notas

As notas marcadas com (N. T.) são do tradutor brasileiro; as demais são de Nevill Coghill.

1. Em inglês, *"here is God's plenty"*. (N. T.)
2. São Tomás Becket de Cantuária.
3. As regras da cavalaria. (N. T.)
4. A cidade foi tomada por Pierre de Lusignan, rei do Chipre, em 1365, e imediatamente abandonada.
5. Algecira foi cercada e tomada pelo rei mouro de Granada em 1367.
6. Ou Ayas, na Armênia. Tomada aos turcos por Pierre de Lusignan por volta de 1367.
7. Na costa meridional da Ásia Menor, Atalia foi tomada por Pierre de Lusignan por volta de 1352.
8. Hoje Tlemcen ou Tremessen, no oeste da Argélia.
9. Ou Balat. Situada no local da antiga Mileto.
10. *"And carf biforn his fader at the table."* Ou seja, trinchava a carne para o pai. Era costume que os escudeiros cortassem a carne. (N. T.)
11. *Yeman*, ou *Yeoman*. A palavra pode indicar um pequeno proprietário de terras, um criado ou, mais tarde, um membro da guarda real inglesa. Nesse caso, tem o sentido de um criado de cargo superior a um serviçal da casa; ele cuida dos bosques nas terras de seu senhor, entre outras tarefas. Ao longo dos contos, traduzi *yeoman* de diferentes maneiras, adequando a palavra ao contexto. (N. T.)

12 "*Well coud he dress his tackle yemanly.*" Ou seja, sabia cuidar bem de seus apetrechos de caça — arcos, flechas —, à maneira de um *yeoman*. (N. T.)

13 Usada por arqueiros, para proteger o braço contra a fricção da corda do arco. A descrição aponta para um homem que passa muito tempo ao ar livre: seu rosto é "escurecido", ou seja, bronzeado pela luz do sol. (N. T.)

14 *Forester*. Oficial encarregado de patrulhar os bosques pertencentes a um nobre. (N. T.)

15 "*After the scole of Stratford-atte-Bowe.*" Ou seja, a Prioresa aprendeu francês no convento beneditino de Stratford-at-Bow, onde vivia; e, não tendo viajado, seu sotaque demonstrava que aprendera francês na Inglaterra, embora fosse muito fluente. (N. T.)

16 "*Gauded al with grene.*" A cada onze contas de um rosário, havia uma maior, chamada *gaudy*. Essas contas assinalavam a oração do pai-nosso.

17 Segundo Skeat, muitos monges praticavam a caça, mas isso em geral era reprovado por outros religiosos. (N. T.)

18 *Limitour*. Frade que tinha permissão de pedir esmolas dentro de determinado distrito ou limite.

19 "*In alle the ordres foure*", "em todas as quatro ordens". As quatro ordens dos frades mendicantes são: dominicanos, franciscanos, carmelitas e agostinianos.

20 *Licentiat*. Ou seja, tinha uma licença do papa para ouvir confissões em qualquer lugar, independentemente do clero local. Essa licença podia colocar tais frades em conflito com os curas. (N. T.)

21 Pequena harpa portátil. (N. T.)

22 Referência às primeiras palavras do Evangelho de João: "*In principio erat verbum*". (N. T.)

23 "*He wold the see were kept for any thing bitwixe Middleburgh and Orwelle.*" Ou seja, exigia que se impusesse segurança aos trajetos marítimos utilizados pelos mercadores ingleses (nesse caso, vendedores de lã), a qualquer custo, para que os piratas não prejudicassem o lucro dos comerciantes. (N. T.)

24 *Clerk*. A palavra tinha o sentido geral de "clérigo", mas, nesse caso, refere-se a alguém que se dedica aos estudos

para, eventualmente, tornar-se um religioso. "Erudito" me pareceu um termo mais adequado ao caráter desse personagem do que a palavra "Estudante", que tem conotações mais joviais. Algumas linhas à frente, Chaucer revela que o personagem "há muito tempo" começara seu estudo de lógica. Esta era uma das últimas disciplinas do currículo; portanto, trata-se de um erudito já muito estudado e culto. (N. T.)

25 Na época de Chaucer, a palavra *philosophre* podia significar tanto "filósofo" quanto "alquimista". Mais informações sobre alquimistas e a Pedra Filosofal podem ser encontradas no "Conto do Criado do Cônego". (N. T.)

26 "*That often hadde been at the Parvys.*" Parvys era o pórtico da catedral de São Paulo, onde advogados costumavam reunir-se com seus clientes.

27 "*Justice he was full ofte in assise/ By patent and by plein comissioun.*" Ou seja, tinha uma carta patente do rei para exercer a função de juiz itinerante. (N. T.)

28 *Franklin.* Classe de proprietários de terra, livres por nascimento, mas que não eram nobres — e, em geral, aspiravam a entrar no mundo da fidalguia. No prólogo de seu conto, o Fazendeiro faz um embaraçoso discurso sobre a gentileza e os valores corteses, sendo bruscamente interrompido pelo Albergueiro.

29 "*Sop in win.*" Um bolo embebido em vinho, ou com molho feito de vinho; ou, segundo Skeat, uma espécie de ensopado doce, feito com vinho, leite e pedaços de bolo. De qualquer forma, uma iguaria medieval. (N. T.)

30 Segundo Skeat, um costume de marinheiros. (N. T.)

31 *Ymages*, imagens. O Médico trabalhava de acordo com a chamada magia natural. Pequenas imagens ou efígies eram moldadas, provavelmente em cera, representando o paciente, e penduradas ao seu pescoço, nas horas em que, segundo seu horóscopo, a posição dos planetas em relação ao zodíaco o favorecia; nessas horas, acreditava-se que energias cósmicas eram canalizadas pelas efígies, exercendo um poder curativo sobre o paciente. Além das efígies propriamente ditas, também eram

usados outros talismãs, inscrições com palavras mágicas etc. A fé, com certeza, é uma grande curandeira.

32 Acreditava-se que o corpo humano era formado pelos quatro elementos — fogo, terra, água e ar — em medidas idênticas. Acreditava-se que a *terra* era fria e seca; a *água*, fria e úmida; o *ar*, úmido e quente; o *fogo*, quente e seco. Supunha-se que as doenças eram causadas por um desequilíbrio em uma ou mais dessas qualidades, em relação às quais o temperamento humano podia ser definido, de forma básica. A proporção dessas qualidades definia o *humor* de determinada pessoa; por exemplo, um homem *sanguíneo* (como o Fazendeiro) era considerado *quente e úmido*, o que o tornava um sujeito risonho, carnal, afetuoso, esperto, com muitos desejos e habilidades. Um homem *colérico* (como o Feitor) era considerado *quente e seco*. Também havia personalidades *melancólicas* (frias e secas) e *fleumáticas* (frias e úmidas).

33 *Esculápio*: Filho mítico de Apolo e Corônis, que aprendeu a arte da medicina com o centauro Quíron. Por ter devolvido muitas pessoas à vida, Zeus o fulminou com o raio. Teve uma filha chamada Hígia e foi deificado após a morte, tornando-se o deus da medicina. Um templo foi dedicado a ele, em Epidauro. *Hipócrates*: O mais famoso médico da Antiguidade, nascido em Cós, em 460 a.C. *Galeno*: Médico e autor copioso, nascido em Pérgamo, na Mísia. Estudou em Esmirna, Corinto e Alexandria, praticando a medicina em Roma. Escreveu muitos livros sobre temas médicos. As datas de seu nascimento e morte são, aproximadamente, 130 e 201 d.C. *Razes*: Médico árabe-espanhol do século x. *Al-Hazen*, *Serapião* e *Avicena*: Médicos e astrônomos muçulmanos dos séculos x e xi. *Bernardo*: Bernard Gordon, professor de medicina em Montpellier, por volta de 1300. *Dioscórides*: Médico grego que viveu em Cilícia no século I a.C. e cujas opiniões Chaucer conhecia bem, a julgar pelo "Conto do Padre da Freira" e outras passagens. *João de Gaddesden*: Autoridade médica, foi educado no Merton College, em Oxford,

e morreu em 1361. *Averróis*: Médico e autor mouro que nasceu na Espanha e viveu também no Marrocos no século XII. *Gilbertino*: É provável que se trate de Gilbertus Magnus, inglês nascido em meados do século XIII. Acredita-se que tenha sido chanceler em Montpellier.

34 Referência, segundo Skeat, à grande pestilência dos anos 1348 e 1349; outras pragas ocorreram em 1362, 1369 e 1376. (N. T.)

35 Segundo Skeat, acreditava-se na Idade Média que certos preparos a base de ouro — *aurum potabile* — fossem bons para a saúde. (N. T.)

36 *Gat-toothed*. Acreditava-se que mulheres com espaço entre os dentes tinham comportamento lascivo. (N. T.)

37 *Person* ou *Parson*. Também me refiro a ele como *Pároco*, em seu respectivo conto. (N. T.)

38 Segundo Skeat, esta era uma prática muito criticada na época: certos párocos deixavam sua paróquia sob o encargo de um outro padre e iam ganhar dinheiro cantando missas pelas almas de nobres falecidos. Muitas dessas missas pelos defuntos eram realizadas na catedral de São Paulo, em Londres, e os padres que as rezavam recebiam comissões. Outra prática era abandonar a paróquia e trabalhar como capelão na capela de guildas ou confrarias. O Cura de Chaucer não faz uma coisa nem outra, mas permanece em sua paróquia e, portanto, continua pobre. (N. T.)

39 Pessoas ricas jamais cavalgavam éguas, segundo Skeat. (N. T.)

40 O prêmio em competições de lutas era, em geral, um carneiro. (N. T.)

41 Um provérbio dizia que "o moleiro honesto tem o polegar dourado". O polegar ficava com essa cor de tanto avaliar o milho moído. No contexto, contudo, o provérbio parece ser usado de modo irônico, sugerindo que não existem moleiros honestos. (N. T.)

42 Espécie de oficial administrador em uma propriedade; em geral, era o intermediário entre um senhor feudal e seus servos.

43 *Summoner*, "intimador". Indivíduo pago para intimar os pecadores a comparecer perante o tribunal eclesiástico. Mais detalhes dessa profissão aparecem no início do "Conto do Frade".

44 Na arte medieval, os querubins eram geralmente representados com as faces avermelhadas.

45 *Questio quid juris*: "A questão é: que parte da lei (se aplica)?".

46 Em algumas tavernas, o letreiro à entrada era adornado por uma guirlanda. (N. T.)

47 *Pardoner*, "perdoador". Como o nome indica, era um indivíduo a quem foi conferida (pelo papa) a autoridade de vender perdões e indulgências, embora nem sempre pertencesse a uma ordem religiosa.

48 Hospital perto de Charing Cross, em Londres, ligado ao convento de Roncesvalles, em Navarra, Espanha. O hospital londrino ficou famoso pelos abusos de seus membros na venda de indulgências. (N. T.)

49 Miniatura de certo pano em que estaria gravado o rosto de Cristo. Segundo a lenda, santa Verônica deu um pano a Cristo, no Calvário, para que ele secasse o rosto — que ficou, então, delineado no tecido. (N. T.)

50 Por questões de métrica e de ritmo, traduzo *"our Host"* — nosso anfitrião ou estalajadeiro — ora como Albergueiro, ora como Taverneiro. Naturalmente, uma taverna — local onde se consumiam bebidas alcoólicas — era diferente de um albergue ou estalagem; mas me pareceu que a designação de Taverneiro também combinava com o caráter mundano, fanfarrão e calejado de Harry Bailey. Além disso, eventualmente também me refiro a ele como "nosso Guia" — bem entendido, guia no jogo, e não necessariamente na estrada. (N. T.)

51 O regato de São Tomás ficava junto à estrada para a Cantuária, a cerca de três quilômetros do ponto de partida. (N. T.)

52 Femenia era o país das amazonas; o nome vem do latim *femina*, mulher. (N. T.)

53 Na mitológica guerra dos Sete Contra Tebas, Capaneu foi um dos líderes que cercaram a cidade. (N. T.)

54	*Cote-armures*. Vestes usadas sobre a armadura dos cavaleiros, nas quais se exibiam seus brasões. (N. T.)
55	Eram "filhos de duas irmãs". (N. T.)
56	Chaucer era um estudioso da astrologia e, como se verá, observações astrológicas têm grande importância em muitos de seus contos. (N. T.)
57	Acreditava-se que todas as criaturas fossem formadas pelos quatro elementos. (N. T.)
58	Acreditava-se que o cérebro se dividia em três células ou seções: a frontal (responsável pela fantasia ou devaneio), a intermediária (sede da razão) e a posterior (recinto da memória). (N. T.)
59	Na mitologia grega, Argos, ou Argos Panoptes ("de muitos olhos"), era um gigante oticamente bem-dotado. Tinha uma centena de olhos, mantendo cinquenta deles abertos durante o sono, de modo que nada lhe escapava, nem mesmo estando adormecido. Hera encarregou-o de guardar Io, amante de Zeus, transformada em uma novilha. O senhor dos deuses ordenou que Hermes a libertasse. Com encantamentos, Hermes fez com que todas as cem pálpebras de Argos se fechassem, e o matou com uma pedrada. (N. T.)
60	Três de maio era considerado um dia de mau agouro. (N. T.)
61	Apolo, ou o Sol. (N. T.)
62	Sexta-feira é, desde os tempos clássicos, o dia dedicado a Vênus, conforme atesta seu nome latino: *Veneris dies*, dia de Vênus. Na Idade Média, havia a crença de que o clima nas sextas-feiras era mais imprevisível do que nos demais dias da semana. (N. T.)
63	"*For pitee renneth soon in gentil herte.*" Chaucer apreciava muito esta linha, pois a repete em diversas passagens. (N. T.)
64	Diana, a Caçadora: uma das deusas olímpicas que escolheram o celibato eterno. As outras foram Minerva e Vesta. (N. T.)
65	Um artifício comum nas narrativas medievais: o narrador descreve determinado lugar como se o tivesse visto, ainda que isso seja impossível. (N. T.)

66 Amarelo — cor do malmequer — era o símbolo do ciúme. O cuco, por sua vez, era associado à traição conjugal. (N. T.)
67 *Mount of Citheron.* No *Roman de la Rose*, Vênus mantinha sua "Corte do Amor" no alto do monte Citéron. Na mitologia grega, Citérea é o nome da ilha em cujas praias Afrodite nasceu, saída das espumas. (N. T.)
68 Entre os antigos romanos, as pombas eram consideradas animais extremamente lascivos; daí sua associação a Vênus. (N. T.)
69 Nessa passagem, a descrição da pintura vai gradualmente ganhando vida própria, movimento e até som. Note-se também que, a seguir, Chaucer efetua uma *mise en abîme*: nas paredes deste templo de Marte, está pintada a imagem de um outro templo de Marte; o Cavaleiro descreve o templo dentro do templo, como se houvesse, efetivamente, entrado na pintura; uma descrição dentro de outra descrição, multiplicando o horror deste "tétrico palácio". (N. T.)
70 "*Mars armipotente.*" Marte, poderoso em armas. (N. T.)
71 A estrela Polar faz parte da constelação de Ursa Maior. De acordo com a mitologia greco-romana, a ninfa Calisto foi convertida em ursa como punição por ter se entregado a Zeus. Tempos depois, Arcas, filho de Calisto, estava caçando em um bosque e, sem reconhecer a mãe tornada fera, atacou-a. Antes que o golpe acertasse o alvo, Zeus, compadecido, colocou mãe e filho nos céus do norte — a Ursa Maior e a Ursa Menor. (N. T.)
72 Ou Dane, corruptela de Dafne.
73 A ninfa Dafne não quis se entregar aos desejos sempre impositivos do deus Apolo, que a perseguiu pelos bosques da Arcádia. Estando o deus a ponto de agarrá-la, a zelosa virgem implorou a misericórdia das restantes divindades olímpicas e foi convertida em um loureiro. Essa passagem da mitologia foi imortalizada nos versos de Ovídio e no mármore de Bernini. (N. T.)
74 Meleagro e Atalanta participaram da caçada ao Javali de Calidon (ou Calidônia), monstro enviado por Diana. (N. T.)

75	Lucina era um dos nomes de Diana entre os romanos. Sob esse aspecto, era cultuada como a deusa do parto. (N. T.)
76	Ou, conforme as palavras do Eclesiastes, "não há nada de novo debaixo do sol". O horror ao anacronismo é uma etiqueta bem moderna e, talvez, passageira. (N. T.)
77	Raça de cães de caça. (N. T.)
78	Os nomes dos dias em inglês são traduções ou versões dos nomes em latim, sendo cada dia dedicado a um planeta: *Sunday*, o dia do Sol; *Monday*, o dia da Lua etc. *Tuesday* é o dia de Tyr, deus germânico da guerra — em latim, é *Martis dies*, o dia de Marte; e assim por diante. Cada hora também era dedicada a um planeta, começando por aquele que dá nome ao dia, e prosseguindo, em sucessão, de acordo com a seguinte ordem, ao infinito: Sol, Vênus, Mercúrio, Lua, Saturno, Júpiter, Marte. (N. T.)
79	Emília vai ao templo de Diana à hora consagrada à Lua (conforme a nota anterior). A Lua é muitas vezes associada à deusa da caça. Curiosamente, a "hora da Lua" é também o momento em que a manhã começa a clarear. (N. T.)
80	As três formas são: Luna ou Lua, quando a deusa está no céu; Diana, quando está na Terra; Proserpina, quando está nos infernos — conforme o soneto de Keats, em homenagem a Homero: "*Such seeing hadst thou as it once befell/ To Dian, Queen of earth and heaven and hell*" [Tens a mesma visão que tinha outrora Diana, rainha da terra, do céu e dos infernos].
81	Como no resto do conto, o deus Saturno se confunde aqui com o planeta homônimo. A astrologia da época atribuía à influência de Saturno muitos e variados desastres, como os elencados a seguir. (N. T.)
82	Porém, os contrários se seduzem: conforme o próprio conto menciona, Marte e Vênus foram amantes. (N. T.)
83	Chaucer nesta passagem está demonstrando seu conhecimento da fisiologia da época. Acreditava-se que três tipos de forças ou "virtudes" controlavam a vida no corpo humano: a virtude "animal" estaria situada no cérebro,

a "natural" no fígado e a "vital" no coração. A virtude "animal" controlava todos os músculos e, portanto, era ela que deveria expulsar o veneno do corpo de Arcita. O envenenamento, porém, já estava muito avançado.

84 Em funerais, costumava-se colocar luvas brancas naqueles que morreram solteiros. (N. T.)

85 Sinal tradicional de luto. (N. T.)

86 Nas peças chamadas "mistérios" — dramas com assuntos religiosos, ou *miracle plays* —, Herodes e Pilatos eram representados como gritalhões e arrogantes. Em geral, recitavam versos cheios de aliterações.

87 Ou seja, observando a hora do dia em que certas perguntas lhe eram feitas, previa por meio de procedimentos astrológicos quais eventos climáticos afetariam os negócios daquele cliente em particular. (N. T.)

88 Segundo Skeat, era costume na época usar sapatos cuja parte superior exibia rendilhados semelhantes aos complicados adornos das janelas das catedrais. (N. T.)

89 O dinheiro, naturalmente, era mais útil na cidade do que no campo, onde haveria menos coisas para se comprar.

90 *Nightspell*. Reza contra feitiços e espíritos malignos. (N. T.)

91 Quando Cristo desceu ao Inferno, Ele redimiu e libertou Adão, Eva, os patriarcas, são João Batista e muitos outros. Na Idade Média, esse ato era chamado, em inglês, *The harrowing of Hell*, "a perturbação ou a aflição do Inferno", e foi objeto de muitas peças religiosas. A história original é contada no Evangelho de Nicodemos e outros Apócrifos do Novo Testamento.

92 Comichões eram interpretadas como augúrios, segundo Skeat. Uma comichão nos dedos indicava que o indivíduo em breve ganharia dinheiro; uma coceira na boca podia indicar um beijo iminente etc. (N. T.)

93 Ou "já estamos na metade da hora prima". A hora prima, segundo Skeat, era o período que vai das seis às nove da manhã. Às vezes, contudo, a expressão era usada para indicar o *fim* desse período, ou seja, as nove horas. Eis um exemplo interessante de como as mudanças culturais alteram nossa noção do tempo: para o madrugador que

	acorda com os galos, a chegada da "hora prima" significa que considerável parte do dia já passou. (N. T.)
94	Trumpingdon fica próximo a Cambridge ou Cantabrígia, no leste da Inglaterra. (N. T.)
95	Sheffield era conhecida desde a Idade Média por suas cutelarias. O Moleiro tinha facas de três tamanhos: um cutelo comprido, um facão de Sheffield e uma adaga. Esta última, de menor tamanho, seria usada para golpear entre as juntas das armaduras. (N. T.)
96	No original, *yeoman*. Neste caso, o termo se refere a um homem livre, dono de pequena propriedade de terras. (N. T.)
97	Assim chamado por suas janelas amplas e ensolaradas. O nome oficial da escola era King's Hall, e foi fundada por Eduardo III. Mais tarde, passou a integrar o que hoje de chama Trinity College.
98	Como dito no "Prólogo geral", o provedor — em inglês, *manciple* — era o funcionário encarregado de comprar mantimentos para certas instituições. Uma de suas funções era levar o cereal ao moleiro, que cobrava uma taxa para transformar o grão em farinha. (N. T.)
99	Simkin ou Simekin é o diminutivo de Simond — Simão. (N. T.)
100	No original, os dois estudantes falam com um forte sotaque do norte da Inglaterra, irreproduzível em português. (N. T.)
101	Utensílio de moinho, em forma de funil, por onde o grão passa para ser moído. (N. T.)
102	Bayard também é o nome do cavalo mágico que carregava o cavaleiro Rinaldo e seus três irmãos na canção de gesta francesa *Le Quatre Fils d'Amon*, do século XII. Aparece também nas obras de Boiardo e Ariosto. (N. T.)
103	"*Wilde fire*." Segundo Skeat, esse era um dos nomes da erisipela. (N. T.)
104	No original, Malkin, diminutivo de Matilda; hoje, "Molly". (N. T.)
105	Pedaço de madeira que, segundo a crença local, era um pedaço da verdadeira cruz de Cristo. A relíquia era muito venerada em Norfolk.

106 *"And many a Jakke of Dovere hastow soold/ That hath been twies hoot and twies coold."* Não há consenso entre as autoridades sobre o significado da expressão "Jack of Dover". Alguns acreditam que se trata de um tipo de peixe, outros, de uma torta que foi assada, depois deixada a esfriar e, finalmente, requentada antes de ser servida.

107 Skeat nota que, naquela época, quando desordeiros eram levados à prisão, menestréis os precediam ao longo das ruas, para chamar a atenção do público para sua desgraça.

108 *"The ark of his artificial day."* O "dia artificial" compreendia as horas que vão do nascer do sol ao crepúsculo, em contraste com o "dia natural", formado por 24 horas.

109 A história de Alcione e Ceix é contada no primeiro poema longo original de Chaucer, *The Book of the Duchess*, escrito por volta de 1369.

110 Mais conhecido como *The Legend of Good Women*, o livro foi composto por volta de 1386 por Chaucer, sob as ordens da rainha, como forma de expiação por sua suposta difamação das mulheres na personagem de Criseida, em *Troilus and Criseyde*. A lista de cândidas e suaves criaturas fornecida pelo Magistrado não chega a ser idêntica à da *Legenda*, mas é o bastante para os propósitos da história.

111 Essa expressão de horror e repulsa, seja autêntica ou apenas simulada por Chaucer, é considerada por alguns como uma cutucada irônica em seu amigo íntimo, John Gower, que relata a história de Antíoco e sua filha na obra *Confessio Amantis* — embora ele nada diga sobre a donzela ter sido jogada sobre o pavimento.

112 *"Metamorphosios woot what I mene"*, "As *Metamorfoses* sabem do que falo". No Livro v das *Metamorfoses*, de Ovídio, encontra-se o relato sobre as filhas de Piero, que ousaram competir com as Musas e, por sua presunção, foram transformadas em pegas.

113 *"Youre bagges been nat fild with ambes as/ But with sys cynk."* Ou seja: "Seus dados não mostram o duplo

ás, mas um cinco e um seis". No jogo chamado Hazard, dois dados eram lançados por cada jogador. Se cada dado mostrasse apenas um ponto, a jogada era chamada "duplo ás" — a mais baixa de todas. Já a jogada em que apareciam um cinco e um seis era considerada alta.

114 Skeat aponta que a antiga astronomia ptolomaica considerava a Terra um corpo estático, no centro do universo, com nove esferas movendo-se ao seu redor. Cada uma das sete esferas mais próximas da Terra carregava um planeta em seu interior (Lua, Vênus, Mercúrio, Sol, Marte, Júpiter e Saturno). Acreditava-se que a oitava esfera continha as estrelas fixas e se movia lentamente do oeste para o leste. A nona esfera — a mais exterior e mais afastada da Terra — era chamada *primum mobile*, ou Primeiro Motor. Acreditava-se que o *primum mobile* realizava um movimento diurno de leste para oeste, arrastando todo o resto consigo nessa direção — oposta ao movimento "natural" do Sol, que avança ao longo dos signos do zodíaco. [A força do Primeiro Motor determina as configurações astrais e, portanto, a sorte humana sobre a Terra. (N. T.)]

115 Chaucer sugere que esses movimentos dos astros são a causa do fracasso no casamento de Constância: Marte exerce uma influência maléfica em Escorpião, que é a casa da morte, do conflito, do sofrimento e dos prejuízos.

116 Poetas e iluminadores medievais frequentemente representavam Satanás no Éden sob a forma de uma serpente com rosto de mulher. Talvez isso ocorresse porque Satanás, afinal de contas, era um anjo caído — e, sendo um anjo, tinha cabelos longos que lhe davam aparência feminina.

117 Santa Maria, a Egípcia, ou Egipcíaca. Santa do século V d.C., cujo dia era 9 de abril. Segundo a tradição cristã, Maria fora uma jovem de moral devassa, mas, após se converter, fugiu para o deserto além do rio Jordão e lá viveu por 47 anos.

118 Na época, era comum atribuir-se o apelido de "Sir John" a qualquer clérigo, como forma de suave zombaria. Os *lolardos* eram os rigorosos, mas heréticos, seguidores de Wycliffe.

119 *Phislyas* (também grafada *phillyas* em algumas versões manuscritas). Skeat opina que seja uma corruptela de algum termo técnico de filosofia — provavelmente, *physices*, com referência à *Física* de Aristóteles. Também é possível, contudo, que se trate apenas de uma palavra deliberadamente sem sentido, utilizada com o intuito de frisar a falta de estudo do Navegador.

120 Estas palavras são ditas pelo próprio narrador — embora tenham sido escritas, obviamente, para uma narradora. É provável que Chaucer planejasse atribuir este conto à Mulher de Bath, mas que depois tenha mudado de ideia, ao encontrar um relato ainda mais apropriado à personalidade dela. Nesse caso, ao transferir o conto para a voz do Navegador, o poeta teria esquecido de corrigir esses versos reveladores.

121 Vernaccia: um vinho italiano; Malvasia: um vinho francês. (N. T.)

122 Legenda: referência às histórias sobre vidas de santos, que geralmente continham descrições de martírios. (N. T.)

123 Ganelão: o vilão da *Canção de Rolando*, que traiu Rolando e Oliveiros. Ambos, juntamente com o arcebispo Turpin, formavam a retaguarda de Carlos Magno na batalha de Roncesvalles, contra os mouros. Mais tarde, Ganelão foi despedaçado por quatro cavalos.

124 Espécie de relógio de sol portátil. (N. T.)

125 Os manuscritos não concordam quanto a essa proporção; alguns dizem "dez em doze", outros, "doze em vinte".

126 A partir dessa conversa entre o mercador e sua esposa, tem início uma longa série de alusões duplas ao sexo e ao dinheiro. A linguagem de Chaucer, nesse contexto, é perfeitamente ambígua. Boa parte dos trocadilhos, no original, baseiam-se no duplo sentido da palavra *taille*. O termo pode indicar o pagamento "por talha" — a talha, no caso, era uma espécie de comprovante, trocado entre o pagador e o credor no momento do pagamento. Porém, *taille* também pode significar "rabo" ou "traseiro". A tradução de Nevill Coghill opta por verter o trocadilho de forma elegante e sutilíssima, traduzindo *taille* por *double-entry* — ou "partidas do-

bradas", sistema padrão utilizado por empresas para registrar transações financeiras. Nesta tradução, optei por deixar a alusão o mais clara possível, sem recorrer à explicação de palavras arcaicas ou a obscuros sistemas contábeis. Para isso, o trocadilho foi declinado, estendendo-se ao longo de mais versos do que ocupava no original. Com isso, tentei dar a medida da ousadia hilariante e debochada de Chaucer. (N. T.)

127 O Albergueiro, evidentemente, não era um latinista. Aqui, ele quis dizer *corpus domini*, "o corpo do Senhor". O mesmo erro crasso é repetido mais adiante.

128 Verso inicial do Salmo 8, que era recitado em conventos de freiras, na forma de hino em honra à Virgem. (N. T.)

129 Segundo uma lenda medieval, são Nicolau, ainda bebê, recusava-se a mamar mais de uma vez nas quartas e nas sextas-feiras; um pio jejum de lactante. (N. T.)

130 A flor do lírio era símbolo de Nossa Senhora. (N. T.)

131 A sarça em chamas, que aparece no livro do Êxodo, é outro símbolo da Virgem. Assim como a sarça ardeu sem ficar chamuscada, Nossa Senhora concebeu sem mácula. (N. T.)

132 A usura, condenada pela Igreja Católica, era uma das acusações geralmente lançadas contra as populações judaicas. O "Conto da Prioresa" apresenta a versão de uma história de ampla circulação na época — a de uma inocente criança cristã morta pela minoria hebraica que vive na cidade. A vingança dos cristãos injuriados recai então sobre toda a "judiaria" — ou gueto. Essa lenda integra o repertório que inspirou as muitas perseguições experimentadas por judeus em terras cristãs. (N. T.)

133 "Não sei muita gramática" — ou seja, não sabe muito latim. No currículo escolar medieval, o latim era ensinado no *trivium*, composto por gramática, dialética e retórica. (N. T.)

134 No original, *jewery*. Nome genérico dado aos bairros onde viviam os judeus. (N. T.)

135 Patmos: ilha no Egeu onde, segundo a tradição cristã, João escreveu o livro do Apocalipse. (N. T.)

136   O rubi era símbolo do martírio. (N. T.)
137   A esmeralda era símbolo da castidade. (N. T.)
138   Antigo magistrado de justiça militar. (N. T.)
139   "Hugo de Lincoln." Segundo outra lenda, uma criança de oito anos chamada Hugo teria sido morta por judeus em Lincoln, em 1255. (N. T.)
140   O topázio era usado por donzelas como talismã contra a luxúria. Também podia ser usado como nome feminino. O "Conto de Sir Topázio" é uma versão burlesca dos romances de cavalaria. O protagonista é um cavaleiro com vários traços atípicos, como se verá adiante. (N. T.)
141   O milhafre era utilizado por couteiros. Um cavaleiro usaria um falcão. (N. T.)
142   A luta livre (*wrestling*) era um passatempo plebeu. (N. T.)
143   No original, *launcegay*. Espécie de lança curta, bem diferente da lança comprida característica dos romances de cavalaria. (N. T.)
144   A lista de ervas e temperos interessaria mais a um mercador, um cozinheiro ou um dono de estalagem — não a um cavaleiro andante. (N. T.)
145   Exaurir o cavalo por simples capricho era a marca de um mau cavaleiro. (N. T.)
146   Escalou, em vez de simplesmente saltar sobre a sela — outra mostra de pouca habilidade. (N. T.)
147   Termagante: deus ficcional que, na Idade Média, acreditava-se ser adorado pelos muçulmanos. (N. T.)
148   Um cavaleiro deveria sempre carregar sua armadura em viagens. (N. T.)
149   No original, *child Thopaz*. O termo *child* era geralmente aplicado a jovens cavaleiros. (N. T.)
150   Os judeus eram conhecidos como bons ferreiros. (N. T.)
151   O conto seguinte, em prosa, é uma versão de um tratado moral para aristocratas, originalmente escrito em francês. (N. T.)
152   No original, "*that precious corpus Madrian*". A expressão é um dos mistérios de Chaucer. Alguns estudiosos especulam que Madrian seja a corruptela do nome de algum santo ou santa — como os pouco conhecidos são Madron, são Madian, são Mathurin etc.

Outra possibilidade é que se trate de uma corruptela de "Madre", referência à Mãe de Deus. Harry Bailey, por ser um albergueiro, certamente tinha contato com falantes de diversos idiomas europeus. A explicação preferida deste tradutor, contudo, é esta: trata-se de uma palavra inventada pelo Albergueiro para impressionar seus ouvintes. (N. T.)

153 No original, *corpus bones*, uma mistura de latim com inglês. Refere-se, claro, aos ossos do corpo de Cristo. Tratei de manter o latinismo equivocado da expressão. (N. T.)

154 Dom João é o nome do monge desonesto no "Conto do Navegador". Aqui, o Taverneiro começa uma série de zombarias e provocações dirigidas ao Monge. (N. T.)

155 Após os deboches do Taverneiro, que aponta a aparência hedonista do Monge, este começa a falar de forma pomposa, dando início a uma série de narrativas em tom sério e algo pedante — talvez tentando erguer uma fachada de solenidade monacal. (N. T.)

156 O "Conto do Monge" é peculiar, devido à sua forma e à opção por contar diversas histórias em vez de uma única. Vale notar que, por achar o tom do conto demasiado pomposo, o próprio Albergueiro o interrompe antes do fim. Para o leitor moderno, contudo, a diferença entre as estrofes de oito linhas do Monge e a *rhyme royal*, de sete linhas, utilizada no "Conto do Erudito" e outros, talvez não pareça tão evidente. Para marcar essa estranheza do Monge em relação aos demais narradores, verti seu conto em dodecassílabos, em vez de decassílabos, embora o original esteja em pentâmetros. (N. T.)

157 Por volta de 264 a.C., tornou-se rainha de Palmira e casou-se com Odenato, um beduíno. Seu poder foi reconhecido pelo imperador Galiano, mas ela foi mais tarde atacada e derrotada pelo imperador Aureliano. Mesmo no cativeiro, contudo, levou uma vida de luxo e conforto.

158 Skeat aponta: "Ele reinou sobre Castela e Leão de 1350 a 1362, e sua conduta foi marcada por numerosos atos de atrocidade inescrupulosa". Houve um conflito com

seu irmão, dom Enrique, que o apunhalou. Esse é o assassinato lamentado nesses versos, embora, se aceitarmos a opinião de Skeat, não tenha se tratado de uma grande perda. Chaucer lamenta a morte de Pedro porque, na batalha de Nájera, em 1367, o Príncipe Negro lutou ao lado desse soberano espanhol.

159 A segunda estrofe dessa "tragédia" foi composta na forma de uma espécie de enigma heráldico entremeado de trocadilhos. O brasão aqui descrito (campo argênteo, cortado por banda rubra, águia negra com duas cabeças, estendida) é de Bertrand du Guesclin, que armou a "traição", atraindo o rei Pedro à tenda de seu irmão, Enrique. O "malvado ninho" é um trocadilho com o nome de Sir Oliver Mauny (em francês antigo, *mau* significa "malvado" e *nid* é "ninho"), que, segundo Chaucer, foi cúmplice da trama. Em seguida, o poeta afirma que esse Oliver não se assemelha ao Oliveiros companheiro de Rolando e leal soldado de Carlos Magno, mas sim a Ganelão, o vilão da *Canção de Rolando*. É provável que na época de Chaucer essa forma emblemática de fazer um relato pudesse ser automaticamente compreendida pelo público; contudo, o único modo de explicar tudo isso a um leitor moderno é por meio de uma longa nota de rodapé, como esta.

160 Subiu ao trono do Chipre em 1352 e foi assassinado em 1369. Aparentemente, o Cavaleiro de Chaucer lutou ao seu lado em algumas batalhas.

161 Duque de Milão. Foi deposto e morreu na prisão em 1385. Chaucer o conheceu pessoalmente, embora isso não transpareça nas palavras do Monge. O autor inglês foi a Milão em 1378, a serviço do rei, para tratar de assuntos diplomáticos com o duque. A morte de Bernabo é o fato histórico mais recente entre todos os mencionados nos *Contos da Cantuária*.

162 Ver "Inferno", XXXII-XXXIII.

163 A respeito de Holofernes, consultar o Livro de Judite.

164 A respeito de Antíoco, consultar 2 Macabeus 9.

165 Alexandre, o Grande, da Macedônia (356-323 a.C.). Sua carreira vertiginosa, elevada inteligência e impres-

NOTAS

sionante magnanimidade fizeram dele um ideal legendário para a cavalaria militar na Idade Média.
166 *"Thy sys Fortune hath turned into as"*, ou seja, "a Fortuna transformou teu seis em ás". Mais uma menção ao jogo de dados, em que o ás era a jogada mais baixa.
167 Chaucer trata esses dois famosos assassinos como se fossem uma única pessoa.
168 Conforme o "Prólogo geral", o Monge parecia mais interessado em caçar do que em suas atividades religiosas. O Albergueiro aqui faz sua provocação final: sugere que o Monge não tente se fingir sério, e fale sobre algo de que realmente entende. (N. T.)
169 No original, *"abbey orlogge"*. Na época de Chaucer, muitas abadias tinham relógios nos campanários. (N. T.)
170 Definição de roda equinocial, de acordo com o professor Robinson: "Um grande círculo formado nos céus acompanhando o equador. De acordo com a astronomia antiga, completava um movimento diário de revolução, de modo que, a cada hora, houvesse uma ascensão de quinze graus". Na época de Chaucer, era comum a crença de que os galos cantavam regularmente a cada hora. [A roda equinocial perfazia um giro de 360° em 24 horas; logo, cada hora equivalia a quinze graus. Se Chantecler cacareja "a cada quinze graus de movimento", significa que o galo canta de hora em hora. (N. T.)]
171 Damoiselle: jovem dama da nobreza. A palavra tem conotações profundamente aristocráticas, assim como toda a descrição de Peterlote. Uma das marcas deste conto é exatamente a oscilação humorística entre o linguajar — elevado e solene — e o fato de que os personagens principais são um galo e uma galinha. Chantecler e Peterlote têm discussões eruditas, fazem referência a autores clássicos, usam artifícios retóricos sofisticados e praticam o mais refinado amor cortês — enquanto se encolhem sobre o poleiro ou ciscam pelo chão. (N. T.)
172 Na Idade Média, acreditava-se que os sonhos eram gerados pelos "humores" presentes no corpo — entre eles, a bílis, também chamada cólera. Na teoria medieval, a

bílis negra gerava uma compleição ou personalidade melancólica, enquanto a bílis amarela geraria compleições "coléricas". A "cólera vermelha" mencionada por Chaucer seria um excesso de bílis amarela unido a um excesso do "humor vermelho" — o sangue. Isso levaria a sonhos angustiantes com elementos vermelhos, como fogo. Já nas pessoas cujo excesso de sangue se associa à bílis negra, os pesadelos são sombrios e escuros. A cura para os pesadelos dependia do "equilíbrio" entre os humores, que seria alcançado pelos tratamentos sugeridos, logo em seguida, por Peterlote. (N. T.)

173 A bílis negra, ou seu excesso. (N. T.)

174 Na época, era comum cultivar-se ervas medicinais nos quintais das casas. (N. T.)

175 Não se trata, apenas, de uma referência à dieta própria dos galináceos. Na Idade Média, realmente receitava-se a ingestão de vermes em alguns tratamentos medicinais. Os conselhos de Peterlote, por sinal, são um retrato fiel da medicina da época: substâncias digestivas eram receitadas para absorver os humores excessivos e, em seguida, laxantes para purgá-las. (N. T.)

176 O heléboro branco era um vomitório; o heléboro negro era um laxante, considerado especialmente eficiente contra a melancolia. (N. T.)

177 Cícero, em *De Divinatione*. (N. T.)

178 "*Murdre wol out*, ou *Murder will out*", era um conhecido provérbio da época. (N. T.)

179 De acordo com a *Legenda áurea*, Cenelmo foi um príncipe herdeiro do trono da Mércia. Em 819, quando tinha apenas sete anos, foi assassinado a mando de sua tia Quenedreda ou Quindride. Mais tarde, foi canonizado pela Igreja. (N. T.)

180 O *Somnium Scipionis* é o décimo livro na obra *De Re Publica*, de Cícero, e trata de um suposto sonho premonitório do general romano Cipião Emiliano. Em 146 a.C., Cipião comandou o cerco e a destruição de Cartago, durante a Terceira Guerra Púnica, ganhando o cognome de Africano. No século V, Macróbio Ambrósio Teodósio escreveu sobre a obra de Cícero um

famoso *Comentário*, que se tornou durante a Idade Média uma importante fonte do platonismo. (N. T.)

181 A história do sonho de Andrômaca está na obra *De Excidio Trojae Historia*, atribuída a Dares, mas cuja autoria real é desconhecida. (N. T.)

182 No original, Chantecler cita uma frase em latim — "*Mulier est hominis confusio*" —, traduzindo-a erradamente como "A mulher é a alegria e a bem-aventurança do homem". (N. T.)

183 A "Aventura" de Chantecler começa à hora prima do dia 3 de maio — assim como o combate no "Conto do Cavaleiro". (N. T.)

184 "*By high imaginacioun forncast.*" Acreditava-se que a faculdade da imaginação era a mediadora entre os sentidos e o intelecto. Assim, a Providência celestial teria produzido na imaginação de Chantecler a previsão do que estava por vir. (N. T.)

185 O grego que enganou o rei Príamo, levando-o a permitir que o Cavalo de Troia fosse conduzido para dentro de sua cidade.

186 Famoso teólogo contemporâneo, procurador de Oxford por volta de 1325, e mais tarde professor de teologia e chanceler.

187 Autor da obra *De Consolatione Philosophiae*, que Chaucer traduziu. Boécio (c. 470-525 d.C.) era apreciado não apenas como filósofo, mas também como conhecedor de música — um de seus livros chamou-se, precisamente, *De Musica*. No quinto livro de sua obra filosófica se encontra uma longa reflexão sobre o tema da predestinação e do livre-arbítrio. Em seus próprios escritos, Chaucer ponderou muito sobre o conteúdo desta passagem. Ele era um poeta muito erudito, mas carregava sua erudição de forma alegre e suave.

188 Ou seja, os conselhos femininos são geralmente fatais. No original: "*Women's conseils been full ofte colde*". Segundo Skeat, a origem do provérbio é islandesa: "*köld eru opt kvenna-ráð*", "Os conselhos das mulheres são geralmente frios". (N. T.)

189 Um bestiário latino. De acordo com Tyrwhitt: "Um livro

em métrica latina, intitulado *Physiologus de Naturis* XII *Animalium*, escrito por um certo Teobaldo, cujo período é desconhecido". O capítulo "De Sirenis" começa assim: "*Sirenae sunt monstra resonantia magnis vocibus etc.*"

190 Acreditava-se que cada animal tivesse o seu "contrário". No caso, a raposa seria o inimigo natural de todos os galos, coisa que Chantecler percebe por instinto, à primeira vista. (N. T.)

191 *Burnel the Ass*, poema escrito por Nigel Wireker no século XII. O relato aqui mencionado fala sobre o filho de um padre, que quebrou a perna de um galo ao lhe atirar uma pedra. Por vingança, o galo não cantou na manhã em que o padre deveria receber solenemente suas prebendas. O sacerdote acordou tarde demais para assistir à cerimônia e, por isso, perdeu a promoção do cargo.

192 Gofredo de Vinsauf, autor que viveu no século XII e escreveu sobre a arte da retórica. Em sua obra *De Nova Poetria*, há uma intrincada passagem sobre a morte de Ricardo Coração de Leão, cujo objetivo é ilustrar o uso da apóstrofe e dos jogos de palavras. Nesse trecho, as sextas-feiras são o objeto de engenhosas ofensas. Chaucer, cujo estilo se baseia em grande parte na utilização sadia e razoável das regras da retórica, conforme estabelecidas por seu "mestre querido", está aqui lançando uma gentil e amigável zombaria a Gofredo. Vale notar que todo o "Conto do Padre da Freira" é uma pirotécnica miscelânea de artifícios retóricos que devem ter tornado o poema muito mais divertido no século XIV — cujos leitores eram bem treinados nesses assuntos — do que hoje em dia. Creio que esta seja uma comparação justa: imaginemos o prazer obtido por um leitor que, conhecendo a *Eneida*, lê *The Rape of the Lock* [O rapto da madeixa], de Alexander Pope; e agora o equiparemos à experiência de quem lê o poema de Pope sem ter lido o de Virgílio. As penas contra o barbarismo são muito severas.

193 Não se trata de Asdrúbal, irmão de Aníbal, mas do general que defendeu Cartago durante a Terceira Guerra Púnica (149-146 a.C.). (N. T.)

194 Nomes típicos de cães, na época. (N. T.)
195 Um dos líderes dos levantes em Londres durante a Revolta Camponesa de 1381, de acordo com a Crônica de Walsingham. Jack e seu bando massacraram um grupo de flamengos em Vintry. Mais tarde, Jack Straw foi capturado e decapitado.
196 "*With brasile, ne with greyn of Portyngale*." Segundo Skeat, antes de o pau-brasil ser assim nomeado, a palavra "brazil" já era utilizada para nomear uma tintura vermelha originária da Ásia. (N. T.)
197 O Sol. (N. T.)
198 Palas Atena, deusa grega da sabedoria. (N. T.)
199 Santo Agostinho. (N. T.)
200 No original, *galianes*, palavra obscura, mas que se encaixa à perfeição no discurso hiperbólico e errático do Taverneiro. A palavra é provavelmente uma referência a Galeno, já que há uma alusão a Hipócrates na mesma linha — "goles hipocráticos"; no original, *ypocras*. Nessa fala, o Albergueiro utiliza diversas expressões de forma errônea ou dúbia. Tratei de manter tais peculiaridades na minha versão. (N. T.)
201 O Vendedor começa por simular, à companhia de viajantes, um dos sermões que costuma proferir nas igrejas, para arrancar doações dos fiéis. Nessa simulação, ele às vezes satiriza os temas e ditos edificantes utilizados nos sermões; e às vezes os analisa com franqueza brutal. É preciso lembrar que, antes de iniciar sua fala, o Vendedor bebeu em uma taverna — talvez daí sua sinceridade algo chocante em relação aos métodos que utiliza. (N. T.)
202 Havia regulamentos contra a mistura de vinhos. O vinho de Lepe é naturalmente leve, mas podia ser fortificado pela adição de outras variedades. O que o narrador sugere, de forma irônica, é que a mistura entre o vinho espanhol e o vinho francês deve ocorrer espontaneamente, devido à proximidade da França com a Espanha — afinal de contas, seria impensável supor que um honesto vendedor de Fish Street estaria misturando bebidas de propósito. De acordo com algumas pesqui-

sas, esta pode ser a primeira menção literária à prática de fortificar o vinho pela adição de outros líquidos.

203 Abadia em Gloucestershire, cujas ruínas ainda podem ser vistas. Outrora, encontrava-se ali um frasco com o sangue de Cristo. Mais tarde, a relíquia foi destruída por ordem de Henrique VIII.

204 Médico islâmico (980-1037 d.C.) que escreveu um trabalho sobre ervas medicinais, incluindo um capítulo sobre venenos.

205 Em algum momento de seu discurso — difícil definir precisamente quando — o Vendedor deixa de simplesmente simular um sermão, e passa a pregar realmente, tentando extrair alguma doação de seus companheiros de viagem. (N. T.)

206 Cláudio Ptolomeu, astrônomo do século II d.C. cuja principal obra é conhecida como *Almagesto* — uma corruptela árabe de seu título em grego. Toda a astronomia medieval baseava-se em suas ideias, e sua sabedoria em temas gerais também era considerada proverbial.

207 O prêmio — uma manta de toucinho — era conferido ao casal que, após um ano e meio de matrimônio, jurasse jamais haver brigado e jamais haver se arrependido do casamento; ambos os cônjuges também deviam jurar que, se pudessem escolher novamente, teriam feito a mesma escolha. De acordo com a tradição, o evento ocorria anualmente — exceto nos anos em que nenhum casal se apresentasse para competir. A competição também é mencionada no *Piers Plowman*. Sou grato a Mr. J. J. R. Philpott, de Dunmow, por ter me informado de que o prêmio ainda é oferecido a cada quatro anos, no mês de junho.

208 Um dos artifícios de virulência exemplificados pela Mulher de Bath é, precisamente, acusar o marido de ser virulento e tagarela. (N. T.)

209 Referência aos Provérbios de Salomão 30,21-23: "A terra estremece com três coisas, e a quarta a não pode ela suportar: com um escravo, quando esse reinar; com um insensato, quando estiver farto de comer; com uma mulher odiosa, quando um homem a receber;

NOTAS   657

com uma escrava, quando essa vier a ficar herdeira de sua senhora".

210   Conforme o "Prólogo geral", a Mulher de Bath viajou três vezes a Jerusalém. (N. T.)

211   Chaucer refere-se à tumba que Alexandre, o Grande, teria mandando construir para Dario III, seu adversário. O túmulo teria sido produzido pelo escultor Apeles. A história é fictícia, e aparece em *Alexandreis*, poema épico escrito em latim por Gautier de Châtillon, no século XII. (N. T.)

212   Conforme o "Prólogo geral", a Mulher de Bath é *gat-toothed*, ou seja, há um espaço entre seus dentes da frente. Isso era considerado a marca de uma personalidade luxuriosa. Ela argumenta, portanto, que não teve alternativa além de ser como é: a Natureza a fez assim. (N. T.)

213   Na astrologia medieval, mulheres do signo de Touro eram propensas a ter vários maridos. A Mulher de Bath argumenta que sua natureza voluptuosa é uma fatalidade zodiacal. (N. T.)

214   Obra atribuída a Walter Map, escritor de língua ferina, que viveu em fins do século XII. O título da obra — uma sátira ao matrimônio — contém uma referência a seu tema: *De non ducenda uxore*.

215   Referência a uma fábula de Esopo. O Homem mostrou ao Leão uma pintura, que representava uma fera felina sendo morta por um caçador. "Isto representa a superioridade do ser humano sobre os animais", disse o Homem. "Quem pintou o quadro, eu suponho, não foi um animal", retrucou o Leão. (N. T.)

216   O estudo e a erudição eram atividades protegidas por Mercúrio; sua "prole" são os eruditos, que naquela época eram geralmente solteiros.

217   Esposa de Minos, rei de Creta. Apaixonou-se por um touro branco e deu à luz o Minotauro, meio homem, meio touro.

218   Para compreender plenamente a força da resposta dada pelo cavaleiro, pode ser útil dar uma olhada na introdução desta obra, pp. 7-16.

219 No original, *yeoman*. Ver nota ao "Prólogo geral". (N. T.)
220 O texto da Vulgata refere-se à Bruxa de Endor como Pitonisa — nome das profetisas gregas, no culto de Apolo. É esse o termo usado no original de Chaucer. (N. T.)
221 Trintários: realização de trinta missas pelas almas no Purgatório. Algumas linhas adiante, há uma menção zombeteira sobre a rapidez com que as rezas são feitas; isso se refere à visão oficial de que as almas em questão só seriam libertadas do Purgatório depois que todas as trinta missas tivessem sido rezadas. Por isso, considerava-se piedoso que elas fossem rezadas uma após a outra, de preferência no mesmo dia, para que as almas não ficassem no Purgatório mais tempo do que o necessário. Em geral, os religiosos que oficiavam as missas eram pagos por seu trabalho.
222 Fórmula convencional de encerramento de um sermão: *Aquele que com o Pai* etc.
223 No original, "*hir hostes man*", ou seja, o criado trabalhava para pessoas hospedadas no mosteiro. (N. T.)
224 "Eu lhe digo." A frase está em francês medieval no texto de Chaucer. (N. T.)
225 Os frades esmolavam aos pares, de modo que um vigiasse o outro. Após servirem por cinquenta anos em um mosteiro, eram "jubilados", recebendo uma série de privilégios — entre eles, o de esmolar sozinhos.
226 No capítulo xxx de *Declínio e queda do Império Romano*, Edward Gibbon fala de Joviano, "inimigo do jejum e do celibato, que foi perseguido e insultado pelo furioso Jerônimo". (N. T.)
227 Versículo inicial do Salmo 45 de Davi: "*Cor meum eructavit verbum bonum*". Pode ser traduzido como "meu coração lançou a boa palavra", mas também, de maneira menos poética, "meu coração arrotou a boa palavra".
228 De acordo com uma tradição cristã, são Tomás (ou Tomé) teria viajado à Índia para divulgar o Evangelho. Curiosamente, nos primeiros séculos da colonização das Américas, vicejou entre os portugueses a legenda de que Tomás, em suas viagens pelo mundo, teria também chegado às Américas e, especificamente, ao Brasil. (N. T.)

229 Trata-se do início de um hino religioso: "*Placebo Domino*", "agradarei ao Senhor". (N. T.)
230 Os frades carmelitas, numa ficção um tanto anacrônica, atribuíam a fundação de sua ordem ao profeta Eliseu, quando este, fugindo à perseguição do rei Ahab, refugiou-se no monte Carmelo. (N. T.)
231 As "cartas de fraternidade" eram conferidas, pelos conventos de frades, aos leigos que fizessem doações regulares. O benfeitor tornava-se, por meio desse documento, "irmão leigo", e passava a partilhar do mérito espiritual conferido pelas boas ações porventura realizadas pelos frades. A carta era marcada com o timbre do convento. (N. T.)
232 Tecidos para novas vestimentas era um tipo comum de recompensa conferida pelos senhores de terras a seus subordinados. (N. T.)
233 Francesco Petrarca (1304-74), poeta e humanista italiano, escolhido como poeta laureado em Roma em 1341. Em meio a outros trabalhos bem mais famosos, Petrarca traduziu, para o latim, a história de Griselda, que se encontra no *Decamerão*, de Boccaccio. É da tradução de Petrarca que Chaucer parece ter retirado o material para o "Conto do Erudito". Alguns afirmaram que essa passagem é autobiográfica e que o próprio Chaucer encontrou-se com Petrarca na Itália em 1372; nessa ocasião, o poeta italiano teria transmitido a história de Griselda ao poeta inglês. Estudos mais recentes lançaram severas dúvidas sobre essa hipótese.
234 Giovanni da Lignaco ou Legnano. Foi professor de direito em Bolonha por volta de 1363 e morreu em 1383. Escreveu tratados sobre guerra e astrologia.
235 Na iconografia sacra, santa Genoveva às vezes é representada como uma pastora que tem às mãos um fuso de fiar. (N. T.)
236 A cor do lápis-lazúli, entre o azul e o ciano. Representava a fidelidade. (N. T.)
237 Epístola de Tiago I. (N. T.)
238 O desfecho do conto de Griselda nos mostra Chaucer no ápice de sua maturidade e ironia. Na exuberância

das rimas, é um dos mais complexos milagres realizados pelo poeta. Conjetura-se que o conto de Griselda propriamente dito tenha sido composto muito antes que o autor sequer pensasse em escrever os *Contos da Cantuária*. Do ponto de vista estilístico, parece mais refinado que o "Conto da Outra Freira" (talvez a primeira tentativa de Chaucer em contar uma história), porém menos bem-sucedido que o "Conto do Magistrado". Esses três contos têm um fundo moral e devoto, e foram compostos em *rhyme royal*. A obra *Troilus and Criseyde* também foi composta nessa forma, porém apresenta um estilo muito mais amadurecido. Parece razoável supor que Chaucer, em um período posterior de sua vida, desejando manter a história de Griselda entre os *Contos da Cantuária*, sentiu a necessidade de lhe acrescentar um toque de ironia, para mitigar sua moralidade pesada que pintava esposas como capachos. Em quatro manuscritos, o "Conto do Erudito" acaba duas estrofes antes do "*Envoi* de Chaucer", e a seguir se encontra uma passagem genuína, mas posteriormente rejeitada, que pode ser vertida desta forma: "Quando acabou a história do Erudito,/ Nosso Albergueiro diz: "Conto exemplar!/ Melhor até que um bom barril de cerveja,/ Seria à minha esposa relatar/ Essa história, e fazê-la decorar!/ Mas ela nunca escuta; ah! é irascível./ Melhor é não tentar o que é impossível'". Após pensar melhor sobre o assunto, Chaucer parece ter transferido os comentários do Albergueiro sobre sua esposa e o barril de cerveja para o diálogo após o "Conto sobre Melibeu" — e lançou-se em um voo irônico, nas asas de sua imaginação mais madura, acrescentando o *Envoi*, e também duas estrofes finais ao conto propriamente dito, começando (nesta versão) por: "Só mais uma palavra, meus senhores". Essas duas estrofes, junto ao *Envoi*, representam o estilo de Chaucer em sua maneira mais habilidosa e rematada.

239 Uma antiga fábula francesa fala de duas vacas chamadas Chichevache e Bicorne. Bicorne era gorda, pois se alimentava de maridos pacientes, cujo sortimento é abun-

dante. Mas a monstruosa Chichevache era magra, pois alimentava-se apenas de esposas pacientes, pobre vaca.

240 "*Shall perce his brest and eek his aventaile.*" Há certa controvérsia quanto ao significado exato da palavra *aventaile*. Skeat afirma que o termo se refere a uma parte do elmo, ligada a ele por gonzos laterais; semelhante à viseira, porém situada logo abaixo dela, cobrindo a parte inferior do rosto. Em português, essa peça pode chamar-se barbeira ou barbote. Outros, contudo, afirmam que *aventaile* tem o mesmo significado que o francês *ventaille* e o provençal *ventalha*: não uma parte do elmo, mas um pedaço de cota de malha que se prende à coifa (espécie de touca comprida, também de malha metálica, que cobria a cabeça e o pescoço, deixando o rosto de fora). Nesse caso, a palavra correspondente em português é "venteira". Chaucer também anuncia a perfuração do "peito" pelos "dardos azedos da eloquência". Uma vez que o marido está hipoteticamente vestido em cota de malha, usei o termo "camal" (cobertura de malha para os ombros e peito). Vale notar que, se após perfurar o peito, os dardos também perfuram a venteira, é provável que a boca seja o alvo atingido — as palavras da esposa matando as palavras do marido. (N. T.)

241 A oscilação entre a ironia e o discurso aparentemente sério está na base deste conto. (N. T.)

242 No original, *January*. Janeiro é um dos meses de inverno no hemisfério norte. (N. T.)

243 Wade era um herói da antiguidade anglo-saxã, sobre o qual existem várias referências além desta passagem de Chaucer. Mas nada se sabe a respeito de sua sutil embarcação, exceto o nome: *Guingelot*.

244 Conforme os nomes deixam bem claro, Placebo é um bajulador, enquanto Justino é um conselheiro honesto. (N. T.)

245 O ato de escolher uma esposa é comparado ao de comprar um cavalo. (N. T.)

246 Essa passagem já foi interpretada como um descuido de Chaucer, mas parece mais plausível que seja uma

espécie de metaironia por parte do Mercador, que coloca a Mulher de Bath em seu conto, citando-a como autoridade em assuntos matrimoniais. (N. T.)

247 No original, *Mayus*, ou maio, um dos meses de verão no hemisfério norte. A contraposição entre janeiro invernal e maio veranil é uma alegoria bem clara do contraste entre velhice e juventude. (N. T.)

248 Hipocraz: infusão de vinho com especiarias e outros ingredientes. (N. T.)

249 Tipo de vinho.

250 No original, *penner*, um estojo com aparatos como a pena e a tinta. Era um artefato próprio de eruditos, estudantes ou clérigos. Por isso, o escudeiro Damião teve de pedir um estojo emprestado para escrever sua carta. (N. T.)

251 Um verso favorito de Chaucer, que também aparece, com pequenas diferenças, no "Conto do Cavaleiro". Note-se contudo que no primeiro caso o verso tem um sentido solene, enquanto aqui está marcado pela ironia. (N. T.)

252 Palavras inspiradas no Cântico dos Cânticos. (N. T.)

253 Ou Jesus filho de Sirach. Supostamente, o autor do Eclesiástico.

254 No original, "*by my modre's sire's soul*", "pelo espírito do pai de minha mãe". Saturno, ou Cronos, era pai de Ceres, que era mãe de Proserpina, ou Perséfone. Na tradição clássica, Saturno tinha a ambígua fama de ser um sábio governante e de devorar os próprios filhos. Era o deus do Tempo. (N. T.)

255 A permanência de divindades clássicas em obras produzidas num contexto cristão levou a muitas passagens como esta, de sabor retrospectivamente irônico: deuses pagãos repreendendo o culto de deuses pagãos. (N. T.)

256 No original, *plyt*, "condição". Maia insinua que está grávida. (N. T.)

257 *Cambiskan*. Segundo Skeat, é uma corruptela de um nome mais familiar para nós, Gêngis Khan — embora o relato aqui apresentado pareça combinar mais com seu neto, Kublai Khan. A grafia *Cambuskan* é utili-

zada por Milton em seu célebre elogio desse conto, no poema *Il Penseroso*.
258 Áries. (N. T.)
259 Cavaleiro da Távola Redonda, conhecido por sua extrema cortesia, embora essa característica não seja tão ressaltada na obra de Mallory. Um romance em verso aliterativo, contemporâneo a Chaucer, descreve suas aventuras com o chamado Cavaleiro Verde, um personagem de imensos poderes mágicos, em cujo castelo Gawain estava hospedado. A esposa do Cavaleiro Verde tenta fazer amor com Gawain, que se vê então em um beco sem saída: seria descortês recusar as propostas da dama, mas igualmente ofensivo seria trair o anfitrião, dormindo com sua esposa. As perfeitas maneiras de Gawain, contudo, demonstram estar o cavaleiro à altura do complexo desafio, e no final das contas ele consegue sair sem ofender ninguém.
260 No original, os versos são: "*Right as it were a steede of Lumbardye;/ Therwith so horsly and so quyk o eye* (...)". Em "El caballo", um dos textos de *Historia de la Noche*, Borges cita essa passagem de Chaucer, mas de memória e levemente alterada: "Recuerdo la curiosa línea de Chaucer: *a very horsely horse*". (N. T.)
261 A Apúlia e a Lombardia eram regiões famosas pela qualidade de seus cavalos. (N. T.)
262 Aqui o Escudeiro parece referir-se especificamente ao último locutor, que acredita ser o cavalo mágico apenas uma ilusão de feira. (N. T.)
263 De acordo com uma lenda medieval, o poeta Virgílio — que seria, também, um exímio fazedor de sortilégios — havia guardado em uma torre, em Roma, um espelho com propriedades mágicas. (N. T.)
264 Alhazen era um astrônomo árabe que morreu em 1039. Witelo foi um matemático polonês do século XIII.
265 Télefo, rei da Mísia, foi ferido pela lança de Aquiles na Guerra de Troia, para ser logo após curado por um pó feito com a ferrugem da mesma arma. (N. T.)
266 Nome de uma estrela na constelação de Leão, identificada por Skeat como a estrela θ Hydrae.

267 Segundo Galeno, o dia dividia-se em quatro períodos, cada um dominado por um dos "humores". Galeno afirmava que o humor sanguíneo, propício ao sono, dominava entre nove horas da noite e três da madrugada. Outros autores situam o "domínio do sangue" entre meia-noite e seis da manhã. Chaucer parece seguir essa segunda opinião, já que, conforme o texto dissera antes, os convivas festejaram quase até o raiar da aurora. (N. T.)

268 Ainda não passava de seis e meia da manhã. (N. T.)

269 Além de ser "peregrino" no sentido próprio da palavra, ou seja, um viajante, o pássaro encontrado por Cânace é também, especificamente, um exemplar da espécie *Falco peregrinus* — uma das favoritas dos falcoeiros, por seu porte e suas habilidades de rapina. (N. T.)

270 Como já se disse, Chaucer positivamente gostava deste verso, que se repete no "Conto do Cavaleiro" e no "Conto do Mercador". (N. T.)

271 *Whelp*, "filhote de cachorro". Uma referência ao provérbio: "Bata no cachorro antes de bater no leão". Ou seja: se castigamos uma criatura menor em frente à criatura maior, a maior ficará de sobreaviso. Pode-se evidenciar a aplicação desse ditado no campo político. Puna-se um pequeno insurgente, e o inimigo mais poderoso pensará duas vezes antes de atacar.

272 *Tercelet*, termo técnico que indica o macho do falcão.

273 Na época de Chaucer, azul era a cor da constância no amor, enquanto verde era a cor da leviandade. Um eco dessa concepção aparece, entre outros casos, na letra da música folclórica inglesa que diz: "*Greensleves is my delight*" [meu deleite é usar roupas com mangas verdes]. Os pássaros traiçoeiros foram pintados no lado de fora para indicar que jamais poderiam entrar naquela gaiola, onde a constância imperava. Da mesma maneira, no *Roman de la Rose*, os muros do jardim do amor estão decorados *na parte exterior* com imagens da velhice, da pobreza, da hipocrisia etc., coisas que jamais seriam admitidas na terra do amor verdadeiro.

274 Note-se que existem dois Câmbalos no "Conto do Es-

cudeiro": um deles é o irmão de Cânace; o outro, seu pretendente. (N. T.)

275 O conto interrompe-se abruptamente. Skeat supõe que Chaucer o tenha deixado incompleto. (N. T.)

276 *Scithero*. Evidentemente, ele se refere a Cícero, famoso por utilizar todas as "cores" da retórica, ou seja, os artifícios de estilo, como aqueles referidos no final do "Conto do Padre da Freira".

277 Região no oeste da França. Chamada Armórica à época da conquista romana da Gália, passou a chamar-se Bretanha após o século v d.C. quando foi povoada por migrantes vindos da Grã-Bretanha, expulsos pela invasão dos saxões. (N. T.)

278 No departamento de Finistèrre, no extremo oeste da França. (N. T.)

279 O sentido dessa frase proverbial é que ele "bebia a miséria" direto do barril, em grandes sorvos, não em golezinhos pequenos.

280 Ou seja, quando o Sol estiver no signo de Leão e a Lua, no signo oposto, Aquário, estando ambos, portanto, em lados opostos da Terra. Acreditava-se que, ao passar pelo signo de Leão, a influência astrológica do Sol chegava ao máximo. Além disso, quando está em oposição ao Sol, a Lua se encontra em sua fase cheia. Por outro lado, a Lua está em conjunção com o Sol quando se encontra entre ele e a Terra — ou seja, durante a lua nova. Nos dois casos — oposição e conjunção —, existe um alinhamento entre Sol, Lua e Terra; e nos períodos de lua nova e lua cheia as marés sobem. Em outras palavras, Aurélio pede que, na próxima lua cheia, quando o Sol estiver fortalecido pelo signo de Leão, comecem grandes enchentes, e que durem por dois anos. (N. T.)

281 A deusa romana Luna era identificada a Proserpina, rainha dos infernos. Aurélio suplica que a Lua ou cause enchentes que cubram as rochas, ou faça com que as rochas afundem no subsolo. (N. T.)

282 Não se trata de uma referência equivocada à história de Pigmalião e Galateia. Segundo Skeat, essa passagem se refere a uma longa declaração em forma de versos,

escritos por um certo Pânfilo em um latim abarbarado e cheio de impurezas.

283 Orléans era a sede de uma antiga universidade. (N. T.)

284 Ou seja, a magia relativa às forças naturais, em oposição à necromancia e à magia negra, baseadas na invocação de espíritos. O conceito de magia natural incluía a alquimia, a astrologia e algumas áreas que mais tarde se incorporariam às ciências propriamente ditas. (N. T.)

285 As "mansões da Lua" são as diferentes posições desse astro em relação às estrelas. (N. T.)

286 O deus latino Janus, ou Jano, era associado a transições e passagens; neste trecho, ele representa a aproximação de janeiro, nomeado em homenagem a Jano. (N. T.)

287 No original, *bungle horn* — um chifre de boi selvagem, usado como copo. (N. T.)

288 Esta passagem contém informações astrológicas altamente técnicas. Algumas informações adicionais: 1) As *Tábuas toledanas* eram tábuas astronômicas que visavam prever o movimento do Sol, da Lua e dos planetas. Foram compostas pelo árabe Al-Zarqali, que viveu em Al-Andalus no século XI, e refeitas a mando do rei Afonso X, de Castela, no século XIII; 2) "Centros" e "argumentos" são termos técnicos relativos ao uso do astrolábio; 3) A carta de proporções calculava a posição dos planetas de acordo com determinadas divisões do ano; 4) Na antiga astronomia, o céu era dividido em nove esferas imaginárias, tendo a Terra em seu centro. A oitava esfera era a das estrelas fixas, e a nona era a do *Primum Mobile*, ou seja, a responsável por movimentar todas as outras. A estrela Alnath, ou Alfa de Áries, localiza-se na oitava esfera, enquanto a extremidade superior da constelação de Áries se localiza na nona esfera. A precessão dos equinócios era observada pela distância entre Alnath e a ponta de Áries; 5) As "mansões" são as posições da Lua em relação aos signos do zodíaco. Cada signo era dividido em três partes iguais, ou "faces". (N. T.)

289 Nome de uma estrela de primeira magnitude conhecida pelos astrônomos como α Arietis. O próprio Chaucer

era um estudioso da astronomia e escreveu um tratado sobre o astrolábio. Toda essa passagem, tratando dos cálculos do mago, é altamente técnica e exata. A tradução aqui apresentada recorreu em grande parte às copiosas notas de Skeat, relativas às páginas 393-5 do quinto volume de sua grande edição das obras de Chaucer. O leitor que se interessar pela astronomia medieval poderá encontrar, nessas notas, algo da impressionante complexidade que subjaz aos versos amenos de Chaucer — embora o poeta aparentemente suponha que seus leitores já estarão familiarizados com o tema. Embora o Fazendeiro tenha há pouco afirmado que desconhece "o jargão da astrologia", ele não comete erros em sua narrativa.

290 Embora o Fazendeiro renegue as cores e floreios da linguagem em seu prólogo, toda essa passagem funciona como um mostruário da retórica medieval. O discurso começa com a utilização da figura da apóstrofe, passando então para uma *digressio* formada por *exempla* da história antiga. Todos os casos de fidelidade feminina que vêm à mente de Dorigen foram retirados de fontes autênticas entre as leituras de Chaucer, que podem ser encontradas nas notas de Skeat e Robinson, em suas edições das obras de Chaucer. Seria demasiado longo, e tedioso, reproduzir todas essas notas aqui. [O lamento de Dorigen inclui uma profusão de histórias ilustrativas, extraídas da obra *Contra Joviano*, de São Jerônimo. (N. T.)]

291 Ou seja, as regiões pagãs. (N. T.)

292 No original, "*unworthy sone of Eve*". O fato de escrever "filho" em vez de "filha" demonstra que este conto foi escrito antes do projeto geral da obra, e que Chaucer não teve tempo de adaptá-lo à narradora. (N. T.)

293 As interpretações do nome de *Cecília*: 1) *coeli lilia*, lírio do céu; 2) *caecis via*, o caminho do cego; 3) *coelum* (contemplação do céu) e *Lia* (alegoria da Vida Ativa); 4) *quasi caecitate carens*, "como que carente de cegueira"; 5) *coelum* e λεώς, "céu" em latim e "povo" em grego. Ou seja, um céu para a contemplação do povo.

294 O papa Urbano I, martirizado por decapitação em 25 de maio de 230.

295 Em Boughton-under-Blean, dois novos personagens se unem à companhia: o Cônego e seu Criado (no original, *yeoman*). Eles haviam avistado o grupo de viajantes em uma parada anterior e decidiram segui-los, às pressas, alcançando-os cerca de cinco quilômetros adiante. (N. T.)

296 Não se sabe ao certo por que o capuz costurado ao manto deveria indicar que o indivíduo era um "cônego da Igreja". Antes da Reforma, havia dois tipos de cônego — os regulares, que viviam em congregações, enclausurados à maneira dos monges; e os seculares, que perambulavam à maneira dos frades. O cônego deste conto parece ser um secular.

297 Bardana, tanchagem e parietária são ervas medicinais. (N. T.)

298 Chaucer não explica por qual cidade a companhia passou antes de passar por Boughton-under-Blean. Skeat opina que o ponto imediatamente anterior do trajeto seja Ospringe, uma pequena cidade na antiga rota de peregrinos para Cantuária. (N. T.)

299 *Multiply* era o termo técnico usado por alquimistas para indicar a transmutação de diversos metais em ouro. (N. T.)

300 Trissulfeto de arsênico. Segundo historiadores da ciência medieval, os detalhes fornecidos por Chaucer sobre a técnica alquímica são acurados e confiáveis — ao menos, aqueles que podem ser cotejados com outras fontes.

301 *Watres rubifyng*. Dois misteriosos processos (a *rubefacção* e a *albificação* das águas — ou seja, os atos de avermelhar e de branquear ou clarear um líquido) parecem ter tido um papel importante nessas experiências, e são citados em diversos livros sobre alquimia. Por exemplo, segundo Skeat, existe uma "longa e incompreensível passagem sobre rubefacção" no *Theatrum Chemicum*, impresso em 1659. A crença na alquimia arrastou-se até o século XVII.

302 *Realgar.* Dissulfeto de arsênico.
303 Citrinar: tornar algo amarelo. De acordo com a teoria alquímica, quando os ingredientes começavam a ficar amarelos, era sinal de que estavam prestes a se converter na Pedra Filosofal. Por meio dela, tudo poderia ser convertido em ouro. Acreditava-se que a Pedra Filosofal era uma substância pesada, de cheiro doce, constante e rosada; supostamente, também existia em forma de pó, como é o caso neste conto.
304 No original, um *annueleer*, sacerdote encarregado de rezar missas anuais no aniversário de morte de certos defuntos. Para isso, recebia um estipêndio anual. (N. T.)
305 Devido à cor do mercúrio, os alquimistas o consideravam uma forma de prata líquida ou "prata viva" — daí seu nome em inglês, *quicksilver*, que vem do latim *argentum vivum*. Segundo Paulo Vizioli, a "mortificação" supostamente ocorria quando se aplicava a Pedra Filosofal ao mercúrio, tornado-o sólido — ou seja, transformando-o em prata. Segundo Skeat, a palavra "mortificação" se aplicava a qualquer transformação gerada por ação química. (N. T.)
306 Nessa época, artistas em espetáculos circenses costumavam andar com macacos na coleira, fazendo-os realizar números variados. (N. T.)
307 Além de ser o nome de um célebre cavalo mágico de canções de gesta, Bayard também é um nome genérico para qualquer cavalo. Chaucer também o cita no "Conto do Feitor".
308 Há diferentes opiniões sobre a posição de Chaucer em relação à alquimia. A maior parte deste relato parece uma sátira ou denúncia contra *todo* tipo de alquimia, e muitos críticos e estudiosos afirmam que essa era a opinião pessoal do poeta. Contudo, alguns apontam que a última sessão do conto parece admitir que nem todos os alquimistas sejam imbecis ou charlatães. Nesse caso, Chaucer admitiria a existência de três tipos de alquimistas: os que enganam a si mesmos, tentando produzir ouro sem sucesso (são os alquimistas da parte 1 do conto); os que enganam os outros (como o

cônego na parte 2); e os alquimistas genuínos, cujos conhecimentos, porém, são tão secretos e herméticos que é melhor não procurá-los. Seja como for, os detalhes apresentados no texto sobre práticas, instrumentos e ingredientes alquímicos são acurados, e podem apontar para um conhecimento direto desses processos. Alguns estudiosos sugeriram que o próprio Chaucer tenha caído vítima de algum charlatão alquímico, como o que aparece na parte 2 do conto, e que a indignação explosiva do Criado-Narrador reflita sua fúria pessoal contra um tipo de farsa que ele teria sofrido na pele (ou no bolso). Nevill Coghill, no entanto, opina: "Acho que Chaucer era espertalhão demais para ser enganado por qualquer alquimista". (N. T.)

309 Arnoldus de Villa Nova, médico, teólogo, astrólogo e alquimista francês que viveu entre 1235 e 1314. Escreveu o tratado alquímico mencionado nestas linhas.

310 O "irmão" do mercúrio é o enxofre. (N. T.)

311 *Chimica Senioris Zadith Tabula*. Fazia parte do *Theatrum Chemicum* (1659). A anedota que Chaucer atribui a Platão aparece, naquela obra, em referência a Salomão.

312 Literalmente, "algo desconhecido (explicado) por meio de algo ainda mais desconhecido".

313 "*Dun is in the Myre!*" Ou seja, o cavalo baio está atolado na lama. É referência a uma brincadeira praticada na Inglaterra medieval. Uma grande e pesada tora de madeira era colocada no meio da sala, e alguém gritava: "O Baio está na lama!". Duas pessoas então tentavam puxar a tora. Caso nenhuma delas conseguisse, outras pessoas juntavam-se à tentativa, cada grupo puxando de um lado. Isso levava a grandes escaramuças e confusões.

314 A quintana era uma espécie de poste, com uma trava giratória no topo. Em uma ponta da trava, havia um alvo, geralmente pintado como um escudo; na outra ponta, um porrete ou um saco de areia. Na "justa da quintana", o cavaleiro tinha de acertar o alvo com a lança, fazendo a trave girar — e, em seguida, evitar que o porrete ou o saco o atingisse por trás. (N. T.)

315 Na Idade Média, os diversos efeitos do vinho sobre diferentes humores eram categorizados de acordo com quatro animais. A pessoa de humor colérico bebe o "vinho do leão"; a de humor sanguíneo, o "vinho do macaco"; a fleumática, o "vinho da ovelha"; o melancólico, o "vinho do porco". Em uma tradição rabínica registrada na Idade Média, os quatro animais representam estágios da embriaguez: primeiro, o ébrio fica brando como uma ovelha, depois furioso como um leão, depois tolo como um macaco e, finalmente, sujo como um porco. A sabedoria talmúdica, como sempre, é pertinente. (N. T.)

316 Esta será uma nota muito interessante. Antes de tudo, lembremos que, pouco antes dessas linhas, o Provedor descreve o Cozinheiro como "branco", ou seja, pálido; isso indicaria que ele não tem um humor "sanguíneo", que confere aos indivíduos tez avermelhada. Contudo, ele afirma também que o Cozinheiro bebeu o "vinho do macaco", reservado a homens sanguíneos [ver N. T. anterior]. No original, lê-se: "*I trowe that ye dronken han wyn ape,/ And that is, when men pleyen with a straw*".

Os estudiosos sempre consideraram que a última linha significa "quando os homens põem-se a brincar com uma palha", ou seja, um estágio tão avançado de bebedeira que os homens põem-se a brincar com qualquer bobagem ou quinquilharia que esteja a seu alcance. Mas pretendo demonstrar que a questão é mais profunda e interessante, envolvendo o conhecimento de Chaucer sobre a embriaguez. A família do poeta trabalhou no comércio de vinho por, ao menos, duas gerações, e o próprio Chaucer serviu como oficial alfandegário no porto de Londres, fato que teve certa importância na questão aqui discutida. Como se disse, o Provedor observa que o Cozinheiro está "branco", pálido. O Albergueiro acrescenta que o Cozinheiro "funga", ou seja, está respirando pesadamente. Outro personagem de Chaucer que fica pálido durante a embriaguez é o moleiro no "Conto do Feitor"; ele também respira como se tivesse asma; e o aspecto asmático da embriaguez volta a ser mencionado no "Conto do Vendedor de Indulgências"; ali, o som da respiração de um bêbado é descrito como algo semelhante à repetição da palavra "Sansão". Portanto, palidez e respiração estertorosa são duas características chaucerianas da embriaguez.

A importância disso tudo diz respeito a certas evidências que recebi em uma carta a respeito dessa passagem, enviada a mim pelo dr. R. N. Salaman, pouco antes de seu falecimento. Ele me contava que, quando era um jovem médico trabalhando nas docas de Londres, ocasionalmente alguns homens lhe eram trazidos para serem examinados, após terem sido encontrados sem sentidos, dentro dos depósitos de vinho. Esses indivíduos, à noite, invadiam o depósito e punham-se a beber tanto quanto pudessem. Após muito beber, caíam no chão e contraíam pneumonia — doença que, na maior parte dos casos, acabava por matá-los. O dr. Salaman relata que quase todos os pacientes encontrados nesse estado estavam pálidos, com a pele do rosto quase azulada, e respiravam estertorosamente. Em diversas ocasiões, o doutor perguntou, às pessoas que traziam aqueles pacientes, de que forma eles haviam chegado a semelhante situação; e a resposta era, invariavelmente: *"He's been sucking the monkey"* [Ele andou chupando o macaco]. O dr. Salaman chegou à conclusão de que isso era uma gíria típica das docas. Fez algumas investigações sobre seu sentido, e descobriu que a gíria significava o seguinte: fazer um buraco em um barril de vinho e chupar o conteúdo *por meio de um canudo*. Encontrei a corroboração dessa explicação no *Dictionary of English Slang*, de Partridge.

O que aconteceu, portanto? Minha hipótese é que, antes mesmo da época de Chaucer, a brincadeira erudita sobre os quatro animais e seus respectivos vinhos e humores já havia passado, de forma deturpada, para o folclore das docas. Trabalhando como oficial no porto, Chaucer teria escutado essa gíria, e apoderou-se dela. *"Pleyen with a straw"*, portanto, seria uma imagem mais aguda e mais terrível do que imaginávamos, na descrição do estado de quem bebeu "o vinho do macaco". Uma outra nota me foi fornecida por Mr. R. L. Salaman, filho de meu informante anterior. Ele escreve: "Em meu tempo livre, estou coletando material para um dicionário ilustrado de ferramentas de comerciantes. Entre os utensílios usados por adegueiros, está o *velincher* [...] uma pipeta para extrair amostras da bebida pela boca do barril, ou por um furo feito na parte lateral do barril com o auxílio de uma verruma especializada [...]. O *velincher*, de acordo com o *Dictionary of Mechanics*, de Knight, às vezes é chamado de *thief-tube* [tubo de ladrão]; enquanto o *sucking-tube* [tubo para chupar] ou *monkey-pump* [bomba do macaco], como os marinheiros o chamam, é um canudo ou uma pena de ave introduzida por um buraco feito por verruma [...]. Xenofonte afirma que um método idêntico era usado para surrupiar bebida das jarras de vinho na Armênia".

317 No original, "*Another day he wole, peraventure/ Reclayme thee and bringe thee to lure*". Após deixar que o falcão voe, o falcoeiro o atrai de volta (*reclayme*) segurando na mão uma isca (*lure*). (N. T.)

318 "*My shadwe was at thilke tyme, as there/ Of swich feet as my lengthe parted were/ In sixe feet equal proporcioun.*" A frase, um tanto enrolada no original, significa: a relação entre a altura de Chaucer e sua sombra, naquele momento, equivalia à proporção entre seis e onze.

319 No original, lê-se "Lua" em vez de "Saturno". De acordo com Skeat, isso é um erro do próprio Chaucer ou de um de seus copistas, pois Libra é o signo da exaltação de Saturno. Nesta tradução, seguiu-se a opinião de Skeat.

320 O "Conto do Pároco", planejado como o relato final do livro, foi escrito antes que Chaucer completasse várias partes intermediárias. Como se sabe, o autor jamais conseguiu escrever todos os contos que planejava. Harry Bailey e sua companhia ouviram mais contos do que nós. (N. T.)

321 Segundo Skeat, quase todos os romances aliterativos da época eram oriundos do norte e do oeste da Inglaterra. Declarando-se homem do sul, o Pároco justifica

sua pouca habilidade para fazer versos aliterativos, ou seja, com palavras iniciadas pela mesma letra — como *rum/ ram/ rufe*. (N. T.)

322 O Pároco admite não ter o talento para narrar uma história no estilo aliterativo comum naquela época. *Sir Gawain e o Cavaleiro Verde*, já mencionado em uma das notas, é um exemplo desse tipo de obra.

323 Após o Deus da Poesia ter estraçalhado seus instrumentos, e após a mãe do Provedor ter aconselhado silêncio, a jornada dos peregrinos se encerra com um sermão perfeitamente não poético. O Pároco não seguiu o conselho do Albergueiro ("seja fecundo e breve"), pois o sermão se estende por muitas páginas, fustigando os pecados e exigindo contrição e penitência. Em seguida, o próprio Chaucer se retrata por qualquer ofensa pecaminosa que possa estar contida em suas obras. Aparentemente, o autor andou "recordando o corvo", e o perigo das palavras que, uma vez ditas, não podem ser desditas. (N. T.)

324 Para uma breve referência à maioria das obras aqui citadas por Chaucer, ver a "Introdução". *The Book of the Lion* perdeu-se, mas conjetura-se que tenha sido uma tradução da obra *Le dit du Lion*, composta pelo francês Guillaume de Machaut em 1342.

LEIA MAIS PENGUIN-COMPANHIA
CLÁSSICOS

Montaigne

Os ensaios

Tradução de
ROSA FREIRE D'AGUIAR
Introdução de
ERICH AUERBACH

Personagem de vida curiosa, Michel Eyquem, Seigneur de Montaigne (1533-92), é considerado o inventor do gênero ensaio. Esta edição oferece ao leitor brasileiro a possibilidade de ter uma visão abrangente do pensamento de Montaigne, sem que precise recorrer aos três volumes de suas obras completas. Selecionados para a edição internacional da Penguin por M. A. Screech, especialista no Renascimento, os ensaios passam por temas como o medo, a covardia, a preparação para a morte, a educação dos filhos, a embriaguez, a ociosidade.

De particular interesse para nossos leitores é o ensaio "Sobre os canibais", que foi inspirado no encontro que Montaigne teve, em Ruão, em 1562, com os índios da tribo Tupinambá, levados para serem exibidos na corte francesa. Além disso, trata-se da primeira edição brasileira que utiliza a monumental reedição dos ensaios lançada pela Bibliothèque de la Pléiade, que, por sua vez, se valeu da edição póstuma dos ensaios de 1595.

LEIA MAIS PENGUIN-COMPANHIA
CLÁSSICOS

Charles Dickens

Grandes esperanças

Tradução de
PAULO HENRIQUES BRITTO
Introdução de
DAVID TROTTER
Notas de
CHARLOTTE MITCHELL

Se Charles John Huffman Dickens (1812-70) foi um escritor irônico e contundente, com seu último romance provou ser capaz também de ser contido e reflexivo. O livro mostra Dickens no auge da forma, produzindo uma história de desilusão que mais tarde seria saudada por autores como George Bernard Shaw e G.K. Chesterton pela perfeição narrativa.

Grandes esperanças é ser uma história de redenção moral do protagonista, Pip, um órfão criado rigidamente pela irmã num lar humilde e disfuncional, que, após herdar inesperadamente uma fortuna, rejeita a família e os amigos por se envergonhar da própria origem.

Dividido em três partes, discutindo a bondade, a culpa e o desejo, o romance originalmente foi escrito como um folhetim e tornou-se um grande sucesso. Dickens toma o cuidado de não buscar a empatia fácil com o leitor, fazendo de Pip um personagem sincero em sua imoralidade e, quando se arrepende, na busca pela redenção. Mas muitos detalhes da história simplesmente não se revelam totalmente, deixando a impressão de que, assim como na vida, alguns mistérios não podem ser resolvidos.

WWW.PENGUINCOMPANHIA.COM.BR

LEIA MAIS PENGUIN-COMPANHIA
CLÁSSICOS

Stendhal

A cartuxa de Parma

Tradução de
ROSA FREIRE D'AGUIAR
Introdução de
JOHN STURROCK

Escrito em inacreditáveis 53 dias, no final de 1838, *A cartuxa de Parma* narra as desventuras de Fabrice Del Dongo, um jovem vibrante, idealista e imaturo que decide se unir ao exército de Napoleão Bonaparte.

Quando Fabrice retorna a Palma, uma sequência de amores irresponsáveis, brigas, fugas e processos jurídicos transportam o leitor à Itália do início do século XIX. Ele reencontra sua tia, a duquesa Gina Sanseverina, agora comprometida com um importante ministro, e acaba interferindo na política local. A prosa ágil de Stendhal e a estrutura episódica da trama dão ainda mais charme às intrigas e conspirações de bastidores, potencializadas por recursos como cartas anônimas e envenenamentos.

O notável tratamento dado por Stendhal à batalha de Waterloo, por onde o protagonista vagueia sem saber que está no meio de um acontecimento importante, entusiasmou nomes como Liev Tolstói, que assume a influência da obra sobre *Guerra e paz*, e Ernest Hemingway. Logo no lançamento, o livro mereceu elogios até do conterrâneo Honoré de Balzac.

WWW.PENGUINCOMPANHIA.COM.BR

LEIA MAIS PENGUIN-COMPANHIA CLÁSSICOS

Choderlos de Laclos
As relações perigosas

Tradução de
DOROTHEÉ DE BRUCHARD

Durante alguns meses, um grupo peculiar da nobreza francesa troca cartas secretamente. No centro da intriga está o libertino visconde de Valmont, que tenta conquistar a presidenta de Tourvel, e a dissimulada marquesa de Merteuil, suposta confidente da jovem Cécile, a quem ela tenta convencer a se entregar a outro homem antes de se casar.

Lançado com grande sucesso na época, *As relações perigosas* teve vinte edições esgotadas apenas no primeiro ano de sua publicação. O livro ficou ainda mais popular depois de várias adaptações para o cinema, protagonizadas por estrelas hollywoodianas como Jeanne Moreau, Glenn Close e John Malkovich. E, também, boa parte do sucesso do romance deve-se ao fato de a história explorar com muita inteligência os caminhos obscuros do desejo. Esta edição, com tradução de Dorotheé de Bruchard, traz uma introdução da editora inglesa Helen Constantine.

WWW.PENGUINCOMPANHIA.COM.BR

LEIA MAIS PENGUIN-COMPANHIA
CLÁSSICOS

Jane Austen

Orgulho e preconceito

Tradução de
ALEXANDRE BARBOSA DE SOUZA
Prefácio e notas de
VIVIEN JONES
Introdução de
TONY TANNER

Na Inglaterra do final do século XVIII, as possibilidades de ascensão social eram limitadas para uma mulher sem dote. Elizabeth Bennet, no entanto, é um novo tipo de heroína, que não precisará de estereótipos femininos para conquistar o nobre Fitzwilliam Darcy e defender suas posições com a perfeita lucidez de uma filósofa liberal da província. Lizzy é uma espécie de Cinderela esclarecida, iluminista, protofeminista.

Neste clássico da literatura mundial que já deu origem a todo tipo de adaptação no cinema, na TV e na própria literatura, Jane Austen faz uma crítica à futilidade das mulheres na voz dessa admirável heroína — recompensada, ao final, com uma felicidade que não lhe parecia possível na classe em que nasceu. Em meio a isso, a autora constrói alguns dos mais perfeitos diálogos sobre a moral e os valores sociais da pseudoaristocracia inglesa.

Esta edição traz uma introdução de Tony Tanner, professor de literatura inglesa e norte-americana na Universidade de Cambridge, além de um prefácio de Vivien Jones, professora titular de inglês da Universidade de Leeds.

WWW.PENGUINCOMPANHIA.COM.BR

1ª EDIÇÃO [2013] 2 reimpressões

Esta obra foi composta em Sabon por warrakloureiro e impressa em ofsete pela Geográfica sobre papel Pólen Soft da Suzano S.A. para a Editora Schwarcz em março de 2024

A marca FSC® é a garantia de que a madeira utilizada na fabricação do papel deste livro provém de florestas que foram gerenciadas de maneira ambientalmente correta, socialmente justa e economicamente viável, além de outras fontes de origem controlada.